Das zweite Leben des Herrn Roos

HÅKAN NESSER

Das zweite Leben des Herrn Roos

Roman

Aus dem Schwedischen
von Christel Hildebrandt

Weltbild

Die schwedische Originalausgabe erschien 2008 unter dem Titel
Berättelse om herr Roos bei Albert Bonniers, Stockholm.

Das Zitat auf S. 7 stammt aus: Per Petterson, *Pferde stehlen.*
Aus dem Norwegischen von Ina Kronenberger

Besuchen Sie uns im Internet:
www.weltbild.de

Genehmigte Lizenzausgabe für Verlagsgruppe Weltbild GmbH,
Steinerne Furt, 86167 Augsburg

Übersetzung: Christel Hildebrandt
Umschlaggestaltung: JARZINA kommunikations-design, Holzkirchen
Umschlagmotiv: Mauritius Images, Mittenwald (© Nordic Photos)
Gesamtherstellung: GGP Media GmbH, Pößneck
Printed in the EU
ISBN 978-3-8289- 9584-0

2013 2012 2011 2010
Die letzte Jahreszahl gibt die aktuelle Lizenzausgabe an.

Einleitende Bemerkung

Die Städte Kymlinge und Maardam existieren nicht wirklich. Im Gegensatz zum rumänischen Schriftsteller Mircea Cărtărescu, der im vorliegenden Buch mehrmals zitiert wird.

»Mein ganzes Leben lang habe ich mich nach einem Ort wie diesem hier gesehnt.«

Per Petterson, *Pferde stehlen*

I

1

Am Tag, bevor sich alles veränderte, hatte Ante Valdemar Roos eine Erscheinung.

Er ging mit seinem Vater durch einen Wald. Es war Herbst, und sie hielten einander an der Hand; das Sonnenlicht sickerte durch die hoch aufragenden Nadelbaumkronen, sie folgten dem niedergetretenen Pfad, der sich zwischen Preiselbeergestrüpp und bemoosten Steinen schlängelte. Die Luft war klar und frisch, ab und zu roch es nach Pilzen. Er war wohl fünf oder sechs, in der Entfernung waren Vögel zu hören und das Bellen eines Hundes.

Hier ist das graue Moor, sagte sein Vater. Hier steht oft der Elch.

Es war in den Fünfzigerjahren. Sein Vater trug eine Lederweste und eine karierte Mütze, jetzt nahm er sie ab, ließ die Hand seines Sohns los und wischte sich mit dem Hemdsärmel die Stirn ab. Er holte die Pfeife und seinen Tabak heraus und fing an, die Pfeife zu stopfen.

Schau dich um, Valdemar, mein Junge, sagte er. Besser als jetzt wird das Leben nie mehr.

Er war sich nicht sicher, ob das wirklich passiert war. Ob das eine richtige Erinnerung war oder nur ein Bild, das aus dem geheimnisvollen Brunnen der Vergangenheit auftauchte. Eine Sehnsucht nach etwas, das es vielleicht nie gegeben hatte.

Und ausgerechnet heute, mehr als fünfzig Jahre später,

saß er auf einem sonnenwarmen Stein neben seinem Auto, schloss die Augen in der Sonne und fragte sich, was nun Wahrheit war und was Schein. Es war August, und seine Mittagspause war in einer halben Stunde zu Ende. Sein Vater war 1961 gestorben, als Valdemar erst zwölf Jahre alt gewesen war. Wenn er zurückdachte, tauchten oft Erinnerungsfetzen auf, die ein Hauch von Idyll umgab. Meist dachte er, dass es nicht erstaunlich wäre, wenn diese oder jene Szene nie stattgefunden hätte. So im Nachhinein betrachtet.

Doch diese Worte hatten echt geklungen, er hatte nicht das Gefühl, als hätte er es selbst erfunden.

Besser als jetzt wird das Leben nie mehr.

Und an die Mütze und die Weste konnte er sich noch deutlich erinnern. Er war fünf Jahre jünger als ich jetzt, als er starb, dachte er. Vierundfünfzig, älter wurde er nicht.

Er trank den letzten Schluck Kaffee und setzte sich dann hinters Lenkrad. Drehte den Sitz so weit es ging nach hinten und schloss erneut die Augen. Kurbelte die Seitenscheibe herunter, damit ihn der sanfte Wind erreichen konnte.

Schlafen, dachte er, ich schaffe es noch, eine Viertelstunde zu schlafen.

Vielleicht sehe ich noch einmal diese Erscheinung im Wald. Vielleicht passiert etwas anderes Schönes.

Die Firma Wrigmans Elektriska stellte Thermoskannen her. Zu Beginn, Ende der Vierziger und bis in die Achtziger hinein, hatte die Palette aus verschiedenen elektrischen Produkten bestanden, wie Ventilatoren, Haushaltsgeräte und Haartrockner, aber seit den Siebzigerjahren hatte man begonnen, Thermoskannen zu produzieren. Schuld an dieser Veränderung war in erster Linie die Tatsache, dass sich der Firmengründer, Wilgot Wrigman, in Verbindung mit einem Transformatorenbrand im Oktober 1971 buchstäblich in Rauch aufgelöst hatte. Was einer Firma für Elektrogeräte ein schlechtes Image verleiht. Die

Leute vergessen nicht so schnell. Doch der Name wurde beibehalten, es gab Stimmen, die behaupteten, Wrigmans Elektriska sei ein Begriff. Die Fabrik lag in Svartö, einige Kilometer nördlich von Kymlinge, man hatte an die dreißig Beschäftigte, und Ante Valdemar Roos arbeitete als kaufmännischer Leiter seit 1980 dort.

Achtundzwanzig Jahre bis heute. Jeden Tag vierundvierzig Kilometer mit dem Auto; und wenn man außerdem vierundvierzig Arbeitswochen im Jahr rechnete – wenn man schon mal bei Zahlenspielen war – und dazu fünf Tage in der Woche, dann wurden das 271 040 Kilometer, was ungefähr einer siebenfachen Erdumkreisung entsprach. Die weiteste Reise, die Valdemar in seinem Leben gemacht hatte, war auf die griechische Insel Samos gegangen, das war im zweiten Sommer mit Alice gewesen und inzwischen zwölf Jahre her. Man konnte über die Zeit sagen, was man wollte, auf jeden Fall verging sie.

Aber es gab noch eine andere Art von Zeit. Ante Valdemar Roos stellte sich nämlich häufiger vor, dass es zwei stark voneinander abweichende Zeitbegriffe gäbe.

Die Zeit, die dahinraste – die einen Tag dem anderen hinzufügte, eine Falte zur anderen und ein Jahr zum nächsten –, an der war nicht viel zu ändern. Da hieß es nur nach bestem Vermögen dranzubleiben, wie die jungen Hunde an einer läufigen Hündin und die Fliegen an einem Kuharsch.

Mit der anderen Zeit, der immer wiederkehrenden, war es etwas anderes. Sie war langsam und zäh von ihrem Charakter her, manchmal geradezu stillstehend, zumindest konnte es den Anschein erwecken; wie diese zähen Sekunden und Minuten, wenn man als Siebzehnter vor einer roten Ampel an der Kreuzung Fabriksgatan-Ringvägen steht und wartet. Oder wenn man eine halbe Stunde zu früh aufwacht und ums Verrecken nicht wieder einschlafen kann – einfach seitlich im Bett liegt, den Wecker auf dem Nachttisch beobachtet und mit der Dämmerung eins wird.

Und sie war Gold wert, diese ereignislose Zeit, je älter man wurde, umso deutlicher trat einem das vor Augen.

Die Pausen, dachte er häufig, es sind die Pausen zwischen den Ereignissen – und während sich das Eis in einer Novembernacht über den See legt, wenn man ein wenig poetisch sein möchte –, in denen ich mich zu Hause fühle.

In denen solche wie ich sich zu Hause fühlen.

Er hatte nicht immer so gedacht. Eigentlich erst im letzten Jahrzehnt. Es hatte sich wohl irgendwie eingeschlichen, aber er war sich dessen erst bei einer ganz gewissen Gelegenheit bewusst geworden – erst dann hatte er es in Worte fassen können. Das war an einem Tag im Mai vor fünf Jahren gewesen, als das Auto plötzlich zwischen Kymlinge und Svartö seinen Geist aufgegeben hatte. Es war morgens gewesen, ein paar Minuten, nachdem er die Kreuzung an der Kvartofta-Kirche passiert hatte. Valdemar war an den Straßenrand gerollt, hatte ein paar Mal versucht, wieder zu starten, aber absolut vergebens. Als Erstes rief er Red Cow an und teilte ihr mit, dass er später kommen werde, anschließend den Straßendienst, der versprach, innerhalb einer halben Stunde mit einem Leihwagen bei ihm zu sein.

Es wurden dann anderthalb, und während dieser neunzig Minuten, während Valdemar dort hinter dem Lenkrad saß und die Vögel beobachtete, die unter dem hohen Maimorgenhimmel ihre Kreise zogen, das Licht, das über den Äckern Hof hielt und die Adern auf seinen Händen, durch die das Blut mit Hilfe seines treuen alten Herzens gepumpt wurde, da begriff er, dass es diese Augenblicke waren, in denen sich seine Seele einen Platz in der Welt suchte. Genau dann.

Es bekümmerte ihn nicht, dass der Abschleppwagen sich verspätete. Es störte ihn nicht, dass Red Cow anrief und fragte, ob er etwa stiften gegangen sei. Er spürte keinerlei Bedürfnis, mit seiner Ehefrau oder sonst einem anderen Menschen zu sprechen.

Ich hätte lieber eine Katze werden sollen, hatte Ante Valdemar Roos gedacht. Verdammt und zugenäht, so eine dicke Bauernkatze in der Sonne auf dem Hofplatz, das wäre was gewesen.

Er dachte auch jetzt an eine Katze, als er aufwachte und auf die Uhr schaute. Die Mittagspause würde in vier Minuten um sein, höchste Zeit, sich zurück zu Wrigmans zu begeben.

Das brauchte nicht mehr als zwei Minuten, er hatte diese geschützte Lichtung vor einem Jahr gleich hinter einem unbefahrenen Waldweg gefunden, nur ein paar Steinwürfe von der Fabrik entfernt. Manchmal machte er einen Spaziergang hierher, aber meistens nahm er das Auto. Er schlief gern ein Viertelstündchen, und da war es schön, einfach die Rückenlehne herunterzukurbeln und einzudösen. Ein auf der Erde schlafender Mann am Waldrand hätte Verdacht erregen können.

Der Personalraum von Wrigmans Elektriska maß so um die fünfzehn Quadratmeter, war mit dunkelbraunem Linoleum und lila Laminat bedeckt, und nachdem er ungezählte Mittagspausen dort verbracht hatte, hatte Ante Valdemar Roos eines Nachts einen Traum gehabt, in dem er tot war und in die Hölle kam. Es musste 2001 oder 2002 gewesen sein, der Teufel hatte ihn persönlich in Empfang genommen, hatte dagestanden und dem neu eingetroffenen Gast mit seinem charakteristischen, hämischen Lächeln die Tür aufgehalten, und der Raum dahinter war exakt der Aufenthaltsraum von Wrigmans gewesen. Red Cow hatte bereits in ihrer üblichen Ecke mit ihren Mikrowellennudeln und ihrem Horoskop gesessen, und sie hatte nicht einmal ihren Blick gehoben, geschweige denn ihm zugenickt.

Vom nächsten Tag an war Valdemar dazu übergegangen, Butterbrote, Joghurt und Kaffee an seinem Schreibtisch zu sich zu nehmen. Oder Banane und ein paar Pfefferkuchen, die er in seiner obersten rechten Schreibtischschublade verwahrte.

Und inzwischen, zumindest bei passablem Wetter, nahm er also gern den Wagen, um sich eine Stunde oder fünfzig Minuten davonzustehlen.

Red Cow fand, er wäre ein Sonderling, daraus machte sie keinen Hehl. Wobei das nicht nur seine Essensgewohnheiten betraf, aber er hatte gelernt, es zu ignorieren.

Mit den anderen verhielt es sich übrigens genauso. Nilsson, Tapanen und Walter Wrigman selbst. Die das Büro bevölkerten. Ihm war klar, dass sie ihn für einen unmöglichen Kerl hielten, er hatte Tapanen genau diesen Begriff benutzen hören, als er mit jemandem am Telefon sprach und glaubte, ungestört zu sein.

Ja, du weißt schon, dieser Valdemar Roos, das ist ein unmöglicher Kerl, man kann seinem Schöpfer nur danken, dass man nicht mit so einem verheiratet ist.

Mit so einem? Valdemar parkte auf seinem üblichen Platz neben den verrosteten Containern, die eigentlich schon seit Mitte der Neunziger hatten abtransportiert werden sollen. Tapanen war nur zwei Jahre jünger als er und arbeitete fast schon genauso lange bei Wrigmans. Hatte vier Kinder mit derselben Frau, war aber seit einiger Zeit geschieden. Setzte auf Pferde und hatte die letzten achtzehnhundert Wochen behauptet, es wäre nur eine Frage der Zeit, wann er die dicke Kohle einsacken würde und sich aus dieser verfluchten, mottenzerfressenen Firma würde verabschieden können. Er achtete immer darauf, das so zu verkünden, dass Walter Wrigman es hören konnte, und der geschäftsführende Direktor pflegte daraufhin seine Portion Snus unter der Oberlippe zu verschieben, sich mit der Hand über die Glatze zu streichen und zu erklären, dass ihn nichts mehr freuen würde. Absolut nichts.

Valdemar hatte Tapanen noch nie leiden können, nicht einmal zu der Zeit, als er Leute noch schätzte. Er hatte etwas Kleingeistiges und Ekliges an sich. Valdemar fand, er gehörte zu dieser Art von Menschen, die ihren Kameraden im Schützengraben im Stich ließen. Er wusste nicht genau, was das bedeutete, und auch nicht, woher er dieses Bild hatte, aber es haftete Tapanen auf gleiche Weise an wie eine Warze einem Warzenschwein.

Nilsson dagegen mochte er. Der Nordländer mit dem krummen Rücken verbrachte zwar die meiste Zeit draußen auf den Straßen, aber ab und zu saß er auch auf seinem Platz rechts von Red Cows Glaskasten. Er war nicht älter als vierzig, mittlerweile wohlgemerkt, früher war er noch jünger gewesen; er war schweigsam und freundlich, verheiratet mit einer noch schweigsameren Frau aus Byske, oder war es Hörnefors? Sie hatten fünf oder sechs Kinder und waren Mitglieder in irgendeiner dieser freien Kirchen, Valdemar konnte sich nie merken, in welcher. Nilsson hatte ein halbes Jahr vor der Jahrtausendwende bei Wrigmans angefangen, als Nachfolger von Lasse mit dem Bein, der unter tragischen Umständen bei einem Angelunfall vor Rönninge umgekommen war.

Er hatte etwas Ernstes an sich, dieser Nilsson, besaß eine graue, flechtenähnliche Eigenschaft, die weniger verständnisvolle Seelen, beispielsweise Tapanen, als Trägheit definieren würden, und wie gerne Valdemar es auch getan hätte, auch er konnte sich nicht daran erinnern, dass Nilsson jemals etwas von sich gegeben hätte, was auch nur annähernd als Scherz aufzufassen gewesen wäre. Es war sogar schwer zu sagen, ob er während seiner nunmehr fast zehn Jahre bei Wrigmans Elektriska jemals gelacht hatte.

Dass ihm Nilsson so sympathisch war, sagte wohl auch einiges über Ante Valdemar Roos aus. Oder hatte etwas ausgesagt. Früher.

Dieses Bild von dem Spaziergang mit dem Vater hing ihm jedenfalls noch nach. Die hohen, geraden Kiefernstämme, Büschel von Preiselbeergestrüpp, die feuchten Senken mit Mädesüß und Heidegagelstrauch. Als er wieder an seinem Platz am Schreibtisch angekommen war und den Computer eingeschaltet hatte, war es ihm, als liefen ihm die Worte seines Vaters wie eine Tonschleife im Kopf herum. Immer und immer wieder ohne Unterbrechung.

Besser als jetzt wird das Leben nie mehr.

Niemals besser als jetzt.

Der Nachmittag verging im Zeichen des Trübsinns. Es war ein Freitag. Es war im August. Die Hundstage und der Sommer hingen noch in der Luft, die erste Arbeitswoche nach dem Urlaub war bald zu Ende, und die nahe Zukunft lag wie eine hoffnungslos falsch gelegte Eisenbahnschiene vor ihm ausgerollt: ein Festessen mit dem Bruder seiner Ehefrau Alice und der Schwägerin in der Gemeinde Kymlinge.

Das war Tradition. Am Freitag nach dem zweiten Donnerstag im August aß man Krebse bei Hans-Erik und Helga Hummelberg. Nach allen Regeln der Kunst; man setzte sich kleine bunte Hütchen auf, trank mindestens sechs Sorten Bier und selbst angesetzten Kräuterschnaps und schlürfte die Krebse mit allem, was dazugehörte, in sich hinein. Normalerweise waren sie ein Dutzend, plus minus ein Paar, und Valdemar war in den letzten drei Jahren immer auf dem Sofa eingeschlafen.

Nicht aufgrund übermäßigen Genusses starker Getränke, eher aus Trübsinn. Zunächst nahm er an der Konversation teil, war schlagfertig, interessierte sich für allen möglichen esoterischen Blödsinn, so für ungefähr zwei, drei Stunden, doch dann ging ihm regelmäßig die Luft aus. Mit der Zeit fühlte er sich immer unwohler, wie ein Seehund in der Wüste. Ging für eine halbe Stunde auf die Toilette. Wenn es niemand bemerkte, gönnte er sich meistens noch eine halbe Stunde, saß dort auf einem fremden, braun lackierten Toilettensitz, die Hose und die Unterhose um die Waden schlackernd, und überlegte, was er wohl tun würde, wenn er eines Tage beschließen sollte, sein Leben in die eigenen Hände zu nehmen. Oder seine Ehefrau zu töten. Oder nach Katmandu zu fliehen. Er hatte gelernt, die sogenannte Kindertoilette im Bereich der Teenager zu benutzen, die während des Festes ihrer Eltern sowieso nicht zu Hause waren, hier konnte er ungestört und ungeliebt in einer Wolke pessimistischer Überlegungen sitzen, solange er es wollte.

Aber es musste etwas falsch gelaufen sein, hatte er im letzten Jahr gedacht, etwas musste ernsthaft falsch gelaufen sein im Leben, wenn man ungefähr in seinem sechzigsten Lebensjahr keine besseren Lösungen fand, als zum Festessen zu gehen und sich dann auf der Toilette einzuschließen.

Was also tun?, dachte er, als die Arbeitswoche plötzlich vorbei war und er wieder hinterm Steuer saß. *Was tun?* Mit der Faust auf den Tisch schlagen? Den Widerstand erproben und freundlich, aber entschieden erklären, er denke gar nicht daran, mit zu Hans-Erik und Helga zu gehen?

Warum nicht? Warum nicht ganz einfach Alice erzählen, dass er ihren Bruder und seinen Anhang genauso wenig ausstehen könne wie Rapmusik, Blogs und Schlagzeilen, und dass er nicht im Traum daran denke, seinen Fuß noch einmal in diese quasiintellektuelle Saufgesellschaft zu setzen?

Während er die zweiundzwanzig Kilometer zurück nach Kymlinge fuhr, tauchten diese Fragen in dem öden Hohlraum seines Kopfes immer wieder auf. Er wusste, dass sie fiktiv waren, nicht real; es handelte sich nur um den üblichen feigen Protest, der mehr oder minder kontinuierlich in seinem Inneren herrschte. Fragen, Formulierungen und bissige Phrasen, die nie über seine blutleeren Lippen kamen und zu nichts anderem dienten, als ihn noch mutloser und übellauniger werden zu lassen.

Ich bin tot, dachte er, als er an dem neuen Coopzentrum draußen in Billundsberg vorbeifuhr. In allen wesentlichen Punkten gibt es weniger Leben in mir als in einem Blumentopf aus Plastik. Das ist nicht der Fehler der anderen, es liegt nur an mir.

Sieben Stunden später saß er tatsächlich auf der Toilette. Die Vorhersage war punktgenau eingetreten, mit dem kleinen Zusatz, dass er betrunken war. Aus reinem Ekel und in einem Versuch, einen Sinn im Dasein zu finden, hatte er vier Schnäpse getrunken, eine größere Menge Bier sowie zwei oder drei Glas Weißwein. Außerdem hatte er der ganzen Gesellschaft eine längere Geschichte über eine Hure aus Odense erzählt, aber als er zur Pointe kam, stellte sich leider heraus, dass er diese vergessen hatte. So etwas kommt in den besten Familien vor, aber die Frau eines neuen Paares – eine blondierte, großbusige Psychotherapeutin mit Wurzeln in Stora Tuna – hatte ihn mit einem professionellen Lächeln betrachtet, und er hatte gesehen, wie Alice die Zähne zusammenbiss, dass ihre Kiefer weiß wurden.

Er wusste nicht, wie lange er auf dem braunlackierten Ring gesessen hatte, aber die Uhr zeigte Viertel vor eins, und er nahm nicht an, dass er eingeschlafen war. Nach Ante Valdemar Roos' Erfahrung war es mehr oder weniger unmöglich, auf einem Toilettensitz einzuschlafen. Er spülte, kam auf die Füße und zog seine Kleidung zurecht. Er spritzte sich ein paar Mal kaltes Wasser ins Gesicht und versuchte, die spärlichen Strähnen, die hier und da auf seinem unebenen Kopf in einer Art Muster immer noch wuchsen, zu kämmen. Klaute einen Klecks Zahnpasta und gurgelte.

Anschließend trottete er vorsichtig aus der Toilette und steuerte das große Wohnzimmer an, wo sich spanische Gitarrenmusik mit lauten Stimmen und fröhlichem Gelächter vermischte. Sollte nicht noch ein anderer gegangen sein und sich versteckt haben, dann sind da jetzt elf Personen drinnen, dachte Valdemar, eine ganze Fußballmannschaft von Menschen jüngeren und mittleren gesetzten Alters, erfolgreich, schlagfertig und wohlverdient beschwipst.

Ein plötzliches Zögern überfiel ihn. Mit einem Mal fühlte er sich alt, als Versager auf ganzer Linie und nicht die Bohne schlagfertig. Seine Ehefrau war elf Jahre jünger als er, all die anderen in der Bande waren zwischen vierzig und fünfzig, wobei man sich fragen konnte, ob die Psychotherapeutin vielleicht immer noch in den Dreißigern war. Was ihn betraf, so hatte er nur noch einige Monate bis zum sechzigsten Geburtstag vor sich.

Ich habe keinem einzigen von denen da etwas zu sagen, dachte er. Und keiner von denen da hat mir etwas zu erzählen.

Ich will nicht länger dabei sein, ich möchte höchstens eine Katze sein.

Er schaute sich im Flur um. Der war in Weiß und Aluminium gehalten. Es gab nicht ein einziges Teil hier, was ihn interessierte. Nicht das winzigste Ding, das er mitgenommen hätte, wenn er ein Einbrecher gewesen wäre. Es war einfach zu traurig.

Er drehte sich auf den Hacken um, schlich sich durch die Haustür nach draußen und trat in die kühle, klärende Nachtluft hinaus.

Niemals schlimmer als jetzt, dachte er.

2

Um halb eins am folgenden Tag saß Ante Valdemar Roos auf dem Sofa im Wohnzimmer und versuchte, die Zeitung zu lesen.

Was ihm nicht besonders glückte. Der Text flimmerte. Sein Kopf fühlte sich an wie etwas, das allzu lange im Backofen geblieben war. Um den Magen war es nicht viel besser bestellt, und irgendeine Art verirrter Huflattich wuchs an den Rändern seines Blickfelds.

Seine Ehefrau Alice hatte den ganzen Morgen kein Wort mit ihm gewechselt, aber die jüngste Tochter Wilma hatte – noch schnell, bevor sie mit ihrer Mutter durch die Tür verschwunden war – erklärt, dass sie für ein paar Stunden fort seien, um shoppen zu gehen. Sie war sechzehn, vielleicht tat er ihr ja ein wenig leid.

Die älteste Tochter Signe stand draußen auf dem Balkon und rauchte. Weder Wilma noch Signe waren Valdemars leibliche Kinder, sie gehörten zu dem Alice-Paket, als er sie vor elf Jahren geheiratet hatte. Damals waren sie fünf und neun gewesen. Inzwischen waren sie sechzehn und zwanzig. Das war ein gewisser Unterschied, wie Valdemar fand. Man konnte nicht gerade behaupten, dass es mit der Zeit einfacher geworden war. Es verging kaum ein Tag, ohne dass er eine höhere Macht, an die er eigentlich gar nicht glaubte, anflehte, dass Signe doch etwas finden würde, wozu sie Lust hätte und von zu Hause auszöge. Sie redete seit mindestens drei Jahren davon, aber bisher war noch nichts in die Tat umgesetzt worden.

Was ihn persönlich betraf, so hatte Ante Valdemar Roos ein leibliches Kind. Einen Sohn namens Greger, er war in einer verwirrten ersten Ehe mit einer Frau gezeugt worden, die Lisen hieß. Das war auch zu der damaligen Zeit kein besonders üblicher Name gewesen, und er war der Meinung, dass sie wahrscheinlich auch keine besonders übliche Frau war. Allgemein betrachtet nicht und auch zu keiner Zeit.

Inzwischen war sie tot. Sie war zwei Jahre vor der Jahrtausendwende bei einer Bergbesteigung im Himalaya ums Leben gekommen. Wenn er die Sache richtig verstand, hatte sie irgendeinen Gipfel genau an ihrem fünfzigsten Geburtstag erklimmen wollen.

Sie waren sieben Jahre lang verheiratet gewesen, als sie ihm beichtete, dass sie fast durchgehend einen anderen Mann neben ihm gehabt hatte, und sie ließen sich ohne größeres Trara scheiden. Greger hatte sie mitgenommen, als sie nach Berlin zog, aber Valdemar hatte immer Kontakt zu dem Jungen gehabt.

Nicht viel, aber immerhin. Schulferien und Urlaube... eine Gebirgswanderung und ein paar Reisen; eine verregnete Woche in Schottland unter anderem und vier Tage im Skara-Sommerland, einem Ferienpark. Inzwischen näherte sich Greger bereits dem gesetzten Alter und lebte in Maardam, wo er bei einer Bank arbeitete und mit einer dunkelhäutigen Frau aus Surinam zusammenlebte. Valdemar hatte sie noch nie getroffen, aber auf einem Foto gesehen, sie hatten zwei Kinder, und normalerweise schickte er alle drei oder vier Monate eine E-Mail an Greger. Das letzte Mal hatte er ihn bei Lisens Beerdigung auf einem zugigen Friedhof in Berlin gesehen. Seitdem waren zehn Jahre vergangen.

Signe kam vom Balkon.

»Wie geht es dir?«, fragte sie.

»Gut«, sagte Valdemar.

»Du siehst schlapp aus.«

»Wirklich?«

»Mama hat gesagt, dass es ein bisschen zu viel geworden ist gestern.«

»Ach was«, sagte Valdemar, und ihm fiel die Zeitung auf den Boden.

Sie setzte sich in den Sessel ihm gegenüber. Schob das Handtuch zurecht, das sie sich um das Haar gewickelt hatte. Sie trug ihren weiten gelben Bademantel, wahrscheinlich hatte sie vor ihrer ersten Morgenzigarette geduscht.

»Sie hat erzählt, dass du vom Krebsessen einfach verschwunden bist.«

»Verschwunden?«

»Ja.«

Er hob die Zeitung auf und spürte, wie es in den Schläfen pochte, als er sich vorbeugte. Die Huflattiche wuchsen immens.

»Ich … bin spazieren gegangen.«

»Den ganzen Weg von Kyrkbyn?«

»Ja, es war ein schöner Abend.«

Sie gähnte. »Ich habe gehört, wie du nach Hause gekommen bist.«

»Ach, wirklich?«

»Genau genommen nur zehn Minuten nach mir. Um halb fünf.«

Halb fünf?, dachte er, und eine Woge der Übelkeit durchspülte ihn. Unmöglich!

»Es dauert seine Zeit von Kyrkbyn«, sagte er. »Wie schon gesagt.«

»Ja, sicher«, erwiderte Signe grinsend. »Und dann warst du im Prince und hast ein paar Biere getrunken. Das hat sicher auch eine Weile gedauert.«

Er musste zugeben, dass das stimmte. Signe war so gut informiert wie immer. Er war an der Kneipe in der Drottninggatan vorbeigekommen, hatte gesehen, dass sie geöffnet hatte, und war eingekehrt. Er wusste nicht, dass sie Prince hieß, aber plötzlich fiel ihm ein, dass er an einem glänzenden Bartresen gesessen und Bier getrunken hatte. Sich außerdem mit einer Frau unterhalten hatte, sie hatte dichtes rotes Haar gehabt, ein Palästinensertuch oder zumindest irgendeine Art von kariertem Stoff, und vielleicht hatte er sie auch auf ein Glas eingeladen. Oder zwei. Wenn er sich recht erinnerte, dann hatte sie einen Männernamen auf der Innenseite ihres Unterarms tätowiert gehabt. *Hans?* Nein. *Hugo,* das war es gewesen, oder? Ach, was soll's, dachte Ante Valdemar Roos.

»Cilla, meine Freundin, hat dich gesehen. Du warst etwas angesäuselt, hat sie gesagt.«

Er zog es vor, keinen Kommentar dazu abzugeben. Blätterte stattdessen in seiner Zeitung und tat so, als interessierte ihn das Gespräch nicht weiter. Als ginge es ihn gar nichts an.

»Sie hat auch gesagt, dass du fünfzehn Jahre älter warst als alle anderen in der Kneipe. Das Schätzchen, mit dem du dich unterhalten hast, kam um zwei.«

Er fand die Sportseiten und fing an, die Ergebnisse zu studieren. Signe blieb ein paar Sekunden lang schweigend sitzen und starrte auf ihre Fingernägel. Dann stand sie endlich auf.

»Mama ist etwas sauer, oder?«, bemerkte sie und verschwand in ihr Zimmer, ohne die Antwort abzuwarten.

So ist das Leben, dachte Ante Valdemar Roos und schloss die Augen.

In den frühen Nachmittagsstunden gönnte er sich ein Nickerchen, und als er gegen vier Uhr aufwachte, stellte er zu seiner Verwunderung fest, dass er allein zu Hause war. Wo Wilma und Signe sich aufhielten, das stand in den Sternen, aber Alice hatte einen Zettel auf dem Küchentisch hinterlassen.

Bin bei Olga. Wird wohl spät werden. A

Valdemar knüllte das Papier zusammen und warf es in den Mülleimer. Er nahm zwei Kopfschmerztabletten und trank ein Glas Wasser. Dachte einen Moment lang an Olga, sie war Russin und eine der unzähligen Freundinnen seiner Ehefrau. Sie hatte dunkle Augen, sprach langsam und ein wenig geheimnisvoll mit einer tiefen Stimme, fast Bariton, und er hatte einmal geträumt, dass er mit ihr schliefe. Es war ein äußerst deutlicher Traum gewesen, sie hatten in einem Meer aus Farnkraut gelegen, sie hatte ihn geritten, und ihr schwarzes, langes Haar hatte im Wind getanzt; er war aufgewacht, kurz bevor er gekommen war, war davon aufgewacht, dass Alice nur einen halben Meter vom Bett entfernt den Staubsauger anstellte und ihn fragte, ob er krank sei oder was denn mit ihm los sei.

Das war schon einige Jahre her, aber es fiel ihm immer noch schwer, dieses Farnkraut zu vergessen.

Er öffnete die Kühlschranktür und überlegte, ob von ihm erwartet wurde, dass er den Mädchen etwas zu essen kochte. Vielleicht, vielleicht auch nicht. Es gab alle Zutaten, um ein spärliches Nudelgericht hinzukriegen; er beschloss, erst einmal abzuwarten. Die eine oder andere würde schon irgendwann auftauchen, vielleicht würden sie es auch vorziehen, wenn er jeder einen Hunderter gab, so dass sie ihre Bedürfnisse in der Stadt befriedigen konnten. Man konnte ja nie wissen.

Er suchte seinen Tippschein heraus und ließ sich vor dem Fernseher in den Sessel sinken.

Ante Valdemar Roos ahnte wohl kaum, dass seinem Leben in diesem Augenblick eine grundlegende, schicksalsschwere Veränderung bevorstand.

Genau diese unverbesserlich lächerliche Formulierung würde ihm in den folgenden Wochen immer mal wieder durch den Kopf gehen, und jedes Mal würde er mit jedem Recht der Welt darüber lachen.

Es war sein Vater gewesen, der damit angefangen hatte. Bevor er sich erhängte, war er acht Jahre lang jede Woche in den Zigarettenladen im Gartzvägen in K. gegangen und hatte eine einzelne Tippreihe abgegeben. Jeden Mittwoch vor achtzehn Uhr, manchmal hatte Valdemar ihn begleitet.

Nur eine Reihe?, pflegte der phlegmatische Tabakhändler Pohlgren zu fragen.

Nur eine Reihe, antwortete der Vater.

Die meisten, die tippten, so hatte Valdemar verstanden, versuchten ihr Glück gern mit fünf oder acht Reihen oder mit einem kleinen System, aber Eugen Roos begnügte sich mit einer Reihe.

Früher oder später, mein Junge, so erklärte er es Valdemar, früher oder später kommt ein Treffer. Wenn man es am allerwenigsten erwartet, es geht nur darum, Geduld zu bewahren.

Geduld.

Nach Vaters Tod hatte Valdemar die Tradition übernommen, bereits an dem auf das tragische Ereignis folgenden Mittwoch war er zu Pohlgren gegangen, hatte eine einzige Reihe auf dem Kupon ausgefüllt und die vierzig Öre bezahlt, die das damals kostete.

Und so hatte er weitergemacht; Woche für Woche, Jahr für Jahr. Als der Totozettel von zwölf auf dreizehn Spiele erweitert wurde, hatte auch Valdemar sein Spiel erweitert. Von einer auf drei Reihen. Und beim dreizehnten Spiel deckte er alles.

Dieselbe Reihe also seit 1953. Manchmal hatte er schon überlegt, ob das eine Art Weltrekord war. Schließlich handelte es sich inzwischen um mehr als fünfzig Jahre, ein ansehnliches Pensum Zeit, wenn man es recht betrachtete.

Das Merkwürdige war, dass weder er noch sein Vater jemals auch nur eine Krone gewonnen hatten. Zweiundzwanzig Mal hatten sie neun Richtige; dreimal zehn, aber bei keiner dieser Gelegenheiten hatte ein Zehner zu einer Auszahlung geführt.

Geduld, dachte er stets. Wenn ich die Reihe an Greger vererbe, dann wird er eines schönen Tages Millionär.

Er nickte im Sessel kurz ein, das war nicht zu verhindern. Ungefähr zwischen der zwanzigsten und der vierundvierzigsten Minute der zweiten Halbzeit war er aber wieder hellwach, da wurden die Ergebnisse gezeigt. Immer noch war er allein in der Wohnung, er griff zum Stift und überlegte, wenn er in seinem nächsten Leben keine Katze wurde, ob er dann zumindest darum bitten könnte, Junggeselle zu werden.

Und dann, während die Welt ihren üblichen Gang ging, während unberechenbare Winde aus allen möglichen Winkeln und Ecken bliesen und nichts oder alles seinen Raum einnahm oder auch keinen einnahm, da nahm das Wunder seinen Lauf.

Spiel für Spiel, Ergebnis für Ergebnis, ein Zeichen nach dem anderen; Als alles notiert war, war Valdemars erster Gedanke, dass er tatsächlich derjenige gewesen war, der dagesessen und die ganze Prozedur überwacht hatte. Dass es auf ihn – und auf seine gewissenhafte Überwachung – ankam. Normalerweise tat er das nicht, zumindest kam es inzwischen äußerst selten vor, dass er sich die Bekanntgabe der Ergebnisse im Fernsehen ansah, meistens begnügte er sich damit, die Zahlen im Teletext oder in der Zeitung vom Sonntag oder Montag zu vergleichen. Um dann festzustellen, dass es vier oder fünf oder sechs Richtige waren wie üblich, was nur hieß, einen neuen Anlauf zu nehmen.

Dreizehn.

Er ließ sich das Wort auf der Zunge zergehen. Sprach es laut aus.

Dreizehn Richtige.

Plötzlich war er sich nicht mehr sicher, ob er tatsächlich wach war. Oder überhaupt noch am Leben. Das Dämmerlicht im Raum und in der Wohnung erschien ihm nicht wirklich, eher wie eine Art Nebelvorhang, vielleicht war er ja tot, bis auf den Fernseher war keine einzige Lichtquelle an, und zum ersten Mal fiel ihm auf, dass es draußen in der Welt regnete und dass der Himmel über Kymlinge dunkel wie frisch aufgeschütteter Asphalt war.

Er kniff sich in den Nasenflügel, räusperte sich laut und deutlich, bewegte seine Zehen, und nachdem er seinen Namen und sein Geburtsdatum mit klarer und deutlicher Stimme ausgesprochen hatte, zog er den vorsichtigen Schluss, dass er weder schlief noch tot war.

Dann kam die Ausschüttung.

Eine Million …

Sein Kopfschmerz meldete sich zurück, er riss die Augen auf und beugte sich näher zum Bildschirm.

Eine Million neunhundertfünfzig …

Das Telefon klingelte. Alexander Graham Bell, go and play with yourself, dachte Ante Valdemar Roos. Man konnte sich fragen, wieso sich gerade dieser Spruch, dazu noch in einer fremden Sprache, in seinem sich langsam erholenden Gehirn einfand, aber so war es nun einmal, und im nächsten Moment war er schon wie weggewischt und vergessen.

Eine Million neunhundertvierundfünfzigtausend einhundertzwanzig Kronen.

Er suchte nach der Fernbedienung, schaltete den Fernseher aus und blieb für zehn Minuten reglos im Sessel sitzen. Wenn mein Herz jetzt nicht stehen bleibt, dann werde ich leben, bis ich hundert bin, dachte er.

Als Alice von ihrem Besuch bei Olga nach Hause kam, war es bereits halb zehn Uhr abends, und Valdemar hatte sich in jeder Beziehung wieder beruhigt.

»Ich muss mich bei dir für gestern entschuldigen«, sagte er. »Ich habe ein paar Schnäpse zuviel abbekommen.«

»*Abbekommen?*«, erwiderte Alice. »Ich dachte, du hättest sie dir *genommen.*«

»Kann schon sein«, sagte Valdemar. »Auf jeden Fall war es ein bisschen zu viel.«

»Sind die Mädchen zu Hause?«

Er zuckte mit den Schultern. »Nein.«

»Wilma hat mich auf dem Handy angerufen und versprochen, um neun Uhr zu Hause zu sein.«

»Ach ja?«, sagte Valdemar. »Nein, von den beiden ist keine heute Abend zu Hause gewesen.«

»Hast du dich um die Wäsche gekümmert?«

»Nein«, sagte Valdemar.

»Hast du die Blumen gegossen?«

»Auch nicht«, gab Valdemar zu. »Ich habe mich nicht so recht gefühlt, weißt du.«

»Ich nehme an, dass du Hans-Erik und Helga auch nicht angerufen hast, um dich bei ihnen zu entschuldigen.«

»Das stimmt«, bestätigte Valdemar. »Das habe ich auch versäumt.«

Alice ging in die Küche, er folgte ihr, da er sehen wollte, wie sich das Ganze wohl entwickelte.

»Weißt du«, sagte sie. »Weißt du, manchmal machst du mich so traurig, dass ich mich am liebsten hinlegen und sterben würde. Verstehst du das?«

Ante Valdemar Roos dachte nach.

»Das wollte ich nicht«, sagte er. »Ich wollte nicht weggehen. Aber es war so ein schöner Abend, und da habe ich gedacht…«

»Diese Geschichte, die du erzählt hast, findest du, dass sie gut in die Gesellschaft passte?«

»Ich weiß, ich habe die Pointe vergessen«, gab er zu. »Aber sie ist wirklich ganz witzig. Jetzt fällt mir wieder ein, wie sie sein soll, wenn du willst, kann ich…«

»Es reicht, Valdemar«, unterbrach sie ihn. »Im Augenblick kann ich nicht mehr. Willst du wirklich weiterhin mit mir verheiratet sein?«

Er setzte sich an den Tisch, während sie stehen blieb und aus dem Fenster schaute. Eine ganze Weile passierte gar nichts. Er saß nur da, die Ellbogen auf die Tischplatte gestützt, während er auf die kleine, halbtote Topfpflanze und die zwei kleinen Salzstreuer schaute, die sie in der Västerlånggatan während eines regnerischen Stockholmwochenendes vor sieben, acht Jahren gekauft hatten. Wobei es sich natürlich eigentlich um einen Salzstreuer und einen Pfefferstreuer handelte. Alice hatte ihm ihren breiten Hintern zugedreht, und er dachte, dass ihre Ehe genau auf diesem umfangreichen Körperteil beruhte. Ja, so war es tatsächlich. Sie war zwar noch nicht älter als achtundvierzig, aber es war nicht leicht, einen neuen Partner zu finden, wenn man mehr als zwanzig Kilo Übergewicht mit sich herumschleppte, nicht in diesen Zeiten, die so offensichtlich vom Aussehen, von Äußerlichkeiten und dem Schlanksein geprägt waren – vielleicht galt das ja für alle Zeiten. Er wusste, dass sie sich vor nichts mehr fürchtete, als davor, allein leben zu müssen.

Die Gleichung war aufgestellt und gelöst worden, bereits als sie heirateten. Valdemar war zehn Jahre zu alt gewesen, dafür war Alice fünfundzwanzig Kilo zu schwer, keiner von ihnen hatte diese traurige Wahrheit jemals ausgesprochen, aber er war überzeugt davon, dass sie sich dessen ebenso bewusst war wie er.

Und im Namen der gleichen finsteren Wahrheit konnte man auch anmerken, während man dasaß, mit den Ellbogen über den Tisch rieb und wartete, dass zumindest Alice in der Zeit, die sie verheiratet waren, um einige Kilo leichter geworden war, während Valdemar nicht im entsprechenden Grad jünger geworden wäre.

»Wir haben seit mehr als einem Jahr nicht mehr miteinander geschlafen«, sagte sie nun. »Findest du mich so widerlich, Valdemar?«

»Nein«, sagte er. »Aber ich finde mich selbst ziemlich widerlich, da drückt der Schuh.«

Er überlegte kurz, ob das stimmte oder nur eine raffinierte Behauptung war, und das tat Alice offensichtlich auch, denn sie drehte sich um und betrachtete ihn mit einem leicht traurigen und ein wenig prüfenden Blick. Es sah so aus, als wollte sie noch etwas sagen, doch dann seufzte sie nur schwer und verschwand in der Waschküche.

Zwei Millionen, dachte Ante Valdemar Roos. Mit den Zwölfern mussten das über zwei Millionen werden. Was zum Teufel soll ich jetzt machen?

Und plötzlich tauchte das Bild seines Vaters im Wald in seinem perforierten Bewusstsein auf. Noch einmal. Er stand mit der Pfeife in der Hand da, und sein Gesicht schien näher zu kommen, und als Valdemar die Augen schloss, konnte er sehen, wie sich die Lippen seines Vaters bewegten. Als wollte er seinem Sohn etwas mitteilen.

Was?, dachte er. Was willst du mir sagen, Papa?

Und tatsächlich, in dem Moment, als er hörte, wie seine Frau den Trockner startete, konnte er die Stimme seines Vaters hören. Leise und entfernt kam sie durch das Rauschen all der verschwundenen Jahrzehnte zu ihm, aber dennoch unverkennbar – und deutlich genug, dass er ohne Probleme die Botschaft vernehmen konnte.

Nächste Woche brauchst du nicht mehr zu tippen, mein Junge, sagte er.

Und du brauchst nicht mehr geduldig zu sein.

3

Nach drei Wochen im Elvaforsheim war Anna Gambowska klar, dass sie wegmusste.

Es gab keinen anderen Weg.

Die erste Woche war damit vergangen, dass sie von morgens bis abends geweint hatte. Zum Teil auch noch in den Nächten, da gab es etwas in ihrer Seele, das mit all diesen Tränen gewaschen werden musste, damit es wieder weich und lebendig wurde. Genau so fühlte es sich an. Es war ein gutes Weinen, es eignete sich zur Heilung, auch wenn es einer großen Trauer entsprang.

Es war nicht das erste Mal, dass sie auf diese Art und Weise von sich selbst dachte. Als eine bedauernswerte kleine Pflanze, die gegossen werden musste und Nahrung brauchte, damit sie zurechtkam. Damit sie wuchs und ihren rechtmäßigen Platz in dieser kargen und ungastlichen Welt einnehmen konnte. Aber wenn das Leben zu schwer wurde, dann war es besser, dass sie da unten in dem kalten Frostboden verborgen lag und so tat, als würde sie gar nicht existieren.

Die Seele im Frost. Oder umgekehrt, der Frost in der Seele, so konnte man auch sagen, und es klang wie eine Rechtschreibübung aus der Mittelstufe.

So war es eine ganze Weile gewesen. Den ganzen Frühling und den ganzen Sommer über jedenfalls, vielleicht sogar noch länger. Ihre Seele hatte vergessen auf dem Boden einer gefrorenen Höhle gelegen, die ihr Inneres ausmachte, und wäre sie nicht rechtzeitig ins Elvaforsheim gekommen, dann hätte sie sogar ganz und gar sterben können.

Bei diesem Gedanken weinte sie noch mehr. Es schien, als nähre sich ihre Seele an ihrer eigenen Trauer, ja, so war es wirklich. Ihre Seele hatte wohl trotz allem eine gewisse Überlebenskraft.

Ihre Mutter war es, die festgestellt hatte, wie es um sie stand. Anna hatte Geld von ihr gestohlen, um Heroin zu kaufen, und es war auch ihre Mutter, die dafür sorgte, dass die Ämter auf den Plan traten.

Viertausend Kronen hatte sie genommen. Es war unbegreiflich, dass ihre Mutter so viel Geld zu Hause hatte, und als Anna in den ersten Tagen im Heim an das zurückdachte, was sie getan hatte – was in dem Zwölfstufenprogramm *der moralische Zusammenbruch* genannt wurde –, war das nicht möglich, ohne dass sich alles in ihr zusammenkrampfte und sie sich wünschte, wieder in der Tiefe verschwinden zu können. Ihre Mutter arbeitete in einer Kindertagesstätte, viertausend Kronen, das war mehr, als sie in einer Woche verdiente, sie hatte das Geld zurückgelegt, um Marek ein neues Fahrrad zu kaufen.

Marek war acht Jahre alt und Annas kleiner Bruder. Statt eines Fahrrads war es also Heroin für die große Schwester geworden.

Auch darüber weinte sie. Über ihre Schande, ihre Erbärmlichkeit und ihre Undankbarkeit. Aber ihre Mutter liebte sie, das wusste Anna. Liebte sie trotz allem. Obwohl sie ihre eigenen Probleme hatte. Als sie merkte, dass das Geld weg war, wurde sie wütend, doch das ging vorüber. Sie hatte Anna in den Arm genommen, sie getröstet und gesagt, dass sie sie liebte.

Ohne ihre Mutter hätte sie es nie geschafft, ihr Leben zu verändern, das wusste Anna Gambowska.

Vielleicht schaffte sie es auch nicht mit ihr, aber auf jeden Fall nicht ohne sie.

Sie kam am 1. August nach Elvafors. Acht Tage, nachdem ihre Mutter sie erwischt hatte, und es war ihr einundzwanzigster Geburtstag gewesen. Auf dem Weg waren sie in einem Café eingekehrt und hatten mit Kaffee und einem Stück Torte gefeiert. Ihre Mutter hatte sie bei den Händen gehalten, beide hatten sie geweint und einander versprochen, dass jetzt ein neues Leben beginne. Jetzt sollte es genug sein.

Als ich in deinem Alter war, musste ich auch mit einem großen Schmerz fertig werden, hatte ihre Mutter erzählt. Aber den kann man überwinden.

Wie hast du das geschafft?, hatte Anna gefragt.

Ihre Mutter hatte gezögert. Ich habe dich gekriegt, hatte sie schließlich gesagt.

Meinst du damit, dass ich zusehen soll, schwanger zu werden?, hatte Anna wissen wollen.

Untersteh dich, hatte ihre Mutter gesagt, und sie hatten beide so laut gelacht, dass das Personal im Café sich gegenseitig Blicke zugeworfen hatte.

Es war schön gewesen, in diesem anonymen Lokal zu sitzen und über das ganze Dasein zu lachen, dachte Anna. Es war ein schöner Moment gewesen. Allen Problemen und all dem Elend einen kräftigen Tritt in den Hintern zu verpassen, vielleicht war das eine Möglichkeit, dieses verfluchte Leben in den Griff zu kriegen? Vielleicht gab es keine bessere Methode.

Sie war fünfzehn gewesen, als sie zum ersten Mal Haschisch probiert hatte. In den letzten drei Jahren, nachdem sie das Gymnasium geschmissen und gejobbt hatte, in einem Kiosk, in einem Café und an einer Tankstelle, hatte sie mindestens dreimal in der Woche geraucht. Und seit sie im Februar von zu Hause ausgezogen war, so ziemlich jeden Tag. Im April hatte sie Steffo getroffen und angefangen zu dealen. Er hatte so seine Kontakte, er war sechs Jahre älter als sie, und er war im Mai bei ihr eingezogen. Er hatte außerdem noch härtere

Sachen besorgt, Amphetamin, Morphium und ein paar Mal Ecstasy. Das Heroin war irgendwie der letzte Schritt gewesen, insgesamt hatte sie es viermal probiert, und wenn sie deswegen weinte, dann hatte sie das Gefühl, ihre Tränen bestünden aus reinem Blut.

Oder verunreinigtem Blut, genauer gesagt.

Ihre Mutter wusste nicht viel über Steffo, nur dass es ihn gab. Anna hatte ihn vor den Sozialarbeitern und den Bullen geschützt, und sie fragte sich, wohin er wohl gegangen war, nachdem ihre Mutter ihre Wohnung ausgeräumt hatte.

Aber für solche wie Steffo gab es überall Platz, davon war sie überzeugt. Schlafplätze sowieso, darüber brauchte sie sich wirklich keine Gedanken zu machen.

Und sie hoffte, dass er ein neues Mädchen gefunden hatte. Das hoffte sie um ihrer selbst willen. Es gab einiges an Steffo, was ihr Angst machte, eine ganze Menge eigentlich, wahrscheinlich war das der Grund, warum sie ihn gedeckt hatte.

Du gehörst mir, hatte er gesagt. Vergiss das nie, dass du Steffo gehörst.

Er hatte außerdem gewollt, dass sie sich seinen Namen aufs Bein tätowieren ließ, möglichst auf die Innenseite des Oberschenkels, aber das hatte sie hinauszögern können. Es ist ein Geschenk, hatte er erklärt, ein Geschenk von mir für dich. Ja, sie hoffte wirklich, dass er eine neue Freundin gefunden hatte.

Die Gedanken an Steffo ließen natürlich auch die anderen Fragen hochkommen. Sie schwammen in den Tränen, und sie wusste, dass sie nach einer Antwort suchten wie ein verlaufenes Kalb nach seiner Mama.

Warum? Warum willst du dein Leben zerstören? Warum gehst du offenen Auges in die Hölle? Was ist der Sinn des Ganzen, Anna?

Das fragte sie sich selbst, und alle anderen fragten es sich auch. Ihre Mutter. Die Leute vom Amt. Tante Majka. Sie hatte keine Antwort. Wenn es eine Antwort gäbe, dann wären ja keine Fragen nötig, dachte sie immer.

Eine einzige Finsternis war das. Eine Finsternis mit einer enormen Anziehungskraft.

Ja, einer Kraft, die stärker war als sie selbst, genau wie sie immer in der Gruppentherapie sagten.

Als sie das erste Mal das Elvaforsheim gesehen hatte, fand sie, dass es einem Bild aus dem Märchenbuch glich. Es lag an einem runden See, der mit Seerosenblättern bedeckt war. Eine daran angrenzende Wiese mit knorrigen Obstbäumen führte zum Haus hinauf, ansonsten war das Haus von Wald umschlossen. Das Hauptgebäude war ein alter, charmanter Holzbau in Gelb und Weiß; acht kleinere Zimmer im ersten Stock, Küche und vier größere unten. An einer Ecke gab es außerdem ein kleineres Haus, in dem das Büro und zwei Schlafräume für das Personal untergebracht waren. Oben am Waldrand stand noch ein Gebäude, ein kleines rotes Haus mit Zimmern und Küche, die sogenannte Zwischenstufe, die von den beiden Klientinnen bewohnt wurde, die am weitesten in der Behandlung gediehen waren. Die bald in die Endstufe nach Dalby und dann wieder zurück ins Leben kehren sollten.

Hier gab es nur Frauen. Eine Leiterin, die Sonja Svensson hieß, ein halbes Dutzend an Personal, mehrere von ihnen ehemalige Drogensüchtige, und dann die Klientinnen: junge Frauen, die aus dem schimpflichen Sumpf des Alkohols und der Drogen gerettet werden sollten. Genau besehen waren es acht Stück. Am selben Tag wie Anna war noch ein achtzehnjähriges Mädchen aus Karlstad gekommen, die Ellen hieß.

Sie stammten aus den verschiedenen Teilen des Landes, meistens aus Mittel- und Westschweden. Sie hatte ihre Namen bereits am ersten Vormittag kennengelernt, das war ein grundlegender Schritt in der Therapie, wie Sonja erklärte, und dazu hatte sie ihr trockenes Lachen erklingen lassen.

Wie können wir einander respektieren, wenn wir nicht wissen, wie wir heißen?

Um Respekt ging es oft im Elvaforsheim.

Zumindest auf dem Papier.

Dennoch war es gerade der Mangel an Respekt, der Anna Gambowska schließlich den Entschluss treffen ließ wegzulaufen.

Oder nicht?, fragte sie sich selbst.

Doch, genau das war der Grund.

Es gab eine Anzahl einfacher Regeln im Elvaforsheim. Bei der Aufnahme musste Anna ein Papier unterzeichnen, in dem sie bestätigte, dass sie diese Regeln akzeptierte. Die Behandlung war freiwillig, wurde aber von der Sozialbehörde der jeweiligen Heimatgemeinde der einzelnen Frauen bezahlt. Wenn es einem also nicht passte, war es besser, man überließ seinen Platz einer anderen, die ihn brauchte.

Es gab genügend, die ihn brauchten, weiß Gott. Die Behandlung dauerte zwischen sechs Monaten und einem Jahr, und man konnte gern auch danach weiterhin Kontakt halten. Es war nicht ungewöhnlich, dass dankbare ehemalige Klientinnen zu Besuch kamen, das erzählte Sonja Svensson bereits am ersten Tag. Absolut nicht ungewöhnlich.

Ansonsten bestand die wichtigste Regel darin, dass man so wenig Kontakt zur Außenwelt wie möglich haben sollte. Denn es war die Außenwelt, in der die Mädchen – keine war älter als dreiundzwanzig, weshalb Anna sie nur schwer als Frauen bezeichnen konnte – ihre Schrammen abbekommen hatten, dort hatten sie alle ihre schlechten Kontakte und ihr destruktives Netzwerk. Es ging darum, diese Muster aufzubrechen, im Inneren wie im Äußeren. Kein Handy war in Elvafors erlaubt, gerade mal ein Telefongespräch pro Woche gestattet – mit der Nummer eines Verwandten, normalerweise einem Elternteil, die man bereits zu Anfang hinterlegt hatte. Die Angehörigen dagegen durften von sich hören lassen, wurden jedoch dazu angehalten, die Kontakte restriktiv zu halten. Dafür wurden zweimal im Jahr sogenannte Familientage angesetzt.

Es gab weder Computer noch Internet im Elvaforsheim, bis auf einen einzigen Raum im Bürobereich, zu dem die Klientinnen keinen Zugang hatten.

Radio und Fernsehen gab es dagegen, die Kanäle 1, 2 und 4.

In den ersten zwei Monaten wurde keinerlei Urlaub gewährt, und wenn er danach zustande kam, dann nur, wenn mindestens ein Familienmitglied die Verantwortung übernahm.

Die gesamte Küchenarbeit, Essenzubereitung, Abwaschen, Putzen und die üblichen Hausarbeiten wurden von den Klientinnen selbst erledigt. Mindestens zweimal in der Woche wurden gemeinsame Ausflüge unternommen, meistens in den nächstgelegenen Ort, Dalby, der achtzehn Kilometer entfernt lag. Bowling, Cafébesuche oder Schwimmen standen meist auf dem Programm.

Elvafors lag abseits, und das war kein Zufall. Als Sonja Svensson vor dreizehn Jahren das Heim gegründet hatte, war die geographische Lage ihr wichtigstes Argument gewesen.

Keine störende Zivilisation. Keine Gefahren. Keine Kontakte.

Die Behandlung selbst ruhte auf vier Eckpfeilern: Offenheit, soziales Miteinander, Hilfe zur Selbsthilfe und das Zwölfstufenprogramm. Nach dem Frühstück versammelte man sich immer im großen Gemeinschaftsraum, man saß auf Stühlen im Kreis und berichtete, wie es einem ging, grob gesagt. Das konnte so lange dauern, wie es eben nötig war. Anschließend war Zeit für individuelle Unterstützungsmaßnahmen, und dann sprach man eine Weile über das Zwölfstufenprogramm.

Nach dem Mittagessen hatten irgendwelche Aktivitäten ihren Raum, entweder ein Ausflug oder etwas in Verbindung mit dem Heim. Am Dienstag und am Freitag kam eine Psychologin, um Einzelgespräche mit den Mädchen zu führen. Manchmal ergriff Sonja Svensson auch selbst die Initiative zu Privatgesprächen mit ihren Schützlingen.

Und dann das Abendessen mit den Vor- und Nacharbeiten und schließlich ein erneutes gemeinsames Zusammenkommen im Kreis gegen zehn Uhr, um positive und negative Erlebnisse vom Tage zu diskutieren.

Dennoch gab es genügend Zeit für anderes. Um für sich zu sein. Zu lesen, zu schreiben oder Fernsehen zu gucken. Es gab ein Klavier, und Anna hatte ihre Gitarre mitgenommen. Aber von gemeinsamem musikalischem Beisammensein konnte keine Rede sein. Keines der anderen Mädchen schien besonders musikalisch zu sein, aber einigen gefiel es gut, wenn Anna spielte, und meistens saßen eine oder mehrere für eine Weile bei ihr im Zimmer.

Zumindest in der ersten Zeit.

Als die Tränenwoche vorüber war, stellte sich anfangs eine Art Ruhe ein. Ihr gefiel der gleichmäßige, stressfreie Trott in dem Haus. Erfahrungen mit den anderen Mädchen auszutauschen erschien ihr ebenfalls sinnvoll, wenn auch ein wenig erschreckend. Sie begriff schnell, dass sie eine Art Novizin in der Gruppe war, was hässliche und gefährliche Erfahrungen betraf. Vier von ihnen, die Hälfte, war schon früher in einem Heim gewesen. Marit aus Göteborg war jetzt in ihrem vierten, und sie erklärte immer wieder, dass sie nicht mehr weinen könnte. Das stimmte wohl, sie lachte gern, laut und fast polternd, aber das Lachen erreichte nie ihre Augen. Es war in keiner Weise zu vergleichen mit dem Lachen von Anna und ihrer Mutter damals im Café.

Zwei andere Mädchen, Turid und Ebba, waren Prostituierte gewesen, obwohl sie noch nicht einmal zwanzig waren, und

Malin war die heimliche Geliebte ihres Vaters gewesen, seit sie zwölf Jahre alt war.

Aber, wie Sonja Svensson und die anderen vom Personal immer zu betonen pflegten, zurückzuschauen, das war keine Kunst, es ging darum, nach vorn zu sehen.

Als Anna eines Abends in der Küche stand und einen Salat mischte, öffnete ihr außerdem Maria, die Älteste und Routinierteste in der Gruppe, die Augen für einen etwas kritischeren Blick aufs Heim.

Die verdienen Geld mit uns, das ist dir doch wohl klar, oder?, sagte sie und schaute sich dabei über die Schulter, um sicher zu gehen, dass niemand sie hörte. Die Behörde bezahlt tausend Kröten pro Tag für jede von uns! Sonja und ihr Typ haben über 'ne Mille auf der Bank.

Konnte das stimmen? Maria war nicht gerade bekannt dafür, freundliche Dinge zu sagen, aber vielleicht hatte sie ja trotz allem Recht. Das hier ist meine letzte Verschnaufpause, erklärte sie immer, wenn keiner vom Personal in der Nähe war. Wenn ich rauskomme, gebe ich mir innerhalb von zwei Wochen den goldenen Schuss, Scheiße, wird das toll werden.

Sie war 23 Jahre alt.

Anna machte auch andere Beobachtungen, das war gar nicht zu vermeiden.

Dass sie das Gefühl hatte, ein ziemliches Einzelstück in dieser Welt zu sein beispielsweise. Wie eigentlich immer schon. Keines der anderen Mädchen las Bücher, und als sie Ludmilla, einem zwanzigjährigen Mädchen aus Borås, erzählte, dass sie Gedichte schrieb, wurde Ludmilla plötzlich stinkwütend und nannte sie eine eingebildete Schnepfe, die nur versuchte, sich wichtig zu machen.

Sie sprach es am nächsten Tag in der morgendlichen Runde an. Dass ihr wehgetan hatte, was Ludmilla zu ihr gesagt hatte, sie saßen alle acht auf ihren harten Stühlen und bewarfen sich fast eine Stunde lang gegenseitig mit Dreck. Sonja Svensson war nicht dabei, stattdessen jemand anderes vom Personal, eine ziemlich gefügige Frau namens Karin, die versuchte, die Wogen zu glätten.

Hinterher hatte sie nicht das Gefühl, als ob ziemlich viel geklärt worden wäre, und am nächsten Tag hatte sie ein Einzelgespräch mit Sonja Svensson.

Du musst ja auch nicht die ganze Zeit deine Nase in die Bücher stecken, hatte Sonja gesagt. Du musst versuchen, dich anzupassen.

Aber ich lese gern, hatte Anna erklärt.

Das ist ja ein Teil deines Problems, hatte sie zur Antwort erhalten. Du ziehst dich zurück. Gitarre, Gedichte und so was alles. Morgen werden wir in der Turnhalle der Dalby-Schule Fußball spielen, das ist eher der Stoff, den du in deinem Leben brauchst.

Sie hatte ihr trockenes Lachen gelacht und Anna hinausgeschickt.

Was soll das?, hatte Anna gedacht. Meinte sie es ernst? Was sollte denn an Musik falsch sein? Und Gedichte und Bücher konnten ja wohl kaum ein Problem darstellen?

Von diesem Tag an achtete sie genau darauf, die Tür zu ihrem Zimmer zu schließen. Wenn sie spielte oder nur dalag und las oder schrieb. Um niemanden zu stören oder sich zu produzieren, aber offenbar war das nicht die richtige Medizin, denn eines Abends, als sie in Dalby zum Schwimmen gewesen waren, erfuhr sie, dass Sonja ihre Gitarre genommen und im Büro eingeschlossen hatte.

Du wirst eine Woche lang ohne sie leben müssen, erklärte sie. Das ist nur gut für dich.

Im Kreisgespräch am nächsten Morgen erklärte Anna, dass sie traurig sei und sich gekränkt fühle, weil man ihr die Gitarre weggenommen habe. Sonja Svensson gab keinem der anderen Mädchen auch nur die Chance, das zu kommentieren, sie sagte nur, dass jetzt nicht der richtige Zeitpunkt sei, dieses Thema aufzugreifen, und ging sofort zu den anderen und deren Gefühlslage über.

Am selben Abend rief ihre Mutter an. Um sie nicht zu beunruhigen, erwähnte Anna den Vorfall mit der Gitarre nicht. Sagte nur, dass alles in Ordnung sei, dass es ihr immer besser gehe und dass sie dabei sei, einen langen Brief an Marek zu schreiben. Ihre Mutter erzählte ihr, dass der Bruder trotz allem sein Fahrrad bekommen habe, es ihr selbst aber nicht so gut gehe, da ihr Knie ihr wieder Probleme machte. Vielleicht müsste sie sich sogar krankschreiben lassen, und wenn es etwas gab, was sie hasste, dann war es, krankgeschrieben zu werden.

In der folgenden Nacht lag Anna stundenlang wach und weinte in einer neuen Art. Zuerst verstand sie nicht, was neu daran war, es war eher so, dass es sich ungewohnt anfühlte.

Doch dann begriff sie.

Diese Tränen vergoss sie nicht über sich selbst und ihre arme kaputte Seele, sie vergoss sie über die Welt.

Über die herrschenden Zustände ganz allgemein. Über das Leben an sich, über die Einschränkungen, die Dummheit und die Härte – und über die Gitarre, die gezwungen war, in einem muffigen Büro eingesperrt zu sein, weil sie Teil eines Problems war.

Es war nicht alles schlecht im Elvaforsheim, ganz bestimmt hatte Sonja Svensson anfangs gute Absichten gehabt, das war Anna schon klar. Aber je mehr Abstand sie zu den Drogen bekam, umso deutlicher sah sie die Risse. Niemand vom Personal hatte irgendeine Ausbildung; alle waren ehemalige Junkies oder gute Freunde von Sonja. Zwei von ihnen waren mit ihr verwandt. Niemandem wurde erlaubt, eine abweichende Meinung zu haben, und was die Behandlung betraf, so war es immer Sonja, die alles am besten wusste. Zwar gelang es ihr stets, die Dinge so darzustellen, dass es für das Gemeinwohl am besten erschien und dass alle an dem Beschluss, der gefasst wurde, beteiligt zu sein schienen. Aber so war es ganz und gar nicht, Sonja war diejenige, die die Entscheidungen traf, und alles sollte von allen getragen werden. Wenn man nicht dabei sein wollte – keine Lust hatte, irgend so eine Dokusoap anzugucken, oder kein Interesse daran hatte, Mensch ärgere dich nicht zu spielen – dann wurde das als abweichendes Verhalten betrachtet und als Zeichen für einen Rückfall. Nicht unbedingt ein Rückfall in Sachen Sucht, aber in bestimmte Muster, die dazu führen konnten und die folglich durchbrochen werden mussten. Es war eine Art Terror der Mehrheit, dachte Anna, und das konnte wohl kaum der ursprüngliche Gedanke gewesen sein.

Und tausend Kronen pro Person und Tag? Achttausend pro Tag, das wurde schon in wenigen Wochen zu einer schwindelerregenden Summe. So viel konnte das hier ja wohl kaum kosten, vielleicht war an dem, was Maria gesagt hatte, doch etwas dran?

An einem Wochenende Ende August verschwand Ludmilla, nachdem sie Ausgang bekommen hatte. Ein paar Tage später wusste Sonja zu berichten, dass sie bewusstlos und nackt in einem Graben in einem südlichen Vorort von Stockholm gefunden worden war. Sie war vergewaltigt worden, hatte eine Überdosis genommen, und ihr Zustand war kritisch.

Das erzählte sie der Gruppe nach dem abendlichen Essen. Es war etwas an ihrer Stimme, als sie es berichtete. In allen Details. Anna schaute sich in der Runde um, betrachtete die anderen stummen Mädchen und fragte sich, ob sie das wohl auch bemerkten.

Diese kleine Andeutung von… ja, was war es? Befriedigung?

Aber die anderen sahen nur aufgeregt und schockiert aus.

So fühlte sie sich auch, und das war ja wohl auch der Sinn des Ganzen.

Der Sinn?, dachte sie, als sie eine Viertelstunde später in ihrem Bett lag. Was für ein verdammter Sinn denn?

Und am selben Abend kam ihr zum ersten Mal der Gedanke, dass sie nicht länger hier sein wollte.

4

Als Ante Valdemar Roos am späten Donnerstagnachmittag aus den Räumen der Swedbank am Södratorg in Kymlinge trat, wurde er für einen kurzen Moment von der Sonne geblendet, und ihm war sofort klar: Das war ein Zeichen. Er war im Bund mit den Mächten, sein Leben sprudelte wie eine frisch geöffnete Flasche Champagner, und er merkte, dass er über den Marktplatz hätte tanzen können.

Oder zumindest so einen eleganten Sprung in die Luft machen und mit den Hacken zusammenstoßen, wie es diese Stina im Fernsehen immer machte oder wie immer sie auch hieß. Verdammte Scheiße, dachte er. So voller Leben habe ich mich nicht mehr gefühlt, seit… ja, seit wann? Er konnte es nicht sagen.

Seit er um Lisens Hand angehalten und sie bekommen hatte, vielleicht? Aber da war sie ja schon schwanger gewesen, so dass ihre Antwort nicht so überraschend ausfiel, wenn man es genau betrachtete.

Doch als er die Zehen seines frisch geborenen Gregers gezählt und herausgefunden hatte, dass es zehn Stück waren und dass der Bengel mit allergrößter Wahrscheinlichkeit kerngesund war, ja, das war ein großer, bedeutender Moment gewesen. Da hatte er das gleiche prickelnde Gefühl im Körper gespürt.

Die gleiche Lebensfreude. Den gleichen Willen, loszulegen und die Dinge anzupacken.

Alles hatte problemlos geklappt. Auf einem frisch eingerichteten Konto hatte er nun zwei Millionen einhunderttausend Kronen liegen. Auf sein ordinäres Gehaltskonto war zum fünfundzwanzigsten jeden Monats ein Dauerauftrag eingerichtet worden, 18 270 Kronen, genau die Summe, die nach Abzug der Sozialabgaben bisher von Wrigmans Elektriska überwiesen worden war. Wenn er es einfach so laufen lassen würde, dann würde es für einhundertundzwanzig Monate reichen, die Zinsen nicht eingerechnet.

Zehn Jahre. Meine Güte.

Aber er hatte nicht die Absicht, es so lange laufen zu lassen. Nicht direkt. In ein paar Jahren würde er seine rechtmäßige und sauer verdiente Rente antreten. Alice würde nichts ahnen. Nicht die Bohne, wie es heutzutage hieß. Sie hatte ihre eigene Scheckkarte für sein Konto, und solange das Geld in regelmäßigem Takt hereinströmte, würde es für sie nicht den geringsten Grund geben, irgendetwas zu überprüfen. Sie kannte keinen seiner Arbeitskollegen, und er konnte sich nicht daran erinnern, dass jemals ein Telefonanruf von einem von ihnen bei ihm daheim eingegangen war. Nicht ein einziger in all den Jahren, seit Alice und er dieselbe Nummer hatten, vielleicht war auch das ein wenig sonderbar.

Und er rief sie nicht von seiner Arbeit aus an, genauso wenig wie sie ihn. Es kam vor, dass die Töchter ab und zu mal etwas wollten, aber dann lief das immer über sein Handy. Er hatte Alice einmal gezeigt, wo die Fabrik lag, als sie vorbeifuhren, aber mehr auch nicht. Die Mädchen würden nicht einmal mit der Karte in der Hand dorthin finden.

Er schmunzelte und ging an dem Wettbüro vorbei, ohne hineinzugehen. Viel Glück, ihr armen Teufel, dachte er. Geduld ist es, worauf es ankommt.

Die eine Million würde er nicht antasten. Dennoch würde es bis zur Pensionierung in ein paar Jahren problemlos reichen. Mit dreiundsechzig, vierundsechzig, das würde genügen. Oder mit fünfundsechzig, wenn es ihm passte, so lebendig, wie er sich momentan fühlte, konnte es schon sein, dass er hundert wurde.

Aber die andere Million, die wollte er unter die Leute bringen. In aller Stille, Diskretion Ehrensache.

Und er wusste genau, wofür er sie benutzen wollte: Es hatte nicht vieler Überlegungen bedurft, dieses Detail zu entscheiden. Auch nicht viel Zeit, man war sich seiner Sache sicher. Als Erstes musste er mit Walter Wrigman abrechnen.

Als er die Oktoberspången über den Kymlingeån überquerte, merkte er zu seinem eigenen Schrecken, dass er vor sich hinpfiff.

Ich muss mich beruhigen, dachte Ante Valdemar Roos. Muss darauf achten, dass ich… wie hieß das heutzutage? Die Deckung halte? Oder wie sagte man?

Was ja auch ganz egal war, und der Herr hat die Eile nicht erfunden. Er neutralisierte seine Gesichtszüge und näherte sich schweren Schrittes seinem Heim.

»Was ist los?«, wollte Walter Wrigman am folgenden Morgen wissen und schob sich die Brille auf die Stirnglatze. »Wovon zum Teufel redest du da?«

»Ich höre auf«, sagte Valdemar. »Mir reicht's.«

Walter Wrigmans Kiefer mahlten eine Weile im Leerlauf, es kam kein Wort aus seinem Schlund. Die Brille rutschte von der Glatze herunter und landete mit einem leicht schmatzenden Geräusch auf dem Nasenrücken, wo es bereits eine tiefe, lilafarbene Kerbe genau für dieses Gerät gab.

»Ich kündige«, wurde Valdemar deutlicher. »Würde gern sofort aufhören, aber ich kann mir auch vorstellen, noch eine Woche zu bleiben, wenn du meinst, dass es notwendig ist. Und ich brauche keine Abfindung.«

»Was… was willst du machen?«, fragte Walter Wrigman mit einer Stimme, die vor Überraschung stockte.

»Ich habe so meine Pläne«, sagte Valdemar.

»Und wie lange hast du das schon geplant?«

»Eine Weile«, sagte Valdemar. »Ich denke, Tapanen kann meine Arbeit übernehmen.«

»Das kommt momentan gar nicht gelegen«, sagte Wrigman.

»Da bin ich aber anderer Meinung«, sagte Valdemar. »Schließlich gibt es momentan keine größeren Aufträge. Und du kannst ja jüngere Kräfte einstellen.«

»Verdammte Scheiße«, sagte Wrigman.

»Ich brauche keine Torte oder Blumen und all diesen Kram«, sagte Valdemar. »Ich habe mir gedacht, dass ich heute Nachmittag noch bleibe und meine Sachen packe, wenn du nichts dagegen hast.«

»Verdammte Scheiße«, wiederholte Wrigman.

Du bist auch nicht gerade der Charmeur vom Dienst, dachte Valdemar und streckte ihm die Hand entgegen.

»Danke für die letzten achtundzwanzig Jahre. Es hätte schlimmer kommen können.«

Walter Wrigman schüttelte den Kopf, ergriff jedoch nicht die vorgestreckte Hand. Eine Weile blieb er schweigend sitzen und kaute auf seiner Unterlippe.

»Fahr zur Hölle«, sagte er dann.

Das könnte dir so passen, dachte sich Ante Valdemar Roos. Du Drecksack.

Bevor er Wrigmans Elektriska zum letzten Mal verließ, nahm er den Wagen und fuhr zu seinem Mittagspausenplatz. Stellte den Motor ab, kurbelte das Seitenfenster herunter und stellte die Rückenlehne zurück.

Schaute sich um. Aufs Feld, über den steinigen Abhang, auf den Waldrand. Das Licht war jetzt anders, es war fast fünf Uhr nachmittags, er stellte fest, dass er zu dieser Tageszeit noch nie hier gewesen war. Sonst war er immer mitten am Tag hierher gekommen, zwischen zwölf und eins, und plötzlich schien es ihm ein ganz anderer Ort zu sein. Die Kiefern waren nicht von der Sonne beschienen wie sonst, der Acker hatte eine dunklere Farbe, und die Wacholder sahen fast schwarz aus.

So ist es, dachte Ante Valdemar Roos. Zeit und Raum treffen nur einmal am Tag an derselben Schnittstelle aufeinander. Eine Stunde mehr oder weniger bedeutet eine ganz neue Schnittstelle, so ist es.

Ja, genau so verhielt es sich mit der Zeit und den Dingen, philosophierte er weiter. Mit der Umgebung und dem, was durch sie hindurchlief. Man brauchte sich eigentlich gar nicht zu bewegen, damit sich das Geschehen um einen herum veränderte, das machte die Umgebung schon ganz von allein. Es genügte, am selben Fleck still sitzen zu bleiben. Genau.

Und er sah ein, dass diese Erkenntnis auf irgendeine unklare Art und Weise – die er bisher noch nicht voll und ganz verstanden hatte, aber eines Tages sicher begreifen würde – mit dem zusammenhing, was sein Vater im Wald gesagt hatte.

Besser als jetzt wird das Leben nie mehr.

Als dieser Tag und dieser Augenblick, die möglicherweise gar nicht existierten.

Als er durch die Tür trat, konnte er sofort hören, dass seine beiden Stieftöchter zu Hause waren.

Sie hatten ihre Zimmer jeweils zur Linken und zur Rechten vom Eingangsflur; beide hatten ihre Tür einen Spalt weit offen stehen, aus Signes Richtung strömte eine Art Musik, von der er meinte, sie müsste als Techno bezeichnet werden. Es klang wie etwas Zähes, Elektronisches, das sich aufgehängt hatte; sie ließ es in voller Lautstärke laufen, das musste so sein, diese Finessen hatten sie das ein oder andere Mal bereits diskutiert. Aus Wilmas Zimmer waren amerikanische Lachsalven von einer Art Talkshow zu hören, ziemlich laut und vulgär, wie Valdemar fand. Sicher mit Themen wie Fresssucht, Inzest oder so.

Er durchquerte das akustische Kreuzfeuer und gelangte ins Wohnzimmer. Auch hier lief der Fernseher, doch es gab niemanden, der zuschaute, also hob er die Fernbedienung vom Fußboden auf und stellte ihn aus.

Alice lag in roter Kuschelhose auf einer gelben Gummimatte im Schlafzimmer und machte Sit-ups. Sie erinnerte ein wenig an eine Schildkröte, die auf dem Rücken gelandet war und versuchte, wieder auf die Hinterbeine zu kommen. Mit wenig Erfolg. Er sah, dass sie Stöpsel in den Ohren hatte, und versuchte gar nicht erst, sich mit ihr zu unterhalten. In der Küche lag ein Berg von Zutaten für etwas, das wahrscheinlich einmal ein Wokgericht werden sollte, so ein Gemüsemischmasch mit Hähnchen und Reis, wie er immer fand. Einen Moment überlegte er, ob wohl erwartet würde, dass er anfangen sollte, es vorzubereiten, beschloss dann jedoch, lieber weitere Instruktionen abzuwarten.

Stattdessen setzte er sich an den Computer. Der lief. Offenbar war eines der Mädchen oder alle beide dabei gewesen, an so einem Freitagabend zu chatten oder zu facebooken oder zu msnen, oder wie immer das auch hieß, denn eine Mitteilung mit einem roten Herz darum blinkte ihm vom Bildschirm entgegen – *mein Schatz, du bist so süß, dass ich ganz verrückt nach dir bin!* –, und er war sich ziemlich sicher, dass nicht er damit gemeint war. Er schloss fünf oder sechs Programme und öffnete seine Mailbox. Er hatte keine Mitteilungen bekommen, es war bereits der zehnte Tag ohne neue Nachrichten, und er überlegte kurz, warum er sich eigentlich eine Mailadresse zugelegt hatte. Vielleicht konnte man zumindest erwarten, ab und zu ein bisschen *Spam* zu kriegen, wovon doch immer die Rede war? Signe kam hinter seinem Rücken ins Zimmer.

»Ich brauche fünfhundert.«

»Und wofür?«, fragte Valdemar.

»Ich will heute Abend ausgehen und habe kein Geld mehr.«

»Na, dann musst du wohl zu Hause bleiben«, schlug Valdemar vor.

»Scheiße, was ist denn mit dir los?«, fauchte Signe. »Bist du nicht ganz dicht?«

Er zog seine Brieftasche heraus und überreichte ihr einen Fünfhundert-Kronen-Schein. »Hast du keinen Lohn gekriegt?«

»Ich habe in dieser blöden Boutique aufgehört.«

Aha?, dachte Valdemar. Dieses Mal hat es nicht mehr als einen Monat gedauert.

»Und jetzt suchst du dir einen neuen Job, oder?«

Sie verzog das Gesicht.

»Sehen wir uns heute Abend im Prince, oder was?«

Sie stopfte sich den Geldschein in den BH und verließ ihn. Er stellte den Computer aus und beschloss, unter die Dusche zu gehen.

»Mit Signe ist alles in Ordnung«, erklärte Alice vier Stunden später, als es relativ ruhig im Haus geworden war. Beide Töchter waren nach draußen verschwunden, das Einzige, was zu hören war, das waren die Geschirrspülmaschine und die Waschmaschine, die an ihren üblichen Plätzen in ihren üblichen Tonlagen vor sich hin brummten. »Das ist in dem Alter so.«

Und den Nachbarn Högerberg, der Klavier mit seiner sechsjährigen Tochter übte, registrierte Valdemar. Auch das war zu hören. Sollten Sechsjährige um diese Uhrzeit nicht schlafen?, fragte er sich. Alice saß auf dem Sofa und blätterte in einem Buch über den glykämischen Index, er hatte keine Ahnung, was das war. Er selbst saß in einem der beiden Sessel und gab sich alle Mühe, wach zu bleiben in Erwartung dessen, dass der Film anfangen sollte, den sie sehen wollten. Es war laut Warendeklaration der Fernsehbeilage der Zeitung eine amerikanische Actionkomödie. TV3, er fragte sich, wie viele Werbepausen es wohl geben würde, wusste aber selbst, dass er nie eine

Antwort auf diese Frage erhalten würde, da er beschlossen hatte einzuschlummern, sobald das Elend seinen Lauf nahm.

»Ja, sicher«, sagte er, gerade noch rechtzeitig, bevor er vergessen hatte, worüber sie sprachen. »Sie braucht sicher nur einen Mann und einen Job.«

»Was meinst du damit?«, fragte Alice. »Einen Mann und einen Job?«

»Nun ja«, zögerte Valdemar. »Ich meine … ich meine eben … einen Mann und einen Job. Na, auf jeden Fall einen Job.«

»Es ist nicht leicht, heutzutage jung zu sein«, sagte Alice.

»Es war im Laufe der ganzen Weltgeschichte noch nie leichter zu leben als heutzutage«, widersprach Valdemar. »Zumindest nicht in diesem Land hier.«

»Ich begreife nicht, was mit dir los ist«, sagte Alice. »Die Mädchen sagen das auch. Du bist so schnoddrig geworden. Wilma hat heute gesagt, sie würde dich nicht wiedererkennen.«

»Hat sie das gesagt?«

»Ja.«

»Nun, ich bin doch immer so gewesen wie jetzt«, sagte Valdemar mit einem Seufzer. »Ich bin einfach ein alter Knurrhahn. Das wissen doch alle.«

»Das ist nichts, um sich drüber lustig zu machen, Valdemar.«

»Ich mache mich nicht lustig.«

»Die beiden sind in einem schwierigen Alter, Valdemar.«

»Ich dachte, sie wären nicht gleich alt?«

»Jetzt fängt der Film an. Kannst du den Fernseher einschalten und aufhören, so eklig zu sein, Valdemar?«

»Entschuldige, liebe Alice, das wollte ich nicht.«

»Na, ist ja auch egal, schalt lieber den Fernseher ein, damit wir nicht den Anfang verpassen. Und hilf mir, diese Schokolade aufzuessen, sie ist wirklich nicht besonders gut.«

Er drückte auf den Knopf und ließ sich noch tiefer in den Sessel fallen. Schön, dass sie wieder mit mir spricht, dachte er. Denn so war es nun einmal: Es spielte keine Rolle, was sie sagte, Hauptsache, sie bestrafte ihn nicht mit Schweigen. Er gähnte, spürte, wie ihm der Gemüsemischmasch Sodbrennen bereitete, und überlegte, ob es der Mühe wert war, aufzustehen und sich ein Glas Wasser zu holen.

Aber die Uhr zeigte nach zehn, und die Müdigkeit übermannte ihn, noch bevor sie auch nur halbwegs bis zur ersten Werbepause gekommen waren.

Wenn man die Sache ein wenig optimistisch ansah, dann konnte man behaupten, dass Ante Valdemar Roos einen guten Freund hatte.

Er hieß Espen Lund, war genauso alt wie Valdemar und arbeitete als Immobilienmakler im Immobilienbüro Lindgren, Larsson und Lund im Vårgårdsvägen in Kymlinge.

Espen Lund war Junggeselle, und die beiden kannten sich seit dem Gymnasium. Seit Valdemar Alice geheiratet hatte, trafen sie sich nicht mehr, aber es hatte eine Periode zwischen Lisen und Alice gegeben – sogar fünfzehn, zwanzig Jahre –, in der sie einiges miteinander zu tun gehabt hatten. In erster Linie waren es Kneipenbesuche gewesen, aber auch die eine oder andere Fahrt in Fußballstadien und auf Trabrennbahnen. Espen war verbissener Sportfan und Spieler, er konnte alle Goldmedaillen der Olympischen Sommerspiele im Männersport seit Melbourne aufsagen und hatte immer über Valdemars albernes Drei-Reihen-System gelacht – aber das war nicht der Grund, warum Valdemar ihn am Sonntagabend anrief.

Er hatte gewartet, bis er allein in der Wohnung war. Alice und Wilma hatten sich ins Kino Zeta begeben, um einen Film mit Hugh Grant anzusehen. Valdemar verabscheute Hugh Grant. Signe hatte allem Anschein nach seit Samstagabend einen neuen Freund und seit vierundzwanzig Stunden nichts von sich hören lassen.

»Kann ich dir vertrauen?«, fragte Valdemar.

»Nein«, antwortete Espen Lund. »Ich würde meine Großmutter für eine Prise Tabak verhökern.«

Das war typisch Espen Lunds Auffassung von Humor. Zumindest hoffte Valdemar das. Espen sagte gern das Gegenteil von dem, was von ihm erwartet wurde – im Privatleben wohlgemerkt, nicht bei der Arbeit, dort war er immer gezwungen, genau das zu sagen, was erwartet wurde. Er hatte behauptet, dass genau diese traurige Tatsache der Grund für seinen Tick sei. Wenn man feststellte, dass es schönes Wetter war, dann erwiderte Espen Lund gern, dass er für seinen Teil der Meinung war, dass es doch ziemlich heftig regnete und stürmte. Wies man ihn darauf hin, dass man der Meinung war, er sehe gut aus, konnte er behaupten, er habe soeben erfahren, dass er einen Gehirntumor hätte und nur noch zwei Monate zu leben.

»Ich brauche deine Hilfe«, erklärte Valdemar.

»Damit sieht es schlecht aus«, sagte Espen.

»Ich möchte, dass das Folgende unter uns bleibt und niemand sonst etwas davon erfährt.«

Espen hustete einen Moment lang in den Hörer, und Valdemar bekam mit, dass er sich eine Zigarette als Gegenmittel anzündete. »All right«, sagte er schließlich, »lass hören.«

Gut, dachte Valdemar. Schluss mit den Albernheiten.

»Ich bin auf der Suche nach einem Haus.«

»Willst du dich scheiden lassen?«

»Natürlich nicht. Aber ich brauche ein kleines Haus, in das ich mich zurückziehen kann … ich habe da ein Projekt.«

Letzteres war ihm ganz plötzlich in den Sinn gekommen. Ein Projekt?, dachte er. Ja, warum nicht? Das konnte weiß Gott was bedeuten. Zum Beispiel auf einem Stuhl zu sitzen und die Veränderungen in Zeit und Raum zu beobachten.

»Und woran hast du so gedacht?«, fragte Espen Lund.

»An etwas draußen im Wald«, sagte Valdemar. »So abgelegen wie nur möglich. Aber nicht zu weit von der Stadt entfernt.«

»*Wie weit* von der Stadt entfernt?«, fragte Espen.

»Na, einige Kilometer vielleicht«, sagte Valdemar. »Aber nicht mehr als dreißig, denke ich.«

»Größe?«, fragte Espen.

Valdemar dachte nach. »Klein«, sagte er. »Ich brauche nur eine kleine Hütte. Ein Ferienhaus oder so. Kein besonderer Komfort, aber es wäre natürlich nicht schlecht, wenn es Wasser und Strom gibt.«

»Kanalisation?«, fragte Espen.

»Kann nicht schaden«, stimmte Valdemar zu.

»Welche Preisklasse?«

Valdemar konnte hören, wie er auf irgendetwas kaute. Wahrscheinlich auf einer Halstablette. Espen Lund konsumierte im Schnitt zwei Schachteln am Tag.

»Nun ja«, sagte er, »ich werde bezahlen, was es kostet. Aber alles natürlich im Rahmen.«

»Bist du auf einen grünen Zweig gekommen?«

»Ich habe einiges zurückgelegt«, sagte Valdemar. »Aber auf jeden Fall ist es wichtig, dass … ja, dass Alice nichts davon erfährt. Und auch sonst niemand. Ist es möglich, das so laufen zu lassen?«

»Der Kauf muss nach Recht und Gesetz registriert werden«, sagte Espen. »Aber das ist auch alles, man muss ihn nirgends öffentlich machen. Ja, und später musst du ihn dann natürlich in deiner Steuererklärung aufführen.«

»Kommt Zeit, kommt Rat«, sagte Valdemar.

»Hm«, brummte Espen, »sag mal, steckt da ein Frauenzimmer dahinter?«

»In keiner Weise«, wehrte Valdemar ab. »Ich bin zu alt für Frauenzimmer.«

»Sag das nicht. Hast du Zugang zum Internet?«

»Ja, warum?«

»Dann kannst du auf unsere Homepage gehen und dir selbst die Objekte angucken. Da findest du alles, und ich denke, es gibt ein paar Häuser, die dich interessieren könnten. Außerdem ist es schlau, im Herbst zu kaufen, dann ist es um einiges billiger.«

»Ja, das habe ich mir auch gedacht«, sagte Valdemar.

»Wenn du es dir im Netz angeguckt und was gefunden hast, kannst du mich ja wieder anrufen. Dann fahren wir raus und schauen uns die Objekte an. Du kannst natürlich auch allein hinfahren. Abgemacht?«

»Ausgezeichnet«, sagte Valdemar. »Und kein Wort. Zu niemandem.«

»Würde mir im Traum nicht einfallen«, sagte Espen Lund, nannte ihm die Internetadresse, und dann legten sie auf.

Nachdem sie ins Bett gegangen waren, hatte er Probleme einzuschlafen.

Alice lag auf dem Rücken neben ihm und ließ ihre üblichen, leicht angestrengten Atemzüge vernehmen, sie beherrschte die schwere Kunst einzuschlafen, sobald ihr Kopf das Kopfkissen berührte. Valdemar fiel es ebenfalls leicht, wo auch immer – und zu welcher Tageszeit auch immer – einzuschlafen, doch wenn es wirklich darauf ankam, wenn er endlich unter die Decke gekrochen und das Licht nach einem langen, sinnlosen Tag gelöscht hatte, dann kam es ab und zu vor, dass der Wurm drin war.

Wie ein Korken, der sinken will, aber nicht kann, dachte er dann, ungefähr so ein Gefühl war das. Es gab den Schlaf da unten in der Tiefe, den guten, kräftigenden Schlaf, aber oben auf der glatten, wachen Oberfläche, da trieb Ante Valdemar Roos umher und wusste sich keinen Rat.

An diesem Abend gab es natürlich gute Gründe dafür. Morgen sollte der erste Tag von dem Rest seines Lebens sein, wie es auf so einem albernen Aufkleber gestanden hatte, damals irgendwann in den Achtzigern, wenn er sich recht erinnerte.

Der Rest meines Lebens?, dachte er jetzt. Wie werden all diese Tage werden? Er erinnerte sich daran, wie Alexander Mutti, ihr stoischer Philosophielehrer am Gymnasium, versucht hatte, ihnen seine goldenen Regeln in die langhaarigen Köpfe zu hämmern.

Du allein bist derjenige, der deinem Leben einen Sinn gibt. Wenn du die Entscheidung in die Hände anderer legst, dann ist auch dies trotz allem dein eigener Entschluss.

Espen?, dachte er unvermutet. Hatte er sein Leben in der eigenen Hand?

Kann sein, kann auch nicht sein. Geht in die Kneipe, guckt Fußball, verspielt sein Geld. Liest Hemingway, das hatte er auch getan, die gleichen Bücher jahrein, jahraus. Läuft herum und zeigt griesgrämigen Spekulanten Häuser und Wohnungen vierzig, fünfzig Stunden die Woche.

Konnte das etwas sein?

Für Espen vielleicht, wenn man es recht betrachtete, dachte Valdemar. Für ihn, aber nicht für mich.

Was ist es also, was ich will?

Was zum Teufel willst du aus deinen noch anstehenden Jahren hier auf dieser Erde herausquetschen, Ante Valdemar Roos?

Die Frage erschreckte ihn ein wenig, oh ja. Vielleicht war es auch eher die Antwort, die diesen Druck auf seiner Brust verursachte.

Denn es gab ja keine Antwort. Oder keine, die einigermaßen gescheit klang.

Ich will auf einem Stuhl vor meinem Haus im Wald sitzen und mich umschauen. Vielleicht ab und zu einen Spaziergang machen. Hineingehen, wenn es kalt wird.

Ein Feuer anzünden.

Sollte das der Punkt sein? Wie zum Teufel würde es aussehen, wenn alle Menschen nur auf einem Stuhl säßen, sich umschauten und ein Feuer entzündeten?

Nun ja, dachte Valdemar, das ist nicht mein Problem. Ich bin sicher nicht wie die anderen, aber ich hoffe zumindest, dass ich tief drinnen noch ein wenig Güte vergraben habe.

Ein ganz kleines bisschen.

Er wusste nicht, wieso ihm das mit der Güte in den Sinn kam, aber nach dieser Bestandsaufnahme dauerte es nur noch wenige Minuten, bis er in einen tiefen, barmherzigen Schlaf fiel.

5

Der Montag begann mit einigen leichteren Regenschauern; Alice und Wilma trugen beide ihre Regenjacken, als sie von zu Hause aufbrachen, doch als er selbst die Straße am Parkplatz hinter der Liljebageriet überquerte, hatte der Himmel sich schon wieder beruhigt. Ein gleichmäßiger, blassgrauer Matsch erstreckte sich von einem Horizont zum anderen, die Temperatur schien um die zwanzig Grad zu liegen, und er glaubte nicht, dass der dicke Pullover, den er in seiner Butterbrottasche dabei hatte, zur Anwendung kommen würde.

Es schien kein Regen mehr zu kommen, und der sanfte Wind wehte leicht aus Südwest. Als er das Auto aufschloss, spürte er wieder dieses Prickeln im Körper, das ihn auch überfallen hatte, als er aus der Bank gekommen war und am liebsten auf dem Marktplatz getanzt hätte. Etwas geschieht mit mir, dachte er. Wie wurden sie noch genannt, diese Pflanzen, deren Samen nur nach einem heftigen Waldbrand zu keimen beginnen? *Pyrophila*, oder nicht?

Ich bin ein pyrophiler Mensch, dachte Ante Valdemar Roos, da liegt das Problem. Ich wache nur ungefähr alle hundert Jahre auf.

Er fuhr Richtung Norden zum Rockstarondell, den gleichen Weg, den er achtundzwanzig Jahre genommen hatte, doch statt weiter geradeaus zu fahren, bog er nach links, Richtung Westen ab, und diese unbedeutende kleine Neuigkeit ließ ihn ausrufen: »Wahnsinn!«, direkt durch das zur Hälfte heruntergekurbelte Fenster. Das ließ sich irgendwie gar nicht zurückhalten, die Seele zitterte vor Wohlbehagen in seiner Brust.

Er bekam sich wieder unter Kontrolle und schaute auf die Uhr. Es war exakt halb neun, wie immer, wenn er das Rockstarondell durchquert hatte. Aber hier auf der 172 war weniger Verkehr, wie er registrierte, deutlich weniger als sonst auf dem Svartövägen. Die meisten Fahrzeuge waren außerdem in Richtung Stadt unterwegs, umgekehrt gab es nur wenige.

So wie ihn. Weg aus der Stadt.

Bei Flatfors kam er zum Kymmen, und ein paar Kilometer später, in der Gemeinde Rimmingebäck, hielt er an einer Tankstelle an und tankte. Kaufte sich außerdem ein wenig Proviant, ein eingeschweißtes Sandwich mit Frikadellen und Rote-Beete-Salat, eine Selters und eine Tafel Schokolade. Er hatte zwar sein übliches Pausenbrot in der Tasche, aber man konnte ja nie wissen. Vielleicht würde dieser kräftigende, ganztägige Freiluftaufenthalt ihn hungriger machen als sonst.

Bevor er weiterfuhr, holte er die Karten heraus. Sowohl seine eigene Straßenkarte als auch die zwei, die er sich ausgedruckt hatte. Es sollte nicht schwer sein, die Plätze zu finden. Der erste hieß *Rosskvarn* und lag fast am Ufer des Kymmen, dem nördlichen, ungefähr fünfzehn Kilometer von der Stadt entfernt, wenn er es richtig einschätzte. Vielleicht ein wenig zu offenes Gelände, und es war anzunehmen, dass es Nachbarn gab.

Er ging eher davon aus, dass das andere Objekt, das in den Maklerunterlagen als *Lograna* bezeichnet wurde, interessanter für ihn sein würde, aber er hatte beschlossen, dennoch zuerst bei Rosskvarn vorbeizufahren und es sich anzuschauen.

Schließlich hatte er Zeit.

Alle Zeit der Welt hatte Ante Valdemar Roos, und als er an diesem historischen Morgen zum zweiten Mal seinen Wagen startete, erblickte er gleichzeitig sein Gesicht in dem falsch eingestellten Innenspiegel, und er stellte fest, dass er mit einem Lächeln auf den Lippen dasaß.

Es gibt niemanden, dachte er, nicht eine Menschenseele auf der ganzen Welt, die weiß, wo ich bin.

Und irgendwo im Bereich des Kehlkopfes, dort, wo alle starken Gefühle ihre Nahrung und ihren Ausdruck finden, da spürte er das Surren von etwas, das wohl Glück sein musste.

Die Vorahnungen erwiesen sich als richtig.

Rosskvarn war ein Haus, das in einer langgestreckten Senke zum See hinunter lag, der in ein paar hundert Metern Entfernung durch einen lockeren Vorhang von Laubbäumen zu erkennen war. Eine Herde Schafe lief weidend herum, und ein scharfes Geräusch wie von einem Moped war in der Ferne zu hören. Vielleicht war es auch eine elektrische Säge. Es war eigentlich nichts an dem Haus auszusetzen, wie Valdemar fand, während er langsam daran vorbeirollte, aber es lag viel zu nahe an der Straße, und es gab mindestens drei andere Häuser mit Blickkontakt. Er stieg gar nicht erst aus dem Auto aus, fuhr am Haus vorbei weiter, und ein paar Minuten später war er wieder auf der Hauptstraße.

Er schaute auf die Uhr. Erst zehn nach neun, er beschloss, gleich weiter nach Lograna zu fahren. Das sollte weitere zwanzig, fünfundzwanzig Kilometer entfernt liegen, zunächst noch ein Stück die 172, dann, kurz vor Vreten, die 818 Richtung Norden nach Dalby hin. Er hatte vergessen, den Kilometerzähler auf Null zu stellen, als er zu Hause losgefahren war, aber auf der Karte hatte er feststellen können, dass die Entfernung alles in allem zwischen fünfunddreißig und vierzig Kilometer betrug. Von Kymlinge aus gerechnet natürlich.

Höchstens, dachte er, aber es war natürlich nicht die Entfernung, auf die es ankam. Nein, die Lage war das A und O, genau wie er es Espen Lund erklärt hatte. Oder hatte er das nicht? Was ja auch keine Rolle spielt, dachte Valdemar, auf jeden Fall bin ich bereit, die schlimmste Bruchbude zu kaufen, wenn sie nur an einem Ort liegt, wo ich meine Ruhe habe.

Er spürte, dass seine Gedanken an diesem Morgen eine Unbeirrbarkeit zeigten, wie er sie nicht gewohnt war. Eine Art Kraft. Doch in Anbetracht der Umstände war das vermutlich nichts, worüber man sich wundern oder beunruhigen musste. Money talks, wie jemand aus dem Mundwinkel gezischt hatte, in einer Gangsterkomödie, die er sich zusammen mit Alice vor ein paar Tagen im Fernsehen angeschaut hatte; wahrscheinlich ziemlich am Anfang, an die weitere Handlung konnte er sich nicht mehr erinnern.

Im Netz hatte es zwei schlechte Fotos von Lograna gegeben, das eine von draußen, das andere von innen, aber sie waren eher nichtssagend gewesen. Und es stand nur »Kate« in der Beschreibung; der gewünschte Preis betrug nur 375 000 Kronen, gut die Hälfte dessen, was für Rosskvarn gefordert wurde. Er nahm an, dass es daran lag, dass es keinen See in der Nähe gab.

Nach knapp zwanzig Minuten, kurz hinter der Ortschaft Rimmersdal, erreichte er die Abfahrt nach Dalby und bog auf die deutlich schmalere, aber immer noch asphaltierte Straße ab.

So langsam bekam er Lust auf einen Kaffee und stellte fest, dass die übliche Kaffeepause bei Wrigmans kurz bevorstand. Neun Uhr fünfundvierzig. Es war natürlich nicht verwunderlich, dass er nach all diesen Jahren eine innere Uhr entwickelt hatte. Absolut kein Wunder. Ich habe mein Leben in dieser verfluchten Thermosmühle vergeudet, dachte Valdemar Roos. Kann nur hoffen, dass es nicht zu spät ist, mich noch einmal aufzurappeln.

Fast hätte er die nächste Abzweigung verpasst, und auch das war nicht verwunderlich. Denn sie lag direkt hinter einer Rechtskurve – mit dichtem, unbewirtschaftetem Nadelwald zu beiden Seiten: ein kleiner Weg mit einem verrosteten Schild, auf dem *Rödmossen* stand, das rote Moos. Er bog ein und hielt an. Überprüfte den Weg auf der Karte und auf der Beschreibung. Es stimmte; er sollte diesem Weg folgen, jetzt war es Kies und so schmal, dass man ausweichen musste, falls einem jemand entgegenkam. Nach ungefähr siebenhundert Metern sollte ein noch kleinerer Weg kommen, links gleich nach einer kleinen Koppel. Kein Schild, nur ein schmaler Waldweg, und dann noch einmal ungefähr fünfhundert Meter. Dort sollte es liegen. *Lograna.*

Ideal, dachte Valdemar. Verflucht, es scheint perfekt zu sein. Er begegnete keinem Fahrzeug und brauchte die siebenhundert Meter bis zur nächsten Abzweigung auch niemandem auszuweichen, und als er sich recht besann, war es lange her, seit er überhaupt ein Auto gesehen hatte. Sicher zehn, fünfzehn Minuten. Dass Schweden noch so menschenleer sein kann, obwohl er sich nicht einmal in Norrland befand.

Und so voller Wald. Er erinnerte sich an den Sturm Gudrun, der vor ein paar Jahren durchgezogen und den Waldbesitzern große Schäden verursacht hatte. Hier schien das meiste davongekommen zu sein, aber er befand sich ja auch auf etwas nördlicher gelegenen Breitengraden als die am schlimmsten betroffenen Gebiete.

Der Waldweg, über den er vorsichtig holperte, wurde offenbar nicht oft benutzt. In der Mitte lief ein dichter Grasstreifen, er konnte hören, wie die Grashalme an der Wagenunterseite kratzten. Schöner Wald zu beiden Seiten, wie er feststellte; man hatte an ein paar Stellen einige Bäume gefällt, aber den Wald nur gelichtet, ein Stapel Baumstämme lag ordentlich aufeinander geschichtet am Wegrand. Er fuhr weiter und spürte, wie sein Körper vor Erregung pulsierte.

Eine kleine Anhöhe, dahinter war es etwas lichter. Hier müsste ich hochgehen, um mir einen Überblick über die Landschaft zu verschaffen, dachte er. Dann eine lange Rechtskurve, noch ein Stückchen geradeaus und schließlich ein letzter kleiner Linksabbieger.

Dort lag es.

Das nehme ich, dachte er, noch bevor er den Motor abgeschaltet hatte und aus dem Wagen gestiegen war.

In der ersten halben Stunde saß er einfach nur still da und schaute sich um. Lauschte und sog die Gerüche in sich auf. Faltete die Hände und spürte, wie die Sinne sich streckten und erwachten. Der pyrophile Same in seinem Inneren pickte seine Schale auf.

Er saß auf einem Hauklotz. Der war niedrig, mit vielen Kerben darin, er stand neben einem kleinen Schuppen, an dessen Wand sich eine beruhigende Menge an Feuerholz aufgestapelt fand.

Er trank eine Tasse Kaffee, ein paar Schlucke Selters und kaute langsam sein Frikadellensandwich.

Nach einer Weile fing er an zu weinen. Das hatte er seit sicher zwanzig Jahren nicht mehr getan, und zuerst versuchte er, die Tränen zurückzuhalten, putzte sich resolut die Nase und rieb sich die Augen mit dem Hemdsärmel trocken.

Doch dann ließ er den Tränen ihren Lauf.

Hier sitze ich und heule, dachte er, und eine ganze Weile lang war das der einzige Gedanke, der Platz in seinem Kopf fand.

Ich sitze hier und heule.

Dann erinnerte er sich an etwas, was er vor vielen Jahren in einem Buch gelesen hatte; es war nicht einer seiner üblichen mehr oder weniger komplizierten Romane gewesen, sondern ein Reisebericht. Der Name des Autors fiel ihm nicht ein, aber es war sicher ein Engländer gewesen, und er schrieb über die Aborigines, die Ureinwohner Australiens. Man sagte von ihnen, sie sähen das Leben als eine einzige lange Wanderung an, und wenn man das Ende nahen fühlte, dann musste man den

Platz finden, an dem man sterben sollte. Den vorausbestimmten Platz.

Song-lines, hatte es nicht irgendwie so geheißen?

Lograna, dachte er. Auf welch merkwürdigem Wege habe ich doch hierher gefunden.

Groß war es nicht. Eine jämmerliche Kate mit Steinfundament und Ziegeldach, sonst nichts. Sah aus wie alle anderen Hütten in diesem Land, jedenfalls mehr oder weniger. Dunkelrot mit weißen Balken, hier und da ein wenig abgeblättert. Ein Zimmer mit Küche wahrscheinlich, eventuell noch ein Kämmerchen. Vielleicht hat hier vor hundertfünfzig Jahren ein Soldat gelebt, dachte Valdemar. Ein Soldat und seine Frau.

Das umliegende Gelände – auf dem das Gras unter zwei knorrigen Apfelbäumen und um einige Johannisbeersträucher herum hochgewachsen war – war nicht größer als fünfundzwanzig mal fünfundzwanzig Meter. In einer Richtung, nach Süden hin, soweit er feststellen konnte, war ungefähr in der gleichen Größe ein Feld gerodet worden, aber das war inzwischen mit Birken- und Espengestrüpp bedeckt, das mannshoch war. In die anderen drei Richtungen, auch um das Feld herum, gab es nur Wald. In erster Linie Kiefern und Tannen, aber auch vereinzelte Birken und vielleicht noch andere Laubbäume. Ganz am Rande des Grundstücks, nach Norden hin, befand sich ein Erdkeller.

Und dann der baufällige Schuppen, vor dem er saß, mit einem Plumpsklo an einer Ecke. Das war alles.

Er fragte sich, wie lange das wohl schon zum Verkauf stand. Es schien jedenfalls seit vielen Jahren unbewohnt. Eine Leitung lief außen an der Wand entlang zu dem aus Ziegeln gemauerten Schornstein, anscheinend gab es also Elektrizität. Oder es war eine alte Telefonleitung, das wusste er nicht. Eine Pumpe mitten auf dem Hofplatz verkündete davon, wie es mit dem Wasser stand. Das war wohl nicht ins Haus verlegt worden.

Ein Tiefbrunnen? Das war ein Begriff, den er mal gehört hatte. Er hoffte nur, dass das Wasser trinkbar war, und spürte, dass die Tränen versiegt waren und er bereits dasaß und Pläne schmiedete.

Dann überfiel ihn die Angst. Und wenn jetzt jemand anderes schneller gewesen war und es gekauft hatte? Wenn er nun zu spät kam? Er stand auf, zog das Handy aus der Tasche, konnte aber nur feststellen, dass es hier draußen keinen Netzempfang gab.

Beruhige dich, dachte er. Wer außer mir sollte so etwas wie das hier besitzen wollen?

So jemand wie ich? Davon gibt es nicht besonders viele.

Aber vielleicht ja doch den einen oder anderen. Am besten, nicht zu früh Hurra zu rufen.

Vorsichtig machte er eine Runde um das Haus. Versuchte hineinzuschauen; prüfte auch die Tür, doch die war verschlossen. Es gab nur vier Fenster, vor drei von ihnen war ein Rollo heruntergelassen – aber im vierten war es wohl hochgeschnellt. Als er seine Nase gegen die Scheibe drückte und mit den Händen für Schatten sorgte, konnte er so einiges da drinnen erkennen.

Ein Tisch mit gestickter Decke und drei Stühle.

Eine Kommode.

Ein Bett.

Ein Bild und ein Spiegel an der Wand und eine Türöffnung, hinter der sich die Küche befinden musste.

Eine gemauerte Nische mit einer Feuerstelle. So schrecklich heruntergekommen sah es da drinnen gar nicht aus. Und die Fensterscheiben waren heil. Das Dach schien auch in Ordnung zu sein, vielleicht war es nur nötig, die eine oder andere Dachpfanne auszutauschen.

Er ging zur Pumpe. Drückte den Schwengel ein paar Mal hoch und runter. Es knirschte, brummte und rauschte da unten in der Tiefe, bestimmt war sie seit langer, langer Zeit nicht mehr benutzt worden, und er wusste, dass Pumpen so ihre Zeit brauchen.

Woher er dieses Wissen hatte, das konnte er nicht sagen.

Pumpen brauchen ihre Zeit?

Er blieb im hohen Gras stehen. Schaute sich erneut in alle Richtungen um. Schloss die Augen und versuchte, das Gehör zu schärfen.

Das leise Rauschen des Waldes, das war alles, was zu hören war. Fast wie ein Meer, nur weit, weit entfernt.

Der Duft von Gras und Erde. Und von etwas, das wahrscheinlich der Wald war. Eine Art allgemeiner Waldgeruch. Plötzlich brach die Sonne hervor, er öffnete die Augen, war gezwungen zu blinzeln. Er ging zurück zum Schuppen und bekam dessen Tür auf, das Schloss bestand nur aus einem Blech und einem Nagel in einer Öse. Ein Raum voll mit Gerümpel, hier roch es nach Schimmel und Feuchtigkeit. Er fand einen alten Klappstuhl. Klappte ihn auf und setzte sich an die Wand.

Wandte das Gesicht der Sonne zu.

Schloss erneut die Augen und hörte die Stimme seines Vaters durch die Zeiten hindurch.

Niemals besser als jetzt.

Eine Stunde später stand er auf dem kleinen Hügel, an dem er vorbeigefahren war. Hier hatte man gute Sicht in alle Richtungen, nicht meilenweit, aber immerhin. Nicht ein einziges Gebäude, so weit das Auge reichte. Lograna lag verborgen zwischen kleinen Anhöhen, und nur ganz weit im Norden war eine offene Ebene zu erahnen, sicher war sie zwei Kilometer entfernt. Ansonsten nur Wald und nochmals Wald.

Und genau wie er gedacht hatte, funktionierte sein Handy hier oben. Er wählte die Nummer der Information und bat darum, mit Lindgren, Larsson und Lund verbunden zu werden.

Lindgren antwortete, Lund war mit Kunden unterwegs, wie er mitteilte.

Valdemar bekam Lunds Handynummer und tippte sie augenblicklich ein. Espen Lund reagierte nach mehreren Freizeichen.

»Lund. Ich bin momentan beschäftigt.«

»Hier ist Valdemar«, sagte Valdemar und setzte sich auf einen Baumstamm. »Ich kaufe Lograna.«

»Tut mir leid, mein lieber Bruder«, sagte Espen. »Das ist heute Morgen verkauft worden.«

Ante Valdemar Roos fiel nach vorn und landete auf den Knien in einem Haufen von Zweigen, Ästen und Laub. Er spürte, wie ihm das Blut in den Kopf schoss und sein Blickfeld sich an den Seiten zusammenzog.

»Das ist nicht möglich …«, brachte er hervor. »Sag mir …«

»Ich habe nur Spaß gemacht«, sagte Espen. »Du bist der erste Interessent seit dem Frühling.«

»Verdammte Scheiße«, keuchte Valdemar und zog sich wieder auf den Baumstamm. »Trotzdem danke.«

»Das Problem ist, dass die Alte nicht im Preis runtergehen will«, fuhr Espen unbekümmert fort. »Du wirst wohl gezwungen sein, dreihundertsiebzigtausend zu zahlen.«

»Das ist kein Hindernis«, sagte Valdemar. »Absolut kein Hindernis. Wann können wir das Geschäft abschließen?«

»Du kannst es wohl gar nicht erwarten«, sagte Espen. »Könntest du morgen früh kommen … ach nee, da arbeitest du ja.«

»Ich kann mir ein paar Stunden frei nehmen«, versicherte Valdemar. »Wann?«

»Ich muss erst mit der Besitzerin sprechen. Wenn du nichts anderes von mir hörst, dann komm um zehn Uhr.«

»Ich möchte …«

»Ja?«

»Weißt du, das mit der Diskretion.«

Espen machte eine kurze Pause, hustete ein paar Mal. »Keine Sorge«, stellte er dann fest. »Sowohl Lindgren als auch

Larsson sind nicht mit im Boot. Das bleibt unter uns, davon wissen nur du, ich und die Alte.«

»Ausgezeichnet«, sagte Valdemar. »Wie… wie heißt sie?«

»Anita Lindblom«, sagte Espen Lund. »Genau wie die Sängerin. Aber sie ist es nicht. Diese hier ist über fünfundachtzig. Sie hat übrigens nur einen Arm. Weiß der Teufel, wieso, aber so was kann passieren.«

»So ist das Leben«, sagte Valdemar.

»Ja, genau«, sagte Espen.

Nachdem sie das Gespräch beendet hatten, schaute Valdemar auf die Uhr. Viertel vor eins. Höchste Zeit, zurück zum Haus zu gehen und etwas zu Mittag zu essen.

Er meinte es in seinem Körper singen zu hören, als er wieder zum Weg hinunterkletterte. Fast wie Anita Lindblom.

6

Spät am Abend des 28. August brannte die Freiheit.

Das war ein weiß gestrichenes kleineres Holzgebäude, so etwas zwischen Gartenpavillon und Spielhaus ungefähr, und es lag in einem Fliedergestrüpp gut zehn Meter vom Ufer entfernt. Eigentlich bestand es nur aus einem Holzfußboden und einem Holzdach, das von vier groben Pfeilern in den Ecken gehalten wurde. Zwei niedrige Bänke standen einander gegenüber, und dazwischen gab es einen kleineren Tisch. Die Mädchen saßen gern hier, unterhielten sich und rauchten. Woher der Name stammte, wusste Anna nicht, aber es wurde nun einmal die Freiheit genannt.

Alle Mädchen im Heim rauchten, Drogenmissbrauch war eigentlich undenkbar, wenn man nicht zuerst mit ganz normalem Tabak anfing. Anna konnte sich daran erinnern, wie es in der Oberstufe war, als die Schulleitung auf die Idee kam, alle Schüler zu registrieren, die rauchten; man hatte Briefe an die Eltern nach Hause geschickt und angedeutet, dass ihre Sprösslinge sich in der sogenannten Risikozone befänden. Was war das für ein Aufstand gewesen! Verletzung der persönlichen Integrität, faschistische Methoden, gebrochenes Vertrauen; einige der Raucher waren Mitglieder von politischen Jugendorganisationen, besonders der SSU, und hatten einen Kurs in demokratischen Rechten gemacht. Es war sogar zu einem halbtägigen Schulstreik gekommen.

Und dennoch hatte die arme Schulleiterin in gewisser Weise

ja Recht gehabt. Anna hatte später manchmal darüber nachgedacht. Junge Menschen, die nicht anfangen zu rauchen, die fangen auch nicht mit Drogen an.

Aber es gab natürlich viele Leute, die rauchten, ohne gleich auf härtere Dinge umzusteigen. Eigentlich die meisten, wenn man es genau betrachtete.

Auf jeden Fall war Rauchen im Elvaforsheim erlaubt. Draußen und unter dem Dach der Freiheit; die Mädchen dazu zu bringen, sowohl mit Drogen als auch mit dem Tabak aufzuhören, das war doch zu viel verlangt. Eins nach dem anderen, zuerst das größere Problem, dann die kleinen, wie Sonja Svensson immer sagte. Sie selbst rauchte nicht, aber mehrere vom Personal taten es, und soweit Anna wusste, gab es niemanden unter ihnen, der sich daran störte.

Sie selbst auch nicht, abgesehen davon, dass es Geld kostete. Sie bekamen im Heim eine Art wöchentliches Taschengeld. Zweihundert Kronen, mit Geld umzugehen zu lernen, das war ein Grundstein, wenn es darum ging, Ordnung in sein Leben zu bringen. Alle Mädchen, ohne Ausnahme, hatten Schulden; Kredite und unbezahlte Rechnungen in Hülle und Fülle. In den ersten Wochen führte eine Cousine von Sonja, die eine Art betriebswirtschaftlicher Ausbildung hatte – zumindest war sie auf den zweijährigen ökonomischen Zweig des Gymnasiums gegangen – Gespräche mit jedem Mädchen, um zu versuchen, Ordnung in diesen verworrenen Bereich ihres verworrenen Daseins zu bringen. Es war geplant, dass die Mädchen nach und nach selbst Kontakt zu denen aufnehmen sollten, bei denen sie Schulden hatten, um zu versuchen, eine Art Abzahlungsplan aufzustellen. Was schwindelerregend bedrohlich klang, wie Anna fand, und alle anderen auch.

Wie dem auch sei, von dem wöchentlichen Taschengeld ging mehr als die Hälfte für Zigaretten drauf, so war es nun einmal.

Aber es war keine Unachtsamkeit mit Zigaretten, die dazu geführt hatte, dass die Freiheit abbrannte. Ganz im Gegenteil, bereits am nächsten Morgen stellte sich heraus, dass jemand sie angezündet hatte.

Es war Conny, Sonjas Mann und der einzige seines Geschlechts, der seinen Fuß ins Elvafors setzte, der einen leeren Benzinkanister hinter einem Schuppen fand. Der Kanister stammte ursprünglich aus diesem Vorratsschuppen, wo alles Mögliche aufbewahrt wurde, was man im Heim brauchte: Werkzeug, Vorräte von Toilettenpapier und so weiter.

Die Tür war nicht verschlossen gewesen, was auch nicht üblich war, da es da drinnen nichts gab, was gestohlen werden konnte. Jeder hätte sich gegen elf Uhr abends hinschleichen können – das Feuer war ungefähr Viertel nach entflammt –, sich den Kanister nehmen, den Inhalt über die Freiheit ausgießen und sie anzünden können, es gab keinen Zweifel darüber, wie es vonstatten gegangen war.

Eines der Mädchen also. Theoretisch hätte es natürlich auch jemand sein können, der zufällig vorbeigekommen war, aber das war reine Theorie. Sonja Svensson verwarf diese Alternative mit aller Entschiedenheit; welches Motiv sollte ein Fremder dafür haben, die Freiheit in Brand zu stecken?

Welches Motiv eines der Mädchen hätte haben können, das Gleiche zu tun, darauf ging sie nicht ein. Während der Versammlung nach dem Frühstück hielt sie eine scharfe Rede und erklärte, dass sie alle darunter zu leiden hätten, falls sich die Schuldige nicht im Laufe des Tages bei ihr melden und gestehen würde.

Wenn nicht eine Einzelne die Verantwortung für ihr individuelles Handeln übernahm, dann musste es die ganze Gruppe tun, erklärte Sonja. Das war eine einfache Regel, die galt für das ganze Leben, und sie galt auch fürs Elvaforsheim.

Am Nachmittag stand Anna unten am See und rauchte zusammen mit Turid, einem Mädchen aus Arvika, das in dem Durchgangshaus wohnte, und sie fragte diese, ob sie glaube, dass die Polizei gerufen werde.

»Die Polizei!«, schnaubte Turid. »Nie im Leben. Sonja hat eine Scheißangst vor allem, was dem Elvafors einen schlechten Ruf einbringen könnte, kapierst du das nicht?«

»Wieso denn?«, wollte Anna wissen.

»Weil diese Sozialtypen dann herauskriegen könnten, dass es hier nicht klappt, und dann schicken sie keine Mädchen mehr her. Wir sind pro Tag tausend Kröten wert, vergiss das nicht. Und es ist ja nicht gerade überbelegt hier.«

Anna dachte nach und nickte. Das stimmte. Nachdem Ludmilla verschwunden war, gab es nur noch fünf Mädchen in dem großen Haus, und es gab noch Platz für vier weitere. Und Turid und Maria sollten bald in das Freigängerhaus in Dalby ziehen, so lauteten zumindest die Gerüchte.

»Vielleicht herrscht langsam Mangel an Junkiebräuten im Land«, hatte sie versucht zu scherzen.

»Ach was, scheiß drauf«, sagte Turid, die fast nie über etwas lachte, und Anna dachte, dass das mit ihrem Hintergrund auch nicht besonders verwunderlich war. »Aber die denken sicher, dass es sich nicht mehr lohnt, für solche wie uns Geld auszugeben. Ist doch besser, wenn wir jung sterben und der Gesellschaft nicht auf der Tasche liegen.«

Anna bekam einen Kloß im Hals und schluckte.

»Was denkst du, wer kann das Feuer gelegt haben?«, fragte sie.

»Ja, was glaubst denn du?«, erwiderte Turid und warf ihre Kippe ins Wasser. »Die verrückte Marie natürlich, das ist doch wohl allen klar.«

»Marie?«, fragte Anna überrascht. »Bist du dir sicher?«

»Ich habe sie gesehen«, sagte Turid, drehte Anna den Rücken zu und ging zum Haus hinauf.

Marie?, dachte Anna, und der Kloß im Hals war wieder da. Warum sollte Marie die Freiheit anzünden? Wenn sie hätte sagen sollen, welchem der Mädchen sie sich anvertrauen würde – oder mit welchem sie die Übergangswohnung teilen wollte –, dann hätte sie sich immer für Marie entschieden. Ohne lange zu zögern. Anna mochte sie, so war es einfach. Bestimmte Menschen mochte man, andere nicht. So eine wie Turid würde Anna nie gernhaben können, und wenn sie es ihr ganzes Leben lang versuchen würde.

Marie war in Korea geboren, sie war niedlich wie eine Puppe und war von schwedischen Eltern adoptiert worden, als sie zwei oder drei Jahre alt gewesen war. Sie wusste nicht, an welchem Tag oder in welchem Jahr sie geboren war. Sie war still und freundlich, war von Typen und einem Onkel missbraucht worden, außerdem hatte sie ein kleines Kind, das ihr die Fürsorge weggenommen hatte. Als sie ins Elvafors gekommen war – ein paar Wochen vor Annas Ankunft –, hatte sie angefangen, an Gott zu glauben. Das behauptete sie zumindest auf ihre leise und scheue Art. Anna hatte auch gesehen, dass sie in der Bibel las.

Warum um alles in der Welt sollte Marie die Freiheit anzünden?

Aber Anna musste zugeben, dass sie Marie eigentlich nicht kannte. Sie gestand sich plötzlich ein, dass sie keines der anderen Mädchen kannte. Jede konnte was auch immer über eine andere behaupten, und sie würde nicht wissen, ob es stimmte oder nicht.

Und das lag zum größten Teil an ihr selbst, das musste sie sich auch eingestehen. Während sie langsam Turid hoch zum Haus folgte, fiel ihr ein, was ihr Cousin Ryszard, der in Kanada lebte und versuchte auszusehen wie Johnny Depp, zu ihr in dem Sommer gesagt hatte, als sie sich trafen.

Du bist ein Einzelgänger, *a loner*, Anna, gib's doch einfach zu. Du und deine verdammte Seele, ihr habt so viel miteinander zu reden, dass ihr überhaupt keine Zeit für jemand anderen habt.

Das hatte er auf Englisch gesagt, denn er konnte nicht mehr richtig Polnisch sprechen.

You and your fucking soul, Anna.

Stimmte das? Ja, musste sie sich stillschweigend eingestehen. Vielleicht stimmte es tatsächlich.

Vielleicht konnte man einen Buchstaben in dem englischen Wort *loner* austauschen.

Loser.

Am selben Abend kam Sonja in ihr Zimmer und teilte Anna mit, dass im Büro für sie ein Telefongespräch war.

Es war ihre Mutter. Anna hörte sofort an ihrer Stimme, dass etwas nicht stimmte. Etwas, das ausnahmsweise einmal nicht mit Anna zu tun hatte.

»Ich kann nächste Woche nicht kommen und dich besuchen.«

Es war abgemacht gewesen, dass sie am kommenden Freitag für einen halben Tag zu Besuch kommen wollte. Um zu erfahren, wie es Anna ging, welche Fortschritte sie in ihren ersten Wochen in Elvafors gemacht hatte und um ein wenig mit ihr zusammen sein zu können. Es war kein offizieller Besuchstag, aber es war üblich, dass die Eltern oder andere nahe Verwandte nach ungefähr einem Monat einen kurzen Besuch abstatteten.

»Warum nicht?«, fragte Anna und musste gegen ihren Willen schluchzen. Sie hoffte nur, dass die Mutter es nicht merkte.

Und das tat sie auch nicht. »Mama«, sagte sie, »…deine Oma, meine ich, sie ist krank. Ich muss nach Warschau fahren und mich um sie kümmern.«

»Ist sie… ist es…?«

»Ich weiß es nicht«, sagte ihre Mutter. »Nein, sie wird sicher noch nicht sterben. So ernst scheint es nicht zu sein. Aber ich bin trotzdem gezwungen zu fahren, Wojtek hat gesagt, dass er sich nicht länger um sie kümmern kann, und ich bin wegen meines Knies ja sowieso krankgeschrieben. Nein, ich habe wirklich keine andere Wahl, Anna, du musst mir verzeihen.«

»Natürlich verzeihe ich dir. Und was wird mit Marek?«

»Er kann solange bei Majka und Tomek wohnen. Und, Anna?«

»Ja?«

»Ich verspreche, dich zu besuchen, sobald ich zurück bin.«

Bevor sie auflegten, unterhielten sie sich noch einige Minuten, und Anna kämpfte die ganze Zeit mit den Tränen. Aber sie schaffte es glücklicherweise, denn das war das Letzte, was sie ihrer Mutter bereiten wollte, ein noch größeres schlechtes Gewissen, als sie bereits hatte. Nachdem sie aufgelegt hatten, blieb sie noch eine Weile im halbdunklen Büro sitzen und versuchte, sich zu sammeln. Versuchte zu begreifen, warum sie sich plötzlich so verzweifelt traurig fühlte. Natürlich spielten da viele Dinge eine Rolle: die abgebrannte Freiheit, Turids Behauptung, dass es Marie gewesen sei, die sie angezündet hatte, ihre arme Mutter und Oma und der kleine Marek, das hoffnungslose Leben allgemein – obwohl sie inzwischen ihre Gitarre zurückbekommen hatte –, ja, da gab es eine ganze Menge.

Noch etwas, es fiel ihr hinterher ein, als hätte sie es vor sich selbst nicht zugeben wollen. Aber vielleicht war es sogar das Schlimmste.

Ihre Mutter war nicht nüchtern gewesen. Sie hatte sicher vier oder fünf Glas Rotwein intus gehabt, bevor sie angerufen hatte.

Sie auch, dachte Anna, als sie den Hofplatz überquerte. Ich habe es von beiden Seiten geerbt.

Als sie eine Weile später im Bett lag, konnte sie lange nicht einschlafen und musste an ihre Familie denken. Sie legte sich auf die Seite, starrte durch das Fenster hinaus, auf den Waldrand auf der anderen Seite der Straße und die einzelnen Sterne, die dort oben anfingen zu leuchten.

Ihre Familie und ihr Leben.

Dass so viel im Laufe so weniger Generationen passieren konnte. Dass es so schnell ging. Ihre Großmutter, die jetzt also ernstlich erkrankt war, sie war 1930 in der kleinen polnischen Stadt geboren, einige Kilometer südlich von Warschau, in der sie immer noch lebte. Anna hatte sie zweimal besucht, beide Male hatte sie das Gefühl gehabt, als wäre sie zurück nach 1930 und noch weiter in die Vergangenheit gereist. Eine andere Zeit und ein ganz anderes Leben. Insgesamt hatte sie ihre Großmutter fünf oder sechs Mal gesehen, und jedes Mal gedacht, dass sie etwas Erschreckendes an sich hatte. Sie erinnerte fast an die Morra aus den Muminbüchern. Außerdem stimmte etwas nicht mit ihrem Kopf, mit ihrer psychischen Gesundheit, aber mehr hatte Annas Mutter darüber nie gesagt.

Und jetzt lag sie also offenbar in einem Krankenhaus in Warschau. Und ihre Enkeltochter saß in einem Heim für weibliche Drogenabhängige in einem winzigen Kaff in Schweden – einem Land, das ihr immer schlechter gefiel, je häufiger sie gezwungen war, es zu besuchen. Hier gab es keine Religion und keine Ehre, wie sie immer sagte. Gott hat es aufgegeben. Und das Loch, in dem ihre Enkeltochter gefangen gehalten wurde, das war ja noch winziger als ihr polnisches Heimatdorf.

Gefangen gehalten? Anna schüttelte den Kopf und versuchte zu lachen, aber es wollte ihr nicht gelingen.

Ihre Mutter war 1984 nach Schweden gekommen. Als Anna 1987 geboren wurde, war ihr Vater Krzysztof bereits mit einer anderen Frau zusammen. Aber die Scheidung hatte sich hingezogen, bis Anna sechs Jahre alt war. Aus welchen Gründen auch immer; ihrer Mutter war es nie richtig gelungen, ihr das zu erklären. Vor seinem vierzigsten Geburtstag hatte Krzysztof jedenfalls von vier verschiedenen Frauen Kinder, alles Polinnen, die in den Achtzigerjahren nach Schweden eingewandert waren. Alle in Örebro oder Västerås und Umgebung lebend. Er war ein schöner, weicher Mann, die Frauen erlagen häufig seinem wehmütigen Blick, wie seine Mutter einmal gesagt hatte. Er selbst erlag dem Schnaps.

Geboren mit einer großen Künstlerseele, das hatte sie auch gesagt. Leider jedoch ohne jegliches Talent.

Vielleicht ist es mit mir das Gleiche, dachte Anna. Mit meiner Gitarre und meinen pathetischen blöden Liedern.

Marek, ihr kleiner Bruder, hatte einen anderen Vater, der hieß Adam; ein anderer unzuverlässiger Mann, laut ihrer Mutter. So schien es mit allen Männern in dem polnisch-schwedischen Milieu zu sein, in dem Anna aufgewachsen war. Die Frauen, die waren die Starken, sie hielten die Familien zusammen und die Kontakte aufrecht, kümmerten sich um die Kinder und sorgten dafür, dass das Leben weiterging. Wie auch immer. Die Männer tranken, waren schwermütig und fühlten sich unverstanden und redeten über Politik.

Aber Anna war nicht stark gewesen, und sie fragte sich, wie es eigentlich um ihre Mutter stand. Dieser weinselige Unterton in ihrer Stimme bei dem Telefongespräch ließ sie nur schwer zur Ruhe kommen.

Und wenn ihre Mutter nicht stark genug war, wie sollte sie dann selbst jemals ihre eigene Stärke finden?

Schwedisch oder polnisch, das war eigentlich gehupft wie gesprungen. Während sie sich mehr recht als schlecht am Gymnasium abmühte, bevor sie endlich absprang, war sie der Meinung gewesen, sie könnte alles auf ihre doppelte Identität schieben. Aber später, im Namen der Ehrlichkeit, begriff sie, dass das nur eine feige Ausrede gewesen war. So groß war der Unterschied zwischen Schweden und Polen eigentlich gar nicht. Man konnte ihr beispielsweise nicht ansehen, woher sie kam, sie hätte ebenso gut von urschwedischen Eltern in Stockholm oder Säffle stammen können.

Sie hatte ihr Leben selbst in der Hand. Wenn sie es wegwerfen wollte, dann war das ihre eigene Entscheidung – genau wie sie es ihr immer wieder sagten, wenn sie im Kreis saßen und feststellten, wo überall sie zu kurz gekommen waren.

Es waren nicht die Umstände, auf die es ankam. Es lag an ihr selbst.

So verflucht einfach zu sagen, so verdammt schwer, danach zu leben.

Wenn man nicht dem Zwölfstufenprogramm folgte, natürlich, denn das war die Rettung. Eine Kraft, stärker als man selbst …

Dann tauchte Steffo in ihrem Kopf auf. Der war auch eine Kraft.

Wieso konnte sie verdammt noch mal so einen wie Steffo in ihr Leben lassen? Das war die unangenehmste aller Fragen, diejenige, die sie am allermeisten verabscheute und am liebsten nicht einmal mit der Kohlenzange angefasst hätte. Sie war nie auch nur ansatzweise in ihn verliebt gewesen. Hatte ihn nicht einmal besonders hübsch gefunden.

Doch die Antwort war einfach. Er hatte sie mit Drogen an sich gebunden, und in dieser Beziehung war er für sie wichtiger als alles andere gewesen. Mit den anderen Mädchen war es genauso gelaufen, das war das Muster, in dem man unweigerlich landete, wenn man drogenabhängig war und dem schwächeren Geschlecht angehörte. Wie man so sagte. Alle Mädchen in Elvafors waren mit Typen zusammen gewesen, die die reinsten Mistkerle waren, einer widerlicher und egoistischer als der andere. Steffo war vielleicht nicht einmal der Schlimmste, sie waren auch erst ein paar Monate zusammen gewesen, deshalb konnte sie nicht sagen, wie es sich weiterentwickelt hätte.

Aber dennoch war er widerlich gewesen. Plötzlich fiel ihr

eine Episode ein, und wenn sie genauer darüber nachdachte, dann wurde ihr klar, dass sie einiges über ihn aussagte.

Es war eine Sache, die er ihr erzählt hatte. Er war bei irgend so einer Psychologin gewesen, einer Frau, die er offenbar verachtete. Sie hatte mit ihm über Gefühle gesprochen, über die Fähigkeit zu verstehen, wie andere in unterschiedlichen Situationen fühlten und dachten.

Wenn einige Kinder beispielsweise Tiere quälen, hatte sie wohl gesagt, dann begreifen sie nicht, dass das Tier Schmerz empfinden kann. Und es gibt Menschen, die das auch später im Leben nicht begreifen.

»Glauben Sie, dass ich so ein Mensch bin?«, hatte Steffo die Psychologin gefragt. Sie hatte geantwortet, sie hoffe, dass er das nicht sei.

Da hatte Steffo erklärt, dass sie damit vollkommen Recht habe, denn als er zwölf Jahre alt war und beiden Kanarienvögeln seiner Schwester die Flügel brach, da hatte er natürlich gewusst, dass das wehtat.

Das war doch gerade der Punkt dabei gewesen.

Er hatte gelacht, als er Anna das erzählte. Als wäre er stolz darauf. Sowohl darauf, was er den armen Vögeln angetan hatte, als auch darauf, was er der albernen Psychologin gesagt hatte.

Sie bekam eine Gänsehaut auf den Unterarmen, als sie daran dachte. Es stimmt, dachte sie. Je weniger Gift in meinem Blut zirkuliert, umso klarer wird mir, welche Angst ich vor ihm habe. Ehrlich gesagt.

Nie mehr. Alles, aber nie mehr Steffo.

Keines der Mädchen hatte zugegeben, dass sie die Freiheit angezündet hatte.

Das erklärte Sonja am nächsten Morgen der Versammlung. Aber der Fall würde dennoch gelöst werden. Wenn nur die anderen Mädchen zur Zusammenarbeit bereit waren.

Und sie hatten sich ja alle dazu bereit erklärt, dem Zwölfstufenprogramm und den Regeln des Elvaforsheims zu folgen, nicht wahr? Dann musste doch wohl jede einzelne von ihnen – tief in ihrem Inneren – auch begreifen, dass genau dies der einzige Weg war, um der Hölle zu entrinnen, in der sie mehrere Jahre lang gelebt hatten?

Anna begriff nicht, worüber sie redete. Was hatte das Zwölfstufenprogramm mit dem Brand zu tun? Was meinte Sonja damit, dass sie zusammenarbeiten müssten oder untergehen würden?

Genau so hatte sie es gesagt. *Zusammenarbeiten oder untergehen.* Anna schaute sich um und stellte fest, dass die anderen Mädchen genauso verwirrt waren wie sie. Vielleicht bis auf Turid.

Aber anschließend war es nur Anna, die gebeten wurde, noch zu bleiben. Die anderen standen auf, stellten die Stühle zurück und gingen hinaus, um eine zu rauchen. Anna blieb sitzen und wartete darauf, was Sonja ihr dieses Mal zu sagen hatte.

Dieses Mal, das Gefühl hatte sie. Sie registrierte, dass sie nicht überrascht war, und sie brauchte nicht lange zu warten, bis sie Klarheit darüber bekam, worum es ging.

»Ich weiß, dass du weißt, wer die Freiheit angesteckt hat«, sagte Sonja. »Warum erzählst du es mir dann nicht?«

»Ich weiß es überhaupt nicht«, sagte Anna.

»Du brauchst gar nicht zu lügen«, widersprach Sonja. »Sag mir jetzt die Wahrheit, sonst machst du es nur noch schlimmer für dich.«

»Ich lüge nicht«, erwiderte Anna.

»Eines der Mädchen hat mir gesagt, dass du es weißt. Dass du es ihr erzählt hast.«

Da begriff Anna, was passiert war.

Turid.

Verdammte Scheiße… wie konnte sie nur? Zuerst hatte sie Anna gegenüber Marie beschuldigt, dann hatte sie… ja, und dann hatte sie Sonja gesagt, dass Anna wisse, wer die Schuldige sei.

So war es gewesen. So musste es zusammenhängen, und so… ja, genau so gemein und berechnend konnte Turid anscheinend sein. Anna schüttelte den Kopf und fragte sich, wie es wohl in ihr aussah. Warum machte man so etwas? Sie musste etwas gegen Marie haben. Und gegen Anna vielleicht auch. Warum? Lag es nur daran, dass Marie so niedlich und bei allen beliebt war?

Sie dachte nach. Ja, das reichte offenbar. Turid war nicht besonders hübsch, hatte ein paar Kilo zu viel auf den Hüften, und es war ihr gelungen, schon jetzt diese typische schlechte Haut der Junkies zu bekommen. Soweit Anna wusste, gab es keine, die sie besonders gern mochte. War es so einfach?

Ja, dachte sie, so scheißbanal und einfach war es offenbar. Zweiundzwanzig Jahre und bereits verbittert. Vielleicht war sie es sogar selbst gewesen, die das Feuer gelegt hatte?

»Ich warte«, sagte Sonja. Sie hatte die Arme vor der Brust verschränkt und wippte mit dem Stuhl. Sah aus, als wäre sie äußerst zufrieden mit sich selbst und ihrer harten, aber gerechten Haltung. Anna hatte kurz den Impuls, sie anzuspucken, unterdrückte ihn aber schnell.

»Tut mir leid«, sagte sie stattdessen und setzte sich gerade hin. »Ich fürchte, du bist hinters Licht geführt worden. Ich habe die Freiheit nicht angesteckt, und ich habe auch keine Ahnung, wer es gemacht haben könnte.«

»Ich weiß, dass du lügst«, sagte Sonja Svensson.

»Du kannst denken, was du willst«, sagte Anna. »Kann ich jetzt gehen?«

»Du kannst gehen«, sagte Sonja. »Das war dumm von dir, dich zu weigern, mit mir zusammenzuarbeiten. Richtig dumm von dir.«

Als sie aus dem Haus trat, hatte es angefangen zu regnen. Die anderen Mädchen hatten fertig geraucht und waren wieder auf dem Weg hinein. Anna gelang es nur, kurzen Blickkontakt mit Marie zu bekommen. Es sah aus, als wäre sie kurz vorm Weinen.

Nein, dachte Anna. Warum sollte ich hierbleiben? Wo meine Seele sich bereits eingräbt.

7

In den vier folgenden Tagen, von Dienstag bis einschließlich Freitag, fuhr Ante Valdemar Roos täglich die achtunddreißig Kilometer zwischen der Fanjunkargatan in Kymlinge und Lograna. Hin und zurück, jeden Tag. Er verbrachte acht Stunden in der Nähe des Hauses, ohne hineinzugehen – abgesehen vom Mittwoch, an dem sie die Papiere in Espen Lunds Büro in der Stadt unterschrieben hatten und er es nur auf fünf Stunden gebracht hatte. Das Inkrafttreten dieser Papiere war auf den ersten September angesetzt; Anita Lindblom ließ aus Prinzip nicht mit sich reden, und dachte gar nicht daran, die Schlüssel früher herauszurücken.

Er nutzte diese milden, angenehmen Spätsommertage dazu, mal in dem umliegenden Wald herumzuwandern, mal auf dem Stuhl vor der Hauswand zu sitzen, mit der Sonne im Gesicht. Er trank Kaffee aus der Thermoskanne und aß seine Stullen, eine mit Käse, eine mit Salami, während er darüber nachdachte, welche Veränderungen das Leben so mit sich zu bringen vermochte.

Aber eigentlich reichte es jetzt mit den Veränderungen. Ob er einfach nur an die dunkelrote Hauswand gelehnt saß oder ob er spazieren ging – unter den stattlichen Kiefern zum Rödmossevägen hin, über das leicht moorige Fichten- und Gebüschgelände nach Süden oder hinauf in die höher gelegene Landschaft im Westen –, immer gab es nun etwas, das in ihm pochte.

Ja, *pochen* war genau das richtige Wort, dachte Ante Valdemar Roos. Fast als würde er befruchtet, als würde ein bisher unbekannter Hohlraum in ihm mit neuem Leben erfüllt. Er ging mit etwas schwanger, konnte man sagen. Auf meine alten Tage, das war weiß Gott nicht zu früh.

So kann es kommen, dachte er mit einem dröhnenden inneren Lachen. Sogar derartige Merkwürdigkeiten können uns Pyrophilen zustoßen, ja, ja, so ist das Leben.

Er hatte sich eine Landkarte von der Gegend besorgt. Skala 1:50 000, auf ihr konnte er sämtliche Details der Landschaft erkennen: Wälder, offene Felder, die Bebauung bis in die einzelnen Höfe und Häuser hinein. Straßen, Wege, Wasserläufe und Höhenangaben, er konnte sich nicht daran erinnern, eine derartige Karte je studiert zu haben, jedenfalls nicht mehr seit den obligatorischen Herbstorientierungsläufen während seiner Gymnasiumszeit in der Bungeschule.

Er verglich die Karte mit der Wirklichkeit und konnte zu seiner Befriedigung feststellen, dass Lograna tatsächlich so abgelegen lag, wie er es sich gedacht hatte. Ein winziger schwarzer Punkt in einem großen, großen Wald. Der nächste Hof war mehr als zwei Kilometer entfernt, es war genau der Rödmossen, der auf dem verrosteten Schild am Dalbyvägen angezeigt war.

Eines Morgens war er durch den Wald dorthin gegangen, hatte den Bauernhof vom Waldrand aus betrachtet, ein ganz normaler Hof, soweit er das beurteilen konnte, mit Wohnhaus, Schuppen, Ställen und einer Art Maschinenhalle. Die Felder ringsumher waren bestellt, im Westen grasten an die zehn Kühe auf einer Weide. Zwei Hunde kläfften in einem Zwinger.

Der schmale, holprige Weg, an dem Lograna selbst lag, verlief weiter in einer langgestreckten U-Kurve und mündete wieder auf den Rödmossevägen einige hundert Meter von dem

Bauernhof entfernt, und bis auf sein eigenes Haus stieß er nur noch auf ein anderes Gebäude, das an diesem Weg lag, eine alte Kate, ungefähr von der gleichen Größe wie Lograna, aber in deutlich schlechterem Zustand. Sie lag einen knappen Kilometer weiter westlich, tiefer im Wald drinnen, der Schornstein war zur Hälfte eingestürzt, man hatte Sperrholzbretter vor die Fenster genagelt, und er zweifelte daran, dass in den letzten fünfundzwanzig Jahren auch nur ein Mensch seinen Fuß dort hinein gesetzt hatte.

Mit anderen Wegen sah es schlecht aus, an einem Tag versuchte er den Kurs Richtung Süden einzuhalten, um an die 172 zu gelangen, die Landstraße zwischen Kymlinge und Brattfors in Höhe von Vreten, das sollte laut Karte ungefähr zweieinhalb Kilometer entfernt sein – aber das Gelände war nicht zu meistern, wilder Buschwald und feuchte Moore, er war gezwungen, nach einer Stunde umzukehren.

Am Dienstag und Donnerstag machte er jeweils zwei Wanderungen am Tag. Eine längere morgens, eine kürzere am Nachmittag. Ich erobere meine Landschaft, dachte er. So läuft das, das ist der springende Punkt, und genau das ist es, was ich vermisst habe.

Jeden Tag fiel er für eine Weile in Schlaf; zwanzig Minuten oder eine halbe Stunde auf dem Stuhl, nachdem er etwas zu Mittag gegessen hatte; beim Aufwachen nach diesem Nickerchen hatte er einige Probleme, sich zu orientieren, doch das ging vorüber. Am Freitag wusste er sofort, wo er sich befand, als er die Augen aufschlug.

Lograna. Sein Platz auf Erden.

Am Freitag machte er keinen Nachmittagsspaziergang. Stattdessen blieb er auf dem Stuhl sitzen und dachte über alles Mögliche nach; das tat er eigentlich auch, wenn er in Bewegung war, doch an diesem Tag war es etwas Besonderes, einfach nur dazusitzen, mit der einigermaßen wärmenden Sonne im Gesicht, und nichts anderes zu tun zu haben, als da zu sein und zu atmen.

Keine Aufgaben. Wenn der Apfelbaum oder die Johannisbeerbüsche hätten sprechen können, könnten wir uns ein wenig unterhalten, dachte er.

Nicht, dass es notwendig gewesen wäre, aber es hätte ja interessant sein können zu hören, was sie so zu sagen hatten. Vielleicht hätte er das eine oder andere lernen können. Er probierte auch einen Apfel, aber die waren sauer und hart. Wahrscheinlich so eine Art Winterfrucht, wie er vermutete; vielleicht sollte man sie pflücken, in Papiertüten legen und zu Weihnachten hervorholen. Er erinnerte sich an so etwas aus seiner Kindheit in K.

Seine Gedanken wanderten gern zurück, aber ab und zu auch nach vorn. Überhaupt spürte er, dass er sich offenbar an einem wohlausgewogenen Scheidepunkt zwischen dem Jetzt, der Vergangenheit und dem, was noch kommen würde, befand, und er ahnte, dass das sowohl mit seinem Alter als auch mit seinen neuen Lebensumständen zu tun hatte.

Hier und jetzt. Das, was vor mir liegt. Das, was gewesen ist.

Alles wog gleich schwer. Und außerdem: Es verhielt sich in einer Art und Weise, die er noch nie zuvor erlebt hatte. Fast wie eine Art Dreieinigkeit.

Seine Frauen, auch an sie dachte er. Lisen und Alice. Beide gab es ja auch noch, jetzt, wie auch in der Zukunft. Die Gedanken an sie, genauer gesagt. Lisen war zwar tot, das sollte nicht geleugnet werden – doch wenn er näher über diese Sache nachdachte, so sah er ein, dass er dazu neigte, sie lieber in die Vergangenheit zu schieben, alle beide. Nicht nur Lisen, sondern auch Alice. Sowohl sie als auch ihre Töchter waren genau besehen vollkommen unvereinbar mit seiner neuen Existenz in Lograna. Inkompatibel, wie es heutzutage hieß, das klang wie eine Art Vorstadium zur Inkontinenz, der Gedanke war ihm schon früher gekommen.

Was für missglückte Worte es heutzutage gab. Was war falsch an dem Wort, nicht zusammenzupassen oder Probleme zu haben, dichtzuhalten?

Besonders, wenn er die Augen nach dem letzten Schluck Kaffee schloss und darauf wartete, dass der Schlaf ihn übermannte, erlebten seine Gedanken eine Art frische, verwegene Freiheit.

Ich hätte Alice bitten sollen, sich zum Teufel zu scheren, konnte ihm dann in den Sinn kommen. Genau wie ich Wrigman gebeten habe, zum Teufel zu gehen. Wenn es nicht so verflucht blöde Einkaufswagen bei ICA gegeben hätte, dann hätte ich sie überhaupt nicht am Hals.

Und sie mich auch nicht, wohlgemerkt.

So nämlich war es passiert. An einem Freitag vor zwölfeinhalb Jahren war er mit seinem Einkaufswagen bei ICA Stubinen am Norra torg in Kymlinge angefahren gekommen, und als er nach rechts abbog zu Suppen und Soßen, da war eine Frau direkt auf ihn zugebrettert. Sie kam viel zu schnell von links, und ihre Wagen verhakten sich ineinander.

Es war unbegreiflich, das musste das Personal zugeben, so etwas war noch nie zuvor vorgekommen, ihre zerbrochenen Eier liefen über seine Bratwürste, und es dauerte fast eine halbe Stunde, bevor es ihnen gelang, die Wagen voneinander zu lösen. In der Zwischenzeit hatten Valdemar und Alice angefangen, sich zu unterhalten, sie waren beide alleinstehend, wie sich herausstellte, eins ergab das andere, und acht Monate später heirateten sie in der Kirche der Heiligen Dreifaltigkeit. Keiner von ihnen war besonders gläubig, aber Kirche, das musste sein, wie Alice fand. Beim letzten Mal hatte sie sich mit einer bürgerlichen Trauung begnügt, und man konnte ja sehen, was dabei herausgekommen war.

Was Lisen betraf, so war das schon so lange her, dass Valdemar sich kaum noch daran erinnern konnte, wie sie sich kennengelernt hatten. Sie waren wohl eher wie zwei steuerlose Quallen in dem Meer der späten Sechzigerjahre aus love, peace and understanding zusammengetrieben worden. Was immer das bedeutet haben mochte. Auf jeden Fall hatten sie das erste Mal auf einem Rasen in Göteborg nach einem Open-Air-Konzert irgendeiner englischen Rockband und einigen einheimischen Musikern kopuliert, und da Lisen schwanger wurde, waren sie zusammengezogen. Später hatte sie eine Fehlgeburt erlitten, aber da sie nun schon einmal ein Paar waren, hatten sie den bereits eingeschlagenen Weg weiterverfolgt, und Greger war nur ein gutes Jahr später zur Welt gekommen.

Habe ich das wirklich erlebt?, war ein Gedanke, der ihm immer wieder in den Sinn kam. Ist das mein Leben?

Er hatte nicht das Gefühl, weder die eine noch die andere Episode betreffend.

Und wenn es sich nun doch so verhielt, dann konnte es doch zumindest nicht der Sinn gewesen sein?

Aber was war dann der Sinn gewesen?

Es war natürlich allerhöchste Zeit, diese Frage zu stellen, wenn man kurz vor seinem sechzigsten Geburtstag stand. Die Leute stellten sich derartige Fragen normalerweise im Gymnasium oder wenn sie beim Militär waren, um sich anschließend für den Rest des Lebens sinnvolleren Dingen zu widmen. Dem Zuhause, der Arbeit, den Kindern oder wem auch immer.

Nahm Ante Valdemar Roos an. Er hatte seine Frauen nie gefragt, weder Lisen noch Alice – und auch seinen Sohn oder seine Stieftöchter nicht –, wie sie es mit dieser Frage nach dem Sinn hielten.

Und er hatte das Gefühl, dass zumindest Alice wütend werden würde, wenn er es täte.

Du wirst bald sechzig, würde sie ihm wahrscheinlich erwidern. Achte darauf, was du da redest.

Nein, was diese existenzielle Suche betraf, so war es wahrscheinlich sinnvoller, sich damit an die Pumpe, den Apfelbaum und die Johannisbeersträucher zu wenden.

Darin hätte sein Vater ihm sicher zugestimmt. Bevor er sich erhängte, hatte er als Warenlagerleiter einer Schuhfabrik gearbeitet. Das war natürlich eine Arbeit gewesen, so gut wie jede andere, aber Eugen Sigismund Roos war nicht gerade mit Leib und Seele bei den Schuhen gewesen.

Das hatte sein älterer Bruder Leopold bei der Beerdigung gesagt. Valdemar wusste das noch Wort für Wort.

Ein großer Mensch warst du, Eugen, mein Bruder, viel zu groß für deine Umgebung. Und deine Seele fand einfach keinen Platz in der vergrämten Schuhfabrik von Larsson, nein, nach deiner Seele mussten wir an ganz anderen Stellen suchen.

Im Rauschen der Wälder, im Brausen der Flüsse, in der unheilbaren Einsamkeit eines Menschenherzens. Wo sie nun auch ihre letztendliche Heimstatt gefunden hat.

Damals, im Alter von gerade mal zwölf Jahren, fand Valdemar, dass *das Rauschen der Wälder* und *das Brausen der Flüsse* so schön klang, und es hatte ihn geärgert, dass *die Einsamkeit des Herzens* bei weitem nicht so schön klang, nicht einmal den gleichen Rhythmus hatte. Da hätte Leopold sich doch ein wenig anstrengen und es zu einem besseren Ende bringen können.

Aber vielleicht war es ja auch so, dachte er, als er älter geworden war, dass gerade das – die unheilbare Einsamkeit des Herzens – sich auf nichts anderes reimte und dass genau das auch beabsichtigt war.

Leopold war nur ein Jahr nach seinem jüngeren Bruder gestorben, Valdemar hatte nie die Gelegenheit gehabt, ihn danach zu fragen.

Und natürlich hatte er auch nie die Gelegenheit gehabt, seinen Vater Eugen nach dem zu fragen, was wichtig war und was weniger wichtig. Das war schade, denn Valdemar fühlte genau, dass sein Vater so einiges darüber gewusst hatte. Dass er beschlossen hatte, nicht länger zu leben, als er vierundfünfzig Jahre alt war, war ja gerade ein Zeichen dafür, dass er gewisse Dinge eingesehen hatte.

Besser als jetzt wird das Leben nie mehr.

Er erinnerte sich an eine Episode, es war im Herbst, und sie wohnten in Väster. Es war vor dem Feuer im Keller gewesen, er musste sieben oder acht Jahre alt gewesen sein.

Er war aus irgendeinem Grund draußen gewesen, hatte vielleicht mit den Nachbarjungs im Park Fußball gespielt, er kam in die Küche, draußen wie drinnen herrschte Dämmerung, und sein Vater saß am Küchentisch. Er hatte wahrscheinlich ein paar Schnäpse getrunken, eine Flasche und ein Glas standen vor ihm auf der karierten Wachstuchdecke, und er sog an seiner krummen Pfeife.

Blaue Dämmerung, mein Junge, sagte er. Du weißt sicher, warum die Dämmerung blau ist?

Valdemar hatte zugegeben, dass er es nicht wusste.

Weil sie um den Tag trauert, hatte der Vater erklärt und eine Rauchwolke ausgestoßen. Genauso wie ein Mann um eine Frau trauert, die ihm verloren geht.

Man hatte seiner Stimme anhören können, dass er etwas betrunken war, aber solche sonderbaren Dinge pflegte er sonst selbst dann nicht zu sagen. Valdemar hatte nicht gewusst, was er antworten sollte, aber er brauchte auch gar nicht das Wort zu ergreifen, weil seine Mutter im gleichen Moment in die Küche kam.

Das Merkwürdige war nur, dass sie nackt war.

Du hättest doch sagen können, dass der Junge zu Hause ist, sagte sie ihrem Ehemann, aber der lachte nur und betrachtete sie mit blinzelndem Blick, die Pfeife hing ihm im Mundwinkel.

Und sie versuchte gar nicht erst, sich zu bedecken, sie lief herum, während sie etwas in den Schränken und Schubladen zu suchen schien, ihre Brust schaukelte schön, und ihr rotbraunes Haarbüschel zwischen den Beinen sah aus wie … ja, wie der Gegensatz zu einer blauen Dämmerung.

Es war der Vater, der auch das formulierte, ja, natürlich.

Da siehst du den absoluten Gegensatz zu der traurigen blauen Dämmerung, mein Junge, sagte er und zeigte mit dem Pfeifenschaft.

Valdemar erwiderte auch jetzt nichts, während seine Mutter zum Vater ging und ihm auf den Kopf schlug. Es war keine richtige Ohrfeige, aber auch kein freundschaftlicher Klaps, ihre halb geballte Hand traf ihn im Nacken, und hinterher, als sie die beiden wieder allein in der Küche zurückgelassen hatte, da saß der Vater eine ganze Weile da und rieb sich dort, wo er den Schlag erhalten hatte.

Er sagte nichts mehr zu Valdemar. Schenkte sich nur das Glas noch einmal voll und schaute weiterhin aus dem Fenster. Die Dämmerung da draußen wurde immer intensiver. *Niemals besser als jetzt?*

Was dafür gesorgt hatte, dass diese Episode Ante Valdemar Roos besonders intensiv im Gedächtnis haften geblieben war, das war wahrscheinlich die Tatsache, dass es das einzige Mal in seiner Kindheit gewesen war, dass er seine Mutter nackt sah.

Und er konnte sich einfach nicht erklären, was da während der kurzen Szene in der Küche wirklich vor sich gegangen war.

Weder damals noch später. Der Vater war vollkommen angezogen gewesen, es war schwer zu glauben, dass die Mutter aus dem Bad kam. Eine Dusche gab es zu der Zeit in Väster nicht, und in die Wanne stieg man einmal die Woche. Ob es nun notwendig war oder nicht, die Eltern badeten immer am Samstagabend, nachdem Valdemar ins Bett gegangen war.

Aber der leicht angetrunkene Vater am Küchentisch, seine Worte über die blaue Dämmerung und die Trauer über eine Frau, Mutters Nacktheit, ihr rotbrauner Gegensatz und der

Schlag in den Nacken – viel später erst kam Valdemar der Gedanke, dass er sein eigenes Leben mit deutlich mehr Fortune hätte leben können, wäre es ihm nur gelungen, diese sonderbare Szene aus seiner Kindheit zu deuten.

Und jetzt, jetzt, während er hier vor seiner immer noch verriegelten Kate in einem fremden Wald saß, da war ein halbes Jahrhundert seit diesem Tag in der Küche vergangen. Wo waren die Jahre nur hin?

Bei Wrigmans Elektriska hatte er immer gegen halb fünf Uhr Schluss gemacht – es war schon vorgekommen, dass er einmal länger arbeitete, aber nur selten und nie mehr als eine oder zwei Stunden.

An diesen ersten Tagen machte er es sich zur Gewohnheit, Lograna immer zur gleichen Zeit zu verlassen. Jedes Mal mit dieser kleinen blauen Sehnsucht in der Brust, doch die ertrug er. Wusste er doch, dass er am nächsten Morgen wiederkommen würde.

Bis Freitag. Ante Valdemar Roos spürte einen nicht zu leugnenden Kloß im Hals, als er am Freitag, dem 29. August, in sein Auto stieg und Lograna verließ. Das bevorstehende Wochenende erschien ihm lang und düster, und er kam nicht umhin, sich zu fragen, wie das denn in Zukunft werden sollte.

Sollte er niemals eine Nacht hier draußen verbringen? Nie in der Morgendämmerung bei Vogelgezwitscher aufwachen, den Kamin entzünden und den Morgenkaffee aufsetzen?

Nun ja, kommt Zeit, kommt Rat, dachte er. Man muss Dinge auch aufschieben können, es müssen nicht alle Entscheidungen jetzt und hier getroffen werden – und am Montag, dem ersten September, kurz nach neun Uhr morgens, steckte Ante Valdemar Roos zum ersten Mal den Schlüssel ins Schloss und nahm die Kate Lograna in Besitz.

8

Während der vergangenen Woche, in der er die Papiere unterschrieben hatte und Hausbesitzer geworden war, war nicht ein Tropfen Regen gefallen, und auch dieser Montag zeigte sich mit strahlendem Wetter. Nicht ein Wölkchen am Himmel. Nachdem er die Schlüssel bei Espen Lund abgeholt hatte, während er wieder im Auto saß und die inzwischen schon ziemlich vertrauten vierzig Kilometer nach Westen fuhr, ertappte er sich dabei, dass er sang.

So ist das Leben, das schien sich festgesetzt zu haben, und in Anbetracht der Umstände war das ja nicht verwunderlich. Er erinnerte sich, dass Onkel Leopold einmal erklärt hatte – als er wahrscheinlich beschwipst war und als Valdemar höchstens neun oder zehn gewesen sein konnte –, dass das Leben, im Gegensatz zu dem, was viele glaubten, nicht die ganze Zeit vor sich ging. Ein paar Stunden in der Woche, davon musste man ausgehen, vierzehn Tage im Jahr, nahm man alles zusammen. Und die restliche Zeit: graues, zähes, verdammtes Elend. Etwas vollkommen anderes. Wie kaltgewordene Grütze, während man auf den Kaffee wartete, oder eine hartnäckige Verstopfung.

Aber es geht darum, hatte Onkel Leopold unterstrichen und mit seinem nikotingelben Zeigefinger Valdemar auf die Brust geklopft, es geht darum zu begreifen, wann es so weit ist. Voll dabei zu sein, wenn das Leben wirklich in Fahrt kommt. Ansonsten verpasst man ja irgendwie die ganze Chose. Ja verdammt, so ist es!

Die Tür klemmte, als er sie aufschob. Im Laufe der Jahre war sie etwas nach unten gesackt, sie schrammte über die Dielenbretter drinnen, und er musste mit der Schulter dagegendrücken. Was eigentlich gar nicht anders zu erwarten gewesen war.

Aber ansonsten sah es gut aus. Ein kleiner Vorraum, eine Küche, ein Zimmer. Das war alles. Breite, graugestrichene Dielen auf dem Boden. Ein paar Flickenteppiche. Hellbraune Wände. Ein Herd in der Küche, aber außerdem zwei elektrische Platten. Ein kleiner Kühlschrank, ein Tisch mit zwei Holzstühlen, der Spültisch mit einem Hängeschrank darüber. Im Zimmer, in das er ja schon von außen hineingeschaut hatte, gab es einen Kamin, ein Bett in einem Alkoven hinter diesem Kamin, einen Tisch, drei Stühle mit kerzengeraden Rückenlehnen, einen Korbstuhl, sowie ein Büfett mit einem kleinen Bücherregal darüber.

An den Wänden im Zimmer hingen neben einem Spiegel außerdem zwei kleine Bilder, soweit er verstand, waren es Originalölbilder, beide mit Naturmotiv. Eine Wiese im Winter mit einem Hasen, ein Strand mit Schilf und weidenden Kühen. In der Küche gab es eine Küchenuhr, die um Viertel vor vier stehen geblieben war, einen Wandkalender von Sigges & Bennys Reparaturwerkstatt von 1983, sowie eine gestickte Bordüre mit dem Wahlspruch »Füreinander leben sollen wir«.

Im Kaufvertrag war festgelegt worden, dass er das gesamte Inventar mit übernähme. Die Witwe Lindblom hatte kein Interesse daran, nach Lograna hinauszufahren und dort auszumisten. Ja, ja, so, so, dachte Ante Valdemar Roos, während er sich umschaute, was kann der Mensch sich mehr wünschen?

Er probierte den Korbsessel aus. Er knarrte.

Er setzte sich aufs Bett. Das blieb still, war aber etwas uneben.

Er ließ die Rollos hochschnappen, öffnete die Fenster und lüftete. Sie sperrten sich ein wenig, ließen sich dann aber ohne größere Schwierigkeiten aufziehen, sowohl in der Küche als auch im Zimmer. Er schnupperte und stellte fest, dass es ein wenig abgestanden roch, aber nicht mehr. Nichts Verschimmeltes. Kein Rattenkot. Die Tür öffnete er auch, damit die Luft besser durchziehen konnte.

Dann setzte er sich an den Küchentisch, schraubte den Verschluss von seiner Thermoskanne und schenkte sich Kaffee ein.

Niemals besser als jetzt. Er spürte, wie Tränen in ihm aufstiegen, doch als er von seinem Käsebrot abbiss, ging das vorüber.

Den restlichen Tag über war er praktisch. Er ging das durch, was es an Hausgeräten und anderem Nützlichem gab. Er fand das meiste, was gebraucht werden würde, in den Schubladen und dem Küchenschrank, im Büfett im Wohnzimmer. Geschirr, Bestecke, Töpfe und eine Bratpfanne. Laken, Decken, Kissen, er schnupperte an allen Stoffen, sie mussten natürlich gelüftet werden, aber er nahm an, dass das genügen würde. Außerdem wollte er hier draußen ja nicht übernachten, aber es wäre natürlich schön, sich auch tagsüber für eine Weile auf dem Bett auszustrecken.

Als ihm jedoch der Gedanke durch den Kopf ging, dass er nie eine Nacht hier draußen verbringen würde, wurde er wieder traurig, und ihm wurde klar, dass er eine Lösung dieses Problems finden musste. Möglichst innerhalb einer nicht allzu fernen Zukunft.

Denn die Nacht ist die Mutter des Tages.

Die Elektrizität war noch nicht eingeschaltet, es sollte aber am Dienstag ein Mann kommen und die Sache untersuchen. Espen war es gewesen, der das geregelt hatte, nicht, weil es zu seinen Aufgaben als Makler gehörte, sondern weil er ein feiner Kerl war. Valdemar überlegte, ob er versuchen sollte, Feuer im Kamin zu machen, beschloss dann jedoch, dies noch für ein paar Tage aufzuschieben. Schließlich war das eine heikle Sache, nach all diesen Jahren konnte es Vogelnester und Gott weiß was im Schornstein geben.

An diesem ersten Tag machte er keinen Spaziergang durch den Wald, gönnte sich aber sein übliches Nickerchen draußen im Sonnenschein nach dem Mittag. Als er gegen Viertel nach eins aufwachte, stellte er fest, dass ihm der Rücken etwas wehtat, und er beschloss, sich einen bequemeren Liegestuhl anzuschaffen. Fügte diesen Artikel der Einkaufsliste hinzu, die er bereits angelegt hatte, und da es das eine oder andere gab, das er einkaufen musste, verließ er Lograna etwas früher als sonst, um einen Teil davon zu besorgen, bevor es für ihn Zeit war, nach Hause zu Alice und den Töchtern zu gehen.

Vielleicht nicht gerade einen Liegestuhl, es wäre nicht so leicht, ihn im Auto zu befördern, aber ein paar Kartons mit allem Möglichen konnte er gut die Nacht über im Kofferraum liegen lassen. Alice hatte ihr eigenes Auto, es bestand keine Gefahr, dass sie etwas entdecken würde.

Überhaupt keine.

Der Elektriker kam am Dienstagvormittag, ein mundfauler, langhaariger junger Mann, der eine Weile am Sicherungskasten herumfummelte, kassierte und dann wieder verschwand. Valdemar überprüfte, ob sich die Lampen einschalten ließen, sowohl in der Küche als auch im Wohnraum, und ob die Kochplatten funktionierten. Er schaltete den Kühlschrank ein, der mit einem überraschten Brummen erwachte, aber alle Anzeichen zeigte, bei guter Gesundheit zu sein.

Dann machte er sich an der Pumpe zu schaffen. Versuche, Wasser hochzupumpen, hatte er bereits in der vergangenen Woche gemacht, aber ohne Erfolg. Er erinnerte sich, gehört zu haben, dass man zuerst Wasser von oben auffüllen musste, um solche alten Mechanismen in Gang zu bringen, und das tat er dann auch. Goss vorsichtig Wasser aus dem Kanister, den er an der Tankstelle in Rimmingebäck gefüllt hatte, und bereits nach ein paar Litern konnte er hören, wie da unten in der Tiefe etwas passierte. Das Zischen bekam einen anderen, tieferen Klang, und schon nachdem er zwanzig-, dreißigmal die Pumpe gedrückt hatte, kamen die ersten Tropfen.

Und dann floss es. Anfangs war das Wasser noch braunschwarz, ging aber bald in helleres Braun über, dann in Graugelb und wurde schließlich klar und durchsichtig. Er wölbte seine linke Hand, während er mit der rechten weiterpumpte, füllte sie und probierte.

Erde und Eisen, dachte er. Vielleicht noch irgendein anderes Mineral, es war nicht wie das Wasser in der Stadt, wenn das überhaupt einen Geschmack hatte. Aber es schmeckte nicht schlecht. Und es war kalt und klar.

Er trank mehrere größere Schlucke. Kein Zweifel, dachte er. Das hier ist Wasser, das den Durst löscht. Er spürte, wie sich bei diesem Gedanken etwas in seinem Inneren rührte, eine Saite, die mit einem so tiefen und wohlklingenden Grundton zu vibrieren begann, dass ihm klar war: Es war der Knoten zum Leben selbst. Er holte die beiden Eimer, die er gekauft hatte, füllte sie und trug sie in die Küche.

So, dachte er. Zeit, sich dem Kamin zu widmen.

Das dauerte seine Zeit. Aber nicht so schrecklich lange; er hatte gefürchtet, dass es notwendig sein könnte, aufs Dach zu steigen – und es gab eine brauchbare Leiter im Schuppen –, doch es stellte sich heraus, dass das gar nicht nötig war. Als er die ersten Zeitungsseiten anzündete, war nicht die Spur von Zug im Schornstein zu erkennen, doch nachdem er mit Hilfe eines Besenstiels einen großen Kuchen von irgendetwas ziemlich Undefinierbarem – möglicherweise ein altes, verlassenes Wespennest – heruntergeholt hatte, war Durchzug, und bald brannte es munter, sowohl im Küchenherd als auch in der Feuerstelle im Wohnraum. Er wusch sich den Ruß ab, leerte die

Schüssel mit Schmutzwasser durchs Küchenfenster, und als er anschließend draußen auf dem Vorplatz stand und sah, wie sich der Rauch aus dem Schornstein ringelte und in den klaren, sonnigen Herbsthimmel hin auflöste, fiel ihm die Pfeife seines Vaters ein.

Und er wünschte, dass er selbst ein Raucher wäre. Dass er genau jetzt, in diesem Moment, Tabak und Pfeife aus den Hosentaschen hätte herausziehen können, stopfen und anzünden. Diese bedächtigen Handgriffe hatten etwas an sich, das sonderbar gediegen erschien. Als wären sie bereits in den Händen angelegt und deshalb im Einklang mit etwas Lebenswichtigem und gleichzeitig Geheimnisvollem.

Er wusste nicht, woher diese Gedanken kamen, aber er beschloss, wenn sie sich wieder einstellen sollten, dann würde er anfangen, Pfeife zu rauchen. Es war natürlich nie zu spät im Leben anzufangen, Tabak zu genießen, ganz im Gegenteil, wenn man in so hohem Alter erst anfing, lief man deutlich weniger Gefahr, von einer der überall verkündeten Schädigungen durchs Rauchen betroffen zu sein. Eigentlich überhaupt keine Gefahr.

Ante Valdemar Roos hatte natürlich in seiner Jugend die eine oder andere Zigarette geraucht, aber es war nie wirklich ernst geworden.

Das Gleiche betraf das Trinken. Diese Sache mit dem Alkohol und dem Betrunkensein hatte ihm irgendwie nie Spaß gemacht. Dass er bei diesem unerträglichen Hummelbergschen Krebsessen vor Kurzem ein wenig zu viel getrunken hatte, das konnte man wirklich als einen einmaligen Ausrutscher ansehen.

Nein, es ist, wie es ist, dachte er, während er da draußen auf dem Rasen stand und den Weg der dünnen Rauchspirale in höhere Luftschichten betrachtete. Mit vielem in meinem Leben ist es nie ernst geworden.

Nichts, wie es sollte, und nichts, wie es gedacht war.

Am Mittwoch machte er sich kein Brot zu Hause. Zwar simulierte er die üblichen Rituale in der Küche daheim in der Fanjunkargatan, um keine Verwunderung hervorzurufen, doch sobald Alice und die Töchter fortgegangen waren, hörte er damit auf. Nahm dennoch seine übliche Tasche mit, füllte sie jedoch erst, als er zu dem kleinen ICA-Laden in Rimmersdal kam. Dort kaufte er Kaffee, Butter, Brot und Aufschnitt. Außerdem ein Paket Eier, Salz, Pfeffer und etwas Obst, und als er bezahlte und der freundlichen Frau an der Kasse dankte, schien es ihm, als könnte er eine Art Einvernehmen in ihrem warmen Lächeln erkennen.

Hier sitze ich, und dort stehst du, schien sie sagen zu wollen. Ich sehe dir an, dass du auf dem Weg in einen schönen Tag bist, auf Wiedersehen, ich werde auch morgen hier sitzen. Und all die anderen Tage.

Sie schien in Alices Alter zu sein, war aber nicht der gleiche Typ. Vielleicht war sie eine Immigrantin, ihr Haar war dunkel und halblang, ihre Augen braun und leicht funkelnd. Wenn ich das nächste Mal hier einkaufe, werde ich ein wenig mit ihr reden, beschloss Ante Valdemar Roos.

Nicht viel, nur etwas übers Wetter oder über den Ort Rimmersdal. Sie fragen, ob es ein guter Ort ist, um dort zu wohnen, vielleicht.

Und Sie?, würde sie fragen. Sind Sie neu zugezogen?

Ich wohne ein Stück entfernt, konnte er dann antworten. Aber Sie haben ein gut sortiertes Geschäft hier, Sie werden mich sicher noch häufiger sehen.

Sie würde ihn anlächeln und sagen, dass er jederzeit willkommen sei.

Jederzeit, vielleicht würde es sogar einen gewissen Ton in dem Wort geben.

Er hatte auch ein Kreuzworträtselheft in Rimmersdal gekauft, und am Nachmittag lag er auf dem Bett und beschäftigte sich damit. Zum ersten Mal seit mehreren Wochen war der Himmel bedeckt, und kurz vor halb eins waren die ersten Regentropfen gefallen. Aber er war morgens eine Stunde durch den Wald gewandert, da konnte er es sich erlauben, ein wenig im Haus auszuruhen. Ein sonderbar angenehmes Gefühl überkam ihn, während er dort lag und versuchte, den Raffinessen des Rätselkonstrukteurs auf die Schliche zu kommen. Er war kein begeisterter Kreuzworträtsellöser, aber vollkommen unerfahren war er auch nicht. Ab und zu hatte er – genau wie Nilsson und Tapanen – Red Cow aushelfen müssen, wenn sie im Pausenraum bei Wrigmans einmal nicht weiterkam.

Aber Wrigman selbst nie. Er war kein Mann der Worte, hatte Probleme mit der Rechtschreibung, und der Wortschatz, den er täglich benutzte, hätte auf der Rückseite eines Pflasters Platz gefunden. Übrigens war Red Cow in den letzten Jahren immer mehr auf die Horoskopseite gerutscht, und dort war nur selten irgendwelche Assistenz vonnöten.

Wie angenehm weit weg das erschien. So fremd und fern. Und das Jetzt, das, was sich momentan abspielte, erschien dagegen so angenehm nahe. Hier liege ich in meiner Hütte und löse Kreuzworträtsel, dachte Ante Valdemar Roos. Mitten am Nachmittag in meinem sechzigsten Lebensjahr. Bald werde ich ein kleines Nickerchen machen, dann wohl den Herd anzünden und mir einen kleinen Kaffee kochen.

Muss erst in vier Stunden zurückfahren.

Morgen werde ich zwei neue Kissen und eine Decke kaufen, nahm er sich weiterhin vor. Vielleicht auch ein kleines Radio; wenn ich jetzt eins hätte, könnte ich Dagens Eko hören.

Er dachte eine Weile über das mit den verschiedenen Zeiten nach – diejenige, die nur weitertickte, und die andere, die einem Menschen ein wenig Raum zum Atmen gab, und daran, was Onkel Leopold damals gesagt hatte – doch bevor er so weit in seinen Überlegungen gekommen war, war er eingeschlafen und hatte angefangen, vom Bodensee zu träumen.

Das tat er manchmal. Nicht oft, aber ab und zu; vier, fünf Mal im Jahr vielleicht. Es wurde auch weniger, mit der Zeit wurde der Abstand zwischen Bodensee und Bodensee immer größer, damals, kurz nachdem es geschehen war, kamen die Bilder und der Traum in deutlich kürzeren Intervallen.

Es war im Sommer 1999 gewesen, sie waren seit zwei Jahren verheiratet, und Hummebergs kümmerten sich um die Mädchen. Valdemar und Alice waren auf eigene Faust mit dem Auto nach Bayern gefahren, es waren auch ein paar Abstecher in die Schweiz und nach Österreich geplant. Man wollte sich einfach ein paar Sachen ansehen, sie hatten nichts im Voraus gebucht; das Ganze war als kleines romantisches Abenteuer geplant, zumindest hatte Alice sich das so gedacht. Eine Woche, zehn Tage, wenn es sich denn ergeben sollte, Hummelbergs hatten versichert, dass das in Ordnung sei.

Sie waren in einem kleinen Hotel in Lindau abgestiegen, nachmittags schlenderten sie durch die romantische Stadt, und am Abend aßen sie in einem teuren Restaurant mit Blick über den See und die schöne Schweizer Berglandschaft auf der anderen Seite. Alice war zweifellos die jüngste Frau im ganzen Lokal; sie hatten nicht gewusst, dass Lindau ein so ausgeprägtes Seniorenstädtchen war, jetzt stellten sie es jedoch fest.

Etwas war schiefgelaufen. Vielleicht hatte Alice ein wenig zu viel Alkohol genossen, es gab ein Siebengängemenü mit einem neuen Wein zu jedem Teller, der auf den Tisch kam. Sie saßen sicher drei Stunden dort und aßen und tranken, und als sie auf die gepflasterte Promenade kamen, die zum Strand hinunterführte, kam ein prachtvoller Vollmond über den See herangesegelt. Valdemar fand, alles sähe aus wie ein ziemlich mittelmäßiges Kitschgemälde, sagte es aber nicht, und Alice fiel augenblicklich in eine Art romantische Trance. Sie küsste ihn leidenschaftlich und bat ihn, dass sie sich am Seeufer lieben sollten. Das hatten sie einmal auf Samos getan, und es war ein wahrhaft erinnerungswürdiges Erlebnis gewesen.

Valdemar war von ihrer Idee nicht sonderlich begeistert gewesen. Zwar schien es ziemlich menschenleer zu sein; die meisten Pensionäre waren wohl in ihre Betten gekrochen, und es gab das eine oder andere schützende Gebüsch, aber dennoch. Es war nun einmal ein gewisser Unterschied zwischen einem abgelegenen griechischen Strand und dem Bodensee. Vielleicht war es sogar strafbar.

Er brachte diese Argumente relativ rücksichtsvoll auf den Tisch, aber Alice nahm sie falsch auf. Sie fing an wie ein Schlosshund zu heulen, erklärte ihm, dass er sie nicht mehr liebte, dass sie mit einem unromantischen, impotenten Esel verheiratet war und dass sie nicht länger leben wollte. Anschließend zog sie sämtliche Kleider aus, bis auf Slip und BH, legte sie ordentlich auf einem Stein zusammen und ließ sich ins Wasser fallen.

Valdemars erste Tat war, sich in den Nasenflügel zu kneifen, um sicher zu sein, dass er nicht träumte. Das hatte er in jungen Jahren von Onkel Leopold gelernt. Normale Dummköpfe kneifen sich in den Arm und glauben, davon würden sie aufwachen, hatte dieser erklärt, während wir, die wir den Nasenflügel nehmen, Daumennagel und Zeigefinger, wir wissen es genau. Kein Mensch, keine einzige Seele kann nach so einem Kneifen schlafen.

Er schlief nicht. Er stand am Ufer des Bodensees und sah seine mächtige Ehefrau ins mondbeschienene Wasser hinausschwimmen. Ruhig und zielsicher, wie es schien, mit kraftvollen Brustzügen. Er versuchte herauszufinden, wie er sich fühlte, und stellte fest, dass er ziemlich verblüfft war.

Was sollte er tun?

Was erwartete sie von ihm, was er tun sollte?

Gab es eine korrekte Art, in Situationen wie dieser zu handeln?

Während er dastand und diese Fragen wälzte, gelang es Alice, ein gutes Stück im Wasser voranzukommen. Zumindest ist es zu spät, hinter ihr herzuschwimmen, dachte Valdemar. Und wenn er versuchen sollte, ihr hinterherzurufen, dann musste er seine Stimme schon ziemlich anheben, damit sie ihn überhaupt würde hören können – und hier herumzuschreien, nur dreißig Meter vom nächsten Restaurant entfernt, in dem immer noch Gäste saßen, wie er sehen konnte, ja, das wäre zweifellos ziemlich peinlich.

Er beschloss, ins Hotel zurückzugehen. Das erschien ihm die eleganteste Lösung, zumindest was ihn selbst betraf. Dennoch wollte er seine Frau nicht so einfach ihrem Schicksal überlassen, zumindest müsste er ihr das seiner Meinung nach mitteilen, bevor er ging. Er dachte einen kurzen Moment lang nach, dann legte er doch die Hände an den Mund und rief aus Leibeskräften:

»Alice, ich muss auf die Toilette! Ich komme gleich wieder und sehe, wie es dir geht!«

Er war höchstens zehn Minuten im Hotelzimmer, als sie auftauchte. Sie hatte sich ihre Kleider wieder angezogen, aber sich nicht die Mühe gemacht, sich vorher abzutrocknen, und das Wasser war von innen durch Rock und Bluse getreten. Die Haare hingen angeklatscht und traurig wie angeschwemmtes Seegras herunter, und die hellen Wildlederschuhe waren voller Lehm. Die Brustwarzen und die Vorhöfe ihrer schweren Brüste waren durch BH und Blusenstoff zu sehen und schienen ihn wie zwei wütende rohe Fleischklopse anzustarren. Valdemar fand, dass seine Ehefrau wirklich aussah, als wäre sie ertrunken.

Sie stellte sich breitbeinig mitten ins Zimmer und starrte ihn mit finsterem Blick an, die Wimperntusche war in den Wellen verschwunden, wenn auch nicht vollkommen, das rechte Auge sah aus wie ein frisches Veilchen, und im linken hatten sich die künstlichen Wimpern auf Nimmerwiedersehen verflüchtigt. Insgesamt schien sie vollkommen aus dem Gleichgewicht geraten zu sein.

Nachdem sie fertig gestarrt hatte, trat sie sich die Schuhe von den Füßen, warf sich bäuchlings aufs Bett und fing an zu schluchzen.

Valdemar zögerte einige Sekunden. »Nun, nun«, sagte er dann, während er ihr unbeholfen über den Rücken strich. »Komm, lass uns eine Partie Yatzy spielen und nicht mehr daran denken.«

Diese Worte brachten sie zum Schweigen. Sie stützte sich auf den Ellbogen auf, sah ihn mit blitzenden Augen und einer Miene an, wie er sie nie zuvor bei ihr gesehen hatte, und dann verpasste sie ihm eins mit der geballten Faust direkt über der Nase.

Er blutete sofort wie ein abgestochenes Schwein. Musste versuchen, den Blutstrom mit einem Kopfkissen zu stoppen, da Alice unmittelbar nach dem Schlag ins Bad gesprungen war und sich dort eingeschlossen hatte – und als sich so langsam alles beruhigt hatte, dachte Ante Valdemar Roos, dass ihr Zimmer aussah, als wäre jemand darin ermordet worden.

So hatte es sich in Wirklichkeit abgespielt. Wenn Valdemar von dem denkwürdigen Abend träumte, konnte das Szenarium etwas anders aussehen.

Manchmal stürzte er sich ins Wasser, schwamm seiner Ehefrau hinterher. Manchmal suchte er Hilfe bei vorbeigehenden Touristen, die sich immer schnell als alte Feinde oder Militärkumpanen entpuppten oder – einmal – als ein Lehrer, den er vor vierzig Jahren gehabt hatte. Einmal träumte er, dass er um den halben Bodensee herumlief und Alice auf der anderen – der schweizerischen – Seite in Empfang nahm.

Aber welcher Regie der Traumfilm auch folgte, eines war immer gleich.

Es endete nie glücklich. Was er auch unternahm, so kam es früher oder später jedes Mal zu dem Moment, an dem sie ihm eine verpasste und seine Nase anfing zu bluten.

Zu diesem Zeitpunkt pflegte er dann immer aufzuwachen, wohingegen der Traum heute unterbrochen worden war, als sie sich immer noch unten am Ufer befanden. Aus irgendeinem Grund war er es selbst, der sich dieses Mal ausgezogen hatte, splitterfasernackt stand er bis zu den Knien im kalten Wasser des Bodensees und starrte zu dem außergewöhnlich großen Mond hinauf – der bekümmert zu lächeln schien, aber gleichzeitig auf irgendeine Art und Weise auch Abstand zu ihm wahrte –, als sein Handy klingelte.

Es war Wilma.

»Bist du bei der Arbeit?«, fragte sie.

Valdemar schaute sich im Zimmer um. Setzte sich auf dem Bettrand auf und gähnte. »Natürlich«, sagte er. »Wo sollte ich denn sonst sein?«

Er schaute auf die Uhr. Es war halb drei, also war das vollkommen richtig. Wo sollte er denn sonst sein, wenn nicht bei der Arbeit?

»Was willst du?«, fragte er. Es war äußerst selten, dass jemand aus seiner Familie – seine Frau oder eine der Töchter – ihn anrief, während er sich bei Wrigmans befand, aber die wenigen Male, dass es passiert war, immer über sein Handy. Er glaubte, dass Alice nicht einmal die Nummer der Fabrik irgendwo aufgeschrieben oder einprogrammiert hatte, und wahrscheinlich wussten weder Wilma noch Signe, wo er eigentlich arbeitete. Wie gesagt. Und momentan gab es natürlich gute Gründe, dankbar dafür zu sein, dass es sich so verhielt. Er seufzte zufrieden.

»Ich will heute Nacht bei Malin schlafen«, erklärte Wilma.

»Dann ist es wohl das Beste, wenn du mit Mama redest«, erwiderte Valdemar.

»Ich kann sie nicht erreichen.«

»Dann musst du es wohl versuchen, bis du sie erreichst.«

»Das geht nicht«, sagte Wilma.

»Warum geht das nicht?«

»Weil wir in einer Viertelstunde Schluss haben und Malins Vater uns dann abholt.«

»Willst du damit sagen, dass du während einer laufenden Stunde telefonierst?«, fragte Valdemar verwundert.

»Wir haben Vertretung«, erklärte Wilma. »Mein Akku ist gleich leer. Du sagst doch Mama, dass ich bei Malin schlafe, ja?«

»Wäre es nicht besser, wenn …«

»Sei doch nicht so verdammt stur«, sagte Wilma. »Du, ich kann nicht mehr reden, tschüs.«

Ante Valdemar Roos drückte auf die rote Taste und steckte das Handy ein. Er kam auf die Beine und ging ans Fenster. Rieb sich die Augen.

Da draußen standen zwei Rehe. Der Regen hatte aufgehört, die Sonne war kurz davor, durch die Wolken zu brechen.

Herr, du mein Schöpfer, dachte er und kniff sich in den Nasenflügel. Sorge dafür, dass ich das hier niemals verliere.

9

Es verging eine Woche, bevor sie loskam, sie konnte selbst nicht sagen, warum.

Andererseits, als der Entschluss einmal gefasst war, gab es keine Eile. Sie konnte sich ebenso gut zunächst einmal ausruhen, die Erkältung loswerden, die sie schon so lange mit sich herumschleppte, und ein wenig Mut fassen.

Vielleicht trug sie auch der Gedanke, diese Sache mit Marie, Turid und der Freiheit geklärt zu bekommen, aber dem war nicht so. Es verlief im Sande. Sonja kam nicht wieder auf die Sache zurück, weder Anna gegenüber noch vor der Gruppe, wer immer also die Schuldige gewesen war, sie kam davon.

Wenn es tatsächlich eines der Mädchen gewesen war. Anna fiel es schwer, das zu glauben, aber wer sonst hätte es sein können? Auf jeden Fall war die Sache zu den Akten gelegt worden, und jetzt war es für sie an der Zeit, das Gleiche mit Elvafors zu tun.

Es machte sie etwas traurig, dass sie nicht alles mitnehmen konnte.

Sie war zusammen mit ihrer Mutter ins Heim gekommen, im Auto, jetzt würde sie es zu Fuß verlassen. Der Rucksack und die Gitarre, mehr konnte sie unmöglich tragen. Spät am Freitagabend, als alle anderen hoffentlich schliefen, packte sie und versuchte das auszusortieren, von dem sie glaubte, dass sie es nicht brauchte, und das, an dem sie nicht zu sehr hing.

Das Problem war, dass sie keinen Plan hatte. Sie konnte nicht sagen, was sie brauchen würde, und eigentlich wollte sie überhaupt nichts zurücklassen. Selbst ihre alten Gummistiefel taten ihr leid, obwohl sie viel zu groß und sperrig waren, um einen Platz zu finden. Bei den Büchern fiel es ihr auch schwer, nicht alle mitnehmen zu können, auch wenn sie sie schon ein oder mehrmals gelesen hatte und man sicher neue Exemplare besorgen konnte, wenn man später das Gefühl bekam, sie noch einmal lesen zu wollen.

Zum Schluss wurde sie doch fertig. Der Rucksack war prall gefüllt und ziemlich schwer, aber sie konnte ihn tragen. Sechs Bücher, eine Jacke, die Stiefel und zwei dicke, hässliche Pullover mussten in Elvafors bleiben. Das war alles, was von ihr übrig sein würde, wenn Sonja oder sonst jemand am nächsten Morgen in ihr Zimmer schauen würde, um zu überprüfen, warum sie nicht zum Frühstück heruntergekommen war.

Sie hatte niemandem erzählt, dass sie plante wegzugehen, fragte sich aber, ob Marie es nicht dennoch verstanden hatte. Zumindest wäre sie bestimmt nicht überrascht. Sie hatten nach dem Mittagessen unten am See gesessen, geraucht und sich eine Weile unterhalten. Marie war ziemlich kleinlaut, sowohl wegen der unausgesprochenen Anklage wegen des Feuers als auch wegen anderer Dinge. Sie spürte, dass die anderen Mädchen gegen sie waren, nicht nur Turid. Das war schon immer so gewesen, wie sie behauptete. Seit sie in der Oberstufe in einer neuen Schule und in einer neuen Klasse angefangen hatte, war es ihr nie gelungen, Freundschaft mit anderen Mädchen zu knüpfen. Obwohl sie sich nichts mehr wünschte als eine beste Freundin.

Dann war es gekommen, wie es kommen musste. Bei den Jungs war sie immer beliebt gewesen, und denen hatte sie sich dann zugewandt. Hatte gelernt zu rauchen, zu trinken und zu kiffen. Hatte gelernt, was sie von ihr haben wollten. Ihr weiches, schönes Gesicht, ihre Unterwürfigkeit, ihre Fotze. Sie hatte ihre Unschuld im Herbst in der Achten verloren, und als sie aus der Neunten abging, hatte sie mit zehn verschiedenen Jungen geschlafen. Oder Männern, der Älteste war über dreißig gewesen.

Anna hatte keine Schwierigkeiten zu erkennen, wo das Problem lag.

»Du bist zu schön und zu lieb«, sagte sie. »Das ist eine hoffnungslose Kombination.«

»Magst du mich?«, hatte Marie mit unschuldigem Blick gefragt.

Vielleicht auch nicht schlau genug, dachte Anna und umarmte Marie. Und zu schwach, das in erster Linie, viel zu schwach. Aber wo sollten denn verdammt noch mal solche wie Anna und Marie in einer Welt wie dieser auch Stärke und Kraft finden?

»Ich fände es schön, wenn du hier in Elvafors meine Freundin wärst«, hatte Marie gesagt. »Ich finde, du bist die Netteste von allen.«

Doch nicht einmal das hatte sie ihr versprechen können. Ihre Freundin zu sein. Sie hatte irgendetwas Vages von sich gegeben, etwas vollkommen Unverpflichtendes, dann waren sie zurück ins Haus gegangen, um sich dem Kochen zu widmen.

Vielleicht hatte Marie ja dennoch verstanden.

Wenn nicht, dann würde sie morgen verstehen.

Das heißt: heute.

Sie hatte sich den Wecker auf halb fünf gestellt, wachte aber drei Minuten früher von allein auf. Zog sich schnell an und schlich die Treppe hinunter mit ihrem Rucksack und der Gitarre in dem weichen, schwarzen Futteral. Niemand hatte sie gehört, und Viertel vor stand sie bereits draußen auf der Straße. Blieb einige Sekunden lang stehen, richtete sich auf und schaute zurück auf die gelben Gebäude, die dort gelangweilt in Tau und Morgennebel zu hocken schienen, der vom See her heraufzog.

Sie erschauerte und schluckte ein paar Mal, um die Tränen zu unterdrücken. Was soll aus mir werden?, dachte sie. Was zum Teufel mache ich?

Das kapiert ja wohl jeder Idiot, dass das hier nur schiefgehen kann.

Trotzdem ging sie los.

Nach links. Richtung Süden, nicht auf Dalby zu. Sie wusste, dass Göteborg nicht mehr als hundert, hundertfünfzig Kilometer entfernt lag, und ohne es nur in Gedanken zu fassen, entschied das wahrscheinlich über die Richtung. Sie war erst zweimal in ihrem Leben in Göteborg gewesen, beide Male in ihrer Kindheit, beide Male im Vergnügungspark Liseberg. Aber Göteborg war trotz allem eine große Stadt, und in so einer gab es jede Menge Möglichkeiten.

Und Unmöglichkeiten, es hatte gar keinen Sinn, es schönzufärben. Wenn sie wieder vor die Hunde gehen wollte, dann gab es garantiert keinen besseren Platz als eine Großstadt dafür.

So stand es also, aber bis jetzt war sie noch weit, weit entfernt von allem, was Stadt hieß. Sie trottete auf einem schmalen Weg dahin, der sich durch einen dichten Wald schlängelte. Hügel hinauf, Hügel hinunter, eine Kurve nach der anderen, Kiefern und Fichten, kaum gerade Strecken, und nach einer halben Stunde war sie an keinem einzigen Haus vorbeigekommen, nicht einmal an einer Lichtung.

Und kein Fahrzeug aus keiner Richtung. Ein Ohrwurm ging ihr im Kopf herum, es waren zwei Zeilen eines Songs, mit dem sie ein paar Abende lang gekämpft hatte.

Young girl, dumb girl, dreaming in the grass
Sad girl, bad girl, wannabe a dead girl

Sie lief in seinem Takt. Manchmal tauschte sie *wannabe* mit *gonnabe* aus, sie konnte sich nicht entscheiden, was am besten klang. Oder am schlimmsten, genauer gesagt. Es war ein verdammt blöder Text, das wusste sie, aber sie hatte eine Melodieschleife dazu, die nicht schlecht klang. Und sie brauchte etwas Mechanisches, um den Kopf zu füllen, damit sie nicht daran denken musste, dass sie schon jetzt verschwitzt und durstig war, obwohl es doch bewölkt und nicht besonders heiß war.

Und müde. Es war eine Sache, mit dem Rucksack auf dem Rücken ruhig im Zimmer zu stehen, eine ganz andere, mit ihm zu gehen. Die Schulterriemen scheuerten, und etwas Hartes, wahrscheinlich ihr Necessaire, stach ihr bei jedem Schritt ins Kreuz.

Young girl, dumb girl… sie hatte einhundertundzwanzig Kronen in der Brieftasche und noch sechs Zigaretten in der Packung. Nach genau einer Stunde setzte sie sich auf einen Fels am Wegrand und rauchte die erste. Nahm für die Pause den Rucksack ab, und als die Zigarette aufgeraucht war, verfluchte sie sich selbst, dass sie nicht einmal eine Flasche Wasser mitgenommen hatte. Wie blöd konnte man eigentlich sein? Am allerliebsten hätte sie jetzt eine Cola gehabt und ein großes, weiches Bett, um hineinzukriechen.

Das werde ich nie in meinem Leben kriegen, dachte sie plötzlich. Wenn ich überhaupt jemals wieder in einem Bett schlafen werde, dann wird es zerknittert und voll mit schmutziger Bettwäsche sein, in der schon jede Menge anderer Leute geschlafen haben, und die Coladose werden sie auch schon ausgetrunken haben.

Zuhause?, überlegte sie. Wäre schön, wenn das Wort etwas bedeutete, wenn es einen Inhalt hätte. Die Wohnung, in der sie das letzte halbe Jahr gewohnt hatte, war an den ursprünglichen Besitzer zurückgefallen, und ihre wenigen Besitztümer waren in einem Lagerraum untergebracht worden, dafür hatte ihre Mutter gesorgt. Ich wünschte, ich hätte etwas, wohin ich fliehen könnte, dachte sie. Nicht nur etwas, wovor ich fliehe.

Und wohin bin ich eigentlich auf dem Weg? Will ich versuchen zu trampen, oder soll ich einfach immer nur weitergehen, bis ich im Sonnenuntergang von einem Ritter auf einem weißen Hengst aufgelesen werde?

Oder von der Polizei? Vor Müdigkeit in Ohnmacht gefallen in einem Straßengraben.

Das schien sehr viel wahrscheinlicher. Auf jeden Fall war ihr klar, dass es zumindest besser war zu gehen als still zu sitzen. Die Bewegung hielt die Tränen und die Resignation in Schach. Und die Liedstrophe auch ... *sad girl, bad girl* ... sogar das Scheuern der Riemen und der Druck auf den Rücken waren gut, weil sie die Gedanken von ihrer verzweifelten Situation ablenkten.

Vom Sumpf des Selbstmitleids, wie ihre Mutter immer gesagt hatte. Sie wusste so einiges vom Leben, ihre Mutter, daran bestand kein Zweifel. In einer Stunde ist es sieben Uhr, dachte sie. Dann habe ich bestimmt eine Tankstelle oder ein Café erreicht. Und dann werde ich in der Lage sein, eine Entscheidung zu treffen.

Doch dazu kam es nicht.

Kurz nachdem sie an einem verlassenen Hof vorbeigekommen war und kurz nachdem sie einen kälteren Luftzug spürte und ein paar Regentropfen auf der Wange, da kam das erste Auto dieses Tages.

Es fuhr in die richtige Richtung, und fast ohne weiter darüber nachzudenken, hob sie die Hand. Nicht sehr hoch, es war keine richtige Trampergeste, eher ein zaghaftes Winken ohne Inhalt oder Absicht.

Das Auto war ein blauer Volvo, nicht besonders neu, nicht besonders alt. Ein Mann in den Fünfzigern saß hinter dem Lenkrad, sie konnte nur kurz sein Gesicht erkennen, als er vorbeifuhr. Vielleicht war er sogar noch älter, sie war nicht gut darin, das Alter von Menschen einzuschätzen.

Er hielt zehn Meter vor ihr am Straßenrand an. Kurbelte sein Seitenfenster herunter und steckte den Kopf heraus.

»Wohin will das junge Fräulein denn?«

Ihr erster Instinkt sagte ihr, sich nicht auf ihn einzulassen. Sein Gesicht sah etwas aufgedunsen aus, war aber nicht direkt ungepflegt. Brille, kurzgeschnittenes, rattenfarbenes Haar, Hemd und Lederjacke. Vollkommen normal. Aber da war etwas in seiner Stimme und seinem Blick. Als sie ans Auto trat, schaute er sie von oben bis unten an, irgendwie abschätzend, bevor er ihr direkt in die Augen sah.

Zuerst muss man den Leuten in die Augen schauen, hatte ihre Mutter immer gesagt. Wenn man das gemacht hat, dann kann man hingucken, wohin man will.

»Spring rein, dann nehme ich dich ein Stück mit.«

»Danke, aber ...«

»Ich muss zwar nur nach Norrviken, aber so sparst du wenigstens fünf Kilometer. Also?«

Er trat leicht auf das Gaspedal, und sie verstand, dass sie sich entscheiden musste. Sie war diejenige, die Hilfe brauchte, nicht er.

»Okay.«

Sie ging um den Wagen herum, öffnete zuerst die hintere Tür und warf Rucksack und Gitarre hinein. Es lag bereits eine braune Tasche dort, alt und abgenutzt. Er streckte sich über den Beifahrersitz und öffnete ihr. Sie nahm Platz und legte sich den Sicherheitsgurt an, er blieb einen Moment still sitzen und betrachtete sie von der Seite, bevor er kurz nickte, die Kupplung kommen ließ und losfuhr.

»Spielst du?«

»Was?«

Er machte ein Zeichen zur Gitarre auf der Rückbank. »Die da.«

»Ein bisschen. Ich lerne noch.«

»Ich habe mal in einer Band gespielt.«

»Und was?«

»Die Drums. Ich war Schlagzeuger.«

Er schlug mit den Fingern einen Wirbel auf dem Lenkrad. »Du bist eine Elvaforsbraut, nicht wahr?«

»Elva … wie kommen Sie darauf?«

Er lachte. »Abgehauen, stimmt's? Ja, ist ja nicht so schwer, darauf zu kommen. Ich muss sagen, ich hätte nicht gedacht, dass ihr so früh schon hochkommt. Und warum bist du abgehauen? Du brauchst keine Angst zu haben, ich werde dich nicht verpfeifen.«

Sie überlegte schnell. Begriff, dass es keinen Sinn hatte zu leugnen. Wenn er wusste, was das Elvaforsheim war, und das wussten anscheinend alle hier in der Gegend, dann war es natürlich nicht schwer, die richtigen Schlussfolgerungen zu ziehen.

»Ich bin auf dem Weg nach Hause. Es ist ein freiwilliges Heim, und es hat mir nicht gefallen.«

»Und was würde dem Fräulein dann gefallen?«

Er schlug ihr zweimal mit der Hand auf den Oberschenkel und legte dann die Hand wieder auf das Lenkrad. Ein Schaudern durchfuhr sie, und sie fragte sich plötzlich, ob es jetzt passieren würde.

Das Schlimmste.

Was ihr nie passiert war. Sie hatte mit Kerlen geschlafen, obwohl sie keine Lust dazu gehabt hatte, das schon, aber richtig vergewaltigt worden, nein, das war sie nie. Diese leichten Schläge erzeugten ein Beben in ihr, dass sich alles in ihr zusammenzog. Zumindest hatte sie das Gefühl. RwdT, dachte sie. Das war die erste Regel, die sie von dieser Selbstverteidigungsfrau gelernt hatte, die mal in ihre Klasse in der Schule gekommen war.

Renn wie der Teufel.

Ja, das stimmte schon, aber was tat man, wenn man in einem Auto saß, das fuhr.

»Na, wie wäre es, hast du Lust, ein bisschen Geld zu verdienen?«

Er sagte das in einem ganz neutralen Ton. Eine unschuldige Frage, als ginge es darum, irgendwo einzuspringen und in einem Café abzuwaschen. Oder Zeitungen auszutragen.

Aber es ging weder um das eine noch das andere, dessen war sie sich ziemlich sicher.

»Können Sie bitte anhalten, ich möchte hier aussteigen.«

Er schien sie nicht gehört zu haben.

»Fünfhundert Piepen für eine halbe Stunde, was sagst du?«

»Nein, danke. Bitte seien Sie so nett und halten an.«

»Nett kann ich sein, aber ich halte erst an, wenn es mir passt. Und ein Mädchen wie du hat ja wohl schon so einiges mitgemacht, was?«

Er fuhr etwas schneller. Sie drückte sich die Fingernägel in die Handflächen und biss sich auf die Wange. Beschloss, lieber nichts zu sagen.

»Nur so ein kleiner Fotojob. Ich habe einen Apparat da hinten. Ich werde dich nicht anfassen.«

Sie warf einen Blick auf seine kräftigen Hände am Lenkrad. Ihr war klar, dass sie gegen ihn keine Chance haben würde. Er war groß, aber nicht dick. Gut fünfzig, wie gesagt, vielleicht konnte sie ihm davonlaufen, aber mit ihm fertig werden? Und ihre Sachen zurücklassen? Vergiss es, dachte sie. Sie fragte sich, ob das mit dem Fotoapparat stimmte. Konnte das stimmen? Dass er sie nur nackt sehen wollte. Dass er so einer war, dem es reichte zu glotzen?

Sie holte tief Luft und schaute verstohlen zu ihm hinüber. Auch er warf einen verstohlenen Blick auf sie und verzog dabei den einen Mundwinkel zu einem Grinsen. Sie sah, dass er ziemlich ebenmäßige weiße Zähne hatte. Auf jeden Fall war er nicht schäbig, aber das hatte sie ja schon gewusst.

Nur eklig. Ein einigermaßen wohlhabendes Ekel mittleren Alters. Vielleicht hatte er Kinder, die älter waren als sie. Vielleicht hatte er Frau und Haus und geordnete Verhältnisse.

Sad girl, bad girl, dachte sie. Wie konnte ich verdammt noch mal so dumm sein und in dieses Auto einsteigen? Du bist nicht einmal zwei Stunden von Elvafors weg, und schon sitzt du in der Patsche.

In einer verdammt beschissenen Patsche.

»Einverstanden?«, fragte er.

»Halten Sie an und lassen Sie mich raus«, sagte sie. »Ich kann Sie wiedererkennen, und ich weiß Ihr Autokennzeichen.«

Noch während sie es sagte, wurde ihr klar, dass das wahrscheinlich eine weitere Dummheit war. Wenn er sich wirklich an ihr vergriff, dann war er gezwungen, sie danach zu töten. *Gonnabe a dead girl,* plötzlich erschien ihr diese alberne Zeile so realistisch wie nur was.

»Quatsch«, sagte er. »Du bist abgehauen, und ich will nur ein paar Fotos von dir machen. Du kriegst fünfhundert Kröten, die kannst du doch sicher gebrauchen, oder?«

Jedenfalls hatte sie ihm keine Angst gemacht. Andererseits machte er auch keinerlei Anstalten, anzuhalten oder zumindest langsamer zu fahren. Saß ruhig da, mit den Händen auf dem Lenkrad, die Augen auf die Straße gerichtet, warf ihr nur ab und zu einen Blick zu.

»Kann ich den Fotoapparat mal sehen?«, fragte sie, nachdem sie eine halbe Minute lang geschwiegen hatte.

Er streckte sich nach hinten zum Rücksitz und wühlte mit der einen Hand in der braunen Tasche. Holte eine Spiegelreflexkamera heraus, die schon ziemlich alt aussah. Aber gleichzeitig professionell, vielleicht war er ja tatsächlich so eine Art Fotograf. Er reichte ihr den Apparat, während er gleichzeitig langsamer wurde und auf einen Waldweg nach rechts abbog. Der bestand aus nicht viel mehr als zwei Reifenspuren mit einem Grasstreifen in der Mitte. Sie stellte fest, dass sie wahrscheinlich problemlos die Tür öffnen und sich hinauswerfen könnte, ohne sich besonders wehzutun, aber was dann? Wenn sie in den Wald lief und er sie nicht verfolgte, dann würde sie sowohl ihren Rucksack als auch die Gitarre verlieren.

Und ihre Brieftasche mit dem zusammengekratzten Vermögen von hundertzwanzig Kronen lag auch im Rucksack.

»Anhalten«, sagte sie, sie wusste nicht, zum wievielten Male, und jetzt tat er, was sie sagte. Sie waren nicht mehr als hundert Meter gefahren, er bog auf eine kleine Lichtung zwischen vier Kiefern ab, wendete den Wagen, so dass er wieder mit der Nase zum Weg stand. Sie versuchte, die Tür zu öffnen, schaffte es aber nicht, natürlich irgend so eine Zentralverriegelung, nicht einmal daran hatte sie gedacht. Er holte seine Brieftasche aus der Innentasche, zupfte einen Fünfhunderter heraus und legte ihn auf die Ablage vor dem Lenkrad.

»So, geh jetzt raus und zieh dich aus. Ich bleibe hier sitzen und warte, und dann kriegst du ihn, wenn wir fertig sind. Zwanzig Minuten, du musst nicht einmal eine halbe Stunde arbeiten.«

Sie überlegte.

»Ich will, dass Sie meine Sachen vorher aus dem Wagen holen«, sagte sie. »Ich denke nicht daran, auch nur einen Meter mit Ihnen weiterzufahren.«

Er nickte. »Ich hole sie raus, während du dich ausziehst.«

Er drückte auf einen Knopf und schloss ihre Tür auf. Sie öffnete sie, stellte einen Fuß auf den Boden, und dann fasste sie einen Entschluss, von dem sie hinterher nicht mehr sagen konnte, woher der kam.

Sie hatte noch immer seine Kamera auf dem Schoß. Bevor sie aus dem Wagen stieg, nahm sie das ziemlich schwere Teil in die rechte Hand, tat so, als wollte sie es ihm geben, doch stattdessen schlug sie ihm damit mit voller Kraft auf den Kopf.

Der Schlag traf ihn schräg auf der rechten Schläfe, sie konnte hören, wie die Brille zerbrach und die Luft aus ihm zu entweichen schien. Dann ein schwerer Seufzer, er klang unheilschwanger und sonderbar. Er fiel zurück gegen die Rückenlehne und das Seitenfenster und blieb so mit offenem Mund sitzen, während ihm das Blut seitlich übers Gesicht lief, weiter die Lederjacke entlang, bis auf den Sitz. Er hatte die Hände auf den Schenkel vor sich gestützt, sie zuckten ein wenig.

Eine Sekunde lang glaubte sie, dass sie selbst auch in Ohnmacht fallen würde, doch dann stieg sie aus dem Auto, öffnete die Hintertür und holte ihre Sachen heraus. Warf sich den Rucksack über, nahm die Gitarre in die Hand und fing an zu laufen. Direkt in den Wald hinein.

Das war nicht einfach. Immer wieder war sie kurz davor, über Gestrüpp und Grassoden zu stolpern und hinzufallen, aber sie schaute sich kein einziges Mal um. Das Herz hämmerte in ihrer Brust, sie keuchte mit offenem Mund, blieb aber nicht stehen. Sie fand keinen richtigen Weg, lief dennoch weiter, schwankend schleppte sie sich voran, bis sie nicht mehr konnte. Dann sank sie hinter einem moosbedeckten Fels zu Boden und wartete. So fühlt sich ein gejagtes Tier, fuhr es ihr durch den Sinn, genau so ist es, ein gehetztes Wild zu sein.

Sie blieb mehrere Minuten lang sitzen. Wenn er kommt, dann kommt er eben, dachte sie. Ich kann nicht mehr. Nicht einen Schritt weiter, wenn er auftaucht, dann ist es eben so. *Young girl, dumb girl.*

Endlich war ihr Puls unter Hundert gesunken, und sie wagte es, aufzustehen und hinter dem Felsen hervorzuschauen. Zu kontrollieren, wie es in der Richtung aussah, aus der sie gekommen war.

Sie konnte nicht weiter als zwanzig, dreißig Meter sehen, aber es schien sich nichts zu regen. Birkengestrüpp, Steine und Büsche, kein besonders schöner Wald, nur die eine oder andere höhere Tanne oder Fichte. Vielleicht war das ein alter Holzschlag. Sie hielt den Atem an und lauschte. Die Geräusche des Walds, fast wie eine Art Atmen, sonst nichts.

Er konnte doch wohl nicht…? Sie konnte doch wohl nicht…? Der Gedanke wollte sich nicht richtig in ihr festsetzen, aber zum Schluss konnte sie ihn zumindest formulieren.

Er konnte doch wohl nicht tot sein?

Sie ließ sich wieder sinken, mit dem Rücken gegen den Fels, und spürte, wie eine Welle der Erschöpfung sie überrollte. Ihr Blickfeld schrumpfte, gelbe Flecken tanzten an ihrem Rand, und wieder fürchtete sie einen Moment lang, dass sie ohnmächtig werden könnte. Oder sich übergeben. Oder beides.

Wenn sie nun einen Menschen getötet hatte?

Ihm sein Leben genommen hatte.

Er hatte fünfzig oder fünfundfünfzig oder sechzig Jahre hier auf Erden gelebt, jeden Tag und jede Stunde in all diesen Jahren hatte er gelebt, doch dann war er auf dieses Elvaforsmädchen gestoßen. Hatte sie in seinem Auto mitgenommen, und jetzt war er tot.

Sie wusste nicht, wie er hieß. Vielleicht hatte er sie tatsächlich nur fotografieren wollen, wenn man es recht besah. Vielleicht hätte er sie nie angerührt, genau wie er es gesagt hatte.

Und was um alles in der Welt würde die Polizei glauben, wenn sie ihn fand? Was würden seine Frau und seine Kinder sich einbilden, sollte er welche haben? Konnte es nicht einfach so sein, dass…?

Ihre Gedanken wurden von einem Geräusch unterbrochen. Ein Auto wurde gestartet und fuhr davon. Mein Gott, war sie nicht weiter gekommen? Das klang ja nicht mehr als fünfzig Meter entfernt. War sie im Kreis gelaufen?

Sie hörte das Geräusch verklingen. Das musste… das musste auf jeden Fall er gewesen sein, oder? Es konnte doch nicht noch ein anderes Auto in der Nähe sein. Sie hatte den ganzen Morgen schließlich kein anderes Fahrzeug als diesen Volvo gesehen.

Sie registrierte, dass es aufgehört hatte zu regnen. Oder hatte es eigentlich nie richtig angefangen? Sie konnte sich nicht daran erinnern, ob er die Scheibenwischer eingeschaltet hatte. Oder doch?

Scheiße, wieso sitze ich hier und denke an Scheibenwischer?, fragte sie sich. Ich spinne ja schon total.

Bevor die Tränen sie übermannten, zündete sie sich eine Zigarette an. Gleichzeitig schaute sie auf die Uhr, es war genau sieben.

Das hatte sie sich doch vorgenommen. Eine neue Zigarette und ein neuer Entschluss.

Aber es war nicht ganz so, wie sie sich gedacht hatte. Statt an einer Tankstelle oder in einem Café befand sie sich halb unter Schock stehend hinter einem Felsen draußen im Wald und hatte es gerade noch geschafft, nicht vergewaltigt zu werden.

Und es gerade noch geschafft, nicht zur Mörderin zu werden.

Nein, dachte Anna Gambowska und nahm einen kräftigen Lungenzug, das hat nicht gut angefangen, ganz und gar nicht gut.

Einige Zeit später stand sie wieder auf dem Platz, auf dem der Wagen geparkt hatte. Er war nicht mehr da; es war, wie sie angenommen hatte, er war wieder zu sich gekommen und war weggefahren. Blutig und benommen, aber noch am Leben. Gott sei Dank.

Wenn sie nachdachte, musste sie sagen, dass sie ihn verstand. Oder nicht? Lieber aufgeben, lieber den Schwanz einziehen, als in den Wald rennen und nach einer verrückten Elvaforstante zu suchen, die offenbar lebensgefährlich sein konnte.

Sie schüttelte den Kopf. Ging wieder zurück zur Straße und versuchte sich zu sammeln. Trotz allem, dachte sie mit einer Art verzweifeltem Optimismus, trotz allem habe ich das gar nicht so schlecht gemacht.

Er hat seinen Denkzettel bekommen und ich meine Würde behalten. So muss man das Ganze sehen.

Als sie wieder die Straße erreicht hatte, blieb sie nicht stehen. Schob nur den Rucksack zurecht und ging weiter Richtung Süden. Oder Westen, wie auch immer. Die Liedzeile kam ihr wieder in den Sinn, sobald sie ihre alte Ruhe wiedergefunden hatte, aber sie veränderte sie ein wenig. Genauer gesagt, veränderte sie sich selbst, es war offensichtlich, dass es für diesen Tag mit Tod und Elend reichte.

Sad girl, bad girl, gonnabe a good girl.

So war es besser, da gab es keinen Zweifel.

Aber die Müdigkeit lag auf der Lauer, sie war nur ein paar hundert Meter weit gekommen, als sie einsehen musste, dass sie sich unbedingt richtig ausruhen musste. Außerdem etwas trinken und essen, aber vor allem war es die Müdigkeit, die wie ein Bleigewicht auf ihr lastete. Wenn ich nur ein paar Stunden schlafen kann, dann werde ich es schon packen, dachte sie und warf einen Blick in den Himmel. Die Wolken zogen sich erneut zusammen. Zweifellos würde sie ziemlich bald im Regen stehen.

Irgendwo ins Haus, beschloss sie. Ich muss unter ein Dach kommen, zumindest das; wenn ich im Wald mein Lager aufschlage, dann laufe ich Gefahr, eine Lungenentzündung zu bekommen, noch bevor ich wieder aufwache.

Sie gelangte an eine Abzweigung nach rechts. *Rödmossen* stand auf einem kleinen, abgeblätterten Schild, das aus dem Straßengraben herausragte.

Sie bog auf den schmalen Pfad ab, ohne eigentlich zu wissen, wieso.

10

Der Donnerstag verging, der Freitag verging.

Dann kam das Wochenende – die Stieftöchter zeigten immer einen etwas müden Blick, wenn er diesen Begriff benutzte –, und so lief es jahrein, jahraus. Nie in seinem Leben hatte Valdemar Roos etwas so schrecklich Langgezogenes und Stumpfsinniges mitgemacht.

Nach dem samstäglichen Kaffee am Vormittag und nachdem er mehrere Male erklärt hatte, wie es ihm gelungen war, seine Brille in der Dusche zu zerbrechen, zerfiel der Tag in drei Teile.

Zuerst fuhren sie ins Coop-Kaufhaus nach Billundsberg und kauften Lebensnotwendiges für zweitausend Kronen ein. Das dauerte drei Stunden. Dann fuhren sie nach Hause und begannen, diese lebensnotwendigen Dinge auseinanderzurupfen und auf verschiedene Art und Weise anzurichten. Das dauerte ungefähr genauso lange.

Anschließend duschten sie und machten sich fertig. Das dauerte bei Valdemar eine Viertelstunde, anderthalb Stunden bei Alice. Valdemar schaffte noch ein zehnminütiges Nickerchen.

Um sieben Uhr klingelte es an der Tür. Alices alte Studienkollegin Gunvor Sillanpää und ihr neuer Lebenspartner Åke Kvist waren gekommen.

Dann saß man zusammen und schaufelte all die zubereiteten Dinge – plus ein unterschiedlich ausfallendes Quantum an

Wein und Schnaps – in sich hinein, das dauerte vier Stunden und fünfundvierzig Minuten. Die abendlichen Gesprächsthemen variierten zwischen vier Eckpfeilern: Tontaubenschießen, der Fernsehsendung »Wer will ein Misanthrop sein?«, Persönlichkeitsstörungen sowie der allgemeinen Steuerlast, und es war Viertel nach eins, als alles abgewaschen und fertig war. Valdemar hatte Sodbrennen, als er ins Bett fiel, keine der Töchter war seit sechzehn Uhr im Haus gesehen worden. Ein Glas aus der neuen Kosta-Boda-Serie war kaputtgegangen.

»Welchen Eindruck hast du?«, wollte Alice wissen.

»In welcher Beziehung?«, fragte Valdemar.

»Na, von ihm, natürlich«, sagte Alice.

Valdemar dachte nach.

»Er ist ein bisschen klein.«

»Klein?«, wiederholte Alice und schaltete die Nachttischlampe wieder ein, die sie gerade ausgeschaltet hatte. »Was meinst du damit, dass er klein ist? Das ist doch wohl vollkommen egal, wie groß man ist, oder?«

»Doch, schon«, sagte Valdemar. »Nein, du hast Recht. Er war wohl ganz in Ordnung.«

»Ich begreife dich nicht«, sagte Alice.

»Es war interessant, so viel übers Tontaubenschießen zu erfahren«, sagte Valdemar. »Ich hatte keine Ahnung, dass es da so viele Aktive gibt. Außerdem ist es bestimmt von Vorteil, wenn man dabei nicht so riesig ist, wenn man …«

Er verstummte, als Alice sich auf ihren Ellbogen aufstützte und ihn aus zwanzig Zentimeter Entfernung betrachtete. »Denkst du, du bist lustig, Valdemar?«

»Nein, ich versuche nur …«

»Denn ich finde das ganz und gar nicht.«

Sie drehte ihm den Rücken zu und löschte das Licht.

Morgen ist Sonntag, dachte Ante Valdemar Roos. Da sollte ich lieber aufpassen, was ich sage.

Am Sonntag fuhren sie nach Västra Ytterbordarna und besuchten Alices Vater Sigurd, der dort im Krankenhaus lag. Es war sein sechsundachtzigster Geburtstag, aber das war ihm ebenso wenig bewusst wie alles andere. Er erkannte Valdemar nicht und auch Alice nicht, aber Wilma – die sie hatten überreden können mitzukommen, wenn sie einen iPod bekam (eine neue Art Musikmaschine, mit der jetzt alle herumliefen) –, sie konnte er sofort als Katrina aus Karelien identifizieren, eine Frau, in die er in seiner Jugend total verknallt gewesen war. Sie war nicht Alices Mutter, die vor diversen Jahren bereits verstorben war, nein, Katrina war eine viel bessere Frauensperson. Von einem ganz anderen Kaliber, besonders in den Federn, das erklärte Sigurd dreißig Mal mit lauter Stimme während der Stunde, die sie in dem Heim waren. Wiederholte Male versuchte er, Wilma an die Brust zu greifen, aber seine Zerbrechlichkeit und Wilmas deutlich gezeigte Ablehnung schoben seinen Bemühungen einen Riegel vor.

»Ich werde niemals wieder zu diesem ekligen Alten fahren«, erklärte sie, als sie wieder im Auto saßen.

»Er ist dein Großvater«, sagte Alice.

»Das ist mir scheißegal«, sagte Wilma. »Er ist ein perverser alter Idiot.«

»Er kann einem leid tun«, sagte Alice.

»Es können einem alle leid tun, die in seiner Nähe sein müssen«, sagte Wilma.

Valdemar hatte während des Besuchs kaum ein Wort gesagt, und das tat er auch jetzt nicht. Er schwieg den ganzen einhundertdreißig Kilometer langen Heimweg.

Ich befinde mich in einem inneren Exil, dachte er.

Ich muss eine Möglichkeit finden, auch am Wochenende ein paar Stunden wegzukommen, dachte er weiter. Das halte ich nicht länger aus.

Bevor sie an diesem Abend ins Bett gingen, lag er lange in der Badewanne und dachte nach. Er hatte die Tür verschlossen, eine Kerze auf dem Halter an der Wand angezündet, ihre flackernde Flamme warf schöne tanzende Schatten auf die italienischen Kacheln, auf die Alice so stolz gewesen war, und was seine Gedanken in erster Linie beschäftigte, das war die Versorgung mit Lebensmitteln.

Die Versorgung mit Lebensmitteln am nächsten Tag. An dem er in Rimmersdal anhalten und in dem ICA-Laden bei der netten Kassiererin einkaufen wollte. Im Kopf versuchte er eine Liste aufzustellen und sie sich einzuprägen: Kaffee, Filter, Filterpapier, Milch, Zucker, Salz, schwarzer Pfeffer, Brot, Kekse, Knäckebrot, Butter, Käse, Obst, Salami, Eier, Konserven, Joghurt, Toilettenpapier … Es wäre ideal, überlegte er, wenn er es schaffen würde, einmal in der Woche einzukaufen, am Montagmorgen, dann müsste der Vorrat für fünf Tage reichen. Er konnte vor seinem inneren Auge eine Reihe von Gesprächen mit dieser Kassiererin mit den dunklen Augen sehen, es war nicht schwer, sich auszumalen, wie ihr Kontakt sich intensivieren würde, wie mit der Zeit jedes Montagstreffen immer ein wenig mehr wurde als nur ein Treffen zwischen einer Kassiererin und ihrem Kunden … wie sie ihm dann eines Tages das eine oder andere aus ihrem Leben anvertrauen würde, etwas armselig war es sicher, kein Wunder bei so einem Trottel von Ehemann, und Valdemar würde ihr versichern, dass er sie verstand, früher einmal hatte auch er so ein armseliges Leben gelebt, aber man durfte nicht glauben, dass es für alle Zeiten so sein musste, es ging darum, Geduld zu haben, und dann irgendwann, in ein paar Jahren oder vielleicht schon in ein paar Monaten, würde er sie dann fragen, ob sie nicht Lust hätte, mit ihm zu kommen und seine Kate im Wald anzusehen. Sie würde zuerst zögern, ein paar Wochen, vielleicht ein paar Monate lang, aber zum Schluss würde sie zustimmen, warum nicht, wer nicht wagt, der nicht gewinnt, und er würde ihr beipflichten und sagen, dass es sich ganz genau so im Leben verhielte. Und sie würde aus ihrer Kassenbox klettern und ihm folgen, er würde ihr die Wagentür aufhalten, und gemeinsam führen sie dann nach Lograna, und wenn sie es sähe, würde sie zunächst gar nichts sagen, dann die Hände vor den Mund schlagen, anschließend ihm die eine auf den Arm legen und sagen, dass… dass sie sich ihr ganzes Leben lang nach so einem Ort gesehnt hätte. Und dann würde er nicht länger an sich halten können, sondern…

Er erwachte davon, dass es an die Tür hämmerte. Das Wasser war kalt, und er begriff, dass er eine ganze Weile träumend dagelegen hatte.

Signe rief etwas, er konnte es nicht verstehen.

»Ich befinde mich im inneren Exil!«, rief er zurück.

»Was?«

Valdemar stand auf und stieg aus der Badewanne. »Ich habe nur gesagt, dass ich in ein paar Minuten fertig bin.«

»Ich muss mal rein!«

»Es gibt noch eine Toilette, wenn du deine Mutter fragst, dann kann sie dir sicher zeigen, wo…«

»Ich muss nicht aufs Klo, kapierst du nicht? Ich brauche was aus dem Schrank.«

»Fünf Minuten«, sagte Valdemar.

»Verdammte Scheiße«, sagte Signe.

Er hörte, wie sie sich trollte, zog den Stöpsel aus der Wanne und begann sich abzutrocknen. Blies die Kerze aus, damit er seinen bleichen, dicken Körper nicht im Spiegel sehen musste. Dem Menschengeschlecht ginge es besser, wenn alle blind wären, dachte er.

»Valdemar, es gibt da etwas, das ich dich fragen muss«, sagte Alice, als sie am Sonntagabend endlich ins Bett gekommen waren.

»Ach ja?«, wunderte Valdemar sich. »Und was?«

»Ich finde, du bist irgendwie verändert. Ist was passiert?«

»Nicht dass ich wüsste. Ich finde, ich bin genau wie immer.«

»Die Mädchen sagen auch, dass sie dich gar nicht wiedererkennen.«

»Mich nicht wiedererkennen?«

»Ja. Genau so hat Wilma es formuliert. Es scheint, als würdest du etwas verheimlichen, Valdemar.«

»Was um alles in der Welt sollte ich denn verheimlichen?«

»Das kannst nur du wissen, Valdemar.«

»Alice, ich verstehe wirklich nicht, wovon du redest.«

Eine Weile blieb sie schweigend liegen. Schob sich ihre Beißschiene in den Mund, nahm sie dann wieder heraus.

»Wir reden nicht mehr miteinander, Valdemar.«

»Das haben wir doch noch nie getan, Alice!«

»Sollte das witzig sein?«

»Was?«

»Dass wir nie miteinander geredet haben. Ich verstehe nicht, warum du so etwas sagst. Wozu soll das gut sein?«

»Das soll zu überhaupt nichts gut sein. Aber so ist es doch mit allem, was ich sage und je gesagt habe. Nichts ist zu irgendwas gut. Deshalb gibt es auch keinerlei Veränderung, über die zu reden wäre.«

Alice drehte den Kopf, er konnte ihren Blick wie einen Wärmefleck auf der linken Schläfe spüren, und ihn überkam die Ahnung, dass das Letzte, was er gesagt hatte, ein wenig unüberlegt gewesen war. Es vergingen zwei, vielleicht drei Minuten, ohne dass einer von ihnen etwas äußerte; um sein Gehirn überhaupt mit etwas zu beschäftigen, begann er von Neuem, seine Proviantliste im Gedächtnis durchzugehen: Kaffee, Filter, Filterpapier, Milch, Zucker, Salz, schwarzer Pfeffer, Brot, Kekse, Knäckebrot, Butter, Käse…

»Ich glaube, du bist deprimiert, Valdemar«, sagte Alice schließlich. »Ja, ich glaube wirklich, dass dich eine klassische Depression ereilt hat.«

Er unterbrach die Einkaufsliste und dachte nach. Vielleicht war das gar keine dumme Idee, wenn man es genau betrachtete?

»Ja, Alice«, sagte er. »Jetzt, wo du es sagst… ich habe mich tatsächlich in letzter Zeit etwas schlapp gefühlt.«

»Aha«, sagte Alice. »Das erklärt alles. Ab morgen musst du dagegen etwas einnehmen.«

Sie schob sich die Beißschiene wieder in den Mund und schaltete die Lampe auf ihrer Seite aus. Valdemar ergriff das Buch, das auf seinem Nachttisch lag, ein Roman eines rumänischen Autors, in dem er bereits seit zwei Monaten las. Es war ein wenig unklar, wovon er eigentlich handelte, und der Grund, warum er die Lektüre überhaupt fortsetzte, lag an zweierlei: zum einen gefiel es ihm nicht, halbgelesene Bücher wegzulegen, zum anderen tauchte hier und da in dem Text eine Zeile auf, die ihm als außerordentlich wahr erschien. Als würde sich der Autor auf eigenartige Weise direkt an ihn wenden und nur an ihn. An diesem Abend hatte er erst eine halbe Seite gelesen, als er auf folgende Formulierung stieß:

Wie eine Pore, die in dem harten Elfenbein sich bilden kann, das das innere Reservoir lebendigen Lichts umgeben kann, eine sich windende Pore, gleich dem Gang eines Holzwurms, so kann sich plötzlich vor dem inneren Auge ein Tunnel öffnen auf das unsterbliche Feuer dort drinnen, während man in Träumen und Traumgesichten unruhig Runde um Runde um das RÄTSEL kreist.

Wie kann ein Mensch so etwas denken?, dachte Valdemar. Und es in Worte fassen? … *dem harten Elfenbein, das das innere Reservoir lebendigen Lichts umgibt,* wie kann man auf so etwas kommen? Er hatte das Buch in einem Metallkorb bei Åhléns Anfang des Sommers gefunden, es hatte neunundzwanzig Kronen gekostet.

Er las den Satz drei Mal und versuchte, ihn sich einzuprägen, dann hatte er eine Eingebung und fügte der Einkaufsliste noch einen Artikel hinzu: ein Notizbuch.

Jeden Tag, den ich in Lograna zubringe, beschloss er, werde ich so einen Satz aufschreiben. Werde jedes Wort abwägen und einen richtig gehaltvollen Gedanken über das Leben und seine Bedingungen produzieren. Ihn mit Datum in einem Buch aufschreiben, einem ganz normalen, linierten Notizbuch mit weichem, schwarzem Deckel, wie es sie sicher bei ICA in Rimmersdal zu kaufen gibt.

Zufrieden mit diesem Entschluss und damit, dass es endlich Montagmorgen sein würde, wenn er wieder erwachte, legte er den Rumänen beiseite, löschte das Licht und gab sich alle Mühe einzuschlafen.

Das letzte Mal, dass er ein Auge öffnete und auf die Uhr schaute, hatte sie es bis 01.55 Uhr geschafft.

11

Im Laufe der Nacht hatte Alice ihre Depressionsdiagnose nicht vergessen. Aber sie hatte das Behandlungsprogramm geändert.

»Ich glaube, es ist nicht gut, so einfach mit Tabletten anzufangen«, verkündete sie, als Valdemar am Frühstückstisch niedergesunken war und sich hinter der Morgenzeitung versteckt hatte. »Ich werde lieber einen Termin bei Faringer machen.«

»Das ist nicht nötig«, sagte Valdemar.

»Das ist nötig«, widersprach Alice.

»Das geht von allein vorbei«, sagte Valdemar.

»So etwas kann man nicht selbst beurteilen«, sagte Alice.

»Was ist nicht nötig, und was kann man nicht selbst beurteilen?«, fragte Wilma. »Und wer ist Faringer?«

Valdemar blinzelte über den Zeitungsrand hinweg. Wilma klang ungewöhnlich munter und sah auch so aus, wenn man bedachte, dass es sich um einen Montagmorgen handelte. Es gehörte nicht zu ihren Gewohnheiten, zu dieser Uhrzeit überhaupt zu sprechen.

»Mach dir darum keine Sorgen, mein Liebling«, sagte Alice. »Hast du gesehen, ob Signe schon aufgestanden ist?«

»Woher soll ich das wissen?«, antwortete Wilma. »Jedenfalls ist sie nicht in ihrem Zimmer.«

»Was meinst du damit, sie ist nicht in ihrem Zimmer?«, fragte Alice und drückte einen langen Wurm aus der Kaviartube auf ihr Ei.

»Dass sie bei Birger dem Butt geschlafen hat, zum Beispiel«, sagte Wilma.

»Rede nicht so«, sagte Alice. »Wie heißt er eigentlich richtig? Er muss doch auch einen normalen Namen haben?«

»Jedenfalls keinen, den ich kenne«, sagte Wilma. »Alle nennen ihn so. Oder Birger mit dem Arsch.«

»Aber meine Liebe«, sagte Alice, »wie kann man… ich meine, wieso denn?«

»Er hat vor einer Weile einen Wettbewerb für den süßesten Arsch der Stadt gewonnen. Aber er hat die Mädchen aus der Jury bestimmt bestochen. Du kannst ja Signe fragen, wenn sie nach Hause kommt, wenn es dich interessiert.«

»Liebe Wilma«, sagte Alice. »Jetzt reicht es. Haben wir nichts Wichtigeres, worüber wir reden können?«

»Doch, ich habe kein Geld mehr für die Buskarte«, sagte Wilma. »Und außerdem brauche ich fünfhundert für diese Sportschuhe. Ich muss sehen, dass ich sie heute in der Mittagspause kaufen kann.«

Ante Valdemar Roos hob die Zeitung und zog den Schluss, dass Doktor Faringer auf irgendeine Weise von der Tagesordnung verschwunden war.

Eine Viertelstunde später war er allein in der Wohnung. Er schmierte sich pflichtschuldig seine Butterbrote – da Alice eine neue Sorte Ökobrot gekauft hatte und unbedingt wissen wollte, was er davon hielt –, wickelte sie ein und stopfte sie zusammen mit der leeren Thermoskanne und einer Banane in seine braune Aktentasche, die er seit 2002 benutzte, als er sie von seinen beiden Stieftöchtern zu Weihnachten bekommen hatte. Er befestigte ein neues Klebeband an seiner Brille, natürlich musste er sie bei einem Optiker reparieren lassen, aber das hatte noch ein paar Tage Zeit. Dann überlegte er, ob er alles aufschreiben musste, was er in Rimmersdal kaufen wollte, oder ob er sich auf sein Gedächtnis verlassen konnte, entschied sich dann für Letzteres. Wenn er etwas Wesentliches vergessen sollte, dann konnte er dort ja immer noch an einem der anderen Tage in der Woche vorbeischauen, das war sicher kein verlorener Schachzug.

Wie sie wohl hieß, seine Kassiererin. Vielleicht konnte er sie direkt danach fragen, aber es war schwer abzuschätzen, wie so etwas wohl aufgefasst wurde. Vermutlich war es das Klügste, ein paar Montage abzuwarten.

Er fuhr zehn Minuten früher als üblich los, und schon während er zu seinem Wagen ging, spürte er, wie er sowohl in Leib wie Seele – es war nicht leicht, beides an einem Morgen wie diesem voneinander zu trennen – von einem Gefühl der Leichtigkeit und guter Laune erfüllt wurde, und er versuchte, sich an diese Worte zu erinnern… *ein Tunnel auf das unsterbliche Feuer dort drinnen…* ja, die Beschreibung seiner Lage war gar nicht schlecht. Tief in ihm drinnen hatte sich seit einiger Zeit eine Tür langsam einen Spalt weit geöffnet, hin zu einem Raum, der so viele Jahre verschlossen und verriegelt gewesen war… Zwar knarrte es beim Öffnen, waren die Zargen rostig und widerspenstig, aber dennoch kam etwas zum Vorschein, was es all die Jahre gegeben hatte, all diese weggeworfenen Jahre…

Mit diesen sonderbaren Gedanken ließ er sich hinter das Lenkrad fallen und rief sich ins Gedächtnis, dass er, auch wenn er das eine oder andere von seiner Liste für den Laden in Rimmersdal vergessen sollte, auf keinen Fall das schwarze Notizbuch vergessen durfte. Er wusste nicht so recht, warum es eigentlich schwarz sein musste, aber dennoch war es notwendig, dass es so aussah. Gewisse Gedanken, gewisse Formulierungen lassen sich ganz einfach nur in einen bestimmten Rahmen fassen, dachte er, und es waren genau solche Worte, die er zu fangen und festzunageln beabsichtigte. Worte, die aus seinem unsterblichen Feuer hervorschossen, nicht mehr und nicht weniger, um zwischen schwarzen, weichen Buchdeckeln zu landen, genau so verhielt es sich.

Würde es sich in Zukunft zumindest verhalten.

Besser als jetzt wird das Leben nie mehr, das war natürlich der erste Satz, den er niederschreiben wollte, das sollte das Motto werden; vielleicht könnte er hinzufügen, dass man außerdem innehalten musste, denn wenn man das nicht tat, würde man niemals den Augenblick bemerken, wenn er am schönsten war.

Er lächelte ein ernstes Lächeln, schenkte es sich selbst im Rückspiegel, startete den Wagen und fuhr rückwärts aus der Auffahrt heraus. Kurbelte das Seitenfenster ganz herunter, fuhr auf den Regementsvägen, der Spätsommer hing in der Luft, sein dünnes Haar wurde leicht vom sanften Wind zerzaust, und aus irgendeinem Grund tauchte der Name Lucy Jordan in seinem Kopf auf. Wer zum Teufel war Lucy Jordan?

Aber sie sank wieder zurück in den anonymen Brunnen des Vergessens, als er auf den Rockstavägen einbog, er bemerkte, dass die Sonne soeben über den Waldrand oben beim Kymlingeåsen geklettert war und das frisch gedeckte Kupferdach der Johanneskirche zum Glühen brachte. Vögel segelten über den frisch gepflügten Acker, ein junges Mädchen trat in die Pedalen ihres Fahrrads, dass ihr Rock flatterte.

Niemals besser als jetzt.

Es gab nicht nur eine Sorte schwarzer Notizbücher in dem ICA-Geschäft in Rimmersdal, sondern zwei. Eines in Din-A4-Format, eines in Din-A5, gleiches Fabrikat, die gleichen weichen Deckblätter; er entschied sich nach einem gewissen Zögern für die kleinere Variante. Anspruchslosigkeit ist eine Tugend. Bereits als er den Laden betrat, war ihm aufgefallen, dass seine Kassiererin an ihrem Platz saß; er sah sie, aber sie sah ihn nicht, da sie mit dem Rücken zu ihm saß und gerade dabei war, einen Kunden zu bedienen.

Nach zwanzig Minuten Hin und Her zwischen den Regalen war er fertig, es war fast menschenleer im Laden, nur ein Paar ältere, etwas in sich zusammengefallene Frauen bewegten sich langsam und gravitätisch wie zwei trübsinnige Himmelskörper zwischen Mandelstreifen, Kaffee im Sonderangebot und Fischkonserven. Normale Menschen befinden sich natürlich bei der Arbeit, dachte Valdemar, das waren die Stunden am Tag, an denen die anormalen Menschen unterwegs waren.

Ich bin ein anormaler Mensch, dachte Ante Valdemar Roos. ein interessanter Mensch, sicher ist das genau der Gedanke, der ihr durch den Kopf geht, jetzt, wo sie mich entdeckt.

»Guten Morgen«, grüßte sie und lächelte ihn an.

»Guten Morgen«, erwiderte er den Gruß. »Ja, das ist wirklich ein guter Morgen.«

Sie lachte auf und begann, seine Waren vor dem elektronischen Auge entlangzuziehen. Valdemar packte seinen Korb aus, langsam und würdevoll, er gab sich alle Mühe, nicht zu eilig zu wirken, achtete darauf, dass sie ungefähr den gleichen Takt einhielten. Als wären sie Arbeitskollegen, kam ihm in den Sinn. Als stünden sie gemeinsam am Fließband und führten die gleichen Handgriffe aus, wie sie sie tagein, tagaus während einer langen Reihe von Jahren ausgeführt hatten. Kein Wunder, wenn man sich unter solchen Umständen ein bisschen näherkam. Neun von zehn Romanzen beginnen am Arbeitsplatz, das hatte er vor gar nicht langer Zeit in einer Zeitung gelesen.

»Ist es gut so?«

»Danke, ausgezeichnet.«

Sie lächelte wieder, als er ihr das Geld reichte. Er nickte freundlich und nahm das Wechselgeld entgegen. Berührte kurz ihre Hand, sie fühlte sich warm und vorsichtig an. Er verstaute seine Waren in eine der beiden Papiertüten; sie schien einen Moment lang zu zögern, dann stand sie in ihrer Box auf und half ihm, die zweite zu füllen. Es gab ja keine anderen Kunden, die Schlange standen.

»Danke«, sagte er. »Das ist nett.«

»Ich muss sowieso meinen Rücken mal ein bisschen strecken«, sagte sie, und jetzt konnte er ihren Akzent ganz deutlich hören. »Ich sitze den ganzen Tag, das ist nicht gut.«

»Das kenne ich«, sagte er. »Nein, frische Luft und Bewegung, das ist es, was der Körper braucht.«

Sie streckte sich ein wenig, während sie ihn ansah und wieder lachte. »Sie haben so Recht«, sagte sie. »Frische Luft und Bewegung...«

Als die Tüten voll waren, nickte er ihr noch einmal zu. »Das ist ein schöner Tag da draußen.«

Sie seufzte und zuckte leicht mit den Schultern. »Ich weiß. Ich war gestern den ganzen Nachmittag draußen und bin spazieren gegangen. Das ist so eine schöne Jahreszeit. Ich liebe den Herbst wirklich, er ist am schönsten.«

»Sie haben vollkommen Recht«, bestätigte Valdemar. »Von mir aus dürfte es das ganze Jahr über Herbst sein.«

Eine der älteren Frauen war fertig mit ihrem gravitätischen Auftritt zwischen den Regalen und hatte die Kasse gefunden; die Kassiererin ging zurück, setzte sich auf ihren Stuhl und schenkte Valdemar ein letztes Lächeln.

»Einen schönen Tag noch.«

»Danke, Ihnen auch.«

Er verließ den Laden, und Anita Lindblom sang in seiner Brust. Ihre dunkle, sinnliche Stimme war der der Kassiererin nicht unähnlich, nein, tatsächlich, es war schon merkwürdig, wie die Dinge zusammenhingen.

Nein, dachte Ante Valdemar Roos, nicht der Zusammenhang ist merkwürdig, es ist der Beobachter, auf den es ankommt. Es geht darum, die Sinne offenzuhalten und all die Entsprechungen zu entdecken, die uns umgeben und uns jeden einzelnen Moment bombardieren. So sieht es aus.

Er verstaute die Tüten im Kofferraum, holte das Notizbuch heraus und schrieb diese letzten Sätze hinein.

Rimmersdal, Montag, den 8. September morgens
Die Entsprechungen zu beobachten, die sich uns jeden einzelnen Moment präsentieren, das heißt leben.

Vielleicht nicht gerade die richtigen Worte, nicht ganz so treffend, wie er gehofft hatte, aber sie fingen diesen Augenblick ein, und das war nicht gerade unwichtig.

Er legte das Notizbuch zurück in die Tüte, startete und setzte seine Fahrt nach Lograna fort.

Bereits als er aus dem Wagen stieg, überkam ihn eine Vorahnung.

Oder auch nicht, vielleicht war es nur etwas, das er sich im Nachhinein gern einbildete. Aber als er in der Dachrinne nach dem Schlüssel suchte und feststellte, dass er nicht dort lag, war das natürlich ein Zeichen, das nicht anders zu deuten war.

Etwas war geschehen.

Er drückte vorsichtig die Klinke hinunter. Die Tür war offen. Hatte er vergessen, sie am Freitag zu schließen?

Das erschien ihm nicht wahrscheinlich. Er war überzeugt davon, dass er sogar mehrmals nachgefasst hatte, sich dann gestreckt und den Schlüssel ganz links unter den Dachvorsprung hingelegt hatte, das war schon nach den wenigen Tagen, die er in der Kate verbracht hatte, zu einem Ritual geworden. Aber es war natürlich nicht möglich, sich daran zu erinnern, ob er das tatsächlich auch am Freitag gemacht hatte, es war nicht so ohne weiteres möglich, den einen Tag vom anderen zu unterscheiden, da das eine Frage nach genau den gleichen Handlungen war, den gleichen eingeübten Bewegungen, die sich wieder und wieder abspulten – aber dass er einen so wichtigen Moment in den Routinen versäumt haben sollte, das erschien ihm doch höchst unwahrscheinlich. Besonders weil es ein Freitag gewesen war und er wusste, dass das Haus das Wochenende über unbewacht bleiben würde.

Unbewacht? Als ob sich jemand die Mühe machen würde, in eine Kate einzubrechen, die seit Jahren unbewohnt war.

Natürlich habe ich die Tür verschlossen, brummte er und trat in die Küche. Verdammt, natürlich habe ich das getan.

Der Schlüssel lag auf dem Küchentisch. Mit seinem Schnürsenkel und dem kleinen Holzklötzchen daran, auf dem mit verschnörkelten altmodischen Buchstaben Lograna stand.

Mitten auf dem Tisch? Sollte er ihn dort liegen gelassen und dann vergessen haben abzuschließen?

Er stellte die Einkaufstüten auf den Boden und ging weiter ins Zimmer.

Ein Fenster war einen Spalt geöffnet, an die Wand gelehnt stand ein Rucksack. Auf dem Bett lagen Kleider und eine Gitarre.

Jemand war hier gewesen.

Jemand war hier. Was zum Teufel?, dachte Ante Valdemar Roos. Was soll das? Für einen kurzen Moment wurde ihm schwindlig, und er musste sich mit der Hand an der Wand abstützen.

Die war warm. Jemand hatte Feuer gemacht.

Er schaute sich um. Auf dem Tisch lagen ein aufgeschlagenes, umgedrehtes Taschenbuch, ein Collegeblock und zwei Stifte.

Eine schmutzige Kaffeetasse.

Wer?, dachte Valdemar. Warum?

Die Fragen blubberten in ihm hoch, und das Schwindelgefühl wollte nicht ganz verschwinden. Er zog sich einen Stuhl heran und setzte sich. Stützte den Kopf in die Hände, schloss die Augen und versuchte sich zu konzentrieren. Es gab *jemanden* hier im Haus. *Jemand* war in sein Lograna eingedrungen, hatte es in Besitz genommen, und wollte jetzt … ja, was?, fragte sich Ante Valdemar Roos. Was um alles in der Welt hatte das hier zu bedeuten? Was soll ich machen?

Wer?

Und vor allem: Wo? Wo ist er jetzt?

Etwas, das an Angst erinnerte, ergriff Besitz von ihm. Er kam auf die Beine, ging zurück in die Küche, kehrte dann wieder ins Zimmer zurück, schaute aus dem Fenster.

Wo befand sich der Eindringling in diesem Moment?

Wer immer es auch sein mochte, er war nicht mehr im Haus. Offenbar hatte er sich nach draußen begeben, um irgendetwas zu erledigen. Das aufgeschlagene Buch, die Kaffeetasse, der Collegeblock … alles zeugte davon, dass er die Absicht hatte, bald zurückzukehren. Oder aber …

Oder aber, er war einfach in den Wald geflohen, als er Valdemar mit dem Auto hatte ankommen sehen? Konnte es so sein? War das nicht die logischste Erklärung?

Er lief eine ganze Weile zwischen Küche und Wohnraum hin und her, wobei er versuchte, seine Überlegungen abzuwägen. War er selbst es gewesen, der den ungebetenen Besucher vertrieben hatte – wer immer es auch sein mochte –, oder hatte er nur zufällig das Haus verlassen und konnte jeden Augenblick wieder zurückkehren?

Abwarten, dachte Ante Valdemar Roos. Entweder er kommt bald zurück, oder er zieht es vor, im Verborgenen zu bleiben.

Er ging zurück in die Küche und fing an, die Sachen auszupacken, die er bei ICA in Rimmersdal gekauft hatte. Als er damit fertig war, ging er hinaus auf den Hof und schaute sich um. Nicht die Spur eines Eindringlings – er pumpte einen Eimer frischen Wassers, kehrte zurück ins Haus und setzte Kaffee auf.

Abwarten, wiederholte er still für sich. Spürte, wie die leichte Unruhe, oder Angst, ihn langsam verließ. Mit jeder Minute, die verging, erschien es immer offensichtlicher, dass er derjenige war, der den Eindringling in die Flucht geschlagen hatte – und von so einem Besucher hatte er vermutlich nichts zu befürchten.

Wie er es auch drehte und wendete, so erschien ihm diese Schlussfolgerung die richtige. Es war nichts zu befürchten.

Was ihm dagegen ein wenig merkwürdig erschien, war die Tatsache, dass er überhaupt keine Wut verspürte. Er hegte keinerlei Arg gegenüber demjenigen, der sich unerlaubt in sein Lograna Eintritt verschafft hatte. Dabei hätte er doch zumindest verärgert sein müssen. Geradezu wütend.

Doch dem war nicht so.

Und mit einer Art Respekt für diesen Unbekannten beschloss er, nicht in dessen Sachen herumzuwühlen – auf der Jagd nach dem einen oder anderen, das einen Hinweis auf seine Identität geben könnte. Das Taschenbuch auf dem Tisch trug den Titel *Die traurigen Ritter*, geschrieben von einem, der Barin hieß. Der Collegeblock war geschlossen, er öffnete ihn nicht.

Stattdessen nahm er seine Brote, eine Tasse Kaffee und ging damit hinaus und setzte sich auf den Stuhl vor der Schuppenwand. Drehte das Gesicht in die Sonne und spürte, wie ihn langsam eine angenehme Trägheit überfiel.

Was kommt, das kommt, dachte er. Der Herr hat die Eile nicht geschaffen.

Der Tag verging.

In Anbetracht des ungebetenen Gastes beschloss Valdemar, alle Wanderungen im Wald einzustellen. Stattdessen hielt er sich den ganzen Vormittag im Haus oder auf dem Hof auf, das Wetter war schön mit einer angenehmen Temperatur, wahrscheinlich so um die zwanzig Grad – er machte sich gedanklich eine Notiz, sich bei der nächsten Gelegenheit ein Thermometer anzuschaffen –, Sonne und Wolken lösten einander ab, und nur ein leichter Wind war in den Baumkronen zu spüren. Er beschäftigte sich, indem er Kreuzworträtsel löste, Feuer im Küchenherd machte, das Grundstück ein wenig aufräumte, eine Weile suchte er nach einem Rasenmäher oder zumindest einer Sichel im Schuppen, fand aber nichts in der Richtung und überlegte, ob er in den nächsten Tagen in eine Eisenwarenhandlung gehen und sich mit den notwendigsten Gartengeräten ausrüsten sollte. Einem Rechen, einem Spaten, einer Axt, einer Säge.

Und einer Sichel, wie gesagt, sowohl das Wort als auch das Gerät an sich enthielten eine anziehende Urkraft. Ganz zu schweigen vom Sichelschaft. Aber vielleicht waren Sicheln gar nicht mehr zu kriegen. Es war wie mit gewissen Tierarten, es gab nicht genügend Platz für alle; als die Handys kamen, da verschwanden die Sicheln. Das klang etwas weit hergeholt, aber nicht so unwahrscheinlich.

Auf jeden Fall ein Paar Arbeitshandschuhe, die würden sicher zur Anwendung kommen.

Gleichzeitig musste er sich eingestehen, dass vieles davon eigentlich unnötig war. Es war der beharrliche Gärtner, der sich da vordrängelte, aber er nörgelte und nervte nicht ohne Widerspruch. Keineswegs. Sollte das Gras doch wachsen, wie es wollte, dachte Valdemar, die Johannisbeerbüsche und der Baum auch, während ihm gleichzeitig klar war, dass der Holzvorrat, der bisher ziemlich unerschöpflich aussah, nicht für die Ewigkeit reichen würde. Holz zu hacken hatte außerdem etwas Ansprechendes an sich, den gesägten Holzklotz auf den Hackklotz zu legen, genau zu zielen und ihn dann mit einem gut gezielten Schlag zu spalten.

Den Rücken zu strecken nach getaner Arbeit, in den Himmel zu blinzeln, um die Wetterlage zu beurteilen, und ein Pfeifchen anzuzünden.

Wieder das mit der Pfeife. Ante Valdemar Roos traf einen vorläufigen Beschluss, dass das erste Werkzeug, das er anschaffen wollte, eine Pfeife und ein Päckchen Tabak sein sollten. Vielleicht bereits morgen bei ICA in Rimmersdal.

Hatten sie in ICA-Läden überhaupt Pfeifen im Sortiment? Er war sich äußerst unsicher, wie es sich diesbezüglich verhielt, aber er musste ja einfach nur hingehen und nachsehen. Was nicht schaden konnte.

Gegen zwölf Uhr machte er Mittagspause. Aß Makkaroni mit Bratwurst, und nachdem er abgewaschen hatte, beschloss er, ein Nickerchen auf dem Bett zu machen. Schob zunächst die Gitarre und die Kleidungsstücke beiseite, und erst jetzt entdeckte er, dass der Eindringling eine Frau sein musste. Ein dünner Pullover, eine Hose darunter, und ein Paar Socken, in die definitiv keine Männerfüße passten.

Eine Frau? Er legte sich auf den Rücken, verschränkte die Hände im Nacken und versuchte, diese neue, unerwartete Situation zu analysieren.

Den ganzen Vormittag hatte er vorausgesetzt, dass der ungebetene Gast ein Mann sein musste. In Ante Valdemar Roos' Welt liefen keine Frauen im Wald herum und drangen in abseits gelegene Hütten ein, so einfach war das. Das war ein Unternehmen mit deutlich männlichen Anführungszeichen, was Flüchtlinge, heimatlose Poeten oder andere sich herumtreibende Kerle anstellen konnten, aber doch keine Frauen. Es mochte ein vorurteilsbeladener Gedanke sein, aber seine spontane Verwunderung konnte er nicht so leicht abschütteln. Eine Frau?

Wer war sie?

Welchen Hintergrund hatte sie und welchen Grund?

Wie alt mochte sie sein?

Obwohl die Antwort auf diese Fragen – oder zumindest Hinweise, die in die richtige Richtung weisen konnten – sicherlich in dem dunkelblauen, gut gefüllten Rucksack zu finden waren oder in dem Collegeblock, der immer noch auf dem Tisch lag, hielt er sich zurück, schaute nicht nach. Respekt, dachte er. Man muss einem Menschen stets Respekt erweisen, sogar unter solchen Umständen. Man geht nicht hin und wühlt in dem Rucksack von jemand anderem herum, auch wenn dieser andere hier eingedrungen war.

Vielleicht hatte dieser andere einen guten, vernünftigen Grund für sein Handeln, das konnte man nie wissen, und dann würde Valdemar in eine Situation geraten, die ihm peinlich wäre.

Ich bin ein Gentleman, dachte er. Und ein Gentleman nimmt sich keine Freiheiten über die Grenzen des Anstands hinaus. So ist es nun einmal.

Zufrieden mit diesen einfachen Überlegungen und Entschlüssen schlief er ein.

Als er aufwachte, zeigte die Uhr bereits halb drei. Er hatte mehr als eine Stunde geschlafen. Das Fenster stand immer noch offen, und er konnte die Geräusche einer Waldtaube hören, die draußen gurrte.

Der Rucksack stand noch da, und die Kleidung, die er obendrauf gelegt hatte, war unberührt. Wie auch das Buch und der Block auf dem Tisch. Die eingedrungene Frau war nicht im Haus gewesen, während er schlief. Denn wenn sie dort gewesen wäre, hätte sie natürlich gesehen, dass er schlief, ihre sieben Sachen geschnappt und wäre abgehauen. Es gab nichts, was darauf hindeutete, dass sie nicht ein äußerst scheues Wesen war, das unter keinen Umständen Kontakt zu ihm haben wollte. Fast sechs Stunden lang hatte sie sich jetzt ferngehalten; wahrscheinlich befand sie sich irgendwo da draußen im Wald, sicher ganz in der Nähe des Hauses, damit sie kontrollieren konnte, was er so tat. Aber dennoch mit einem gewissen Sicherheitsabstand, dachte Valdemar und stand auf. Damit sie ihren Krempel packen und entwischen konnte, wenn sie bemerkte, dass er hinausging und womöglich nach ihr suchte.

Aber er dachte gar nicht daran, nach ihr zu suchen. Er blieb bei seinem Gentleman-Entschluss, sie in keiner Weise zu stören, und während er den Nachmittagskaffee zubereitete, merkte er, dass er ihre Nähe wahrnehmen konnte.

Genau das. *Wahrnehmen.* Es gab einen Unterschied, ob man

die Wirklichkeit über die normalen Sinne aufnahm, Riechen und Sehen, Hören, Schmecken und Fühlen – oder ob man etwas nur wahrnahm. Es schien, als wäre ein siebter Sinn eingeschaltet, eine Art vorsichtiger Tentakel, der sich in die Umgebung ausstreckte und kleine Bewegungen und das Scheue registrierte.

Wie beispielsweise eine Anwesenheit.

Während er seinen Kaffee trank, holte er sein Notizbuch heraus und versuchte, genau das zu formulieren. Doch wie sehr er sich auch anstrengte, so wollten sich die richtigen Worte nicht einstellen. Langsam fiel es ihm auch schwer, keinen Blick auf den anderen Block – ihr Notizheft – zu werfen, doch er konnte der Versuchung widerstehen und seine Impulse unter Kontrolle halten.

Zum Schluss schrieb er Folgendes:

Lograna, den 8. September, nachmittags:
Ich habe einen Besucher. Eine Frau mit Gitarre, ich weiß noch nicht, was das bedeutet oder wohin das zu gegebener Zeit einmal führen wird. Nur selten ahnt der Bauer beim Schach die Absichten seines Meisters.

Den letzten Satz verstand er selbst nicht so richtig. Doch er ließ ihn stehen, er war ihm spontan in den Sinn gekommen, und vielleicht würde er ihn eines Tages verstehen. Es kam vor, dass die Worte dem Sinn vorauseilten, das hatte er irgendwo gelesen, er konnte sich nicht mehr daran erinnern, wo, aber vielleicht war es ja der Rumäne gewesen, der das behauptet hatte.

Bevor er sich ins Auto setzte, um zurück nach Kymlinge zu fahren, überlegte er, ob er ihr eine Art Nachricht hinterlassen sollte, doch auch dafür fand er nicht die richtigen Worte und ließ es deshalb bleiben.

Er verschloss die Tür und legte den Schlüssel an den üblichen Platz in der Dachrinne.

Sicherheitshalber ließ er die Fensterriegel offen, zweifellos war es möglich, über diesen Weg hineinzukommen, wenn es sich als notwendig erweisen sollte.

12

Sie zählte bis zweihundert, nachdem das Auto verschwunden war, bevor sie sich traute, ihr Versteck zu verlassen.

Nicht, dass es ein besonders gutes Versteck gewesen wäre. Wenn er wirklich nach ihr gesucht hätte, hätte er sie sicher ohne Probleme gefunden. Ein paar dichte, niedrige Kiefernzweige, ein bemooster Fels, ein umgefallener Baumstamm. Die letzten drei Stunden hatte sie hier verbracht, nachdem sie zuvor in einem Zustand der Unentschlossenheit und halber Panik im Wald herumgeirrt war. Schließlich hatte sie sich hier hingelegt. Die Entfernung zum Haus betrug nicht mehr als dreißig, vierzig Meter, sie hatte die Tür im Blick und auch das Auto.

Ja, was hatte sie denn erwartet? Das war die Frage, die ihr die ganze Zeit durch den Kopf ging. *Was hatte sie erwartet?*

Dass sie hier, solange sie wollte, ungestört unterkriechen konnte?

Dass niemals jemand zu dieser kleinen Kate kam? Dass es gar keinen Besitzer gab?

Wie dumm darf man bitte schön sein?, dachte Anna Gambowska. Ich bin wirklich nicht ganz gescheit. *Dumb girl.*

Sie war ein Stück weiter in den Wald gegangen, um ihre Notdurft zu verrichten, das war alles. Das Plumpsklo mochte sie nicht, es roch eklig und erschien ihr auch so. Dann sich lieber in Gottes freie Natur hocken, obwohl auch das kein wahres Vergnügen war.

Und während sie dagesessen hatte, mit heruntergelassener

Hose, war er gekommen. Zuerst hatte sie den Wagen gehört, ihn dann gesehen und schließlich den Mann, der ausstieg und mit zwei gefüllten Plastiktüten ins Haus ging.

Verdammte Scheiße, war ihr erster Gedanke gewesen. Jetzt ist es gelaufen. Jetzt ruft er die Polizei an, und ich bin Gepäck und Gitarre los.

Das Portemonnaie mit den hundertzwanzig Kronen auch. Anna Gambowska, du bist ein Megaloser, hatte sie gedacht, du brauchst gar nicht erst zu versuchen, dir etwas anderes einzubilden. Das hätte sich doch jedes Kind ausrechnen können, dass es so kommen würde.

Trotzdem war sie in der Nähe des Hauses geblieben. Sandalen ohne Strümpfe, Jeans, ein T-Shirt und eine dünne Strickjacke, das war ihre ganze Ausrüstung. Welchen Sinn würde es haben, mit diesem Gepäck in die Welt hinauszuziehen? Auf der Flucht aus einem Entziehungsheim.

Überhaupt keinen Sinn, das kapierte sogar sie. Die einzige Lösung bestand also darin, hierzubleiben und zu sehen, was passierte. Wie es sich entwickelte. Würde ein Streifenwagen auftauchen? Wie man es auch drehte und wendete, sie war eingebrochen. Hatte zwar nichts eingeschlagen, nichts kaputtgemacht, aber dennoch. Als sie am Tag zuvor auf das Haus gestoßen war, war sie todmüde gewesen, und es war ein kindlicher Gedanke gewesen, der sie dazu brachte, unter dem Dachvorsprung nach dem Schlüssel zu suchen. Nur weil ihr Onkel Julek es bei seinem Haus vor Kołobrzeg so hielt; es lag ganz in der Nähe des Meeres. Als sie so zwischen zehn und zwölf Jahre alt gewesen war, hatte sie dort ein paar Sommer verbracht, und das Haus hier hatte sie tatsächlich ein wenig an Juleks erinnert. Zumindest bildete sie sich das ein, und es musste diese Einbildung gewesen sein, die sie den Schlüssel hatte finden lassen.

Vielleicht hatte Gott aber auch beschlossen, ihr ein wenig auf die Sprünge zu helfen.

Das Erste, was sie tat: fünf Stunden am Stück schlafen. Als sie aufwachte, war es bereits später Nachmittag, sie war hungrig wie ein Wolf, und nachdem sie eine halbe Stunde lang mit ihrem Gewissen gekämpft hatte, bediente sie sich an den Vorräten, die sie in Kühlschrank und Küchenschrank fand. Sie erinnerte sich an ein Märchen, das sie als Kind gelesen hatte und in dem stand, dass derjenige, der etwas stiehlt, um seinen Hunger zu stillen, nicht als Dieb angesehen werden kann.

Es hatte Brot, Butter und Käse gegeben. Kaffee und Zwieback, Marmelade und Kekse. Ein paar Päckchen Tütensuppe und ein Dutzend Konservendosen unterschiedlichen Inhalts. Es gab kein Wasser im Haus, aber sie fand die Pumpe auf dem Hof.

Ich esse mich satt und schlafe die Nacht hier, das waren ihre Gedanken gewesen, doch als sie am Sonntagmorgen mit Vogelgezwitscher erwachte und davon, dass die Sonne ihr in die Augen stach, da hatte sie ihre Pläne geändert.

Es hat einen Sinn, dass ich das hier gefunden habe, dachte sie stattdessen. Ich bin zu diesem kleinen Haus gekommen, weil ich eine Weile hierbleiben soll, das spüre ich.

Hierbleiben und überlegen, was ich mit dem Rest meines Lebens anfangen will.

Am Samstag hatte sie nur drei Zigaretten geraucht, hatte also noch drei übrig. Eine am Tag, beschloss sie, das erschien ihr fast heroisch, und als sie am Sonntagabend auf dem Stuhl vor der Schuppenwand saß und rauchte, da dachte sie, dass sie an einem Ort wie diesem glücklich werden könnte.

Mehr begehre ich nicht, stellte sie fest. Zumindest im Augenblick nicht. Allein sein, in Ruhe gelassen werden in einem kleinen Häuschen im Wald. Lesen, schreiben, Gitarre spielen und singen, ein wenig herumwandern, wenn das Wetter gut ist, warum konnte man nicht auf diese einfache Art und Weise leben?

Young girl, dumb girl… nein, sie fühlte sich weder jung

noch dumm. Eher reif und klug. Als am Sonntagabend die Dunkelheit einsetzte und sie Feuer im Herd machte, schrieb sie ein paar Zeilen, zu denen sie fast unmittelbar eine einfache Melodie fand. Spielte sie ein paar Mal und dachte, wenn es einen Gott im Himmel gäbe, wie sie eigentlich tief in ihrer weichen Seele glaubte, dann lauschte er, nickte ihr freundlich zu und fand, dass das gar nicht so schlecht klang.

House in the forest
Heaven on earth
Soul ist a phoetus
Waiting for birth

Die Melodie war vermutlich besser, als die Worte es waren, und sie war sich nicht sicher, wie *phoetus* geschrieben und ausgesprochen wurde. Aber es bedeutete Fötus, das wusste sie, und als sie ins Bett kroch, dachte sie, dass sie eigentlich wirklich nicht viel mehr als ein Fötus war – kindlich, noch nicht entwickelt, die Hände zwischen die Knie geschoben –, doch gerade als sie einschlafen wollte, sagte Gott zu ihr, dass genau das ein Irrtum sei, dem leider so viele Menschen anheimfielen.

Dass gerade das Einfache und Reine Gefahr lief, auf Erden verloren zu gehen. Und dass man es deshalb schützen müsse.

Und dann wurde es also Montag. Ein Butterbrot, eine Tasse Kaffee, pinkeln und scheißen im Wald – und dann sieben Stunden warten, das war alles, was der Tag bisher geboten hatte. In den Nachmittagsstunden hatte der Hunger an ihr genagt, und das Einzige, was sie gefunden hatte, um ihn zu stillen, das waren Blaubeeren gewesen. Sie hatte immer gerne Blaubeeren gegessen, aber es war nicht gerade etwas, das man sich aussuchte, wenn man sich satt essen wollte.

Aber abgesehen vom Hunger und davon, dass sie nur unzureichend bekleidet war, litt sie keine größere Not. So war es wohl, dachte sie, zuerst die Bedürfnisse des Körpers, dann die der Seele.

Aber als sie zurück zum Haus schlich, hatte sie das Gefühl, als wollten ihre Beine sie nicht mehr so recht tragen. Soweit sie überhaupt noch einen Gedanken im Kopf hatte, so drehte der sich darum, Wasser zu trinken, eine Handvoll Zwieback zu essen oder sonst irgendwas. Ihre Sachen zusammenpacken und dann nichts wie weg.

Jedenfalls hatte er die nicht mitgenommen, weder die Gitarre noch ihren Rucksack, das hatte sie von ihrem Versteck hinter dem Erdkeller aus gesehen. Sie fragte sich, wer er wohl war, das hatte sie schon den ganzen Tag getan. War er gut oder böse? Ein freundlicher Mensch oder so einer wie der Kerl im Volvo? Den sie fast totgeschlagen hatte.

Vielleicht hatte er nur so getan, als wenn er weggefahren wäre? Vielleicht würde er zurückkommen, sobald er vermutete, dass sie sich zurück ins Haus traute. Stand er vielleicht irgendwo oben im Wald und beobachtete sie?

Er hatte den Schlüssel an den gleichen Platz gelegt, an dem sie ihn schon einmal gefunden hatte. Warum? Warum hatte er ihn nicht ganz einfach mitgenommen?

Diese Fragen sausten ihr im Kopf herum, aber es waren Hunger und Durst, die zuerst gestillt werden mussten. Wie schon gesagt. Wenn er zurückkam und sie erwischte, ja, dann musste sie sich wohl mit diesem Problem beschäftigen. Ihm erzählen, wie die Sache sich verhielt, und hoffen, dass er sie irgendwie verstehen könnte.

Der Rucksack stand neben dem Bett. Die Gitarre auch; das Futteral und die Kleider, die sie hatte liegen lassen, hatte er zusammengefaltet und auf einen Stuhl gelegt.

Das Buch und den Collegeblock auf dem Tisch schien er nicht angefasst zu haben. Offenbar hatte er nicht in ihren Sachen gewühlt.

Das war merkwürdig. Oder nicht? Ihr Portemonnaie lag

im Außenfach des Rucksacks, sie konnte nicht sagen, ob er hineingeschaut hatte oder nicht. Hätte er nicht zumindest versuchen müssen, ihre Identität herauszubekommen?

Oder hatte er das? Hatte er ihren Ausweis herausgefischt, die Polizei angerufen und ihnen alles berichtet?

Vielleicht wurde sie ja schon gesucht?

Aber das wurde sie ja wohl sowieso, oder? Sonja Svensson von Elvafors musste ja wohl die Behörden bereits am Samstag verständigt haben, als man entdeckt hatte, dass sie fehlte?

Aber aus irgendeinem Grund hatte sie das Gefühl, dass Sonja das nicht getan hatte. Sie konnte nicht so recht sagen, woher sie dieses Gefühl hatte, aber sie hatte auch absolut keine Lust, jetzt darüber nachzudenken. Jetzt ging es erst einmal nur darum, den Hunger zu stillen.

Sie aß sechs Stücke Zwieback und zwei Butterbrote mit Leberwurst, trank einen halben Liter Wasser. Zog sich Strümpfe an, Turnschuhe und einen dickeren Pullover. Es war nicht direkt kalt draußen im Wald gewesen, aber in den letzten Stunden hatte sie sich so gut wie gar nicht bewegt, und das hatte sie frösteln lassen.

Warum gehe ich nicht weg?, dachte sie ein wenig irritiert. Warum packe ich nicht meine Sachen und ziehe davon, bevor es zu spät ist?

Warum bin ich so träge?

Ich bin in ein Haus eingedrungen, ich habe zwei Nächte hier geschlafen, ich habe von seinen Lebensmitteln gegessen. Jetzt hat er mich entdeckt, und trotzdem sitze ich hier und warte darauf, wie eine bescheuerte Ratte gefangen zu werden.

Sie schüttelte den Kopf über ihre eigene Unentschlossenheit. Schaute auf die Uhr. Es war bereits fast sechs Uhr, die Sonne war hinter dem Waldrand im Westen untergegangen, und der ganze Hof lag im Schatten.

Kaffee, dachte sie plötzlich. Kaffee und eine Zigarette.

Sie musste lachen, als ihr bewusst wurde, dass sie genauso dachte, wie es auch ihre Mutter tun würde. Und sagen würde.

Erst mal eine Tasse Kaffee und eine Zigarette, Anna, verkündete sie gern. Man soll keine wichtigen Entscheidungen auf nüchternen Magen treffen.

Mit der Tasse und ihrer vorletzten Zigarette ging sie auf den Hof hinaus. Blieb in dem hohen Gras dort stehen, während sie trank, rauchte und dem leisen Rauschen aus dem sie umgebenden Wald lauschte.

Er kommt nicht zurück, dachte sie. Nicht heute, es ist schon eine Stunde vergangen, seit er weggefahren ist. Bis morgen bin ich hier sicher.

Es war ihr klar, dass das ein Wunschdenken war. Sie hatte einfach keine Lust, zu packen und von hier wegzugehen, das war es. Aufzubrechen, um diese trostlose Straße mit dem viel zu schweren Rucksack und der unhandlichen Gitarre entlangzulaufen. In wenigen Stunden würde es dunkel sein.

Sie dachte zurück an den Samstag. Da hatte es etwas gegeben, das sie zu diesem Platz geführt hatte, oder? Zum einen, als sie von der Straße nach Rödmossen abgebogen war, und zum anderen, als sie schon schielend vor Müdigkeit auf diesen letzten schmalen Waldweg eingeschwenkt hatte. Als sie das Haus entdeckte, hatte sie ein Gefühl, als ob … ja, als ob was? Als ob sie ein armes Mädchen in einem Märchen wäre? Das von hässlichen Stiefschwestern gezwungen worden war, sein Heim zu verlassen, und das sich jetzt einsam und verlassen auf seiner Wanderung durch die große gefährliche Welt befand?

Doch unter Gottes Schutz stand, und es war sein Finger, der ihr den Weg zu diesem Haus gewiesen hatte.

Es gab natürlich auch noch eine andere Art von Märchen. In denen wohnte in solchen abseits liegenden Häusern im Wald die Hexe, und sie endeten ganz und gar nicht glücklich.

Und sie war auch nicht gerade von irgendwelchen Stiefschwestern fortgeschickt worden, das musste man ebenfalls ehrlicherweise zugeben. Sie war aus einem Heim geflüchtet, für das das Sozialamt tausend Kronen am Tag zahlte, damit es ihr dort gut ging und sie sich von der Drogensucht befreien konnte. So sah ihr Märchen aus, es konnte nichts schaden, das im Gedächtnis zu behalten.

Ein Schaudern überlief sie, sie nahm einen letzten Zug und drückte die Zigarette aus. Ging ins Haus, spürte, wie das Weinen von ihr Besitz ergreifen wollte, und kochte sich noch eine Tasse Kaffee.

Setzte sich drinnen an den Tisch und faltete die Hände. Versuchte, zu Gott zu beten, spürte jedoch stattdessen, dass Angst und das Gefühl von Verlassenheit Besitz von ihr ergriffen.

Und dann tauchte Marja-Liisa in ihrem Kopf auf. Und Steffo. Was die Sache nicht gerade besser machte.

Ein paar Wochen, nachdem er bei ihr eingezogen war, hatte sie Marja-Liisa getroffen. Im Stadtpark, eines Abends nach einem dieser sorglosen Tage, die der *raison d'etre* der Junkies war, das war ein Ausdruck, den sie während einer der wenigen Französischstunden gelernt hatte, die sie am Gymnasium besucht hatte – raison d'etre, Grund für die Existenz. Steffo und sie und ein paar andere hatten den Nachmittag über geraucht und ein paar Biere getrunken, aber dann im Park verließ Steffo die Gruppe, um sich um seine Geschäfte zu kümmern.

So hatte er sich ausgedrückt. Geschäfte, es war klar, um was es da ging. Einige Zeit nachdem er gegangen war, waren zwei kichernde Mädchen gekommen und hatten sich zu ihnen gesetzt, eine von ihnen war Marja-Liisa. Sie war zerbrechlich wie ein Vogeljunges, ihr Gesicht bestand fast nur aus Augen. Aber kichern, das konnte sie, es war offensichtlich, dass sie ein wenig high war. Aus irgendeinem Grund hatte Anna angefangen, sich mit ihr zu unterhalten, und bald stellte sich heraus, dass sie eine von Steffos alten Flammen war. Als es ihr klar wurde, dass Anna jetzt mit ihm zusammenwohnte, erstarb Marja-Liisas Kichern. Sie wurde nervös und ernst.

»Verdammte Scheiße«, sagte sie. »Verdammte Scheiße, nimm dich bloß in Acht.«

»Wieso denn?«, hatte Anna wissen wollen. »Warum soll ich mich in Acht nehmen?«

»Wo ist er jetzt? Er kommt doch nicht hierher, oder?«

Anna erklärte, dass Steffo gerade losgezogen sei und dass er sicher eine Weile wegbleiben werde. Marja-Liisa schlang die Arme um ihren mageren Körper, als fröre sie, obwohl es ein milder Vorsommerabend war und sie einen dicken Pullover trug.

»Du solltest lieber nicht mit ihm zusammen sein«, sagte sie. »Er ist scheußlich. Er hat versucht, mich umzubringen.«

»Dich umzubringen? Was redest du?«

»Glaub mir, er hat versucht, mich umzubringen.«

»Und warum?«

»Weil ich mit Freundinnen ausgegangen bin, statt mit ihm zusammen zu sein. Wir haben einige Gläser Wein getrunken, und als ich ihn später am Abend getroffen habe, da hat er mich so geschlagen, dass ich fast gestorben wäre. Ein Typ mit einem Schäferhund hat mich in einem Busch gefunden, ich habe zwei Wochen im Krankenhaus gelegen.«

Anna starrte das verschüchterte Vogeljunge an. »Aber … ich meine, du hast ihn dann doch wohl angezeigt?«

»Habe ich mich nicht getraut. Wenn ich das gemacht hätte, dann hätte er mich wirklich umgebracht. Du musst dich in Acht nehmen, Steffo ist nicht ganz dicht im Kopf.«

Dann war sie aufgestanden und weggegangen.

Anna fiel es im Verlauf des weiteren Abends nicht leicht, die Gedanken an Steffo abzuschütteln. Er hatte sich in ihrem Kopf festgesetzt wie ein schmerzendes Geschwür, und das gab anderen dunklen, brütenden Gedanken Nahrung, die sie bald als klassische Drogensucht identifizierte.

Sie hatten in Elvafors darüber gesprochen. Die Sucht nach Drogen; was immer man auch tat, wie immer man sich auch verhielt, früher oder später würde sie wieder auftauchen. Und es war nicht leicht, damit zurechtzukommen; denn im Grunde genommen war sie ja das Schlimmste, alle waren sich dessen bewusst, aber Anna hatte sie während der vier Wochen, die sie im Heim war, nicht ernsthaft gespürt.

Bis jetzt. Man muss sie zulassen, das war die erste Regel. Nicht versuchen, sie zu leugnen. Über sie sprechen, ihr in die Augen sehen und sie bekämpfen… eine Kraft, die stärker war als man selbst.

Aber mit wem sollte sie reden? Womit sollte sie sie bekämpfen? Einsam, auf der Flucht, in einer fremden Waldkate in einem fremden Wald?

Pass auf, dass du dir nicht selbst leidtust!, dachte sie und streckte den Rücken. Versink nicht im Sumpf des Selbstmitleids, tu etwas!

Sie lachte auf. Die einzige Droge, die sie besaß, war eine jämmerliche Zigarette, also gab es zumindest keine naheliegenden Versuchungen, denen sie verfallen konnte. Immerhin etwas.

Sie ging in die Küche und schaute in den Kühlschrank. Der war ziemlich gut gefüllt, er hatte so einiges hineingestopft; wenn sie über Nacht bleiben und am nächsten Morgen in aller Frühe aufbrechen würde, dann konnte sie sich zumindest vorher noch satt essen.

Aber was bedeutete das, dass er Lebensmittel gekauft hatte?

Die Antwort war so offensichtlich, dass nicht einmal sie eine andere finden konnte.

Er dachte daran zurückzukommen. Wenn nicht heute Abend, dann morgen. Man verstaut nicht Müsli, Obst und Brot in Kühlschrank und Abseite, wenn man nicht die Absicht hat, es aufzuessen.

Ein Glück, dass er zumindest kein Bier oder Schnaps gekauft hat, dachte sie. Sonst hätte sie alles ausgetrunken, und damit wäre sie wieder auf dem Weg in den Abgrund gewesen.

Aber was für eine Sorte Mensch war er eigentlich?

Wie immer fiel es ihr schwer, sein Alter einzuschätzen. Sie hatte ihn ziemlich deutlich gesehen, sowohl morgens, als er angekommen war, als auch später am Tag, als er draußen auf dem Hof gestanden hatte. Vielleicht fünfzig? Oder sechzig? Zwei-, dreimal so alt wie sie selbst auf jeden Fall. Nun ja, das Alter spielte natürlich keine Rolle, und sie hatte nicht den Eindruck gehabt, dass er besonders bedrohlich aussah.

Aber den Eindruck hatte sie von dem Volvomann auch nicht gehabt.

War ihm klar, dass sie nur ein junges Mädchen war? Er schien nicht in ihren Sachen herumgewühlt zu haben, aber er hatte es sich sicher auch so denken können. Er musste ihre Slips gesehen haben. Und ihre Gitarre, alte Frauen liefen doch nicht mit einer Gitarre herum?

Wenn er nun so ein Steffo-Typ war, nur dreißig Jahre älter?

Nein, dachte Anna Gambowska und beschloss, erst einmal Feuer zu machen. Ich muss aufhören, vor allem Möglichen Angst zu haben. Wenn ich das hier schaffen will, dann darf ich nicht die ganze Zeit den Teufel an die Wand malen.

Kurz nach zehn Uhr kroch sie ins Bett. Legte sich vollständig angezogen unter die Decke, den Rucksack gepackt, die Gitarre in ihrem Futteral. Wenn sie gezwungen sein sollte zu fliehen, dann wollte sie wenigstens nicht vorher herumrennen und nach ihren sieben Sachen suchen.

Bevor sie einschlief, schickte sie dem gutmütigen Gott, der ihr bis hierher geholfen hatte, ein Gebet. Was sie sich wünschte, das war ein guter Schlaf in der Nacht, damit sie am nächsten Morgen einigermaßen ausgeruht ihre Wanderung fortsetzen konnte.

Und dass sie keine Gesellschaft in der Nacht bekommen

sollte. Sie hatte die Tür verschlossen und den Schlüssel von innen stecken lassen; nicht, dass das ein besonders guter Schutz war, aber immerhin.

Zuversicht, dachte sie. Das war ein Wort, das ihr sehr gefiel, und sie behielt es im Kopf, bis sie einschlief.

Zuversicht.

Sie hatte beschlossen, um halb sieben aufzuwachen, und das tat sie auch. Ihr innerer Wecker funktionierte wie immer.

Sie ging hinaus zum Pinkeln. Wusch sich und putzte sich die Zähne unter der Pumpe. Kochte sich Kaffee und aß zwei Butterbrote. Das Wetter war genauso schön wie am Tag zuvor; blauer Himmel und vereinzelte, hoch dahinziehende dünne Wolken. Sie stellte Rucksack und Gitarre hinaus, doch statt sie zu schultern und sich auf den Weg zu machen, fasste sie einen anderen Entschluss.

Sie stellte ihr Gepäck hinter den Schuppen. Hier wuchsen Unkraut und Brennnessel, und hier war es vor fremden Augen gut geschützt. Dann ging sie zurück ins Haus, setzte sich mit einem Stift und einer aus dem Collegeblock gerissenen Seite an den Tisch.

Schrieb eine Nachricht und ließ sie mitten auf dem Tisch liegen.

Danke. Ich heiße Anna.

Anschließend füllte sie eine Plastikflasche mit Wasser, nahm einen Apfel und eine Banane, schmierte sich vier Brote und ging in den Wald hinein.

13

Ich habe einen Termin bei Faringer ausgemacht.«

»Ich brauche keinen Termin bei Faringer.«

»Das kannst du gar nicht entscheiden, Valdemar. Du musst dabei auf mein Urteilsvermögen vertrauen.«

Er wollte ihr gerade erklären, dass er sich nie besser gefühlt habe als jetzt, als er innehielt. Das konnte leicht zu Missverständnissen führen. Sie könnte glauben, dass er nicht nur deprimiert war, sondern auch noch manisch-depressiv geworden war oder irgendetwas noch Schlimmeres.

»Und wann?«, fragte er.

»Donnerstag nächste Woche«, sagte sie. »Es ging nicht früher. Den Leuten geht es schlechter als je zuvor.«

»Dann wäre es vielleicht besser, wenn er sich um jemanden kümmert, der wirklich seine Hilfe braucht?«

Alice nahm ihre Lesebrille ab und lutschte gedankenverloren an einem Bügel. »Was ist nur los mit dir?«, fragte sie. »Da stimmt irgendetwas nicht, ich spüre das ganz deutlich.«

»Quatsch«, sagte Valdemar.

»Ist was mit deiner Arbeit?«

»Natürlich nicht.«

»Du erzählst nie etwas von deiner Arbeit.«

»Du fragst auch nie nach meiner Arbeit, liebe Alice.«

»Das hat doch wohl damit nichts zu tun.«

»Nicht? Nun, wie dem auch sei, bei der Arbeit ist es so wie

immer. Wird es nicht Zeit, dass du loskommst? Es ist schon Viertel vor acht.«

»Wir müssen miteinander reden, Valdemar.«

»Kann das nicht bis nächste Woche warten?«

»Was redest du da, Valdemar? Merkst du nicht selbst, wie das klingt?«

»Ich habe immer so geredet, Alice. Bist du dir sicher, dass nicht du diejenige bist, die sich verändert hat?«

Sie schien eine Sekunde lang darüber nachzudenken, dann seufzte sie schwer, stand auf und verließ den Frühstückstisch.

Er wäre eigentlich am liebsten zu Wettergrens Tobak gegangen, um Tabak und eine Pfeife für sich auszusuchen, aber die öffneten nicht vor zehn. Stattdessen fand er eine knorrige Stummelpfeife und ein Paket Tiger Brand im Videoshop am Selanders väg.

Dass es immer noch Tiger Brand gab. Sein Vater hatte diese Marke nicht geraucht – er hatte den alten Greve Hamilton vorgezogen –, aber er hatte mit Respekt von ihr gesprochen, daran konnte Valdemar sich erinnern. Tiger Brand und Skipper Shag und Borkum Riff. Was für ein Klang lag in diesen Namen. Wo waren all diese klangvollen Namen hin?

Er hatte gehofft, eine Ratospfeife zu finden oder eine Lillehammer, aber auf seine Frage hin hatte das Mädchen im Laden nur den Kopf geschüttelt. Wenn seine frisch erworbene Pfeife überhaupt einen Namen hatte, dann hieß sie wohl *Prince,* aber der Text auf dem Schaft war schwer zu lesen. Es konnte ebenso dort *Pincenez* stehen. Was wohl eher eine Art Brille war, oder?

Was ja auch gleich ist, dachte Valdemar, wenn sie nicht schmeckt, kann ich immer noch zu Wettergren gehen. Er beschloss, nicht weiter in Kymlinge zu bleiben und dort unnötig einzukaufen. Besser, erst einmal nachzusehen, was ihm ICA in Rimmersdal zu bieten hatte, und dann später im Laufe der Woche die Liste weiter abzuarbeiten.

Natürlich gab es auch Stimmen in ihm, die ihn ermahnten, nicht herumzutrödeln. Sich unmittelbar nach Lograna zu begeben, um zu sehen, wie es um seine geheimnisvolle Besucherin stand. Die Neugier hatte ihn am gestrigen Abend und die ganze Nacht nicht losgelassen, mehrere Male war er mit den immer gleichen Fragen aufgewacht.

Wer war sie?

Wieso hatte sie sich dazu entschieden, in seiner Kate zu übernachten?

Würde sie heute noch da sein?

Er spürte, dass er fürchtete, sie könnte weggegangen sein. Ja, tatsächlich. Dass sie nie wieder in seinem Leben auftauchte und dass er nie eine Antwort auf seine Fragen bekommen würde.

Dass sie verschwände wie eine Fußspur im Wasser.

Er beschloss, das aufzuschreiben. Nein, nicht Wasser, nasser Sand war besser.

Gewisse Aktionen und gewisse Menschen verschwinden wie Fußspuren im nassen Sand, so wollte er es formulieren. Vielleicht konnte er noch etwas mit den Gezeiten hinzufügen, die alles ausradierten, aber aus irgendeinem Grund bekam er es nicht so recht hin.

Es gab weder Säge noch Axt noch Sense bei ICA in Rimmersdal.

Dafür aber einen Hammer, eine Bratpfanne, einen großen Topf, eine Abwaschschüssel, Seife, Waschmittel, eine Scheuerbürste, Zahnputzbecher, Abtropfgestell, eine Petroleumlampe und Schweinekoteletts.

Und eine Kassiererin.

»Ich heiße Valdemar«, sagte er, als er das Wechselgeld entgegennahm. »Falls Sie das wissen möchten.«

»Valdemar?«, sagte sie langsam und mit einem vorsichtigen Lächeln, als kostete sie eine Praline. Eine Praline mit einem unbekannten, etwas überraschenden Inhalt. »Das ist aber ein ungewöhnlicher Name. Ich selbst heiße Yolanda.«

»Yolanda?«, wiederholte Valdemar. »Na, der ist doch auch nicht gerade sehr üblich, oder?«

»Nicht hier im Land«, sagte Yolanda. »Aber in dem Land, aus dem ich komme, da heißen viele Frauen so.«

»Tatsächlich?«, fragte Valdemar. »Und welches Land ist das?«

»Es hieß Jugoslawien, als ich es verlassen habe«, antwortete sie und sah plötzlich traurig aus. »Ich bin zur Hälfte Serbin, zur Hälfte Kroatin.«

»Ich verstehe«, sagte Valdemar, denn das tat er wirklich. »Ja, das Leben ist nicht immer so, wie wir es uns denken.«

Worauf sie nichts sagte, aber sie zeigte ihm ihr warmes Lächeln und widmete sich dann dem nächsten Kunden.

Yolanda?, dachte er, als er den Laden verließ. Yolanda und Valdemar. Das klingt schön, fast wie ein Liebespaar aus einem alten Märchen. Oder aus einem Volkslied.

Valdemar und Yolanda. Klangvoll.

Er las die Nachricht und versuchte zu begreifen, was für eine Art von Gefühl ihn erfüllte.

Trauer? Sehnsucht?

Blödsinn, dachte er. Man kann nichts vermissen, was man nie gehabt hat.

Oder doch? War das eine Art bittere Wahrheit über das Leben, dass man die ganze Zeit mit einer unspezifischen Sehnsucht in der Brust herumlief? Einem Verlangen nach etwas, das man nur erahnen, aber nicht richtig in Worte fassen konnte?

Nein, beschloss Ante Valdemar Roos, so verdammt übel wird es sich ja wohl nicht verhalten.

Dann also Enttäuschung? Ja, das kam schon eher hin. Das war ein einfacheres Gefühl, mit dem sich besser umgehen ließ. Die unbekannte Frau war über einen Tag lang in seiner unmittelbaren Nähe – und in seinem Bewusstsein – gewesen, und jetzt war sie fort. Kein Wunder, dass sich das ein wenig leer anfühlte. Eine … eine Klammer ohne Inhalt, dachte er, etwas, das zu Ende ist, bevor es überhaupt begonnen hat.

Er setzte sich an den Tisch und schrieb das auf, was er sich morgens im Auto ausgedacht hatte.

Lograna, den 9. September:
Gewisse Menschen und gewisse Handlungen verschwinden wie Fußspuren im nassen Sand.

Nach einer Weile fügte er hinzu:

Gewisse Leben verschwinden auch auf diese Weise.

Anschließend blieb er eine Weile sitzen, während er darüber nachdachte, wie nah Erwartung und Enttäuschung beieinanderlagen. Wie zwei Nachbarn – oder sogar Zwillinge –, die nie die Tür zum Zimmer des anderen wirklich schließen konnten. Und wie einfach es doch war, die Gedanken nach innen statt nach außen zu wenden. Dabei hatte er sich die Kate doch nicht gekauft, um über sein Inneres zu grübeln. Ganz im Gegenteil, die Umgebung zu betrachten und über sie nachzudenken, das war der Plan gewesen. Im Wald zu wandern. Dem Wind in den Bäumen zu lauschen, Tiere, Pflanzen und Vögel zu beobachten, nach Hause zu kommen, Feuer zu machen, sich satt zu essen, ein erfrischendes Nickerchen zu machen, das waren die Bestandteile, die seinem Leben einen Sinn geben sollten. Um sozusagen eins zu werden mit allem anderen.

So war es, dachte er. *Eingehen.* Es war so selbstverständlich, dass er das nicht einmal aufzuschreiben brauchte.

Danke. Ich heiße Anna.

Er faltete das Papier zusammen und schob es ganz nach hinten in sein Notizbuch. Nahm Pfeife, Tabak und Streichhölzer und begab sich hinaus in den Wald.

Zunächst wanderte er Richtung Süden, dann nach Westen und ein wenig in den Norden, und nach einer Stunde hatte er eine kleine Anhöhe mit ein paar Birken erreicht, von der aus der Blick über den Rödmossen-Hof ging. Er ließ sich auf einem umgekippten Baumstamm nieder und widmete sich dem Rauchen. Stopfte mit ungewohnten, plumpen Fingern, drückte mit dem Daumen nach, wie er sich erinnerte, dass sein Vater es gemacht hatte, zündete die Pfeife an und zog. Es war einfach, Feuer zu kriegen, zuerst paffte er nur, doch mit der Zeit wagte er es auch, den Rauch in die Lunge hineinzuziehen.

Es war ein Gefühl wie ein Tritt vor die Brust, und ein paar Sekunden lang wurde ihm schwarz vor Augen. Hoppla, dachte er, als er sich wieder ein wenig gefangen hatte, verdammt, das erfordert ein wenig Training.

Doch es schmeckte nicht übel, wenn man nur darauf achtete, nicht zu stark zu ziehen. Im Laufe seines Lebens hatte Ante Valdemar Roos nicht einmal ein halbes Jahr geraucht, in der allerersten Zeit mit Lisen, und da war nie die Rede von einer Pfeife gewesen. Nur zufällig erworbene Filterzigaretten, und er war sich bewusst, dass das hier eine Beschäftigung ganz anderer Würde war.

Nachdem er fertig geraucht hatte, blieb er noch eine Weile sitzen und spürte, wie der hartnäckig sich haltende sanfte Schwindel langsam abebbte. Erhob sich auf etwas unsicheren Beinen und trat den Rückweg nach Lograna an.

Er war erst einige hundert Meter gekommen, in einer Mulde mit Traubenkirschen und Heidegagelstrauch bei dem zusammengefallenen Hochsitz, da registrierte er eine Bewegung zwischen den Bäumen. Nichts Großartiges, nur ein hastiger Eindruck von etwas, das auftauchte und wieder verschwand, sicher nicht länger als den Bruchteil einer Sekunde; dennoch hätte er schwören können, dass es kein Tier war.

Es war ein Mensch. Er erinnerte sich, dass er irgendwo gelesen hatte – oder dass jemand es gesagt hatte, wahrscheinlich Tapanen, der gern alle möglichen Sachen über die Welt und deren Bedingungen behauptete, die er selbst eigentlich gar nicht verstand –, dass derartige Empfindungen genau so funktionierten.

Zum einen gibt es die Bewegung selbst, die wir unmittelbar registrieren, auch wenn sie von einem Wirrwarr von Aktionen und stillstehenden Stimuli umgeben ist. Deshalb ist es besser, reglos stehen zu bleiben, wenn man ein Jagdwild ist. Der Jäger kann die Bewegung eines Kopfes oder eines Schweifs auf hundert Meter Entfernung bemerken, aber er kann dicht neben einer unbeweglichen Beute stehen und nicht das Geringste davon ahnen.

Zum anderen sehen wir augenblicklich den Unterschied zwischen Mensch und Tier. Obwohl er sich fragte, wie wahr diese Behauptung eigentlich war, in Anbetracht der vielen Menschen, die jedes Jahr auf der Elchjagd angeschossen wurden. Vielleicht war das nur eine Behauptung. Eine dieser charakteristischen Halbwahrheiten, die sich so gern in Krethis und Plethis vermeintlichen Lebensweisheiten einnisten, dachte Valdemar. Beispielsweise in denen von Olavi Tapanen.

Er blieb stehen. Verhielt sich still und wartete auf die nächste Bewegung, während er diese Überlegungen anstellte, doch es geschah nichts. Nicht einmal der Flügelschlag eines Vogels. Der Wald stand still und schweigend da und hütete seine Geheimnisse.

Dennoch wusste er es. Auf der ganzen Wanderung zurück nach Lograna wusste er, dass ein anderer Mensch in seiner Nähe gewesen war, dass dieser Mensch sich aus Versehen verraten hatte und auf keinen Fall entdeckt werden wollte.

Gewisse Dinge weiß man, dachte Ante Valdemar Roos. Ohne zu verstehen, woher man sie weiß.

Der Rest des Tages verging ohne Intermezzi. Er aß ein Schweinekotelett mit vielen Zwiebeln und drei gekochten Kartoffeln zu Mittag, trank Kaffee, rauchte vorsichtig eine Pfeife auf dem Stuhl an der Schuppenwand, löste ein Kreuzworträtsel und schlief fünfundvierzig Minuten.

Dennoch war da etwas. Nicht das gleiche starke Gefühl wie am Tag zuvor, aber der Inhalt, der Kern des Gefühls, der war der gleiche.

Die Empfindung, dass jemand anwesend war.

Sie ist nicht weggegangen, dachte er. Das war sie, die ich bei Rödmossen fast entdeckt hätte.

Und die Zwillingsbrüder in seiner geläuterten Seele, die Erwartung und die Enttäuschung, klopften gegenseitig bei sich an und waren sich einig.

Bevor er sich ins Auto setzte, um zurück nach Kymlinge zu fahren, riss nunmehr er eine Seite aus *seinem* Notizbuch heraus und schrieb eine einfache Nachricht.

Legte sie auf den Tisch, und als er den Schlüssel unter den Dachvorsprung legte, spürte er, wie sein Herz klopfte.

14

Sie zählte bis zweihundert, genau wie am Vortag. Auch heute war es fünf Uhr, sie fragte sich, ob das sein gewöhnlicher Rhythmus war. Er tauchte gegen halb zehn Uhr morgens auf, blieb den ganzen Tag und fuhr gegen fünf wieder zurück.

Und wieso? Warum blieb er nicht über Nacht?

Sie wartete damit, Rucksack und Gitarre hineinzutragen. Zuerst fischte sie den Schlüssel aus dem üblichen Versteck über der Tür und ging hinein, um nachzusehen, ob etwas verändert war. Ob er zumindest ihre Nachricht gelesen und auf irgendeine Art und Weise reagiert hatte. Oder ob er sie einfach nur weggeworfen hatte.

Fast hätte er sie draußen im Wald entdeckt. Den Vormittag über war sie etwas ziellos herumgeirrt, in erster Linie, um sich warm zu halten. Sie hatte ein paar Mal auf sonnigen Lichtungen gesessen und gelesen, aber nie länger als zehn Minuten oder eine Viertelstunde. Auch wenn sie besser gekleidet war als am Vortag, so war es dennoch kühler gewesen heute. Während sie herumlief, war sie sorgsam darauf bedacht, sich verschiedene Dinge zu merken, um sich nicht zu verlaufen. Den großen Findling. Den Ameisenhaufen. Den Weg natürlich, die Steigung hinauf zu den drei hohen Fichten, den Sumpf mit Gestrüpp und Gebüsch darunter – und plötzlich hatte sie gesehen, wie er direkt auf sie zukam. Er war ziemlich weit entfernt, und sie hatte sich sofort hinter einem Vorhang aus jungen Kiefern versteckt. Aber er war in einem Abstand von nur zehn, fünfzehn Metern an ihr vorbeigegangen, und sicherheitshalber war sie noch lange, nachdem er verschwunden war, im Moos mit geschlossenen Augen liegen geblieben.

Was ich nicht sehe, das sieht mich auch nicht, das war eine alte, gute Regel, über die man nicht lachen sollte.

Es lag ein Zettel auf dem Tisch. Sie hielt den Atem an, während sie ihn aufnahm und las:

Hallo, Anna.
Ich heiße Valdemar. Du kannst gern bis morgen bleiben, dann können wir über alles Weitere reden. Ich werde wie üblich gegen halb zehn kommen.
Liebe Grüße
V.

Valdemar?, dachte sie. Was für ein merkwürdiger Name, sie hatte noch nie im Leben jemanden getroffen, der so hieß. Glaubte nicht, jemals von jemandem diesen Namens gehört zu haben.

Sie ging hinaus und holte Rucksack und Gitarre. Machte Feuer im Kamin, das war jetzt einfacher, beim ersten Mal hatte sie eine halbe Schachtel Streichhölzer gebraucht, bevor das Feuer wirklich brannte. Er hatte Holz hereingeholt, einen Stapel unters Fenster gelegt, als wollte er sichergehen, dass sie es die Nacht über schön warm hatte.

Sie kochte sich Kaffee und stellte einen großen Topf mit Wasser auf die größere Herdplatte, es war ein neuer Topf, er musste ihn heute mitgebracht haben. Dann fand sie eine Plastikschüssel und ein Paket Waschmittel unter der Spüle, und eine halbe Stunde lang war sie damit beschäftigt, ihre schmutzige Kleidung zu waschen und zu spülen. Slips, Strümpfe und Hemden. Sie suchte nach einer Leine, um die saubere Wäsche aufzuhängen, fand aber keine, außerdem würde es die Nacht über draußen sowieso nicht trocken werden, dachte sie, besser, es in dem Zimmer vor dem Feuer über die Stuhlrücken zu drapieren.

Im Kühlschrank lag ein einsames Schweinekotelett, aber sie mochte keine Schweinekoteletts. Sie machte sich stattdessen eine Pulversuppe und zwei Brote mit Leberwurst und Gurke.

Vier Tage, stellte sie fest, während sie am Küchentisch saß und ihre Brote aß. Ich bin erst seit vier Tagen hier, trotzdem habe ich das Gefühl, als würde ich hier richtig wohnen. Zumindest für eine Zeit.

Zumindest im Augenblick.

Es ist merkwürdig, aber vielleicht verhielt es sich ja so: dass man an gewissen Orten zu Hause war, es an anderen aber einfach nicht schaffte, ganz gleich, wie viel Zeit man dort auch verbrachte.

Nun ja, ich bin nun mal ein Einzelgänger, dachte sie dann. Elvafors-Sonja hatte doch Recht. Solche wie ich, die passen nicht unter Menschen, das ist mein größtes Problem.

Oder stimmte das gar nicht? Sie hatte jetzt zwei ganze Tage im Wald verbracht, sieben, acht Stunden jeden Tag, und irgendwie störte sie das gar nicht. Wenn sie nur warm genug angezogen war und etwas zu essen hatte, dann konnte sie gern zwischen den Bäumen, den moosbewachsenen Felsen, den Büscheln von Preiselbeerkraut herumlaufen, ohne weitere Pläne. Sie fühlte sich sicher. Ruhig und zufrieden.

Was eigentlich merkwürdig war, sie war in der Stadt geboren und aufgewachsen, hatte nie viel Zeit auf dem Lande verbracht. Die Sommer in Juleks Haus in Polen natürlich und bei der Großmutter. Ein paar Ausflüge mit der Schule, mehr war da nicht.

Doch, außerdem noch ein paar Nächte zelten mit Jossan und Emily, wie ihr einfiel. Sie waren vor ein paar Jahren für eine Woche im Sommer in den Süden getrampt, geplant war gewesen, nach Dänemark zu fahren, doch dann waren sie an einem

See in einem Wald in Småland gelandet. Es war so vollkommen anders gewesen als das hier, dachte sie. Sie hatte das Gefühl, als wäre es schon hundert Jahre her, und sie musste direkt darüber lachen. Sie hatten die ganze Zeit Bier getrunken und Haschisch geraucht, und Jossan hatte solche Angst im Dunkeln gehabt, vor allem nachts, so dass sie die ganze Zeit wach bleiben, sie im Arm halten und mit ihr reden mussten.

Sie fragte sich, wie es Jossan wohl heute ergehen mochte. Sie war schwanger geworden und hatte ein Kind bekommen, noch bevor sie neunzehn war. War mit der Tochter und deren Vater nach Stockholm gezogen. Nach Hallonbergen wahrscheinlich, der Vater kam aus Eritrea und hatte seine Familie dort. In Hallonbergen. Vielleicht war Jossan ja durch das Kind auf die Beine gekommen, dachte Anna, aber es war eher wahrscheinlich, dass es in die andere Richtung, abwärts, gegangen war.

Auf jeden Fall hätte sie hier nicht hergepasst. Allein in einem kleinen Haus im Wald zu leben, nein, das war ein Leben, das die meisten dankend ablehnen würden. Zumindest wenn man eine Frau war und nicht älter als einundzwanzig.

Aber ich wohne ja gar nicht hier, dachte sie dann. Es ist nur vorübergehend. Wenn ich nur ein Ziel hätte, dann würde ich natürlich auch nicht an so einem Ort bleiben.

Sie ging hinaus und rauchte ihre letzte Zigarette. Als sie sie ausdrückte, wurde sie von einem heftigen Gefühl der Resignation überfallen. Fast wäre sie in Tränen ausgebrochen, aber es gelang ihr, sich zusammenzureißen. So ist es nun einmal, stellte sie fest. Das mit den Bedürfnissen des Körpers und der Seele. Ich werde von hier weggehen, schon allein weil ich Zigaretten brauche.

Fünf Minuten später hatte sie seine Pfeife und seinen Tabak auf dem Regal über dem Bett gefunden, wo er ihn zurückgelassen hatte.

In der Nacht träumte sie von Marek, ihrem kleinen Bruder. Es war eher eine Erinnerung als ein Traum, aber im Traum ging es deutlich schlimmer zu, als es in Wirklichkeit passiert war.

Es handelte von der Zeit, als er im Krankenhaus gelegen hatte. Im Alter von vier Jahren. Anna war sechzehn. Marek hatte eine Zeitlang merkwürdige Schmerzen im Bauch gehabt, nicht jeden Tag, aber sie kehrten in unregelmäßigen Abständen immer wieder. Man war sich auch nicht sicher, ob es tatsächlich Schmerzen waren oder ob er simulierte, und das war fast das Schlimmste, wie Anna gefunden hatte.

Warum sollte ein vierjähriger Junge so tun, als hätte er Bauchschmerzen?

Das hing alles damit zusammen, dass er so traurig war. Annas Mutter war gezwungen, ihn mehrere Male vom Kindergarten abzuholen. Anna war auch eingesprungen, und zum Schluss waren sie ins Krankenhaus gefahren, um ihn gründlich untersuchen zu lassen. Anna wusste nicht, warum es notwendig war, dass Marek eine Nacht dort blieb, aber so war es. Und es war Anna, die bei ihm blieb und in dem anderen Bett im kreideweißen Zimmer ganz oben im zehnten Stock schlief. Ihre Mutter hatte nicht die Möglichkeit gehabt, so war es gewesen, sie konnte sich nicht mehr daran erinnern, warum.

Er hatte solche Angst gehabt, ihr kleiner Bruder, und schließlich war sie zu ihm ins Bett gekrochen; es hatte nicht genügt, dass sie sich einen halben Meter von ihm entfernt befand und seine Hand hielt.

Und er hatte so eigenartige Dinge gefragt.

Warum bin ich so dumm und eklig?

Werdet ihr mich allein lassen, wenn ich größer bin?

Warum sagt Papa so hässliche Sachen?

Ich werde nie ein schöner weißer Engel werden, oder?

War es normal, dass ein Vierjähriger solche Fragen stellte? Sie wusste es nicht, aber sie konnte es sich schwer vorstellen. Und was waren es für hässliche Sachen, die sein Vater, der nicht Annas Vater war, gesagt hatte – aber darüber hatte Marek nicht reden wollen.

Sag Mama nicht, was ich dir erzähle, auch darum hatte er sie gebeten. Ein ums andere Mal.

Sie hatte sich natürlich alle Mühe gegeben, ihn zu trösten und zu beruhigen. Kurz bevor er endlich einschlief, hatte er gefragt, ob er in der Nacht sterben würde, ob sie deshalb hier waren, und sie hatte ihm versichert, dass er am nächsten Morgen aufwachen und sich frisch und munter wie ein Fohlen fühlen werde.

Ein Fohlen?, hatte Marek gefragt.

Frisch und fröhlich wie ein kleines Pferd, hatte sie ihm versprochen. Er hatte eine ganze Weile darüber nachgedacht.

Ich würde wirklich gern ein kleines Pferd sein, hatte er dann mit ernster Stimme verkündet. Pferde haben keine Hände, die schlimme Sachen machen können.

So war es in Wirklichkeit gewesen. Sie hatte lange dicht neben ihm gelegen, wach, seinem schnorchelnden Atem gelauscht und über seine Fragen nachgedacht, und am nächsten Morgen waren ein Arzt und eine ganze Kompanie Krankenschwestern gekommen und hatten erklärt, dass Marek nicht das Geringste fehlte, und dann waren sie zusammen nach Hause gefahren. Sie hatte ihrer Mutter nie etwas über ihr Gespräch mit Marek im Krankenhausbett erzählt, und Marek war auch nie wieder darauf zurückgekommen. Seine Magenschmerzen waren in der Folge noch ein oder zwei Mal aufgetreten, aber dann verschwunden.

Im Traum entwickelte sich alles ganz anders. Als sie morgens im Krankenhausbett erwachte, war Marek verschwunden. Sie versuchte – bei all diesen weißgekleideten Menschen – herauszubekommen, wohin ihr kleiner Bruder gegangen war, aber niemand konnte ihr eine vernünftige Antwort geben. Sie lief im ganzen großen Krankenhaus herum und fragte und fragte, aber die meisten hatten nicht einmal Zeit, ihr zuzuhören. Durch lange Flure und dunkle Schächte lief sie, doch nirgends gab es einen vierjährigen Jungen, der am Tag zuvor mit Bauchschmerzen eingeliefert worden war. Und niemand wusste etwas.

Schließlich fand sie ihn in einem großen Raum tief unten im Keller, eher eine Art Vorratslager eigentlich, hier war es voller kleiner weißer Särge, und in jedem Sarg lag ein totes Kind. Es gab wirklich unendlich viele dieser Särge, sie waren in langen Reihen an den Wänden aufgestapelt, und erst als sie den Deckel des allerletzten Sargs öffnete, stieß sie auf ihren kleinen Bruder.

Er war nicht nur tot, er hatte außerdem noch eine Schlinge um den Hals, und auf seiner Brust lag sein Lieblingsteddy mit abgeschnittenem Kopf.

Sie wachte davon auf, dass sie weinte. Als sie begriff, dass es nur ein Traum gewesen war, überfiel sie natürlich Erleichterung, dennoch nahmen die Tränen noch eine ganze Weile ihren Lauf.

Warum habe ich solche Träume?, dachte sie. Was soll aus Marek einmal werden, und warum wird es fast immer so schrecklich, wenn wir nicht auf der Hut sind?

Sie schaute auf die Uhr. Es war zwanzig Minuten vor acht.

Höchste Zeit aufzustehen. Zu frühstücken und dann zu überlegen, ob sie nun gehen sollte oder bleiben.

Als sie durch die Tür ging – um hinter dem Erdkeller zu pinkeln –, merkte sie, dass es regnete.

15

Ausgezeichnet, dachte Ante Valdemar Roos. Bei diesem Wetter wird sie nicht losgehen.

Doch kaum hatte Wilma ihn allein am Frühstückstisch zurückgelassen, da hörte der Regen auf, und zehn Minuten später schien die Sonne. Ein guter Beweis für die Unbeständigkeit aller Dinge; nichts war, wie es zu sein schien, nicht einmal von der einen Minute bis zur nächsten. Als er sich im Flur hinsetzte und seine Schuhe anzog, steckte Signe ihren Kopf aus ihrem Zimmer. Sie sah aus, als wäre sie erst vor zehn Sekunden aufgewacht.

»Kann ich mit dir fahren?«

»Wohin?«, fragte Valdemar.

»Nur bis Billundsberg«, sagte Signe. »Ich soll mich da bei Mix vorstellen, du fährst da doch vorbei, oder?«

»Nein«, antwortete Valdemar. »Ich meine… heute nicht. Ich habe vorher noch einiges zu regeln in… na, in der Stadt.«

»Wieso das?«, fragte Signe.

»Ist nun mal so«, erwiderte Valdemar.

»Scheiße«, sagte Signe, »ich bin verdammt spät dran.«

»Dann musst du wohl in Zukunft ein bisschen früher aufstehen«, sagte Valdemar. »Und vor Mitternacht ins Bett gehen.«

Aber da hatte sie bereits ihre Tür geschlossen.

Aber dieser kleine Fast-Versprecher ärgerte ihn. Ich muss mich in Zukunft besser konzentrieren, dachte er. Darf nicht die Details aus den Augen verlieren. Diese kleinen Geister haben auch Ohren und Köpfchen, das darf man nicht vergessen.

Kurz vor Rimmersdal hatte es einen Unfall gegeben. Nichts Ernstes mit Toten oder so, wie es aussah, aber ein rotes Auto lag kopfüber im Straßengraben, und zwei Streifenwagen waren zur Stelle. Als er genauer nachdachte, fiel ihm außerdem ein, dass ihm ein paar Minuten zuvor ein Krankenwagen begegnet war, ungefähr auf der Höhe der Kirche in Åkerby.

Es dauerte eine Weile, bis er vorbeikam, und nur wenige hundert Meter weiter entdeckte er etwas im Graben. Zuerst begriff er nicht, was es war, doch als er vorbeifuhr, sah er, dass es ein Elch war. Ein großer Elch, der auf der Seite lag, er schlug mit dem Kopf hin und her, sein Körper schien zu dampfen, und ein Vorderbein ragte in einem eigenartigen Winkel nach oben.

Natürlich, dachte Valdemar. Das rote Auto ist mit einem Elch zusammengestoßen, wahrscheinlich ist das Tier danach noch ein Stück weitergelaufen, schwer verletzt, und dann ist es hier im Graben zusammengebrochen. Er hatte gelesen, dass es genauso ablaufen konnte.

Ein paar Sekunden lang ging er mit sich selbst zu Rate, dann holte er sein Handy aus der Brusttasche und tippte 112 ein. Vor zwanzig Jahren hatte er die Notrufnummer schon einmal gewählt, an einem Sommerabend, als Espen Lund und er auf dessen Balkon gesessen und Bier getrunken und bemerkt hatten, dass es auf dem Nachbargrundstück brannte.

Damals war die Feuerwehr bereits auf dem Weg gewesen – über den nunmehr sterbenden Elch war offenbar noch keine Nachricht eingegangen.

»Darf ich um Ihren Namen bitten?«, fragte die Frau in der Polizeizentrale, nachdem er verbunden worden war.

»Ich ziehe es vor, anonym zu bleiben«, erklärte Ante Valdemar Roos.

»Ich brauche Ihren Namen«, beharrte die Frau.

»Und warum?«, wollte Valdemar wissen. »Ich will nur, dass jemand nach dem Elch schaut, damit der nicht unnötig leidet. Da spielt es doch keine Rolle, wie ich heiße.«

»Das kann so scheinen«, sagte die Frau. »Aber wir haben hier auch unsere Vorschriften.«

Valdemar holte tief Luft. »Ich scheiße hochachtungsvoll auf eure Vorschriften«, sagte er. »Ich bin nur ein ehrlicher Steuerzahler, der seine Pflicht tut und mitteilt, dass sich ein verletztes Tier nahe der Unfallstelle bei Rimmersdal befindet. Die Polizei ist ja bereits hier, da brauchen Sie nur anzurufen und denen das mitzuteilen. Ich denke gar nicht daran, Ihnen zu sagen, wie ich heiße.«

Ein paar Sekunden lang blieb es still, und er glaubte schon, sie hätte aufgelegt.

»Valdemar Roos?«, sagte sie. »Das stimmt doch, oder? Zumindest, wenn Ihnen das Handy gehört, von dem aus Sie anrufen.«

Bevor er hatte antworten können, hatte sie sich für das Gespräch bedankt und ihn weggeklickt.

Das war unnötig, dachte er. Unnötig, dass ich so stur war. Jetzt hat die Polizei meinen Namen.

Aber was zum Teufel macht das?, fragte er sich anschließend. Es spielt ja wohl keine Rolle, wenn ich einen verletzten Elch in Rimmersdal melde, wo ich seit mehr als zwei Wochen keinen Fuß mehr bei Wrigmans hineingesetzt hatte. Ich lebe so oder so auf dünnem Eis, es hat gar keinen Sinn, sich da etwas vorzumachen.

Während des kurzen Gesprächs war er sowohl am ICA-Laden als auch am größten Teil des Ortes vorbeigefahren; er hatte zwar daran gedacht, hineinzugehen und sich ein wenig Obst und ein neues Kreuzworträtsel zu kaufen, aber nachdem er die Abfahrt verpasst hatte, beschloss er, dass das auch bis zum nächsten Tag warten konnte.

Der verletzte Elch blieb ihm jedoch vor seinem inneren Auge stehen, bis er auf den Rödmossevägen einbog. Der Dunst, der von dem großen Körper aufgestiegen war und der Kopf, der sich sinnlos von der einen zur anderen Seite gedreht hatte, als hätte das sterbende Tier versucht, ihm etwas zu sagen. Wollte mit einer Art Erklärung kommen über … ja, worüber?, dachte er.

Die Stimmung des Tages?

Die dem Leben innewohnende Zerbrechlichkeit? Den Weg, den wir alle gehen müssen?

Wieder einmal merkwürdige Gedanken, stellte er fest und schob sie von sich. Und unfruchtbare. Wenn sie noch da ist, dann ist es so, es gibt nichts, was ich tun könnte, um die Lage, wie immer sie sich auch verhält, zu beeinflussen.

Kann nur ein wenig hoffen, fügte er hinzu, als das Haus in sein Blickfeld kam.

Sie sah ihn von ihrer gewohnten Position am Waldrand oberhalb des Erdkellers aus kommen. Hatte beschlossen, dass sie nicht im Haus sein wollte, wenn er ankam; das war ein erst spät getroffener Beschluss, sie hatte in aller Eile ihre Sachen zusammengesucht, auch die noch nicht richtig trockene Wäsche, und alles holterdipolter in den Rucksack gesteckt. Die Gitarre in ihre Hülle geschoben – sie hatte gestern Abend ein wenig gespielt – und alles zum Schuppen hinausgetragen. Da das hohe Gras vom Regen nass war, hatte sie ihr Gepäck lieber unters Dach gestellt. Gleich hinter der Tür, es würde genügen, wenn er sie öffnete, damit er sah, dass sie noch da war.

Wenn es ihm nicht so schon klar war. Sie war unschlüssig gewesen. Wollte sie noch einen Tag im Wald verbringen? Eigentlich nicht, und sie hatte keine Lust, sich etwas zu essen zu machen. Aber das würde seine Entscheidung sein; nachdem sie ihre Sachen verstaut hatte, war sie wieder hineingegangen, hatte eine halbe Minute überlegt und dann erneut eine Nachricht geschrieben.

Sie mitten auf dem Tisch hinterlassen, wie sie es beide immer taten. Es war schon eine merkwürdige Art, wie sie miteinander kommunizierten, dachte sie, und irgendwie erschien es ihr schon wie eine alte Gewohnheit.

Er hielt genau an der gleichen Stelle wie am Montag und Dienstag. Neben dem Apfelbaum, nur wenige Meter vom Weg entfernt. Stellte den Motor ab, stieg aus und streckte sich ein wenig. Heute hatte er nichts bei sich, keine Tüten, nicht einmal die braune Tasche. Bevor er ins Haus ging, blieb er stehen und schaute sich um. Etwas unsicher, wie es schien, als versuchte er, eine Entscheidung zu treffen. Er versucht zu erraten, ob ich noch da bin oder nicht, dachte sie. Und das war natürlich auch kein Wunder. Wer immer er ist, so muss er ja denken, dass das hier total verrückt ist.

Er war genauso gekleidet wie an den bisherigen Tagen. Helle Hose, Hemd und eine dünne blaue Jacke. Er sah aus, als wäre er ziemlich… nach welchem Wort suchte sie? Harmlos? Ja, genau das, das war genau der Eindruck, den er machte. Harmlosigkeit. Ein Mensch, den man in einer Menschenmenge sicher nicht bemerken würde. Keiner, vor dem man Angst haben musste, keiner, der einem etwas Böses wollte.

Er erinnerte an Reinhold, dachte sie plötzlich, und der Gedanke machte sie gleichzeitig froh und traurig. Reinhold, das war einer der Lehrer, die sie in der Fünften gehabt hatten, ihre gewohnte Lehrerin hatte frei, um sich um ihr neugeborenes Kind zu kümmern, und Reinhold war im Januar, nach den Weihnachtsferien, aufgetaucht.

Er war so lieb gewesen. Alle mochten ihn, einige der Mädchen, vielleicht auch sie selbst, hatten sich sogar ein wenig in ihn verliebt. Trotzdem waren sie so gemein ihm gegenüber, in erster Linie die Jungs natürlich, die Mädchen hatten wie üblich meistens dabeigesessen und es geschehen lassen. Es heimlich genossen, als reichte es einfach nicht aus, nur lieb zu sein. Reinhold hatte alles für sie getan, hatte die ganze Klasse zu sich zu Kakao und Kuchen eingeladen, war mit ihnen ins Kino gegangen, hatte eine Disco organisiert, und sie hatten es ihm gedankt, indem sie ihn langsam, aber sicher kaputtmachten.

Es war einfach schrecklich gewesen, dachte Anna, und als Reinhold drei Wochen vor den Sommerferien krankgeschrieben wurde, war es zu spät gewesen, um noch etwas an der Sache zu ändern.

Und jetzt stand ein anderer Reinhold, ein Valdemar, vor seinem kleinen Haus im Wald und wartete darauf, sie kennenzulernen. Zwar viele Jahre älter, vielleicht doppelt so alt, wie Reinhold es gewesen war, aber es war etwas an seiner Haltung und seiner Art, sich umzusehen, das verriet, dass er kein Mensch war, der gern viel Aufhebens von sich machte.

Was für eine gute Psychologin ich doch bin, stellte sie kichernd fest. Brauche die Leute nicht einmal direkt zu begrüßen, um ihren Charakter einschätzen zu können.

Jetzt holte er den Schlüssel hervor. Schob ihn ins Schloss, drückte die Tür auf und ging in seine Kate.

Wait and see, dachte sie und merkte, wie sie feucht um die Knie herum wurde.

Es sah sauber und ordentlich aus. Als hätte sie Lograna verlassen, sauber gemacht und sich dankend verabschiedet.

Doch dann sah er die Nachricht auf dem Tisch.

Du bist doch nicht böse auf mich?
Ich traue mich nicht so recht, dich zu treffen, aber wenn du auf den Hof kommst und rufst, dass ich willkommen bin, vielleicht traue ich mich dann.
Freundliche Grüße
Anna

Er las es zweimal und merkte, wie er schmunzelte. Ging in die Küche und setzte Wasser auf. Wartete, bis es kochte, stellte die Platte aus, zog den Topf zur Seite.

Anschließend ging er auf den Hof. Schaute sich um, konnte aber nichts Besonderes entdecken. Plötzlich fand er sich albern, er wusste ja nicht einmal, in welche Richtung er sich wenden sollte. Er nahm an, dass sie irgendwo im Wald war, ganz in der Nähe des Hauses vermutlich, sonst wäre es ihr ja nicht möglich, ihn zu hören.

Wo sollte er sich hinstellen? In welche Richtung sollte er gucken? Er schob die Hände in die Taschen und versuchte, einigermaßen sorglos auszusehen. Als wäre das, was hier geschah, etwas, das ihm täglich und stündlich passierte. Als ob an der Situation überhaupt nichts Merkwürdiges wäre.

Er räusperte sich ein paar Mal, schaute zum Wagen, dann sagte er mit lauter Stimme:

»Willkommen in meiner Hütte, Anna. Ich habe uns Kaffee gekocht.«

Nichts geschah. Sicherheitshalber wechselte er die Position, ging zum Erdkeller und rief noch einmal, mit etwas lauterer Stimme.

»Hallo, Anna! Willkommen bei mir, ich habe Kaffee gekocht!«

Zehn Sekunden lang blieb er still stehen und wartete, dann zuckte er mit den Schultern und ging zurück ins Haus.

16

Hallo.«

»Hallo.«

Er saß am Küchentisch, sie stand in der Tür.

»Ich bin Anna.«

»Ich heiße Valdemar.«

Er stand auf, sie schüttelten einander die Hände. Er gab ihr mit einem Nicken zu verstehen, sich doch hinzusetzen, und dann saßen sie sich am Tisch gegenüber. Zwei Tassen standen dort, er hatte sich bereits eingeschenkt. Ein Teller mit weichen Pfefferkuchen und ein paar Kardamomkeksen.

»Du trinkst doch einen Kaffee?«

»Ja, gern.«

Er goss aus der Kanne ein. Ein paar Sekunden lang schwiegen sie, ohne sich richtig anzusehen.

»Entschuldige«, sagte sie dann. »Es tut mir leid, dass ich hier einfach so eingedrungen bin.«

Er schob seine Brille zurecht und schaute sie an.

»Ist nicht so schlimm.«

»Du bist nicht böse auf mich?«

Er schüttelte den Kopf. »Nein.«

»Wieso nicht?«

»Du hast doch sicher deine Gründe?«

Sie dachte einen Moment lang nach. »Ja«, sagte sie dann, »das stimmt. Ich habe meine Gründe.«

Er saß schweigend da, während sie sich Zucker und Milch

in den Kaffee tat und umrührte. »Du bist wohl auch noch nicht sehr alt?«

»Einundzwanzig.«

»Einundzwanzig?«

»Ja, seit ungefähr einem Monat.«

»Ich hätte dich auf achtzehn oder neunzehn geschätzt.«

»Ich bin ziemlich kindlich, vielleicht sieht man das.«

Eine Fliege flog heran und setzte sich auf seinen Tassenrand, er wedelte sie fort. Sie flog eine Runde, setzte sich auf ihre Hand, er betrachtete sie und räusperte sich.

»Ich habe eine Tochter in deinem Alter.«

»Ja?«

»Sie ist nicht meine richtige Tochter. Ich bin nur ihr Stiefvater.«

»Ach so.«

»Ja, so ist das.«

Er nahm einen Keks, tauchte ihn kurz in seinen Kaffee und biss ab. Sie entschied sich für einen Pfefferkuchen und kaute auf ihm herum, ohne ihn einzutauchen. Es verging eine halbe Minute.

»Du willst vielleicht wissen, warum ich hergekommen bin?«

»Ja, das kannst du mir gern erzählen.«

»Ich bin auf der Flucht.«

Jetzt beugte er sich vor und schaute sie über den Rand seiner Brille an. Sah aus wie ein Onkel im Fernsehen, der ein Märchen erzählen will, fand sie. Nur dass sie die Schminke vergessen hatten.

»Auf der Flucht?«

»Ja. Sozusagen. Ich war in einem Heim, aber ich konnte dort nicht länger bleiben.«

»Aber jedenfalls nicht auf der Flucht aus dem Gefängnis?«, fragte er und lachte ein wenig nervös.

»Nein«, sagte sie. »Ich bin keine Verbrecherin.«

»Gut«, sagte er. »Ich bin froh, dass du keine Verbrecherin bist.«

Sie lächelte vorsichtig. »Und ich bin froh, dass du nicht böse auf mich bist. Ich weiß nur nicht, wohin ich gehen soll, und deshalb bin ich hierhergekommen.«

»Wann bist du hergekommen?«

»Am Samstag. Samstagvormittag. Eigentlich wollte ich nur ein paar Stunden schlafen, ich war todmüde.«

»Und dann bist du aber geblieben?«

»Ja. Ich habe es irgendwie …«

»Ja?«

»Ich habe es irgendwie nicht geschafft weiterzumachen.«

Er überlegte.

»Was? Was willst du weitermachen?«

»Ich weiß es nicht.«

»Du weißt es nicht?«

»Nein.«

»Hast du kein Zuhause? Ich meine …?«

Sie schüttelte den Kopf. »Im Augenblick nicht. Ich hatte eine Wohnung, bevor ich in dieses Heim gekommen bin.«

»Und deine Eltern? Deine Mutter und dein Vater?«

Neues Kopfschütteln. Sie rührte eine Weile mit dem Löffel ihren Kaffee um. Hielt den Blick auf die Tasse gesenkt.

»Dieses Heim. Was für eine Art Heim war das?«

»Für Junkies. Ich bin drogensüchtig.«

Er sah sie verwundert an. »Unmöglich. Du bist doch erst … ich meine, du bist doch noch so jung.«

»Ja, so alt bin ich noch nicht.« Sie trank einen Schluck Kaffee und schob eine Haarsträhne hinters Ohr. »Ich habe früh angefangen, so war das.«

»Womit hast du angefangen?«

»Bier und Hasch.«

»Bier und Hasch.« Das war keine Frage, nur eine Feststellung. »Aha.«

»Ja, das waren eigentlich die ganze Zeit meine Drogen. Und in den letzten Jahren hatte ich mein Leben nicht so recht im Griff.«

Er lehnte sich auf seinem Stuhl zurück und betrachtete sie blinzelnd. Wieder über den Rand seiner Brille.

Sie drehte den Kopf und schaute aus dem Fenster. Ein Vogel setzte sich draußen aufs Blech. Plötzlich wusste sie nicht, was sie sagen sollte.

»Es tut mir leid…«

»Braucht es nicht. Es gibt viel, was ich nicht verstehe. Aber auf jeden Fall glaube ich nicht, dass du ein schlechter Mensch bist.«

»Danke. Und du… wie bist du selbst?«

Er lachte auf. »Ich? Ich bin nur ein alter Kerl. Ich bin langweilig wie ein Felsen und mache keinen Menschen froh.«

»Aber auf jeden Fall scheinst du nett zu sein.«

»Nett?«

»Ja.«

»Verdammt, ich bin bestimmt nicht nett. Wie kommst du denn darauf?«

»Schließlich hast du erlaubt, dass ich hier bleibe. Andere hätten mich rausgeschmissen oder die Polizei gerufen.«

»Ich *habe* die Polizei gerufen.«

Sie verstummte und sah ihn verwundert an. Er verzog kurz den Mund, wurde dann aber wieder ernst.

»Aber nicht in dieser Angelegenheit. Ich habe tatsächlich heute Morgen die Polizei angerufen, weil ein Elch verletzt am Straßenrand lag.«

»Ein Elch?«

»Ja, er ist angefahren worden. Das hat nichts mit dir zu tun, ich habe nur Spaß gemacht.«

»Ach so. War er schwer verletzt?«

»Ich denke schon. Es sah übel aus.«

»Was werden sie mit ihm machen?«

»Mit dem Elch?«

»Ja.«

»Ich weiß es nicht. Ich denke, dass sie ihn töten müssen. Oder dass sie es bereits getan haben.«

»Wie schade.«

»Ja, ich finde das auch schade.« Er kratzte sich im Nacken und dachte nach. »Er hat den Kopf hin und her geworfen und ganz verwirrt ausgesehen. Als würde er nicht verstehen, was passiert ist… Was das Ganze natürlich nicht besser machte. Die sind sicher nicht dafür konstruiert, einen Zusammenstoß mit einem Auto zu überstehen.«

»Das glaube ich auch nicht.«

»Elche und Autos sollte es nicht auf dem gleichen Kontinent geben.«

»Das stimmt. Darüber habe ich noch nie nachgedacht.«

Sie tranken beide einen Schluck Kaffee. Dann stand er auf und ging ins Zimmer. Kam mit Pfeife und Tabak zurück. Sie schlug sich für einen Moment die Hand vor den Mund.

»Davon habe ich mir auch was geliehen.«

»Davon? Vom Tabak und der Pfeife?«

»Ja, entschuldige, aber ich musste unbedingt rauchen, und ich habe keine Zigaretten mehr.«

»Das macht nichts. Nur ein Glück für dich, dass ich gestern angefangen habe zu rauchen.«

»Was? Du hast gestern angefangen zu rauchen?«

»Ja.«

»Wieso? Ich habe angefangen zu rauchen, als ich vierzehn war. Du musst… nun ja, jedenfalls ein kleines bisschen älter sein.«

Er lachte. »Neunundfünfzig. Nun ja, es ist wohl nie zu spät, um mit etwas Neuem anzufangen, oder?«

Sie lachte auch. »Weißt du, es macht mir Spaß, mich mit dir zu unterhalten. Du wirkst so… ja, irgendwie so freundlich.«

»Nun ja, so richtig eklig bin ich auch nicht.«

Er mühte sich mit Pfeife und Tabak ab.

»Soll ich sie für dich anzünden?«

»Keine schlechte Idee. Ich bin noch kein richtiger Profi damit.«

Er reichte ihr die Rauchutensilien. Sie stopfte den Tabak und drückte ihn mit dem Zeigefinger fest. Er betrachtete ihr Treiben und nickte, als würde er etwas lernen. Sie zündete an, nahm ein paar Züge und reichte ihm die Pfeife.

»Friedenspfeife«, sagte sie. »Aber vielleicht sollten wir lieber rausgehen, damit es hier drinnen nicht nach Rauch riecht?«

Sie gingen auf den Vorhof. Standen eine Weile an der Pumpe und rauchten gemeinsam. Ließen die Pfeife hin und her wandern. Die Sonne war verschwunden, und dunkle Wolken kündeten an, dass noch weitere Regenschauer zu erwarten waren. Ein paar Elstern flatterten um den Erdkeller herum.

»Ich finde, du hast ein schönes Haus hier«, sagte sie. »Kommst du jeden Tag hierher?«

Er nickte. »Mehr oder weniger.«

»Aber du schläfst nie hier?«

»Nein.«

Sie dachte eine Weile nach.

»Warum nicht? Ich meine, es geht mich ja nichts an, aber …«

»Ich habe es noch nicht so lange«, erklärte er. »Genauer gesagt erst seit ein paar Wochen. Nein, ich fahre meistens tagsüber hierher.«

»Ja?«

»Ja.«

»Was … arbeitest du eigentlich auch?«

Er überlegte einen Moment, bevor er antwortete.

»Nein, ich habe aufgehört zu arbeiten.«

Sie nahm einen etwas zu starken Zug und fing an zu husten.

»Oje, der ist vielleicht stark, dieser Tabak.«

»Ich dachte, du wärst das gewohnt?«

»Nur bei Zigaretten. Und Haschisch natürlich, aber damit ist jetzt Schluss.«

»Warst du deshalb in diesem Heim?«

»Ja. Aber dass ich weggelaufen bin, das heißt nicht, dass ich wieder anfangen will. Das ist nur, weil… weil ich dort nicht mehr sein konnte.«

Er drückte ein paar Mal den Pumpenschwengel, machte eine hohle Hand und trank ein wenig Wasser.

»Und deine Eltern… wissen deine Mutter und dein Vater, wo du bist?«

Sie schüttelte den Kopf. »Nein, es gibt niemanden, der weiß, wo ich bin.«

Er wischte sich das Wasser vom Mund und sah sie etwas verblüfft an. »Niemand?«, fragte er.

Sie zuckte die Schultern. »Nein, ich bin am Samstag abgehauen. Und seitdem bin ich hier, und ich habe kein Handy.«

»Glaubst du, dass sie nach dir suchen?«

Sie überlegte. »Ich kann es wirklich nicht sagen. Nein, ich glaube nicht.«

Er schob die Hände in die Hosentaschen und schaute zum Himmel. »Fängt bestimmt bald an zu regnen. Wollen wir noch einen Kaffee trinken?«

Sie gingen zusammen in die Küche und setzten sich an den Tisch. Er schenkte aus der Kanne ein. »Soll ich dir was sagen?«, fragte er.

»Ja?«

»Es gibt auch niemanden, der weiß, wo ich bin.«

»Was?«

»Es gibt niemanden, der weiß, wo ich bin.«

»Du machst Scherze.«

»Nein. Es stimmt.«

Sie biss sich auf den Zeigefinger und betrachtete ihn plötzlich mit einer gewissen Unruhe im Blick.

»Keine Sorge«, sagte er. »Es mag komisch klingen, aber Lograna ist sozusagen mein Geheimnis.«

»Lograna?«

Er breitete die Arme aus. »Dieser Platz hier heißt so. Lograna. Ich habe ihn vor drei Wochen gekauft, und ich habe es keinem Menschen erzählt.«

»Vor drei Wochen?«

»Ja.«

»Bist du nicht verheiratet?«

»Doch. Frau und zwei Kinder. Und einen Sohn von früher… er ist fast vierzig inzwischen, wir haben nicht so viel Kontakt.«

»Und deine Frau weiß nicht, dass du das Haus hier hast?«

»Nein.«

»Ich … ich verstehe nicht so richtig.«

Er lehnte sich zurück und verschränkte die Hände über dem Bauch. »Nein, es mag wohl etwas merkwürdig klingen, aber so ist es nun einmal.«

»Ja, so ist es nun einmal«, wiederholte er nach einer kurzen Weile.

Sie runzelte die Stirn und dachte nach. Keiner von beiden sagte etwas. Es verging eine halbe Minute.

»Warum willst du es niemandem erzählen?«, fragte sie schließlich. »Ich meine, ich hätte es vielleicht genauso getan, aber ich frage mich… nein, es geht mich ja überhaupt nichts an.«

Er schien dazusitzen und nach einer Antwort zu suchen. Die Fliege kehrte zurück und ließ sich mitten auf dem Tisch nieder, sie betrachteten sie beide eine Zeitlang, ihre Blicke begegneten sich nicht. Als wären sie an eine Wegkreuzung gelangt und plötzlich gezwungen, sich für eine Richtung zu entscheiden.

»Weißt du«, sagte er, nachdem er zunächst die Fliege weggewedelt hatte, »ich finde es richtig gut, dass du hergekommen bist und für eine Weile in meiner Hütte wohnst. Richtig gut.«

Plötzlich war sie den Tränen nahe. »Danke. Aber das ist

doch nicht ganz gescheit. Ich meine, ich habe Essen und alles Mögliche von dir genommen. Ich will es ja bezahlen, wenn ich nur…«

Er schüttelte den Kopf. »Kommt gar nicht in Frage. Wenn man in Not ist, ist das halt so, und du hast ja keinen Schaden angerichtet.«

»Dankeschön.«

»Was hast du mit deinen Sachen gemacht?«

»Ich habe sie in den Schuppen gestellt.«

»Warum denn?«

»Ich dachte… nein, ich weiß es nicht.«

Wieder schwiegen sie, und dann konnten sie plötzlich hören, wie der Regen losprasselte. Aufs Dach, auf die Fensterbank, auf das Laub des Apfelbaums, es waren drei verschiedene Stimmen, alle kamen vom Himmel, und was sie sagen wollten, das war nicht so leicht zu deuten.

Er stand auf. »Ich glaube, wir sollten ein Feuer anmachen«, sagte er, »oder was meinst du?«

»Ja«, stimmte sie zu. »Das ist vielleicht gar nicht schlecht.«

17

Der Regen hielt den ganzen Vormittag über an. Schwere Schauer, die von dünneren, dahintreibenden feuchten Schleiern abgelöst wurden, aber so richtig hörte er nie auf. Sie holte ihren Rucksack und ihre Gitarre. Hängte ihre feuchte Wäsche wieder über die Stuhlrücken, fragte vorher, ob das in Ordnung sei, und er sagte, dass es das sei.

Dann lag er im Bett und löste ein Kreuzworträtsel, sie saß am Tisch und las. Sie redeten miteinander, aber nicht viel. Vereinzelte Dialoge mit langen Zwischenräumen und Schweigen. Sie merkte, dass ihr das als die natürlichste Sache der Welt erschien.

»Woher kommst du?«

»Aus Örebro. Meine Mutter ist aus Polen.«

»Aus Polen? Da bin ich nie gewesen.«

»Ich bin in Schweden geboren, aber ich kann auch polnisch reden.«

»Mhm.«

Eine Weile später:

»Es gibt viele, die heutzutage den Drogen verfallen.«

»Ja.«

»Das ist nicht leicht.«

»Nein.«

»Etwas, worüber man nicht lacht? Fünf Buchstaben. Was könnte das sein?«

»Sorge vielleicht?«

»Da magst du Recht haben.«

»Oder Krieg.«

Vereinzelte Fragen, vereinzelte Antworten. Ziemlich gleichmäßig verteilt, es war nicht nur er, der sich über sie wunderte.

»Was hast du gearbeitet, als du noch gearbeitet hast?«

»Betriebswirtschaft. Ich habe die Buchhaltung für einen kleinen Betrieb außerhalb von Kymlinge gemacht.«

»War das ein guter Job?«

»Nein.«

»Und deshalb hast du aufgehört?«

»Ja. Macht deine Mutter sich keine Sorgen deinetwegen?«

Sie erzählte von ihrer Mutter. Dass sie momentan in Warschau war, um nach ihrer kranken Mutter zu schauen.

»Deine Großmutter?«

»Ja.«

»Dann ist also nicht anzunehmen, dass sie weiß, dass du weggelaufen bist?«

»Nein.«

»Und dein Vater, den siehst du nie?«

»Fast nie.«

»Ja, ja, so ist das.«

»Ja.«

Gegen halb eins aßen sie zu Mittag. Tütensuppe und Butterbrote und jeder eine Karotte.

»Ich bin nicht so begeistert vom Kochen«, sagte er. »Das hat sich irgendwie nie ergeben.«

»Ich auch nicht«, sagte sie. »Ich fürchte, ich esse meistens Brote.«

»Genau wie ich«, sagte er. »Aber das ist nicht das Schlechteste.«

»Nein«, stimmte sie zu, »Brote sind nicht das Schlechteste.«

Sie wusch ab, er kehrte zurück zu Bett und Kreuzworträtsel; als sie aus der Küche kam, sah sie, dass er eingeschlafen war. Eine plötzliche Unschlüssigkeit überfiel sie, als sie sich wieder an den Tisch setzte. Was mache ich hier?, dachte sie. Ich sitze in einem Zimmer in einem Haus mitten im Wald. Im selben Raum liegt ein Mann, der älter ist als mein Vater. Er heißt Valdemar, ich habe ihn heute zum ersten Mal getroffen. Er schnarcht ein wenig.

Sie holte ihren Collegeblock heraus und schrieb das auf. Wie sie es gedacht hatte, einen Satz nach dem anderen, genau, wie es war. *Ich sitze in einem Zimmer…* Sie wusste nicht genau, warum sie das tat, vielleicht dachte sie, dass es irgendwann ein Songtext werden konnte, vielleicht gab es auch andere Gründe. Nach einer Weile fiel ihr etwas ein, was ihr Onkel Julek einmal erklärt hatte.

Es gibt viele Fragen im Leben, Anna, hatte er gesagt; es musste zu Weihnachten oder zu Ostern gewesen sein, die ganze Familie war versammelt gewesen. Piroggen, Bigos, Brotbrechen und die ganze Chose, aber er hatte sich mit ihr zurückgezogen, wie er es gerne tat, wenn er die anderen Erwachsenen und ihr politisches Palaver müde war.

Viele Fragen, aber nur drei wichtige.

Wo bist du gewesen?

Wo bist du?

Wohin bist du auf dem Weg?

Wenn du auf diese drei Fragen antworten kannst, dann hast du dein Leben im Griff, Anna, hatte er gesagt. Hatte sein dröhnendes Lachen gelacht und ihr mit einem Zeigefinger auf die Stirn geklopft, damit das in ihrem Schädel haften bliebe.

Es ging um mehr als nur die Positionsbestimmung, das war ihr klar gewesen. Es ging auch darum zu fragen: warum. Das an erster Stelle.

Warum hast du in Abhängigkeit gelebt, Anna?

Warum sitzt du gerade jetzt in diesem Haus?

Warum entscheidest du dich ausgerechnet für den Punkt, auf den du zugehen willst?

Die beiden ersten Fragen kann ich nicht beantworten, dachte sie. Und die dritte – noch schlimmer.

Vielleicht war sie ja ohne irgendein Ziel, auf dem Weg nach nirgends? Dann hätte es wohl einen Sinn, dass sie bis auf weiteres hierblieb. Oder?

Wenn man nicht weiß, wohin man gehen soll, ist es das Beste, stehen zu bleiben. Das klang doch logisch.

Sie betrachtete Valdemar hinten in der Bettecke einige Zeit. Er hatte sich die Schuhe ausgezogen, und sie sah, dass er in einem Strumpf ein Loch hatte. Er hatte die Hände auf dem Bauch liegen, und sein leises Schnarchen klang in gewisser Weise beruhigend. Passte zu dem sanften Trommeln des Regens auf dem Fensterblech und den Dachpfannen; sie fragte sich, ob er erwartete, dass sie jetzt gehen würde, nachdem sie sich endlich gesehen hatten. Sie wusste es nicht, und er hatte nichts in dieser Richtung gesagt. Sie wollte ihn fragen, wenn er aufwachte, vielleicht konnte sie noch eine Nacht bleiben, wenn der Regen nicht aufhörte. Oder vielleicht konnte er sie nach Kymlinge mitnehmen, dass sie von dort weitertrampen konnte.

Göteborg? Es war diese vage Idee, die sie am Samstagmorgen gehabt hatte. Heute, fünf Tage später, erschien sie ihr in keiner Weise mehr verlockend. Was hatte sie in Göteborg zu schaffen?

Wenn ich zumindest Lust hätte, von hier wegzugehen, dachte sie. Wenn es zumindest einen winzigen Antrieb dazu in mir gäbe.

Aber das Einzige, wozu sie Lust hatte – wenn sie ehrlich war – war, sich unter einer Decke zusammenzukauern und eine Runde zu schlafen, genau wie er.

Aber die waren ja besetzt, Bett und Decke. Ja, ich werde ihn darum bitten, dass ich bis morgen bleiben kann, beschloss sie noch einmal. Werde ihn auf jeden Fall fragen, es kann ja nichts Schlimmeres passieren, als dass er nein sagt.

Und ich werde ihn fragen, ob er Lust hat, noch eine Friedenspfeife mit mir zu rauchen.

Er wachte auf, ohne sich dessen so recht bewusst zu sein. Er hatte geträumt, er säße hinter seinem üblichen Schreibtisch bei Wrigmans, und als er die Augen aufschlug, konnte er das Zimmer nicht identifizieren, in dem er sich befand. Da saß ein Mädchen an einem Tisch und las in einem Buch, sie war klein und schmächtig, hatte dickes, rotbraunes Haar, sie kaute auf einem Fingerknöchel und sah sehr konzentriert aus.

Wo bin ich?, fragte sich Ante Valdemar Roos. Was ist passiert? Bin ich tot, oder liege ich vielleicht im Krankenhaus?

Oder träume ich immer noch?

Es dauerte nur ein paar Sekunden, dann hatte er die Lage wieder unter Kontrolle, doch diese Sekunden erschienen ihm sehr lang. Er lag still und sah sie eine Weile an.

Genauso alt wie Signe also. Das war merkwürdig, sie schienen so verschieden zu sein, dass man denken konnte, sie kämen von verschiedenen Planeten. Woran mochte das liegen? Dieses Mädchen erschien ihm viel älter. Älter, als sie eigentlich war. Gleichzeitig, wenn man nur einen schnellen Blick auf sie warf, sah sie fast jünger aus. Es steckt eine besondere Art von Erfahrung in ihr, dachte er. Im Guten wie im Schlechten, sie hat natürlich schon so einiges mitgemacht.

Und sie las und schrieb. Das tat Signe nie; um Wilma stand es in dieser Beziehung etwas besser, sie hatte sich zumindest durch Harry Potter gearbeitet.

Ich weiß nicht, was ich ihr sagen soll, dachte er plötzlich. Ich frage mich, ob sie plant, heute wegzugehen, in dem Fall würde ich ihr gern anbieten, dass sie noch ein paar Tage hierbleiben kann.

Wird sie das falsch auffassen? Glaubt sie, dass ich etwas von ihr will, wenn ich sie hier wohnen lasse? Ja, was ist es… was ist es eigentlich, was ich will?

Der Gedanke machte ihn traurig.

Aber aus so einem Heim einfach so ohne jeden Plan wegzulaufen? Warum hatte sie das getan? Und wurde sie tatsächlich nicht gesucht? Beging er womöglich eine kriminelle Handlung, wenn er ihr hier Unterschlupf gewährte?

»Anna«, sagte er.

Sie zuckte zusammen und sah ihn an. »Bist du aufgewacht?«

»Ja.«

»Gut geschlafen?«

»Ja. Ich nehme an, dass ich auch geschnarcht habe.«

»Nur ein bisschen.«

»Du, Anna, darf ich dich etwas fragen?«

»Ja, natürlich.«

»Warum bist du aus diesem Heim weggelaufen?«

Sie zögerte einen Moment, kaute auf dem Stift, den sie in der Hand hielt.

»Ich wäre dort nicht gesund geworden.«

»Nein?«

»Nein.«

»Warum nicht?«

»Man durfte dort nicht man selbst sein, alle sollten gleich sein, und die Leiterin mochte mich nicht.«

»Aber du hast doch nichts Kriminelles gemacht, Anna?«

Sie schüttelte den Kopf. »Nichts, außer dass ich Drogen konsumiert habe. Und auch ein bisschen gedealt habe, aber damit ist jetzt Schluss. Die Polizei ist nicht hinter mir her, wenn du das meinst.«

Er setzte sich auf der Bettkante auf. Setzte seine Brille auf, die er vorher auf die Fensterbank gelegt hatte.

»Gut«, sagte er. »Entschuldige, dass ich gefragt habe.«

»Danke, dass du dich entschuldigst«, erwiderte sie.

Er streckte die Arme über den Kopf, gähnte und reckte sich. »Es ist irgendwie merkwürdig«, sagte er.

»Dass du und ich hier sitzen?«, fragte sie.

»Ja. Findest du nicht?«

»Doch, das finde ich auch.«

»Worüber können wir denn überhaupt reden, solche wie du und ich?«

»Ich weiß nicht so recht«, zögerte sie. »Hast du irgendwelche Hobbys?«

Er überlegte. »Ich gucke mir gern Sport im Fernsehen an«, sagte er. »Aber ansonsten ist da nicht viel. Und was magst du?«

Sie fuhr sich mit den Fingern durchs Haar und überlegte.

»Lesen«, sagte sie.

Er nickte. »Ich lese auch gern.«

»Gitarre spielen«, sagte sie. »Singen.«

»Kannst du nicht etwas für mich spielen?«

»Willst du das wirklich?«

»Natürlich will ich das.«

»Ich bin aber nicht besonders gut.«

»Das musst du auch nicht sein. Schreibst du deine Songs selbst?«

»Ich versuche es. Aber ich kann auch ein paar richtige.«

»Richtige?«

»Na, solche, die ich nicht selbst geschrieben habe.«

Er stand auf und legte ein paar Holzscheite ins Feuer. »Wenn du etwas singst, wollen wir dann hinterher einen Nachmittagskaffee trinken?«

»Und eine Friedenspfeife rauchen?«

»Und eine Friedenspfeife rauchen.«

Sie holte die Gitarre heraus und stimmte sie. »Ich glaube, ich spiele zuerst einen richtigen Song. Wie alt bist du, hast du gesagt?«

»Was spielt das für eine Rolle?«

Sie lachte kurz auf. »Ich habe nur überlegt, dass du den vielleicht kennst. Der ist aus den Sechzigern. As tears go by.«

»As tears go by? Ja, an den erinnere ich mich. Ist das nicht ein alter Stones-Song?«

»Ich denke schon. Okay, dann versuche ich es.«

Und dann sang sie *As tears go by*. Er merkte sofort, dass er den Text kannte, zumindest den Anfang.

It is the evening of the day
I sit and watch the children play
Smiling faces I can see
But not for me
I sit and watch as tears go by

Sie hatte eine schöne Stimme. Rau und dunkel – dunkler, als wenn sie sprach. Wenn er sie nur gehört und nicht gleichzeitig auch gesehen hätte, dann hätte er angenommen, das die Stimme zu einer Frau gehörte, die mindestens doppelt so alt war wie jene, die ihm gegenüber saß und mit konzentrierter Miene zwischen den verschiedenen Akkordgriffen auf dem Gitarrenhals wechselte – und bevor er sich's recht versah, stiegen ihm die Tränen in die Augen. Sie sah es, hörte aber nicht auf zu singen. Lächelte ihn nur an, und er dachte, dass es überhaupt nicht schrecklich wäre, wenn er jetzt, genau in diesem Moment, sterben würde. Ja, genau dieser Gedanke war es, der in Ante Valdemar Roos' Kopf auftauchte, und er tat nichts, um ihn abzuschwächen. Oder über ihn zu lachen und ihn mit dem Taschentuch der Vernunft wegzuschnäuzen. Wie man es meistens tat, wenn sich so etwas aufdrängte.

Als sie fertig gesungen hatte, saßen sie eine Weile schweigend da und schauten ins Feuer.

»Danke, Anna«, sagte er dann. »Das war das Schönste, was ich seit langem gehört habe, wirklich seit langem.«

»Es passt zu meiner Stimme«, sagte sie. »Die ist Alt, sogar ein tiefer Alt.«

Er nickte. »Wollen wir einen Kaffee trinken?«

»Und eine Friedenspfeife rauchen?«

»Und eine Friedenspfeife rauchen!«

Als er auf dem Heimweg an Rimmersdal vorbeikam, sah er, dass sie den Elch weggeschafft hatten. Es gab natürlich eine geringe Chance, dass er sich berappelt und aus eigener Kraft aus dem Graben erhoben hatte, aber das konnte er nur schwer glauben.

Es war ein sonderbarer Tag gewesen. Als er auf seinem üblichen Platz auf dem Hof der Liljebageriet anhielt, war ihm klar, dass es ihm schwer fallen würde, Alice und den Mädchen gegenüberzutreten. Er hatte das Gefühl, als würden sie momentan nicht in seine Welt gehören – oder er nicht in ihre, das war vermutlich die korrektere Beschreibung –, und er hoffte, dass die Wohnung leer wäre. In dem Fall konnte er sich im Badezimmer einschließen, das Licht löschen, sich in das heiße, schön heiße Wasser legen und über das Leben nachdenken. Das erschien ihm als das Einzige einigermaßen Sinnvolle, dem er sich in den folgenden Stunden würde widmen können.

Aber die Wohnung war nicht leer. In der Küche saßen sowohl Alice als auch Signe – und ein fremder junger Mann mit langem dunklem Haar und tief ausgeschnittenem gelbem Hemd.

»Valdemar, das ist Birger«, sagte Alice. »Signes fester Freund.«

Valdemar fand nicht, dass Birger Butt – denn so hieß er doch, oder? – wie ein fester Freund oder gar ein Verlobter aussah. Eher wie jemand, der versucht, die Maske aufrechtzuhalten, nachdem er soeben auf dem letzten Platz beim Eurovision Song Contest gelandet ist, dachte Valdemar. Oder wie immer das inzwischen hieß. Signe hatte eine Hand auf einem seiner Schenkel platziert, wahrscheinlich als Zeichen, dass er nicht aufstehen musste, als Valdemar ihm die Hand hinstreckte. Seine Hose war ebenso rot wie sein Hemd gelb.

»Nett, die Bekanntschaft zu machen«, sagte Valdemar.

»Öh, guten Tag«, sagte Birger Butt.

»Er bleibt zum Essen«, sagte Alice.

Er kann meinen Platz haben, dachte Valdemar. »Ich verstehe«, sagte er. »Und – seid ihr jetzt verlobt?«

»Valdemar«, sagte Alice.

»Komm, Birger, wir gehen in mein Zimmer«, sagte Signe.

Sie verließen die Küche.

»Idiot«, sagte Alice zu Valdemar.

»Ich dachte, fester Freund bedeutet, dass man verlobt ist«, sagte Valdemar.

»Ich begreife dich nicht«, sagte Alice. »Findest du nicht, dass er niedlich ist?«

»Nein«, erwiderte Valdemar. »Aber er passt sicher gut zu Signe.«

»Was soll das bedeuten?«, fragte Alice.

»Das soll bedeuten, dass sie gut zusammenpassen«, erklärte Valdemar.

»Lass uns lieber später drüber reden«, entschied Alice, »jetzt musst du mir helfen, das Essen zuzubereiten. Ich möchte, dass du einen guten Eindruck machst, seinem Vater gehört eine aufstrebende Firma.«

»Ausgezeichnet«, sagte Valdemar. »Und womit haben die zu tun?«

»Ich glaube, sie vertreiben alles, was ein Imbiss so braucht«, sagte Alice. »Gurken, Mayonnaise, Krabbensalat und so. Im ganzen Land übrigens.«

»Interessant«, sagte Valdemar.

»Ja, ist es nicht schön, dass sie endlich einen gefunden hat.«

»Es wurde aber auch Zeit«, sagte Valdemar.

18

Der Donnerstag war dem Mittwoch ziemlich ähnlich. Als sie gegen halb acht Uhr morgens draußen war, um zu pinkeln, war es zwar trocken, aber das Gras war nass, und nur kurze Zeit später setzte der Regen wieder ein.

Und hielt mehr oder weniger den ganzen Tag über an. Valdemar kam zur gleichen Zeit wie immer, sie packten gemeinsam die Tüten aus dem Wagen und beeilten sich, sie in die Küche zu bringen. Er hatte für reichlich Proviant gesorgt – neben drei Plastiktüten mit Lebensmitteln hatte er außerdem eine Säge, eine Axt, eine Tüte Torfstreu für das Plumpsklo, ein Paar Gummistiefel, Wollsocken und die eine oder andere nette Kleinigkeit dabei.

Einen großen Topf mit Wandfarbe beispielsweise. Pinsel, Rollen und einen Eimer.

»Ich dachte, ich könnte die Wände hier drinnen streichen«, erklärte er. »Damit es nicht so dunkel ist.«

»Lass mich das machen«, schlug sie sofort vor. »Als … ja, als Dank dafür, dass ich hier sein darf.«

»Du willst doch wohl nicht …?«, setzte er an, aber sie unterbrach ihn.

»Warum nicht? Ich bin gut im Streichen. Das habe ich daheim bei meiner Mutter und in meiner eigenen Wohnung auch gemacht.«

»Hm«, sagte er und betrachtete sie über den Rand seiner Brille.

»Außerdem bin ich deiner Meinung«, sagte sie. »Es wird hier drinnen viel frischer aussehen, wenn es weiß gestrichen ist.«

»Nun ja«, sagte er. »Ich weiß nicht so recht…«

»Aber ich möchte etwas für dich tun. Bitte, ja?«

Er zuckte mit den Schultern. »Ja, verdammt, so scharf bin ich nun auch nicht aufs Streichen, dass ich darum betteln würde, es zu tun. Und du würdest es bestimmt übers Wochenende schaffen.«

»Dann kommst du nicht hierher?«

»Nein.«

»Warum nicht?«

»Ich habe noch einiges andere, um das ich mich kümmern muss.«

»Ich verstehe.«

»Dies und das. Wie gesagt.«

»Ja, gut. Ja, ich kann Samstag und Sonntag streichen. Wenn du mir erlaubst, dass ich so lange bleibe.«

»Na, das muss ich dir ja wohl erlauben.«

Er verzog einen Mundwinkel, während er es sagte, und sie dachte, wie schade es doch sei, dass er nicht ihr Vater war. Es war ein Gedanke, der ohne Vorwarnung auftauchte, und sie war gezwungen, auch etwas zu lachen.

Dann packten sie alles in den Kühlschrank und die Schränke und tranken ihren Vormittagskaffee.

»Darf ich dich etwas fragen?«

»Aber natürlich.«

»Etwas, das mir gestern Abend durch den Kopf gegangen ist, nachdem du von hier weggefahren bist. Du brauchst auch nicht zu antworten, wenn du nicht willst.«

»Das ist wohl ein Recht, das man immer hat.«

»Was?«

»Nur zu antworten, wenn man will.«

Sie überlegte. »Ja, da hast du natürlich Recht. Also, was ich mich gefragt habe, ist, ob du jeden Tag hier nach Lograna fährst?«

»Ja, das tue ich. Die Woche über, wie gesagt.«

»Und deine Frau weiß nichts davon?«

»Nein.«

»Wie heißt sie eigentlich?«

»Alice. Sie heißt Alice.«

»Aber was glaubt Alice denn, wohin du jeden Morgen fährst?«

Er faltete die Hände, stellte die Ellbogen auf den Tisch und stützte das Kinn auf die Knöchel. Schien nach den richtigen Worten zu suchen. Es vergingen ein paar Sekunden, dann seufzte er, als hätte er keine Lust, weiterzusuchen.

»Na, zur Arbeit natürlich.«

»Zur Arbeit?«

»Ja.«

»Aber du hast doch aufgehört zu arbeiten.«

»Das habe ich ihr nicht erzählt.«

Sie betrachtete ihn verblüfft. »Jetzt komme ich nicht mehr ganz mit.«

»Nein«, sagte er und lehnte sich zurück. »Das ist mir klar, dass du das nicht verstehst. Aber es war ja auch nicht geplant, dass ich dich treffe und dir alles Mögliche erklären muss.«

»Nein, natürlich nicht.«

Er nahm seine Brille ab und seufzte wieder. »Das Leben ist nicht immer so verdammt lustig, das solltest du doch wissen, oder?«

»Ja«, nickte sie, »natürlich weiß ich das.«

»Manchmal ist es schwer zu ertragen.«

»Mhm?«

»Na, so ist es wohl einfach gewesen. Ich habe es nicht mehr ertragen, und dann habe ich aufgehört zu arbeiten und mir das hier angeschafft.«

»Warum hast du es nicht mehr ausgehalten?«

Er dachte erneut nach. Verschränkte die Hände zur Abwechslung im Nacken und schaute zur Decke.

»Ich weiß es nicht. Es ist halt so gekommen.«

»Es ist so gekommen?«

»Ja. Ich bin der ganzen Sache bisher noch nicht so richtig auf den Grund gegangen.«

»Mhm.«

»Aber es ist mir eigentlich auch scheißegal«, fuhr er fort. »Wenn man so alt ist wie ich, dann muss man einiges einfach akzeptieren, ohne weiter darüber nachzugrübeln. Dass man ist, wie man ist, beispielsweise.«

Sie zog verwundert die Augenbrauen hoch. Dann lachte sie.

»Weißt du, Valdemar, ich bin froh, dass ich dich getroffen habe. Verdammt froh, du bist so…«

»Ja?«

»Erfrischend, glaube ich.«

»Erfrischend?«

»Ja.«

»Du bist ja nicht ganz gescheit, Anna.« Aber auch er verzog seine Mundwinkel. »Wenn du findest, dass ich erfrischend bin, dann tust du mir leid. Ich bin ungefähr genauso erfrischend wie eine Müllhalde. Und jetzt werde ich mich ein bisschen hinlegen und Kreuzworträtsel lösen. Es ist heute zu nass, um im Wald herumzulaufen, oder was meinst du?«

Sie schaute aus dem Fenster. »Ja«, sagte sie. »Da hast du Recht. Aber ich habe überlegt, ob ich dich noch um eine Sache bitten könnte… aber du darfst nicht böse werden.«

»Böse? Warum sollte ich böse werden? Nun?«

»Du hast doch ein Handy, oder?«

Valdemar klopfte mit der Hand auf seine Brusttasche.

»Ja, es liegt hier und schläft.«

»Ich habe überlegt, ob du es mir vielleicht kurz leihen könntest, damit ich meine Mutter anrufe. Ich rufe nur schnell an, dann ruft sie zurück. Das kostet dich fast gar nichts.«

Valdemar nickte und gab ihr das Handy. »Setz dich in die Küche, da kannst du reden. Ich lege mich für eine Weile hin, wie schon gesagt.«

Er ging ins Zimmer und zog die Tür hinter sich zu.

»Anna, ist was passiert?«

»Kannst du mich unter dieser Nummer zurückrufen?«

Sie drückte sie weg und wartete. Es dauerte fast fünf Minuten, bis das Klingelzeichen kam.

Warum?, dachte Anna. Warum kann sie nie gleich zurückrufen? Immer gibt es etwas, das wichtiger ist.

»Anna, ist was passiert?«

Die gleiche Eröffnung, Wort für Wort.

»Ja«, sagte Anna. »Das ist es.«

»Ich bin immer noch bei Oma in Warschau, weißt du. Es ist teuer, von hier aus anzurufen.«

»Ich weiß. Ich wollte dir auch nur sagen, dass ich nicht mehr im Elvaforsheim bin.«

»Du bist nicht mehr dort? Mein Gott, Anna, warum denn?«

»Dann haben sie dich also nicht angerufen, dich nicht informiert?«

»Nein. Aber warum bist du …?«

»Ich bin abgehauen. Das war ein Scheißort, aber du brauchst dir keine Sorgen zu machen. Mir geht es gut.«

»Wo bist du denn jetzt?«

Sie musste eine Weile nach dem Namen suchen. »Ich bin an einem Ort, der heißt Lograna.«

»Lograna? Was ist das?«

»Das ist ein Haus mitten im Wald. Ich wohne hier eine Zeitlang, dann werden wir sehen. Wie lange wirst du in Polen bleiben?«

Ihre Mutter seufzte, und Anna konnte hören, wie jemand im Hintergrund den Fernseher anstellte. Die Mutter sagte, dass jemand, der Mariusz hieß, den Ton leiser stellen sollte.

»Ich weiß nicht, wie lange ich bleiben muss, Anna. Oma geht es ziemlich schlecht. Sie liegt im Krankenhaus, sie wissen nicht, ob sie es schaffen wird dieses Mal.«

Anna spürte, wie es ihr im Hals und hinter den Augen brannte. »Und Marek?«

»Er ist bei Ewa und Tomek. Ihm geht es gut. Aber vielleicht kommt er auch noch her, ich weiß es nicht.«

»Ach so«, sagte Anna.

»Aber sag mal, dieses … Lograna«, fragte ihre Mutter, »wo liegt das denn? Und bei wem wohnst du da?«

»Mir geht es gut«, sagte Anna. »Du brauchst dir keine Sorgen zu machen. Ich habe nur angerufen, um dir zu sagen, dass ich nicht mehr in Elvafors bin.«

»Anna, du hast doch nicht … du hast doch nicht wieder angefangen …?«

»Nein«, versuchte Anna sie zu beruhigen. »Ich habe nicht wieder angefangen. Mach's gut, Mama, und tschüs.«

»Ja, tschüs«, erwiderte ihre Mutter. »Und pass auf dich auf, Anna.«

Diese beeilte sich, das Gespräch wegzudrücken, bevor ihr die Tränen kamen.

Verdammte Scheiße, dachte sie. Warum muss es so sein?

Er fuhr wie üblich um fünf Uhr nach Hause, und er versprach ihr, am nächsten Tag Schleifpapier und eine Rolle Abklebeband mitzubringen.

Den Nachmittag über hatten sie nicht so viel miteinander gesprochen, es hatte fast die ganze Zeit geregnet, und sie hatten richtig Feuer gemacht. Gelesen und Kreuzworträtsel gelöst, und sie hatte noch ein Lied für ihn gesungen. Wieder eins aus den Sechzigern, das er auch wiedererkannte. *Are you going to Scarborough Fair.*

»Du singst so schön, dass man glauben kann, man wäre im Himmel, Anna«, hatte er gesagt.

»Vielleicht sieht es ja im Himmel so aus wie hier«, hatte sie lachend geantwortet.

»Ja, warum nicht?«, hatte er ihr zugestimmt. Sich in dem einfachen Zimmer umgeschaut und auch gelacht. »Anna und Valdemar im Himmelreich Lograna.«

Sie fühlte sich etwas trübsinnig, nachdem er weg war. Das Himmelreich?, dachte sie. Ja, vielleicht hatten sie ja Recht. Vielleicht war es das.

»Niemals besser als jetzt«, hatte er auch noch gesagt, kurz bevor er ins Auto gestiegen war, um davonzufahren. »Aber du bist zu jung, um das zu verstehen.«

Sie begriff nicht, was er damit meinte – oder vielleicht doch? Aber dann war es jedenfalls ein so düsteres Wissen, dass sie es nicht annehmen wollte.

Genau wie er gemeint hatte. Sie war zu jung. Sie dachte, dass sie sich eigentlich freuen müsste. Sie würde noch mindestens drei Tage hierbleiben. Die Wände streichen und sich ein wenig nützlich machen; sie tat das gern, und wenn sie wirklich weiterhin hier wohnen bleiben wollte, dann würde er ihr das wahrscheinlich nicht verwehren. Jedenfalls für ein paar weitere Tage. Ein paar Wochen. Was stimmte also nicht? Wieso stieg plötzlich dieser Trübsinn in ihr auf?

Sie war des Himmelreichs Lograna noch nicht müde, nein, das war es nicht, was ihre Lebensgeister dämpfte – auch wenn ihr klar war, dass die Euphorie der ersten Tage nicht ewig anhalten konnte. *Euphorie,* das Wort gefiel ihr. Denn wenn es so ein Wort gab, dann musste es auch so ein Gefühl geben. Sie erinnerte sich an dieses Gedicht von Gunnar Ekelöf, das sie im Gymnasium gelernt hatten; es war schade, dass man sich in den Schwedischstunden nicht nur der Poesie hatte widmen können, dann wäre es ihr in der Schule sehr viel besser gegangen.

Aber jetzt ging es um ein anderes Gefühl. Eine Art Trauer, und sie begriff, dass es um das Gespräch mit ihrer Mutter ging, das noch in ihr nachklang und sie traurig machte. Das in erster Linie; wenn ihr Leben zu zerbrechen drohte, war die Mutter immer ihre wichtigste Nabelschnur gewesen, und als sie spürte, dass diese Schnur nur noch äußerst dünn war, dass sie gar nicht mehr richtig hielt, ja, da kamen die Dunkelheit und der Abgrund plötzlich gefährlich nahe.

Young girl, dumb girl, try to be a brave girl, versuchte sie sich einzureden. Blieb eine Weile mit Stift und Block sitzen und schrieb eine alberne Songzeile nach der anderen nieder, nur um sie gleich wieder durchzustreichen. Es wollte nicht so recht, die Worte auf dem Papier sahen banal und sinnlos aus, sobald sie einen Blick auf sie warf, und nach zwanzig Minuten gab sie auf. Ging hinaus und stellte sich unter das kleine Vordach, das über die Tür hinausragte, rauchte eine ganze Pfeifenstopfung, bis ihr ganz schwindlig im Kopf und leicht übel wurde. Der Regen war hartnäckig und umgab sie wie eine lichte, aber feindliche Mauer, und sie wusste genau, hätte sie jetzt Zugang zu einer Droge gehabt, zu etwas Stärkerem als Tabak, sie hätte sie genommen, ohne eine Sekunde zu zögern.

Das ist es, dachte sie, als sie ein neues Feuer entfacht und sich unter die Decke gekuschelt hatte. Es genügt nicht, neunundneunzig Mal stark zu sein, man muss es auch das hundertste Mal schaffen.

Obwohl es erst sieben Uhr war, schlief sie ein, und als sie zwei Stunden später aufwachte, war es dunkel im Zimmer, und das Feuer war erloschen. Sie merkte, wie sie fror; ohne Licht zu machen, zog sie sich den dickeren Pullover über, der über einer Stuhllehne hing, und als sie anschließend aus dem Fenster schaute, da sah sie, dass draußen auf dem Weg ein Mann stand und das Haus beobachtete.

19

Valdemar wachte mit einer zunehmenden Unruhe in der Brust auf.

Es war fast wie eine Atemnot, er ballte die Fäuste und holte mehrmals mit offenem Mund Luft, bevor er den Kopf drehte und auf die Uhr sah. Viertel nach fünf. Er fragte sich, ob er etwas geträumt hatte, ob das die Wurzel allen Übels war.

Schwer zu sagen; es wollten sich keine Traumbilder einfinden, er kniff sich in den Nasenflügel und stellte fest, dass er tatsächlich wach war. Dann blieb er ein paar Minuten liegen und dachte nach, und als er spürte, dass der Schlaf nicht die Absicht hatte zurückzukehren, stand er auf und ging ins Bad.

Eine Viertelstunde später stand er vollkommen angezogen am Frühstückstisch und fühlte sich fluchtbereit. Das war ein starkes Wort, doch als er nachdachte, musste er zugeben, dass es zutraf. Fluchtbereit? Mein Gott.

Aber es war wirklich so; mit jedem Tag, der in den letzten Wochen vergangen war – seit die Tippreihe zugeschlagen hatte und Lograna in seinen Besitz gekommen war –, war es ihm immer schwerer gefallen, die Gesellschaft von Alice und ihren Töchtern auszuhalten. Es war wie ein zunehmender Juckreiz, begleitet von einem intensiven und berechtigten Schamgefühl, das schon, aber dass er nun gezwungen sein sollte, jeden Morgen in Gesellschaft seiner Nächsten und Liebsten zu verbringen, das erschien ihm plötzlich fast unerträglich.

Er dachte an etwas, das sein Vater einmal gesagt hatte: Es sind nicht die Wochen und Jahre, die so schwer sind, mein Junge, es sind die Minuten und Stunden.

Und die Unruhe, mit der er aufgewacht war, hing ihm noch nach. Auf sonderbare Weise schien sie sich mit anderen Bildern des Vaters zu mischen. Späte Bilder, vor allem aus der allerletzten Zeit, als Eugen Roos so trübsinnig geworden war, dass er nicht mehr reden mochte. Valdemar konnte sich noch sehr gut an diese Monate erinnern. Wie der Vater fast den ganzen Tag vor dem Küchenfenster gesessen hatte, auf die tristen Fabrikgebäude auf der anderen Seite der Eisenbahnschienen gestarrt hatte und sich um nichts zu kümmern schien, was um ihn herum geschah.

Dass seine Frau oder sein Sohn versuchten, mit ihm zu sprechen.

Dass Besuch kam. Dass der Frühling in den Birken da draußen auf dem Weg war. Dass der Flieder blühte.

Wie er dasaß und in seiner eigenen inneren Dunkelheit ertrank.

Und jetzt saß sein Sohn da und starrte durch ein anderes Küchenfenster. Siebenundvierzig Jahre später, keine Eisenbahn und keine Fabrikgebäude, ein rotes Ziegeldach und ein paar gekappte Linden stattdessen – während er sich fragte, ob er wirklich noch zwei quälende Stunden warten musste, bevor er sich auf den Weg machen konnte zu dem Ort, an dem momentan alles, was überhaupt in seinem Leben wichtig war, seinen Raum hatte.

Als es zwanzig vor sieben war und das Risiko, dass Alice aufstehen und sich bemerkbar machen würde, immer größer wurde, fasste er einen Entschluss. Er holte einen Zettel aus dem Arbeitszimmer, schrieb schnell eine Nachricht auf, dass er viel auf der Arbeit zu tun habe und deshalb an diesem Tag etwas früher losgefahren sei.

Unterschrieb mit seinem üblichen V. und eilte hinaus in den

Flur. Registrierte, dass die hellblauen Sandalen von Birger Butt dastanden, zog sich die Jacke über und verließ sein Heim.

Die Liljebäckerei hatte gerade geöffnet, der Duft von frisch gebackenem Brot strömte durch die weit geöffnete Tür wie ein unspezifisches Versprechen, und augenblicklich verflog Ante Valdemar Roos' Unruhe. Frische Brötchen zum Frühstück in Lograna, dachte er und betrat den Laden.

Er kaufte nicht nur Brötchen, sondern noch ein Schwarzbrot und eine Tüte mit Zwieback. Er meinte die Frau hinter dem Tresen wiederzuerkennen, sie hatte so etwas Bekanntes an sich, und während er auf den fast autofreien Straßen aus der Stadt fuhr – es war wirklich ein Unterschied zwischen fünf nach sieben und Viertel nach acht –, überlegte er, wo er sie schon einmal gesehen hatte. Er war seit langer Zeit nicht mehr in der Liljebäckerei gewesen, und er war sich sicher, dass er sie woanders gesehen hatte.

Mitten auf dem Rockstarondell fiel ihm ein, dass sie Nilssons Frau war. Die freikirchliche Mutter von sechs Kindern – sie war vor ein paar Jahren einmal bei Wrigmans zu Besuch gewesen, und es war etwas mit ihrem roten Haar und ihrem stechenden Blick, das sich festgesetzt hatte.

Insbesondere Letzteres; es waren wohl solche Augen, die man erwartete, wenn man sich eine Frau vorstellte, die Christus erblickt hatte, nahm Valdemar an und fragte sich, ob man bei diesem Gedanken lachen oder weinen sollte. Auch an Nilssons Blick war übrigens etwas Spezielles, wenn er genauer darüber nachdachte, es betraf vermutlich nicht nur die gläubigen Frauen, sondern auch die Männer.

Dieses positive Jenseitige.

Was ihn selbst anging, so glaubte Valdemar Roos nicht an Gott. Zumindest nicht an diesen freundlichen, weißbärtigen Himmelsvater. Vielleicht gibt es etwas anderes, dachte er. Etwas Höheres, was wir nicht begreifen können und das wir auch gar nicht begreifen sollten. Nachdem sein Vater sich das Leben genommen hatte, hatte er in den darauffolgenden Monaten ab und zu die Hände gefaltet und ein zweifelndes Gebet ausgesandt, daran erinnerte er sich – aber er hatte nie irgendeine Form von Antwort erhalten, und seitdem hatte er es sein lassen. Das Leben war eine Sache, was eventuell danach kam, war etwas anderes. Warum soll ich an etwas denken, von dem ich mir nicht einmal eine Vorstellung machen kann?, hatte er sich immer mal wieder gefragt. Wo es mir schon so schwerfällt, das zu begreifen, was sich direkt vor meiner Nase abspielt.

Auf jeden Fall war das kein Morgen, um sich vermeintlicher Theologie zu widmen; das spürte er deutlich, als er auf die 172er kam – als er sah, wie das dunkle Wasser des Kymmen durch die Bäume schimmerte und wie die Sonne im Rückspiegel durch die Wolken brach.

Eher ein Morgen, um Kaffee zu trinken und frische Brötchen zu essen. Mit seinem jungen Gast da draußen in Lograna. Zwei Stühle und ein Hocker vor der Schuppenwand, eine Pfeife zum Nachtisch … ja, verdammt, dachte Ante Valdemar Roos und fuhr schneller, manchmal ist das Leben so leicht, dass es fast zum Lachen ist.

Und woher diese Unruhe stammte, mit der er vor ein paar Stunden aufgewacht war, und wo sie jetzt abgeblieben war, ja, das zu fragen konnte man sich wirklich sparen.

Er stellte den Wagen am Apfelbaum ab und stieg aus. Nichts rührte sich, bis auf ein paar späte Hummeln, die in der Reseda am Steinfundament summten. Vielleicht schlief sie ja noch, es war ja noch nicht einmal acht. Junge Menschen schlafen morgens gern lange, das wusste er – Wilma und Signe waren in dieser Beziehung Weltmeisterinnen –, und sie erwartete ihn nicht vor halb zehn.

Er fasste an die Türklinke. Abgeschlossen.

Suchte nach dem Schlüssel, aber der lag nicht an seinem Platz. Natürlich nicht, dachte er. Sie schließt natürlich nachts von innen ab, das würde ich auch tun.

Er klopfte ein paar Mal vorsichtig an die Tür, aber ohne eine Reaktion zu erhalten. Schließlich hämmerte er mit der Faust, bis er zu einem Wohnzimmerfenster ging und ein paar Mal mit dem Fensterhaken schepperte, der in seiner Öse hing und schaukelte. Komisch, dass der an der Außenseite saß, das war ihm vorher noch gar nicht aufgefallen.

Es vergingen fünf Sekunden, dann schlug sie das Fenster auf und steckte den Kopf heraus.

»Entschuldige, ich wollte dich nicht aussperren. Ich konnte gestern Abend nicht einschlafen.«

»Es macht nichts«, sagte Valdemar. »Es ist auch erst acht, ich bin heute ein bisschen früher dran.«

»Erst acht? Warte, ich öffne dir.«

»Es ist ein schöner Morgen«, stellte er fest, als er die Brottüte auf den Küchentisch legte. »Ich habe frische Brötchen gekauft. Warum konntest du nicht einschlafen?«

Sie biss sich auf die Lippe, zögerte.

»Ich hatte ein bisschen Angst«, sagte sie.

»Angst? Wieso das?«

»Gerade als ich ins Bett gehen wollte, habe ich einen Mann gesehen, der draußen stand und das Haus beobachtet hat.«

»Was?«, sagte Valdemar.

Sie nickte ernst.

»Was um alles in der Welt sagst du da?«, fragte Valdemar.

»Ja, er stand da draußen auf dem Weg und hat direkt hierher gestarrt, sonst nichts. Ich habe eine Scheißangst gekriegt.«

»Und was ist dann passiert?«

Sie zuckte mit den Schultern. »Nichts. Ich hatte kein Licht an, deshalb weiß ich nicht, ob er mich gesehen hat. Ich habe mich sozusagen versteckt, und als ich etwas später nachgeguckt habe, da war er weg.«

Valdemar überlegte eine Weile. »Der war bestimmt nicht gefährlich, denke ich. Vielleicht war es der Bauer von Rödmossen, der spazieren gegangen ist. Oder so ein Pilzsammler.«

»Ich weiß, das habe ich auch gedacht. Obwohl es fast neun Uhr war und ziemlich dunkel. Ja, auf jeden Fall habe ich Angst gekriegt, und deshalb konnte ich nicht einschlafen.«

Valdemar lachte und klopfte ihr auf die Schulter. »Weißt du, was ich tun werde? Ich werde ein Gewehr besorgen, so eine richtige Schrotflinte, dann kannst du dich verteidigen, wenn ungebetene Gäste kommen.«

Anna lachte auch. »Mach das«, sagte sie. »Übrigens, wolltest du nicht Schleifpapier und so mitbringen heute?«

Valdemar räusperte sich. »Nun ja, ich habe mir das so gedacht«, erklärte er dann. »Jetzt frühstücken wir erst einmal und rauchen eine Pfeife, dann fahren wir in die Stadt und kaufen gemeinsam ein.«

Sie konnte ihre Verblüffung nicht verbergen. Schlang ihm die Arme um den Hals und drückte ihn von Herzen. Wie eine Zehnjährige am Heiligabend, dachte er. Was soll aus dem Ganzen eigentlich noch werden?

Aber es blieb keine Zeit, über diese Frage weiter nachzudenken.

»Danke, Valdemar«, sagte sie. »Weißt du, was für ein verdammtes Glück ich hatte, dass ich dich getroffen habe? Das darf einfach nicht wahr sein.«

Er merkte, dass er rot wurde – etwas, von dem er glaubte, dass er damit vor vierzig Jahren aufgehört hatte –, und kratzte sich ein wenig verlegen im Nacken. »Ach was«, wehrte er ab. »Jetzt setzen wir erst einmal Kaffee auf.«

»Was hältst du davon, etwas zu Mittag zu essen, jetzt, wo wir sowieso schon in der Stadt sind?«

Es war halb zwölf. Sie hatten nicht nur Schleifpapier und Abdeckband gekauft, sondern noch einiges anderes, von dem

Valdemar meinte, dass es gebraucht wurde: zwei Flickenteppiche, eine rotweißkarierte Tischdecke, Topflappen, eine Holzschale, ein paar Kerzenhalter, eine Fußmatte, Haken, um sie in die Wand zu schrauben, Handtücher, Kaffeebecher, einen Wasserkocher, zwei zusammenklappbare Gartenstühle und einen dazu passenden Tisch. Das Auto war voll bis obenhin. Anna war seit anderthalb Monaten nicht mehr in einer Stadt gewesen, sie war fast genauso lange nicht mehr in einem Laden einkaufen gewesen – abgesehen von Zigaretten und Schokolade, wenn sie mit dem Elvaforsheim nach Dalby gefahren waren – und war nun aufgekratzt und schwindlig nach zwei Stunden Hetzen von einem Laden zum anderen und zum Norra torg in Kymlinge, wo sie geparkt hatten.

Fast glücklich. Ich bin wie ein Kind auf dem Rummelplatz, dachte sie, und dieser Gedanke, dass er ihr Vater sein könnte, kam ihr wieder in den Sinn.

»Mittagessen?«, fragte sie. »Aber wir können doch nicht…«

»Natürlich können wir«, sagte er. »Wir gehen zu Ljungmans und essen Hering mit Kartoffelmus. Du magst doch Hering?«

»Ich weiß nicht«, sagte Anna, »ich glaube, ich habe noch nie Hering gegessen.«

Valdemar starrte sie an.

»Du bist einundzwanzig Jahre alt und hast noch nie Hering gegessen? Dann kannst du dich freuen, dass du mich getroffen hast.«

»Das sage ich doch die ganze Zeit«, erwiderte sie. Schob ihre Hand unter seinen Arm, und so steuerten sie quer über den Markt hinweg Ljungmans' Restaurant an.

»Gut?«

»Sehr gut.«

»Siehst du. Aber es gehören Preiselbeeren dazu. Möglichst frisch zubereitete.«

»Ich dachte, Essen ist dir nicht so wichtig?«

»Ab und zu schon«, antwortete Valdemar. »Wenn es um Hering und Kartoffelmus geht, dann bin ich sehr genau.«

Anna trank ihre Cola aus und schaute sich in dem vollbesetzten Lokal um. »Was meinst du, was die glauben?«, fragte sie.

»In welcher Beziehung?«, erwiderte Valdemar die Frage.

»Über uns«, sagte Anna. »Glauben die, dass du ein Vater bist, der mit seiner Tochter zu Mittag isst? Oder…«

Valdemar überlegte. »Warum nicht? Aber wir könnten ja auch Arbeitskollegen sein.«

»Ja, aber du arbeitest ja nicht mehr. Na, das können die natürlich nicht wissen. Gibt es… gibt es niemanden, den du hier drinnen kennst?«

»Ich hoffe nicht«, erklärte Valdemar und sah sich ein wenig besorgt um. »Ich denke nicht. Ich habe nicht so viele Bekannte, ich bin ein ziemlicher Sonderling, das habe ich dir ja schon erzählt.«

»Ich finde ganz und gar nicht, dass du ein Sonderling bist«, erwiderte Anna, legte ihm eine Hand auf den Arm und lächelte ihn offen an.

Das gefällt mir, wenn sie sich traut, mich so offen anzulächeln, dachte Valdemar. Das gefällt mir wirklich.

»Das liegt nur daran, dass ich so bezaubernde Gesellschaft habe«, sagte er. »Aber vielleicht sollten wir uns langsam wieder nach Lograna begeben, was meinst du? Damit ich zumindest meinen Mittagsschlaf noch schaffe.«

»Auf jeden Fall«, stimmte Anna zu. »Und wenn du gefahren bist, werde ich anfangen zu streichen. Es ist nur ein bisschen dumm, dass…«

»Ja?«

»Dass du erst am Montag wiederkommst, um zu sehen, wie es läuft.«

»Wir werden sehen«, meinte Valdemar. »Vielleicht ergibt

sich ja eine Möglichkeit, dann werde ich am Sonntag mal vorbeischauen.«

»Das wäre schön«, sagte Anna.

Sie verließen ihren Tisch und gingen zum Ausgang; in der Tür stießen sie auf ein Paar, das auf dem Weg hinein war, ein Mann und eine Frau in den Fünfzigern.

»Hallo, Valdemar«, sagte die Frau und sah ihn verwundert an.

»Hallo«, sagte Valdemar.

»Geht's gut?«

»Ja«, antwortete Valdemar und drängte sich vorbei, mit Anna im Schlepptau.

»Wer war das?«, fragte diese, als sie auf dem Markt angekommen waren.

»Wer der Mann ist, das weiß ich nicht«, erklärte Valdemar. »Aber ich fürchte, dass die Frau eine der besten Freundinnen meiner Frau war.«

»Oh je«, sagte Anna. »Glaubst du … ich meine …?«

»Das soll uns erst einmal scheißegal sein«, beschloss Valdemar. »Kommt Zeit, kommt Rat, und jetzt reden wir lieber über etwas Nettes.«

Er verließ Lograna kurz nach fünf Uhr, und ein plötzlich einsetzendes Gefühl der Verlassenheit überfiel sie. Wie ein nasser Lappen, wie man so sagte.

Ich bin ja lächerlich, dachte sie. Ich kenne ihn erst seit drei Tagen, und schon klammere ich mich an ihn wie ein Hundewelpe an seine Mama. Wie soll ich denn jemals allein in der Welt zurechtkommen? Young girl, dumb girl.

Sie setzte sich auf einen der neuen Stühle draußen auf den Hof und zündete die Pfeife an. Die Sonne hinter dem Waldrand war noch nicht untergegangen, es war angenehm warm. Ich wünschte, dass ich wirklich hier wohnen könnte, dachte sie. Und dass Valdemar, mein Ersatzpapa, das auch täte. Und dass … dass ich einen Job hätte, zu dem ich jeden Morgen mit dem Fahrrad oder Moped fahren könnte, und dass ich mir nicht die Bohne Sorgen um die Zukunft machen müsste.

Sie wusste, dass das kindliche Gedanken waren und dass gerade dieses Kindische mit den Drogen zusammenhing.

Dass es einem so schwerfiel, erwachsen zu werden. Allen ihren drogenabhängigen Freunden ging es ebenso, sie wollten möglichst in einer Art Kindheitsstadium bleiben, vielleicht weil sie so einen Zustand nie wirklich erlebt hatten, als sie klein waren.

Ja, so einfach war es wahrscheinlich. Dass sie aus irgendeinem Grund all dessen beraubt worden waren, was in den frühen Jahren so wichtig ist – Spiele, Lachen, Freiheit und Sorglosigkeit –, und dass es genau das war, was sie zu kompensieren versuchten, indem sie eine Droge nach der anderen nahmen. Das ist so verdammt tragisch, dachte Anna, und so hundertprozentig zum Scheitern verurteilt.

Zumindest ist das die Analyse, die alle, die meinten, davon etwas zu verstehen, gern präsentieren, dachte sie weiter. Sie war meistens nicht der gleichen Meinung wie diese selbsternannten Experten, aber in diesem Falle gab sie ihnen recht. Wenn es einen gemeinsamen Nenner für alle Loser auf der Welt gab, dann wohl den, dass sie eine gestohlene Kindheit im Gepäck mit sich trugen.

Sie legte die Pfeife ab und faltete die Hände. Lieber, lieber Gott, betete sie. Kannst du nicht aufpassen, ein wachsames Auge auf mich haben. Ich möchte wirklich nicht noch einmal so weit abrutschen, ich möchte ein würdiges Leben führen. Die Details sind nicht so entscheidend, aber ich glaube, ich bräuchte eine ziemlich große Dosis Sicherheit, zumindest in der nächsten Zeit. Danke, dass du mir Valdemar geschickt hast. Er kann gern noch lange, ganz lange in meinem Leben bleiben, und ich glaube sogar, dass ich auch für ihn ein bisschen nützlich bin. Vielen Dank auch schon im Voraus. Freundliche Grüße von Anna. Amen.

Sie blieb noch eine Weile auf dem Stuhl sitzen, bis die Sonne hinter dem Wald im Westen verschwunden war und die Abendkälte angekrochen kam. Dann ging sie ins Haus, um mit dem Streichen anzufangen.

20

Die Faringers kommen heute Abend. Das ist doch in Ordnung, oder?«

»Was?«

»Dann brauchst du am Montag nicht in seine Praxis zu gehen.«

Es war Samstagmorgen. Valdemar lag im Bett mit Zeitung, Brotkrümeln und Kaffee. Alice war gerade aus der Dusche gekommen.

»Ja, eigentlich wollten wir ja Mats und Rigmor besuchen«, fuhr sie fort. »Aber da war etwas mit ihren Hunden, deshalb habe ich stattdessen die Faringers angerufen.«

»Hast du sie angerufen, während du geduscht hast?«

»Nein, ich habe sie gestern Abend angerufen.«

»Aber gestern Abend hast du nichts gesagt.«

»Nein, das habe ich nicht.«

Valdemar wartete auf eine Erklärung, doch es kam keine. Alice trat stattdessen auf die Waage und betrachtete das Ergebnis mit besorgter Miene. »Verdammte Scheißwaage«, brummte sie aus einem Mundwinkel. Dann trat sie wieder herunter und wiederholte die Prozedur. Soweit Valdemar beurteilen konnte, war das Resultat genauso niederschmetternd wie beim ersten Mal.

»Ja, ja«, sagte er. »Dann brauchen wir wohl wieder sechs Stunden für den Einkauf und das Kochen, oder?«

»Nein«, widersprach Alice. »Wir haben uns das so gedacht,

es gibt nur Muscheln und Knoblauchbrot. Ingegerd und ich machen alles zurecht, während du mit Gordon sprichst. Ich habe ihn gefragt, und er ist damit einverstanden.«

Valdemar trank seinen Kaffee aus und schloss die Augen.

»Aha«, sagte er. »Während du also mit Frau Faringer die Muscheln zurechtmachst und den Wein in der Küche probierst, sitzen Herr Faringer und ich im Arbeitszimmer und bearbeiten meine Depression.«

»Genau«, sagte Alice. »Was ist denn falsch daran?«

Valdemar überlegte.

»Nichts, liebe Alice. Es klingt wie eine ausgezeichnete Idee. Wo nimmst du die bloß immer her?«

»Was?«, fragte Alice.

»Ich hoffe, dass Wilma, Signe und Birger Butt auch dabei sein können«, fuhr Valdemar ganz inspiriert fort. »Vielleicht könnte Gordon gleich die Gelegenheit nutzen und auch Birger untersuchen, wenn er schon einmal dabei ist, ich glaube, das würde ihm guttun. Aber vielleicht hat er ja gar keine Psyche?«

Alice stemmte ihre Fäuste in das, war früher einmal eine Taille gewesen war, und starrte ihn an.

»Jetzt bist du aber ungerecht, Valdemar! Natürlich hat er eine. Aber keiner von ihnen wird im Haus sein. Wilma und Signe werden nach Stockholm fahren und dort mit ihrem Vater in die Vergnügungsanlage Wallmans Salons gehen, das habe ich dir schon hundertmal erzählt.«

»Ach, war das heute?«, fragte Valdemar nach.

»Ja«, bestätigte Alice. »Das war heute.«

»Ich dachte, das wäre erst nächstes Wochenende.«

»Das ist ein Teil der Depression«, sagte Alice. »Dass man unkonzentriert ist und vergesslich.«

»Das stimmt, ich habe tatsächlich in letzter Zeit das Gefühl, vergesslich zu werden«, gab Valdemar zu und ging ins Badezimmer.

»Wie geht es dir?«, wollte Gordon Faringer zehn Stunden später wissen. »Also, das ist natürlich keine offizielle Sprechstunde. Aber wir können uns ein bisschen unterhalten, wenn Alice das so gern möchte.«

»Jedenfalls müssen wir so nicht die Muscheln putzen«, nickte Valdemar.

»Genau«, bestätigte Faringer. »Und ich habe Schweigepflicht. Wenn du also was rauskotzen willst, dann bitte schön.«

»Ich fürchte, es gibt nicht viel, was ich rauskotzen könnte«, erklärte Valdemar. »Eigentlich ist es ja Alice, die behauptet, dass ich deprimiert bin, nicht ich.«

»Ist schon klar«, sagte Faringer. »Aber leichte Depressionen sind bei anderen einfacher zu erkennen als bei einem selbst. Und es ist nicht besonders witzig, mit ihnen herumzulaufen.«

»Ich bin ganz deiner Meinung, dass Depressionen nicht lustig sind«, sagte Valdemar.

»Du brauchst gar nicht ironisch zu werden«, sagte Gordon Faringer, blinzelte mit einem Auge und hob sein Glas. »Übrigens, prost erst einmal.«

»Prost«, sagte Valdemar.

Sie tranken und blieben eine Weile schweigend sitzen.

»Möchtest du, dass ich dir ein paar Fragen stelle?«, fragte Faringer schließlich.

»Ja, mach das«, nickte Valdemar.

»Du weißt, dass die Psychiatrie keine Frage einer exakten Wissenschaft ist, wie du sie von deinen Zahlen her kennst. Aber trotzdem handelt es sich um deutlich beobachtbare Phänomene.«

»Natürlich«, sagte Valdemar. »Du brauchst dich nicht zu entschuldigen.«

»Danke«, sagte Faringer. »Also, wenn wir mit der Gemütslage anfangen. Fühlst du dich trübsinnig?«

Valdemar dachte nach. »Ab und zu«, sagte er, »aber das tue ich bereits seit vierzig Jahren.«

»Nichts Besonderes in letzter Zeit?«

»Nichts, was mir einfällt.«

»Wie sieht es mit dem Schlaf aus?«

»Ich bin ziemlich müde.«

»Aber wenn du eingeschlafen bist, dann schläfst du auch?«

»Ja.«

»Hat sich das in letzter Zeit geändert?«

»Ich glaube nicht. Aber man wird ja nicht munterer mit den Jahren.«

»Das Gefühl kenne ich«, sagte Gordon Faringer und zupfte sich ein Nasenhaar aus. »Und die Konzentration? Wie ist es damit? Läuft es gut bei der Arbeit?«

Valdemar schnupperte an seinem Wein. »Nun ja«, sagte er. »Das ist im Großen und Ganzen wie immer. Und ein Konzentrationsgenie bin ich nie gewesen. Alice behauptet, dass ich immer alles vergesse, und damit hat sie wohl Recht.«

»Mhm?«, brummte Faringer. »Aber du hast immer noch Freude an bestimmten Dingen?«

»Nun ja«, sagte Valdemar. »Weiß der Teufel, wie geht es dir denn selbst damit?«

»Danke der Nachfrage«, sagte Faringer. »Doch, ich habe das Boot und das Meer, weißt du. Und die Enkelkinder, die geben mir auch einiges. Aber wenn ich bei dir ein bisschen tiefer bohre, wie steht es denn mit dem Lebensfeuer?«

»Lebensfeuer?«

»Ja, es ist natürlich klar wie Kloßbrühe, dass es ab und zu immer mal schwer ist, aber hast du das Gefühl, dass bestimmte Dinge wirklich viel Spaß machen?«

Valdemar nahm seine Brille ab und fing an, sie mit einem Hemdenzipfel zu putzen. »Hör mal, Gordon«, sagte er, »wenn es nun wirklich so sein sollte, dass ich deprimiert bin, was könnte man dann daran ändern? Ich habe keine Lust, jede Menge Medikamente zu schlucken. Glückspillen und so'n Scheiß.«

Gordon Faringer nickte und blickte professionell ernst. »Das ist mir schon klar, dass du das nicht willst, Valdemar. Aber es ist möglich, das Niveau ein bisschen hochzuschrauben, und das kann eine ganze Menge ausmachen. Dass man ein wenig Freude und ein wenig Sinn wiederfindet, mehr Menschen, als du glaubst, nehmen eine leichte Dosis. Das Lebensgefühl ist so verdammt wichtig, das musst du begreifen. Herumzulaufen und zu glauben, dass alles nur zum Teufel geht, ja, das macht uns einfach fertig. Denkst du oft an den Tod?«

»Ab und zu«, sagte Valdemar. »Aber das ist wie alles andere: Das habe ich schon immer getan.«

»Dein Vater hat sich das Leben genommen, oder?«

»Das stimmt«, sagte Valdemar. »Danke für die Erinnerung.«

Faringer saß schweigend da und betrachtete einige Sekunden lang seine Fingernägel.

»Warum sagst du das?«, fragte er dann.

»Was?«, entgegnete Valdemar. »Was habe ich gesagt?«

»Du hast gesagt: Danke für die Erinnerung. An den Tod deines Vaters.«

»Entschuldige«, sagte Valdemar. »Ich weiß nicht, warum ich das gesagt habe.«

»Hrrm«, sagte Faringer. »Aber du läufst nicht rum und denkst daran, das Gleiche zu machen?«

»Überhaupt nicht«, sagte Valdemar. »Wenn man das so lange von sich ferngehalten hat, schafft man es auch noch die paar Jahre, die noch übrig sind.«

»Siehst du die Sache so?«

»Ich weiß nicht so recht, wie ich sie sehe. Das Leben ist eine verdammt komplizierte Sache … ja, das ist wohl eher das Problem: dass es immer schwerer wird, sich selbst zu belügen, je älter man wird.«

»Jetzt kann ich dir nicht mehr so recht folgen«, sagte Faringer. »Ist wirklich nichts passiert in letzter Zeit, das dir das Gefühl gibt, dass alles anstrengender ist?«

»Nein«, sagte Valdemar.

»Und da bist du dir ganz sicher?«, hakte Faringer nach.

»Ich weiß zumindest nicht, was das sein sollte. Wollen wir nicht langsam mal nachsehen, wie es in der Küche läuft?«

»Von mir aus gern. Auf jeden Fall ist es gut, dass du Appetit hast, das ist ein gutes Zeichen. Aber weißt du, ich fände es nicht schlecht, wenn ich dich noch einmal sähe und wir das Ganze ein wenig formeller und gründlicher ansehen. Wie sieht es nächste Woche aus?«

»Nächste Woche ist ziemlich voll«, sagte Valdemar.

»Übernächste?«

»In Ordnung«, sagte Valdemar. »Wenn du meinst, dass das einen Sinn hat.«

»Das meine ich auf jeden Fall«, sagte Gordon Faringer. »Prost, und jetzt lass uns zu den Frauen gehen und eine Muschel probieren.«

Am späten Samstagabend war sie fertig mit dem Streichen.

Zumindest beschloss sie, dass sie fertig war, es war schwer einzuschätzen, da es kein richtiges Tageslicht mehr gab. Sie würde die Lage am nächsten Morgen überprüfen, es gab noch genug Farbe, falls sie einiges würde ausbessern müssen.

Aber sie wusste, dass es nicht so wichtig war, er hatte es gesagt, und er hatte auch nur die billigste Deckfarbe gekauft. Es musste nicht unbedingt tipptopp sein, hatte Valdemar betont; ihr gefiel das Wort *tipptopp*. Es klang irgendwie so schön altmodisch und beruhigend. Besonders weil es *nicht* so sein musste.

Wie das Leben, dachte sie, das muss auch nicht tipptopp sein, aber ein bisschen Stil sollte es dennoch haben. Genau wie die Wände hier, sauber und ordentlich, aber nicht übertrieben glänzend und auffallend.

Auch die Arbeit hatte ihr gefallen. Das Abkleben, mit dem Pinsel in den Ecken und Winkeln malen, dann mit der Rolle auftragen, von oben nach unten in langen, gleichmäßigen Zügen, man konnte sehen, wie man vorankam, es wurde immer hübscher, Dezimeter für Dezimeter, Meter für Meter. Es gab sicher nicht viele Jobs, bei denen man so unmittelbar für das belohnt wurde, was man tat. Und während man damit beschäftigt war, konnte man gut ein wenig über das Leben nachdenken – keine Tiefsinnigkeiten, halbe Konzentration auf das, was man tat, die andere halbe auf das, was immer einem gerade in den Sinn kam. Das war eine gute Einteilung. Und dann gab es natürlich noch dieses Bild, all den alten Schmutz zu übermalen und mit etwas Neuem zu beginnen. Nach vorn zu schauen.

Aber jetzt war Samstagabend, und die Arbeit war getan, sowohl in der Küche als auch im Wohnzimmer. Auf jeden Fall wollte sie jetzt nichts mehr machen. Sie zog sich den dicken Pullover und die Jacke an, ging hinaus und setzte sich in der Dunkelheit auf einen der neuen Stühle auf dem Hof. Zündete die Pfeife an und dachte, dass nur noch eine Ecklampe fehlte oder zumindest irgendeine Art von Außenbeleuchtung, vielleicht sollte sie das mit ihm am Montag besprechen. Ihm einfach vorschlagen, dass sie eine Lampe anbrachten.

Oder morgen, sie hoffte, dass es so kommen würde, wie er gesagt hatte – dass er bereits am Sonntag Zeit finden würde, für eine Weile hierherzukommen. Ein Schaudern überlief sie, trotz der Kleider; es war deutlich zu spüren, dass der Herbst auf dem Weg war, so spät am Abend waren es nicht mehr viele Grade über Null, und die Dunkelheit schien irgendwie dichter zu sein. Als drückte die Kälte sie zusammen und machte es schwerer, durch sie hindurchzukommen.

Wenn es kein Licht gibt, ist es wichtiger, hören zu können als zu sehen, dachte sie. In der Nacht sind es die Geräusche, auf die es ankommt, nicht die Bilder; sie versuchte, ihr Gehör zu schärfen, konnte aber nichts wahrnehmen außer dem üblichen dumpfen Rauschen des Waldes. Sie fragte sich, welche

Tiere es wohl dort draußen gab. Elch und Fuchs, dessen konnte man sicher sein. Dachs auch und jede Menge kleinerer Arten – Wald- und Wühlmäuse und wie sie alle hießen. Und Vögel natürlich; sie war im Bestimmen von Tieren ziemlich schlecht, abgesehen von Schlangen, da sie anderthalb Schulhalbjahre auf eine Montessorischule gegangen war, und dort hatte man sich fast die ganze Zeit aus irgendwelchen Gründen mit Schlangen beschäftigt. Obwohl es davon nicht viele in Schweden gab. Kreuzotter, Ringelnatter und Blindschleiche, wenn sie sich recht erinnerte. Und die Blindschleiche war eigentlich ein Molch, wenn man es genau nahm.

Wölfe?, dachte sie plötzlich. Und wenn es nun hier im Wald Wölfe gab? Vielleicht steht ein großes Männchen mit gelben Augen und triefenden Lefzen da hinten am Erdkeller und starrt mich an.

Aber das machte ihr keine Angst; hätte es nicht einmal, wenn es wirklich so gewesen wäre. Wölfe greifen keine Menschen an, das wusste sie. Das tat übrigens auch so gut wie kein anderes Tier, zumindest hatte das ihr Biologielehrer in der Oberstufe behauptet. Nein, es war der Mensch, der der größte Feind des Menschen war, hatte er mit seinem typischen traurigen Tonfall erklärt – er war frisch geschieden und aus einer anderen Stadt zugezogen. Und sie begriff, dass seine Frau zu diesen Feinden gehörte.

Und das ist sicher die einzige Rasse auf Erden, der es so geht, hatte er hinzugefügt und noch trauriger geklungen. Svante Mossberg, plötzlich tauchte sein Name in ihrem Kopf auf. Die Jungs hatten ihn natürlich gleich Svante Mooskopf getauft.

Sie ging einige Meter weiter zu den Johannisbeerbüschen, zog die Hose herunter, hockte sich hin und pinkelte.

Der Mensch ist des Menschen Feind? Das stimmte zweifellos. Warum sind wir so verflucht tüchtig darin, uns anderen gegenüber gemein zu verhalten und einander Schaden zuzufügen? Sie dachte darüber nach, und dann tauchte dieser Pinguinfilm vor ihrem inneren Auge auf, den sie vor ein paar Jahren gesehen hatte. Er handelte von Kaiserpinguinen, diesen lustigen Tieren, die unter den schwierigsten Bedingungen da unten in der Antarktis lebten. Die ihre Eier hüteten, mal war es das Männchen, das verantwortlich war, mal das Weibchen, und sie wanderten über das Eis hin und her, um Nahrung zu beschaffen, und waren voll und ganz aufeinander angewiesen, um zu überleben. Auch wenn sie fast nie beieinander waren.

Sie zog die Hose wieder hoch und ging nach drinnen. Verschloss die Tür und dachte, dass er genau das war. Valdemar, ihr Pinguin.

Sogar ein Kaiserpinguin.

Sie wusch sich, putzte die Zähne und ging ins Bett. Das muss ich ihm sagen, dachte sie.

Valdemar, the Penguin. Vielleicht sollte sie versuchen, einen Song über ihn zu schreiben? Warum nicht?

Sie schlief mit einem prickelnden Gefühl der Erwartung im Bauch ein.

Wachte einige Stunden später mit einem ganz anderen Gefühl auf. Blieb still auf der Seite liegen, die Hände zwischen die Knie geschoben, und versuchte zu begreifen, worum es sich handelte. Was sie geweckt hatte. Ob es etwas Äußeres oder etwas Inneres gewesen war; ein Geräusch aus dem Haus oder vom Wald her, oder etwas, das sie geträumt hatte. Es war kohlrabenschwarz um sie herum, nicht ein Streifen von Dämmerungslicht, es konnte nicht später als drei oder vier sein, aber dummerweise hatte sie ihre Armbanduhr auf den Tisch gelegt, der in der kompakten Schwärze nicht einmal auszumachen war, wie sehr sie es auch blinzelnd versuchte. Ganz gleich, ob sie die Augen nun öffnete oder schloss, es war immer das Gleiche. Dunkelheit, nur reine Dunkelheit.

Aber die Unruhe bohrte in ihr. Vielleicht war dafür gar kein

Grund nötig?, dachte sie. Vielleicht konnte man Angst haben und traurig sein, ohne dass es einen Anlass gab? Als wäre das eine Art Grundzustand, zumindest zu dieser Tages- bzw. Nachtzeit.

Konnte es so einfach sein? Dass das Hässliche, das Erschreckende kam und sich unter die Haut bohrte, wenn man die Deckung gelockert hatte, wenn man nicht kampfbereit war? Wie etwas vollkommen namen- und gesichtsloses. Vielleicht fühlten sich ja die kleinen Tiere so, wenn sie in ihren halb schützenden Höhlen draußen im Wald lagen und sich auf den Boden duckten, während über ihnen am Himmel die Raubvögel mit ihren scharfen Schnäbeln und Krallen kreisten und versuchten, sie zu entdecken.

Die ständig tickende Uhr der Angst. Diese unspezifische Unruhe. Die Zerbrechlichkeit des Lebens: Jeden Moment konnte es kaputtgehen; wenn man es am wenigsten ahnte, kam der Tod und klopfte an die Tür.

Scheiß drauf, dachte sie. Warum liege ich hier und grüble über solche Fragen? Es wird garantiert nicht besser davon, wenn man glaubt, man wäre ein kleines, zitterndes Tier, das auf den Geier wartet. Was ist los mit mir? Was hat mich geweckt?

So hatte sie sich noch nie in Lograna gefühlt. Nicht einmal, als dieser Mann da draußen gestanden und das Haus angestarrt hatte; da hatte sie gewusst, was ihr Angst einjagte, jetzt war alles irgendwie formlos und unerklärlich. Und Angst im Dunkeln hatte sie nie gehabt.

Dann ist es wohl die Einsamkeit, dachte sie. Früher oder später treibt sie einen in den Wahnsinn; das hatte ihre Mutter ein paar Mal gesagt, aber ihr fiel nicht mehr ein, ob das direkt an sie gerichtet gewesen war oder eher eine allgemeine Behauptung. Man braucht andere Menschen in seinem Leben, das hatte sie zumindest erklärt, es ist nicht möglich, auf lange Sicht allein zurechtzukommen.

Genau wie die Pinguine, dachte Anna. Ein einsamer Pinguin ist ein toter Pinguin. Und war es nicht genau diese Warnung, die Sonja in Elvafors versucht hatte, ihr zu vermitteln? Dass sie sich nicht zurückziehen durfte, dass es der Umgang mit den anderen war, der zur Heilung führen würde?

Die anderen, die im gleichen Boot saßen. Und dennoch zerschnitt man alle Fäden, die zur alten Junkiegemeinschaft führten. Was ja in gewisser Weise auch notwendig war, das war ihr schon klar, andererseits ermunterte das aber doch gerade dazu, die Einsamkeit zu suchen. Besonders jemanden, der so gut darin zurechtkam.

Aber kein Mensch war natürlich wie der andere. Eigentlich brauchte man doch nur vor bestimmten Menschen Angst zu haben, dachte sie. Und die Einzigen, die man absolut nicht missen konnte, waren … gewisse andere Menschen.

Sensationelle Schlussfolgerungen, auf die ich da komme, stellte sie fest. Es gibt Leute, die heißen Valdemar, und es gibt Leute, die heißen Steffo. Wie neu!

Sie seufzte und stand auf. Suchte Pullover und Jacke, ohne Licht zu machen. Pfeife, Tabak und Streichhölzer, dann schlüpfte sie in Valdemars Stiefel und ging hinaus in die rabenschwarze Herbstnacht.

21

Das ICA-Geschäft in Rimmersdal war auch sonntags geöffnet, genau wie er gehofft hatte. Zwar nur ein paar Stunden, sie schlossen um vier Uhr, aber es war acht Minuten vor, als er auf dem Kiesplatz davor parkte, also brauchten sie nicht nur seinetwegen noch länger offen zu halten. Heute wollte er ja nur ein paar Kleinigkeiten einkaufen.

Yolanda würde nicht länger bleiben müssen. Es war lustig; er war mehrere Tage nicht bei ihr gewesen, und er musste feststellen, dass er ihr ebenso lange so gut wie keinen Gedanken geschenkt hatte. So ist es nun einmal, dachte er, wenn man sein Leben wirklich in die Hand nimmt, dann füllt es sich auch mit Inhalt.

Niemals besser als jetzt.

Er hatte Alice nicht gesagt, dass er für ein paar Stunden weg sein würde, und das war auch gar nicht nötig gewesen. Ein Zufall war zum anderen gekommen; Alice hatte sich am Nachmittag mit ihrem weiblichen Netzwerk »Urnymphen« getroffen, und Wilma und Signe waren von ihrem Besuch beim Papa und in Wallmans Salons noch nicht wieder zurück.

Ein paar Kekse, etwas Obst, ein Liter Milch zum Kaffee und eine Abendzeitung, das war alles, doch als er an die Kasse kam, da sah er, dass dort eine neue Kassiererin saß. Eine etwas blasse junge Frau, sicher nicht viel älter als Anna oder Signe.

Aber natürlich, dachte er, natürlich muss Yolanda auch mal freie Tage haben.

Wie alle anderen auch.

Er bezahlte, packte seine Waren in eine Plastiktüte und verließ den Laden. Gerade als er sich ins Auto gesetzt und die Tür zugezogen hatte, war ein Piepsen von seinem Handy zu hören. Eine SMS war eingetroffen, es kam nicht oft vor, dass Valdemar eine SMS empfing, und noch seltener, dass er eine schickte.

Obwohl er glaubte, er könnte sich immer noch erinnern, wie man das machte. Er schob den Schlüssel ins Zündschloss, ohne zu starten, nahm das Handy aus der Brusttasche und klickte die Nachricht an.

Warum versteckst du dich vor mir? Du gehörst mir, ich komme bald zu dir. S

Er starrte den Text an. Begriff nicht die Bohne. Wer war S? Vor wem sollte er sich versteckt haben?

Du gehörst mir? Das klang wie … wie eine Liebesbotschaft. Eine Frau, die ihm schrieb und plante, zu ihm zu kommen? Mein Gott, dachte Ante Valdemar Roos, es ist doch wohl nicht möglich, dass …

Nein, beschloss er. Absolut nicht. Wie sehr man sein Leben auch in die eigenen Hände nimmt, so gibt es doch Grenzen dafür, was eintreffen kann. Er befand sich noch immer in der sogenannten Realität. Dass eine Frau mit einem Namen, der mit S anfing, heimlich in ihn verliebt sein könnte … nach ihm seit langer Zeit schmachtete und jetzt gedachte, auf irgendeine Art und Weise zu ihm zu kommen … nein, das war ganz einfach zu viel.

Und auch keine Frau, deren Name mit einem anderen Buchstabe anfing, wenn man es genau nahm.

Man muss die Möglichkeiten des Lebens begreifen, dachte

Ante Valdemar Roos, aber auch seine Grenzen akzeptieren. Und dazwischen eine deutliche Scheidelinie ziehen, darin liegt die Kunst.

Also falsche Adresse. So einfach war das. Der Absender hatte die falsche Nummer eingetippt, das passierte ihm selbst auch ziemlich oft, was wohl vor allem daran lag, dass seine Fingerkuppen gut und gern drei oder vier Tasten gleichzeitig bedecken konnten.

Er schaltete das Handy ab, startete und fuhr vom Parkplatz herunter. Spürte, wie es leicht in den Schläfen sauste, vielleicht hatte er am gestrigen Abend mit den Faringers ein paar Gläser zu viel getrunken, aber dann war er jedenfalls in guter Gesellschaft. Sie waren nicht vor ein Uhr gegangen, und auch wenn es nur Muscheln gegeben hatte und Eis mit Beeren zum Dessert, so hatte es bis Viertel nach zwei gedauert, bis Alice und er mit dem Abwasch fertig gewesen waren und ins Bett kamen.

Immer diese verfluchten Gläser, hatte Valdemar gedacht. Warum können die Leute nicht die ganze Zeit aus demselben Glas trinken und es ab und zu mal abspülen, wenn sie glauben, dass es notwendig ist?

Aber er hatte im Laufe des Vormittags mindestens einen Liter Wasser in sich hineingeschüttet, deshalb bestand die Hoffnung, dass es in seinen Schläfen verstummen würde, sobald er in die frische Luft von Lograna kam.

Wenn ich doch einfach dort schlafen könnte, dachte er plötzlich. Einfach heute Abend nicht zurückfahre, wir könnten uns sicher einigen und das Bett teilen, das Mädchen und ich?

Er warf im Rückspiegel einen Blick auf sich selbst und erinnerte sich daran, was er vor Kurzem über die Scheidelinie gedacht hatte. Zwischen den Möglichkeiten und den Begrenzungen.

Es muss mit Kaffee und einer Pfeife genug sein, beschloss er.

Und der Inspektion der Malerarbeit natürlich.

»Du bist ja schon fertig.«

»Ja, das denke ich auch.«

»Was für ein Unterschied. Du solltest …«

»Was?«

»Du solltest Innenarchitektin oder so etwas werden.«

Sie lachte. »Innenarchitektin? Aber Valdemar, ich habe einfach nur die Wände gestrichen. Es gehört wohl ein kleines bisschen mehr dazu, um sich Architekt nennen zu dürfen.«

»Kann sein«, nickte Valdemar. »Es ist jedenfalls verdammt hübsch geworden. Aber was hast du dir eigentlich gedacht, was du werden willst? Auch wenn du etwas aus der Bahn geworfen worden bist, so hast du doch sicher Pläne, oder?«

Anna schob ihre Hände in die Jeanstaschen und überlegte.

»Nun ja, ich weiß nicht«, sagte sie. »Vielleicht sollte ich erst mal wieder lernen. Das Gymnasium zu Ende bringen jedenfalls. Es fällt mir ziemlich schwer, mich zu entscheiden.«

»Das ist auch nicht so einfach«, sagte Valdemar. »Zu meiner Zeit war es einfacher.«

»Ja?«, fragte Anna interessiert, »wieso?«

Er seufzte. »Man landete einfach irgendwo. Ohne weiter nachzudenken. Ich habe Betriebswirtschaft studiert, obwohl es mich nicht die Bohne interessiert hat. Es ist natürlich nicht schlecht, Geld zu verdienen, aber den ganzen Tag dazusitzen und zu rechnen, nein danke.«

»Was hättest du denn stattdessen lieber gemacht?«

Er zuckte mit den Schultern. »Ich weiß nicht. Ich bin wahrscheinlich nur ein ziemlich normaler Typ, der mit den Jahren einfach etwas unzufrieden geworden ist.«

»Wie meinst du das?«

Er antwortete nicht, und nach einer Weile hakte sie nach. »Was willst du damit eigentlich sagen, Valdemar?«

Wieder seufzte er. »Na, das hast du doch wohl auch gemerkt. Ich habe Probleme, Kontakt zu Leuten zu bekommen,

Kontakt zum Leben selbst, kann man wohl sagen. Ja, das ist wahrscheinlich die große Frage überhaupt…«

»Was?«

»Welchen Sinn das Leben zum Teufel noch mal überhaupt hat.«

Sie setzte sich an den Küchentisch, und er tat das Gleiche. Sie betrachtete ihn mit leicht flackerndem Blick, unruhig, wie es schien, und er fragte sich, warum um alles in der Welt er das überhaupt gesagt hatte, was gerade aus ihm herausgeplatzt war. Sie war mindestens fünfzehn Jahre jünger als sein Sohn.

»Bist du unglücklich, Valdemar?«

»Nein, nein.«

»Sicher?«

»Nun ja, es gibt bestimmt Menschen, denen es besser geht. Zumindest hoffe ich das. Sonst wäre es ja schrecklich.«

»Und was würdest du gern tun?«

»Tun?«

»Ja.«

Er blieb eine ganze Weile schweigend sitzen. Schaute sich die frisch gestrichenen Wände an, kratzte sich im Nacken und ließ dann schließlich ein vorsichtiges Lächeln aufblitzen.

»Wirklich schön, Anna.«

»Ja«, sagte Anna. »Aber du hast nicht auf meine Frage geantwortet.«

»Was ich gern tun würde?«

»Mm.«

Er räusperte sich. »Vielleicht ist genau das das Problem«, sagte er und schaute aus dem Fenster. »Wenn es wirklich eine Sehnsucht gäbe, dann sollte es nicht so schwer sein, einfach loszulegen. Aber wenn man nicht so recht weiß, wenn man sich einfach nur unwohl fühlt und keine Ahnung hat, worauf man eigentlich zusteuern will… ja, dann wird alles irgendwie ziemlich düster.«

»Aber du hast doch das hier.« Sie breitete die Arme aus.

»Das hast du dir doch angeschafft. Ist es nicht das, wonach du dich sehnst?«

Valdemar lehnte sich zurück. »Doch, ja«, sagte er. »Natürlich ist es das. Aber wo viel ist, will man mehr, wie es heißt.«

»Das verstehe ich jetzt nicht.«

Er überlegte erneut. »Ich will nicht wieder von hier wegfahren, Anna. Das ist der Haken. Ich habe nicht das Gefühl, dass es reicht, nur während der Wochentage hier zu sein.«

Ein paar Sekunden schwiegen sie beide.

»Wie geht es dir mit deiner Familie?«

»Schlecht«, sagte Valdemar und schüttelte den Kopf. »Das hast du dir sicher schon zusammengereimt. Für die Mädchen bin ich nur Luft. Alice ist meiner müde, und das kann ich wirklich verstehen, aber…«

»Aber?«

Er lachte. »Kleine Anna, ich begreife wirklich nicht, wieso ich hier sitze und dir mein Leid klage. Ich bin fast vierzig Jahre älter als du, aber du warst es schließlich, die angefangen hat. Es ist irgendwie… ja, das ist, als würdest du es aus mir herauskitzeln.«

Sie verzog den Mund. »Vielleicht sollte ich Psychologin oder so etwas werden.«

»Warum nicht? Du scheinst ein Händchen dafür zu haben.«

Sie überlegte. »Ja, jedenfalls sind es immer die anderen, die mit ihren Problemen zu mir kommen. Nicht andersherum, obwohl das ja so sein sollte.«

»Ach ja?«

»Ich habe immer dagesessen und unglücklichen Freundinnen zugehört, jedenfalls habe ich das Gefühl.«

»Tatsächlich?«, sagte Valdemar. »Ja, man darf die Gebrauchsanweisung für das Leben nicht verlieren, das hat mein Onkel immer betont. Weißt du übrigens, was mir auf dem Weg hierher passiert ist?« Er holte sein Handy heraus und stellte es an. »Was sagst du dazu?«

Es dauerte eine Weile, bis es ihm gelang, die Nachricht zu finden, und als er sie gefunden hatte, reichte er ihr das Handy. Sie nahm es entgegen und las. Zuerst mit erwartungsvoller Neugier im Gesicht, doch dann geschah etwas.

Das Lächeln verschwand, sie schlug sich die Hand vor den Mund und starrte ihn an.

»Was ist?«, fragte Valdemar.

Sie schüttelte den Kopf und sah erneut aufs Display. »Das hier …«

»Ja?«

»Das hier ist nicht für dich, Valdemar. Ich glaube …«

»Nicht für mich?«

»Nein, obwohl ich nicht verstehe, wie …?«

Sie stand auf und ging im Raum auf und ab. »Ich verstehe nicht, wie er die Nummer herausgekriegt haben kann …? Warte mal, es muss doch eine Absendernummer dastehen.«

Sie nahm das Handy und klickte ein paar Mal, während sie aufs Display starrte. »Ja, natürlich! Verdammte Scheiße, das ist er. Wie um alles …?«

Sie verstummte und blieb mit halb offenem Mund stehen und einem Ausdruck der Verwirrung und gleichzeitig der Konzentration in den Augen. Kleine, winzige Pupillen, die versuchten, bohrend irgendeinen Zusammenhang zu finden. Valdemar betrachtete sie und merkte, dass er den Atem anhielt.

»So muss es gewesen sein«, sagte sie schließlich.

»Hättest du etwas dagegen, mir zu erklären, was zum Teufel da vor sich geht?«, fragte Valdemar.

»Gleich«, sagte Anna. »Gleich, ich verspreche es. Darf ich erst kurz mit meiner Mutter sprechen?«

»Ja … ja, natürlich.«

Sie tippte die Nummer ein, und Valdemar stand auf. »Ich gehe so lange ins Wohnzimmer.«

Sie nickte und hielt das Handy ans Ohr. »Scheiße, kein Netz.«

Valdemar drehte sich in der Türöffnung um. »Nein, stimmt, es funktioniert ziemlich schlecht hier im Haus. Ich begreife gar nicht, wieso es dir letztes Mal gelungen ist.«

Sie biss sich auf die Lippen, und er sah plötzlich, dass sie kurz vorm Weinen war – aus einem Grund, den er nicht begreifen konnte, von dem er aber hoffte, dass sie ihn ihm möglichst bald erklären würde. Am liebsten hätte er sie in den Arm genommen, eine Weile einfach nur festgehalten – das war sein erster Impuls, aber er begriff sofort, dass das nicht im Rahmen der Möglichkeiten lag.

Wieder diese Scheidelinie.

»Du kannst es ein Stück den Hügel hinauf versuchen«, sagte er. »Du weißt, den Weg ein paar hundert Meter zurück und dann nach links bei den Baumstämmen… ich habe von dort aus schon ein paar Mal telefoniert.«

Wieder nickte sie. »Ich rufe sie nur kurz an, dann ruft sie mich zurück.«

»Ist nicht nötig«, sagte Valdemar, und dann verschwand sie durch die Tür.

Es dauerte fast eine halbe Stunde, bis sie zurück war. Während dieser Zeit lag er ausgestreckt auf dem Bett, schaute an die Wände und versuchte, sich über die neue Farbe zu freuen. Mit ziemlich wenig Erfolg, was jedoch weder an der Farbe noch an den Handwerkskünsten lag. Natürlich nicht.

Was ist passiert?, dachte er. Was zum Teufel bedeutet diese Nachricht?

Sie hatte gesagt, sie sei für sie. Es war Anna, die sich vor jemandem, der S hieß, versteckte, und sie war es auch, die Besuch zu erwarten hatte. Das war ihr sofort klar gewesen.

Aber es war nichts, worüber sie sich freute. Ganz im Gegenteil, ihre Reaktion war in diesem Punkt mehr als deutlich gewesen. Die SMS hatte sie erschreckt, daran bestand kein Zweifel. Dieser S war niemand, den sie sehen wollte.

Jetzt sind die guten Tage vorüber, dachte Valdemar Roos, und er fragte sich, warum sich gerade diese Formulierung in seinem Schädel festsetzte. *Jetzt sind die guten Tage vorüber.*

Dabei war nicht einmal eine Woche vergangen.

Aber das war natürlich typisch. Es gab nicht viel, was man begehren durfte.

»Er heißt Steffo«, sagte sie, als sie ins Zimmer trat.

Er setzte sich auf. »Steffo?«

»Ja. Er war mein Freund.«

»Ich verstehe.«

»Er hat die Nummer von meiner dummen Mutter gekriegt.«

»Die Nummer meines Handys? Wie das?«

Sie ließ sich am Tisch nieder und stützte den Kopf in die Hände.

»Ich habe sie doch letztes Mal angerufen. Und dann hat er sie angerufen und gefragt, wie er mich erreichen könnte. Und meine blöde Mutter hat ihm die Nummer gegeben.«

»Und du willst nicht, dass …?«

»Nie im Leben«, erklärte Anna. »Er ist doch verrückt. Ich habe eine Scheißangst vor ihm. Er glaubt… nein.«

»Sprich weiter.«

»Er glaubt, ich gehörte ihm, nur weil wir ein paar Monate zusammen waren.«

»Aber du hast Schluss mit ihm gemacht?«

Sie seufzte und biss sich auf die Lippen. »In gewisser Weise, ja«, sagte sie. »Ja, das habe ich, natürlich. Als ich in dieses Heim gegangen bin, habe ich jeden Kontakt zu ihm abgebrochen, er muss doch kapieren, dass es vorbei ist. Obwohl …«

»Obwohl was?«

»Er ist so verdammt eklig. Ich habe schon viele Dummheiten in meinem Leben gemacht, aber dass ich mit Steffo zusammen war, das war die größte.«

Sie faltete die Hände auf dem Schoß, und einen Moment lang glaubte er, sie würde beten.

»Das musst du ihm sagen.«

»Was?«

»Ihm erklären, dass du nichts mehr mit ihm zu tun haben willst.«

Sie schüttelte den Kopf. »Du verstehst das nicht«, sagte sie.

»Nein?«, fragte Valdemar.

»Steffo glaubt, man könnte Menschen besitzen, genau wie man Dinge besitzen kann. Und er hat geschrieben, dass er herkommen will.«

Valdemar musste lachen: »Hierher? Wie um alles in der Welt sollte er denn herfinden?«

Anna schaute ihn an, kaute auf einem Fingerknöchel und zögerte. »Ich weiß nicht, ob er es wirklich schafft«, sagte sie, »aber meine Mutter hat ihm gesagt, wo ich bin.«

»Wie?«

»Das hier. Lograna. Ich habe ihr erzählt, dass ich an einem Ort bin, der Lograna heißt, ich weiß auch nicht, warum ich das getan habe. Weil sie gefragt hat und weil ich sie beruhigen wollte, wahrscheinlich. Sie war so aufgeregt, als sie hörte, dass ich weggelaufen bin. Auf jeden Fall weiß Steffo, dass ich an einem Ort bin, der Lograna heißt.«

Valdemar dachte eine Weile nach. »Nun ja«, sagte er, »aber Lograna steht doch sicher nirgends auf einer Karte, oder?«

»Das weiß ich eben nicht«, sagte Anna. »Du hast nicht versucht, es im Internet zu finden?«

»Nein«, sagte Valdemar.

»Dann ist es vielleicht zu finden«, sagte Anna. »Und dann findet er hierher. Ich muss von hier weggehen, Valdemar.«

»Nun warte erst einmal«, beschwichtigte Valdemar. »Jetzt setzen wir einen Kaffee auf, und dann besprechen wir das Ganze.«

»Was gibt es da noch zu besprechen?«

»Eine ganze Menge. Du kannst doch nicht ewig vor diesem Steffo weglaufen, das ist dir doch wohl klar, oder?« Er machte eine Pause und dachte nach. »Ich meine, was für ein Leben ist das dann? Er muss doch irgendwann einmal begreifen, dass du nichts mehr mit ihm zu tun haben willst.«

»Ich wünschte, es wäre so einfach«, sagte Anna. »Dass ich es ihm einfach nur sagen müsste.«

»Hast du es versucht?«

Sie zuckte mit den Schultern. »Genau genommen nicht. Meinst du, wir sollten ihm eine Antwort schicken?«

Valdemar spürte, wie etwas Warmes in seinem Kopf aufblitzte, und er begriff sofort, woher das kam. Sie hatte das kleine Wort *wir* benutzt. Sollen *wir* ihm eine Antwort schicken?

»Wir setzen erst einmal Kaffee auf und diskutieren die Lage«, wiederholte er. »Ich glaube nicht, dass er hierherfindet. Dieser Ort hat sich viele Jahre lang wunderbar vor der Welt versteckt. Und ich denke überhaupt nicht daran, dich in reiner Panik wegrennen zu lassen.«

Ihre Augen wurden feucht, als er das sagte. Er schaute auf die Uhr. Es war bereits halb sechs; er fragte sich, wie lange das weibliche Netzwerk wohl konferieren würde.

22

Es kam zu keiner Antwort-SMS.

Aber wenn sie mich bittet hierzubleiben, dann tue ich das, dachte er mehrere Male, während sie Kaffee tranken, miteinander redeten und gemeinsam Pfeife rauchten. Ist mir doch egal, was passiert, ich muss mich wie ein moralischer Mensch benehmen. Ich kann doch verdammt noch mal kein eingeschüchtertes kleines Mädchen mitten im Wald zurücklassen.

Wenn sie mich bittet, wie gesagt.

Mich ausdrücklich darum bittet.

Doch das tat sie nicht. Vielleicht war sie kurz davor, er konnte es nicht so recht beurteilen. Bei mehreren Gelegenheiten meinte er die Frage bereits in ihrem Blick lesen zu können, doch sie wurde nie in Worte gekleidet. Er nahm ihr das Versprechen ab, zumindest noch ein paar Tage zu bleiben. Es war schwer, sie dazu zu überreden, doch zum Schluss willigte sie ein, und als er ihr zum Abschied winkte und sich ins Auto setzte, kam ihm die Idee, dass sie das vielleicht nur getan hatte, um nicht weiter darüber diskutieren zu müssen. Vielleicht war sie am nächsten Morgen verschwunden?

Das war ein Gedanke, der fast nicht zu ertragen war. Ganz plötzlich spürte er es. Er war unerträglich. Was zum Teufel passiert hier eigentlich mit mir?, dachte Ante Valdemar Roos, als er auf den Rödmossevägen abbog. Wo ist mein altes Leben geblieben?

Vor seinem inneren Auge konnte er sehen, wie es am folgenden Vormittag ablaufen würde.

Wie er den Schlüssel aus dem Versteck holte, wie er die Tür aufschloss, wie er in das frisch gestrichene, vollkommen leere Haus trat. Ein Zettel auf dem Tisch, sonst nichts: *Ich habe beschlossen, trotz allem lieber abzuhauen. Danke, Valdemar, viel Glück mit Lograna und allem anderen. Küsschen, Anna.*

Verdammte Scheiße, dachte er. So darf es nicht kommen. So blöd kann das Leben doch wohl nicht sein. Nicht einmal mein Leben.

Und die gestrichenen Wände, sie würden ihn für immer an sie erinnern und an die merkwürdigen Tage, die sie gemeinsam verbracht hatten.

Eine Woche, es war am letzten Montag gewesen, da hatte er entdeckt, dass jemand im Haus wohnte, aber erst am Mittwoch hatte sie sich hervorgewagt. Vier Tage, einschließlich dem heutigen Tag, war es tatsächlich nicht mehr?

Sie hatte Gitarre gespielt und für ihn gesungen. Das hatte noch niemand zuvor in seinem Leben getan, schon gar keine Frau. Er hatte geweint, und sie hatte ihn weinen lassen, ohne Fragen zu stellen.

As tears go by.

Er schüttelte den Kopf und biss die Zähne zusammen, dass es im Kiefer wehtat. Er wusste nicht, warum er es tat, aber er packte das Lenkrad noch fester mit den Händen, konnte sehen, wie die Knöchel langsam weiß wurden – und dann tauchte sein Vater wieder auf.

Diese Wanderung durch den Wald. Die hohen, schlanken Kiefern. Felsen und Preiselbeergestrüpp. Hier stand häufig der Elch.

Niemals besser als jetzt.

Ich gehe kaputt, dachte Ante Valdemar Roos. Jetzt bin ich einem Zusammenbruch nahe.

Sie blieb noch eine ganze Weile am Fenster stehen, nachdem er weggefahren war. Versuchte ein einigermaßen stabiles Gefühl zu finden zwischen all dem, was in ihr herumwirbelte. Einen Mittelpunkt.

Aber nichts schien gewillt zu sein, sich zu stabilisieren, alles drehte sich nur immer weiter und tanzte wie Staubkörner in einem Sonnenstrahl. Erst als sie sich wieder an den Tisch setzte und eine neue Tasse Kaffee einschenkte, konnte sie etwas Konkretes fassen. Viel war es nicht, aber es war zumindest möglich, es in Worte zu fassen.

Das Erste war eine Frage: Was zum Teufel soll ich tun?

Das Zweite eine Ermahnung: Entscheide dich, Anna Gambowska!

Das Dritte war ein alter Song: *Should I stay or should I go?*

Ihr fiel nicht ein, wie die Gruppe hieß, aber das war auch gleich, und es stimmte wohl: In welcher Scheiße man auch saß, wie viel Dummheiten und wie viel Elend man um sich herum auch angehäuft hatte, es gab immer irgendeinen blöden Rocksong, der zu dieser Situation passte.

Aber vielleicht war das ja gar kein Wunder. Alles handelte von Leben und Tod und Liebe in dieser Musik, und wenn es in Wirklichkeit brannte, dann klang es natürlich genauso ernst. Genauso ernst und genauso banal.

Should I stay or should I go?

Und was dann? Wenn sie nun die zweite Alternative wählte? Es war die gleiche alte Frage wie immer. Aber jetzt erschien sie viel, viel schlimmer, wenn Steffo wirklich auf dem Weg war. Wie dem auch sei, dachte sie, ich ertrage alles Mögliche, nur nicht, Steffo ausgerechnet jetzt zu begegnen.

Das war zumindest ein Gefühl, das einigermaßen stabil erschien.

Das Schlimmste war, dass sie sich sehr gut vorstellen konnte, dass er sie fände. Er war so einer. Er würde das auf seine perverse Art schaffen. Ins Internet gehen, nach *Lograna* suchen. Es auf der Karte finden, sich einen Rucksack mit Bier und ein bisschen Haschisch packen, sich auf den Scooter setzen und losfahren.

Stay or go?

Wie weit konnte es von Lograna nach Örebro sein?

Zweihundert Kilometer? Dreißig vielleicht? Auf jeden Fall wäre es nicht zu weit für Steffo, wenn er es sich erst einmal in den Kopf gesetzt hatte.

Wenn Steffo hierherkommt, dann ist Schluss mit mir, dachte sie. So ist es nun einmal. Dann gebe ich auf.

Sie ging hinaus und zündete die Pfeife an. Die Dämmerung hatte bereits eingesetzt, der Himmel war mit dicken Wolken bedeckt, was natürlich der Dunkelheit auf die Sprünge half. Nachdem sie ein paar Züge gemacht hatte, fiel ihr ein, was Marja-Liisa erzählt hatte.

Auch das half der Dunkelheit auf die Sprünge.

Go, dachte sie. Ich wage es nicht, noch eine Nacht hierzubleiben.

Und wenn Valdemar sich wirklich gewünscht hat, dass ich hierbleibe, fragte sie sich anschließend, warum hat er mich dann allein gelassen? Er muss doch begriffen haben, dass ich Angst habe. Sie wollte es vor sich selbst nicht zugeben, sah aber ein, dass dies das Zünglein an der Waage war.

Er wollte sie eigentlich gar nicht hier haben.

Und warum sollte er auch? Was bildete sie sich ein? Sie hatte die Wände gestrichen und damit ihren Obolus entrichtet. Hatte ihre Schulden bezahlt, jetzt waren sie quitt.

Go, also.

Sie schluckte den Kloß im Hals hinunter und ging ins Haus.

Und schon kurze Zeit später, während sie im Zimmer stand und ihren Rucksack packte, dabei einen Blick aus dem Fenster warf, bemerkte sie zwei Dinge.

Zum einen hatte es angefangen zu regnen.

Zum anderen stand ein Scooter ein Stück entfernt auf dem Weg geparkt.

Sie hatte ihn nicht kommen hören. Er musste ihn das letzte Stück geschoben haben, dachte sie. Auch das war typisch.

23

Er war gerade an Rimmersdal vorbei, als sein Handy klingelte.

Er sah, dass es Alice war, und hinterher konnte er nicht sagen, warum er überhaupt drangegangen war.

»Wo bist du?«

»Ich bin nur eine Runde mit dem Auto gefahren.«

»Du bist eine Runde mit dem Auto gefahren?«

»Ja.«

»Aber das hast du doch noch nie gemacht.«

»Ich fahre jeden Tag mit dem Auto, liebe Alice.«

»Ja, aber heute ist Sonntag. Ich muss mit dir reden, Valdemar.«

»Ja? Wie war das Treffen mit den Nymphen?«

»Interessant. Um es vorsichtig auszudrücken.«

»Ach ja?«

»Wo bist du? Bist du allein im Auto?«

»Was hast du gesagt?«

»Bist du allein im Auto?«

»Natürlich bin ich allein. Ich bin in einer Viertelstunde zu Hause. Habe einen Abstecher nach… ja, zum Kymmen gemacht. Und worüber willst du mit mir reden?«

Sie machte eine kurze Pause. Er hörte, wie sie etwas trank.

»Was hast du am Freitag gemacht, Valdemar?«

»Am Freitag?«

»Ja.«

»Nichts Besonderes, wie ich denke.«

»Du warst nicht in der Stadt oder so?«

»Tagsüber?«

»Ja, tagsüber.«

»Nein, warum sollte ich?«

»Nicht bei Ljungmans zum Mittagessen?«

»Bei Ljungmans? Nein, das war ich natürlich nicht.«

»Das ist ja merkwürdig. Denn es ist nun einmal so, dass Karin Wissman dich dort gesehen hat. Kannst du mir das erklären, Valdemar?«

Er überlegte einen kurzen Moment.

»Ich weiß wirklich nicht, wovon du redest, Alice.«

»Nein, nicht? Und du warst in Gesellschaft einer jungen Frau, sagt Karin. Einer *sehr* jungen Frau.«

»Was?«

»Du hast es gehört.«

»Das ist mir unbegreiflich, Alice. Ich verstehe wirklich nicht, wie sie darauf …«

»Sie hat euch aus nur einem Meter Abstand gesehen, Valdemar. Du hast sie gegrüßt. Was zum Teufel treibst du eigentlich?«

Er nahm das Handy vom Ohr und betrachtete dieses kleine Ding voller Abscheu. Dann drückte er so fest er konnte auf den roten Knopf, warf den Apparat ins Handschuhfach und fuhr an den Straßenrand.

Stellte den Motor ab und lehnte den Kopf gegen die Nackenstütze.

So, dachte er und nahm seine Brille ab. Jetzt ist es so weit. Zeit, sich zu entscheiden.

Und die ersten schweren Regentropfen landeten auf der Motorhaube.

II

II

24

Kriminalinspektor Barbarotti saß an einem Pokertisch.

Eine tief hängende Lampe warf ein gelbliches Licht über die grüne Filzdecke. Ein größerer Topf, mit Münzen, Chips und Scheinen, thronte mitten auf dem Tisch, und Rauchsäulen von Zigarren und Zigaretten stiegen langsam zur Decke auf und verflüchtigten sich im nebulösen Dunkel oberhalb des Lampenschirms. Leise Musik, eine sanfte Frauenstimme, die Jazz sang, war aus unsichtbaren Lautsprechern zu vernehmen, und langsam, ganz langsam zog er ein drittes Ass hinter einem Zehner hervor und verwandelte ein Paar in ein Full House.

Sie waren drei Spieler. Neben Barbarotti selbst gab es noch zwei andere Herren, deren Gesichter er aber nicht erkennen konnte, weil dieser verdammte Lampenschirm so tief hing, aber er war sich sicher, dass es würdige, um nicht zu sagen, übermächtige Gegner waren.

Andererseits: Hatte man ein Full House mit Assen, dann war das nicht schlecht. Er suchte in den Taschen seiner Jacke nach weiterem Geld, um es in den Topf zu werfen, musste aber bald feststellen, dass in seiner Jacke nur noch abgelaufene, wertlose polnische Zlotyscheine sowie eine Briefmarke von äußerst zweifelhaftem Wert waren. Außerdem bemerkte er, dass seine Widersacher seine prekäre Lage erkannten, und bevor er noch zu irgendeiner Art von Entschluss kam, beugte sich der eine von ihnen in den Lichtkegel und lächelte ein äußerst höhnisches Lächeln, bevor er seine Zigarre aus dem Mund nahm.

»Es ist Ihre Seele, die Sie setzen müssen, Monsieur Barbarotti«, sagte er betont salbungsvoll. »Nichts außer Ihrer Seele.«

Der andere Herr beugte sich nicht vor, um sein Gesicht zu zeigen, er begnügte sich damit, mit einem kurzen »Genau« zuzustimmen, und Gunnar Barbarotti begriff plötzlich, mit wem er da spielte. Mit dem Teufel und mit Gott, mit anderen Worten, nicht gerade mit irgendwelchen dahergelaufenen Spielern, und in dem Moment, als ihm diese Einsicht kam, saß er nicht mehr auf seinem Stuhl, sondern lag zappelnd zwischen Münzen, Chips und Scheinen in dem großen Topf unter der Lampe, eine armselige, jämmerliche Liliputfigur, bekleidet nur mit seinem Stolz, seiner Armbanduhr und seiner Unterhose, und ohne die geringste Möglichkeit, das Schicksal zu beeinflussen.

»Genau, kleiner Freund«, brummte der Herrgott zerstreut, »du bist nicht mehr als ein Stein im Spiel, hast du diese einfache Grundregel vergessen?«

»Rede nicht mit dem Topf, bester Bruder«, ermahnte ihn der Teufel. »Ist dieser kleine Jammerlappen alles, was du setzt? Das zeigt ja schon, worauf diese Partie hinausläuft.«

»Er ist, wie er ist«, kommentierte der Herrgott mit leicht düsterem Tonfall. »Man muss das Böse wie das Gute hinnehmen.«

»Manchmal triffst du den Nagel auf den Kopf, das muss ich dir lassen«, lachte der Teufel.

Gunnar Barbarotti versuchte, auf die Beine zu kommen, rutschte jedoch auf einer nachlässig ausgespielten Fünfkronenmünze aus, fiel prompt auf den Hintern und wachte auf.

Weiße Wände, weiße Decke. Helles Licht, der Geruch nach irgendeiner Art Desinfektionsmittel und der Geschmack von Metall auf der Zunge. Er lag auf dem Rücken, und ihm ging es schlecht – ein Bein war schwer wie Blei, entfernte Stimmen waren zu hören und Schritte, die einen Flur entlang verschwanden.

Ich liege im Krankenhaus, das war sein erster Gedanke, seit Gott und der Teufel ihn aufgegeben hatten. Ich bin gerade aufgewacht, etwas ist passiert, aber in meinem Kopf stimmt noch alles. Es muss das Bein sein.

Zufrieden mit diesen Schlussfolgerungen schlief er wieder ein, um eine Weile später wieder aufzuwachen, wahrscheinlich nur wenige Minuten oder Sekunden später, denn er konnte ohne Probleme den Gedankenfaden wieder dort aufnehmen, wo er ihn fallengelassen hatte.

Das Bein. Es war eingegipst. Das linke Bein, der ganze Fuß, der ganze Unterschenkel bis zum Knie. Aber die Arme konnte er bewegen, er konnte eine Faust ballen, und wenn er den Zehen in dem eingepackten Fuß den Befehl gab, sich zu krümmen, dann krümmten sie sich.

Also, dachte Gunnar Barbarotti und schlug die Augen auf, also habe ich mir das linke Bein gebrochen. Das kommt in den besten Familien vor. Alles andere ist, wie es sein soll. Man hat mich operiert, und ich habe eine Vollnarkose bekommen, weil es eine komplizierte Operation war.

Dann schlief er wieder ein.

Als er zum dritten Mal aufwachte, konnte er sich an die ganze Geschichte erinnern. Auch die Pokerpartie aus dem Traum kam wieder, und irgendwie hatte er das Gefühl, dass das eine mit dem anderen zusammenhing.

Dass er vom Dach gefallen war und dass Gott und der Teufel um seine Seele pokerten.

Quatsch, dachte er irritiert. So nahe kann der Tod nicht gewesen sein, und der Herrgott hätte mich zweifellos gewarnt, wenn so große Gefahr bestanden hätte.

Der Herr lag momentan mit dreizehn Punkten über der Existenzgrenze … Barbarotti wunderte sich kurz darüber, wie präsent ihm die genaue Zahl war … und er hatte allen Grund, sich gut mit dem Inspektor zu stellen. So sah es aus.

Er sah ein, dass seine Überlegungen aus logischer Sichtweise nicht ganz unantastbar waren, aber dieser strenge Metallgeschmack im Mund störte zweifellos ein wenig seine Konzentration. Obwohl wohl kaum die Rede von einer Vollnarkose sein konnte. Plötzlich erinnerte er sich nämlich an die gesamte Operation, an ein quälendes Detail nach dem anderen; vielleicht hatte er anschließend etwas Beruhigendes bekommen, ja, so musste es wohl gewesen sein. Hätte er selbst entscheiden können, dann hätte er es auf jeden Fall vorgezogen, das Ganze zu verschlafen, aber derartige Entscheidungen lagen nun einmal nicht bei dem Patienten, sondern bei dem diensthabenden Orthopäden. Was sicher seine guten Gründe hatte.

Dass er vom Dach gefallen war, war jedenfalls nicht zu leugnen. Und mit dem linken Bein voran in einer Schubkarre gelandet war, die irgendein Idiot da unten auf dem weichen Rasen hingestellt hatte, vermutlich war er es selbst gewesen, und es hatte so verdammt wehgetan, dass er in Ohnmacht gefallen war.

Marianne war angelaufen gekommen, mit der Landplage Schwager-Roger im Schlepptau, wie bald darauf auch ein Nachbar namens Peterzén, ein pensionierter Pilot und beim Hockey AIK-Fundamentalist, und dann kam der Krankenwagen mit Personal, das sich daran machte, den Fuß wieder gerade zu rücken, und da wurde er erneut ohnmächtig. denn das tat weher, als es überhaupt vorstellbar war.

Und dann etwas Schmerzstillendes und die Fahrt ins Krankenhaus, und jede Menge Krankenschwestern und Ärzte, die brachen und bogen und konstatierten und konferierten und schließlich erklärten, dass er nicht noch ein drittes Mal in Ohnmacht fallen solle, denn es wäre doch zu schade, wenn er etwas so Interessantes wie seine eigene Operation verpassen würde.

Und jetzt war diese Operation also überstanden. Jetzt würde alles gut werden. Jetzt durfte er in einem Bett liegen und wurde Tage und Wochen lang umsorgt, er würde nie … auf jeden Fall würde er nie wieder aufs Dach steigen und Latten festnageln müssen und Schwager-Roger vorgaukeln, dass er ein geschickter Handwerker wäre. Oder Marianne oder den Kindern oder irgendjemandem sonst.

Man muss seine Möglichkeiten kennen, aber in allererster Linie seine Grenzen, dachte Gunnar Barbarotti. Sicher, er war Kriminalinspektor und hatte seit seiner Studienzeit in Lund einen alten, nie genutzten Juraabschluss, aber er war mit zwei linken Händen geboren, und ein bisschen Höhenangst hatte er auch schon immer gehabt.

Und obwohl er vor Schmerzen fast wieder ohnmächtig wurde, hatte er nicht vermeiden können mitanzuhören, was einer der Sanitäter zu dem anderen sagte.

»Da hat er fünfhundert Quadratmeter weichen Rasenboden, um drauf zu landen, und dann sucht er sich eine Schubkarre aus. Intelligentes Kerlchen.«

Die Tür ging auf, eine Krankenschwester betrat das Zimmer.

»Sind wir aufgewacht?«

Er hatte gedacht, dass man nur noch in alten Filmen oder Büchern so sprach, doch dem war offensichtlich nicht so.

Er versuchte, dem zuzustimmen, was sie gesagt hatte, doch sein metallischer Mund funktionierte nicht. Es kam nur ein Zischen, gefolgt von einer Hustenattacke.

»Trinken Sie was«, sagte sie und reichte ihm einen Becher mit einem Strohhalm.

Das tat er. Warf einen vielsagenden Blick auf den Gipsklumpen und dann einen fragenden in ihre blauen Augen.

»Doch, doch«, sagte sie. »Das wird wieder gut. Doktor Parvus kommt bald zu Ihnen und wird mit Ihnen reden. Sie haben doch keine Schmerzen?«

Er schüttelte den Kopf.

»Klingeln Sie, wenn etwas ist. Doktor Parvus kommt bald.«

Sie studierte das Papier, das am Fußende seines Betts hing, dann nickte sie ihm aufmunternd zu und verließ das Zimmer.

Bevor er erneut einschlief, lag er still im Bett und schaute aus dem ansehnlichen Fenster, durch das er einen gelben Kran beobachten konnte, der sich langsam und gravitätisch vor dem klarblauen Herbsthimmel bewegte. Das sah schön aus, fand Gunnar Barbarotti, irgendwie majestätisch. Und würdevoll. In meinem nächsten Leben möchte ich ein Kran sein, beschloss er, dann werden die Frauen sich um mich scharen.

Während er dieses schöne, würdevolle Bild betrachtete, dachte er ein wenig über seine Lage nach. Auch wenn der Fall vom Dach kein Nahtod-Erlebnis war, so ergab sich das dennoch in gewisser Weise.

Die eigene, persönliche Lage – sein Platz in dem Koordinatensystem, das Leben genannt wurde, in seinem neunundvierzigsten Lebensjahr – und welchen Blickwinkel hinsichtlich Ursache und Wirkung und Entwicklung man auch anlegen wollte, so konnte man auf jeden Fall die Behauptung aufstellen, dass in der letzten Zeit so einiges passiert war.

Im letzten Jahr, wie man behaupten konnte. Letzten Herbst um diese Zeit – im Septembermonat oder zumindest Ende August, wenn man es ganz genau nehmen wollte – hatte er mutterseelenallein in einer Dreizimmerwohnung in der Baldersgatan gehaust. Er erinnerte sich, wie er abends auf dem Balkon zu sitzen pflegte, die Krähenschwärme beobachtete, die über dem steil abfallenden Dach der Kathedralsschule kreisten, über eigentümliche Ereignisse im Finistère in Frankreich grübelte und sich fragte, was wohl aus seinem Leben werden sollte. Ob er auch die restlichen zehn oder zwanzig oder dreißig Jahre auf die gleiche einsame, immer deprimierendere, sauertöpfische Art und Weise verbringen würde – oder ob Marianne ja sagen würde und er einen neuen Frühling erleben dürfte.

Ja, so ungefähr hatten die Optionen ausgesehen, dachte Barbarotti und ließ für eine Sekunde den stattlichen Kran aus dem Blick, um stattdessen seinen gigantischen – und auch ein bisschen imposanten – Gipsklumpen am Unterbein zu betrachten. Da drinnen juckte etwas, aber er nahm an, dass diesbezüglich nur die Zähne zusammenzubeißen waren und er sich daran zu gewöhnen hatte. Er konnte sich nur schwer vorstellen, dass man ein so großes, prächtiges Paket aufbrechen würde, nur weil ein einfacher Kriminalinspektor sich mal kratzen wollte.

Er kehrte zu dem Kran und seinem Leben zurück. Dachte, dass die Baldersgatan unendlich weit entfernt schien, wie etwas, dass er vor langer, langer Zeit hinter sich gelassen hatte – in einem Leben, das eigentlich nur ein Wartezimmer gewesen war. Eine Atempause nach der Scheidung von Helena. Warten auf etwas Neues, das richtig sein sollte, irgendwie.

Er hatte dort fünf Jahre lang in Winterstarre verbracht, zusammen mit seiner geliebten Tochter Sara, die zwar sein Licht im Dunkel gewesen war, bis … ja, bis tatsächlich ein neues Leben begonnen hatte. Knall auf Fall, zumindest konnte einem das so erscheinen, wenn man es im Nachhinein betrachtete. Inzwischen wohnte er in einem dreihundertundfünfzig Quadratmeter großen Holzhaus auf einem Ufergrundstück am Kymme. Mit Nachbarn in angenehm weitem Abstand, einem zugewachsenen Garten, für anderthalb Millionen Kredit bei der Swedbank, und einer Frau, die er liebte.

Die vielen Quadratmeter waren wirklich nötig, da man inzwischen – er machte eine kurze Pause und zählte nach – zu neunt war im Haus.

Mein Gott, dachte er. Von einem Einpersonenhaushalt zu einem Neuner in nur einem Jahr. Wenn das keine Entwicklung ist. Er starrte auf den Kran und merkte, dass er lächelte. Tief in sich spürte er ein leises, vibrierendes Gefühl der Zufriedenheit, damit brauchte er gar nicht hinterm Berg zu halten, und schließlich handelte es sich ja … ja, eigentlich handelte es sich nur um ihn und Marianne. Letztendlich.

Dann war noch einiges dazugekommen, und da Inspektor

Barbarotti schon immer gerne Listen aufgestellt hatte – und das von Kindesbeinen an (was immer das auch heißen mochte) –, tat er das auch jetzt im Kopf.

Über die Bewohner der Villa Pickford, wie der erste Besitzer, der alte Fabrikant Hugger, seine Schöpfung getauft hatte. Er war ein Filmfreak der ersten Stunde gewesen und hatte dem Haus seinen Namen nach seiner Lieblingsschauspielerin gegeben, als er es Mitte der Dreißiger hatte errichten lassen.

Gunnar und *Marianne* also. Sie waren es gewesen, die beschlossen hatten, ihre Siebensachen zusammenzulegen und fortan als Mann und Frau zu leben – auch wenn sie es vorgezogen hatte, ihren Mädchennamen Grimberg zu behalten. Er hatte ihr das nie übel genommen. Wenn sie irgendwann in ferner Zukunft zu Barbarotti wechseln wollte, dann würde sich das sicher machen lassen. Und weiter?

Ja, da waren natürlich seine eigenen Kinder: *Sara*, 20, *Lars* und *Martin,* 14 und 12 Jahre alt.

Mariannes Kinder: *Johan,* 16 und *Jenny*, 14.

Saras Freund *Jorge,* 20, die beiden würden bald ausziehen, da sie eine eigene Wohnung gefunden hatten, eine heruntergekommene, aber billige Einzimmerwohnung in Väster, die sie gerade renovierten – eine Arbeit, die inzwischen schon in den dritten Monat ging, aber nach allem zu urteilen vor Weihnachten fertig sein würde. Das Problem war, dass beide mit ihren Studien und der Arbeit und allem Möglichen sonst beschäftigt waren, auf das sie Rücksicht nehmen mussten, und dass es ihnen offenbar ziemlich gut gefiel in der Villa Pickford.

Sie hatten sich gerade mal ein halbes Jahr gekannt, und Barbarotti war der Meinung gewesen, sie hätten mit dem Zusammenziehen gut noch eine Weile warten können, aber in diesem Fall – wie in so vielen anderen – wurde nicht auf ihn gehört.

Auf jeden Fall wohnten sie in der Zwischenzeit in Pickford, und da es hier mindestens zehn Zimmer gab, war das auch kein Problem.

Wer möglicherweise ein Problem für die Großfamilie darstellte, das war ihr neuntes und letztes Mitglied: *Schwager-Roger.* Die Landplage.

Roger Grimberg war Mariannes zehn Jahre älterer Bruder, und es war natürlich nicht geplant, dass er für ewig bleiben sollte, oh nein, wirklich nicht.

Aber er war geschickt wie MacGyver. Wenn man ihm ein Ei, zwei Bleistiftanspitzer und ein Gummiband gab, dann konnte er innerhalb von acht Minuten einen Hubschrauber daraus bauen. Es war praktisch, ihn im Haus zu haben, solange die Renovierungsarbeiten andauerten, das war nicht zu leugnen. Und die Renovierungsarbeiten dauerten an, seit sie am ersten November eingezogen waren. Zehneinhalb Monate inzwischen. Schwager-Roger war die letzten fünf davon immer zur Stelle gewesen, da er seit dieser Zeit arbeitslos war.

Normalerweise, wenn er nicht hämmerte oder sägte oder malte oder Fensterrahmen auswechselte oder Fußböden oder Kabel verlegte oder Kamine in der Villa Pickford installierte, dann wohnte er in Lycksele und arbeitete als Parkplatzwächter.

Was brauchen sie Parkplatzwächter in Lycksele?, dachte Barbarotti immer. Liegt auf der Hand, dass er arbeitslos ist.

Das Problem mit Roger Grimberg – abgesehen davon, dass er so schrecklich geschickt war, dass Barbarotti ab und zu Neurodermitis davon bekam – bestand darin, dass er ein wenig alkoholanfällig war und überdies gern den Zustand der Welt kommentierte.

Den Alkohol hatte er offenbar unter Kontrolle, er trank regelmäßig ein Sechserpack Bier pro Tag, Arbeitstag wie Ruhetag; es war die Umweltanalyse, die schwerer zu ertragen war.

Beispielsweise, wenn er mit ihm zusammen auf einem heißen Dach herumkletterte und etwas nagelte, was sich Latte nannte. Bin ich deshalb heruntergefallen?, dachte Barbarotti. War es etwas, das Schwager-Roger ausgeheckt hatte? Er konnte sich zwar nicht mehr genau daran erinnern, wie der Fall in die Schubkarre abgelaufen war, aber er wusste noch, dass Roger sich lang und breit über schwedische Firmen ausgelassen hatte, die ihre Produktion ins Ausland verlagerten – nach Osteuropa und Südostasien –, da hatten sie sich noch auf dem Boden befunden und ihre Leibbinden mit Nägeln gefüllt. Er und Roger, nicht die Firmen. Es hieß wahrscheinlich auch irgendwie anders als Leibbinden, aber Gunnar Barbarotti gefiel es, einigen dieser Dinge im Handwerksbereich eigene Namen zu verpassen. Das war eine Frage von Integrität und dem Recht darauf, seine eigene Lebensanschauung zu schützen, und wenn es außerdem die Landplage noch ein wenig ärgerte, so war das nur ein kleiner Bonus. Konnte er ihn so weit verärgern, dass er wieder in seine Zweizimmerwohnung in Lycksele zog, sobald nur das Dach gedeckt war, so war das ein verdammt großer Bonus.

Marianne hatte das erst am Tag zuvor angedeutet. Dass ihr Bruder Heimweh hatte.

Was unleugbar zu schön wäre, um wahr zu sein, dachte Inspektor Barbarotti und schob die Kissen in seinem Bett zurecht. Wenn der Blödmann das Dach allein fertignagelt, während ich im Krankenhaus liege und wieder zu Kräften komme. Und er dann in den Norden zu seinen Parkuhren fährt und dort bleibt.

Mit diesem optimistischen Gedanken im Kopf und dem stattlichen Kran auf der Netzhaut schlief er noch einmal ein, und weder Gott noch der Teufel machten sich die Mühe, ihn dieses Mal zu belästigen.

Weder mit einem Pokerspiel noch mit irgendetwas sonst.

Stattdessen kam eine Frau, und es dauerte einige Sekunden, bevor er begriff, dass er wach war.

Sie stand an seinem Bett und sah aus, als sei sie in den Fünfzigern. Kräftig gebaut, ohne direkt dick zu sein, und mit einer Haarfarbe, die an Bourgogne erinnerte und sehr schlecht zu ihren hellblauen, leicht flackernden Augen passte.

Sie war weiß gekleidet, woraus er schloss, dass sie in irgendeiner Weise zum Personal gehörte.

»Entschuldigung«, sagte sie. »Mein Name ist Alice Ekman-Roos. Ich bin Krankenschwester hier auf der Abteilung. Obwohl, ich habe mich bisher nicht um Sie gekümmert, Sie werden sich sicher nicht mehr an mich erinnern?«

Er las auf dem Namensschild, das am Rand einer ihrer Brüste hing. Es schien zu stimmen, dass sie Ekman-Roos hieß, und es stimmte auch, dass er sich nicht an sie erinnerte. Er schüttelte den Kopf und versuchte, bedauernd auszusehen.

»Leider nein.«

»Wir waren im Gymnasium in derselben Klasse«, sagte sie. »Zwar nur ein Jahr lang, aber trotzdem.«

Alice Ekman?, dachte er. Ja, schon möglich. Vielleicht hatte es da jemanden mit diesem Namen gegeben, aber nicht mit dieser Haarfarbe, dessen war er sich sicher … im ersten Jahr vermutlich, er hatte zum zweiten Jahr den Schwerpunkt gewechselt. Ja, das konnte sie gewesen sein.

»Ich weiß ja, dass du bei der Polizei bist und so, und wenn du zu müde bist, dann musst du es mir nur sagen. Aber ich wollte dich gern etwas fragen.«

Er sah, dass es ihr unangenehm war. Dass es ihr peinlich war, sich ihm auf diese Art aufzudrängen. Vielleicht hatte sie schon eine Weile dort gestanden und gewartet, dass er aufwachte?

»Alice Ekman?«, fragte er.

»Ja.«

»Doch, ja, ich glaube, jetzt fällt es mir wieder ein. Du hattest eine Freundin, die hieß Inger, nicht wahr?«

Ihr besorgtes Gesicht entspannte sich für einen Moment.

»Das stimmt. Inger Mattson. Ja, wir hingen immer zusammen.«

»Und worum geht es?«, fragte er. »Ich bin gerade frisch operiert worden, aber das weißt du sicher?«

»Ja, ich weiß«, sagte sie. »Deshalb habe ich gedacht, dass ich es abpasse ... während du auf meiner Abteilung liegst, sozusagen. Du kommst bald wieder auf die Orthopädische.«

»Und wo bin ich jetzt?«

»Auf der Post-OP. Hier bleibst du nur für ein paar Stunden.«

»Ach so«, sagte Barbarotti.

Sie strich sich übers Haar und warf einen unruhigen Blick zur Tür.

»Es ist ... es ist nämlich so, dass ich ein Problem habe, und ich weiß nicht so recht, ob ich mich an die Polizei wenden soll oder nicht. Irgendwie kenne ich niemanden, den ich deshalb um Rat fragen kann.«

Barbarotti warf einen Blick auf den Kran und wartete.

»Es ist etwas peinlich, und ich möchte nicht, dass es herauskommt. Andererseits ...«

»Ja?«

»Andererseits kann ja etwas Ernsthaftes passiert sein. Ich grüble jetzt seit zwei Tagen darüber nach, und ich weiß wirklich nicht, was ich machen soll. Und dann, als ich deinen Namen gesehen habe, da ... ja, da habe ich gedacht, dass ich dich vielleicht um einen Rat bitten könnte.«

Sie machte eine kurze Pause und räusperte sich, es war offensichtlich, dass sie nervös war. »Du musst entschuldigen, dass ich mich dir so aufdränge, das hätte ich unter normalen Umständen natürlich nie getan, aber ... ja, ich bin ein wenig verzweifelt, ganz einfach.«

»Verzweifelt?«

»Ja.«

Gunnar Barbarotti stützte sich mit den Händen auf die Matratze und versuchte, im Bett ein wenig höher zu kommen.

»Was ist denn passiert?«, fragte er.

Sie betrachtete eine Weile sein eingegipstes Bein, bevor sie antwortete. Biss sich auf die Unterlippe und kratzte sich mit beiden Zeigefingernägeln an der Innenseite der Daumen.

»Es geht um meinen Mann«, sagte sie. »Es sieht so aus, als sei er verschwunden.«

25

Und warum willst du ihn nicht als vermisst melden?«

Vier Stunden später.

Ein anderes Krankenzimmer und kein gelber Kran mehr. Dafür ein grüner Sichtschutz um zwei Viertel des Betts, ein lobenswerter Versuch, die Illusion der Abgeschiedenheit zu schaffen.

Aber nur eine Illusion. Es lagen zwei weitere Patienten im selben Raum, mit Gips an etwas unterschiedlichen Körperteilen, aber offensichtlich in Hörweite, wenn man nicht die Stimme senkte. Einer von ihnen, ein Herr in den Achtzigern, sprach lautstark mit seiner Frau am Telefon und ließ in dieser Beziehung keinen Zweifel aufkommen.

Marianne war hier gewesen. Sara und Jorge auch. Eine Anzahl von Ärzten und Krankenschwestern hatten nach ihm gesehen und erklärt, dass alles so gelaufen sei, wie es sollte, und dass es ihm gut gehe. Er würde morgen oder übermorgen entlassen werden, dann konnte er mit vier bis sechs Wochen Gips rechnen. Man würde ihn wahrscheinlich ein oder zwei Mal neu machen.

Aber jetzt war Alice Ekman-Roos wiedergekommen, obwohl es nicht mehr ihre Abteilung war. Es war halb acht Uhr abends, der Himmel vor dem Fenster ging langsam ins Violette über.

Sie holte tief Luft und betrachtete ihn mit ernster Miene.

»Weil das Ganze auch nur eine banale und peinliche Geschichte sein kann.«

Er zögerte einige Sekunden mit seinem Kommentar.

»Die Polizei ist banale und peinliche Geschichten gewohnt.«

Sie seufzte und kehrte ihren Blick von ihm ab. Starrte stattdessen aus dem Fenster. »Das ist mir schon klar«, sagte sie. »Ich wollte nur nicht auf diese Art und Weise ins Gespräch kommen … aber es kann ja was Ernstes sein. Wie gesagt.«

»Was Ernstes?«

»Ja, es kann ihm ja etwas zugestoßen sein. Etwas Schreckliches.«

»Jetzt verstehe ich nicht so ganz, was ich deiner Meinung nach tun soll«, sagte Barbarotti. »Außerdem bin ich ja ein wenig indisponiert, wie du siehst.«

Er machte eine Geste zum Gips hin und versuchte, seine Mundwinkel ironisch zu verziehen.

»Natürlich. Ich werde sofort gehen, wenn du willst. Ich wollte dich auch eigentlich nur um Rat fragen. Weil wir doch mal zusammen in eine Klasse gegangen sind und weil du Polizist bist und so.«

Gunnar Barbarotti nickte. So viel hatte sie sagen können, bevor sie auf der Post-OP unterbrochen wurden.

Und auch sonst nicht viel mehr. Dass ihr verschwundener Ehemann Valdemar hieß und dass sie ihn seit Sonntag nicht mehr gesehen hatte. Heute war Dienstag. Er trank einen Schluck Wasser aus dem Becher auf dem Nachttisch und traf eine Entscheidung.

»All right«, sagte er. »Erzähl es mir. Ich habe ja doch nichts anderes zu tun.«

«Danke«, sagte sie und zog den Stuhl näher heran. »Danke, vielen Dank. Ja, jetzt fällt mir auch ein, dass du immer schon ein netter Typ gewesen bist … ich meine, als wir aufs Gymnasium gegangen sind. Auch wenn wir uns wohl nie näher kennengelernt haben.«

»Sonntag«, sagte Barbarotti, um das Thema Schule zu beenden, »du hast gesagt, dein Mann sei seit Sonntag verschwunden?«

Sie räusperte sich und faltete die Hände. »Stimmt. Ich habe mit ihm so gegen sechs Uhr telefoniert. Danach habe ich nichts mehr von ihm gehört.«

»Telefoniert? Dann war er also nicht zu Hause? Wohnt ihr in Kymlinge?«

Sie nickte. »In der Fanjunkargatan. Wir wohnen dort, seit wir geheiratet haben. Seit … seit zehn Jahren ungefähr. Wir haben jeder schon eine Ehe hinter uns. So ist das ja heutzutage.«

»Ich befinde mich in der gleichen Situation«, gestand Barbarotti.

»Ach, ja? Nun, es ist noch nie vorher so etwas vorgekommen. Valdemar ist ein ganz verlässlicher und … ja, manche würden wohl sagen, etwas langweiliger … Mensch. Ein bisschen so für sich, wenn du verstehst? Er ist wirklich nicht der Mensch, von dem man erwartet, dass er einfach verschwindet. Das sieht ihm überhaupt nicht ähnlich, und außerdem ist er zehn Jahre älter als ich.«

Barbarotti fiel es etwas schwer zu verstehen, was der Altersunterschied mit dem Verschwinden zu tun haben könnte, wollte aber dieses Detail lieber nicht weiter auswalzen.

»Und was du nicht klären kannst«, sagte er stattdessen, »das ist die Frage, ob er das aus eigenem Willen getan hat, nicht wahr?«

Sie zuckte zusammen. »Wie kannst du das wissen?«

Er breitete die Arme aus. »Wenn du nicht den Verdacht hättest, dann wüsste ich nicht, wo das Peinliche ins Bild kommen könnte.«

Sie überlegte, und er sah, dass sie seine Logik akzeptierte.

»Natürlich«, sagte sie. »Es ist natürlich nicht das erste Mal, dass du auf so etwas stößt. Ja, es gibt die Möglichkeit, dass er sich versteckt hält, weil er das will, und das, was du sagst, das stimmt haargenau.«

»Wie viel hast du versucht herauszubekommen?«, fragte Barbarotti. »Auf eigene Faust sozusagen.«

Eine Röte stieg in ihr breites, flaches Gesicht.

»Nichts«, sagte sie.

»Nichts?«, wiederholte Barbarotti.

»Nein, ich finde …«

»Ja?«

»Ich finde, es wäre so schrecklich peinlich, wenn es sich tatsächlich so verhielte. Dass er mich einfach verlassen hat. Ich habe gedacht, dass er doch von sich hören lassen wird …«

»Und sein Arbeitsplatz? Er hat doch Arbeit?«

Sie nickte und schüttelte den Kopf in einer einzigen, verwirrten Bewegung. »Ja, aber ich habe dort nicht angerufen.«

»Warum nicht? Wo arbeitet er denn?«

»Bei Wrigmans Elektriska. Ich weiß nicht, ob du die Firma kennst. Sie stellen Thermoskannen und anderes her, draußen bei Svartö.«

»Ich weiß, wo die sitzen«, sagte Barbarotti. »Nun ja, ich kann dir jedenfalls einen Rat geben. Ruf dort an und frag nach ihm, bevor du zur Polizei gehst.«

»Ja«, sagte sie und schlug die Augen nieder. »Das hätte ich natürlich schon tun sollen. Und ich weiß, dass das, worum ich dich bitte, ein bisschen lächerlich ist.«

Er spürte eine gewisse Sympathie für sie in sich wachsen. Wenn ihr Mann sie tatsächlich ohne ein Wort der Erklärung verlassen hatte, dann gab es keinen Grund, ihr gegenüber in irgendeiner Weise herablassend zu sein. Und er hatte ja alle Zeit der Welt. »Es gibt also einen besonderen Grund, der dich glauben lässt, dass er selbst dahintersteckt?«, fragte er. »Verstehe ich dich in diesem Punkt richtig?«

Sie betrachtete kurz ihre gefalteten Hände, bevor sie antwortete. »Ja«, sagte sie. »Es gibt so einen Grund. Valdemar hat sich in der letzten Zeit nicht wie üblich benommen. Sowohl die Mädchen als auch ich, wir haben das alle bemerkt.«

»Die Mädchen?«

»Wir haben zwei Töchter. Also eigentlich sind es meine beiden, aus meiner ersten Ehe. Aber sie leben bei uns. Signe und Wilma, sie sind zwanzig und sechzehn.«

»Und ihr … ihr habt bemerkt, dass dein Mann in letzter Zeit nicht so war wie sonst?«

»Ja.«

»In welcher Beziehung?«

Sie versuchte, die Stirn zu runzeln, aber dort gab es einfach zu wenig Haut und zu viel Masse, als dass das möglich gewesen wäre. »Ich weiß nicht so recht«, zögerte sie. »Es ist irgendwie nichts, was ich so richtig greifen könnte, aber man merkt es einfach. Sachen, die er gesagt hat, und so … man registriert solche kleinen Veränderungen ja, wenn man so lange zusammengelebt hat. Ich habe geglaubt, dass …«

»Ja?«

»Ich weiß nicht, aber ich habe die Idee gehabt, er könnte an einer Depression leiden. Es selbst glaubte, das könnte so sein, wir haben sogar mit einem Psychiater gesprochen, einem Bekannten … aber dann ist da noch etwas, das ich am Sonntag erfahren habe. Es hat vielleicht überhaupt nichts mit dem Ganzen zu tun, aber trotzdem beunruhigt es mich.«

»Ich verstehe«, sagte Barbarotti. »Und was war es, was du am Sonntag erfahren hast?«

Sie schluckte, und die Röte kam zurück, begleitet von der Sonne, die schnell noch die letzten Strahlen dieses Tages durchs Fenster schickte.

»Eine meiner Freundinnen hat eine Beobachtung gemacht.«

»Eine Beobachtung?«

»Ich weiß nicht, wie man es nennen soll. Auf jeden Fall hat sie Valdemar gesehen, in Gesellschaft einer … in Gesellschaft einer jungen Frau.«

Aha, dachte Barbarotti. Darum geht es also. Habe ich es mir doch gedacht.

»Es ist natürlich möglich, dass er ganz unschuldig war«, fuhr Alice Ekman-Roos fort. »Ich meine, es kann ja eine Arbeitskollegin gewesen sein oder was auch immer, aber es ist nun einmal so … ja, dass er es leugnet. Meine Freundin hat sie von ganz nahe gesehen, und sie haben sich gegrüßt. Valdemar und diese Frau kamen aus einem Restaurant. Warum sollte er es leugnen, wenn es ganz unschuldig gewesen ist?«

»Das ist eine gute Frage«, sagte Barbarotti. »Wann hat sie diese … diese Beobachtung gemacht?«

»Am Freitag. Sie kamen aus dem Ljungmans am Norra torg. Du weißt sicher, wo…?«

»Ja, natürlich«, bestätigte Barbarotti. »Aber wie hat dein Mann reagiert, als du ihn damit konfrontiert hast? Das war ja wohl dann am Sonntag, wenn ich es richtig verstanden habe?«

»Ganz genau«, nickte Alice Ekman-Roos. »Ich weiß eigentlich nur, dass er es abgestritten hat. Und das war das Letzte, was ich von ihm gehört habe.«

»Das Letzte?«

»Ja.«

»Warte mal, das war dann also das besagte Telefongespräch am Nachmittag? Da hast du ihm davon erzählt, und da hat er es abgestritten?«

Sie nickte, und jetzt hatte sie zum ersten Mal feuchte Augen. »Ich hatte es gerade erst von meiner Freundin gehört. Ich bin nach Hause gekommen, und er war nicht da. Ich habe ihn auf seinem Handy angerufen und ihm gesagt, was ich gerade erfahren hatte, und er … ja, er hat gesagt, das sei ein Missverständnis. Dass er am Freitag überhaupt nicht bei Ljungmans gewesen ist. Dann hat er mich mitten im Gespräch weggedrückt. Vielleicht sind wir auch unterbrochen worden, das weiß ich nicht.«

»Wann am Freitag soll das gewesen sein?«

»In der Mittagspause. Und das ist auch merkwürdig. Warum sollte er zu dieser Uhrzeit in der Stadt sein?«

»Er hätte doch bei seiner Arbeit in Svartö sein müssen, oder?«

»Ja.«

»Aber ist es möglich, dass er manchmal auch in der Stadt zu tun hat?«

»Nicht dass ich wüsste.«

Barbarotti dachte nach, und die Sonne verschwand.

»Wo befand er sich?«, fragte er. »Als du ihn angerufen hast.«

Sie seufzte. »Er hat gesagt, er habe den Wagen genommen und sei zum Kymmen rausgefahren, aber ich weiß nicht. So etwas tut er sonst nie. Er hat gesagt, er käme gleich nach Hause.«

»Aber er ist nie nach Hause gekommen?«

»Nein. Später am Abend habe ich ihn noch einmal angerufen, aber da habe ich keine Antwort gekriegt. Und gestern und heute auch nicht.«

»Du hast mehrere Male angerufen?«

»Ja.«

»Und SMS geschickt?«

»Ja.«

»Ich verstehe«, sagte Barbarotti. »Ja, dann denke ich, dass die Lage so weit für mich klar ist.«

»Sagt ihr das so?«

»Was?«

»Bei der Polizei? Dass die Lage für euch klar ist?«

Er antwortete nicht. Streckte seinen Rücken, holte tief Luft und wartete, dass noch mehr kommen würde.

Doch es kam nicht mehr. Sie richtete ihren Blick aus dem Fenster, auf den Stadtwald und den Fluss, und kümmerte sich nicht darum, dass ihr die Tränen die Wangen hinunterliefen. Auf der anderen Seite des schützenden Schirms kam jemand mit einem klappernden Wagen ins Zimmer, und ihm war klar, dass ihr Gespräch bald ein Ende haben würde.

»Noch eins«, sagte er. »Wer weiß noch, dass er verschwunden ist?«

»Nur ich.«

»Deine Töchter nicht?«

»Denen habe ich gesagt, dass er auf Dienstreise ist.«

»Fährt er häufiger auf Dienstreisen?«

»Nie. Aber die haben genug mit sich selbst zu tun. Sie sind in diesem Alter.«

Barbarotti nickte und dachte einen Moment lang nach. »In Ordnung«, sagte er dann. »Ja, das klingt ja wie eine etwas verzwickte Geschichte, ganz gleich, was passiert ist. Ich kann verstehen, dass du beunruhigt bist, aber ich denke, das Beste, was du tun kannst, ist, bei seiner Arbeitsstelle anzurufen und nachzufragen.«

Und jetzt überraschte sie ihn noch mehr, als sie es bisher schon getan hatte.

»Kannst du das nicht tun?«, fragte sie. »Wenn ich dich darum bitte.«

Seine eigene Antwort war nicht weniger überraschend.

»Okay, wenn du mir die Nummer gibst, dann werde ich es morgen früh machen.«

Eine halbe Stunde, nachdem Alice Ekman-Roos ihn verlassen hatte, rief Marianne an.

»Wie geht es dir, mein Liebling?«, wollte sie wissen.

»Besser, als ich es verdiene«, gab Gunnar Barbarotti zu. »Und sie haben gesagt, dass ich die nächste Zeit nicht arbeiten muss.«

»Weder das eine noch das andere?«, fragte Marianne.

»Auf jeden Fall nichts Handwerkliches«, sagte Barbarotti.

»Und du hast keine Schmerzen?«

»Nicht im Geringsten.«

»Lucky you«, sagte Marianne lachend. »Weißt du, ich bin so verdammt froh, dass du lebst. Du bist so ungeschickt, das hätte wirklich viel schlimmer ausgehen können.«

»Danke«, bemerkte Barbarotti trocken. »Auf jeden Fall denke ich, die Liebe mit einem Gipsbein wird ganz toll werden. Das ist etwas, das ich mich immer schon gefragt habe… wie das geht, meine ich.«

»Willst du, dass ich noch heute Abend komme?«, fragte Marianne.

»Ich glaube nicht, dass es schon durch und durch fest ist«, sagte Barbarotti. »Bitte missversteh mich nicht, aber wir müssen wohl warten, bis ich wieder zu Hause bin.«

»So habe ich es eigentlich nicht gemeint«, sagte Marianne. »Ich dachte nur, ich komme vorbei und gebe dir einen Gute-Nacht-Kuss.«

»Ich glaube, es ist besser, wenn du dem Rest der Familie einen Gute-Nacht-Kuss gibst«, erwiderte Barbarotti. »Oder?«

»Ja, ja«, seufzte Marianne, und er konnte fast hören, wie sie die Augen verdrehte. »Sechs Kinder und ein Alki als Bruder, das klingt wie im Film, oder? Ja, es ist wohl am besten, wenn ich hierbleibe.«

»Na, Sara und Jorge sind ja wohl keine Kinder mehr«, widersprach Barbarotti, »zumindest nicht die ganze Zeit.«

»Zugegeben. Aber Jenny schreibt morgen Mathe, und Martin braucht Hilfe bei seinem Aquarium. Und wir haben zwei Tonnen Schmutzwäsche, zumindest werde ich nicht gerade Däumchen drehen müssen.«

»Ich komme morgen nach Hause und übernehme das Däumchendrehen«, versprach Barbarotti. »Oder übermorgen. Sag dem Schwager-Roger, dass er sich mit dem Dach beeilen soll.«

»Er ist fast fertig damit. Er hat gesagt, dass es viel schneller geht, wenn du nicht dabei bist.«

»Scheiße«, sagte Barbarotti.

»Vielleicht hat er ja nur einen Scherz gemacht«, beruhigte Marianne ihn.

»Natürlich hat er das«, stimmte Barbarotti zu. »Nein, ich

glaube, ich muss jetzt die Augen zumachen. Schlaf gut, schöne Nymphe. Und schließ mich in deine Träume ein.«

»Ich dachte, du wärst aus der Narkose aufgewacht«, bemerkte Marianne.

Nur wenige Minuten später war Kriminalinspektorin Backman an der Reihe.

»Raffiniert«, sagte sie.

»Was?«, fragte er.

»Man nimmt sich einen Tag frei, um sein Schloss umzubauen. Dann täuscht man einen Beinbruch vor und braucht einen ganzen Monat lang nicht zu arbeiten.«

»Stimmt«, bestätigte Barbarotti. »Ich finde auch, dass ich das gut hingekriegt habe.«

»Aber Asunander sagt, dass du Schreibtischdienst übernehmen kannst, sobald der Gips trocken ist. Ich glaube, er meinte damit morgen.«

Barbarotti überlegte. »Du kannst unseren Obereunuchen grüßen von mir und ihm sagen, dass ich mich schon zurücksehne«, sagte er dann. »Aber leider sehe ich mich nicht in der Lage, gegen die ärztlichen Anweisungen zu verstoßen.«

»Ich werde es ihm sagen«, versprach Eva Backman. »Aber ich weiß nicht, ob er Ärzte so gern mag.«

»Kennst du irgendetwas, das er gern mag?«, fragte Barbarotti. »Wie wahr. Ich habe schon häufiger darüber nachgedacht.«

»Ich auch«, stimmte Backman zu. »Ich glaube, er mag eine bestimmte Rasse exzentrischer und etwas bösartiger Hunde.«

»Aber so einen hat er doch gehabt«, meinte Barbarotti.

»Ja, aber der ist gestorben«, erinnerte Backman ihn. »Das weißt du doch wohl noch?«

»Natürlich weiß ich das«, sagte Barbarotti. »Dann mag er jetzt also gar nichts mehr?«

»Genau das wollte ich damit sagen«, bestätigte Backman. »Und schon gar keine faulen Bullen, die vom Dach fallen und sich dann krankschreiben lassen.«

»Danke, dann ist die Lage für mich klar«, erwiderte Barbarotti. »Warum reden wir eigentlich die ganze Zeit über Asunander?«

»Keine Ahnung. Sag mal, stimmt es, dass du in einer Schubkarre gelandet bist?«

»Ja«, antwortete Barbarotti und merkte, dass er keine Lust hatte, darauf weiter einzugehen. »Und du, wie geht es dir?«, fragte er stattdessen.

»Ich müsste mit dir reden«, sagte Eva Backman. »Unter anderem über den Sigurdssonfall. Diese Verhöre, die du mit Lindman und dem Pfarrer durchgeführt hast.«

»Ja, verstehe«, sagte Barbarotti. »Wie eilig ist das?«

»Wie lange bleibst du noch im Krankenhaus?«

»Wahrscheinlich schicken sie mich morgen nach Hause... oder übermorgen. Aber ich bin auch hier absolut in der Lage zu sprechen, das merkst du doch wohl, oder?«

»Ich mag keine Krankenhäuser«, sagte Backman. »Aber wenn ich übermorgen zu dir nach Hause kommen kann, bin ich vollkommen zufrieden. Dann kann der Staatsanwalt diesen verdammten Sigurdsson nächste Woche einbuchten.«

»Abgemacht«, sagte Barbarotti, der plötzlich müde war und nicht mehr reden mochte. Schließlich war er frisch operiert, oder etwa nicht?

»Ruf mich morgen an«, erklärte er. »Dann können wir sehen, wie die Lage ist.«

»Pass auf, dass du nicht aus dem Bett fällst und dich verletzt«, sagte Eva Backman, und dann wünschten sie einander eine gute Nacht.

Bevor er einschlief, blieb er noch eine Weile liegen und ließ die Gedanken wandern. Eigentlich versuchte er sie zu lenken –

weg von dem Gespräch mit der beunruhigten Narkoseschwester, auf sein eigenes Leben und seine eigene Lage hin.

Was es zum Beispiel bedeuten würde, sich mit einem gebrochenen Fuß herumzuschleppen. Es war das zweite Mal in seinem Leben, dass ein Knochen irgendwo in seinem Körper brach, beim ersten Mal war er direkt in eine Teppichstange geradelt und hatte sich das Schlüsselbein gebrochen. Das war vierzig Jahre her, und es war ohne Gips in ein paar Wochen geheilt gewesen. Gunnar Barbarotti nahm an, dass es einen gewissen Unterschied zwischen dem Heilungsvermögen eines Achtjährigen und eines Achtundvierzigjährigen gab.

Doch das würde sich zeigen. Es waren nicht diese Überlegungen, die seine Gedanken beherrschten, es war Alice Ekman-Roos. Ob er es wollte oder nicht und wie sehr er auch versuchte, sie zu lenken.

Vielleicht, weil sie ihm leidtat, denn dem war so. Es konnte nicht viel Zweifel daran herrschen, was passiert war. Oder? Ihr Ehemann war es leid geworden und hatte eine andere Frau gefunden. Es war natürlich ziemlich widerlich, sie einfach so ohne eine Spur von Erklärung zu verlassen, aber viele Männer funktionierten auf diese Art und Weise. Sie ertrugen es nicht, dem, was sie da taten, ins Auge zu sehen, zumindest nicht gleich. Valdemar Roos würde sicher in ein paar Tagen von sich hören lassen, im Augenblick war er nur viel zu beschäftigt mit seinem neuen Leben und seiner neuen Frau.

Stinkstiefel, dachte Gunnar Barbarotti. So verhält man sich nicht. Man muss zusehen… zusehen, derart charakterlose Handlungen von sich fernzuhalten.

Doch in seinem Inneren ahnte er – in irgendeiner dunklen, männlichen Ecke –, dass er, wäre er mit einer Frau wie Alice Ekman-Roos verheiratet gewesen, sehr wohl ganz genauso wie Valdemar Roos gehandelt haben könnte. Sie ohne ein Wort verlassen haben könnte. Das war nun einmal so, man brauchte gar nicht darum herumzureden.

Aber er war nicht mit Alice Ekman-Roos verheiratet, er war mit Marianne Grimberg verheiratet. Das war ein himmelweiter Unterschied.

Gewisse Stinkstiefel haben mehr Glück als andere, dachte Inspektor Barbarotti. So ungerecht ist die Lotterie des Lebens, danke, lieber Gott, dass du sie mir vorbeigeschickt hast.

Nach diesen etwas anspruchslosen Überlegungen und Analysen schlief er ein.

26

Wrigmans, einen Moment bitte.«

Es war Mittwoch Nachmittag. Er hatte zwar versprochen, schon morgens bei Wrigmans anzurufen, aber einiges war dazwischengekommen. Gespräche mit den Ärzten. Rat und Anweisungen für die Konvaleszenz. Ausprobieren von Krücken und Toilettengang. Letzteres war beschwerlicher, als er sich das gedacht hatte.

Zwei Besuche von Marianne auch, sie arbeitete ja auf der Geburtsstation, da dauerte es nicht mehr als drei Minuten, rüber in die Orthopädie zu laufen.

Man wollte ihn noch bis zum nächsten Tag dabehalten, hatte er erfahren. Wollte noch ein Röntgenbild machen, bevor man ihn nach Hause schickte. Nachschauen, ob da noch etwas anderes war, er hatte gegenüber der medizinischen Wissenschaft auf Durchzug geschaltet. Aus welchem Grund auch immer.

»Überstehst du wirklich noch eine Nacht ohne mich?«, hatte er Marianne gefragt.

»Man muss sein Schicksal ertragen«, hatte sie geantwortet.

Ab und zu hatte er auch ein wenig Schmerzen. Das Bein in dem weißen Gipsklumpen fühlte sich an wie etwas, das zu ihm gehörte und dann doch wieder nicht. Manchmal juckte es, und das Jucken gehörte definitiv zu ihm.

Also war es halb drei geworden, bevor er beschloss, sich um den verschwundenen Stinkstiefel zu kümmern.

»Ja, Wrigmans Elektriska. Bitte entschuldigen Sie, dass Sie warten mussten.«

»Ich würde gern mit Valdemar Roos sprechen.«

»Valdemar?«

»Valdemar Roos, ja.«

Die Frau am anderen Ende der Leitung lachte. Etwas heiser, etwas schrill.

»Aber der hat doch aufgehört bei uns.«

»Aufgehört?«, fragte Gunnar Barbarotti nach.

»Ja«, sagte die Frau.

»Das verstehe ich jetzt nicht«, sagte Barbarotti. »Sie wollen damit sagen, dass Valdemar Roos nicht mehr bei Ihnen arbeitet?«

»Genau das sage ich«, bestätigte die Frau. »Mit wem spreche ich denn?«

»Ich heiße Barbarotti«, erklärte Gunnar Barbarotti. »Aber eigentlich rufe ich für eine gute Freundin an. Können Sie mir sagen, wie lange es her ist, dass Valdemar Roos bei Ihnen aufgehört hat?«

Die Frau hustete und überlegte.

»Nun ja, das ist jetzt wohl einen Monat her, so ungefähr«, sagte sie. »Er hat von heute auf morgen gekündigt. Von einem Tag auf den anderen. Und Wrigman hat ihn gehen lassen.«

»Verstehe«, sagte Barbarotti, obwohl er ziemlich sicher war, dass er genau das nicht tat. »Wissen Sie, ob er irgendwo anders angefangen hat zu arbeiten?«, fragte er.

»Keine Ahnung«, sagte die Frau. »Er hat hier seit zwanzig Jahren gearbeitet, und dann hat er einfach gekündigt. So war das.«

Gunnar Barbarotti überlegte schnell.

»Wissen Sie, wie ich ihn erreichen könnte?«

»Nein.«

»Sie haben nicht zufällig seine Handynummer?«

»Doch, die muss ich irgendwo haben. Einen Moment.«

Er wartete, hörte, wie ihre Finger über eine Tastatur liefen. Dann bekam er die Nummer von Valdemar Roos' Handy, und damit beendeten sie das Gespräch. Er hatte registriert, dass Wrigmans Elektriska nicht zu den Betrieben gehörte, die ihre Angestellten auf einen Charmekursus schickten.

Er schob die Kissen im Rücken zurecht und betrachtete eine Weile sein Bein.

Aufgehört zu arbeiten?

Bereits vor einem Monat?

Seine Ehefrau hatte das mit keinem Wort erwähnt. Wieso nicht?

Ohne nachzudenken, tippte er die Nummer ein, die er von der Frau bei Wrigmans bekommen hatte. Es konnte ja trotz allem so sein, dass er nur mit seiner Frau nicht reden wollte.

Keine Antwort.

Gunnar Barbarotti schüttelte den Kopf und tippte stattdessen Alice Ekman-Roos' Nummer ein.

Zwanzig Minuten später saß sie wieder auf seiner Bettkante.

»Was sagst du? Er arbeitet da nicht mehr?«

Er sah ihr an, dass sie geweint hatte. Ihr großes, flaches Gesicht war ein wenig angeschwollen und etwas gerötet. Wenn es ihr gestern peinlich gewesen war, dann ist es wahrscheinlich heute noch hundertmal schlimmer, dachte Barbarotti und zog daraus den Schluss, dass seine Wertung, dass Valdemar Roos ein Stinkstiefel war, mit größter Wahrscheinlichkeit zutraf. Nicht nur, dass er eine andere Frau hatte, außerdem hatte er seine Ehefrau auch noch auf haarsträubendste Art und Weise hinters Licht geführt. Seine Arbeit gekündigt, ohne ihr irgendetwas davon zu sagen.

»Ich verstehe das nicht«, sagte sie nun. »Er ist doch jeden Morgen wie immer weggefahren … und abends nach Hause gekommen.«

»Sie behaupten, dass er schon vor einem Monat aufgehört hat«, sagte Barbarotti.

»Aber das ist doch… das ist nicht möglich. Wenn er nicht zu Wrigmans gefahren ist, wohin dann?«

»Er ist mit seinem eigenen Wagen dorthin gefahren?«, fragte Barbarotti.

»Ja, natürlich. Immer schon… seit wir uns kennengelernt haben. Er hat dort seit… ja, ich weiß es nicht so genau… seit zwanzig Jahren mindestens gearbeitet.«

»Und er ist mit niemand anderem zusammen gefahren?«

Sie schüttelte den Kopf. »Ich glaube, es wollte niemand mit Valdemar fahren.«

Barbarotti dachte einen Moment über diesen Satz nach und kratzte sich am Gips.

»Er hat nie irgendetwas in der Richtung erwähnt, dass er kündigen wollte?«

»Nie«, sagte Alice Ekman-Roos und starrte ihn mit großen, hilflosen Augen an. Als wäre sie etwas haarsträubend Übernatürlichem ausgesetzt und wüsste nicht, wie sie sich verhalten sollte. »Er hat nie ein Wort in der Richtung gesagt. Mein Gott, was ist nur passiert?«

»Ich weiß es nicht«, gab Gunnar Barbarotti zu. »Habt ihr… hat er… irgendwelche guten Freunde, die etwas wissen könnten?«

Sie überlegte einen Augenblick, dann schüttelte sie den Kopf.

»Einen Bekannten, dem er sich vielleicht anvertrauen könnte?«, fügte er hinzu.

»Nein, ich denke nicht«, erklärte sie nach einer kleinen Pause. »Valdemar hat so gut wie keine Freunde. Er ist ein ziemlich verschlossener Typ. Aber du meinst also, dass er… dass er…«

»Ja?«, fragte Gunnar Barbarotti vorsichtig nach und versuchte ein aufmunterndes Lächeln zu zeigen, was jedoch eher zu einer Grimasse geriet. Alice Ekman-Roos holte tief Luft und sammelte sich. Es vergingen fünf Sekunden.

»Du meinst also«, setzte sie noch einmal an, »dass er einen Monat lang so getan hat, als würde er jeden Morgen zur Arbeit fahren? Warum … ich meine, warum sollte sich ein erwachsener Mann so verhalten?«

Du bist diejenige, die mit ihm verheiratet ist, nicht ich, dachte Barbarotti, während er vorsichtig ein wenig Gips wegpulte, der sich unter seinen Nägeln festgesetzt hatte, und überlegte, was er ihr sagen sollte.

»Vielleicht wäre es doch am besten, die Polizei zu informieren«, schlug er schließlich vor. »Wenn dir nicht noch einfällt, wo er sich aufhalten könnte.«

Sie saß eine Weile schweigend da und betrachtete ihre gefalteten Hände. Dann seufzte sie schwer und richtete sich entschlossen auf. »Nein«, sagte sie. »Er ist natürlich bei dieser Frau. Sie ist es, zu der er jeden Tag gefahren ist.«

»Das ist eine Möglichkeit«, stimmte Barbarotti zu.

»Ich wusste, dass da etwas war«, fuhr sie fort. »Er war den letzten Monat nicht mehr der Alte … ich habe ja gemerkt, dass da etwas nicht stimmte. Er hat eine andere gefunden, und jetzt ist er abgehauen.«

Ja, dachte Inspektor Barbarotti. Das ist sicher alles in allem die naheliegendste Interpretation. Er erwartete, dass sie vom Stuhl aufstehen und ihn verlassen würde – ihre Haltung und ihre letzten Worten deuteten darauf hin –, doch stattdessen sank sie ein wenig in sich zusammen, richtete den Blick aus dem Fenster und biss sich auf die Unterlippe. Saß auf diese Art und Weise eine ganze Weile nur so da.

»Aber eine so junge Frau?«, fragte sie zum Schluss mit einer Stimme voller Zweifel. »Was um alles in der Welt will eine junge Frau mit jemandem wie Valdemar?«

Barbarotti zuckte mit den Schultern, gab jedoch keine Antwort.

»Und warum hat er gekündigt? Nein, da stimmt irgendetwas nicht. Da muss noch mehr dahinterstecken.«

»Ich weiß nicht, ob es eine so gute Idee ist…«, versuchte Barbarotti es, doch sie unterbrach ihn.

»Diese Frau kann nicht älter als fünfundzwanzig gewesen sein, hat Karin behauptet, meine Freundin, die die beiden gesehen hat. Valdemar ist fast sechzig. Er hat einen Sohn von sieben- oder achtunddreißig.«

»Einen Sohn?«, fragte Barbarotti nach. »Vielleicht weiß der etwas?«

»Das glaube ich nicht«, sagte Alice Ekman-Roos entschieden. »Die beiden hatten so gut wie keinen Kontakt zueinander. Er wohnt in Maardam.«

»Ach so«, sagte Barbarotti. »Ja, auf jeden Fall würde ich vorschlagen, dass du dich an die Polizei wendest. Jedenfalls, wenn er in den nächsten Tagen nichts von sich hören lässt. Es kann ihm ja trotz allem etwas zugestoßen sein, das dürfen wir nicht vergessen.«

Sie schüttelte den Kopf. »Das bezweifle ich«, sagte sie und stand etwas unsicher vom Stuhl auf. »Valdemar ist nicht der Typ, dem etwas zustößt. Er ist eher… ja, wie ein Möbelstück, könnte man wohl sagen.«

»Ein Möbelstück?«, fragte Barbarotti nach.

»Ja, ein Sofa oder so. Er schläft jeden Abend vor dem Fernseher ein, und er sagt nie etwas, wenn man nicht zuerst etwas zu ihm sagt.«

Nach dieser Feststellung dankte sie ihm für seine Hilfe und verließ ihn.

Schön und gut, dachte Inspektor Barbarotti und schloss die Augen. Dann sind wir also fertig mit Valdemar Roos. Dem Mann, der wie ein Möbelstück ist.

Eine in keiner Weise zutreffende Vermutung, wie sich zeigen sollte.

Eva Backman zog ihr Fahrrad aus dem Ständer vor dem Eingang des Polizeigebäudes und dachte, wie schön es doch war, nach Hause zu kommen. Unglaublich schön. Zwei Tage lang hatte sie in ihrem Arbeitszimmer gesessen und gearbeitet, während die strahlende Herbstsonne vor ihrem Fenster auf die höhnischste und sinnloseste Art und Weise vom linken Rand zum rechten gewandert war.

Sie hatte nicht einmal Barbarotti neben sich gehabt, nachdem dieser Idiot in eine Schubkarre gefallen und sich das Bein gebrochen hatte.

Das ist nicht so ganz der Sinn meines Lebens, dachte sie und bog in die Kvarngatan ein. Ich hätte stattdessen Försterin, Architektin oder Fotomodell werden sollen.

Oder was auch immer. Zumindest eine Polizeibeamtin, die schlau genug ist, sich Aufgaben im Außendienst zu organisieren, wenn der schönste Monat des Jahres alle seine Register zog.

Das war kein neuer Gedanke, vielleicht war es nicht einmal richtig, es überhaupt als Gedanke zu bezeichnen. Alte Klischees eher, die zum Leben erwachten und ihr eine Weile durch den Kopf gingen, sobald sie das Gehirn ausschaltete.

Es ist nicht so gekommen, wie es kommen sollte, das hier ist stattdessen daraus geworden, fuhren diese Halbgedanken fort. Eva Backman hatte alle Möglichkeiten gehabt, mit ihrem Leben zu tun und zu lassen, was sie wollte, als sie zwanzig war; schön, ehrgeizig, belesen, langbeinig und klug – zwölf Jahre später war sie verheiratet, hatte drei Kinder, eine Polizeiausbildung und ein Haus im Stadtteil Haga, was sie insgeheim verabscheute. Den Stadtteil, das Haus konnte sie ertragen.

Shit happens, aber es hätte schlimmer kommen können.

Noch zwölf Jahre später war sie vierundvierzig, wohnte immer noch im selben Haus mit derselben Familie, und mit ein wenig Glück hatte sie noch das halbe Leben vor sich. Zumindest fast – jammern, das taten nur verbitterte bitches.

Und heute freute sie sich direkt darauf, nach Hause zu kommen. Ihr Ehemann Wilhelm, normalerweise Ville genannt, und die drei hockeyspielenden Söhne hatten sich aufgemacht in ein Trainingslager in der Gegend von Jönköping. Es war Saisonauftakt für KIT, Kymlinge Indoorbandy Tigers, und sie würde das Haus für sich haben – bis Sonntagabend.

Heute war Mittwoch, nicht ein einziger Hockeyschläger, über den sie in den nächsten vier Tagen stolpern würde.

Es könnte schlimmer sein, wie gesagt. Sie trat schneller und versuchte abzuschätzen, ob Ville wohl wirklich den Whirlpool repariert hatte, wie er versprochen hatte.

Sie war gerade zehn Minuten zu Hause, als ihr Vater anrief. Sie sah seine Nummer auf dem Display, und nach kurzem innerem Kampf beschloss sie, abzunehmen.

»Eva, ich habe etwas Schreckliches erlebt«, begann er. »Du wirst es mir nicht glauben.«

Nein, wahrscheinlich nicht, dachte sie finster.

»Eva, ich glaube, ich habe einen Mord gesehen.«

»Liebster Papa, ich bin mir sicher, dass …«

»Ich weiß, dass ich mir manchmal irgendwelche Dinge einbilde. Das liegt an meinem Kopf, man wird eben alt, Eva. Du wirst das auch eines Tages werden.«

Er verstummte. Verlor er bereits wieder den Faden?, überlegte sie. Doch dann räusperte er sich und setzte wieder an.

»Es war nicht heute. Es war vor Kurzem, ich habe schon eine Weile drüber nachgedacht, und dann ist mir eingefallen, dass du ja bei der Polizei bist, Eva. Das war dumm von mir, darauf hätte ich natürlich sofort kommen müssen, aber manchmal komme ich einfach durcheinander, das weißt du ja. Und außerdem war ich natürlich ziemlich aufgeregt, was die Sache nicht gerade leichter macht, aber ich habe jetzt ein bisschen geschlafen … und als ich aufgewacht bin, da fühlte ich mich ganz klar im Kopf, und da habe ich sofort gewusst, dass ich dich anrufen muss, Eva.«

Sie schaute auf die Uhr. Es war Viertel vor sechs. Okay, dachte sie, er bekommt zehn Minuten, das ist angebracht. Und wenn sonst nichts dabei herauskommt, dann zumindest ein etwas besseres Gewissen.

Es kam und ging, das schlechte Gewissen, das sie ihrem Vater gegenüber hatte. Oder genauer gesagt ihrem Bruder gegenüber, denn er war es, dem sie dankbar sein musste. Erik und seiner Frau Ellen, die dafür sorgten, dass Sture Backman eine Art würdiges Leben führte konnte, obwohl seine eigenen Fähigkeiten, es zu pflegen, ihn verließen. Obwohl er langsam, aber unerbittlich in das letztendliche Dunkel glitt.

Die letzten zweieinhalb Jahre hatten sie ihn bei sich wohnen lassen. Das war die einzige Alternative zu irgendeiner Form von Institution, und Eva wusste, dass der Entschluss nicht leichtgefallen sein konnte. Erik war fünf Jahre älter als sie selbst, er und Ellen hatten keine eigenen Kinder bekommen, aber einen Jungen und ein Mädchen aus Vietnam adoptiert. Zwölf und zehn inzwischen, die Familie lebte draußen auf dem Land, Erik und Ellen waren so eine Art Halbzeitbauern, oder wie man es nennen wollte, beide hatten nebenbei noch einen anderen Job, und irgendwie lief es ganz gut.

Sogar mehr als gut, wenn sie genauer darüber nachdachte. Sie hatten sich gerade zwei neue Pferde gekauft, und der große SUV sah ziemlich gut in Schuss aus, als Eva ihn das letzte Mal gesehen hatte. Der Hof hieß Rödmossen, er lag ungefähr vierzig Kilometer westlich von Kymlinge, und fast jedes Mal, wenn sie dort zu Besuch war, hatte sie erklärt, dass man eigentlich so leben sollte. Genau so. In Harmonie mit seiner Familie, seiner Umgebung und sich selbst. Weder Erik noch Ellen hatten jemals angedeutet, dass Sture in irgendeiner Form eine Belastung für sie darstellte.

Und vielleicht ist er das auch wirklich nicht, dachte Eva häufig. Das Haus war groß genug, um auch ihn aufzunehmen, er konnte immer noch für seine Hygiene selbst sorgen und hielt sich, soweit sie wusste, meistens für sich. Lag in seinem Zimmer und dachte nach oder strich in den Wäldern um Rödmossen herum. Zweimal war es vorgekommen, dass er nicht wieder nach Hause gefunden hatte, aber inzwischen war er mit einem kleinen Sender ausgerüstet, durch den man ihn lokalisieren konnte, auch wenn er sich verlaufen hatte.

Denn die Gedanken kamen und gingen bei Sture Backman, wie sie wollten. Altes und Neues vermischte sich, und nur Stück für Stück und immer wieder abschweifend war es möglich, ein einigermaßen vernünftiges Gespräch mit ihm zu führen.

Aber wer will schon entscheiden, was vernünftig ist und was nicht?, dachte sie. Was für Andersson und Pettersson keinen Sinn hat, muss natürlich von Lundström nicht genauso gesehen werden.

Oder Backman. Jetzt räusperte er sich umständlich und begann von Neuem.

»Es war da hinten bei dieser Kate. Der einen, weißt du, nicht der anderen. Ich gehe manchmal da vorbei, die sind geradezu aus dem Haus herausgerannt, sie zuerst, dann er. Es war abends, es war so unwirklich, Eva, als ob … ja, ich dachte, dass ich vielleicht eigentlich einen Film im Fernsehen angeguckt habe, aber das habe ich nicht. Ich schwöre, das war kein Film. Eva, hörst du, was ich sage?«

»Ja, Papa«, sagte sie, »ich höre dir zu. Und was ist dann passiert?«

»Ich habe solche Angst gekriegt, Eva. Kannst du dir vorstellen, welche Angst ich gekriegt habe? Und dass Blut so rot sein kann … ich meine, hellrot, ich habe immer gedacht, es wäre dunkler. Sehr viel dunkler, aber das liegt vielleicht daran, dass man es immer nur sieht, wenn es schon trocknet. Wenn es schon etwas älter ist. Mir fällt aber ein, wie du dich einmal mit dem Fleischmesser geschnitten hast, als du noch klein warst, erinnerst du dich? Mein Gott, was hast du geblutet. Wir hatten es aus irgendeinem Grund von den Lunds ausgeliehen, und das… ja das war auch ziemlich hell. Und deine Mutter ist in Ohnmacht gefallen, solche Angst hatte sie, sie glaubte wohl, du würdest verbluten, das hat sie bestimmt geglaubt, so schnell, wie sie…«

Er begann in sich hineinzukichern, und Eva Backman war klar, dass er jetzt weit zurück in der Zeit war.

»Wie geht es Erik und Ellen?«, fragte sie in dem Versuch, ihn wieder in die Gegenwart zurückzuführen. »Und den Kindern?«

Doch das ignorierte er. »Einmal, als wir bei Margit und Olle zu Besuch waren«, fuhr er stattdessen mit plötzlich aufkeimendem Enthusiasmus fort, »da war eines ihrer Kinder, ich glaube, es war dieser Staffan, der war immer ein unmöglicher kleiner Schlingel, aber später ist er Leiter einer Volkshochschule geworden, ist schon merkwürdig, wie alles so kommt, nicht wahr? Er ist in einen Brunnen hinuntergeklettert, ich weiß nicht, was er da zu suchen hatte… aber vielleicht hatte er sich da ja versteckt, um uns Angst zu machen, was für eine Idee, was? Du bist doch auch meiner Meinung, dass… Eva?«

Sie ahnte, dass der Frageton in seiner Stimme daraus resultierte, dass er sich nicht mehr so richtig daran erinnerte, mit wem er da eigentlich sprach.

»Ja«, sagte sie. »Ich erinnere mich an Staffan.«

»Staffan?«, erwiderte ihr Vater. »Wer zum Teufel ist Staffan? Ich glaube, ich habe nicht so richtig… das ist doch kein neuer Kerl, den du dir zugelegt hast? Bist du denn nicht mehr mit Viktor verheiratet?«

»Papa«, sagte Eva Backman. »Ich glaube, wir sollten das Gespräch jetzt beenden. War nett, dass du angerufen hast.«

»Ja…?«, zögerte er. »Ja, vielen Dank noch mal, es passiert

die ganze Zeit immer so viel, ich glaube, ich muss mich erst mal eine Weile hinlegen.«

»Tu das«, sagte sie. »Und grüße Erik, Ellen und die Kinder.«

»Aber natürlich«, sagte er. »Die wohnen ja auch hier, das kann ich im Handumdrehen erledigen.«

»Tschüs, Papa«, sagte sie, und dann legten sie auf.

Den restlichen Abend widmete sie sich ausschließlich sich selbst.

Sie joggte ihre üblichen fünf Kilometer im Stadtwald und den Bach entlang. Machte sich ein Risotto in der Mikrowelle heiß, das sie mit einem Stück Käse und einem Glas Rotwein zu sich nahm. Badete fünfundvierzig Minuten im Whirlpool. Ville hatte entgegen ihrer Vermutungen den Motor repariert, dann kroch sie ins Bett und guckte sich einen alten Hitchcockfilm an, den sie in der DVD-Sammlung fand.

Mein Vater, dachte sie. Er war jung, als sie den hier gedreht haben. Vielleicht nur halb so alt wie ich jetzt?

Warum müssen Menschen so viel schneller altern als die Spuren, die sie hinterlassen?

Das war eine gute Frage, entschied sie. Die Zeit, die uns davoneilt. Etwas, über das man mit Barbarotti reden konnte. Bei einem Bier im Elch, warum nicht?

Wenn er nur zusah, dass er mit seinem verfluchten Bein wieder auf die Füße kam.

27

Auf die ärztliche Kunst hier im Land setze ich nicht viel«, erklärte Schwager-Roger und öffnete ein Bier.

»Ach nein?«, bemerkte Barbarotti.

Schwager-Roger drückte den Öffnungsring in die Dose und trank einen großen Schluck. Es war Freitagvormittag. Barbarotti lag auf dem Sofa im Wohnzimmer, das Bein auf ein paar Kissen in Hochlage platziert. Es tat ein wenig weh und juckte ein wenig. Schwager-Roger saß in Unterhose und offenem Hemd in einem Sessel, es war offensichtlich, dass er nicht vorhatte, an diesem Tag etwas anzufassen. Vielleicht gab es irgendeine Art von Spachtel, der trocknen musste, so etwas war schon früher vorgekommen.

Sie waren allein im Haus. Alle übrigen Bewohner befanden sich bei der Arbeit oder in diversen Schulen, und Gunnar Barbarotti wurde plötzlich bewusst, dass er höchstwahrscheinlich mit diesem arbeitslosen Parkplatzwächter aus Lycksele zusammensitzen – oder besser gesagt -liegen – müsste… ja, drei, vier Stunden waren nicht ausgeschlossen.

»Die lassen doch heute jeden Idioten zur Arztausbildung zu«, konstatierte er jetzt. »Ganz zu schweigen von all den Quacksalbern, die über die Grenze angerannt kommen. Polacken, Araber und Gott weiß was noch. Die können kein Wort Schwedisch und nicht zwischen einer Niere und einem Knie unterscheiden. Willst du wirklich kein Bier?«

»Nein, danke«, erklärte Gunnar Barbarotti.

Nur ein Glück, dass ich keine Pistole zur Hand habe, dachte er. Sonst würde ich diesen Idioten erschießen. Na, zumindest ins Knie, dann könnte er sich mit einem Krankenwagen nach Deutschland fahren und dort operieren lassen.

»Ich müsste mal telefonieren«, sagte er. »Du könntest mir nicht mal das drahtlose Telefon geben und mich für eine Weile allein lassen?«

Schwager-Roger nahm noch einen Schluck und kratzte sich am Bauch. »Ich habe mich doch gerade erst hingesetzt«, sagte er. »Du bist doch gar nicht so verdammt unbeweglich, wie du tust, du Wachtmeister. Ich habe bei mir zu Hause von einem Typen gehört, dem haben sie eine Zerrung eingegipst. War ein Doktor ausm Iran oder so.«

Barbarotti gab dazu keinen Kommentar ab. Nach einer Weile kämpfte sich Schwager-Roger aus dem Sessel, rülpste und holte das Telefon.

»Ich setze mich so lange draußen auf die Terrasse«, erklärte er. »Du kannst ja rufen, wenn du fertig telefoniert hast, nicht?«

Da kannst du Gift draufnehmen, dass ich das nicht tun werde, dachte Gunnar Barbarotti.

Er bekam Eva Backman sofort an den Apparat.

»War nett gestern«, sagte sie.

Sie war am Donnerstagabend für eine Stunde in Pickford gewesen, und dort hatten sie den Sigurdssonfall diskutiert. Außerdem hatten sie ein Glas Wein getrunken: er selbst, Marianne und die Inspektorin Backman – die Landplage hatte den Fernseher und eine Dose Bier vorgezogen –, und Barbarotti war in den Sinn gekommen, dass es eigentlich nur zwei Menschen auf der Welt gab, denen er vertraute: genau diesen beiden Frauen. Seiner Ehefrau seit einem Jahr, seiner Kollegin seit zwölf Jahren.

Er hatte sich außerdem gefragt, ob er es je gewagt hätte, Eva Backman um ihre Hand anzuhalten. Wenn es nicht so gekommen wäre, wie es nun einmal gekommen war, wenn sie nicht von ihrem Ville und drei anderen Unihockeyspielern in Anspruch genommen würde und er selbst nicht Marianne auf dieser griechischen Insel gefunden hätte.

Es war eine alte und vollkommen hypothetische Frage, die immer mal wieder in seinem Kopf auftauchte, durchs linke Ohr sozusagen hereingeblasen wurde, durchs rechte wieder hinaus, und sie erforderte keine Antwort. Schön, dass es auch diese Sorte von Fragen gibt, dachte Inspektor Barbarotti dann immer. Alternative Lebenspfade, die man nie hatte betreten müssen.

»Ja, fand ich auch«, sagte er. »Ach, übrigens …«

»Ja?«

»Ich habe einen Entschluss gefasst. Ich werde am Montag zur Arbeit kommen. Das kannst du Asunander ausrichten.«

»Hoppla«, sagte Eva Backman. »Ich meine, warum um alles in der Welt willst du kommen?«

»Ich denke, es ist meine Pflicht, meinen bescheidenen Beitrag zur Arbeit zu leisten«, erklärte Gunnar Barbarotti.

Eva Backman schwieg eine Weile. »Bist du dir sicher, dass es nicht der Kopf war, mit dem du in der Schubkarre gelandet bist?«, fragte sie dann. »Wieso willst du in dieses Irrenhaus, wenn du daheim auf dem Sofa liegen und dir im Bauchnabel pulen kannst?«

»Ich habe da so meine Gründe«, sagte Barbarotti.

»Das hoffe ich doch«, sagte Eva Backman.

»Aber ich werde an den Schreibtisch gefesselt sein, und wenn mir das Bein zu sehr wehtut, dann fahre ich nach Hause. Das kannst du Asunander auch ausrichten.«

»In Ordnung«, sagte Inspektorin Backman. »Mach, was du willst, und in erster Linie ist es ja nicht das Bein, mit dem man hier arbeitet.«

»Vollkommen richtig erkannt«, nickte Barbarotti. »Es ist fast unmöglich, mit einem Bein in der Hand zu arbeiten.«

»Ich fürchte, jetzt habe ich keine Zeit mehr«, sagte Backman und legte auf.

»Ich habe mit ihm geredet.«

»So habe ich das nicht gemeint.«

»Er ist mein Bruder, Gunnar. Es gefällt mir nicht, wenn ich mich für meinen Bruder schämen muss.«

»Er ist eine Landplage.«

»Ich weiß. Aber du musst akzeptieren, dass er ein unvollkommener Mensch ist.«

»Im Gegensatz zu dir.«

Sie betrachtete ihn, versuchte wahrscheinlich irgendeine Art von Ironie herauszuhören.

»Das war ehrlich gemeint«, verdeutlichte er seine Aussage sicherheitshalber. »Ich finde, du bist vollkommen.«

»Und du bist, wie du bist«, erklärte sie lakonisch. »Hast du Schmerzen?«

»Nein. Jedenfalls keine schlimmen. Die spürt man eher, wenn man keine Beschäftigung hat. Man braucht sozusagen eine Ablenkung.«

»Das kann ich verstehen.«

Es war fünf Minuten nach Mitternacht, sie waren endlich ins Bett gekommen. Das Bein lag wieder erhöht auf dem Kissen, es tat ein wenig weh, er nahm an, dass er am Abend zuviel herumgehumpelt war und zuviel Blut hineingeströmt war. Sich lieben?, überlegte er. Kaum möglich, das musste wohl ein paar Tage warten. Oder Wochen.

»Es tut mir leid«, sagte er. »Er ist zwar eine Landplage, aber ich hätte lernen müssen, mit ihm klarzukommen. Schließlich hat er uns mehr geholfen, als wir hätten fordern dürfen. Können wir nicht über etwas anderes sprechen?«

Sie schaltete die Nachttischlampe aus. »Ja, natürlich. Aber was ich sagen wollte: Er wird noch eine Woche bleiben. Das haben wir ausgemacht. Wenn die Sachen für den Anleger wie versprochen am Montag kommen, dann braucht er drei, vier Tage, und am nächsten Samstag oder Sonntag fährt er dann nach Hause. Du musst versuchen, so lange mit ihm klarzukommen, möglichst auch etwas nett zu ihm zu sein.«

»Ich weiß«, sagte Gunnar Barbarotti. »Es tut mir leid. Und ich werde sowieso am Montag zur Arbeit fahren.«

»Ist das so klug?«, fragte Marianne. »Dir ist doch wohl klar, dass du einen gebrochenen Fuß mit dir herumschleppen musst?«

»Es bleibt beim Schreibtischjob«, versicherte er. »Ich kann genauso gut dort hocken und in Papieren wühlen wie zu Hause und mich über deinen armen Bruder ärgern, oder?«

»Ja, das mag schon sein«, sagte Marianne.

Sie klang etwas traurig. Oder vielleicht einfach nur müde. Es gab wahrscheinlich Gründe für beides. Eine Weile lagen sie schweigend da, dann schaltete sie das Licht noch einmal an, streckte eine Hand aus und zog die Schublade ihres Nachttisches auf. Holte die Bibel heraus, hielt sie eine Weile in den Händen, während sie mit geschlossenen Augen einige Male tief Luft holte. Dann stach sie einen Finger hinein und klappte das Buch ungefähr in der Mitte auf.

Er nickte »Ein kleiner Wegweiser?«

»Ein kleiner Wegweiser.«

Sie ließ den Finger über die Seite gleiten, hielt irgendwo an, schaute nach und schmunzelte.

»Lass hören«, sagte Gunnar Barbarotti.

Marianne räusperte sich und las vor.

»Ein Tor legt die Hände ineinander und verzehrt sein eigenes Fleisch. Besser eine Hand voll mit Ruhe als beide Fäuste voll mit Mühe und Haschen nach Wind.«

Gunnar Barbarotti dachte einige Sekunden lang nach.

»Haschen nach Wind«, sagte er. »Der Ausdruck gefällt mir. Obwohl ich nicht begreife, was das mit der Landplage zu tun hat.«

»Vielleicht ist er es gar nicht, der einen kleinen Wegweiser braucht«, sagte Marianne.

»Eine Hand voll mit Ruhe?«, sagte Barbarotti. »Ja, mehr will man ja eigentlich nicht. Das ist wohl auch der Grund, warum ich am Montag zur Arbeit fahren werde, nehme ich mal an. Was ist das für ein Text?«

»Aus dem Prediger«, sagte Marianne. »Der ist nicht gerade ein Spaßvogel, aber ich bin deiner Meinung. Das hier mit dem Haschen nach Wind, das ist schön. Und hoffentlich nicht das, womit wir momentan beschäftigt sind?«

»Absolut nicht«, beruhigte Barbarotti sie. »Und ich werde nett zu deinem Bruder sein. Versprochen. Nur noch eine Woche also? Sieben Tage?«

»Höchstens«, versicherte Marianne.

Dann erzählte er ihr von Alice Ekman-Roos und ihrem verschwundenen Ehemann. Er wusste nicht, warum er das tat, aber Marianne war augenblicklich interessiert.

»Dann ist er also am Sonntag verschwunden?«

»Ja. Aber er kann natürlich inzwischen zurückgekommen sein.«

»Wann hast du das letzte Mal mit ihr gesprochen?«

»Gestern Nachmittag. Bevor ich das Krankenhaus verlassen habe.«

»Und da hat sie immer noch nichts gewusst?«

»Nein.«

»Und sie hat die Polizei nicht benachrichtigt?«

»Nein.«

»Ich verstehe das nicht. Er kann doch erschlagen worden sein oder was auch immer.«

»Glaube ich nicht. Und ihr ist die Sache peinlich, schließlich hat er sie ziemlich lange hinters Licht geführt.«

»Was hast du gesagt, er hat vor einem Monat seine Arbeit gekündigt?«

»Vor mindestens einem Monat.«

Sie dachte eine Weile nach.

»Es scheint nur eine Theorie zu geben«, sagte sie dann. »Oder? Dass er mit dieser Frau abgehauen ist.«

»Ja«, bestätigte Gunnar Barbarotti. »Das ist wohl das Wahrscheinlichste.«

Marianne lag eine Weile schweigend da.

»Aber wenn das nicht stimmt«, sagte sie dann, »dann müsste es ja in allerhöchstem Grad eine Sache für die Polizei sein. Dann müsste in irgendeiner Form ein Verbrechen dahinterstecken. Korrigier mich, wenn ich was Falsches sage.«

»Du hast sicher Recht«, sagte Barbarotti. »Nein, ich werde der Sache wahrscheinlich am Montag nachgehen.«

»Versprich mir das«, sagte Marianne. »Und ich finde, du solltest sie morgen anrufen. Die arme Frau, sie muss ja Höllenqualen leiden.«

Er rückte die Kissen unter dem Bein zurecht und überlegte.

»Kann sein«, sagte er. »Aber eingedenk dessen, wie sie ihn beschrieben hat, scheint sie es auch als ganz angenehm zu empfinden, ihn los zu sein. Sie hat nämlich gesagt, dass er ein Möbelstück ist.«

»Ein Möbelstück?«

»Ja. Ein Sofa, genauer gesagt.«

»Hm«, sagte Marianne. »Ich glaube, das ist bestimmt etwas komplizierter. Betrogene Frauen pflegen eine ganz besondere Art von Psychologie.«

»Jetzt diskutieren wir Fragen, die zu begreifen ich nicht die Voraussetzungen habe«, stellte Gunnar Barbarotti fest. »Aber du hast Recht, ich werde sie morgen anrufen und fragen, wie es steht.«

Es vergingen fünf Sekunden. Sie löschte das Licht.

»Ich frage mich, ob Johan nicht angefangen hat, heimlich zu rauchen.«

»Das werde ich auch überprüfen«, versprach Barbarotti.

»Danke«, sagte Marianne. »Ich liebe dich. Ich liebe wirklich diese ganze Horde, mit der wir uns umgeben, aber jetzt kann ich mich nicht länger wach halten.«

Sie gähnte und drehte sich auf die Seite.

»Ich liebe dich auch«, sagte Barbarotti. »Und irgendwie auch das ganze Rudel, genau wie du sagst. Und ich spüre in mir, dass wir keine Windhäscher sind.«

»Mhm?«, sagte Marianne.

28

Kommissar Asunander sah skeptisch aus.

Das tat er eigentlich meistens, aber heute war es ungewöhnlich offensichtlich.

»Ein Kerl, der mit seiner Geliebten abgehauen ist?«, schnaubte er. »Und du meinst, das wäre etwas, mit dem wir unsere kostbare Zeit vergeuden sollten?«

»Es ist vielleicht nicht so einfach, wie es auf den ersten Blick erscheint«, erklärte Barbarotti. »Ich dachte, es könnte es schon wert sein, der Sache nachzugehen … zumindest im Ansatz.«

»Hat die Frau eine Anzeige gemacht?«

»Nein.«

»Gibt es irgendwelche anderen Theorien als die der Geliebten?«

»Eigentlich nicht«, sagte Barbarotti und wand sich. Es war nicht so leicht, sich mit dem Gips und allem zu winden, es wurde eher eine Art innere Schraube.

»Hast du den Verdacht irgendeiner Form von Verbrechen?«

»Das kann ich nicht ausschließen«, sagte Barbarotti.

»Ist es nicht eher so, dass du denkst, du kannst tun und lassen, was du willst, nur weil du mit diesem Klumpfuß hergekommen bist?«

»Das würde mir nie einfallen.«

Kommissar Asunander schnaufte. Er war wieder wortgewandt geworden, seit seine Zähne fest saßen. Unangenehm wortgewandt, dachte Barbarotti, es war ehrlich gesagt vorher besser gewesen.

»Im Grunde genommen verhält es sich so«, fuhr der Kommissar fort, »ich habe eine Aufgabe für dich, die mehr oder weniger wie maßgeschneidert ist für einen schlauen Inspektor mit Klumpfuß.«

»Tatsächlich«, fragte Barbarotti.

»Ich denke, wir können uns so einigen: Du erledigst zunächst meinen kleinen Auftrag, und wenn du das getan hast, dann hast du freie Hand, dich um diesen weggelaufenen Kerl zu kümmern. Wie hieß er noch?«

»Roos«, sagte Barbarotti. »Ante Valdemar Roos.«

»Interessanter Name«, sagte der Kommissar. »Aber das ist wahrscheinlich auch das einzig Interessante an der ganzen Geschichte.«

»Und um was für einen Auftrag handelt es sich?«, fragte Barbarotti und unterdrückte einen Seufzer.

»Diese Schmierfinkenaffäre«, sagte Asunander, und Barbarotti hätte schwören können, dass sich für den Bruchteil einer Sekunde ein Lächeln in einem Mundwinkel des Kommissars zeigte. Während er gleichzeitig ein heftiges Ziehen im Bein verspürte.

»Schmierfinkenaffäre?«, wiederholte er und versuchte, nicht so zu klingen, als wollte er sich gleich übergeben. »Ich glaube nicht, dass ich ...«

»Es ist höchste Zeit, dass dieses Theater ein Ende findet«, unterbrach der Kommissar, während er gleichzeitig seine Schreibtischunterlage anhob und ein Papier darunter herausfischte. »Wir jagen diesen Teufel – oder diese Teufel – jetzt schon seit fast zwei Jahren, und da Inspektorin Sturegård mindestens acht Monate Babyurlaub hat, brauchen wir jemanden, der den Fall übernimmt.«

Dieses Mal konnte Barbarotti ein Seufzen nicht unterdrücken. Er war sich wohl bewusst, wie es um den sogenannten

Meisterschmierfinken stand. Alternativ *die Meisterschmierfinken.* Alternativ *Diese verfluchten Kleinkriminellen, die auf einem Scheiterhaufen verbrannt werden sollten.* Die (oder der, aber wohl kaum die, Einzahl feminin) hatten jetzt seit mindestens zweieinhalb Jahren in Kymlinge ihr Graffitiunwesen getrieben, aber das Problem war nicht wirklich beachtet worden, bis der Herr Chefredakteur, ein gewisser Lars-Lennart Brahmin, in den »Olymp« gezogen war, eines der alten Häuser aus der Jahrhundertwende auf der östlichen Seite des Flusses. Er wurde sofort zum Wortführer der Eigentümerversammlung gewählt, und ausgerechnet die leicht sahnefarbene Fassade des Olymp gehörte zu den Lieblingsplätzen des Meistersprayers, wenn es darum ging, die verachtenswürdigen Tags zu platzieren.

Und jedes Mal, wenn er am Werk gewesen war, im letzten Jahr durchschnittlich einmal im Monat, war das Thema in der Lokalzeitung groß zur Debatte gestellt worden. An vorderster Stelle.

»Dieser verfluchte Brahmin ruft mich sieben Mal in der Woche an«, sagte Asunander. »Ich habe mein Abonnement gekündigt, ich kriege noch Pickel von diesem Redakteur.«

»Das kann ich verstehen«, sagte Barbarotti.

»Ich dachte, die Sturegård würde das im Handumdrehen hinkriegen, aber irgendwas ist da ganz offensichtlich schiefgelaufen.«

»Offensichtlich«, stimmte Barbarotti zu.

Er kannte Inspektorin Malin Sturegård nicht besonders gut, wusste aber, dass sie allein dafür verantwortlich war, diesen Sachbeschädigungen ein Ende zu machen. Er wusste auch, dass sie trotz emsiger und langwieriger Bemühungen nicht weit gekommen war – wenn er sich nicht ganz irrte, dann gab es ein Gerücht, das besagte, dass sie dafür gesorgt hatte, schwanger zu werden, um den ganzen Mist loszuwerden. Sie war über vierzig und hatte bereits drei oder vier Kinder, also war wohl in diesen Spekulationen ein Fünkchen Wahrheit versteckt. Diese traurigen Tatsachen gingen Inspektor Barbarotti schnell durch den Kopf, während Kommissar Asunander seine Hände vor sich auf dem Schreibtisch faltete und ihn mit einer Miene betrachtete, die… ja, er wusste es nicht so recht. Das Mienenspiel des Kommissars war selten leicht einzuordnen. Aber es war auf jeden Fall deutlich, dass es nicht dazu gedacht war, Sympathie für einen seiner Untergebenen auszudrücken, der von einem Dach gefallen und sich den Fuß in einer Schubkarre gebrochen hatte.

Gunnar Barbarotti hatte eine derartige Sympathie aber auch gar nicht erwartet. Er räusperte sich, suchte seine Krücken und schaffte es aufzustehen.

»Natürlich«, sagte er. »Ich werde zusehen, dass Sturegårds Material in mein Zimmer gebracht wird.«

»Das habe ich bereits veranlasst«, sagte Asunander. »Ich denke, die Akten sind bereits an Ort und Stelle. Sieh zu, dass diese verfluchte Geschichte aus der Welt geschafft wird.«

»Ich werde sehen, was ich tun kann«, sagte Barbarotti und mühte sich aus dem Zimmer hinaus.

»Danach hast du freie Hand, dich um diesen Roos zu kümmern«, erinnerte Asunander ihn, als er hinter Barbarotti die Tür schloss.

Danke, lieber Chef, dachte Barbarotti. Weiß der Teufel, ob die Landplage nicht doch vorzuziehen wäre, wenn man alles zusammennimmt?

»Wie ist es gelaufen?«, fragte Eva Backman. »Was sind das für Akten?«

»Der Tagger«, sagte Barbarotti. »Inspektorin Sturegårds Ein-Frau-Ermittlung.«

»Und was machen die in deinem Zimmer?«

»Ich brauchte was, worauf ich mein Bein legen kann«, antwortete Barbarotti.

»Das glaube ich dir nicht«, sagte Eva Backman, und plötzlich breitete sich ein Lächeln auf ihrem Gesicht aus. »Du meinst doch nicht, dass …?«

»Doch«, nickte Barbarotti. »Und wenn du jetzt anfängst zu lachen, dann schlage ich dich mit meinen Krücken.«

»Sturegård?«, sagte Backman. »Stimmt, sie ist ja letzte Woche in Mutterschutz gegangen.«

Barbarotti warf sich zwei Stück Kaugummi in den Mund und fing an zu kauen.

»Sollst du den Fall jetzt übernehmen und die Kanaille dingfest machen?«

»Wolltest du was Bestimmtes?«, entgegnete Barbarotti.

»Hm«, sagte Backman. »Ich dachte, du würdest dich diesem weggelaufenen Kerl widmen.«

»Asunander hat da eine etwas andere Meinung«, sagte Barbarotti.

»Ach, tatsächlich?«, erwiderte Backman und ließ sich auf dem neuen Besucherstuhl aus Stahl und gelbem Plastik nieder. Schlug ein Bein über das andere und setzte eine Miene besorgter Skepsis auf.

Oder was immer sie auch zum Ausdruck bringen wollte.

»Da liegt der Hund begraben«, sagte Barbarotti.

»Wo?«, fragte Eva Backman. »Bei … wie hieß er noch? Ante Valdemar Roos?«

»Genau«, sagte Barbarotti.

»Erklär das«, sagte Backman.

»Gerne. Obwohl es da nicht so viel zu erklären gibt. Er ist jetzt seit mehr als einer Woche verschwunden. Natürlich kann es sein, dass er mit seiner Geliebten abgehauen ist, aber ich glaube nicht, dass das der Fall ist. Das erscheint mir einfach nicht logisch.«

»Nicht?«, wunderte sich Eva Backman. »Ich dachte, das ist genau das, wovon alle Kerle träumen. Dass sie einfach alles kommentarlos hinter sich lassen. Die nörgelnde Frau, Kinder und einen langweiligen Job. Wer sagt denn, dass dieser Roos nicht auch einfach die Biege gemacht hat?«

Barbarotti kratzte sich am Gips. »Die Tatkraft«, sagte er. »Es erfordert eine verdammt große Tatkraft, so etwas durchzuführen. Seine Frau behauptet, dass er seit 1975 keinen einzigen neuen Gedanken gedacht hat.«

»Wann hast du das letzte Mal mit ihr gesprochen?«

»Am Samstag.«

»Und sie hat nichts Neues vorzubringen?«

»Nicht das Geringste. Aber sie will keine Anzeige erstatten. Und solange sie das nicht tut, fordert Asunander, dass wir uns bedeckt halten.«

»Aber der Meinung bist du nicht?«

»Exakt«, sagte Barbarotti und hob vorsichtig sein Bein auf den Schreibtisch. »Der Meinung bin ich nicht.«

»Brauchst du irgendwie Hilfe?«, fragte Backman.

»Ganz und gar nicht«, versicherte Barbarotti.

Backman schwieg eine Weile. »Ich habe im Augenblick ein bisschen Luft«, sagte sie dann. »Was hältst du davon, wenn ich noch mal mit seinem Arbeitgeber spreche? Vielleicht hast du etwas übersehen. Vielleicht kann ich auch seine Frau anrufen, möglicherweise tut sie sich bei einer anderen Frau leichter.«

»Sie hat sich entschieden, sich mir gegenüber zu öffnen, weil sie so ein großes Vertrauen zu mir hat«, wies Barbarotti sie hin. »Seit der Schulzeit.«

»Was willst du damit sagen?«, fragte Backman. »Im Detail, meine ich?«

»Nichts«, sagte Barbarotti. »Aber gern, mach einen Versuch, dann werden wir sehen. Vielleicht können wir in der Mittagspause darüber reden? Im Kungsgrillen?«

»Abgemacht«, sagte Backman. »Aber jetzt will ich nicht länger stören. Viel Glück mit dem Sprayer.«

»Dankeschön, Frau Inspektorin«, sagte Barbarotti. »Und mach die Tür hinter dir bitte gut zu.«

Die Anzahl der Ordner im Fall des Meistersprayers belief sich auf sechs. Drei davon waren gelb, drei waren rot. Gunnar Barbarotti schaute auf die Uhr, es war fünf Minuten vor halb zehn.

Nun gut, dachte er. Zweieinhalb Stunden bis zum Mittag, dann wollen wir doch mal sehen, was zwei wache Augen und eine Handvoll potenter Gehirnzellen so zustande bringen.

Um Viertel vor zwölf hatte er immer noch keine genaue Antwort auf diese Frage. Dass Inspektorin Malin Sturegård viel Mühe darauf verwandt hatte, diesen höhnischen Vandalen einzukreisen, daran bestand kein Zweifel. Sie hatte an dem Fall gut elf Monate lang gearbeitet, das ging aus der Datierung auf den Aktenrücken hervor. Im Laufe der Zeit war der eine oder andere Spraydosenkünstler entlarvt und zu wohlverdienten Strafen verurteilt worden, aber was den verachtenswerten Akteur betraf, so war sie ihm nicht wirklich nahe gekommen.

Oder handelte es sich um zwei? Es gab nämlich zwei sogenannte Tags, und in fast allen untersuchten Fällen tauchten sie beide am selben Ort auf. Morgens, wenn sie entdeckt wurden, waren meist so an die zehn Wohneinheiten betroffen, alle im Zentrum der Stadt – und in neun von zehn Fällen, zumindest seit einem Jahr, war das stattliche Olymp-Anwesen auf der Ostseite eines davon.

Die Tags waren außerdem klar deut- und aussprechbar, was bei dieser Art von Vandalismus nicht immer der Fall war, wie Barbarotti las. Laut Inspektorin Sturegårds genauer Zusammenstellung waren sie vor gut drei Jahren zum ersten Mal aufgetaucht, und zwar gleichzeitig, meistens wurden sie mit roter oder blauer Farbe gemalt – gern einer in jeder Farbe pro Wand –, aber auch Schwarz und Dunkelgrün war einige Male vorgekommen.

PIZ war der eine.

ZIP war der andere.

Es war ungewöhnlich, dass ein Tag ganze drei Jahre lang

lebte. Die Täter waren fast immer Jugendliche männlichen Geschlechts, und nach den wenigen Ermittlungen, die auf diesem Gebiet gemacht wurden, schienen die meisten Akteure ziemlich schnell ihrer Tätigkeit überdrüssig zu werden und sich neuen Interessen zu widmen. Künstlerischen oder kriminellen, vorzugsweise letzteren.

Für einen Laien konnte es wie ein relativ einfaches Match erscheinen, einen oder mehrere Sprayer festzusetzen – und hätte es sich um ein Verbrechen eines etwas größeren Kalibers mit strengeren Bestrafungen gehandelt, wäre die Polizei dem Problem auch in deutlich effektiverer Art und Weise Herr geworden. Man konnte ja beispielsweise »mit ziemlich großer Sicherheit davon ausgehen, dass beispielsweise die Fassade des Wohnhauses Olymp im Laufe jeder Dreißigtageperiode des kommenden Jahres mehrere Male (d.h. *nachts*) beschmiert werden wird« (wie Inspektorin Sturegård an zwei verschiedenen Stellen schrieb, an denen sie vergeblich um etwas größere Ressourcen bat), aber eine polizeiliche Bewachung anzuordnen, um den Täter (*die Täter*) einfach auf frischer Tat zu ertappen, wenn er (*sie*) sich entschieden hatte(*n*) zuzuschlagen … ja, das war sozusagen ökonomisch undenkbar, in Kymlinge wie in allen anderen Städten des Landes. Wahrscheinlich in allen anderen Ländern auch.

Zwar hatte es eine Überwachung gegeben, initiiert von Chefredakteur Brahmin selbst, aber die anderen Mitglieder der Eigentümerversammlung waren der Sache schnell müde geworden. Zwei Nächte pro Woche, zwei oder drei Stunden versteckt hinter einer Gardine zu sitzen und zusammen mit einem beschränkten – aber ansonsten makellosen – Mitbürger auf einen träge dahinfließenden Fluss und eine menschenleere Straße zu starren, das war nichts, was ein durchschnittlicher Immobilienbesitzer als besonders sinnvolle Aufgabe ansah.

Also hatten ZIP und PIZ ihre ärgerliche Tätigkeit in aller Ruhe fortsetzen können. Sicher hatte er (oder *hatten sie*) keine

Ahnung, dass jetzt ein vollzeitangestellter Inspektor im Polizeigebäude saß und all sein ermittlungstechnisches Wissen und seine Erfahrungen dazu nutzte, seiner (oder *ihrer*) Tätigkeit einen Riegel vorzuschieben.

Und wenn er (*sie*) es dennoch taten, dann war zumindest sicher, dass es ihn (*sie*) nicht besonders störte. Vermutlich ganz im Gegenteil, er (*sie*) würde(n) sich wahrscheinlich totlachen.

Inspektor Barbarotti seufzte, klappte Ordner Nummer 3 zu und beschloss etwas zu Mittag zu essen, bevor er sich Nummer 4 widmete, dem ersten gelben.

Warum sie wohl die Farbe geändert hat, überlegte er.

Und hätte sie noch einmal die Farbe geändert, wenn ein siebter Ordner dran gewesen wäre? Hatte sie vielleicht zu diesem Zeitpunkt beschlossen, schwanger zu werden? Zwischen drei und vier?

Er sah ein, dass dies die unwichtigste Frage war, die während des gesamten Vormittags aufgetaucht war. Zeit für eine Pause, kein Zweifel. Er hob sein Bein vom Schreibtisch und schnappte sich die Krücken.

Inspektorin Eva Backman war nicht in ihrem Zimmer.

Am Empfang wusste man nicht, ob sie im Haus war.

Im Kungsgrillen saß sie nicht. Und sie ging auch nicht an ihr Handy. Gunnar Barbarotti seufzte noch einmal und bestellte das Tagesgericht: Steak mit Bratkartoffeln und Zwiebelsauce, ließ sich dann an einem Tisch mit Blick auf die Riddargatan nieder.

Dann kann ich sehen, wenn sie kommt, dachte er. Es war erst zehn nach zwölf. Sie hatten keine feste Zeit abgemacht, vielleicht würde sie nicht vor halb eins auftauchen, falls sie irgendeinen Einsatz hatte.

Er blieb bis Viertel vor eins sitzen. Rief noch einmal auf ihrem Handy an, bekam keine Antwort, sprach aber eine Nachricht auf ihre Mobilbox, dass sie sich melden solle und das Steak eine feine Sache sei.

Dann überquerte er die Riddargatan, die Fredsgatan, den Eisenbahnübergang, und acht Minuten nach eins saß er wieder in seinem Büro mit den Sturegårdschen Sprayerordnern.

Und einem großen Becher schwarzen Kaffees. Und einem Mazarinkuchen, den er aus einem Paket in der unteren rechten Schreibtischschublade ausgegraben hatte und von dem er feststellen konnte, dass er ihn irgendwann in der Osterwoche gekauft hatte. Jetzt war es September.

ZIP und PIZ, dachte er. Oder ein Haschen nach dem Wind?

29

Auf dem Weg von Svartö zurück in die Stadt dachte Eva Backman über zwei Dinge nach.

Zum einen, wie eine Frau wie Red Cow eigentlich beschaffen war.

Zumindest grübelte Backman darüber nach, wie man sich auf diese Art und Weise zu seinem Spitznamen verhalten konnte. Richtig hieß die Frau Elisabet Rödko, hatte ungarische oder möglicherweise transsylvanische Vorfahren, das war nicht so richtig herausgekommen – und als einer der Schlaumeier bei Wrigmans Elektriska auf die Idee gekommen war, ihrem Namen einen leicht amerikanischen Touch zu geben, hatte sie sich darein gefunden. Nicht nur, indem sie den Namen akzeptierte, sondern auch, indem sie ihr normalerweise rattenfarbenes Haar feuerrot färbte.

Heute, vierzehn Jahre später, war sie immer noch feuerrot und hatte Backman anvertraut, dass sogar ihr Mann und ihre Kinder sie Red Cow nannten.

Rote Kuh, dachte Eva Backman. Wird auch nicht besser, wenn man versucht, es mit ein bisschen Englisch und ein bisschen Farbe aufzupeppen. Oder?

Auf jeden Fall hatte der Name eine Bedeutung hinsichtlich ihrer Glaubwürdigkeit – und das war eine andere, um einiges wichtigere Frage, die Inspektorin Backman versuchte zu klären, während sie in dem immer dichteren Nachmittagsverkehr hinter dem Steuer saß.

Konnte man sich auf ihre Worte und ihr Urteilsvermögen hinsichtlich Valdemar Roos verlassen?

Backman hatte nicht die Möglichkeit gehabt, mit jemand anderem bei Wrigmans zu sprechen, deshalb war es gut, in diesem Punkt eine Entscheidung treffen zu können. Zumindest vorläufig, man konnte natürlich dies betreffend noch einmal hinfahren, wenn es sich als notwendig erweisen sollte.

Aber warum sollte es notwendig sein?, fragte sie sich. Warum um alles in der Welt? Den Beschluss, nach Svartö rauszufahren, hatte sie ziemlich spontan gefasst, nachdem sie Alice Ekman-Roos nicht erreicht hatte. Vielleicht in erster Linie, um Barbarotti zu überraschen, aber sie hatte auch ihre eigene Neugier zu befriedigen. Wenn man ehrlich sein wollte.

Und das hatte Red Cow nicht getan. Eher ganz im Gegenteil.

Eine Geliebte?, hatte sie geschnaubt. Valdemar Roos? Ich glaub, mich tritt ein Pferd.

Offensichtlich hat er seine Frau hinters Licht geführt, bemerkte Backman.

Gut möglich, meinte Red Cow. Aber dass sich eine jüngere Frau so einen wie Valdemar aussuchen würde, das war ungefähr genauso undenkbar, als würde Madonna sich mit diesem schrecklichen Bert Karlsson paaren. Wenn die Inspektorin verstand, was sie meinte?

Backman dachte nach und erklärte, dass sie das täte. Fragte dann, ob Red Cow möglicherweise eine Theorie habe, warum Roos sich ohne Vorwarnung entschlossen hatte, bei Wrigmans Elektriska nach mehr als zwanzig Jahren aufzuhören, und warum er nicht ein Wort darüber gegenüber seiner Familie erwähnt hatte.

Red Cow hatte erklärt, dass sie nicht auch nur den Hauch einer Ahnung diesbezüglich habe. Sie hatten natürlich beim Kaffeetrinken darüber gesprochen, besonders in den letzten Tagen, seit herausgekommen war, dass Valdemar seiner Frau nichts gesagt hatte. Und dann zu verschwinden, das war das Tüpfelchen auf dem i.

Aber keiner hatte eine einigermaßen logische Erklärung gefunden. Weder Red Cow, noch einer der anderen.

Vielleicht, hatte sie mit nur schlecht verborgenem Entzücken ihre Überlegungen abgeschlossen, vielleicht war ja Tapanen der Wahrheit am nächsten gekommen, als er behauptete, dass dieses Affengehirn Roos seinen letzten Schlag bekommen habe und nicht mehr zwischen seinem eigenen Arsch und einem Loch in der Erde hatte unterscheiden können.

Das war zwar ein Zitat, doch es war Red Cow, die es von sich gab, und sie tat es, als handelte es sich dabei um einen pikanten und ungemein treffenden Witz.

Was auch bei der Beurteilung ihrer Glaubwürdigkeit mit bedacht werden sollte, dachte Eva Backman, bremste hinter einem Fernlaster und schaute auf die Uhr.

Es war zwanzig nach vier. Sie hatte noch ein Stück bis zum Rockstarondell, und in aller Eile entschied sie sich, direkt nach Hause weiterzufahren, statt ins Büro zurückzukehren und noch zehn, fünfzehn Minuten ihren Pflichten nachzukommen.

Ich werde das morgen mit Barbarotti besprechen, beschloss sie. Da liegt ein Hund begraben, genau wie er gesagt hat. Vielleicht auch noch eine Frau – in welcher Weise auch immer –, aber auf jeden Fall ein Hund.

Das mit der Neugier ist wie mit dem Juckreiz, überlegte sie außerdem, und den Gedanken hatte sie früher schon gehabt. Beides ist nur schwer zu ignorieren.

Gunnar Barbarotti erkannte den Mann, der die mahagonifarbene Tür öffnete, sofort wieder, aber es dauerte eine Weile, bis er ihn einordnen konnte.

Er war klein und kompakt, so ein Mensch mit höherem spezifischem Gewicht als seine Umgebung, und er sah nicht froh aus.

Das hatte er auch nicht beim letzten Mal getan, als Barbarotti ihn getroffen hatte. Schnell versuchte er auszurechnen, wie viele Jahre das her sein mochte. Ein Elternabend von Saras achter Klasse vor einer anstehenden Klassenreise … Dezember 2002 musste das gewesen sein, ein Jahr nach der Scheidung von Helena, er erinnerte sich, wie schwer es ihm gefallen war, das Ganze zu ertragen.

Sowohl den Elternabend als auch die Umstände an sich.

Kent Blomgren hatte offenbar auch Probleme gehabt, es zu ertragen. Den ganzen Abend saß er in sich versunken da, hatte zu all den Fragen, die im Laufe der Diskussion aufgetaucht waren, weder mit Ja noch mit Nein gestimmt, und als schließlich beschlossen wurde, dass die Klasse im kommenden Mai eine Reise nach London antreten sollte, hatte er resolut seinen Stuhl zurückgeschoben, war aufgestanden und hatte erklärt, dass sein Jimmy verdammt noch mal nicht auf irgend so eine Scheißluxusreise nach London mitfahren würde. Das könnten die reichen Bürgerkinder und ihre Eltern unter sich ausmachen, wenn sie meinten, es wäre notwendig.

Nach diesem Statement hatte er das Klassenzimmer verlassen und die Tür hinter sich zugeschlagen, dass die Wände erzitterten.

Ob es an Kent Blomgrens entschiedenem Auftreten oder an etwas anderem gelegen hatte, das wusste Barbarotti nicht, aber statt der geplanten Londonwoche waren es für Sara und ihre Klasse dann drei verregnete Tage in Kopenhagen geworden. Blomgren junior war nicht mitgefahren.

Und jetzt stand Blomgren senior hier und glotzte Barbarotti und seine Krücken an. Schien zu überlegen, ob er die Tür gleich wieder zuwerfen sollte, aber Barbarotti kam ihm zuvor.

»Hallo«, sagte er. »Ich glaube, wir hatten Kinder in derselben Klasse. Das hatte ich nicht mehr in Erinnerung, als ich angerufen habe.«

»Ach so«, sagte Kent Blomgren.

»Wie hieß dein Junge noch? Jimmy?«

»Jimmy und Billy«, sagte Kent Blomgren. »Ich habe zwei.«

Barbarotti nickte und trat in den Flur, mit dem Gips voran. Kent Blomgren schloss die Tür hinter ihm, ohne sie zuzuwerfen.

»Ich habe sie allein aufgezogen«, fügte er hinzu. »Ihre Mutter ist mit einem anderen verschwunden, als sie noch klein waren. War wohl nur gut so.«

Das war eine überraschend vertrauliche Mitteilung. Barbarotti räusperte sich und zögerte.

»Ja, es kommt, wie es kommt«, sagte er. »Ich lebe auch nicht mehr mit der Mutter meiner Kinder zusammen. Das Leben entwickelt sich nicht immer so, wie man es sich gedacht hat.«

Warum stehe ich hier und labere über das Leben mit diesem Sack Stroh?, fragte er sich. Waren es nicht diese Schmierfinken, um die es gehen sollte?

»Willst du einen Kaffee?«, fragte Kent Blomgren und ging in die enge Küche voraus. »Der ist schon fertig, macht keine Mühe.«

Sie setzten sich jeder an eine Seite des blau gestrichenen Küchentischs. Ein zehn Zentimeter hoher Kaktus stand in der Mitte. Vier in der Mikrowelle aufgetaute Zimtschnecken auf einem Teller und zwei Becher mit dem Clubabzeichen von IFK Göteborg auch. Kein Zucker, keine Milch.

»Wie gesagt«, setzte Barbarotti an. »Ich schaue mir gerade diese Sache mit den Schmierereien an.«

»Du arbeitest, obwohl du einen Gips hast«, bemerkte Kent Blomgren und nickte in Richtung auf Barbarottis Fuß, den er mit ein wenig Mühe auf einen Stuhl gehoben hatte. Dieser war gelb. Es gab drei Stühle in der Küche. Einen gelben, einen roten, einen grünen.

»Hatte keine Lust, zu Hause herumzuhängen«, sagte Barbarotti.

Kent Blomgren verzog das Gesicht, schenkte Kaffee ein und setzte sich auf den grünen.

»Du siehst so einiges davon, wie ich annehme?«, fragte Barbarotti. »Von diesen Schmierereien, meine ich.«

Kent Blomgren trank einen Schluck Kaffee, wischte sich mit dem Handrücken über den Mund und sah aus, als überlege er. Oder als suche er nach den richtigen Worten.

»Verdammt viel«, sagte er langsam und nachdrücklich. »Wenn ich eine dieser Arschgeigen zu fassen kriege, dann drehe ich ihm den Hals um und werfe ihn den Schweinen zum Fraß vor.«

»Ja, genau«, sagte Barbarotti. »Frische Tags. Wie lange hast du diese Sanierungsfirma schon?«

»Zehn Jahre«, sagte Kent Blomgren. »Vorher habe ich bei Brinks gearbeitet, bis ich was Eigenes aufgemacht habe.«

»Da ist ein Sprayer, der uns besonders Sorgen macht«, sagte Barbarotti. »Oder sind es zwei? Die Tags PIZ und ZIP, auf die bist du doch schon häufiger gestoßen, oder?«

Kent Blomgren biss in die Zimtschnecke, kaute umständlich, während er Barbarotti tief in die Augen schaute.

»Ich habe mehr PIZ und ZIP überpinselt, als du zählen kannst«, sagte er dann, wobei er mit den Zähnen knirschte und anscheinend versuchte, jede einzelne Silbe zu betonen. »Das ist vielleicht ein Scheiß. Ist es denn wirklich so verdammt schwer, solche Hooligans zu fassen zu kriegen?«

»Ich bin neu mit dem Fall befasst«, informierte Gunnar Barbarotti vorsichtig. »Habe mich noch nicht so richtig in Kenntnis gesetzt. Aber es ist klar, dass es ein Problem ist.«

Kent Blomgren glotzte weiterhin und kaute seine Schnecke.

»Du hast keine Theorie?«, fragte Barbarotti.

»Theorie?«, wiederholte Kent Blomgren.

»Dahingehend, wer hinter diesen Beschädigungen stecken könnte. Einer oder mehrere? Ich meine, du bist doch schon eine Weile im Geschäft.«

»Viel zu lange«, sagte Kent Blomgren.

Aber eine Theorie hatte er nicht zu bieten. »Ich kümmere mich um den Dreck«, stellte er lakonisch fest. »Aber die den Dreck machen, die sehe ich nie.«

Irgendwo in der Wohnung wurde eine Tür geöffnet, und ein langhaariger junger Mann kam in die Küche. Er trug Unterhosen und ein T-Shirt mit Homer Simpson drauf.

»Jimmy?«, fragte Barbarotti.

»Billy«, sagte der junge Mann und streckte eine Hand vor. Barbarotti ergriff sie, Kent Blomgren schaute auf die Uhr und brummte etwas.

»Keine Sorge«, sagte Billy Blomgren, der offenbar verstanden hatte, was der Vater sagte. »Die haben gesagt, dass es reicht, wenn ich nach dem Mittag da bin.«

Er öffnete die Kühlschranktür, trank einige Schlucke direkt aus der Saftpackung und verschwand wieder.

»Schwer«, sagte Kent Blomgren. »Schwer für sie heutzutage, einen Job zu finden. Mit diesem Land geht es den Bach runter.«

Gunnar Barbarotti erkannte plötzlich, dass er offenbar mit einem Seelenverwandten von Schwager-Roger am Tisch saß und beschloss, nicht länger zu bleiben. Er wusste nicht so recht, warum er eigentlich hergekommen war, hatte jedoch Kent Blomgrens Namen im vierten der Sturegårdsordner gefunden und gedacht, dass es zumindest nicht schaden konnte.

»Es ist nie leicht gewesen, jung zu sein«, sagte er. »Auf jeden Fall werden wir weiter daran arbeiten. Irgendwie werden wir PIZ und ZIP schon das Handwerk legen. Darf ich dich um etwas bitten?«

»Um was denn?«, fragte Kent Blomgren und kippte den letzten Schluck Kaffee in sich hinein. Barbarotti kam auf die Beine und griff nach den Krücken.

»Das nächste Mal, wenn du den Auftrag bekommst, einen

ZIP oder PIZ wegzumachen, ruf mich doch bitte an, damit ich es mir vorher ansehen kann.«

Kent Blomgren zog eine Augenbraue hoch, dann nickte er.

»Gerne doch«, sagte er. »Wird bestimmt wieder beim Olymp sein, damit man es in der Zeitung lesen kann. Dieser Idiot Brahmin scheint ja nicht viel anderes zu finden, worüber er schreiben kann.«

»Wir werden sehen«, sagte Barbarotti, und damit verließ er das Blomgrensche Heim.

Ich habe vergessen zu fragen, warum um alles in der Welt seine Firma Zerberus heißt, dachte er, als er wieder auf der Straße stand. Wenn er sich nicht ganz irrte, dann war Zerberus doch ein Hund, der die Überfahrt in die Hölle bewachte, und was das nun wieder für eine Verbindung mit der Graffitisanierung haben könnte, das war nur schwer zu verstehen.

Aber irgendwie war es auch nicht so ganz sein Revier, diese nur halbkriminellen Markierungen.

Ich bin besser bei Mördern als bei Sprayern, dachte er finster und mühte sich ins Auto.

Jedenfalls ein Glück, dass ich Automatik habe, stellte er fest. Und ein Glück, dass ich nicht das rechte Bein gebrochen habe. Er war sich nicht wirklich klar darüber, ob es eigentlich gesetzlich erlaubt war, Auto mit einem Gipsfuß zu fahren, aber es gab Dinge, denen man lieber nicht auf den Grund gehen sollte.

Vielleicht gehörte ja die Zerberus Sanierung AB auch dazu.

»Ich glaube, ich bin ein Stück weiter gekommen«, sagte Eva Backman.

»Womit?«, fragte Barbarotti.

»Mit Alice Ekman-Roos«, sagte Backman.

Es war Viertel vor eins. Es war Dienstag, sie saßen im Kungsgrillen und hatten gerade jeder sein Tagesgericht bekommen: Klopse mit roten Beeten und Rübchen.

»Ausgezeichnet«, sagte Barbarotti. »Und inwiefern weiter?«

»Ich glaube, sie ist bereit, eine Anzeige zu machen«, sagte Backman. »Ich habe mit ihr heute Morgen gesprochen.«

»Wird auch Zeit«, nickte Barbarotti. »Schließlich ist er jetzt seit zehn Tagen verschwunden. Es ist ein Skandal, wenn wir da nicht langsam mal genauer nachschauen.«

»Ich weiß nicht genau, ob es ein Skandal ist«, entgegnete Backman, »aber ich weiß, dass es eine merkwürdige Geschichte ist. Glaubst du, dass er geplant haben kann, sich einfach in Luft aufzulösen?«

Barbarotti überlegte. »Könnte für viele schon eine verlockende Alternative sein«, sagte er. »Aber ich verstehe nicht, warum er es dann nicht gleich gemacht hat. Warum tut er erst einen Monat lang so, als würde er zur Arbeit fahren, und verschwindet dann? Das klingt nicht logisch.«

»Vielleicht brauchte er diesen Monat irgendwie«, schlug Backman vor.

»Wozu?«, fragte Barbarotti und kratzte sich am Gips.

»Was für einen Sinn hat es eigentlich, sich am Gips zu kratzen?«, fragte Eva Backman. »Mir ist aufgefallen, dass du das ziemlich oft machst.«

»Das ist eine symbolische Handlung«, erklärte Barbarotti. »Wenn man nicht das ausführen kann, was man eigentlich ausführen will … aus irgendeinem Grund … ja, dann hilft man sich mit einer symbolischen Handlung.«

»Wie Flaggen verbrennen?«, meinte Backman.

»Flaggen verbrennen?«, überlegte Barbarotti. »Nun ja, ich weiß nicht, ob das als symbolische Handlung zählt … aber ist ja auch egal. Wozu sollte Valdemar Roos einen Monat brauchen, bevor er die Fliege machen und abhauen konnte?«

»Das habe ich noch nicht herausgefunden«, sagte Backman. »Aber vielleicht wollte er einfach etwas Zeit zum Planen haben. Oder Geld beschaffen. Eine Bank überfallen beispielsweise?«

»Ich glaube nicht, dass wir im Januar einen Banküberfall hatten«, sagte Barbarotti.

»Vielleicht ist er irgendwo anders hingefahren«, sagte Backman.

»Schlauer Typ«, sagte Barbarotti.

»Ein kriminelles Genie«, sagte Backman. »Glaubst du dran?«

»Nein«, erklärte Barbarotti.

»Was glaubst du dann?«

Gunnar Barbarotti legte Messer und Gabel hin und lehnte sich zurück. »Ich weiß nicht so recht«, sagte er. »Aber wenn wir das hier als eine Polizeisache betrachten, dann ist es wohl auch erlaubt, mit Leuten zu reden. Wen willst du dir als Erstes vornehmen?«

»Diese Freundin«, sagte Eva Backman nach ein paar Sekunden Zögern. »Die behauptet, dass er mit einer jungen Frau im Schlepptau bei Ljungmans herausgekommen ist.«

»Genau«, stimmte Barbarotti zu. »Diese Geliebtentheorie hängt ja einzig und allein von ihr ab.«

»Wäre auch gut mit einer ordentlichen Vermisstenmeldung und Suche«, sagte Eva Backman. »Es kann ja trotz allem sein, dass er hier und da mal gesichtet wurde. Bis jetzt ist es ja nur seine Frau, die ihn vermisst… sozusagen.«

»Sozusagen«, stimmte Gunnar Barbarotti zu. »Ich bin auch für eine Vermisstensuche. Sieh bitte zu, dass du das regelst, ich glaube, es ist besser, wenn ich mich von Asunander fernhalte. Ach, übrigens, du möchtest nicht zufällig hören, wie es mir bei der Jagd auf diesen albernen Sprayer geht?«

»Im Augenblick nicht«, erklärte Eva Backman. »Wenn du entschuldigst. Ich denke, wir sollten lieber bezahlen und zurück an unsere Schreibtische kommen. Aber ich halte dich wegen Roos auf dem Laufenden.«

»Danke«, sagte Barbarotti. »Wärst du so gut und gibst mir meine Krücken?«

30

Das Foto des verschwundenen Ante Valdemar Roos wurde in der Donnerstagsnummer der Lokalzeitung veröffentlicht, und um halb elf Uhr desselben Tages traf der erste Telefonanruf in der Polizeizentrale seitens der aufmerksamen Allgemeinheit ein.

Es war eine Frau namens Yolanda Wessén, sie arbeitete in einem ICA-Laden in Rimmersdal, und sie behauptete, dass der Mann auf dem Foto in der Zeitung in der letzten Zeit mehrere Male bei ihr eingekauft hatte. Er hatte sich auch als Valdemar vorgestellt. Nur in der allerletzten Zeit nicht.

Wenn sie sich recht erinnerte, dann war wohl eine Woche vergangen, seit sie ihn gesehen hatte. Vielleicht waren es sogar zehn Tage.

»Rimmersdal?«, sagte Eva Backman, die schließlich mit der Frau sprach. »Vor Vreten also?«

Yolanda Wessén bestätigte, dass Rimmersdal fünf Kilometer von Vreten entfernt lag, und sie erzählte außerdem, dass sie ein gutes Personengedächtnis habe. Sie sprach gern mit ihren Kunden, auch wenn sie nur an der Kasse saß und es meistens nicht zu mehr als ein paar Worten übers Wetter reichte.

Backman fragte, wie lange es her war, dass die Kassiererin Valdemar Roos zum ersten Mal gesehen hatte. Yolanda Wessén erklärte, dass es sich wohl so um einen Monat handelte, und da beschloss Backman, nach Rimmersdal zu fahren, um ein etwas intensiveres Gespräch zu führen.

Während dieser Zeit, das heißt zwischen elf und halb zwölf Uhr am Donnerstagvormittag, nahm sich Inspektor Barbarotti Gordon Faringer vor, den Psychiater, der mit der Familie Ekman-Roos befreundet war und der vor ein paar Wochen ein Gespräch mit Valdemar über seinen allgemeinen psychischen Zustand und eine eventuelle Depression geführt hatte.

Gordon Faringer war ein schlaksiger Mann um die fünfundfünfzig. Er sah sonnengebräunt aus und schien gut in Form zu sein, hatte ein violettes Taschentuch in der Brusttasche seines Jacketts, aber der größte Pluspunkt bei Patientengesprächen war wahrscheinlich seine Stimme.

Sie war tief und wohlklingend, erinnerte im Ton an ein Cello und ließ alles, was er von sich gab, durchdacht und weise klingen. Barbarotti sah ein, dass es nicht leicht war, an etwas zu zweifeln, was er sagte, nicht einmal, wenn man sich bemühte. »Sicher, ich habe nur ein einziges Mal mit Valdemar über seine Gemütsverfassung gesprochen«, erklärte er beispielsweise. »Das war keine offizielle Sitzung, aber ich möchte dennoch das Urteil fällen, dass er nicht im klassischen Sinne deprimiert war.«

»Verstehe«, stimmte Gunnar Barbarotti zu.

»Er war nie eine besonders enthusiastische Person, wir sind in der Beziehung alle verschieden. Aber ich glaube nicht, dass sein Verschwinden die Ursache in einer Art psychischer Instabilität hat.«

»Er hat vor fünf Wochen seine Arbeitsstelle gekündigt«, erinnerte Barbarotti. »Ohne seiner Frau etwas davon zu sagen.«

»Ja, ich weiß«, sagte Faringer. »Alice hat mich gestern angerufen, und wir hatten ein langes Gespräch. Das ist für mich ebenso unbegreiflich wie für alle anderen.«

»Hat seine Frau etwas dahingehend gesagt, dass da eine andere Frau mit im Spiel ist?«

Gordon Faringer nickte bekümmert und strich sich ein paar Mal über seine hohe Stirn, eine unbewusste (aber vielleicht auch äußerst bewusste) Geste wahrscheinlich, die Nachdenken signalisieren sollte. Er räusperte sich und schob seine Brille zurecht.

»Doch, ja«, sagte er. »Das hat sie mir auch erzählt. Es ist offenbar eine Freundin, die das gesehen hat. Äußerst merkwürdig, ich möchte nicht behaupten, dass Valdemar eine asexuelle Person ist, aber dass er Alice mit einer jungen Geliebten betrügen würde, das erscheint mir so unwahrscheinlich, dass wir es uns kaum vorstellen können… wenn ich ›wir‹ sage, meine ich damit mich selbst und meine Frau.«

»Hm«, sagte Barbarotti. »Aber dass er bei Wrigmans aufgehört hat, ist eine unleugbare Tatsache. Vielleicht ist es an der Zeit, den ganzen Valdemar Roos anders zu beurteilen, wenn Sie verstehen, was ich meine?«

»Ich verstehe sehr gut, was Sie meinen«, sagte Gordon Faringer mit einem kurzen Lächeln. »Und alle Menschen haben natürlich Seiten an sich, von denen die Umgebung nichts weiß. Oft passiert es, dass wir uns ihrer selbst nicht einmal bewusst sind.«

»Ja, sicher«, sagte Barbarotti. »Und in einer bestimmten Situation könnten also diese unbekannten Seiten an die Oberfläche kommen, und dann resultieren sie in… in unerwarteten Handlungen?«

Faringer rieb sich erneut die Stirn. »Das ist keine schlechte Beschreibung«, sagte er. »Man kann vielleicht noch hinzufügen, dass meistens eine Art auslösender Faktor dafür nötig ist. Ein Katalysator.«

»Und das könnte in Valdemars Fall so sein?«

»Wir können es nicht ausschließen«, sagte Gordon Faringer. »Aber was der Katalysator gewesen sein mag, davon habe ich natürlich keine Ahnung.«

Barbarotti überlegte einen Moment.

»Würden Sie sagen, dass Sie Valdemar Roos gut kennen?«

»Überhaupt nicht«, antwortete Gordon Faringer sofort. »Ich kenne eher seine Frau. Wir kennen uns seit mindestens zwanzig Jahren. Valdemar ist ja erst vor ungefähr zehn Jahren in ihr Leben getreten. Aber wir haben nicht so viel Kontakt miteinander, wir treffen uns ein paar Mal im Jahr und essen zusammen, mehr ist da nicht.«

»Verstehe«, sagte Barbarotti. »Wie schätzen Sie ihre Reaktion ein, sein Verschwinden so lange zu verheimlichen, bevor sie es endlich erzählt hat?«

Faringer zuckte mit den Achseln. »Das ist sicher ziemlich menschlich«, sagte er. »Es geht natürlich mit einem großen Schamgefühl einher, wenn der Mann einen ohne ein Wort verlässt.«

»Wenn es sich denn so verhält«, sagte Barbarotti.

Zum ersten Mal war eine Spur von Verwunderung im Gesicht des Arztes zu sehen. »Wie sollte es sich denn sonst verhalten?«, fragte er.

»Sie haben doch selbst gesagt, dass die Sache mit einer anderen Frau nur schwer zu glauben ist«, sagte Barbarotti.

»Ja, natürlich«, sagte Gordon Faringer und gönnte sich erneut ein kurzes Lächeln. »Aber ich habe nicht behauptet, dass eine andere Frau nötig wäre, damit Valdemar Alice verlässt.«

Wieder dachte Barbarotti nach.

»Soll das heißen, dass es Sie nicht wundern würde, wenn Valdemar Roos genau in diesem Augenblick in Malaga sitzt und eine Sangria trinkt?«

»Oder ein Singha Beer in Phuket«, schlug Gordon Faringer vor und schaute auf die Uhr. »Ja, ich würde einen Hunderter auf diese Möglichkeit wetten. Entschuldigen Sie, aber ich habe in einer Viertelstunde einen Termin im Krankenhaus. Wenn Sie nicht noch …?«

»Aber natürlich«, sagte Barbarotti. »Vielleicht lasse ich noch einmal von mir hören, falls es aus irgendeinem Grund notwendig sein sollte.«

»Sie sind jederzeit herzlich willkommen«, sagte Doktor Faringer.

Stand auf, schüttelte Barbarotti die Hand und verließ das Zimmer.

Als Barbarotti allein war, hob er vorsichtig sein Gipsbein auf den Schreibtisch, lehnte sich auf seinem Stuhl zurück und verschränkte die Hände im Nacken. So blieb er mindestens zehn Minuten lang sitzen, während er versuchte, sich das Bild von Ante Valdemar Roos deutlich vor Augen zu holen.

Stellte zunächst fest, dass die Beschreibungen, die er bisher erhalten hatte – von der Ehefrau, von Red Cow, von Gordon Faringer –, ziemlich übereinstimmten.

Oder etwa nicht? Valdemar Roos war verschlossen, langweilig, kontaktarm und nicht sonderlich beliebt. Ein lahmer, grauer und vorhersehbarer Typ, der keinen Menschen glücklich machte und von dem niemand etwas Besonderes oder Überraschendes erwartete.

Ja, ungefähr so sah es wohl aus. Aber wenn nun, nahm Gunnar Barbarotti selbst die Gegenposition ein, wenn nun dieser Valdemar Roos, wenn man es genau betrachtete, ein bedeutend komplizierterer Mensch war, als seine Umgebung sich das vorgestellt hatte. Was wusste beispielsweise Alice Ekman-Roos über die tieferen Schichten in der Persönlichkeit ihres Mannes? Über die Träume, Sehnsüchte und Beweggründe. Was wusste Red Cow? Gordon Faringer?

Niemand konnte wohl ein Inneres haben, das dem entsprach, wie es die Bekannten von Ante Valdemar Roos skizziert hatten. Ein Möbelstück? Alle haben ja wohl das Recht auf ihr eigenes Weltbild und ihre Ansicht über die großen Fragen des Lebens? Das Äußere, das ist das Äußere, aber die Tiefe, die ist und bleibt die Tiefe, und viele entscheiden sich ganz einfach dazu, nicht jeden in die privatesten Sphären eindringen zu lassen. Aus verschiedenen, aber möglicherweise vollkommen legitimen Gründen. Warum sollte man davon ausgehen, dass Roos nicht ein interessanter Mensch mit vielen Facetten war, nur weil er sein Inneres nicht gleich zu Markte trug?

Genau.

Barbarotti lehnte sich auf seinem Stuhl zurück und schaute aus dem Fenster.

Und worauf will ich mit dieser Quasischlussfolgerung hinaus?, dachte er. Warum kann ich nicht akzeptieren, dass die meisten Holzböcke tatsächlich durch und durch Holzböcke sind?

Weil es spannender ist, wenn sie etwas anderes in sich bergen? Weil ich will, dass das Leben auf diese Art und Weise beschaffen ist?

Das Leben musste eine Erzählung sein, sonst wäre es sinnlos. Und folglich unerträglich. Oder? *Oder?*

Es klopfte an der Tür, und Asunander steckte den Kopf herein.

»Wie geht es mit den Schmierereien voran? Eine Lösung in Sicht?«

Barbarotti schnitt schnell alle Gedankenfäden über Valdemar Roos und das Leben an sich ab und versuchte, sich auf dem Stuhl aufzurichten, ohne das Bein vom Schreibtisch zu nehmen. Das schmerzte im Rücken.

»Au«, sagte er. »Danke, Herr Kommissar, es geht ausgezeichnet. Ich sitze gerade hier und versuche, einige verschiedene Möglichkeiten zu beurteilen.«

»Tatsächlich?«, fragte Asunander, ohne ins Zimmer zu treten. »Und was für Möglichkeiten?«

»Das ist ein wenig kompliziert«, sagte Barbarotti. »Ich wollte morgen zu dir kommen und dich über den Stand der Dinge informieren … oder Montag.«

»Schön«, sagte Asunander. »Dann erwarte ich dich. Aber bitte kein Gelaber und keine weiteren Ordner. Ich will, dass diesem verfluchten Spaßvogel ein Riegel vorgeschoben wird, und ich erwarte, dass du mit Resultaten kommst.«

»Natürlich«, sagte Barbarotti. »Für mich ist das nur eine Frage der Zeit.«

»Woran du guttust«, sagte Asunander und schloss die Tür.

Das Problem, dachte Inspektor Barbarotti, das größte Problem dabei ist, dass mich dieses Gespraye absolut nicht interessiert. Wie weit war ich gerade mit Valdemar Roos gekommen?

»Jetzt hör mal zu«, sagte Eva Backman. »Das ist wirklich interessant.«

Barbarotti nickte und schaute auf die Uhr. Es war halb fünf. Er hatte Marianne versprochen, sie um Viertel nach fünf für den wöchentlichen Großeinkauf bei Coop draußen in Billundsberg abzuholen. Das übliche Donnerstagsvergnügen. Wenn es etwas auf der Welt gab, wozu Gunnar Barbarotti keine Lust hatte – abgesehen von Graffiti, Rapmusik und Boulevardjournalismus –, dann war es der Großeinkauf. Doch er musste einsehen, dass es bei einer Familie von acht bis zehn Personen vermutlich ein wohl ziemlich motivierter Teil des Daseins war. Auch wenn gewisse Teile der Familie an Krücken gingen.

»Ich habe es ein bisschen eilig, nach Hause zu kommen«, sagte er. »Könntest du dich ein wenig sputen?«

»Ich habe übrigens versucht, Karin Wissman zu erreichen«, erklärte Backman. »Die Zeugin aus dem Restaurant. Aber sie ist leider noch auf ihrer Konferenz in Helsinki. Sollte heute nach Hause kommen, aber jetzt hat sich herausgestellt, dass sie erst am Samstag kommt.«

»Aha«, sagte Barbarotti. »Und was ist denn nun so interessant?«

»Yolanda Wessén«, sagte Eva Backman. »Die Frau aus dem ICA-Laden in Rimmersdal, die morgens angerufen hat. Ich war bei ihr und habe mit ihr anderthalb Stunden lang geredet. Es war ein richtig ergiebiges Gespräch, nicht nur im Hinblick auf Valdemar Roos.«

»Von Frau zu Frau?«, fragte Barbarotti.

»Wenn du es auf dein eigenes Begriffsniveau herunterziehen willst«, bemerkte Backman.

»Entschuldige. Aber was hat sie denn nun über Valdemar Roos zu sagen?«

Eva Backman schlug ihren Notizblock auf. »Ja, das ist eine außerordentlich nette Frau, diese Yolanda Wessén – oder Yolanda Pavlovic, wie sie hieß, als sie in unser phantastisches Land kam und bevor sie sich mit einem cholerischen Bäcker verheiratete –, sie behauptet, dass Valdemar Roos im letzten Monat mindestens fünf Mal bei ihr im Laden war und eingekauft hat. Bis auf die letzte Woche, wo er sich überhaupt nicht hat blicken lassen.«

»Warte mal«, sagte Barbarotti. »Und dieser Laden liegt also in Rimmersdal, das ist dreißig, vierzig Kilometer von der Stadt entfernt, nicht wahr?«

»Fünfunddreißig«, bestätigte Backman. »Nach Vreten raus, mein Bruder wohnt in der Ecke.«

»Und es handelt sich um einen Supermarkt?«

»Richtig.«

»Was hat er eingekauft?«

»Grundnahrungsmittel«, sagte Eva Backman. »Milch und Brot und Kaffee und Eier. Die Basis fürs Leben ganz einfach.«

»Worauf deutet das hin?«, fragte Barbarotti.

»Was denkst du?«, konterte Backman.

Barbarotti dachte nach.

»Lieber keine voreiligen Schlüsse ziehen«, sagte er.

»Gott bewahre«, sagte Eva Backman.

»Sonst vergaloppiert man sich leicht.«

»Gott bewahre.«

»Vielleicht hat er die Sachen ja mit nach Hause in die Fankungargatan genommen.«

»Bestimmt«, sagte Eva Backman. »Du triffst den Nagel auf den Kopf. Er setzt sich morgens ins Auto, fährt fünfunddreißig Kilometer westwärts, hält an einem netten ICA-Laden und kauft das Nötigste ein. Dann fährt er damit wieder nach Hause. Siebzig Kilometer hin und zurück.«

»Genau«, sagte Barbarotti. »Ein vollkommen normales Verhalten für einen schwedischen Mann seines Kalibers.«

»Also?«, fragte Backman.

»Also gibt es einen anderen Ort«, sagte Barbarotti, »an den er fährt.«

»Zu dem Schluss bin ich auch gekommen«, sagte Backman.

»Schön«, sagte Barbarotti.

»Vielleicht zu seiner Geliebten?«

»Möglich. Obwohl es mir schwerfällt, das mit dieser Geliebten zu glauben.«

»Mir auch«, sagte Backman. »Aber auf jeden Fall muss es dort irgendwo in der Nähe sein. In der Umgebung von Rimmersdal. Oder?«

»Klingt logisch«, sagte Barbarotti. »Hat sie sonst noch etwas gesagt, diese Yolanda Wessén? Er hat sich ihr also vorgestellt, war es nicht so?«

»Ja«, bestätigte Backman.

»Stellst du dich der Kassiererin vor, wenn du einkaufen gehst?«

»Nein«, sagte Backman. »Wenn ich ehrlich sein soll, mache ich das eigentlich nicht.«

»Ich auch nicht«, sagte Barbarotti.

»Aber Yolanda hat erzählt, dass er sehr höflich und nett aufgetreten ist, offenbar zu einem Gespräch bereit. Und dann … ja, dann hat sie noch etwas gesagt.«

»Und was?«, fragte Barbarotti.

Backman kratzte sich an der Kopfhaut und ließ eine Sorgenfalte auf der Stirn erkennen. »Sie meinte, dass er einmal so etwas gesagt hat. Dass er häufiger zum Einkaufen kommen werde, weil er … weil er gerade in die Gegend gezogen sei.«

»In die Gegend gezogen?«, wiederholte Barbarotti. »Hat er das so formuliert? Und daran gibt es keinen Zweifel?«

»Nun ja«, sagte Backman. »Sie kann sich nicht mehr daran erinnern, ob er es wortwörtlich so gesagt hat. Es war … ja, es war eher der Eindruck, den sie bekommen hat. Und als er dann ein paar Mal in der Woche wieder aufgetaucht ist, da wurde ihr Eindruck ja bestätigt.«

»Aber ihr fällt nicht mehr ein, ob er tatsächlich gesagt hat, dass er eine Wohnung dort hat?«

»Nein, das konnte sie nicht sagen. Gut möglich, dass es nur ihre Schlussfolgerung ist.«

»Hm«, sagte Barbarotti. »Ja, aber auf jeden Fall interessant. Noch mehr?«

»Viel mehr gibt es nicht«, seufzte Backman. »Leider. Was meinst du, sollen wir tun?«

Barbarotti kratzte sich am Gips und blieb zehn Sekunden schweigend sitzen.

»Nachdenken«, sagte er dann. »Uns hinsetzen und darüber nachdenken, was zum Teufel das zu bedeuten hat. Und diese Zeugin natürlich befragen … was hast du gesagt? Am Samstag?«

»Samstagabend«, bestätigte Backman. »Wir haben jedenfalls zwei Tage Zeit, unsere Überlegungen reifen zu lassen. Wenn es das ist, was wir wollen. Es ist ja … es ist ja trotz allem nur ein ziemlich langweiliger Mensch, der da verschwunden ist.«

Barbarotti nickte. »Ich weiß«, sagte er. »Ich kann auch nicht sagen, warum ich mir so viele Gedanken um diesen Möbelmann mache.«

Eva Backman sah aus, als suche sie nach einer Antwort, fand aber offensichtlich keine, denn sie klappte ihren Notizblock zu und schaute aus dem Fenster.

»Sieht nach Regen aus«, sagte sie.

»Kann sein«, erwiderte Gunnar Barbarotti. »Auf jeden Fall bin ich ein Meister darin, Überlegungen reifen zu lassen. Aber das brauche ich dir ja nicht zu sagen.«

Eva Backman verdrehte die Augen, dann schaute sie auf die Uhr. »Musst du nicht los und mit deiner Liebsten einkaufen?«

»Scheiße, natürlich«, sagte Barbarotti, »wo sind die Krücken?«

31

Die letzten Worte, die er am Donnerstagnachmittag mit Eva Backman gewechselt hatte, gingen ihm nicht aus dem Kopf.

Was war nur so interessant an Valdemar Roos? Diese Frage beschäftigte ihn nicht nur am Donnerstagabend, sondern auch am Freitag, als nichts Neues in der Sache zu Tage kam, am Samstag, als er frei hatte und Schwager-Roger endlich sein Versprechen wahr machte und nach Lycksele zurückfuhr – oder jedenfalls bis nach Bollnäs, wo er seinen Auskünften nach einen Bekannten hatte, bei dem er übernachten wollte – und in der Nacht zum Sonntag, in der Marianne und er sich das erste Mal seit seinem Fall in die Schubkarre vor zwölf Tagen liebten.

Natürlich hatte er nicht die ganze Zeit die Geschichte von Valdemar Roos im Kopf – schon gar nicht während des einigermaßen komplizierten Liebesaktes –, aber sie tauchte mit irritierender Hartnäckigkeit immer wieder auf. Man durfte sich wirklich fragen, warum.

Ein Langweiler verschwindet?

Möglicherweise ein guter Titel für ein Theaterstück, das musste er zugeben, aber wie war es nun um den aktuellen Inhalt wirklich bestellt? Was gab der traurigen Geschichte von einem sechzigjährigen Mann, der Arbeit und Familie verlässt, so einen … Glanz?

Glanz?, dachte Barbarotti und stellte fest, dass die Ziffern des Radioweckers gerade von 02.59 auf 03.00 umgeschlagen waren. Woher kam denn dieses Wort? Wenn es ein Wort gab, das nicht zu Ante Valdemar Roos' Leben und Treiben passte, dann das Wort *Glanz*. Nein, es musste sich um etwas anderes handeln.

Er tut mir leid, kam ihm in den Sinn. Es ist mein tief sitzender Humanismus, der dazu führt, dass ich mich für so ein düsteres Menschenschicksal interessiere. Niemand auf der ganzen Welt kümmert sich um Valdemar Roos, und gerade deshalb tue ich es. Ich will dieser Sache auf den Grund gehen, ohne Rücksicht auf Asunander und seine Sprayer, das ist meine Pflicht gegenüber einem meiner geringsten Brüder.

Doch dieser philanthropische Standpunkt stimmte nicht so recht, er war gezwungen, sich das nach einer ausführlicheren und genaueren Prüfung einzugestehen. Wie gern er es sich auch gewünscht hätte. Eva Backman war genauso neugierig herauszubekommen, was mit Roos passiert war, wie er selbst, und vielleicht hatte sie am Freitag ja bereits den Finger auf die Wunde gelegt, als sie erklärte, dass das alles nur die Frage eines allgemein menschlichen feuchten Traums sei.

Vielleicht besonders eines männlichen feuchten Traums, hatte sie hinzugefügt, nachdem sie ein paar Sekunden überlegt hatte. Aus seinem Leben herauszutreten, wie man aus einem Kleidungsstück heraustritt, dessen man überdrüssig geworden ist. Von einem Tag auf den anderen sein gesamtes Leben zu verändern. Sich von allem Eingespielten und Langweiligen zu verabschieden: Arbeit, Ehefrau, Heim, Familie, und etwas Neues, Frisches irgendwo anders anzufangen.

Verlockend?, fragte Barbarotti sich. Sicher – zumindest für gewisse Menschen in gewissen Lebenssituationen –, aber vermutlich auch ziemlich naiv. Das Gras ist auf der anderen Seite dieses oder jenes Zaunes auch nicht grüner, und wo man sich auch befindet, man muss immer die eigene Person mit sich herumschleppen.

Und war das wirklich – letztendlich – der Kern dieser merkwürdigen Geschichte?

Es musste ein merkwürdiger Plan gewesen sein, den Valdemar Roos da für sich entworfen hatte. Wenn er wirklich vorgehabt hatte, seine Frau und seine Töchter zu verlassen, warum hatte er dann nicht gleich für klare Verhältnisse gesorgt? Warum mit dem Job aufhören und dann den Schein wahren und so tun, als würde er jeden Tag dorthin fahren? Einen ganzen Monat lang. Was hatte das für einen Sinn? Und warum fuhr er mit dem Auto in die Gegend von Vreten? Was gab es dort? Eine Geliebte?

Wahrscheinlich gute Fragen. Oder die vollkommen falschen Fragen? Auf jeden Fall fand Barbarotti keine vernünftigen Antworten. Das tat er bereits seit mehreren Tagen nicht, und möglicherweise war genau das der Grund, warum dieser Langweiler ihm einfach nicht aus dem Kopf gehen wollte.

Weil es so merkwürdig war.

Weil Inspektor Barbarotti nicht die geringste Ahnung hatte, was eigentlich passiert war, und weil ihn das ärgerte.

Er hatte am Samstagabend mit Marianne darüber gesprochen, nach dem Essen, nachdem alle Kinder sie mit dem Abwasch hatten sitzen lassen.

»Es kann ja so sein«, hatte er gesagt, »dass diese Geschichte nur so lange interessant ist, solange wir nicht wissen, was dahintersteckt. Sobald wir das herausbekommen, in dem Moment, in dem die Karten auf dem Tisch liegen, wird alles banal und trübsinnig erscheinen und sonst nichts.«

»Ja, aber verhält es sich nicht mit dem ganzen Leben so?«, hatte Marianne nach nur kurzem Nachdenken erwidert. »Es sind die Fragen und das Unerforschte, was groß ist, nicht die Antworten und das Offensichtliche.«

»Und das Suchen nach der Antwort?«, hatte er gefragt. »Ist das nicht ein Haschen nach dem Wind, wie es so schön hieß?«

»Nicht immer«, hatte sie gesagt, aber er hatte gesehen, dass sie mit der Antwort nicht zufrieden war.

»Gott?«

»Gott, ja? Ich weiß nicht, aber auf jeden Fall bin ich mir sicher, dass ein Gott ohne Fragen und Mysterien ein Abgott sein kann. Es ist nicht geplant, dass wir alles verstehen. Und ihn schon gar nicht.«

Dann hatte sie ihn etwas länger geküsst, als der Moment, der Abwasch und das Diesseitige eigentlich erforderten.

Wunderbar, hatte Gunnar Barbarotti gedacht. Es ist wunderbar, mit einer Frau verheiratet zu sein, die so viel mehr vom Leben versteht als man selbst.

Aber wie ist es eigentlich für sie, mit mir verheiratet zu sein?

Am Sonntagvormittag rief er Eva Backman an.

»Entschuldige«, sagte er. »Ich weiß, es ist Sonntag und Unihockey und alles so was, aber hast du gestern die Zeugin erwischen können?«

»Wie läuft es mit den reifenden Überlegungen?«, erwiderte Backman.

»Die sind noch nicht so ganz im Kasten«, musste Barbarotti zugeben. »Aber es kommt. Die Zeugin?«

»Ja«, bestätigte Eva Backman. »Ich habe mit ihr gesprochen. Aber ich fürchte, dass es ihr nicht gelungen ist, besonders viel Licht ins Dunkel zu bringen. Sonst hätte ich dich schon angerufen.«

»Dafür möchte ich dir danken«, sagte Gunnar Barbarotti, »aber irgendetwas Sinnvolles muss sie doch wohl hat beitragen können?«

»Wir haben eine ziemlich gute Beschreibung des Mädchens bekommen«, sagte Backman.

»Des Mädchens?«, wiederholte Barbarotti.

»Ja«, bestätigte Backman. »Sie hat diese Bezeichnung benutzt. Kaum älter als zwanzig, wie sie glaubt. Vielleicht sogar noch jünger.«

»Ein Teenager?«, fragte Barbarotti. »Mein Gott, Valdemar Roos ist doch fast sechzig.«

»Ich weiß«, sagte Backman, »ja, die Liebhaberinnentheorie erscheint immer absurder. Und die Zeugin … sie heißt übrigens Karin Wissman … sie konnte diese Variante auch nur schwer glauben, als ich ein wenig nachgefragt habe. Andererseits konnte sie sich auch keine andere vorstellen. Valdemar Roos kam vor gut zwei Wochen mit einem jungen Mädchen aus einem Mittagsrestaurant heraus, das ist im Großen und Ganzen das, was man mit Sicherheit sagen kann.«

»Und dann ist er zwei Tage später verschwunden, als seine Frau ihm erzählt hat, dass er mit besagtem jungen Mädchen gesehen worden ist.«

»Genau«, sagte Backman. »Es ist ja ziemlich offensichtlich, dass dieses Telefongespräch eine Art auslösender Faktor gewesen sein muss. Aber was sonst noch … ja, da treten wir immer noch auf der Stelle.«

»Verdammter Scheiß«, sagte Barbarotti.

»Ja«, stimmte Backman zu. »So kann man es bezeichnen. Aber wie gesagt fand ich es nicht sinnvoll, dich gestern deshalb anzurufen.«

»Das kann ich verstehen«, sagte Barbarotti.

»Obwohl es da noch eine Kleinigkeit gibt.«

»Und die wäre?«

»Nur eine merkwürdige Bagatelle wahrscheinlich, aber ich habe gestern Nachmittag noch mit jemandem gesprochen.«

»Mit wem?«

Eva Backman zögerte einige Sekunden. »Es ist sicher überhaupt nicht wichtig. Eine Frau, die mit Valdemar in einer Bar gesprochen hat.«

»In einer Bar?«

»Ja. Prince in der Drottninggatan. Das liegt aber inzwischen schon zwei Monate zurück. Oder zumindest anderthalb, sie konnte sich nicht mehr daran erinnern, welches Datum es war. Jedenfalls hat sie ihn auf dem Foto in der Zeitung wiedererkannt, und deshalb hat sie sich gemeldet.«

»Ja, und?«

»Er ist offensichtlich ein bisschen betrunken gewesen. Hat sie auf ein paar Drinks eingeladen, sie haben ungefähr eine Stunde zusammengesessen und sich unterhalten.«

»Im Prince in der Drottninggatan?«

»Ja.«

»Ich hätte nicht gedacht, dass Valdemar Roos der Typ ist, der Konversation mit Damen in Bars betreibt.«

»Ich auch nicht«, stimmte Eva Backman ihm zu. »Ich habe ja gesagt, dass es merkwürdig ist, sie kommt morgen Nachmittag ins Polizeipräsidium, dann können wir in Ruhe mit ihr sprechen.«

»Gut«, sagte Barbarotti. »Ich finde … ja, ich finde, das klingt verdammt merkwürdig.«

»Es war offenbar auch ziemlich merkwürdig, was er da gesagt hat.«

»Was? Wer hat was gesagt?«

»Valdemar Roos. Diese Frau behauptet, dass er eigentlich die ganze Zeit nur dagesessen und über eine Sache geredet hat. Dass er mit seinem Vater im Wald spazieren gegangen ist.«

»Jetzt komme ich nicht mehr ganz mit«, sagte Barbarotti.

»Das verstehe ich«, sagte Eva Backman. »Aber sie hat das so gesagt. Dass *er* das so gesagt hat, meine ich. Etwas von Kiefern, die sonnenbeschienen waren, und dass es der wichtigste Moment in seinem Leben war …«

»Als er mit seinem Vater im Wald spazieren ging?«

»Ja, genau«, sagte Eva Backman.

Barbarotti schwieg.

»Glaubst du, er ist verrückt?«, fragte er dann. »Ganz einfach verrückt?«

»Ich weiß es nicht«, sagte Eva Backman. »Wir werden morgen mehr von der Zeugin hören. Aber ich stimme dir zu, dass das äußerst merkwürdig klingt.«

»Merkwürdig ist nur der Vorname«, sagte Barbarotti, und dann legten sie auf.

Doch es gab noch ein weiteres Gespräch mit Backman an diesem wolkenverhangenen Herbstsonntag.

Sie war es, die anrief, und da war es bereits halb elf Uhr abends.

»Entschuldige, dass ich anrufe, obwohl es Sonntag ist und trotz Laubharke, reifenden Überlegungen und allem anderen«, setzte sie an.

»Weiße Squaw sprechen mit gespaltener Zunge«, sagte Barbarotti.

»Ich glaube, wir stehen vor dem Durchbruch.«

»Was meinst du damit?«, fragte Barbarotti.

»Möglicherweise jedenfalls«, fuhr Backman fort. »Aber ich bin mir nicht sicher.«

»Sprich weiter.«

»Ich habe gerade mit einem gewissen Espen Lund gesprochen.«

»Espen Lund?«

»Ja. Er ist Makler und ein guter alter Freund von Valdemar Roos. Er war verreist, ist heute zurückgekommen und hat vor einer Stunde das Bild in der Zeitung gesehen. Er sagt, dass er Valdemar vor ungefähr einem Monat ein Haus verkauft hat. In der Nähe von Vreten. Was sagst du dazu?«

»Was ich dazu sage?«, erwiderte Gunnar Barbarotti. »Ich sage dazu, dass wir den Makler in ein Auto setzen und sofort mit ihm dahin fahren. Was sollten wir denn sonst tun?«

»Ich habe ungefähr die gleiche Entscheidung getroffen«, erklärte Eva Backman. »Nur dass ich es auf morgen verschoben habe, es ist halb elf Uhr abends, und der Makler hat erklärt, dass er einen Jetlag hat.«

»Okay«, sagte Barbarotti. »Dann also morgen. Um wie viel Uhr?«

»Er kommt um neun Uhr aufs Polizeirevier«, sagte Eva Backman.

»Verdammter Scheiß«, sagte Barbarotti.

»Warum fluchst du die ganze Zeit?«

»Weil ich morgen früh mit meinem Fuß ins Krankenhaus kommen soll. Ich glaube, ich muss …«

»Das kommt davon, wenn man in einer blöden Schubkarre landet«, erklärte Eva Backman, und es fehlte nicht viel, und ein weiterer Fluch wäre ihm herausgerutscht.

»Ich verschiebe das«, entschied er. »Diesen Folgebesuch, meine ich. Hast du mit Frau Roos über die neuesten Entwicklungen gesprochen?«

»Nein«, antwortete Eva Backman, »ich dachte, es wäre besser, damit zu warten, bis wir uns den Ort angesehen haben.«

Gunnar Barbarotti dachte einen Moment lang nach, dann bemerkte er, dass das sicher in Anbetracht der Umstände die richtige Entscheidung gewesen sei.

III

III

32

Er war kurz nach sechs Uhr am Strand, und die Sonne war noch nicht aufgegangen.

Doch bis dahin war es nicht mehr lange. Die Morgenröte bedeckte im Osten schon den halben Himmel, Vögel kreisten in langgezogenen Ellipsen über die Uferwiesen, und das Meer lag ruhig und still da, wie voller Erwartung.

Erwartung?, dachte er. Gibt es einen schöneren Zustand?

Er beschloss, Richtung Süden zu gehen. Nach ein paar hundert Metern blieb er stehen und zog sich die Schuhe aus. Ließ sie im Schutz eines umgedrehten, abgeblätterten Holzbootes, das ein gutes Stück vom Wasser entfernt einsam und allein dalag, im Sand stehen. Die Strümpfe stopfte er hinein, einen in jeden Schuh. Er überlegte, dass sich sicher niemand die Mühe machen würde, ein Paar hässliche, ausgetretene Slipper mitzunehmen, und sollte es doch jemand tun, würde er ohne Probleme auch barfuß die Pension erreichen können.

Er hatte ein Paar Sandalen in Reserve. Die hatte er in Malmö gekauft, bevor sie über den Sund gefahren waren, sie hatte gesagt, dass sie ihm standen, er aber auf keinen Fall Strümpfe darin tragen dürfte, und bis jetzt hatte er noch nicht versucht, in ihnen zu laufen.

Die Pension hieß Paradies, sie wohnten jetzt seit vier Nächten dort, und das war das erste Mal, dass er nicht schlafen konnte. Er wusste nicht, warum, er war irgendwann gegen Mitternacht eingeschlafen, nachdem er ein Kreuzworträtsel gelöst hatte, aber bereits gegen drei Uhr wieder aufgewacht, und danach war es unmöglich gewesen, die Augen wieder zu schließen. Um Viertel vor fünf war er vorsichtig aufgestanden, hatte eine ausgedehnte Dusche genommen, sich dann angezogen und sich hinausgeschlichen. Die Pension lag im Ort, ein zweistöckiges rosa Holzhaus, eingebettet in Büschel von Flieder und Obstbäumen, aber es dauerte nicht länger als fünf Minuten, dann war man am Meer.

Und Anna hatte geschlafen, als er aufgebrochen war. Sie hatte wie üblich dagelegen, zusammengekauert, die Hände zwischen den Knien, das Kissen über dem Kopf. In der Türöffnung war er stehen geblieben und hatte sie ein paar Sekunden lang betrachtet. Wie merkwürdig, hatte er gedacht, wie schnell sie der Nabel meines Lebens geworden ist, es ist kaum vorstellbar, dass wir jemals ohne den anderen waren.

Er trug sie auch jetzt auf seiner Netzhaut, während er sich langsam Richtung Süden den unendlichen Strand entlang bewegte. Soweit er wusste, lief er weiter bis zur deutschen Grenze, wahrscheinlich noch weiter. Ja, die Welt ist unendlich, dachte er plötzlich. So ist es wirklich. Unser Leben und unsere Möglichkeiten sind unbegrenzt, es geht nur darum, das zu entdecken und es zu nutzen.

Und jeder Tag ist ein Geschenk.

Vierzehn waren jetzt vergangen. Zwei Wochen und eine Nacht, seit dem Sonntagabend, an dem das Leben in neue, vollkommen unerwartete Bahnen geraten war. Ante Valdemar Roos wusste, dass diese Zeit mit Anna – vollkommen unabhängig davon, was vor ihnen lag, vollkommen unabhängig davon, ob sie demnächst in Dur oder in Moll enden würde – die bedeutendste Zeit war, die er jemals erlebt hatte. Vielleicht, dachte er inzwischen, vielleicht war das der Sinn des Ganzen gewesen. Seiner Geburt, seiner Kindheit und seiner Wanderung durch das Jammertal. Dass er eine Zeitlang mit diesem sonderbaren Mädchen zusammenleben sollte.

Er schrieb weiterhin seine Aphorismen in sein schwarzes Notizbuch, jeden Tag einen. Manchmal war es ein Zitat, manchmal war es etwas, das er selbst hatte formulieren können. Zweimal etwas, das Anna gesagt hatte. Die gestrigen Worte stammten noch einmal von diesem Rumänen.

Er hegte immer noch die Illusion, dass er allein dort lief, dass er es war, der sich bewegte und nicht die Welt unter seinen Füßen, dass er in jede Richtung gehen konnte, dass die Spur, der er folgte – sein eigenes, einzigartiges Leben –, nur hinter ihm zu sehen und Zeichen seiner schweren Schritte war. Bisher begriff er immer noch nicht, dass die gleiche Spur ebenso tief und unbarmherzig vor ihm verlief.

So war es früher, dachte Ante Valdemar Roos. So habe ich mir immer mein Leben vorgestellt. Wie tiefe Furchen oder Inschriften auf einem bereits fertiggestellten Grabstein. Als ob … als ob dieser Grabstein – und das unendlich langsame Lesen seiner Inschriften – das Ziel und der Sinn an sich waren.

Er war sich nicht sicher, ob Cărtărescu das wirklich gemeint hatte, aber das war auch unwichtig, dachte er mit einer schnell aufblitzenden Fröhlichkeit, während er gleichzeitig gegen einen zusammengesunkenen roten Gummiball trat, so dass dieser ziemlich weit ins Wasser flog. Unwichtig und scheißegal! Früher war er einmal Halbrechts in der Jungenfußballmannschaft von Framtidens IF gewesen, und der Schuss mit dem rechten Fuß saß immer noch. Es sind die Gefühle und der Weg, die die Mühe wert sind, nicht die Worte und die eventuelle Lösung der Gleichung.

Gestern Abend hatte sie für ihn gesungen; nur zwei Lieder, dann hatte die Müdigkeit sie wieder übermannt. Das eine war *Colours,* ein alter Donovan-Song, er fand es merkwürdig, dass sie so viel aus den schon so lange verschwundenen Sechzigern hervorholte; das andere hatte sie selbst komponiert, und es handelte von ihm. *Valdemar, the Penguin.* Er merkte erst hinterher, dass er geweint hatte, während er zuhörte.

Und er hatte Dankbarkeit verspürt. Eine tiefe Dankbarkeit dafür, dass sie nach den grotesken Ereignissen in Lograna nicht vor lauter Panik und Angst einfach Hals über Kopf weggelaufen waren, sondern sich die Zeit genommen hatten zu überlegen, was sie im Auto mitnehmen wollten. Ihre Gitarre beispielsweise. Außerdem die meisten ihrer Sachen, vielleicht hatte dahinter der Gedanke gestanden, alle Spuren von ihr im Haus zu tilgen, aber als sie in der ersten Nacht bereits ein paar Stunden gefahren waren, fiel ihr ein, dass sie eine Plastiktüte mit Schmutzwäsche unter der Küchenbank vergessen hatte.

Dann würden sie also herausfinden, dass hier auch eine junge Frau gewohnt hatte. Dass Lograna nicht nur Ante Valdemar Roos' Platz auf Erden gewesen war.

Wenn sie jemals so weit kamen und Lograna fanden, natürlich vorausgesetzt. Noch gab es nichts, was darauf hindeutete, dass sie es getan hatten, aber früher oder später würde es natürlich so weit sein. Früher oder später, er machte sich keine Illusionen, dass es anders sein könnte.

Die ersten Tage hatte er unruhig jede Nachrichtensendung im Radio verfolgt, heimlich die Zeitungen gelesen, die er zu fassen bekam, aber mit der Zeit hatte ihre Ruhe auf ihn abgefärbt. Und als sie beschlossen, dass die Wunde an ihrem Kopf trotz allem besser aussah und sie nicht mit ihr ins Krankenhaus fahren mussten, da hatte auch das einen Wendepunkt bedeutet. Sie brauchten nicht im Land zu bleiben. Eine gute Woche, nachdem sie Lograna verlassen hatten, fuhren sie über die Öresundbrücke, ein sonniger Herbstvormittag begleitete sie, und mit einem Gefühl ohrenbetäubender Freiheit ließen sie Schweden hinter sich. Zumindest empfand Valdemar es so, eine enge kleine Welt wurde verschlossen, eine unfassbare Weite öffnete sich.

Er hatte es ihr auch gesagt, genau mit diesen Worten. Sie hatte gelacht und ihm ihre Hand auf den Arm gelegt.

Wenn jemand eine Tür schließt, dann öffnet Gott ein Fenster, hatte sie gesagt.

Was meinst du damit?, hatte er gefragt.

Meine Mutter hat das immer gesagt, hatte sie geantwortet. Zu meinem Vater, als ich noch kleiner war. Das hat mir immer gut gefallen. Ich habe abends in meinem Bett gelegen, nachdem sie sich gestritten hatten, und darüber nachgedacht.

Mir gefällt es auch, hatte er zugegeben. Wenn jemand eine Tür schließt, öffnet Gott ein Fenster. Vermisst du deine Mutter?

Ein bisschen.

Wie geht es deinem Kopf?

In den ersten Tagen hatte er das oft gefragt.

Hast du Schmerzen? Willst du eine Weile auf dem Rücksitz liegen? Soll ich dir mit einem neuen Verband helfen?

Viel zu oft, aber es war ja kein Wunder, dass er sich Sorgen machte. Sie hatte bewusstlos im Gras gelegen, als er sie gefunden hatte, und es hatte mehrere Minuten gedauert, bis er sie wieder zum Leben erweckt hatte. Die ganze linke Seite ihres Kopfs war mit klebrigem Blut bedeckt, und nachdem er sie mit Hilfe feuchter Handtücher einigermaßen gewaschen hatte, war eine zehn Zentimeter lange Wunde zum Vorschein gekommen. Oberhalb des linken Ohrs, eine Schwellung und eine grobe Mondsichel, die bis zur Schläfe reichte, genau dorthin, wo der Haaransatz endet; das rostige Eisenrohr, das sie getroffen hatte, lag ein paar Meter weiter entfernt, direkt unter dem Apfelbaum.

Die Schwellung hielt sich noch in den ersten Tagen, aber sie hatte es bald heraus, wie sie sich kämmen musste, damit so gut wie nichts zu sehen war. Bereits im ersten Hotel, in der zweiten Nacht, in der sie als Vater und Tochter Eriksson aufgetreten waren. Sie hatte heftige Kopfschmerzen gehabt, während sie unten an der Rezeption standen und sich eintrugen, aber die Wunde und der Verband waren gut unter ihrem dichten, dunkelbraunen Haar verborgen gewesen.

Dort in Halmstad waren sie drei Tage lang geblieben. Die meiste Zeit hatte sie im Bett gelegen, er hatte sich um sie gekümmert, als wäre er wirklich ein guter Vater mit einer kranken Tochter. Dafür gesorgt, dass sie genügend trank und zumindest auch einen kleinen Bissen aß. Hatte in der Apotheke Schmerztabletten, Pflaster, Kompressen und Vitamine gekauft. An ihrer Bettkante gesessen und über sie gewacht.

Sie gefragt, ob sie etwas brauche. Ob sie Schmerzen habe.

Viel zu oft. Am Morgen des vierten Tages war sie aufgestanden, hatte eine Dusche genommen und erklärt, dass er jetzt aufhören könne, sich Sorgen zu machen, und gefragt, ob es nicht an der Zeit sei weiterzufahren.

Einen Moment hatte er geglaubt, sie nicht wiederzuerkennen. Dass er gar nicht richtig verstand, wer die Person war, die in der schmalen Türöffnung zum Badezimmer stand, eingehüllt in die weißen Badelaken des Hotels, eines um den Körper, eines um den Kopf – und fast zu ihm sprach, als wäre sie Signe oder Wilma. Wie sie immer klangen, wenn er mal wieder aus unerklärlichen Gründen nicht in der Lage gewesen war, ihren Ansprüchen zu genügen.

Doch dann hatte sie gesehen, dass er traurig wurde, war drei Schritte ins Zimmer gekommen und hatte ihn umarmt.

Entschuldige, das wollte ich nicht. Aber bist du nicht auch der Meinung, dass es an der Zeit ist, dass wir von hier wegkommen?

Er hatte ihn erschreckt, dieser Moment, und es war nicht leicht, ihn abzuschütteln. Er blieb wie ein böses Omen in einem Winkel seiner Seele hängen oder wie ein Vorbote und weigerte sich zu verschwinden.

Aus welchem Grund auch immer war er nach Karlskrona

gefahren. Vielleicht, weil es so etwas länger dauerte. Hier im Auto und auf der Straße, da gehörten sie hin, zumindest in diesen Tagen. Als wäre die Fortbewegung selbst das einzig mögliche Drehbuch für das, was vor sich ging. Aber es war nur eine einzige Nacht in Blekinge geworden, sie hatte dreizehn Stunden am Stück geschlafen, dann waren sie weitergefahren zum Hotel Baltzar in Malmö.

Ihre Kopfschmerzen kamen und gingen. Einige Male musste sie sich übergeben. Er kaufte verschiedene schmerzstillende Medikamente. Treo, Ipren, Alvedon. Sie sagte, dass ihr Treo am besten bekomme, und als sie über den Sund fuhren, hatten sie zwölf Packungen im Gepäck.

Die Schwellung ging zurück, und die Wunde sah immer besser aus. Am Samstag in Malmö hatte sie beschlossen, sich nicht weiter um Pflaster und Kompressen und wie das alles hieß zu kümmern, sie hatten einen langen Spaziergang im Pildammspark gemacht, zwar wurde sie müde, aber hinterher versprach sie, ihm bis ans Ende der Welt zu folgen, wenn er nur genug Geld für Benzin und ein wenig Verpflegung hatte.

Er hatte bereits in Halmstad fünfhunderttausend abgehoben, in der Bank hatte man sich gewundert, was um alles in der Welt er mit so viel Bargeld wollte, und er hatte erklärt, dass es sich um einen Bootskauf handele. Ein exzentrischer Verkäufer, da musste man halt mitspielen.

Er wusste, dass er das aus einem Buch hatte, das mit dem Bootskauf, und er war dankbar, dass er trotz allem so einiges gelesen hatte. Von allein wäre er nie auf so eine Idee gekommen.

Aber Geld für Benzin und Verpflegung hatten sie zweifellos. In Malmö hatte er in dreißigtausend Euro und zwanzigtausend dänische Kronen gewechselt, das hatte keine Probleme bereitet.

Er brauchte nicht einmal irgendein Boot oder sonst etwas ins Spiel zu bringen.

Er blieb stehen und schaute auf die Uhr.

Halb sieben. Die Sonne war jetzt voll und ganz aufgegangen, aber der Strand lag immer noch verlassen da. Ihm war nicht ein einziger Mensch begegnet, vielleicht waren die Dänen ja ein Volk, das morgens gern noch im Bett liegen blieb. Man hörte ja so einiges über sie.

Dachte Ante Valdemar Roos, gähnte und richtete seine Schritte wieder zurück aufs Dorf zu. Vielleicht haben sie ja auch Wichtigeres zu tun, korrigierte er sich nach einer Weile. Arbeiten und so. Hatten keine Zeit, beim Sonnenaufgang an schönen Stränden entlangzugehen, auch wenn sie sie ganz in ihrer Nähe hatten?

Auf jeden Fall hatte niemand seine Schuhe und Strümpfe gestohlen.

»Ich habe einen ganz merkwürdigen Traum gehabt.«

Er nickte. Sie hatte schon früher von ihren Träumen erzählt. Oft beim Frühstück, das war schon fast zu einer Gewohnheit geworden.

»Der war total real, ich hatte richtig Probleme zu glauben, dass es nur ein Traum gewesen ist, als ich aufgewacht bin.«

Er dachte, wenn das Leben nur aus einem einzigen Tag bestünde, dann könnte er gern so beginnen. Zuerst eine Stunde spazieren gehen an einem menschenleeren Strand. Dann Frühstück in einem Pensionsgarten und ein Traum aus dem Mund dieses sonderbaren Mädchens.

»Und wovon handelte er?«, fragte er.

Sie trank einen Schluck Tee und bestrich eine neue Scheibe Brot mit Marmelade. Gut, dachte er, sie bekommt langsam wieder Appetit.

»Ich glaube, dass er eigentlich vom Tod handelte. Und dass man keine Angst vor ihm haben soll.«

»Ach?«, sagte er. »Nein, das soll man natürlich nicht.«

»Du kamst auch drin vor. Mein kleiner Bruder und meine

Mutter auch, aber ich hatte sozusagen die Hauptrolle. Ich war der Tod.«

»Du warst der Tod?«, rief er aus, gegen seinen Willen entsetzt. »Nun glaube ich wirklich, dass…«

»Doch, doch«, versicherte sie. »Ich war der Tod, ich war diejenige, an die sich alle früher oder später wenden mussten. Und ich wusste das, und deshalb war nichts irgendwie eilig. Du, meine Mutter und Marek, ihr befandet euch in einem Boot draußen auf einem Fluss…«

»Marek, dein kleiner Bruder?«

»Ja. Ihr befandet euch in diesem Boot, und das trieb auf einen Wasserfall zu, und ihr habt irgendwie die Kontrolle über alles verloren. Aber das habt ihr nicht gewusst, denn die Strömung war anfangs nicht besonders stark, ihr habt das eher als ein spannendes Abenteuer angesehen. Und ich habe darauf gewartet, dass die Strömung stärker wurde, denn ich wusste, dass ihr dann begreifen würdet, dass es Ernst war und dass ihr euch wirklich in Gefahr befunden habt.«

»Kannten wir uns denn«, fragte er, »ich, deine Mutter und dein kleiner Bruder?«

»Ja, natürlich, und ich habe mich darauf gefreut, euch alle zusammen wiederzutreffen, denn ich war schon lange tot, und das letzte Mal, dass ich euch gesehen habe, das war bei meiner Beerdigung, und da wart ihr irgendwie so traurig und verlassen gewesen.«

»Verlassen?«

»Ja, das Gefühl hat man, wenn die Toten die Lebenden zurücklassen.«

»Woher weißt du das?«

»Das habe ich in meinem Traum begriffen, und außerdem ist das etwas, das man einfach weiß.« Sie nickte bestätigend vor sich hin, bevor sie weitersprach. »Fast der ganze Traum handelte davon, dass ich dasaß und darauf gewartet habe, dass ihr in dem Wasserfall zu mir kommt. Ich wusste, dass ihr zuerst voller Panik sein würdet, aber wenn es vorbei wäre und ihr endlich angekommen sein würdet, dann wäre alles wieder gut.«

»Ich, deine Mutter und dein kleiner Bruder?«

»Ja.«

»Und was ist dann passiert? Sind wir den Wasserfall hinuntergestürzt?«

»Nein, merkwürdigerweise nicht. Ich kann nicht sagen, was passiert ist. Ich meine, ihr hattet keine Ruderblätter und nichts, und trotzdem ist es dem Boot gelungen, auf Kurs zu bleiben und an Land zu kommen. Ich habe dagesessen und gewartet und fühlte mich etwas betrogen, aber das war nicht so schlimm. Ich wusste ja, dass ihr eines anderen Tages kommen würdet. Und dann kam er stattdessen.«

»Er? Wer?«

»Er.«

»Steffo?«

»Ja. Und ihn wollte ich auf keinen Fall treffen, er kam auf seinem Scooter übers Wasser gefahren, und gerade als er angekommen war, da bist du da gewesen. Vielleicht Marek und Mama auch, das weiß ich nicht, aber du hast ihn angepustet, und dann war er weg.«

»Ich habe ihn angepustet?«

»Ja, irgendwie angehaucht. Das hat genügt, du hast dich aus dem Himmel heruntergebeugt, jedenfalls habe ich deinen Kopf falsch herum gesehen, und dann hast du Steffo angepustet, und plötzlich gab es ihn nicht mehr. Ich habe dir einen Kuss gegeben, und dann bin ich aufgewacht.«

»Mein Gott, Anna. Das ist mir jetzt aber …«

»Was ist es?«

»Peinlich.«

»Ist es dir peinlich, dass ich dich in einem Traum geküsst habe?«

»Ja, stell dir das vor.«

»Okay, ich werde versuchen, mich nächstes Mal besser zu kontrollieren.«

Sie lachte. Er lachte. Er dachte, dass das der glücklichste Morgen in seinem Leben war.

Niemals besser als jetzt.

Am Nachmittag saßen sie auf ihren Stühlen am Strand. Die Sonne schien jetzt aus der richtigen Richtung.

»Du kannst dich immer noch nicht erinnern?«, fragte er.

Sie schüttelte den Kopf. »Nein.«

»Du kommst nicht näher ran?«

»Nein. Ich renne raus und schnappe mir dabei das Messer von der Küchenanrichte. Ich höre, wie er hinter mir herkommt. Ich trete falsch auf diese Wurzel im Gras und falle hin. Dann… ja, danach ist alles leer.«

»Gut«, sagte er. »Vielleicht ist es nur gut, dass du dich nicht mehr erinnerst.«

»Ich weiß nicht. Kann schon sein, aber ich würde mich gern erinnern.« Sie machte eine Pause und dachte nach. »Ich muss ihn ja getötet haben, so oder so. Während er mich mit dem Rohr geschlagen hat. Das kann doch kaum anders abgelaufen sein, oder?«

»Man kann es nie genau wissen. Anna.«

»Ja?«

»Was immer auch passiert ist, so brauchst du deshalb kein schlechtes Gewissen zu haben.«

»Ich weiß, dass du das denkst. Ich bin der gleichen Meinung, aber man ist nicht Herr über das eigene Gewissen.«

Er saß schweigend da und betrachtete sie eine Weile. Zwei Jogger, ein Mann und eine Frau in roten und schwarzen Trainingsanzügen, liefen ein Stück weiter unten am Strand vorbei.

»Hast du Schmerzen? Sollen wir zurückgehen, damit du dich ausruhen kannst?«

Sie verzog kurz das Gesicht in einer Art, die er nicht deuten konnte. »Wie lange bleiben wir hier, Valdemar?«

»Willst du, dass wir weiterfahren?«

»Ich weiß nicht. Vielleicht morgen. Oder übermorgen.«

»Dann entscheiden wir uns doch morgen.«

Sie nickte und legte einen Moment lang ihre Hand auf seine. »Irgendwas stimmt nicht mit meinem Arm, Valdemar.«

»Mit deinem Arm?«

»Ja, dem rechten. Der fühlt sich schwer und merkwürdig an.«

»Hast du … ich meine, hast du das schon länger gemerkt?«

»Seit gestern Abend, als ich Gitarre gespielt habe. Die Finger fühlten sich dick und unbeholfen an.«

»Glaubst du, dass es was Ernstes ist? Meinst du, es hat etwas mit …?«

»Nein, das geht bestimmt vorbei, wenn ich mich ein bisschen ausruhe. Guck mal, was ist das? Schwäne?«

Sie blinzelte in die Sonne.

»Reiher, ich glaube, das sind Reiher.«

33

Hat er etwas angestellt?«, fragte Espen Lund. »Ich meine, ist er eines Verbrechens verdächtig?«

Eva Backman schüttelte den Kopf und klickte den Sicherheitsgurt ein.

»Er ist seit zwei Wochen verschwunden«, informierte Inspektor Barbarotti vom Rücksitz. »Sie haben keine Idee, was passiert sein könnte?«

Er schob sich ein kleines Kissen unters Bein und dachte, wenn er eines Tages den Gips los war und wieder wie ein normaler Mensch gehen konnte, dann würde er diesem verfluchten Fuß nie wieder einen Gedanken widmen. Der hatte wahrlich mehr Aufmerksamkeit bekommen, als er verdiente.

»Ich?«, fragte Espen Lund. »Woher um alles in der Welt soll ich wissen, wohin Valdemar Roos verschwunden ist?«

»Sie haben ihm dieses Haus verkauft«, wies Eva Backman ihn hin. »Anscheinend hat niemand sonst etwas davon gewusst.«

»Diskretion ist Ehrensache«, sagte Barbarotti.

»Mein Gott«, stöhnte Espen Lund. »Ich verkaufe dreißig Häuser und Wohnungen im Monat. Ich habe nicht gewusst, dass ich auch noch für das verantwortlich bin, was meine Käufer vorhaben.«

»Nun, nun«, wiegelte Barbarotti ab. »Wir versuchen ja nur, dieser Sache auf den Grund zu kommen. Sie waren doch alte Bekannte, Valdemar Roos und Sie. Dann wird er Ihnen doch erzählt haben, wozu er diese Hütte haben wollte. Und warum seine Frau davon nichts erfahren sollte?«

Espen Lund zögerte eine Weile.

»Er tat schon etwas geheimnisvoll.«

»Geheimnisvoll?«

»Ja. Er wollte, dass ich die Sache diskret abwickle … genau wie Sie … wie hießen Sie noch mal?«

»Barbarotti«, sagte Barbarotti.

»Ach, Sie sind das? Und was haben Sie mit Ihrem Fuß gemacht?«

»Mich mit einem Gangster geprügelt«, sagte Barbarotti.

Espen Lund lachte etwas angestrengt. »Und der liegt natürlich im Krankenhaus?«

»Friedhof«, erwiderte Eva Backman. »Also, warum tat er nun so geheimnisvoll? Sie müssen doch zumindest ein wenig neugierig geworden sein, oder?«

Espen Lund seufzte. »Valdemar ist ein schrecklicher Langweiler«, erklärte er. »Ich kenne ihn eigentlich gar nicht, aber zu einer gewissen Zeit in unserem Leben haben wir uns ab und zu getroffen. Nach seiner Scheidung und so. Wir waren Spielkameraden als Kinder, dafür kann ich nichts. Die letzten fünfzehn Jahre habe ich ihn jedenfalls nicht mehr als vier, fünf Mal gesehen.«

»Dann waren Sie überrascht, als er angerufen hat und ein Haus von Ihnen kaufen wollte?«

»Nun ja, was heißt schon überrascht«, sagte Espen Lund und schob sich eine Portion Snus unter die Lippe. »Nein, nach ein paar Jahren in meiner Branche überrascht einen nicht mehr so schnell etwas. Valdemar Roos wollte sich eine Hütte kaufen, um ein wenig Ruhe und Frieden zu haben. Was sollte daran so merkwürdig sein?«

Eva Backman zuckte mit den Schultern und bog auf das Rockstarondell ein. Barbarotti überlegte, dass er für seinen Teil niemals etwas von diesem blasierten Makler kaufen würde. Aber er war – andererseits – ja auch Besitzer eines Renovierungsobjekts von 350 Quadratmeter, also brauchte er wohl kaum noch ein weiteres Haus.

»Hatten Sie hinterher noch mal Kontakt zu ihm?«, fragte er. »Nachdem der Kauf abgeschlossen war sozusagen?«

Espen Lund schüttelte den Kopf. »Nix da. Wir haben die Papiere zusammen mit der früheren Besitzerin unterschrieben, danach habe ich nicht einmal mehr seinen Schatten gesehen.«

»Wann war das genau?«, fragte Backman.

»Wir haben am siebenundzwanzigsten August unterschrieben«, sagte Espen Lund. »Die Schlüssel hat er am ersten September bekommen. Ja, da habe ich ihn natürlich auch gesehen, aber nur für zehn Sekunden. Ich habe die Daten gestern Abend noch einmal überprüft, nachdem ich mit Ihnen gesprochen hatte.«

»In Ordnung«, sagte Barbarotti. »Sie kennen seine Frau nicht, oder?«

»Nie gesehen«, sagte Espen Lund.

»Seine erste Frau?«

»Die auch nicht«, sagte Espen Lund.

»Jaha«, sagte Eva Backman. »Jetzt fängt es auch noch an zu regnen.«

Gunnar Barbarotti schaute durchs Seitenfenster und stellte fest, dass sie Recht hatte. Dann sah er auf die Uhr.

Es war zwanzig Minuten nach neun. Es war Montag, der 29. September, und über Ante Valdemar Roos' Schicksal und weiteres Abenteuer war immer noch nicht das Geringste bekannt.

Aber innerhalb einer halben Stunde sollten sie an seinem Haus im Wald angekommen sein. Immerhin etwas, dachte Barbarotti.

Immerhin etwas.

Sie hatten keine Erlaubnis für eine Hausdurchsuchung dabei, doch das spielte keine größere Rolle. Sie fanden die Leiche bereits nach wenigen Minuten, und im selben Moment verwandelte sich das kleine Waldidyll in einen Tatort, und alle Voraussetzungen veränderten sich radikal.

Trotz seines eingegipsten Fußes gelang es Barbarotti, die Tür zur Kate bereits beim zweiten Versuch aufzustoßen; vielleicht wäre es korrekter gewesen, im Regen im Auto sitzen zu bleiben und auf Verstärkung zu warten, aber Scheiß drauf, dachte sowohl er als sicher auch Eva Backman, das konnte er ihr ansehen, denn sie protestierte nicht. Es gab nun einmal verschiedene Vorschriften und Regeln.

»Jedenfalls schön, ins Haus zu kommen«, erklärte er und schaute sich in der einfach möblierten Küche um.

Eva Backman fand einen Lichtschalter und schaltete die Deckenlampe ein. Es war noch Vormittag, aber das Regenwetter hatte ein finsteres Halbdunkel mit sich gebracht. Backman holte ihr Telefon heraus und rief Verstärkung herbei. Sie erklärte in groben Zügen kurz die Lage und legte dann auf.

Barbarotti betrachtete sie und erkannte, dass keiner von ihnen Lust hatte, hinauszugehen und die Leiche zu bewachen.

»Warum muss es jedes Mal regnen, wenn man einen toten Körper findet?«, fragte er. »Es ist doch immer das Gleiche.«

»Das ist der Himmel, der weint«, sagte Eva Backman. »Wir bleiben so lange hier drinnen, oder?«

Er nickte.

»Hat doch keinen Sinn, da draußen herumzustehen und klitschnass zu werden.«

»Nein.«

Espen Lund schluchzte leise. Der gute Immobilienmakler war ganz blass geworden beim Anblick des toten Körpers, jetzt hockte er zusammengekauert am Küchentisch, den Kopf auf die Unterarme gelegt. Backman und Barbarotti schauten sich schnell in der kleinen Kate um. Ein Zimmer mit Küche, das war alles. Einfach möbliert, aber offensichtlich bewohnt, dachte Barbarotti. Es gab Bettzeug im Bett und Lebensmittel im Kühlschrank. Zeitungen, die einige Wochen alt waren, einige Kleidungsstücke und einen funktionierenden Radiowecker.

Aber nichts, was irgendeinen Hinweis darauf gab, warum eine Leiche draußen im Garten lag.

Was ist hier verdammt noch mal eigentlich passiert?, fragte Gunnar Barbarotti sich. Das wird ja immer merkwürdiger.

Die Polizeiverstärkung traf nach einer halben Stunde ein, Ärzte und Spurensicherung zwei Minuten später.

In der Zwischenzeit war der Regen stärker geworden, und Espen Lund hatte draußen im Nassen drei Zigaretten geraucht.

»Snus und Zigaretten?«, hatte Barbarotti sich gewundert, aber keine Antwort erhalten.

Espen Lund hatte kein einziges Wort von sich gegeben, seit sie den Toten entdeckt hatten; Barbarotti nahm an, dass dies Zeichen einer Art von Schock waren, aber er nahm auch an, dass es das Sicherste war, gar nicht erst zu versuchen, etwas daran zu ändern.

Das Opfer lag hinter dem Erdkeller, dicht am Waldrand, aber dennoch gut sichtbar, wenn man das Grundstück betrat. Ein junger Mann um die zwanzig, dreißig, wie es schien, aber nachdem einige Tiere des Waldes sich bereits an seinem Gesicht bedient hatten, war es schwer, das genauer zu beurteilen. Auf jeden Fall lag er auf dem Rücken, die Arme zur Seite ausgestreckt, und auch wenn man darüber diskutieren konnte, wie er gestorben war, so gab das eingetrocknete Blut, das seine hellblaue Jacke vom Nabel bis hoch zu den Brustwarzen bedeckte, einen ziemlich guten Hinweis. Die Tiere hatten allem Anschein nach auch hier ein wenig geschmaust, und als Barbarotti beim zweiten Mal versuchte, ihn etwas genauer in Augenschein zu nehmen, war es ihm nicht schwergefallen zu verstehen, warum Espen Lund etwas blass und wortkarg geworden war.

»Messerstiche im Bauch, oder was denkst du?«, fragte Eva Backman, während der Fotograf aus allen möglichen Winkeln knipste und die Techniker darauf warteten, ihren Plastikbaldachin ausspannen zu können, um bei ihrer komplizierten Arbeit nicht vollkommen durchnässt zu werden.

»Zumindest keine sehr abseitige Annahme«, nickte Barbarotti. »Außerdem hat er hier wohl schon eine Weile gelegen.«

»Bestimmt«, bestätigte Eva Backman. »Es ist zwei Wochen her, dass Valdemar Roos verschwunden ist. Und wenn es eine Art von Logik in dieser Geschichte gibt, dann wird dieser Typ hier wohl ungefähr genauso lange tot sein.«

»Logik?«, nahm Barbarotti den Faden auf. »Du meinst doch nicht, dass du in dem hier irgendeine Form von Logik siehst?«

»Auf jeden Fall ist er es nicht«, sagte Backman und nahm einen Regenschirm entgegen, den ihr einer der Assistenten reichte.

»Was?«, fragte Barbarotti.

»Es ist nicht Valdemar Roos, der hier liegt.«

Barbarotti betrachtete den malträtierten Körper noch einmal. »Stimmt«, sagte er. »Seine Frau hat nichts darüber erwähnt, dass er in der Augenbraue ein Piercing hat.«

Drei Stunden später saßen sie wieder im Auto, auf dem Weg zurück nach Kymlinge. Den Immobilienmakler Lund hatten sie mit einem früheren Transport nach Hause geschickt, so dass sie diese Sorge los waren. Der Regen hatte auch aufgehört, zumindest für den Augenblick. Der Himmel über dem Waldrand im Südwesten sah blauschwarz und schlecht gelaunt aus, zweifellos waren weitere Niederschläge zu erwarten.

»Okay«, sagte Eva Backman, »wollen wir es mit einer ersten Zusammenfassung versuchen?«

»Von mir aus gern«, sagte Barbarotti. »Fang du an.«

»Mann um die fünfundzwanzig«, sagte Backman. »Ermordet durch einen Messerstich in den Bauch.«

»Große Hauptschlagader«, sagte Barbarotti. »Richtiger Volltreffer, großer Blutverlust. Muss nach einer Minute tot gewesen sein.«

»Bewusstlos nach einer halben«, sagte Backman. »Aber er kann sich ein paar Meter weitergeschleppt haben, bevor er umgefallen ist.«

»Kein Anzeichen dafür, dass ihn jemand an den Fundort gezogen oder getragen hat.«

»Aber jemand hat das Messer herausgezogen. Die Mordwaffe wurde nicht aufgefunden.«

»Wahrscheinlich ein großes Fleischermesser. Typ Küchenmesser oder so'n Scheiß.«

»Ich mag es nicht, wenn du den Ausdruck benutzt«, sagte Backman. »So'n Scheiß.«

»Ich weiß«, sagte Barbarotti. »Nun gut, mir ist die Wortwahl egal, lass uns weitermachen. Identität unbekannt. Keine Brieftasche. Wahrscheinlich an Ort und Stelle ermordet, wahrscheinlich vor zwölf bis achtzehn Tagen.«

»Sagen wir zwei Wochen«, sagte Backman. »Aus logischen Gründen.«

»Wie gesagt«, stimmte Barbarotti zu.

»Dann also an diesem Sonntagabend«, fuhr Backman fort. »Es ist doch ziemlich wahrscheinlich, dass zu dem Zeitpunkt etwas passiert ist, nicht wahr? Aber was? Und wer ist er?«

»Gute Frage«, sagte Barbarotti. »Was haben wir noch?«

»Wir haben einen roten Scooter der Marke Puch«, sagte Backman. »Amtliches Kennzeichen SSC 161. Wurde hundert Meter vom Haus entfernt auf dem Weg gefunden. Wir wissen noch nicht, wem das Fahrzeug gehört, aber wenn wir Glück haben, kriegen wir auf diesem Weg den Namen des Opfers heraus.«

»Glaubst du?«, fragte Barbarotti.

»Sorgsen sollte sich bald dazu melden«, sagte Backman. »Er hat bereits eine halbe Stunde gehabt.«

»Das wird er schon«, sagte Barbarotti. »Was haben wir über das Haus zu sagen?«

»Roos hat dort gewohnt«, sagte Eva Backman. »Er hat die Kate als eine Art Zufluchtsort genutzt, statt zur Arbeit zu fahren. Daran besteht kein Zweifel.«

»Und warum?«, fragte Barbarotti.

»Keine Ahnung«, sagte Backman.

»Und außerdem?«, fragte Barbarotti.

»Und außerdem sieht es so aus, als hätte da auch noch eine Frau gewohnt. Oder sollen wir lieber sagen, ein Mädchen? Diese Slips und Hemdchen in dem Wäschebeutel lassen auf ein ziemlich junges Alter schließen.«

»Zwanzig also?«, schätzte Barbarotti.

»Red kein' Scheiß, ey«, sagte Backman und setzte einen Zeigefinger an ihre Schläfe.

»Also?«

»Also können wir wohl davon ausgehen, dass die Zeugin Wissman richtig gesehen hat an diesem Freitag bei Ljungmans. Oder?«

»Stimmt«, bestätigte Barbarotti. »Aber wer ist sie nur?«

»Und wo sind sie hin?«, fragte Backman.

Barbarotti überlegte einen Moment. »Wer sagt denn, dass sie nicht da draußen im Wald liegen, jeder mit einem Messerstich im Bauch?«, schlug er vor. »Keiner, soweit ich sehen kann.«

»Hör auf«, sagte Eva Backman. »Eine Leiche reicht.«

»Okay«, nickte Barbarotti. »Und wo sind sie?«

»In zwei Wochen kommt man ziemlich weit«, sagte Backman.

»Bis zur Rückseite des Monds, wenn man will«, sagte Barbarotti.

Backman saß eine Weile schweigend da und kaute auf ihrer Unterlippe. »Viele Fragezeichen«, sagte sie schließlich.

»Viele«, stimmte Barbarotti mit einem Seufzer zu. »Außerdem glaube ich, dass ich Wasser in den Gips gekriegt habe. Er fühlt sich an wie ein Baiser, das war aber auch ein Scheißregen da draußen.«

Eva Backman warf einen Blick über die Schulter und betrachtete ihn, wie er dort halb auf dem Rücksitz lag. »Soll ich dich direkt ins Krankenhaus fahren?«, fragte sie.

»Ja, bitte«, sagte Gunnar Barbarotti. »Ich habe versprochen, um zwei dort zu sein, jetzt ist es halb.«

Eva Backman nickte. »Später müssen wir uns zusammensetzen und das hier noch einmal ordentlich durchgehen. Sylvenius wird Leiter der Voruntersuchungen, die Ermittlungen werden dann in meiner Hand liegen. Glaubst du, dass du auf die Wache kommen kannst, wenn du fertig bist?«

»Aber selbstverständlich«, sagte Barbarotti. »Da wird doch nur ein bisschen frischer Gips raufgeklatscht, das geht im Handumdrehen. Obwohl …«

»Ja?«

»Ich habe auch noch einen Termin mit Asunander wegen der Graffitis, ich hoffe, er ist damit einverstanden, das aufzuschieben.«

»Mord mit dem Messer geht vor Graffiti?«

»Ich denke schon«, sagte Barbarotti. »Aber ich bin mir nicht sicher.«

Tatsächlich war er gezwungen, einen großen Teil des Nachmittags im Krankenhaus zu verbringen – mit mehreren, sich dahinziehenden Warteperioden –, und er hatte reichlich Zeit, über den morgendlichen Fund draußen in Lograna nachzudenken.

Der Ort hieß so, das hatte Espen Lund erklärt, als er noch in der Lage gewesen war, sich verbal zu äußern. *Lograna,* es war nicht ganz klar, ob der Name zu dem Platz gehörte oder nur zu dem Haus selbst. Die frühere Besitzerin hieß auf jeden Fall Anita Lindblom, genau wie die berühmte Sängerin, die mit »So ist das Leben«, und die Kaufsumme hatte 375 000 Kronen betragen.

Kurz vor ihrer Ankunft draußen hatte Barbarotti noch einmal gefragt, ob Roos nicht doch irgendetwas hinsichtlich einer Frau erwähnt habe, und Lund hatte erneut klar und deutlich verneint.

Und Sie hatten nicht die geringste Ahnung, dass da etwas dahinterstecken könnte?, hatte Backman es versucht.

Nicht die geringste. Makler Lund war unerschütterlich gewesen. Zwar kannte er Valdemar Roos nicht besonders gut, aber dass er auf seine alten Tage angefangen hätte, Röcken nachzujagen, das erschien ebenso undenkbar wie… ja, er wusste nicht so recht, wie was.

Das haben wir schon mal gehört, dachte Barbarotti, während er versuchte, im Wartezimmer seinen Baiserfuß in erhöhte Lage zu kriegen. Jede Person, die sich über diesen Ante Valdemar Roos ausgelassen hatte, hatte das gesagt. Hatte betont, wie unwahrscheinlich es war, dass er etwas mit einer Geliebten hatte.

Und dennoch war es so gewesen. Er hatte ein Mädchen da draußen in seiner geheimen Kate gehabt. Alle Zeichen deuteten darauf hin. Es war nicht nur die Tüte mit der Schmutzwäsche, es gab noch andere Zeichen, Ein paar lange, dunkelbraune Haare im Bett beispielsweise, Binden in einem Müllsack im Schuppen.

Gab es noch irgendwelche Zweifel?

Konnte es, trotz allem, sein, dass es sie nicht gab?

Schon möglich, dachte Barbarotti – der Schatten eines Zweifels, wie es hieß –, aber es fiel ihm schwer, es recht zu glauben. Die Zeugin von Ljungmans, die Indizien draußen in Lograna, Valdemar Roos' gesamtes Auftreten in letzter Zeit, nach dem, was seine Ehefrau und andere berichtet hatten… nein, beschloss Inspektor Barbarotti, alles sprach dafür, dass in diese merkwürdige Geschichte in irgendeiner Form eine junge Frau verwickelt war.

Aber wer war sie?

Woher kam sie, und wo hatte er sie gefunden?

Und wer war das Opfer? Der junge Mann, der ein Messer in den Bauch gekriegt hatte, der verblutet und zwei Wochen lang unentdeckt hinter dem Erdkeller liegen geblieben war?

Er hatte keine Papiere bei sich. Keine besonderen Kennzeichen, zumindest nicht, soweit sie bisher hatten entdecken können. Jeans, Turnschuhe, Polohemd und eine helle Jacke.

Das war alles. Die sekundären Schäden, die er durch die Tiere abbekommen hatte, waren abstoßend. Seine Augen waren aufgefressen. Barbarotti erinnerte sich, dass seine frühere Ehefrau Helena so eine Organspendenkarte in ihrem Portemonnaie hatte, auf der sie erklärte, dass sie einverstanden war, alle ihre Organe zu spenden, falls sie einen tödlichen Unfall erleiden sollte, alle, bis auf ihre Augen.

War er auf diesem Skooter nach Lograna gekommen? Sie kannten inzwischen den Namen des Besitzers, Backman hatte ihn am Telefon erfahren. Aber nach allem zu urteilen war das eine Sackgasse: Das Fahrzeug gehörte einem gewissen Johannes Augustsson in Lindesberg, war jedoch bereits Anfang Juni als gestohlen gemeldet worden. Johannes Augustsson war 18 Jahre alt, Inspektor Sorgsen hatte mit ihm am Telefon gesprochen, und es gab keinen Grund, seine Angaben zu bezweifeln. Der Scooter war verschwunden, nachdem er ihn auf dem Parkplatz des Abenteuerbads Gustavsvik am Rande von Örebro abgestellt hatte, und seitdem hatte er ihn nie wieder gesehen.

Die Kate selbst war natürlich genauestens durchsucht worden. Oder wurde immer noch durchsucht. Nach Fingerabdrücken und anderem, und einige der Tüten unterschiedlichen Inhalts sollten ins Kriminaltechnische Labor in Linköping zur Analyse geschickt werden. So war das. Wenn es bestimmte

Dinge betraf, so musste man sich einfach an die Routinen halten.

Inspektor Barbarotti fühlte sich trotz allem nicht besonders optimistisch, und er fragte sich, warum. Vielleicht einfach nur, weil sein Fuß wehtat und weil Marianne traurig ausgesehen hatte, als er von zu Hause abgefahren war.

Nur?

Er tippte ihre Nummer ins Handy ein, bekam aber keine Antwort.

Nun ja, dachte er. Heute Abend werde ich ihr sagen, dass ich sie liebe und dass ich lieber tot wäre als ohne sie – und was das Rätsel Valdemar Roos angeht, so ist man ja zumindest einen kleinen Schritt weitergekommen, oder?

Man hatte eine Kate gefunden, und man hatte einen Leichnam gefunden. Es hätte schlimmer sein können.

Barbarotti schaute auf die Uhr. Viertel nach drei. Doktor Parvus war mittlerweile eine halbe Stunde verspätet. Der Warteraum war in Graugrün gehalten, und er hatte jetzt fünfundvierzig Minuten darin einsam und allein gesessen. Er griff nach einer gut gelesenen Nummer der Frauenzeitschrift *Svensk Damtidning*. Sie stammte aus dem Juni 2003 und hatte eine fröhlich lachende Prinzessin in Volkstracht auf der Titelseite.

Spannend, dachte Kriminalinspektor Barbarotti und begann zu blättern.

Es dauerte bis halb sechs, dann endlich war er wieder auf der Polizeiwache. Er begab sich augenblicklich zu Inspektorin Backman, um auf den neuesten Stand gebracht zu werden. In der Türöffnung stieß er mit Sorgsen zusammen, der auf dem Weg hinaus war.

»Eigentümliche Geschichte«, sagte Sorgsen. »Mit vielen Unbekannten.«

»Zwei«, erwiderte Barbarotti. »Wenn man genau rechnet. Valdemar Roos ist doch wohl bekannt, oder?«

»Dafür aber verschwunden«, entgegnete Sorgsen. »Nein, ich muss jetzt nach Hause. Morgen mehr.«

Er nickte Backman und Barbarotti zu und verließ den Raum.

»Was ist denn mit dem los?«, fragte Barbarotti. »Er hat es doch sonst nie eilig, nach Hause zu kommen.«

»Seine Frau ist hochschwanger«, erklärte Backman. »Hast du das vergessen? Hübscher Gips.« Sie klang düster.

»Woran denkst du?«, fragte Barbarotti.

Eva Backman seufzte und ließ sich hinter ihrem Schreibtisch niedersinken. »An alles Mögliche«, sagte sie. »Das mit diesem Jungen beispielsweise. Irgendwie kriege ich ihn nicht von meiner Netzhaut runter. So sollte man nicht sterben müssen, und stell dir vor, wenn wir nun niemals herausbekommen, wer er war?«

»Natürlich bekommen wir das«, widersprach Barbarotti, lehnte seine Krücken gegen die Heizung und setzte sich auf den gelben Plastikstuhl. »So, jetzt bring mich mal auf den Stand der Dinge, ich liege mehrere Stunden zurück.«

Inspektor Backman betrachtete ihn eine Weile, immer noch mit diesem traurigen Blick. »Weißt du«, sagte sie, »abgesehen davon, dass wir jede Menge Anfragen hierhin und dorthin geschickt haben und einiges an die Presse, ist eigentlich überhaupt nichts von Interesse passiert. Das Einzige: Alice Ekman-Roos war hier und hat sich die Leiche angesehen.«

»Und sie hat ihn nicht wiedererkannt?«, fragte Barbarotti.

»Nein«, antwortete Backman. »Aber sie hat sich über ihn erbrochen.«

Sie hat Recht, dachte Barbarotti. Dieser Tag hat irgendwie keinen Glanz.

Eva Backman wachte mit einem Ruck auf.

Schaute auf die Uhr. Die roten Ziffern sprangen gerade auf 05.14.

Mein Gott, dachte sie. Warum wache ich um Viertel nach fünf Uhr morgens auf?

Ville lag von ihr weggedreht da und atmete schwer. Es war kohlrabenschwarz im Schlafzimmer, und der Regen prasselte auf das Laub im Garten. Sie drehte das Kopfkissen und beschloss, wieder einzuschlafen. Es war noch eine halbe Stunde Zeit, bis sie aufstehen musste, und was sollte es für einen Sinn haben, hier herumzuliegen und…?

Doch bevor die Ziffern auf 05.15 Uhr umschlagen konnten, begriff sie, warum.

Ihr war etwas in einem Traum klar geworden, und diese Erinnerung hatte sie aus den Tiefen des Schlafs herauskatapultiert. Es war etwas Wichtiges. Es hatte… das hatte mit Valdemar Roos zu tun und mit… mit ihrem Vater.

Das Gespräch.

Dieses Telefongespräch, das sie mit ihm geführt hatte, vor… wie lange war es nun her? Zwei Wochen?

Ja, das kam ungefähr hin. Sie hatte seitdem nicht wieder mit ihm gesprochen, und mit ihrem Bruder und ihrer Schwägerin auch nicht. Natürlich hatte sie gestern draußen in Lograna an sie gedacht. Bereits auf der Fahrt mit dem Auto hinaus hatte sie bemerkt, dass Valdemar Roos irgendwo in der Nähe von Rödmossen seine Hütte haben musste, aber sie hatte diesen Zusammenhang Barbarotti gegenüber nicht erwähnt. Dass ihr eigener Vater, ihr Bruder und dessen Familie tatsächlich nur ein paar Kilometer von dem Platz entfernt lebten, an dem sie den mit einem Messer erstochenen Mann gefunden hatten, das hatte irgendwie… keine Relevanz.

Außer in ihrem eigenen privaten Koordinatensystem.

Bis jetzt. Sie schob die Bettdecke zur Seite und ging ins Badezimmer. Machte Licht, schlüpfte aus dem Nachthemd und stellte sich unter die Dusche.

Worüber hatte ihr Vater damals nur geredet? Wie hatte das Gespräch angefangen?

Er hatte behauptet, er hätte einen Mord gesehen, war es nicht so?

Er hatte einen Spaziergang gemacht und war Zeuge geworden, wie jemand einen anderen tötete. So etwas hatte er doch gesagt, oder? Und Blut, er hatte von der Farbe des Bluts geredet, daran erinnerte sie sich.

Dann war er in andere Bahnen geraten, wie immer, wenn Sture Backman anfing, etwas zu erzählen. Sie hatte nur noch mit einem halben Ohr zugehört, aber es stimmte schon, er hatte damit angefangen, dass er von einem Mord sprach.

Dass er etwas ganz Schreckliches gesehen hatte und dass er deshalb seine Tochter anrief.

Da sie ja Polizistin war.

Genau. So war es gewesen.

Und zwei Wochen nach diesem Gespräch hatten sie einen Kilometer von seinem Zuhause entfernt eine Leiche gefunden.

Und warum ist mir das gestern nicht eingefallen?, fragte Eva Backman sich, während sie für einen Moment von heißem zu kaltem Wasser wechselte – offenbar war es ja wohl nötig, das Gehirn ein wenig auf Trab zu bringen. Warum taucht so etwas einen halben Tag später in einem Traum auf?, wunderte sie sich irritiert. Die Schärfe meines Denkens lässt offenbar nach.

Oder war es genau etwas, wofür Träume gut waren?

Sie verließ das Badezimmer, ging in die Küche und setzte Kaffee auf.

Armer alter Papa, murmelte sie still vor sich hin. Du musst solche Angst gehabt haben, so eine verdammte Angst.

Denn es stimmte, Sture Backman wurde oft ängstlich und unruhig, wenn er die Wirklichkeit, die ihn umgab, nicht mehr verstehen konnte. Wenn die dunkle Wolke ihn übermannte und seine Gemütsempfindungen überschattete. Wenn er begriff, dass er dabei war, die Kontrolle über all das zu verlieren, was er – mühelos – sein ganzes Leben lang kontrolliert hatte.

Wie eine Sonnenfinsternis, sagte er immer. Es ist wie eine Sonnenfinsternis, Eva.

Was sollte sie tun?

Ihn befragen? Ihn darüber befragen, was er an jenem bewussten Tag wirklich gesehen hatte?

Hatte das überhaupt einen Sinn? Das Risiko, dass er alles bereits vergessen hatte, war ziemlich groß. Sie würde ihn wahrscheinlich nervös machen. Er würde nicht begreifen, wovon sie redete, vielleicht würde er anfangen zu weinen. Das erschien ihr … ja, *unanständig* – auf eine Weise, die sie sich selbst nicht richtig erklären konnte.

Doch andererseits: Wenn er nun tatsächlich etwas Wichtiges gesehen hatte? Wenn es trotz allem möglich war, aus seiner verwirrten Erinnerung etwas herauszufischen?

Ihn an den Tatort führen?

Eva Backman trank den ersten Schluck Kaffee am Morgen und merkte plötzlich, dass ihr übel war.

34

Sie verließen Græerup zur Mittagszeit am Dienstag, dem 30. September. Sie hatte bis zehn Uhr geschlafen und war mit Kopfschmerzen aufgewacht.

Hatte drei Schmerztabletten genommen und noch eine halbe Stunde geschlafen. Einen sonderbaren Traum von toten Fischen geträumt, die auf einer kleinen, palmengeschmückten Insel an Land gespült wurden, auf der sie sich ganz einsam und verlassen befand. Seitdem sie unterwegs waren, waren ihre Träume immer merkwürdiger geworden und gleichzeitig immer deutlicher. Irgendwie wirklicher als die Wirklichkeit.

Valdemar war draußen gewesen, hatte Kaffee und frische Kopenhagener für sie gekauft, aber sie hatte Probleme, etwas hinunterzubekommen. Wie üblich hatten sie dann gemeinsam eine Pfeife auf dem kleinen Balkon geraucht, aber auch die hatte nicht geschmeckt. Sie beschloss, ihn zu bitten, stattdessen Zigaretten zu kaufen. Nicht sofort, aber später im Laufe des Tages. Es war ihr schon klar, dass es etwas Besonderes für ihn war, gemeinsam mit ihr Pfeife zu rauchen, aber das spielte jetzt keine Rolle. Sie war es müde.

Sie war überhaupt müde. Wieder hatte sie fast zwölf Stunden am Stück geschlafen. Das hatte sie noch nie zuvor in ihrem Leben, sieben, acht, das war die übliche Dosis gewesen, vielleicht bis zu neun, wenn es einen Nachholbedarf gab. Aber zwölf? Dreizehn sogar? Niemals.

Ich weiß, dass etwas nicht in Ordnung ist, dachte sie. Da ist etwas mit meinem Kopf draußen in Lograna passiert, ich weiß nicht, was, aber irgendwas muss kaputtgegangen sein.

Sie kämpfte mit Erinnerungsfetzen. Ob sie nun wach war oder schlief.

Aber das, was möglicherweise von dem entscheidenden Tag in ihre Träume eindrang, wurde nie so deutlich wie manches andere. Es gelang ihr nie, ihn sich ins Bewusstsein zu rufen; bis auf wenige Male, wenn sie auf dem Beifahrersitz neben Valdemar saß oder sich auf die Rückbank gelegt hatte … da erschien ihr plötzlich ein Bild oder eine kurze Filmsequenz; eine oder einige wenige Sekunden lang wirbelten sie durch ihr Bewusstsein und verschwanden dann wieder.

Steffos Gesicht. Seine nah beisammensitzenden, kranken Augen. Ein Arm, der gehoben wird, er hat etwas Längliches in der Hand, sie wird nie erkennen können, was. Ihre eigene Hand, die den Messergriff umklammert …

Doch nichts bleibt haften. Es gelingt ihr nicht, diese Bilder festzuhalten, es scheint, als arbeiteten die Kopfschmerzen gegen sie, verdrängten sie, sobald sie auftauchten.

Vielleicht will sie auch gar nicht, dass sie deutlich werden?

Vielleicht will sie gar nicht wissen, was passiert ist?

Wozu sollte so ein Wissen dienen?

Doch ab und zu Momente der Durchsichtigkeit. Eine andere Art von Wahrheit.

Von plötzlicher Klarheit und Nüchternheit, berechtigte Fragen.

Was geht hier vor? Was tue ich eigentlich?

Ich sitze in einem Auto neben einem fast sechzigjährigen Mann, den ich seit nicht einmal einem Monat kenne.

Wir sind auf dem Weg in den Süden, wir wohnen in verschiedenen Pensionen und Hotels, und wir haben einen Menschen getötet. Wir sind auf der Flucht.

Habe *ich* einen Menschen getötet?

Ich war auf der Flucht aus dem Elvaforsheim, jetzt bin ich auf der Flucht vor etwas ganz anderem. Zusammen mit diesem Mann, der alt genug ist, dass er mein Vater sein könnte. Fast mein Großvater. Wir haben kein Ziel.

Wohin bist du unterwegs, Anna Gambowska? Young girl, dumb girl.

Glaubst du wirklich, dass das hier gut enden wird?

Doch sie sind kurz, diese Momente der Klarsicht. Sind über Tage und Nächte verstreut, wenn eine andere Art von Temperatur herrscht. Ein traumartiger, etwas unwirklicher Zustand, in dem Vergangenes und die Zukunft dem momentan Existierenden weichen, dem Einzigen, was hier und jetzt wirklich real ist. Das Zimmer, in dem sie sich befinden, das brummende Auto, die Kühe, die draußen auf sonnenbeschienenen Weiden grasen, und die Sehnsucht nach einer Tasse Kaffee beim nächsten Halt. Als befände sie sich in einer Glasblase, ja, genau das. Mattes, nicht ganz durchsichtiges Glas, durch das man sich nicht so recht eine Vorstellung davon machen kann, was in der umgebenden Welt passiert. Und es auch nicht möchte.

Und es gibt gute Augenblicke, viele gute Augenblicke.

Wenn er Geschichten aus seiner Kindheit und Jugend erzählt. Nur widerstrebend spricht er darüber, sie muss sie ihm regelrecht entlocken. So ist er nun einmal, ein richtiger Brummbär, dem man ein bisschen den Bauch kraulen muss, damit er auf die richtige Spur kommt.

Du musst verstehen, Anna, kann er sagen. Da ist man sein ganzes Leben lang herumgelaufen und hat die Schnauze gehalten, und dann kommt da so ein kleines Trollmädchen wie du. Du musst mir schon nachsehen, dass ich etwas schwerfällig bin.

Schwerfällig wie ein Elch, sagt er. Der draußen in Gråmyren steht. Niemals besser als jetzt.

Hemming, erinnert sie ihn, denn sie versteht das mit dem

Elch nicht so recht. Dein Cousin Hemming, der dann gestorben ist, als er seinen Militärdienst abgeleistet hat. Wie war das eigentlich, als ihr es auf die Gärtnerei Pålmans abgesehen hattet?

Er seufzt, gräbt in seiner Erinnerung und den Worten und legt los.

Studienrat Muttis Volkswagen?, bittet sie eine Weile später.

Habe ich nicht bereits erklärt, dass ich damit gar nichts zu tun hatte?, protestiert er.

Ich glaube, ich bin zum Schluss eingeschlafen, bettelt sie.

Hm. Ja, Muttis Volkswagen, das war eine schlimme Geschichte, das muss er zugeben. Wenn die rausgekommen wäre, dann wären sie sicher alle drei von der Schule geflogen.

Gute Augenblicke. Es sind keine besonders aufsehenerregenden Geschichten, die Valdemar Roos von sich gibt – manchmal sind sie geradezu trivial, er bittet deshalb um Verzeihung –, aber sie stammen aus einem vergessenen und fast verlorenen Land.

Vielleicht täte es seinem Vater beispielsweise besser, dort oben in seinem Selbstmörderhimmel, unberührt und ungestört, auf seinem Wolkenkissen zu liegen und die Ewigkeit aus dem Blickwinkel zu betrachten, den er nun einmal für sich selbst gewählt hatte oder der ihm von höheren und verständigeren Entscheidungsträgern zugeteilt worden war. Genau so formulierte er die Tatsache … *von höheren und verständigeren Entscheidungsträgern zugeteilt worden war,* manchmal musste sie über seine schweren, zähen Worte schmunzeln.

Aber Valdemar kramt seinen Vater heraus. Kommt mit einer Beharrlichkeit immer wieder auf ihn zurück, die Anna nicht immer verstehen kann. Kannst du dir denken, mein Mädchen, sagt er, dass ich immer noch seine Augen vor mir sehen kann. Sie waren so blau, so blau, meine Mutter behauptete immer, dass die Augen ihr Unglück waren, sowohl ihres als auch seines. Und meines. Sie hätten in einem anderen Schädel sitzen sollen, und ohne sie wäre ich nie auf die Welt gekommen. Das sagte sie, und ich konnte mir keine Vorstellung davon machen, was das eigentlich bedeutete, ich war ja noch ein Kind. Aber ich erinnere mich an die Worte, und als ich älter wurde, bekamen sie eine Art von Bedeutung für mich … nein, jetzt rede ich aber zu viel, jetzt bist du dran, deine Oma in Polen, von ihr würde ich gern mehr hören.

Und sie erzählt, auch sie. Über Babcia und Piroggen und Rote-Beete-Suppe, über den Kohlegeruch in Warschau und die Enten auf dem Hinterhof ihrer Großmutter, sie weiß nicht einmal, ob sie überhaupt noch am Leben ist, da sie beide kein Handy mehr haben. Das ging kaputt, als Valdemar es an dem besagten Sonntag ins Handschuhfach geworfen hat, und eigentlich ist es auch nur gut so. Ebenso gut ohne.

So können sie auf diesem Weg nicht ausspioniert werden.

Sie erzählt Valdemar auch von ihrer Mutter, von ihrer Empfindlichkeit und ihren Depressionen. Wie sie zwischen Licht und Dunkelheit hin und her geworfen wird, Launen, sie hat ihre Mutter immer geliebt, aber es war nicht immer leicht. Und von Marek, ihrem kleinen Bruder, erzählt sie und zum Schluss auch von sich selbst; wie sie von zu Hause aus auf die schiefe Bahn geraten ist und dann von dieser Schule oben in Örebro, wie sie eine Art Mall-rat in einem Einkaufszentrum wurde, anfing zu schwänzen, Hasch zu rauchen und Bier zu trinken, eine Mall-rat der zweiten Einwanderergeneration in einem Niemandsland, das …

Mall-rat?, wundert sich Valdemar. Was um alles ist der Welt soll das denn sein? Sie lacht ihn an. Nein, so etwas gab es zu deiner Zeit noch nicht, Valdemar.

Gute Augenblicke.

Aber es ist auch etwas passiert. Die guten Augenblicke sind von anderen Augenblicken umgeben. Sie bilden grüne Inseln in einem Sumpf. Etwas stimmt nicht mit ihrem Kopf. Sie isst die ganze Zeit Schmerztabletten und verschläft die halben Tage.

Und die Hand, ihr ganzer rechter Arm eigentlich, er gehorcht ihr nicht, wie er soll. Fühlt sich schwer und taub auf eine merkwürdige Art und Weise an. Und wenn sie die Faust ballt und die Augen schließt, kann sie nach einer Weile nicht mehr sagen, ob die Hand immer noch geballt ist.

Aber das wird vorübergehen. An ein Krankenhaus ist nicht zu denken, darin sind sich Valdemar und sie einig. Sie haben eine Leiche in Lograna hinterlassen, und sie sind immer noch auf der Flucht.

Darüber sprechen sie so gut wie nie.

Valdemar hat ihr am ersten Tag in Halmstad erzählt, wie er sie im Gras gefunden hat, wie er sie aufgeweckt und ins Haus getragen hat. Wie er das Messer aus Steffos Bauch gezogen und die blutige Waffe draußen im Wald vergraben hat. Das Eisenrohr auch.

Aber danach sind sie nicht wieder auf die Sache zurückgekommen. Sie kann sich nicht erinnern, was geschehen ist; ihre Erinnerung endet, als sie über diese Wurzel stolpert und ins Gras fällt. Doch er fragt sie manchmal, ob sie neue Erinnerungsfetzen hat, und sie sagt, die habe sie nicht. Damit begnügt er sich.

Bohrt nicht unnötig tiefer.

Am Abend befinden sie sich in Deutschland. Sie haben die Grenze passiert, während sie schlief, sie haben jetzt ein ganzes Land zwischen sich und den toten Körper in Lograna gelegt.

Valdemar fährt in eine Stadt, die Neumünster heißt. Sie steigen in einem Hotel mitten im Zentrum ab. Durch das Fenster sehen sie auf einen Marktplatz mit Kopfsteinpflaster; schöne Häusergiebel, ein Rathaus, eine Kirche. Die Glocken läuten alle Viertelstunde, ihr gefällt das sehr. Valdemar geht hinaus, um einige Kleinigkeiten zu kaufen.

Ja, ein ganzes Land haben sie zwischen sich und Steffo und Lograna gelegt, und sie versteht nicht, wie er hier eine schwedische Zeitung finden kann. Aber vielleicht hat er sie am Bahnhof gekauft, sie meint sich zu erinnern, dass es immer internationale Tageszeitungen an Bahnhöfen gibt.

Jedenfalls ist er ganz blass, als er sie ihr zeigt.

Guck mal, sagt er. Jetzt haben sie ihn gefunden.

Jetzt sind sie hinter uns her.

Sie ist gar nicht richtig wach, und in ihrem Kopf ist alles voll Nebel, dennoch begreift sie, dass er etwas aufgeregt klingt. *Jetzt sind sie hinter uns her.*

Soll ich es dir laut vorlesen?, will er wissen.

Nein, denkt sie. Nein, ich will es nicht wissen.

Ja, tu das, Valdemar, sagt sie. Bitte, sei so gut.

35

Wir können nicht zulassen, dass Inspektoren mit Gipsfuß Mordermittlungen führen«, sagte Asunander. »Barbarotti, du bleibst weiterhin an diesen Sprayern dran.«

»Selbstverständlich«, sagte Barbarotti.

»Vielleicht brauche ich seine Hilfe«, sagte Eva Backman. »Es ist eine komplizierte Geschichte.«

»Gebrauche ihn mit Maßen«, sagte Asunander. »Du hast Inspektor Borgsen zu deiner Verfügung. Und Toivonen. Plus einiges an Assistenten und Fußvolk. Verstanden?«

»Verstanden«, bestätigte Eva Backman. »Geralds Frau erwartet täglich ihr Kind, aber ich habe die Lage schon verstanden.«

»Gerald?«

»Inspektor Borgsen.«

»Na, es ist ja wohl nicht er, der schwanger ist, oder?«

»Vollkommen richtig«, bestätigte Backman und klappte ihren Notizblock zu. »Es ist seine Frau. Sonst noch was?«

»Im Augenblick nicht«, erklärte Kommissar Asunander. »Aber es müsste ja wohl mit dem Teufel zugehen, wenn wir in diesem Fall nicht ein bisschen Hilfe von der zeitungslesenden Allgemeinheit bekämen.«

»Da gibt es durchaus Gründe, optimistisch zu sein«, stimmte Barbarotti zu.

Es stellte sich heraus, dass Asunanders Vermutung bis zu einem gewissen Punkt zutraf. Als Eva Backman am Dienstagnachmittag um 15 Uhr zur Besprechung rief – anwesend: sie selbst, Inspektor Sorgsen (der immer noch nicht niedergekommen war), Inspektor Toivonen, die Assistenten Tillgren und Wennergren-Olofsson sowie Inspektor Barbarotti (dem es gelungen war, sich zufällig von den Graffitiermittlungen freizunehmen) –, begann sie genau damit: was dank der Suchanzeige, die in mehreren großen Tageszeitungen wie auch im Rundfunk und Fernsehen lanciert worden war, herausgekommen war.

Zunächst einmal stand nunmehr fest, dass Valdemar Roos tatsächlich eine junge Frau in seiner Begleitung hatte und dass die beiden Lograna wahrscheinlich am Sonntag, dem 14. September, abends oder am Morgen des folgenden Tages verlassen hatten.

Sie waren am Montag, dem 15., gegen zwei Uhr in Halstad im Hotel Amadeus abgestiegen. Unter den Namen Evert und Amelia Eriksson. Vater und Tochter, hatte der anrufende Empfangschef mit mühsam unterdrückter Erregung erklärt – er hatte die Zeitung mit Valdemar Roos' Foto aufgeschlagen vor sich liegen, und es gab keinen Zweifel, dass es sich genau um den handelte. Absolut keinen Zweifel, der Empfangschef hieß Lundgren und hatte ein gutes Gedächtnis für Gesichter.

Sie waren drei Tage in Halmstad geblieben, hatten die Gelegenheit genutzt, eine halbe Million Kronen von einem Konto abzuheben, das Valdemar Roos sechs Wochen früher eingerichtet hatte und von dem seine Ehefrau Alice Ekman-Roos nicht die geringste Ahnung hatte. Trotz der hohen Summe, die abgehoben worden war, befanden sich immer noch 600 000 darauf, und woher Valdemar dieses Geld hatte, war ebenso unbegreiflich, das hatte sie mit tränenerstickter Stimme mitteilen lassen.

Wo Valdemar Roos und seine weibliche Begleitung die

Nacht vom 18. auf den 19. September verbracht hatten, das war unklar, aber am 19. hatten sie im Hotel Baltzar in Malmö eingecheckt und waren drei Nächte dort geblieben. Seit diesem Datum gab es keine Spur mehr von ihnen.

»Dänemark«, sagte Eva Backman, »es liegt ja wohl auf der Hand, dass sie über den Sund sind, oder?«

Inspektor Sorgsen blätterte in seinem Taschenkalender. »Vorigen Montag«, stellte er fest. »Die können inzwischen bis Malaga gekommen sein.«

Eva Backman nickte. »Manchmal wünscht man sich fast, wir hätten noch so etwas wie eine Passkontrolle in Europa. Aber es ist nun einmal, wie es ist.«

»Man kann sie also nicht übers Handy aufspüren?«, fragte Polizeianwärter Wennergren-Olofsson.

»Leider nicht«, antwortete Eva Backman. »Das letzte Mal, dass Valdemar Roos sein Handy benutzt hat, scheint gewesen zu sein, als er mit seiner Frau an jenem besagten Sonntag gesprochen hat.«

»Clever«, sagte Wennergren-Olofsson. »Sie benutzen kein Handy und keine Plastikkarte. Dann können wir sie nicht finden. Und es war eine halbe Million, die er abgehoben hat?«

»Genau«, bestätigte Backman.

»Möchte wissen, was für ein Gefühl das ist«, überlegte Wennergren-Olofsson. »Mit so verdammt viel Geld herumzulaufen, meine ich.«

»Weiter«, sagte Barbarotti ungeduldig. »Was wissen wir über das Mädchen und über das Opfer?«

»Nicht besonders viel«, musste Eva Backman zugeben. »Wir gehen natürlich die Personen durch, die als vermisst gemeldet worden sind, aber bis jetzt gab das noch keinen Treffer. Außerdem haben wir keine gute Beschreibung. Über das Aussehen des Mädchens wissen wir so gut wie gar nichts. Die Zeugin Karin Wissman, die sie bei Ljungmans gesehen hat, sagt, dass sie kein sehr deutliches Bild vor Augen hat. Ein dünnes

Mädchen, nicht besonders groß, dunkelbraunes Haar, um die zwanzig … ja, das ist im Großen und Ganzen alles, was ihr eingefallen ist. Aber dieser Mann aus dem Hotel in Halmstad wird morgen herkommen, dann werden wir versuchen, ein Bild von ihr zeichnen zu lassen.«

»Und das Opfer?«, fragte Barbarotti.

»Was das Opfer betrifft, so haben wir natürlich alle messbaren Daten: Größe, Gewicht, Blutgruppe, Zahnstatus … aber sein Gesicht war nicht gerade in einem Zustand, dass wir davon ein Foto an die Zeitungen hätten schicken können.«

»Jetzt komme ich nicht ganz mit«, gab Assistent Wennergren-Olofsson zu.

»Hungrige Tiere«, sagte Backman.

»Oh, Scheiße«, sagte Wennergren-Olofsson.

Barbarotti scharrte genervt mit seinem Klumpfuß über den Fußboden. »Örebro?«, warf er ein. »Dieser Scooter ist in Örebro gestohlen worden, oder? Das gibt doch zumindest einen Hinweis, nicht wahr?«

»Auf jeden Fall«, stimmte Backman zu. »Vielleicht gibt es eine Verbindung dorthin, vielleicht auch im Falle des Mädchens. Es ist ja möglich, dass sie irgendeine Beziehung zueinander haben, aber vergesst nicht: Das sind alles nur Spekulationen. Wir haben keine Ahnung, was hinter dem Mord steckt, wir können nur weitermachen und hoffen, dass der Nebel sich lichtet. Die Identität des Opfers festzustellen hat natürlich erste Priorität.«

»Und die des Mädchens«, fügte Sorgsen hinzu.

»Und die des Mädchens«, seufzte Backman.

Inspektor Toivonen, der sich nicht gern äußerte, wenn es nicht gerade um Fliegenfischen oder griechisch-römisches Ringen ging, räusperte sich und schob seine Brille zurecht.

»Ich habe gehört«, setzte er an, »ich habe gehört, dass er Einstichnarben hat, unser toter Mann. Haben sie herausgefunden, ob er ein Junkie war?«

»Das stimmt«, bestätigte Eva Backman. »Man hat so einiges an verschiedenen Substanzen in seinem Blut gefunden… was noch übrig war. Ja, er hat Drogen genommen, das hatte ich vergessen zu erwähnen.«

»Gab es ansonsten irgendwelche Spuren von Drogen in der Hütte?«, fragte Toivonen.

Eva Backman schüttelte den Kopf. »Nein, nichts.« Sie machte eine Pause und blätterte eine Weile in ihren Papieren. »Wir haben natürlich auch eine Fahndung nach dem Auto veranlasst. Wir können wohl davon ausgehen, dass sie immer noch in seinem Volvo unterwegs sind. Aber da sie sich überall in Europa befinden können, dürfen wir wohl nicht erwarten, dass wir sie auf diesem Weg finden werden.«

»Sie sind eine ganze Woche in Schweden geblieben, bis sie sich nach Dänemark aufgemacht haben«, merkte Sorgsen an. »Schon ziemlich riskant, oder was denkt ihr? Ich meine, sie haben ja nicht damit rechnen können, dass es so lange dauert, bis die Leiche entdeckt wird.«

»Hm«, meinte Eva Backman. »Ich glaube, wir sollten uns darüber im Klaren sein, dass wir es hier nicht mit irgendwelchen Vollblutprofis zu tun haben. Ziemlich viel scheint mir bei dieser Geschichte zufällig und irrational… aber vielleicht habe ja auch nur ich diesen Eindruck – wie sieht es aus, können wir hier einen Strich ziehen, oder hat noch jemand andere Gesichtspunkte anzubringen?«

Polizeianwärter Tillgren, der erst seit einem Monat im Haus war, nahm all seinen Mut zusammen und fasste die Lage in einem Satz zusammen: »Das ist ein ziemlich verzwickter Fall, oder?«

Stimmt, dachte Inspektor Barbarotti, als er zurück in seinem Zimmer war und seinen Fuß auf den Tisch bugsiert hatte. Da hat er Recht, der junge Tillgren.

Ein verzwickter Fall.

Neunundfünfzigjähriger Langweiler springt aus seinem Leben.

Verschwindet mit unbekannter junger Frau.

Lässt jungen, unbekannten, erstochenen Mann zurück.

Das war das Ganze in Haikuformat, könnte man sagen. Ein paar Minuten versuchte er tatsächlich, das in ein formal richtiges Haikugedicht zu fassen – sieben Silben, fünf Silben, sieben Silben, wenn er sich noch recht erinnerte –, doch als er begriff, was er da eigentlich tat, zerknüllte er das Papier und warf es in den Papierkorb.

Es ging wahrscheinlich nur darum, Geduld zu haben. Mit der Zeit würden die Informationen hereinströmen. Zeugen auftauchen. Sie würden mit Menschen sprechen, die über das eine oder andere irgendwelche Informationen hatten, und Stück für Stück würde alles klarer und begreiflich werden. So war es doch immer, und dieser Prozess war in keiner Weise so verzwickt wie die Wirklichkeit, die möglicherweise abgebildet werden sollte.

Und während man darauf wartete, dass die Mühlen fertig gemahlen hatten, gab es anderes, um das man sich kümmern konnte.

Diesen Graffitifall beispielsweise.

Das Problem – das akute Problem – bestand nur darin, dass er seinen eingegipsten Fuß ausgerechnet auf die Mappe gelegt hatte, die er brauchte.

Wie schade, dachte Inspektor Barbarotti, schloss die Augen und lehnte sich auf seinem Schreibtischstuhl zurück. Verdammt schade, aber ein kleines Nickerchen war natürlich eine nicht zu verachtende Alternative.

In Erwartung der Mühlenprodukte.

Inspektor Barbarotti hatte gerade beschlossen, für heute nach Hause zu gehen, als ein Anruf über die Zentrale einging.

»Hallo? Bin ich noch bei der Polizei in Kymlinge?«

Eva Backman bestätigte, dass das der Fall sei.

»Und sind Sie diejenige, die an dieser Mordgeschichte in Vreten dran ist?«

Auch das bestätigte sie. Stellte sich vor und bekam zu hören, dass die Frau am anderen Ende der Leitung Sonja Svensson hieß.

»Entschuldigen Sie, vielleicht bin ich ja auch total auf dem Holzweg, aber es könnte sein, dass ich eine Information habe, die Ihnen helfen könnte.«

»Ja?«

»Also, ich bin die Leiterin des Elvaforsheims, ich weiß nicht, ob Sie das kennen?«

»Elvafors?«, erwiderte Eva Backman. »Doch, ich glaube schon. In der Nähe von Dalby, oder?«

»Genau«, bestätigte Sonja Svensson. »Wir betreiben es seit 1998, mein Mann und ich. Wir kümmern uns um junge Mädchen, die auf die schiefe Bahn geraten sind, wie man wohl sagen kann. Junge Drogenabhängige, wir geben ihnen eine Chance, zurück ins Leben zu finden.«

»Ich verstehe«, sagte Eva Backman. »Ja, ich habe Ihr Haus sogar mal gesehen. Bin irgendwann mal dran vorbeigefahren.«

»Fünfundsechzig Kilometer von Kymlinge entfernt«, sagte Sonja Svensson. »Aber dann darf man nicht die Straße über Vreten nehmen.«

»Genau«, sagte Backman. »Was für Informationen haben Sie?«

Sonja Svensson räusperte sich umständlich. »Es ist nämlich so«, erklärte sie. »Wir kriegen natürlich Mädchen der verschiedensten Arten. Mit den meisten kommen wir gut zurecht. Wir achten darauf, dass sie drogenfrei bleiben, wir kümmern uns um ihre Probleme, wir geben ihnen einen neuen Glauben an sich selbst … ja, wir bereiten sie auf einen Neustart ins Leben vor, einfach gesagt. Bei fast allen gelingt es uns, wir verfolgen eine harte, aber gerechte Linie. Wenn man sich nicht traut,

Forderungen zu stellen, kommt man mit dieser Sorte junger Damen nicht weit. Und mit der Zeit lernen sie das zu schätzen. Keine Verhätschelung, damit ist niemandem gedient…«

»Ich denke, ich verstehe«, wiederholte Eva Backman, »wenn wir jetzt vielleicht…?«

»Ich erzähle Ihnen das nur, um Ihnen ein wenig Hintergrundwissen zu geben«, fuhr Sonja Svensson fort. »Damit Sie einen kleinen Einblick in unsere Philosophie bekommen sozusagen. Das Zwölfstufenprogramm ist natürlich ein sehr wichtiger Bestandteil davon, und wie ich schon gesagt habe, so läuft es mit den meisten unserer Mädchen gut. Aber es gibt leider immer mal wieder eine, die eigene Wege gehen will. Die glaubt, sie wüsste besser, was gut für sie ist, und das kann dazu führen, dass die anderen Mädchen negativ beeinflusst werden. Das geschieht nicht oft, aber es kommt vor.«

»Natürlich«, sagte Eva Backman. »Das ist mir schon klar, aber…«

»Gut«, sagte Sonja Svensson. »Ich will mich damit auch gar nicht unnötig aufhalten. Was ich eigentlich erzählen will: Vor gut einem Monat ist eines der Mädchen aus unserem Heim weggelaufen. Eines dieser problematischen Mädchen. Wir halten nichts von verschlossenen Türen und solchen Sachen. Alle hier sind aus freien Stücken bei uns, sie haben einen Vertrag unterschrieben, in dem sie sich verpflichten, im Heim zu bleiben und unsere Regeln zu befolgen. Wenn sie nicht bleiben wollen, dann steht es ihnen im Prinzip frei, die Behandlung jederzeit abzubrechen. Ich habe das Wort ›weggelaufen‹ benutzt, aber das ist natürlich nicht der richtige Ausdruck in diesem Zusammenhang. Auf jeden Fall bin ich auf die Idee gekommen, als ich von dem Mädchen gelesen habe, das Sie suchen… ja, ich habe gedacht, dass sie es sein könnte.«

Eva Backman zögerte eine Sekunde. »Was lässt Sie glauben, dass sie es sein könnte?«, fragte sie.

»Nicht viel«, musste Sonja Svensson zugeben. »Aber der

Zeitpunkt stimmt so ungefähr … und die geographische Lage. Sie kann zur Dalbystraße gegangen sein, und sie ist seitdem nicht mehr gesehen worden.«

»Nicht mehr gesehen worden?«, wunderte Backman sich. »Wann haben Sie sie denn als vermisst gemeldet?«

»Jetzt vor Kurzem«, sagte Sonja Svensson.

»Jetzt vor Kurzem?«, wiederholte Backman. »Was meinen Sie damit?«

»Na, jetzt«, sagte Sonja Svensson.

»Aber es ist einen Monat her, dass sie verschwunden ist, nicht wahr?«

»Ja.«

»Und warum haben Sie so lange gewartet?«

Sonja Svensson räusperte sich erneut. »Man möchte den Mädchen ja eine Chance geben«, erklärte sie. »Es kommt vor, dass sie fortgehen und nach ein paar Tagen zurückkommen. Es bereuen. Wenn wir das dem Sozialamt sofort mitteilen, dann haben sie damit ihre Chancen vertan.«

»Ach so«, sagte Eva Backman und dachte, dass etwas an dieser Erklärung war, das sie nicht so richtig verstand. Aber jetzt war wohl nicht der richtige Zeitpunkt, in diesem Punkt nachzuhaken. »Wie heißt die Frau?«

»Anna Gambowska.«

»Können Sie das buchstabieren?«

Sonja Svensson tat, wie gewünscht, und Backman schrieb den Namen auf.

»Ich gehe davon aus, dass Sie alle Informationen über sie haben?«

»Alle denkbaren«, sagte Sonja Svensson.

»Und Sie meinen, dass sie … dass sie sich versteckt hat, nachdem sie verschwunden ist?«

»Ja«, stimmte Sonja Svensson zu. »Normalerweise fahren sie in die nächste größere Stadt, wenn sie weglaufen. Stockholm oder Göteborg oder so. Dort gibt es Drogen, und dort können sie sich für eine Weile versteckt halten. Deshalb kann ich natürlich nichts mit Sicherheit sagen… es ist mir nur so in den Sinn gekommen, als ich von diesem Mord gelesen habe.«

»Ihre Eltern?«, fragte Backman.

»Es ist mir nicht gelungen, Kontakt zu ihnen herzustellen«, antwortete Sonja Svensson. »Über den Vater weiß ich nichts, und die Mutter reagiert nicht auf meine Telefonanrufe.«

»Wem haben Sie das mitgeteilt? Ich meine, dass sie weg ist.«

»Dem Sozialamt von Örebro. Die haben sie auch hergeschickt.«

Örebro?, überlegte Eva Backman und spürte, wie es plötzlich in ihr klickte. Jetzt zeigt es langsam in die richtige Richtung.

»Ein Foto?«, fragte sie. »Haben Sie ein gutes Foto von dieser Anna Gambowska?«

»Ich habe ein ausgezeichnetes Foto von ihr«, versicherte Sonja Svensson.

»Können Sie es mir faxen?«

»Ich kann es versuchen, aber wir haben seit ein paar Tagen Probleme mit dem Faxgerät. Wenn das nicht klappt, dann habe ich einen anderen Vorschlag.«

»Lassen Sie hören«, sagte Backman.

»Ich habe morgen in Kymlinge etwas zu erledigen. Ich könnte zu Ihnen kommen, dann kriegen Sie alle Informationen, die Sie brauchen. Und das Foto auch.«

Inspektor Backman überlegte kurz. »Ausgezeichnet«, sagte sie dann. »Abgemacht. Wann könnten Sie hier sein?«

»Gegen zehn?«, schlug Sonja Svensson vor. »Würde Ihnen das passen?«

Eva Backman versicherte, dass das ausgezeichnet passte, bedankte sich für das Gespräch und legte den Hörer auf.

Nachdem sie das getan hatte, fiel ihr ein, dass der Empfangschef Lundgren aus Halstad ebenfalls versprochen hatte, um zehn Uhr vor Ort zu sein.

Umso besser, dachte sie. Wenn es einen gab, der sich das Foto ansehen sollte, dann er.

Es geht voran, dachte sie und schaltete die Schreibtischlampe aus. Wenn auch ein bisschen plötzlich.

36

Am Donnerstag, dem 2. Oktober, wachte Ante Valdemar Roos um halb sechs Uhr morgens auf und hatte keine Ahnung, wo er sich befand.

Zuerst begriff er gar nicht, in was für einem Raum er lag. Hohe Zimmerdecke, eine Straßenlaterne oder eine anders geartete Lichtquelle warf ein Bündel gelblicher Streifen zwischen schweren Gardinen, die nicht richtig zugezogen waren, ins Zimmer, sie trafen auf einen Spiegel, der an der gegenüberliegenden Wand hing, und bildeten dann ein spinnwebartiges, blasseres, aber immer noch gelbes Muster auf dem Bett und dem großen Kleiderschrank.

In einem Hotel, begriff er nach nur wenigen Sekunden. Wir wohnen im Hotel, natürlich.

Wir? Ja, er selbst und Anna, natürlich. Ein paar glänzende Sekunden lang war auch sie aus seinem Bewusstsein gelöscht gewesen, das war ihm bisher noch nie passiert. Nicht, seit sie Lograna verlassen hatten; wenn es etwas gab, das seine Gedanken und Taten beeinflusste, dann war sie es natürlich.

Anna, seine Anna.

Er drehte den Kopf und betrachtete sie. Sie lag nur einen halben Meter von ihm entfernt, im selben großen Bett, abgewandt und zusammengekauert wie immer, sie war unter der dicken Federdecke kaum zu sehen.

Mein kleines Vogeljunges, dachte er und musste schmunzeln. Denn so sollte es ja sein. Ein Vogeljunges schlief eingekuschelt unter Federdaunen. Geborgener kann niemand sein.

Die dicke Federdecke sagte ihm auch, dass er in Deutschland war; er war schon früher in seinem Leben einige Male in deutschen Hotels gewesen. Doch wie die Stadt hieß, das fiel ihm nicht mehr ein, wie lange er auch darüber nachdachte. Er erinnerte sich, dass sie spät am gestrigen Abend angekommen waren und eingecheckt hatten, sie waren einige Stunden lang kleinere Straßen entlanggefahren, hatten die Autobahn gemieden, es war ihre zweite Nacht in Deutschland, er hatte vergessen, eine Karte zu kaufen, auch noch an der letzten Tankstelle und … und wenn er bei der Wahrheit blieb, dann war er sich auch gestern Abend nicht sicher gewesen, wo sie eigentlich gelandet waren. Er hatte es überhaupt nicht gewusst, also hatte er es auch nicht vergessen können.

Aber was spielt das für eine Rolle, dachte er, in welcher Stadt wir uns nun befinden? Hier lagen sie in einem riesigen Doppelbett, umhüllt von Daunendecken und Kissen, und auch die waren riesig und schienen mit Schlagsahne oder Rasierschaum gefüllt zu sein, so schön weich waren sie. Konnten sie sich mehr wünschen? Konnte das Leben schöner sein?

Dennoch war er aufgewacht. Das war jetzt schon mehrmals vorgekommen. Anna schlief häufig bis neun oder zehn, auch wenn sie schon früh ins Bett gegangen war, das hatte etwas mit dem Schlag zu tun, den sie auf den Kopf bekommen hatte, aber was ihn betraf, so fiel es ihm immer schwerer, einen vernünftigen Schlafrhythmus zu finden. Die Müdigkeit in Körper und Seele rief vergebens nach ein paar Stunden mehr; zumindest eine oder anderthalb, es nützte nichts. Er stieg wie ein Korken an die Oberfläche des Bewusstseins, und dann war es vergebliche Liebesmüh, wieder abzutauchen.

Zwanzig Minuten vor sechs. Sicher würde Anna noch drei oder vier Stunden länger schlafen. Er stellte fest, dass es einen

Sessel und eine kleine Stehlampe am Fenster gab; wenn er die Gardine noch ein klein wenig weiter öffnen würde, brauchte er nicht einmal die Lampe anzuschalten. Konnte sich mit dem schmutzig gelben Straßenlicht begnügen und der Dämmerung, die nicht mehr lange auf sich warten lassen würde.

Das tat er. Holte das halb gelöste Kreuzworträtsel vom gestrigen Tag, das er in der schwedischen Zeitung gefunden hatte, die er vorgestern hatte kaufen können. Dieselbe Zeitung, in der stand, dass man einen jungen Mann ermordet in der Gegend von Vreten zwischen Kymlinge und der norwegischen Grenze gefunden hatte und dass man den Mann auf dem Foto suchte.

Er fragte sich, ob es Alice gewesen war, von der das Foto stammte. Wahrscheinlich, und wahrscheinlich hatte es sie einige Mühe gekostet, es zu finden. Er schlug die betreffende Seite der Zeitung auf und studierte es noch einmal. Es war eines der schlimmsten Fotos von ihm, das er je gesehen hatte. Er konnte auf Teufel komm raus nicht mehr sagen, wo es gemacht worden war, aber auf jeden Fall war er unrasiert und sah verschwitzt aus, hatte den Mund halb geöffnet und einen Gesichtsausdruck, der darauf hindeutete, dass er kurz vor einer Gehirnblutung stand. Oder auf der Toilette saß und presste. Scheiße, dachte Ante Valdemar Roos verbittert, nicht genug damit, dass man wegen Mordes gesucht wird, dann sieht man auch noch aus wie ein alkoholisiertes Schwein.

Er seufzte und wandte sich dem Kreuzworträtsel zu. Sieben senkrecht. *Nabokowskandal.* Sieben Buchstaben, der zweite ein *o*, der fünfte ein *i*.

Doping, dachte Valdemar Roos. Das war klar, zwar sollte man hier *Dopning* mit einem *n* hinschreiben, aber die Kreuzworträtselkonstrukteure waren nicht immer so belesen, wie sie eigentlich sein sollten. Nabokow jedenfalls war ein russischer Eishockeyspieler, hatte eine olympische Goldmedaille gewonnen, und dann waren verbotene Substanzen in seinem Blut gefunden worden. Es war einige Jahre her, aber bestimmte Namen blieben im Kopf hängen.

Er trug das Wort ein, gähnte und machte dann weiter.

Er musste trotz allem dort im Sessel wieder eingeschlafen sein, denn er wachte davon auf, dass die Kirchenglocken draußen in der Stadt sieben Mal läuteten. Dieses Mal begriff er sofort, wo er sich befand – das heißt: unbestimmbares altes Hotel in unbestimmbarer alter deutscher Stadt –, und da er annahm, dass das Restaurant im Erdgeschoss inzwischen geöffnet war, zog er sich an und ging hinunter, um zu frühstücken.

Die ersten Morgenstunden im Zimmer waren angenehm gewesen, doch als er in den menschenleeren Speisesaal mit den braunen Wänden kam und von einer müden Kellnerin mittleren Alters mit heruntergezogenen Mundwinkeln empfangen wurde, die ihn augenblicklich mit Fragen nach seiner Zimmernummer und danach, ob er Tee oder Kaffee haben wollte, traktierte, sanken seine Lebensgeister. Er hätte ihr gern erklärt, dass er seinen Kaffee am liebsten nicht sofort gehabt hätte, sondern erst, nachdem er ein wenig Joghurt mit Cornflakes und ein weichgekochtes Ei gegessen hatte, falls so etwas auf dem Speisezettel stand, aber seine lückenhaften Sprachkenntnisse stellten einer derartigen Konversation unüberwindliche Hindernisse in den Weg. Stattdessen sagte er: »Vier eins sechs. Kaffee, bitte«, und ließ sich an dem ihm zugewiesenen Tisch in der Ecke nieder. Er hatte sich eine Zeitung genommen, die dick wie ein Roman war und *Welt am Sonntag* hieß, sie war bereits einige Tage alt, wie er feststellte, aber um überhaupt etwas zu haben, woran er seinen Blick festhalten konnte, begann er in ihr zu blättern.

Durch, für, gegen, ohne, um, wieder, dachte Ante Valdemar Roos, während der Kaffee vor ihm dampfte. Präpositionen, die den Kasus regierten, er erinnerte sich nicht mehr, welchen, und außerdem war er sich gar nicht mehr klar darüber, was ein

Kasus überhaupt war. *»Danke schön«,* sagte er, und die Müde überließ ihn schlurfenden Schrittes seinem Schicksal mit Zeitung und Kaffee.

Ja, was ist mein Schicksal?, fragte er sich. Wie bin ich hierher geraten?

Zweifellos gute Fragen, und da der Zeitungstext sich weigerte, in seinem Kopf haften zu bleiben, begann er nach einer passenden Antwort zu suchen. Ohne größere Anforderungen an tiefschürfenden Sinn oder Präzision, aber dennoch.

Dass dieser Zeitraum, diese letzten Tage und Wochen, der Sinn seines Lebens an sich war, das hatte er schon seit langem begriffen. Die Begegnung mit Anna Gambowska war in einer Art jenseitiger Partitur verzeichnet, in den Kerben seines Grabsteins, sie war so unausweichlich gewesen wie das Amen in der Kirche und Alices Hühneraugen. Ich weiß, stellte er fest, ohne den Blick von der Zeitung zu heben, ich weiß, dass genau jetzt, in diesem Moment, meine Feuer brennen. Und für das, was ich aus den jetzt herrschenden Möglichkeiten mache, werde ich am jüngsten Tag Rechenschaft ablegen müssen. Darüber und über sonst nichts.

Dennoch fühle ich mich an diesem Morgen in diesem fremden Frühstücksraum mutlos, müde und zerbrechlich, dachte er anschließend. Ich halte Annas Leben und Zukunft in meinen Händen, es ist in ebenso großem Maße auch ihr Schicksal, dass sie mich getroffen hat, wie es meines ist, sie getroffen zu haben, natürlich ist es so, aber manchmal… manchmal habe ich das Empfinden, dass sie das nicht begreift. Sie ist so jung, und vielleicht braucht sie einfach nur Zeit. Zeit zu begreifen und um gesund zu werden, sie verschläft tatsächlich den größten Teil der Tage, das ist nicht gerecht, aber vielleicht ist es das ja doch… und ich, ich allein bin es, der die Bürde und die Verantwortung in dieser schwierigen Periode unserer Bekanntschaft tragen muss. Und was mir während dieser Momente der Schwäche zustößt, das ist natürlich nichts anderes, als dass ich unter dieser Verantwortung schwanke. Sie ist so schwer, so verdammt schwer, dass ich dafür den Kopf hinhalten muss, diesen Mühlstein tragen muss… aber was soll's? Wieso blase ich hier Trübsal und jammere vor mich hin? Kopf hinhalten und Mühlstein tragen? Was soll das? Nein, verdammt noch mal, beschloss Ante Valdemar Roos, jetzt muss ich zusehen… zusehen, die Sachen zum Laufen zu bringen. Ich hätte lieber diesen Rumänen statt dieser unbegreiflichen Zeitung mit herunternehmen sollen, ja, natürlich… wenn es einem nur gelingt, die Dinge beim richtigen Namen zu nennen, dann sieht man oft bereits ein Licht am Ende des Tunnels.

Er trank einen Schluck des lauwarmen Kaffees und dachte diesen letzten Gedanken noch einmal.

Wenn es einem nur gelingt, die Dinge beim richtigen Namen zu nennen, dann sieht man oft bereits ein Licht am Ende des Tunnels.

Schön, dachte Ante Valdemar Roos. Verdammt gut, das wird der Aphorismus des Tages. Ich darf nur nicht vergessen, ihn gleich ins Buch zu schreiben, wenn ich wieder auf dem Zimmer bin.

Und das tat er auch. Anschließend saß er noch eine Weile im Sessel und las das durch, was er bisher aufgeschrieben hatte, seit er vor drei Wochen damit begonnen hatte – und diese Worte, alle diese abstrakten, aber wohl formulierten Gedanken, das Leben und seine Irrfahrten betreffend, hoben seine Stimmung langsam ein wenig. Zumindest so weit, dass er sich der praktischen Planung widmen konnte. Was weiß Gott vonnöten war, und wenn er sonst keinen Grund fand, dann forderte zumindest Anna das von ihm. Oder genauer gesagt ihr Zustand. Wenn das einen Unterschied ausmachen sollte.

Sie schlief immer noch, immer noch in der gleichen Stellung wie vorhin, als er das Zimmer verlassen hatte. Es war inzwischen Viertel nach acht, sie würde wahrscheinlich nicht vor einer weiteren Stunde wach werden. Ich wünschte, dachte Ante Valdemar Roos, ich wünschte wirklich, dass sie nicht so viel schliefe. Man hat ja das Gefühl, als wäre sie den größten Teil dieser wichtigen Zeit abwesend.

Aber er musste sich damit abfinden, das war ihm schon klar. Die Genesung erfordert Ruhe und Pflege, sonst eigentlich nichts, in ein paar Tagen oder Wochen würde sie sicher wieder sein wie vorher. Und dann wären sie auch ein gutes Stück weiter im Süden. Vielleicht in Frankreich oder Italien, er wusste es nicht so genau, vielleicht brauchte sie ja Bergluft, um zu genesen, vielleicht aber auch das Meer.

Dann fiel ihm etwas anderes ein. Als sie gestern Abend ins Hotel gekommen waren, war er gezwungen gewesen, sich auszuweisen. Der magere Portier mit der schwarzen Lederweste und dem langgestreckten Pferdegesicht hatte zwar die Ausrede mit dem gestohlenen Pass geschluckt, aber irgendeine Art von Legitimation sei doch nötig, hatte er zu verstehen gegeben. Auch wenn sie bar und im Voraus bezahlten, so hatten die Zeiten sich geändert, und dieses Hotel war nicht so eines von dieser Sorte …

Von dieser Sorte? Nun ja, er schätzte die Gefahr als ziemlich gering ein. Zwar würde nun für alle Zeiten dokumentiert sein, dass sie in diesem kleinen Hotel in dieser kleinen deutschen Stadt, welche auch immer es sein mochte, übernachtet hatten – dass jedoch dieser Tatbestand der schwedischen Polizei zu Ohren kommen sollte, das erschien ihm nicht besonders wahrscheinlich. Und sollte es eines Tages doch so sein, dann würden sie sich zu dem Zeitpunkt weit, weit fort von hier befinden. Wahrscheinlich würden sie selbst dann kein Risiko eingehen, entdeckt zu werden, dachte er, wenn er gezwungen war, hier und da seinen Führerschein zu zeigen. In Schweden wäre das nicht möglich gewesen, es wäre sogar eine einzigartige Dummheit gewesen, doch hier auf dem Kontinent war es etwas anderes. Etwas ganz anderes. Wenn dein Heimatland die Tür schließt, öffnet die Welt ein Fenster.

Sie wollten noch eine weitere Nacht in diesem Hotel in dieser Stadt bleiben. Er hatte für zwei Nächte bezahlt und wollte den Tag nutzen. Als Erstes eine vernünftige Straßenkarte kaufen, herausfinden, wie die Stadt hieß und wo sie gelegen war, das war der zweite Schritt.

Anschließend eine Apotheke aufsuchen; der Vorrat an schmerzstillenden Tabletten für Anna ging zur Neige. Schließlich, wenn diese Besorgungen erledigt waren, konnten sie vielleicht eine Weile in einem netten Café sitzen, das Wetter da draußen auf der anderen Seite der schweren Gardinen sah gar nicht so schlecht aus, die gelbe Straßenbeleuchtung war erloschen und von ansehnlichem Sonnenschein ersetzt worden.

Einfach dasitzen, sich übers Leben unterhalten und ein paar Pläne machen. Am liebsten hätte er es, wenn sie dann noch Gitarre spielen und für ihn singen würde. Seit dem letzten Mal waren bereits einige Tage vergangen, aber er wollte sie nicht darum bitten, wenn sie nicht selbst Lust dazu hatte.

Denn es soll aus reiner Lust geschehen, dachte er. So sollte es mit allem sein, und so ist es bisher in meinem Leben nicht gewesen, das ist die Schraube, die locker war. Neben vielen anderen Schrauben diese vor allem.

Und wenn sie keine Lust hatte zu singen oder zu reden, dann hatte er selbst ein paar schöne Geschichten auf Lager. Sie waren ihm am gestrigen Abend in den Kopf gekommen, als sie bereits eingeschlafen war, und auch wenn sie eigentlich von ganz anderen Personen handelten, von ganz anderen Umständen, so waren nicht viele Wendungen nötig, dass er selbst die Hauptrolle einnehmen konnte.

Auf diese Weise, dachte er, war es nicht nur seine Zukunft, die sie in ihren zarten Händen hielt, sie veränderte auch das, was bereits in seinem Leben passiert war. Er war sich nicht sicher, was das eigentlich mit sich brachte, ob es auf lange

Sicht gesehen überhaupt gut war, seine eigene Geschichte umzuschreiben. Aber vielleicht war es gar keine Frage von langer Sicht, sondern von dem, was den Rest seines Lebens ausmachte. Vielleicht handelte es sich dabei nur um ein paar Jahre oder sogar nur um ein paar Monate.

Und um das Hier und Jetzt, formulierte Ante Valdemar Roos im Stillen, zufrieden mit sich selbst, in erster Linie geht es hier doch um die Frage vom *Jetzt* und von *heute.* Man sollte dort sein, wo man sich befindet, in Zeit und Raum, morgen kann es bereits zu spät sein, und wenn man nicht …

Ein Geräusch und eine Bewegung im Bett brachten seine Gedankenströme zum Erliegen, und eine Sekunde später war er bereits aus dem Sessel gesprungen und an ihrer Seite.

Sie lag auf dem Boden, war aus dem Bett gefallen, und etwas war geschehen.

Sie zitterte. Ihr Körper war zu einem Bogen gespannt, und ihr Nachthemd, das eigentlich nur ein großes weißes T-Shirt war, war bis zu den Achselhöhlen hochgerutscht, so dass eine Brust hervorlugte und er durch den dünnen Slip ihr Schamhaar sehen konnte, er verfluchte sich selbst, dass er es nicht schaffte, den Blick von dieser unerwünschten Intimität abzuwenden, aber so ist es nun einmal mit den Augen aller Männer, rechtfertigte er sich selbst, während er versuchte, den Schrecken zu unterdrücken, der ihm plötzlich in die Brust geschossen war und ihn zu ersticken drohte. Was geht hier vor sich, liebste Anna? Was um alles in der Welt geht hier vor sich?

Unbeholfen versuchte er das Zittern ihres Körpers zu unterdrücken. Hielt sie fest an den Oberarmen und gab sich alle Mühe, zumindest Augenkontakt mit ihr zu bekommen, aber ihr Gesicht war nach hinten gedreht, von ihm abgewandt. Eine Art stoßweises Gurgeln drang aus ihrer Kehle, und das Zittern übertrug sich auf seinen eigenen Körper – während es zum Glück gleichzeitig an Stärke abnahm, abebbte, um schließlich ganz und gar zu verschwinden.

Der ganze Verlauf, von dem Moment an, als sie aus dem Bett gefallen war, bis das Zittern aufhörte, hatte sicher nicht länger als eine Minute gedauert, aber im Nachhinein, als er mit ihrem vollkommen entspannten Körper in seinen Armen dasaß, meinte er die längste Minute seines Lebens erlebt zu haben.

Sie atmete immer noch keuchend, und als er ihren Puls ertastete, konnte er feststellen, dass dieser außergewöhnlich schnell war. Ihre Augen flackerten auch, wie er es bei blinden Personen gesehen hatte…. mein Gott, Anna, dachte er, was passiert mit dir?

Und er merkte, dass er es tatsächlich tat. Er betete zu Gott.

Zog ihr das T-Shirt zurecht und betete zu Gott.

Einige Minuten später – fünf oder fünfzehn oder auch nur drei, er konnte es nicht sagen – schlug sie die Augen auf und lächelte ihn an. Etwas verblüfft und etwas erschöpft, aber es war dennoch ein Lächeln.

»Valdemar?«, flüsterte sie. »Valdemar, warum sitzen wir denn auf dem Fußboden?«

37

Ich dachte, du arbeitest an der Graffitisache«, fragte Marianne, »nicht an diesem Valdemar-Roos-Fall?«

»Das tue ich auch«, bestätigte Gunnar Barbarotti. »Ich meine, ich arbeite mit aller Kraft an diesem Graffitikram, aber da ist etwas an diesem Valdemar-Roos, das lässt mich nicht los.«

»Das habe ich schon bemerkt«, erklärte Marianne. »Und ehrlich gesagt macht es mir ein wenig Sorgen, dass du ihn so interessant findest.«

»Wieso?«, fragte Barbarotti verwundert und schob zwei weitere Brotscheiben in den Toaster. »Was ist denn falsch daran, wenn man sich für seine Arbeit interessiert?«

Marianne seufzte und betrachtete ihn über den Küchentisch und die Hinterlassenschaft vom Frühstück vierer Kinder hinweg. Momentan war nur die Rede von einem Quartett, da Sara und Jorge ihre Wohnung in der Kavaljersgatan soweit bewohnbar gemacht hatten, dass sie darin übernachten konnten. Vielleicht sogar für immer, aber das war schwer zu sagen.

Und Schwager-Roger war nur noch eine Erinnerung. Es war halb neun, Marianne hatte einen freien Vormittag, Gunnar hatte Gleitzeit.

Und jetzt saß sie da und machte sich Sorgen um ihn.

»Gewisse Menschen kann man einfach nicht wirklich verstehen«, versuchte er zu präzisieren. »Das macht sie ja gerade so interessant. Ich glaube, Valdemar Roos ist so ein Mensch.«

Marianne schnaubte. »Interessant? Er ist ein stinknormaler geiler sechzigjähriger Bock, soweit ich sehen kann. Eingebildet und etwas gaga. Er hat seine Frau ohne ein Wort der Erklärung verlassen – findest du etwa, das macht ihn interessant?«

»Hm«, sagte Gunnar Barbarotti.

»Wenn ich es recht verstanden habe, ist dieses Mädchen zwanzig. Sie haben einen jungen Mann getötet, und sie befinden sich auf der Flucht. Kannst du nicht verstehen, dass es mich beunruhigt, wenn du behauptest, dass so etwas interessant ist?«

Barbarotti dachte nach.

»Eine junge Junkiebraut und ein alter geiler Bock«, fasste Marianne zusammen, bevor er eine gute Antwort gefunden hatte. »Um es etwas vulgär auszudrücken.«

Barbarotti versuchte, seine Unschlüssigkeit wegzuräuspern. »Was … was denkst du dir eigentlich?«, fragte er schließlich. »Dass ich insgeheim feuchte Träume habe, in einem Auto mit einem Teenagermädchen abzuhauen? Glaubst du das? Dann möchte ich hiermit ein für alle Mal klarstellen …«

Er verlor den Faden und spürte ein Zucken im Fuß.

»Was?«, fragte Marianne.

»Dass ich meine Ehefrau mehr als alles auf der Welt liebe und dass mein Interesse an Ante Valdemar Roos einzig und allein von … von allgemeinmenschlicher und psychologischer Art ist.«

»Bravo«, rief Marianne aus, schlug die Hände zusammen, und für einen Moment dachte er, dass das ganze Gespräch die siebte Aufnahme einer hoffnungslos blöden Szene aus einer noch blöderen Vormittagslowbudgetdokusoap war. Gab es so etwas? Vormittagslowbudgetdokusoaps? Und wenn ja, dann hatte man wahrscheinlich gar keine Zeit für mehrere Aufnahmen?

»Aber sag mir eins«, fuhr seine Frau fort. »Wenn dieser tolle, allgemeinmenschlich orientierte Polizeibeamte wirklich seine Ehefrau so sehr liebt, wie er behauptet, wie kann sie dann wirklich sicher sein, dass das stimmt, was er da behauptet? Dass er nicht nur das Blaue vom Himmel herunterlügt?«

»Was ist denn mit dir los?«, fragte Gunnar Barbarotti und kratzte sich nervös am Gips. »Ich verstehe nicht, wie du …«

Doch dann merkte er, dass sie lachte und dass sie … dass sie ihren Morgenmantel auf eine Art und Weise hatte aufrutschen lassen, die der ganzen Angelegenheit einen etwas anderen Anstrich verlieh. Ja, meilenweit entfernt von beispielsweise einer Vormittagslowbudgetdokusoap.

»Komm«, sagte er und streckte die Hand nach ihr aus.

»Wovon sprichst du?«, fragte Marianne.

»Ach, kommst du auch noch mal«, sagte Eva Backman und schaute von ihrem Computer auf.

Ist ein bisschen später geworden, dachte Barbarotti. Meine Frau und ich, wir haben heute Morgen zwei Stunden lang gevögelt. Ich bitte um Entschuldigung, aber mit Gipsfuß dauert es ein bisschen länger.

Er hätte es vielleicht sogar gesagt, wenn Inspektor Sorgsen sich nicht auch im Raum befunden hätte. Inspektor Sorgsen war derartig freimütigen Äußerungen gegenüber bekanntermaßen ziemlich empfindlich, und außerdem hatte er eine hochschwangere Frau daheim.

Was immer Letzteres mit der Sache zu tun haben sollte.

»Ich habe eine Spur in der Graffitisache verfolgt«, stellte er fest und setzte sich. »Wie ist es gelaufen?«

Eva Backman betrachtete ihn mit einer skeptischen Falte auf der Stirn. »Gut«, sagte sie. »Es ist gut gelaufen. Wir können wohl mit höchster Wahrscheinlichkeit davon ausgehen, dass wir das Mädchen gefunden haben.«

»Sie ist es?«

»Ja«, bestätigte Backman. »Unsere kleine Polin. Sonja Svensson von Elvafors und Lundgren aus Halmstad waren sich in dieser Sache einig.«

Inspektor Sorgsen nickte und las von einem Zettel ab. »Anna Gambowska. Geboren in Arboga am 1. August 1987. Mutter polnisch, kam 1981 nach Schweden. Aufgewachsen in Örebro … das Mädchen natürlich. Hat 2003 die Grundschule beendet, aber keinen gymnasialen Abschluss. Ende Juli dieses Jahres hat sich die Sozialbehörde in Örebro um sie gekümmert, nach Aufforderung durch die Mutter. Offensichtlich Drogenprobleme, ist am 1. August ins Elvaforsheim gezogen.«

»An ihrem Geburtstag?«, fragte Barbarotti.

»Genau«, bestätigte Sorgsen.

»Wir erwarten noch weitere Informationen aus Örebro«, erklärte Backman. »Aber wir haben ein gutes Foto von ihr, und durch Sonja Svensson haben wir so einiges über sie erfahren.«

»Beispielsweise?«, fragte Barbarotti.

Backman räusperte sich. »Beispielsweise, dass sie offensichtlich ein ziemlich harter Brocken ist. Wahrscheinlich emotional gestört, nur schwer zur Zusammenarbeit zu bewegen. Sie weigert sich, Regeln zu befolgen, ist eigensinnig, zieht sich gern zurück, statt an gemeinsamen Aktivitäten teilzunehmen. Schwer im Umgang, wie Sonja Svensson meint. Nachdem sie weggelaufen war, wurde die Stimmung im Heim sofort besser.«

»Ach, tatsächlich?«, bemerkte Barbarotti. »Und wann ist sie weggelaufen?«

»Anfang September«, sagte Backman.

»Und die haben fast einen Monat gewartet, bevor sie gemeldet haben, dass sie weg ist?«

»Ja.«

»Ist das nicht etwas merkwürdig?«

»Ich habe an diesem Punkt nicht weiter nachgebohrt«, sagte Backman. »Aber ich stimme dir zu, das ist etwas merkwürdig.«

»Und wie zum Teufel ist sie auf Valdemar Roos gestoßen?«, fuhr Barbarotti fort.

»Das wissen wir nicht«, erklärte Backman.

»Es gibt keine frühere Verbindung zwischen den beiden?«

Eva Backman schüttelte den Kopf. »Vermutlich nicht. Warum sollte es das? Aber das können wir natürlich noch nicht mit absoluter Sicherheit sagen.«

»Es gibt wohl keine Hinweise hinsichtlich Drogen, was Roos angeht?«

»Absolut nicht«, sagte Sorgsen. »Nein, die beiden sind schon ein spezielles Pärchen, das muss man wohl sagen.«

»Und das Opfer?«, fragte Barbarotti. »Gibt es irgendeinen Hinweis, wer das Opfer sein könnte? Er hatte schließlich auch Drogenspuren im Blut.«

»Kann es sein, dass sie alle drei da in der Hütte gewohnt haben?«, schlug Sorgsen vor.

»Das Mädchen hat es jedenfalls getan«, sagte Backman. »Es gibt jede Menge Fingerabdrücke, die wahrscheinlich zu ihr gehören. Aber nicht einen einzigen vom Opfer, soweit wir wissen.«

»Und ihre Beziehung?«, fragte Barbarotti. »Die zwischen dem Opfer und dem Mädchen, meine ich.«

»So weit sind wir noch nicht gekommen«, erklärte Backman. »Aber wenn wir das Material aus Örebro haben, können wir anfangen, unsere Fühler auszustrecken. Wir kennen dort außerdem einen Kommissar Schwerin, du erinnerst dich noch an ihn?«

Gunnar Barbarotti lachte. »Schwerin? Ausgezeichnet, dann brauchen wir uns ja keine Sorgen zu machen.«

Inspektor Borgsen ließ seinen Blick fragend zwischen den Kollegen hin und her wandern.

»Letzten Herbst«, informierte Backman ihn. »Der Todesacker vor Kumla.«

»Ach so«, sagte Sorgsen. »Ja dann...«

»Genau«, nickte Barbarotti.

Er blieb noch eine Weile bei Backman, nachdem Sorgsen das Zimmer verlassen hatte.

»Was hältst du eigentlich von der Sache?«, fragte er.

»Ich weiß nicht«, sagte Backman, »was soll man davon halten?«

»War sie eine Prostituierte?«

Backman seufzte. »Das ist nicht klar. Zumindest keine registrierte, aber warum sollte sie auch registriert sein?«

»Ja, warum?«, stimmte Barbarotti zu.

»Für ein Mädchen gibt es ja nicht so viele Möglichkeiten, sich Geld für den Stoff zu besorgen«, stellte Backman mit finsterer Miene fest. »Aber sie ist erst einundzwanzig, und ihre Sucht hat sich offenbar größtenteils auf Haschisch beschränkt. Vielleicht ist sie noch nicht so weit heruntergekommen, nach dem Schulabbruch hat sie verschiedene Jobs gehabt. Es ist also möglich, dass sie es auch so geschafft hat.«

»Möglich«, sagte Barbarotti.

»Außerdem kann sie ja auch gedealt haben, jedenfalls wusste Sonja Svensson nicht besonders viel über ihren Hintergrund. Sie wollten in diesem Heim nach vorn schauen, wie sie behauptet. Und nicht in dem herumwühlen, was gewesen ist, das ist wohl Teil ihrer Philosophie.«

»Philosophie?«, griff Barbarotti das Wort auf.

»Sie hat diesen Ausdruck benutzt«, erklärte Backman.

»Und es soll sich um einen harten Brocken handeln, hat sie das gesagt?«

»Ja«, bestätigte Eva Backman, »das hat sie gesagt. Aber eine harte Schale, die ist ja geradezu Voraussetzung in diesem Milieu. Sonst geht man kaputt, nicht wahr? Verdammt, manchmal bin ich richtig dankbar, dass ich nur Jungs habe.«

»Ja«, sagte Barbarotti. »Mann zu sein, das ist einfacher. Aber auch nur halb so interessant.«

»Ein Viertel«, korrigierte Eva Backman ihn und verzog den Mund. »Dass ihr immer so übertreiben müsst, ihr Gockel.«

»Entschuldige«, beschwichtigte Barbarotti sie. »Ich habe ein wenig übertrieben. Aber jetzt kriegt sie auf jeden Fall ihr Foto in die Zeitungen, unsere kleine harte Anna. Oder?«

»Aber sicher«, sagte Backman. »Und die beiden sind wirklich ein interessantes Paar, wie schon gesagt. Ich kann mir vorstellen, dass die Boulevardpresse das morgen betonen wird. Zwar nicht gerade Bonnie and Clyde, aber ein sechzigjähriger Mann und ein zwanzigjähriges Mädchen auf der Flucht … ja, das verkauft sich doch gut.«

»Mit einer zurückgelassenen Leiche«, fügte Barbarotti hinzu. »Doch, du magst wohl Recht haben, leider. Obwohl …«

»Ja?«

»Obwohl wir sie wohl kaum dank unserer großartigen Presse finden werden. Ich bilde mir ein, dass die Leute unten in Europa so ziemlich einen drauf lassen, was im *Expressen* steht. Oder was glaubst du, ich habe ja nur ein Viertel Gehirn, wie gerade festgestellt?«

Eva Backman lachte laut auf. »Es gibt doch nichts Attraktiveres als bescheidene Kerle. Übrigens – was meinst du, wie groß das Hirn von Valdemar Roos ist?«

»Gute Frage«, sagte Barbarotti.

»Tja. Eine halbe Million in Cash und eine zwanzigjährige Junkiebraut. Ein Mord mit dem Messer in einer geheimen Hütte und dann auf der Flucht quer durch Europa … zumindest ist er den Stempel ›langweilig‹ so langsam definitiv los.«

Barbarotti dachte eine Weile schweigend nach.

»Er muss sich die Kate zuerst besorgt haben«, sagte er. »Ich meine, dass er seinen Job gekündigt hat, ein zweites Leben anfing und alles das … du glaubst doch nicht, dass das von Anfang an mit Anna Gambowska zusammenhing? Dass er sie bereits kennengelernt hat, als sie noch in Elvafors war … oder sogar vorher?«

»Nein, das glaube ich nicht«, sagte Eva Backman. »Sonja Svensson hatte jedenfalls keine Ahnung von ihm. Das Ganze wirkt alles in allem ziemlich unwahrscheinlich. Vielleicht… ja, vielleicht sind sie sich aus reinem Zufall begegnet.«

»Ja, so einen Schluss ziehen wir ja gern«, sagte Barbarotti.

»Wie meinst du das?«

»Wenn wir nicht verstehen, wie die Dinge zusammenhängen, dann geben wir gern dem Zufall die Schuld.«

»Manchmal bist du wirklich raffiniert«, sagte Eva Backman. »Ich neige fast dazu zu glauben, dass Gott dich mit zwei Vierteln Hirn versehen hat.«

»Danke«, sagte Barbarotti. »Aber jetzt muss ich in mein Büro und letzte Hand an dieses Graffitigeheimnis legen. Lass von dir hören, wenn es etwas Neues gibt.«

»Letzte Hand?«, merkte Eva Backman auf. »Du willst doch nicht sagen, dass du…?«

»Ich habe da eine Theorie«, sagte Gunnar Barbarotti. »Verdammt, wo sind schon wieder meine Krücken?«

Ihr Vater sah älter aus als je zuvor.

Das war er natürlich auch, doch als sie sein blassgraues, eingefallenes Gesicht sah und seinem unruhigen Blick begegnete, dachte sie, dass es jetzt wohl nicht mehr lange dauern würde.

Sie versuchte auszurechnen, wie lange es her war, dass sie ihn das letzte Mal gesehen hatte. Juni, kam ihr in den Sinn, an dem Wochenende vor der Mittsommernacht. Inzwischen waren fast vier Monate vergangen.

Eine Schande, ein anderes Wort fand sie nicht. Zwar hatte sie mit ihm seitdem fünf oder sechs Mal am Telefon gesprochen, aber Erik und seine Familie hatten ihn jeden Tag um sich. Jede Stunde an jedem einzelnen Tag.

Dass sie sich schämte, machte es nicht leichter, Kontakt zu ihm zu bekommen. Ellen hatte offensichtlich einen freien Tag, sie hatten bei der Ankunft einige Worte gewechselt, aber nicht besonders viele. Dann hatte sie Eva und ihren Vater allein in der Küche gelassen und die Tür geschlossen.

Allein mit einer Kanne Kaffee und einem Teller mit frisch gebackenen Zimtschnecken.

Wann habe ich das letzte Mal für meine Familie Zimtschnecken gebacken?, fragte Eva Backman sich. Was bin ich nur für ein Mensch?

Sie schob ihre Selbstkritik beiseite und schenkte ihrem Vater Kaffee ein. Zimtschnecken hatten doch wohl nichts mit menschlichen Qualitäten zu tun?

»Kein Zucker«, sagte er. »Ich habe aufgehört mit dem Zucker.«

»Ich weiß, Papa«, sagte sie. »Du hast mit dem Zucker vor vierzig Jahren aufgehört.«

»Zu viel Zucker ist nicht gut«, erklärte er. »Doktor Söderqvist hat mir gesagt, ich soll aufhören, und das habe ich auch getan.«

»Wie geht es dir jetzt, Papa?«, fragte sie.

»Gut«, sagte er und schaute sich unruhig um, als hätte es sich um eine Art Fangfrage gehandelt. »Mir geht es gut. Ich wohne hier bei Erik und … Ellen.«

»Ja, du hast es gut hier, Papa«, sagte sie. »Machst du immer noch deine Spaziergänge durch den Wald?«

»Jeden Tag«, sagte er und streckte sich. »Das muss man tun, um das Gehirn in Gang zu halten … zumindest den Körper.«

Als sähe er selbst ein, dass es mit seinem Gehirn nicht mehr viel auf sich hatte. Sie schluckte und beschloss, direkt zum Thema zu kommen. Er war zu Beginn eines Gesprächs immer am klarsten, sobald die Müdigkeit ihn übermannte, verschwand auch die Konzentration, die Fähigkeit, das im Auge zu behalten, was gerade Thema war.

»Du hast mich vor ein paar Wochen angerufen und mir erzählt, dass du etwas Schreckliches gesehen hast, Papa. Erinnerst du dich? Du hast gesagt, du hättest einen Mord gesehen.«

Er hob seine Kaffeetasse und stellte sie wieder hin. Bekam plötzlich einen ganz neuen Ausdruck im Blick, und sie hätte schwören können, dass sich auch seine Gesichtsfarbe veränderte. Eine Art gesunde Röte breitete sich über Wangen und Stirn aus. Gut, dachte sie. Er erinnert sich. Behalte es jetzt im Kopf, Papachen.

»Ja, ja«, sagte er. »Natürlich erinnere ich mich. Ich habe dich doch angerufen und es dir erzählt, weil du Polizistin bist. Habt ihr euch um die Sache gekümmert?«

»Ja, Papa, das haben wir. Aber ich bräuchte noch …«

»Seid ihr jemandem auf der Spur?«

»Was? Ja, das kann man wohl so sagen. Aber ich würde gern noch einmal von dir hören, was du genau gesehen hast.«

Er hob die Tasse, und dieses Mal trank er. Stellte sie wieder ab und schmatzte.

»Eigentlich hat es mit Zucker besser geschmeckt«, sagte er. »Ich glaube, ich fange damit wieder an, wenn ich alt bin.«

»Was hast du an dem Tag gesehen, als du mich angerufen hast?«, erinnerte sie ihn. »Dort hinten bei der Kate war es doch, oder? Lograna heißt sie.«

»Keine Ahnung, wie sie heißt«, sagte Sture Backman. »Aber ich weiß, was ich gesehen habe.«

Er verstummte. Bitte, Papa, sprich weiter, dachte sie. Lass es nicht wieder im Dunkel verschwinden.

Er hustete und schlug sich zweimal mit der geballten Faust auf die Brust. »Verfluchter Husten«, sagte er. »Du möchtest, dass ich dir von dem Mord erzähle?«

»Ja, bitte, Papa.«

Er räusperte sich und setzte an.

»Ich bin auf den Weg gelangt«, sagte er. »Weißt du, welchen Weg ich meine?«

»Ja, Papa.«

»Gut. Ich gehe ihn also weiter und pfeife so vor mich hin, das tue ich manchmal, wenn ich spazieren gehe … oder ich singe, wenn schönes Wetter ist, das ist mir gar nicht peinlich. Meistens alte Stücke, die bekannt waren, als ich jung war. Mama und ich, wir haben gern getanzt …«

»Was hast du dort bei der Kate gesehen?«, unterbrach sie ihn.

»Das will ich dir doch gerade erzählen«, erwiderte er etwas verärgert. »Unterbrich mich nicht, Mädchen. Sie kommen aus dem Haus gerannt, erst sie, dann er, der Mann, der dann starb.«

»Der dann starb?«

»Der dann starb. Sie sind sich irgendwie in die Haare geraten, er hatte eine Art schwarzen Knüppel, mit dem hat er sie geschlagen, aber sie hat ihm dann das Messer in den Bauch gestoßen.«

»Hast du das gesehen?«

»Natürlich habe ich das gesehen. Er hat geblutet wie ein Schwein. Ist da zwischen den Johannisbeersträuchern herumgeschwankt und dann zusammengesackt. Bestimmt ist er gestorben, denn … denn das Blut schoss nur so aus ihm heraus, es war ganz hellrot, und ich habe so eine Wahnsinnsangst gekriegt. Kannst du dir vorstellen, was für eine Angst ich gekriegt habe, Eva?«

»Was ist mit dem Mädchen passiert?«, fragte sie.

»Was?«

»Dem Mädchen. Die ihm das Messer in den Bauch gestoßen hat, was ist mit ihr passiert?«

Sture Backman zuckte mit den Schultern.

»Keine Ahnung. Ich habe nur ihn gesehen, er ist herumgetorkelt und hat geblutet wie ein abgestochenes Schwein. Dann habe ich die Beine in die Hand genommen, dachte, es ist das Beste, wenn ich abhaue. Das hätte doch wohl jeder so gemacht.«

»Hast du einen älteren Mann gesehen?«

»Was sagst du?«

»Einen älteren Mann. Gab es noch andere Menschen als die beiden, von denen du erzählt hast, bei der Hütte oder in ihrer Nähe?«

Sture Backman schob die Unterlippe vor, sie konnte nicht sagen, ob er nun nachdachte oder ob das ein Zeichen dafür war, dass die Erinnerung langsam versickerte. Schweigend wartete sie ab.

»Da gab es nur einen älteren Mann«, sagte er schließlich, »und das war ich, und ich stand hinten auf dem Weg.«

»Danke, Papa«, sagte sie und spürte, wie ihr Tränen in die Augen stiegen.

Sture Backman griff nach einer Zimtschnecke. »In welchem Jahr ist das passiert?«, fragte er.

»Was?«

»Na, das, worüber wir gerade reden natürlich. In welchem Jahr war das?«

»Das ist schon eine Weile her«, sagte sie. »Aber nicht so lange.«

»Ja, jetzt gehe ich nicht mehr an dem Haus vorbei. Eigentlich schade, es war eine schöne Spazierrunde. Glaubst du …?«

»Ja?«

»Glaubst du, dass es sich da beruhigt hat, so dass man den Weg wieder nehmen kann?«

»Ja, das glaube ich ganz bestimmt, Papa«, sagte sie. »Wenn du willst, kannst du ganz beruhigt dort längsgehen.«

Er strahlte. »Das ist ja prima«, sagte er. »Danke, Eva, dass du hergekommen bist und mich darüber informiert hast.«

»Ich bin diejenige, die sich bedanken muss, Papa«, erwiderte Eva Backman, »und ich verspreche, dass ich bald wiederkomme und eine Runde mit dir spazieren gehe. Wie wäre es nächste Woche?«

Sture Backman trank einen Schluck Kaffee und dachte nach.

»Nächste Woche kann ich mir sicher einen Tag freihalten«, sagte er und streckte die Hand über den Tisch nach ihr aus. »Aber warum um alles in der Welt weinst du denn, mein Mädchen? Es gibt doch keinen Grund zum Heulen, oder?«

38

Sie waren wieder unterwegs.

Das gefällt mir am allerbesten, dachte sie. Unterwegs zu sein.

Wenn man nur so leben könnte. Immer unterwegs.

Er hatte auch gute Laune, das spürte sie. Etwas war an seiner Haltung, an seiner Art, mit den Fingern auf das Lenkrad zu trommeln und wie er sie aus dem Augenwinkel gewissermaßen im Blick behielt. Nach dem, was am vorigen Tag im Hotelzimmer passiert war, hatte er sich schreckliche Sorgen gemacht. Sie selbst konnte sich an nichts erinnern, sie hatte versucht, ihm zu erklären, dass es sich sicher nur um einen Traum gehandelt hatte. Sie hatte etwas geträumt und war aus dem Bett gefallen, was sollte daran so merkwürdig sein?

Doch es war kein Traum gewesen, das wusste sie. Den Rest des Tages hatte sie mehr oder weniger verschlafen. Sie war nicht einmal aus dem Zimmer gekommen, und ihr Arm war auch nicht besser geworden. Die Kopfschmerzen waren gekommen und gegangen, aber er hatte neue schmerzstillende Tabletten für sie besorgt. Sie hatte an diesem Morgen drei Stück genommen, bevor sie aufgebrochen waren, und sie halfen ein wenig. Schienen besser zu wirken als die guten alten schwedischen Treo, von denen sie wohl Hunderte geschluckt hatte.

Irgendetwas stimmte auch mit ihren Gedanken nicht, aber eigentlich war das schon die ganze Zeit so, zumindest seit sie unterwegs waren. Sie flatterten wie Schmetterlinge hin und her, kamen und gingen und wechselten schneller ihren Sinn, als ein Schwein zwinkern kann.

Woher kam dieser Ausdruck? Schneller, als ein Schwein zwinkern kann? Etwas, das sie vor langer, langer Zeit gelesen hatte, oder? Sie beschloss, Valdemar zu fragen, der wusste das bestimmt.

»Schneller, als ein Schwein zwinkern kann, woher kommt dieser Ausdruck, Valdemar? Mir gefällt er, dir auch?«

»Ja, auf jeden Fall«, sagte er, kratzte sich am Kinn und überlegte. »Ich glaube, der kommt tatsächlich von Astrid Lindgren. Michel aus Lönneberga oder wo immer das stehen mag.«

»Kannst du mir nicht etwas erzählen, Valdemar?«, bat sie ihn. »Wir tun so, als wärst du Astrid Lindgren, und ich bin ein Kind, das etwas Spannendes hören will.«

»Astrid Lindgren?«, fragte er lachend. »Mit der kann ich mich nun wirklich nicht messen. Da hast du viel zu hohe Ansprüche. Aber vielleicht kann ich dir etwas anderes erzählen.«

»Bitte, tu das, Valdemar.«

»Und wovon soll es handeln?«

»Das darfst du entscheiden.«

Er trommelte eine Weile auf dem Lenkrad. »Ich werde dir von Signe Hitler erzählen. Was hältst du davon?«

»Signe Hitler?«

»Ja. Willst du es hören?«

»Ja.«

»Aber es ist eine etwas unangenehme Geschichte.«

»Das macht nichts, Valdemar.«

»Vielleicht nicht unangenehm. Grausam ist wohl das bessere Wort.«

»Ich verstehe. Wenn du einfach anfängst zu erzählen, kann ich dir vielleicht sagen, ob sie nun unangenehm oder grausam ist.«

Er räusperte sich und begann. »Ich glaube, das habe ich

noch nie jemandem erzählt. Was seine Gründe hat, wie du gleich verstehen wirst. Signe Hitler war eine Lehrerin, die ich in der Volksschule hatte. Eigentlich hieß sie Signe Hiller, aber wir haben sie Hitler genannt, weil sie so eklig war.«

»Ja?«, sagte Anna.

»Ja«, nickte Valdemar. »Es ist selten, dass man auf Leute trifft, die durch und durch böse sind, zumindest habe ich nicht viele getroffen. Aber Signe Hitler, die war so ein Mensch, das wage ich zu behaupten. Von Grund auf böse. Und ganz besonders verabscheute sie Kinder und alles, was mit Kindern zu tun hatte…. spielen, lachen, streiten, Ball spielen, aber wenn ich es recht bedenke, dann verachtete sie die Erwachsenen genauso sehr.«

»Klingt nicht besonders nett«, sagte Anna.

»Nein, sie war absolut nicht nett. Sie war natürlich alleinstehend, eine richtige alte Schachtel, obwohl sie sicher nicht älter als fünfundvierzig war, als sie unsere Klassenlehrerin wurde. Mein Gott, was hatten wir für eine Angst vor ihr. Schon morgens, wenn wir den Morgenpsalm sangen, bohrte sie ihren Blick in uns, wanderte zwischen den Reihen herum und musterte jeden Einzelnen mit gelben, stechenden Augen, und dann wusste man, dass man verloren hatte. Man hatte irgendwie keine Chance. Wenn man ihrem Blick auswich, bedeutete das, dass man wegen irgendetwas ein schlechtes Gewissen hatte, hielt man ihm stand, bedeutete das, dass man obstinat war. Ein Junge, er hieß Bengt, pinkelte sich immer schon beim ersten Blickkontakt mit Hitler in die Hose, und dann stank es den ganzen Tag im Klassenzimmer nach Urin, aber aus irgendeinem Grund interessierte es sie nicht. Vielleicht war es ja ihr Ziel, dass wir solche Angst vor ihr hatten, dass wir uns alle in die Hose pissten.«

»Obstinat?«, unterbrach Anna ihn. »Aufsässig, nicht wahr, oder was bedeutet das?«

»Ja, ich denke schon«, sagte Valdemar, »auf jeden Fall

führte sie das reinste Schreckensregiment in der Klasse. Sie schlug uns nie, bohrte einem aber ihre scharfen Nägel in den Nacken und drehte sie, bis man anfing zu weinen – oder in die Ohrläppchen, ich meine, in den oberen Teil, da tut es besonders weh, ich weiß nicht, ob dir das schon mal aufgefallen ist. Und sie äußerte nie einem von uns gegenüber auch nur ein freundliches Wort. Wenn man bei einer Rechenarbeit oder einem Diktat alles richtig hatte, sagte sie nur, dass man ja nicht glauben solle, man sei etwas Besonderes. Es kam vor, dass man nachsitzen musste, wenn man einen Schluckauf hatte oder auf eine Frage falsch geantwortet hatte, und einmal wurde ein Mädchen nach Hause geschickt und für drei Tage von der Schule ausgeschlossen, weil sie einen schmutzigen Hals hatte.«

»Aber so kann man doch nicht…«, protestierte Anna.

»Heutzutage nicht, nein«, nickte Valdemar. »Aber zu der Zeit, in den Fünfzigern, oder vielleicht war es auch schon Anfang der Sechziger, da war es möglich. Die Eltern mischten sich nie ein in das, was in der Schule passierte, Hauptsache, es herrschte Ruhe und Ordnung. Und es herrschte natürlich verdammt viel Ruhe und Ordnung, solange Signe Hitler das Ruder in der Hand hielt. Zum Schluss haben wir es ganz einfach nicht mehr ausgehalten.«

Hier machte er eine Kunstpause, und Anna füllte sie, da sie begriff, dass das von ihr erwartet wurde.

»Ihr habt es nicht mehr ausgehalten? Und was habt ihr gemacht?«

»Wir haben beschlossen, sie umzubringen«, sagte Valdemar.

»Sie umzubringen?«, wiederholte Anna. »Das ist doch wohl nicht dein Ernst?«

»Doch, genau das ist es«, sagte Valdemar, streckte sich ein wenig und wechselte auf die Überholspur. »Wir waren der Meinung, dass es nur diesen einen Ausweg gibt, und der Meinung bin ich auch heute noch. Hitler hatte seit mindestens zwanzig Jahren Kinder gequält, wenn wir nichts dagegen taten, würde sie es noch weitere zwanzig Jahre tun.«

»Wie alt wart ihr?«, fragte Anna.

»Zehn, elf, so um den Dreh«, sagte Valdemar mit etwas verhaltenem Tonfall. »Alt genug, um einen Mord zu planen, aber nicht alt genug, um dafür ins Gefängnis zu kommen. Was hatten wir zu verlieren?«

»Aber dennoch«, sagte Anna. »Und was ist dann passiert?«

Valdemar kratzte sich im Nacken und dachte eine Weile nach. Nicht weil er seine Erinnerung sortieren musste, wie es schien, sondern eher die Worte.

»Wir gründeten einen Club«, sagte er. »Die Geheime Sechs. Wir waren vier Jungs und zwei Mädchen, wir übernahmen sozusagen die … wie nennt man das? …. die kollektive Verantwortung? Denn die ganze Klasse hat mitgemacht, das ist wichtig, um alles zu verstehen, Anna.«

»Ich verstehe schon«, sagte Anna.

»Gut. Nun ja, einer der Jungs im Club, Henry hieß er, der hatte einen Vater, der im Keller einiges an Dynamit aufbewahrt hat. Ich weiß nicht, woher er es hatte, und normalerweise soll man ja wohl kein Dynamit im Keller liegen haben, aber so war es nun einmal. Ich glaube, er war ein alter Sprengmeister. Der Plan war ganz einfach, wir, die geheime Sechs, zogen das Los, und der Verlierer sollte die Tat ausüben, und das Los fiel auf Henry und mich. Was ja praktisch war, da Henry sowieso das Dynamit beschaffen musste.«

»Mein Gott«, sagte Anna. »So eine Geschichte hätte Astrid Lindgren nie erzählt.«

»Da bin ich mir nicht so sicher«, wandte Valdemar ein. »Aber es ist alles wahr, und das ist ja gerade des Kuckucks Kern. Oder des Pudels Kern, oder wie das nun heißt.«

»Vielleicht des Hundes Kern?«, schlug Anna vor.

»Ja, warum nicht? Auf jeden Fall schlugen wir an einem

dunklen, regnerischen Abend im November zu. Henry und ich gingen in die Trumpetgatan im nördlichen Teil der Stadt, wo Signe Hitler ganz oben in einem dreistöckigen Mietshaus wohnte. Wir hatten beschlossen, dass es nur gut war, dass sie ganz oben wohnte, da die Sprengkraft ja wahrscheinlich nach oben gehen würde und so niemand anders zu Schaden kommen würde. Wir gingen durch die Einfahrt und die Treppen hinauf. Vor ihrer Tür holte Henry die Dynamitstäbe heraus, die er unter seiner Jacke versteckt gehabt hatte, ich zündete die Lunten an, und er drückte die Teile in den Briefschlitz. Dann klingelten wir und rannten wie der Blitz die Treppen hinunter und aus dem Haus. Wir waren erst ein paar Meter weit, als wir einen enormen Knall hörten.«

»Das ist ja wahnsinnig, Valdemar. Das habt ihr doch nicht wirklich getan?«

»Und ob wir das getan haben«, sagte Valdemar. »Aber du bist fast die Erste, die das erfährt… abgesehen von der Geheimen Sechs natürlich. Es gab eine Polizeiermittlung und alles Mögliche, aber niemand hat je herausgekriegt, wie es wirklich abgelaufen ist. Ja, wie es abgelaufen ist, das war natürlich nachvollziehbar, aber nicht, wer dahintersteckte.«

»Aber… aber was ist mit Hitler passiert?«

Valdemar räusperte sich und suchte eine Weile nach den richtigen Worten.

»Das ging gut«, sagte er schließlich. »Ja, das muss man wirklich sagen, das hat nichts mit Reue oder Schuld oder solchen Dingen zu tun.«

»Da komme ich jetzt nicht mehr ganz mit«, sagte Anna.

»Es war nämlich so«, sagte Valdemar. »Sie ist von der Explosion nicht gestorben, aber sie wurde blind und taub, jedenfalls fast taub, und hinterher ist sie geradezu ein anderer Mensch geworden. Als sie aus dem Krankenhaus entlassen wurde, war sie die frommste und freundlichste Person, die du dir denken kannst. Sie konnte natürlich nicht mehr als Lehrerin arbeiten. Stattdessen fing sie in der Heilsarmee an, kümmerte sich um arme Kinder und streunende Katzen und weiß Gott was noch. Jeden Samstag stand sie auf dem Markt und hat erbauliche Lieder gesungen und Geld für die Notleidenden in anderen Ländern gesammelt. Es war das reinste Wunder, die Ärzte konnten nicht erklären, was mit ihr geschehen war, und sonst auch niemand. Sie starb zwei Tage vor ihrem achtzigsten Geburtstag, wurde von einem Schneepflug überfahren, da sie ihn weder gehört noch gesehen hatte. Bei ihrer Beerdigung war es in der Kirche so voll, dass die Leute stehen mussten.«

»Valdemar«, sagte Anna. »Soll ich das wirklich glauben? Wie konnte sie denn singen, wenn sie taub war?«

»Sie war nur fast taub, das habe ich doch gesagt«, erwiderte Valdemar etwas verstimmt. »In der Bibliothek von Kramfors gibt es einen längeren Zeitungsartikel über sie. Da steht natürlich nichts darüber drin, was für ein Teufel sie vor dem Knall gewesen ist und nicht, was hinter der Explosion steckte, aber ich schwöre, dass jedes Wort wahr ist. Warum sollte ich dir etwas vorlügen?«

»Ich weiß nicht«, sagte Anna. »Du hast … du hast doch immer gesagt, dass dein Leben so langweilig ist. Aber was du mir erzählst, das ist alles andere als langweilig. Was ist mit deinem Leben passiert?«

»Ja, was ist passiert?«, nahm Valdemar nachdenklich die Frage auf. »Frag die, die es wissen.«

Dann schwieg er eine ganze Weile. Sie fühlte sich leicht benebelt, und ihr war klar, dass sie kurz vorm Einschlafen war. Ich sollte mit ihm über Steffo sprechen, dachte sie. Das sollte ich wirklich.

Aber ich weiß ja gar nicht, ob er das hören will. Über das, was in Lograna passiert ist, haben wir fast kein Wort verloren. Ich sollte es unbedingt.

Doch auch dieses Mal kam es nicht dazu.

Vielleicht ist es am besten so, dachte sie. Er hatte sie einmal gefragt, wer dieser Steffo war, und sie hatte es ihm erzählt. Dass sie ein paar Monate lang mit ihm zusammen gewesen war, bevor sie ins Heim gekommen war, und dass sie eine Todesangst vor ihm hatte.

Zusammen?, hatte er gefragt.

Ja, genau, hatte sie geantwortet.

Eine Todesangst?

Ja, genau das.

Erzählte er ihr deshalb diese merkwürdige Geschichte von Signe Hitler? Damit sie begriff, dass man das Recht hatte, boshafte Menschen zu töten? Oder dass zumindest er der Meinung war, dass man das durfte? *Versuchen,* sie zu töten.

Er ist schon merkwürdig, dachte sie. Ich muss zusehen, dass ... Es geht nicht mehr so weiter, ich müsste eigentlich ...

Aber die Gedanken wollten sich nicht wirklich finden. Wo sollte sie denn allein hin? In ihrer Verfassung? Bevor sie überhaupt irgendeinen Entschluss hinsichtlich ihrer eigenen Zukunft treffen konnte, musste sie zumindest erst einmal gesund werden. Der rechte Arm erschien ihr jetzt vollkommen leblos, und die Kopfschmerzen waren erneut erwacht. Sie betrachtete Valdemar vorsichtig, er war verstummt und ein wenig über dem Lenkrad zusammengesunken, als hätte das Geschichtenerzählen ihn Kraft gekostet. War die morgendliche Energie bereits verraucht? Oder bin ich es nur, die sich so fühlt?, dachte sie. Ist es meine eigene Hoffnungslosigkeit, die ich auf ihn zu übertragen versuche? Was tue ich hier? Warum ... warum sitze ich hier und fahre mit diesem altem Mann im Auto durch Europa?

Das werde ich mir später nie selbst erklären können. Niemals.

Wenn es überhaupt ein *Später* geben wird.

Muss man denn immer an ein *Später* denken?

Es pochte in ihrem Kopf, und die Gedanken gerieten außer

Kontrolle. Er sagte etwas, sie hörte es nicht. Signe Hitler?, dachte sie, schloss die Augen und schlief ein.

Gegen sechs Uhr abends erreichten sie ein neues Hotel in einer neuen Stadt. Er behauptete, dass sie Emden hieß. Es regnete, und eine schmutzige Dämmerung radierte alle Farben aus, sie waren gezwungen, zwischen dem Parkplatz und dem Hotel mehrere Straßen entlangzugehen, und als sie im Fahrstuhl auf dem Weg hinauf zu ihrem Zimmer standen, spürte sie plötzlich, dass sie kurz davor war, das Bewusstsein zu verlieren.

Ihr Gesichtsfeld zog sich zu einem engen Tunnel zusammen, ein dumpfes, rhythmisches Pulsieren überfiel sie, sie konnte kaum noch atmen, und dann wurde alles nur noch weiß.

Als sie aufwachte, lag sie in einem Bett. Sie wusste, dass sie sich erbrochen hatte, denn sie hatte einen schrecklichen Geschmack im Mund. Er saß auf einem Stuhl neben dem Bett und hielt ihre Hand.

Was sie nicht fühlte, denn es war die rechte, aber sie sah es, als sie den Kopf ein wenig drehte. Außerdem sah sie, dass er verängstigt war. Er hatte nicht gleich gemerkt, dass sie die Augen aufschlug, ein paar Sekunden lang konnte sie seine Gesichtszüge studieren, ohne dass er sie unter Kontrolle hatte. Es herrschte kein Zweifel, dass in ihm eine große Verzweiflung herrschte.

Wie bei jemandem, der an einem Sterbebett sitzt.

Anfangs war das aber auch alles, was sie sah und verstand. Sie wusste nicht, wer er war. Sie wusste nicht, wo sie sich befand. Sie lag in einem Bett in einem fremden Raum, neben ihr saß ein verzweifelter alter Mann und hielt ihre Hand.

Vielleicht bin ich ja tot, dachte sie. Vielleicht ist es der liebe Gott selbst, und vielleicht soll es so sein. Dass ich mich nie wieder bewegen kann.

Aber warum sollte Gott Angst haben? Warum sollte Gott so verzweifelt aussehen?

Dann bemerkte er, dass sie aufgewacht war.

»Anna?«, flüsterte er.

Hitler?, dachte sie. Nein, das stimmte auch nicht.

Valdemar? Ja, so hieß er. Und er war weder Gott noch Hitler.

39

Ich muss dich leider fragen, ob du dieses Mädchen kennst?«, fragte Barbarotti und schob vorsichtig das Foto über den Tisch.

»Nein, die kenne ich nicht«, antwortete Alice Ekman-Roos, ohne das Bild anzusehen. »Und ich muss es mir nicht noch einmal angucken.«

»Du hast es in der Zeitung gesehen?«, fragte Barbarotti.

Sie machte eine minimale Kopfbewegung, die er als Bestätigung interpretierte. »Ich weiß, wie quälend das für dich ist«, sagte er, »aber wir müssen uns leider noch einmal mit dir unterhalten. Für alle Fälle.«

»Für was für Fälle?«, fragte Alice Ekman-Roos. »Es interessiert mich nicht mehr.«

»Ich kann verstehen, dass du so empfindest, was deinen Mann betrifft«, sagte Barbarotti. »Aber jetzt geht es nicht nur um eine Vermisstenmeldung, um die wir uns kümmern müssen. Es handelt sich außerdem um eine Mordermittlung.«

»Ja, das weiß ich«, sagte Alice Ekman-Roos. »Aber wie gesagt, ich habe keine Ahnung, wer das Mädchen ist. Ich will auch nichts von ihr wissen. Wir sind dabei, seine Sachen wegzupacken, er braucht gar nicht zu glauben, dass er zurückkommen und um Verzeihung bitten kann, nach allem, was passiert ist.«

»Deine Reaktion ist vollkommen natürlich«, sagte Barbarotti.

»Seine Kleidung lassen wir verbrennen«, fuhr sie fort. »Die

Bücher und seine anderen persönlichen Dinge gehen an die Heilsarmee.«

»Ach ja?«, sagte Barbarotti.

»Ich möchte, dass die Mädchen ihn so schnell wie möglich vergessen.«

»Ich verstehe«, nickte Barbarotti.

Er dachte nach und versuchte zu entscheiden, ob er das wirklich tat. Und kam zu dem Entschluss, dass dem wohl so war. Vielleicht sogar noch mehr: Ihr Wunsch, sich der Dinge in dieser Lage zu entledigen, war verständlich und sogar ein wenig bewundernswert. Auch wenn diese Tatkraft manchmal etwas sonderbare Wege ging.

Nein, es war nicht Alice Ekman-Roos' Verhalten, das unbegreiflich war, konstatierte er, während er sich gedankenverloren am Gips kratzte, sondern das ihres Gatten.

»Und du hast keine Ahnung, wo er sich befinden könnte?«

»Nicht die geringste.«

»Wenn du raten solltest? Es gibt keinen Ort in Schweden oder in Europa, von dem du dir denken könntest, dass er dorthin fahren würde… aus irgendeinem Grund?«

»Nein«, sagte Alice Ekman-Roos.

»Es gab keinen Kontaktversuch von ihm?«

»Nein.«

Er überlegte, warum er dieses Gespräch nicht am Telefon geführt hatte, aber es gab nun mal gewisse Routinen.

»Ich konnte wirklich nicht ahnen, dass sich das so entwickeln würde, als du im Krankenhaus zu mir gekommen bist«, sagte er. »Es tut mir leid.«

Sie sah ihn ein paar Sekunden lang ernst an. »Danke«, sagte sie dann. »Ich weiß, du bist ein guter Polizist, aber es nützt nichts, dass es dir leid tut. Die Mädchen und ich, wir müssen in unserem Leben weiter zurechtkommen, darum geht es.«

»Ich bin froh, dass du die Kraft hast, es so zu sehen«, sagte Barbarotti. »Das ist für alle Beteiligten am besten.«

Was zum Teufel meine ich mit »alle Beteiligten«?, dachte er, aber sie reagierte nicht darauf.

»War sonst noch was?«, fragte sie stattdessen.

»Nein, das war alles«, erklärte Inspektor Barbarotti.

Als sie gegangen war, schaute er auf die Uhr. Das Gespräch hatte genau vier Minuten gedauert.

»Schwerin hat eine Spur in Örebro«, sagte Sorgsen. »Ein Mädchen, sie heißt Marja-Liisa Grönwall, behauptet, dass sie möglicherweise weiß, wer das Opfer ist.«

Eva Backman klappte einen Ordner zu. »Wird aber auch Zeit«, sagte sie. »Schließlich ist er seit fast drei Wochen tot.«

»Wir haben ihn aber erst vor fünf Tagen gefunden«, entgegnete Sorgsen und las dann von dem Zettel ab, den er in der Hand hielt. »Stefan Ljubomir Rakic. Geboren 1982 in Zagreb. Ist als Fünfjähriger nach Schweden gekommen und kein unbekannter Name für die Polizei von Örebro. Wenn er es nun ist, wohlgemerkt.«

»Und warum sollte er es sein?«, fragte Backman.

»Laut Informantin sollen sie zusammen gewesen sein«, sagte Sorgsen, »Fräulein Gambowska und der Rakic. Er scheint auch bei ihr gewohnt zu haben, zumindest zeitweise. Jetzt im Sommer offenbar … ja, mehr als das weiß ich auch nicht.«

»Und er ist verschwunden?«, fragte Backman.

Sorgsen zuckte mit den Schultern. »Das ist ja wohl die Voraussetzung. Niemand hat ihn als vermisst gemeldet, aber offensichtlich lebt er … oder lebte … nicht gerade in geordneten Verhältnissen. Schwerin ist dabei, der Sache nachzugehen, und meldet sich umgehend, wenn er mehr herausgekriegt hat.«

»Gut«, sagte Eva Backman. »Sieh zu, dass du Kontakt mit ihm hältst, es kommt vor, dass er lieber rausfährt, um Golf zu spielen, statt zu arbeiten. So, und ich habe jetzt eine andere Art von Befragung durchzuführen.«

»Eine andere Art?«, wunderte Sorgsen sich.

Sie nickte und stand auf. »Es geht um Anna Gambowskas Charakter. Da ist ein Mann, der das Mädchen offenbar getroffen hat. Wie läuft es mit deiner Frau?«

»Es ist jetzt wohl nicht mehr lange«, sagte Sorgsen und lächelte ein blasses Lächeln.

Der Leumundszeuge hieß Johan Johansson.

»Ich werde auch Doppel-Johan genannt«, begann er. »Aus welchem Grund auch immer.«

Das hast du früher schon gesagt, oder?, dachte Eva Backman, kommentierte es aber nicht.

Stattdessen betrachtete sie ihn, während sie so tat, als schlüge sie eine wichtige Seite in ihrem Notizblock auf. Ein ziemlich großer, etwas schwabbeliger Mann in den Sechzigern. Mit krummem Rücken, ein wenig in sich zusammengesunken. Er trug Jeans, kariertes Hemd und eine Lederjacke. Adidasturnschuhe, die neu aussahen; er versucht offenbar, einen jugendlichen Eindruck zu vermitteln, dachte Eva Backman.

Ohne viel Erfolg. Sie stellte das Aufnahmegerät ein, sprach die Formalitäten auf Band und lehnte sich zurück.

»Schön«, sagte sie. »Was haben Sie mir zu erzählen?«

Johan Johansson schob seine dicke Brille zurecht und räusperte sich.

»Ich glaube, ich habe eine Aussage über dieses Mädchen zu machen, die interessant für Sie sein kann.«

»Ja?«, sagte Backman.

»Es ist nämlich so, dass ich vor ungefähr einem Monat auf sie gestoßen bin.«

»Auf sie gestoßen?«, wiederholte Backman.

»Das ist eine bewusste Wortwahl«, erklärte Johan Johansson. »Eine bessere habe ich nicht gefunden.«

»Können Sie mir erzählen, was passiert ist?«, fragte Backman.

»Natürlich«, sagte Johan Johansson. »Deshalb bin ich ja hier. Also, es war so. Ich wohne in Dalby, ich bin vor zwei Jahren vorzeitig pensioniert worden, na, so ist es nun einmal. Der Rücken will nicht mehr.«

Er streckte sich vorsichtig auf seinem Stuhl, um zu demonstrieren, dass sein Rücken kaputt war.

»Das kommt vor«, sagte Backman, »mit dem Rücken darf man kein Schindluder treiben.«

»Das stimmt. Aber das begreifen nicht alle. Manchmal kann ich morgens nicht schlafen, und dann fahre ich im Auto herum. Fahre manchmal bis nach Kymlinge und kaufe dann bei Billundsberg ein, manchmal nehme ich auch andere Straßen…«

»Ich verstehe«, sagte Backman. »Sind Sie verheiratet?«

»Nein«, sagte Johan Johansson. »Bin ich gewesen, aber jetzt nicht mehr.«

»Erzählen Sie weiter«, sagte Backman.

»Ja, natürlich«, sagte Johansson. »Es war an diesem Morgen, es muss der 6. September gewesen sein, aber ich bin nicht hundertprozentig sicher, da bin ich die 242 Richtung Süden gefahren. War wohl vor zehn, fünfzehn Minuten an Elvafors vorbeigekommen, da habe ich ein Mädchen gesehen, das am Straßenrand entlangging. In dieselbe Richtung wie ich. Ich glaube, sie hat die Hand gehoben, um zu zeigen, dass sie trampen wollte, aber das kann ich nicht ganz sicher sagen. Auf jeden Fall dachte ich, dass ich sie ja ein Stück mitnehmen könnte, Regen hing in der Luft, und sie tat mir ein bisschen leid.«

Er machte eine Pause. Inspektorin Backman nickte, damit er weitersprach.

»Also hielt ich an und habe sie einsteigen lassen. Und das war das Mädchen, nach dem Sie suchen. Da gibt es keinen Zweifel, ich habe sie sofort in der Zeitung wiedererkannt. Diese Drogensüchtige, wissen Sie?«

»In der Zeitung stand nichts von Drogensucht«, bemerkte Backman.

»Nein, aber das kann man sich ja selbst ausrechnen«, sagte Johansson.

»Nun gut«, bestätigte Backman. »Können Sie mir sagen, wie spät es ungefähr war, als Sie sie haben einsteigen lassen?«

»Nicht hundertprozentig«, wiederholte Johan Johansson. »Aber ich denke, so gegen halb sieben, vielleicht etwas später, vielleicht etwas früher.«

»So früh am Morgen?«, wunderte Backman sich.

»Ja, tatsächlich, ist mir gar nicht aufgefallen. Vielleicht habe ich auch gedacht, sie hätte den Schulbus verpasst oder so. Obwohl es Samstag war… und bald ist mir ja klar geworden, dass sie aus dem Heim abgehauen war.«

»Aus dem Elvaforsheim?«

»Ja.«

»Hat sie das erzählt?«

»Ich habe sie gefragt, und sie hat es bestätigt.«

»Und was haben Sie dann gemacht?«, fragte Backman.

Johan Johansson streckte den Rücken und richtete seine Brille, ohne zu antworten.

»Nun ja«, sagte er. »Ich wollte dem Mädchen ja nicht gerade bei der Flucht helfen. Ich weiß nichts von diesem Heim, aber es ist bestimmt nur gut für diese Mädchen. Also habe ich gedacht, das Beste wäre, wenn sie lieber wieder aussteigt. Außerdem… ja, außerdem habe ich gedacht, dass es vielleicht auch ungesetzlich ist, ihr beim Abhauen zu helfen, sozusagen. Also habe ich angehalten und sie gebeten auszusteigen.«

»Wie weit waren Sie in der Zwischenzeit gekommen?«, fragte Backman.

»Nicht weit. Vielleicht ein paar Kilometer. Und da ist es passiert, ich hatte kaum den Wagen am Straßenrand angehalten, da hat sie mich überfallen.«

»Sie überfallen?«, wiederholte Backman.

»Man kann das nicht anders bezeichnen«, erklärte Johansson.

»Können Sie das genauer beschreiben?«

»Ich habe es gar nicht richtig mitgekriegt«, sagte Johan Johansson, »bevor ich in Ohnmacht gefallen bin. Sie muss irgendeine Art von Waffe gehabt haben, einen Hammer oder ... ja, was weiß ich. Sie hat mir jedenfalls damit auf den Kopf geschlagen, und ich bin ohnmächtig geworden. Als ich wieder aufgewacht bin, war sie weg, und ich habe geblutet wie ein Schwein. Zweitausend Kronen hatte sie auch noch geklaut.«

»Aus Ihrer Brieftasche?«, fragte Backman.

»Ja, natürlich. Die hatte ich wie immer in der Innentasche. Hat sie wohl rausgeholt und das Geld an sich genommen. Sie lag auf dem Sitz, leer wie 'ne Biafratitte.«

»Biafratitte?«, fragte Backman, »was ist das denn?«

»Ach«, wehrte Johan Johansson ab. »Das ist nur so ein Ausdruck. Die Brieftasche war leer und das Mädchen verschwunden. Und dann hat es noch zweitausend gekostet, um das ganze Blut aus dem Auto zu entfernen, man kann also sagen, dass ich viertausend losgeworden bin. Jedenfalls haben sie mir die Brille beim Optiker kostenlos repariert, und vielleicht sollte ich nur dankbar sein, dass ich mit dem Leben davongekommen bin. Ich meine, wenn man es sich genauer überlegt und bedenkt ... was da in der Zeitung stand.«

Eva Backman nickte und dachte einen Moment lang nach.

»Sie haben diesen Zwischenfall nie gemeldet?«, fragte sie.

»Zwischenfall?«, sagte Johansson.

»Überfall«, sagte Backman.

Er schüttelte den Kopf. »Nein, habe ich nicht. Hätte ich natürlich machen sollen, aber man liest ja immer wieder über all die nicht aufgeklärten Verbrechen. Da habe ich gedacht, dass es sowieso keinen Sinn macht. Ich habe meine Lektion gelernt, diese Braut ist lebensgefährlich, darüber müsst ihr euch im Klaren sein. Es lohnt sich in diesem Land nicht, hilfsbereit zu sein.«

»Vielleicht nicht immer«, wandte Eva Backman ein. »Wenn ich es richtig verstanden habe, dann habt ihr nicht viel miteinander gesprochen?«

»Sie war nicht mehr als drei Minuten im Auto«, erklärte Johan Johansson. »Aber ich wollte es Ihnen trotzdem sagen. Damit Sie wissen, mit was für einem Satansbraten Sie es zu tun haben.«

»Dafür sind wir Ihnen auch dankbar«, sagte Eva Backman. »Aber Sie haben nicht zufällig mitgekriegt, wohin sie auf dem Weg war oder so etwas?«

Johan Johansson schüttelte den Kopf. »Keine Ahnung.«

»Was sie für Pläne hatte, oder warum sie weggelaufen ist?«

»Die Antwort ist: Nein.«

Eva Backman schaltete das Aufnahmegerät aus. »Gut, Herr Johansson. Dann möchte ich mich dafür bedanken, dass Sie sich die Zeit genommen haben. Es kann sein, dass ich mich noch einmal bei Ihnen melde.«

»Sind wir schon fertig?«

»Ja.«

Er räusperte sich und legte die Hände auf die Knie. »Wenn man nun an eine Art Schadensersatz dächte, wie müsste man dann wohl …«

»Sie können ganz normal eine Anzeige erstatten«, sagte Eva Backman. »Und sprechen Sie mit Ihrer Versicherung.«

»Ich werde sehen, was ich tun werde«, sagte Johan Johansson und erhob sich mühsam von seinem Stuhl. »Habt ihr sie schon erwischt?«

Eva Backman beantwortete seine Frage nicht, lotste ihn nur freundlich, aber entschieden aus dem Zimmer.

Es war Viertel vor fünf am Freitagnachmittag, als Inspektorin Backman an Barbarottis Tür klopfte und ihren Kopf hineinsteckte.

»Beschmierte Wände?«, fragte sie.

»Beschmierte Wände«, bestätigte Barbarotti. »Davon gibt es reichlich.«

»Ich dachte, du hättest eine Theorie.«

»Die ist noch nicht ganz bestätigt.«

»Ach so. Ja, dann nehme ich an, dass du keine Zeit für ein Bier beim Älgen hast? Bei deiner Großfamilie, deinem Fuß und allem. Und der Graffiti.«

»Darin hast du wohl Recht, leider«, seufzte Barbarotti traurig. »Aber eine Tasse Kaffee und eine Runde Brainstorming hier drinnen, was hältst du davon?«

»Älgen kann warten«, stimmte Backman zu. »Denn ich muss ein bisschen laut denken. Ich werde aus dieser ganzen Geschichte nicht so recht schlau.«

»Ich auch nicht«, sagte Barbarotti. »Kannst du nicht Kaffee und einen Kopenhagener besorgen, du siehst doch, dass ich behindert bin?«

Eva Backman verschwand und kam drei Minuten später mit einem Tablett zurück. »Kopenhagener gab es nicht mehr«, sagte sie, »du musst dich mit einer Rumkugel begnügen.«

»In Ordnung«, sagte Barbarotti. »Das Leben ist sowieso nicht so, wie man es sich denkt. Also, was surrt da in deinem Schädel herum?«

»Dieser verdammte Roos«, sagte Eva Backman seufzend. »Ich weiß ja, dass Männer so sind, aber wie hat er das nur hingekriegt?«

»Was meinst du?«, fragte Barbarotti.

»Nun ja, das Mädchen, das er bei sich hat, scheint ja fast eine kleine Psychopathin zu sein.«

»Hat der Zeuge das behauptet?«

Eva Backman nickte. »Er und die Leiterin dieses Heims. Mit Anna Gambowska ist nicht zu scherzen, dessen können wir ziemlich sicher sein. Aber wie kann ein sechzigjähriger Mann so blauäugig sein und das nicht kapieren? Wie kann er ihr verfallen? Das ist die Frage, auf die ich gern eine Antwort hätte.«

»Von meiner männlichen Perspektive aus gesehen?«, fragte Barbarotti.

»Zum Beispiel«, sagte Backman.

»Da gibt es wohl nur eine Antwort«, sagte Barbarotti. »Die übliche.«

»Und welche?«

»Es ist nicht so einfach, ein alter, geiler Bock zu sein.«

»Scheiße«, sagte Eva Backman.

»Warum sagst du das?«, fragte Barbarotti.

»Niemand hat bisher besonders nett über Valdemar Roos geredet«, stellte sie fest. »Aber du bist der Erste, der solche Termini benutzt.«

»All right«, sagte Barbarotti und hob die Arme in die Luft. »Das war nur ein Vorschlag. Du wolltest doch einen männlichen Kommentar, oder?«

Eva Backman biss in ihre Rumkugel und zog es vor, nicht zu antworten.

»Was meinst du, wer von ihnen beiden es getan hat?«, fragte Barbarotti nach einer Weile. »Darüber haben wir noch gar nicht gesprochen.«

»Keine Ahnung«, sagte Eva Backman.

»Sie können ja wohl nicht beide das Messer gehalten haben.«

»Ne, wohl kaum«, stimmte Backman zu, und er sah, dass sie aus irgendeinem Grund keine Lust hatte, diese Frage weiter zu diskutieren.

»Auf jeden Fall nutzt sie ihn aus«, sagte er. »Oder? Sie muss ja bei ihm in der Kate gewohnt haben, bis es passiert ist … wie viele Tage, das weiß ich nicht, aber schon einige, nicht wahr?«

»Doppel-Johan behauptet, er habe sie am Morgen des 6. September aufgelesen.«

»Doppel-Johan?«

»Unter diesem Spitznamen läuft er in Dalby. Das ist der Zeuge. Auf jeden Fall kann sie gut und gern bereits zu diesem

Zeitpunkt bei Valdemar Roos' Kate angekommen sein, und es war der Vierzehnte, an dem sie verschwunden sind. Oder der Fünfzehnte.«

»Fast zehn Tage«, sagte Barbarotti.

»Ungefähr«, nickte Eva Backman. »«Und jetzt sind seitdem noch einmal fast drei Wochen vergangen. Unser Freund Doppel-Johan behauptet, dass sie bereits nach drei Minuten versucht hat, ihn umzubringen. Außerdem hat sie ihm Geld stibitzt, zweitausend Piepen.«

»Ihn umzubringen?«

»Jedenfalls ist er ohnmächtig geworden.«

Barbarotti nickte und schwieg. Schielte durchs Fenster auf die stillgelegte Schuhfabrik von Lundholm & Söhne, die abgerissen wurde, und versuchte, die rhetorische Schlussfolgerung beiseitezuschieben, die von ihm erwartet wurde. Schließlich gab er auf.

»Ich verstehe, was du meinst«, sagte er. »Valdemar Roos hat eine halbe Million abgehoben. Wann haben wir das letzte Lebenszeichen von ihm erhalten?«

»Am 22. September«, sagte Eva Backman. »Hotel Baltzar in Malmö.«

»Weißt du, ob das Mädchen einen Führerschein hat?«

»Sie hat keinen Führerschein.«

»Vielleicht kann sie ja trotzdem Auto fahren.«

»Vielleicht hat sie ihm die Zeit gegeben, ihr das beizubringen?«

Barbarotti dachte nach. »Es sind jetzt vierzehn Tage vergangen, seit sie in Malmö waren«, sagte er. »Wir suchen nach zwei Menschen, wobei es möglicherweise genügen würde, nach einem zu suchen. Willst du darauf hinaus?«

»Einem lebendigen und einem toten«, sagte Eva Backman. »Das sind ja dennoch weiterhin zwei, aber nein, darauf will ich nicht hinaus. Ich würde es auf jeden Fall vorziehen, wenn …«

Sie verstummte. Barbarotti wandte seinen Blick von der

Schuhfabrikruine ab und schaute sie an. »Was würdest du vorziehen?«, fragte er.

»Ich würde vorziehen, wenn es sich nicht so verhielte«, sagte Eva Backman. »Ganz einfach. Ist das so merkwürdig?«

»Das ist überhaupt nicht merkwürdig«, sagte Barbarotti. »Sollte Valdemar Roos tot sein, werden wir nie die Möglichkeit haben, mit ihm zu sprechen. Und wenn es etwas gibt, das ich mir wünsche, ist es zu hören, was er zu sagen hat.«

»Warum das?«, fragte Eva Backman. »Warum ist es für dich so wichtig, mit Valdemar Roos zu sprechen?«

»Darüber bin ich mir selbst nicht ganz klar«, sagte Gunnar Barbarotti. »Marianne hat mich das Gleiche gefragt. Und sie glaubt, das liegt daran, dass bei mir eine Schraube locker ist.«

»Bei dir auch?«, fragte Eva Backman weiter, »nicht nur bei ihm?«

»Bei mir auch«, bestätigte Barbarotti.

Eva Backman sagte nichts mehr. Dann stand sie auf. »Ich glaube, das reicht für heute«, stellte sie fest und verließ das Zimmer.

40

Der Regen prasselte nieder.

Er konnte sich nicht daran erinnern, jemals in so einem schrecklichen Wetter Auto gefahren zu sein. Natürlich hatte es hundert oder tausend Mal geregnet bei seinen Fahrten zwischen Kymlinge und Svartö, aber das hier war etwas anderes. Der Ausbruch der Elemente oder wie das hieß. Der Niederschlag schien von allen Seiten zu kommen, nicht nur aus dem erzürnten Himmel; und vor allem schickten die schweren Fernlaster – hinter einem von ihnen befand er sich momentan – wahre Kaskaden schmutzigen Wassers auf die klatschnassen Fahrbahnen.

Obwohl sie langsam fuhren, nicht mehr als fünfzig, sechzig Kilometer die Stunde. Haben die keinen Spritzschutz?, dachte Valdemar Roos und schaltete die Scheibenwischer auf höchste Leistung. Ich habe mir eingebildet, dass sie hier unten zumindest ein gewisses Maß an Zivilisation erreicht haben.

Es war nicht möglich, die Autokennzeichen der großen schmutzigen Fahrzeuge auszumachen, aber er ging davon aus, dass sie irgendwo in Südeuropa beheimatet waren. Oder vielleicht im Osten, auf jeden Fall waren sie nicht nordisch und nicht einmal deutsch. Sie zu überholen, daran war gar nicht zu denken, die Sicht war so schlecht, dass das nur unter Lebensgefahr möglich gewesen wäre. Ab und zu kam ein wahnsinniger Mercedes auf der Überholspur vorbeigezischt, der überschüttete ihn dann auch noch mit einer Wasserkaskade; nein, da hieß es, nur brav den Regeln zu folgen und am Arsch dieses Monstertrucks zu kleben. Oder wie so ein Vehikel nun hieß. Zumindest gefiel ihm der Ausdruck. Könnte einen guten Buchtitel abgeben, dachte er: *Am Arsch eines Monstertrucks. Erinnerungen an die Autobahn.* Mein Gott, dachte er dann. Was für Blödsinnsgedanken, jetzt muss ich aber bald eine Pause machen. Meine Augen fangen auch schon an zu jucken, das hier ist ja fast lebensgefährlich… er hatte schon lange beschlossen, beim nächsten Rastplatz oder der nächsten Tankstelle abzufahren, aber es waren mindestens zwanzig Minuten vergangen, ohne dass eines von beidem aufgetaucht war. Das war typisch. Das, wonach man suchte, versteckte sich, das war eine Wahrheit, die er bereits als Kind gelernt hatte. Wenn ich bis hundertachtundzwanzig zähle, beschloss er, das war eine seiner alten Lieblingszahlen, er konnte sich nicht mehr erinnern, warum eigentlich… und wenn sich dann immer noch nicht mindestens ein Parkplatz zeigt, denn es wäre auch mit einer Pinkelpause getan, dann überhole ich das Monster, auf Biegen und Brechen.

Und all diese Gedanken, dieser holprige, nicht abreißende Strom von Worten, ebenso blutleer wie sinnlos wie inhaltsleer, der in seinem Kopf wie flatternde, vom Tode gezeichnete Vögel herumsauste, hatte keinen anderen Sinn, als den Abgrund und die Panik fernzuhalten. Das wusste er, das spürte er die ganze Zeit. Es war wie eine Flut von Tränen, die sich in ihm aufstaute, hinter dem Stirnknochen, hinter dem Wortschwall, ja, genau dort befand sie sich und wartete darauf, hervorzubrechen, nichts schien klarer zu sein.

Aber ich gebe nicht nach, dachte er. *Ich werde nicht nachgeben.*

Anna schlief auf der Rückbank. Er schaute auf die Uhr und stellte fest, dass sie jetzt seit vier Stunden unterwegs waren. Abgesehen von einer kurzen Weile zu Anfang hatte sie die ganze Zeit geschlafen; sich ein paar Mal unruhig hin und her geworfen, als ob sie etwas geträumt hätte; aber größtenteils war sie ruhig gewesen. Wenn sie nur schläft, dachte er, dann wird alles gut. Es gibt keinen besseren Arzt als einen guten, stärkenden Schlaf, und außerdem, was wäre denn die Alternative?

Ja, welche hatten sie? Sie ins Krankenhaus zu fahren wäre gleichbedeutend damit aufzugeben. So schlimm sah es wirklich aus; sie würden natürlich nirgends aufgenommen werden, ohne zunächst einmal ihre Identität und die Umstände, die hinter der Verletzung lagen, anzugeben, und dann… dann würden die Mühlen anfangen zu rollen, nein, mahlen hieß es, *mahlen,* und früher oder später, auf die eine oder andere Art und Weise, würde herauskommen, dass sie auf der Flucht waren und in Schweden wegen Mordes gesucht wurden.

Nein, dachte Ante Valdemar Roos und sah ein, dass er schon lange aufgehört hatte, bis hundertachtundzwanzig zu zählen, da es nicht möglich war, gleichzeitig zu rechnen und zu denken… nein, diese Alternative existiert einfach nicht. Sie wird wieder gesund werden, sie wird gesund werden. Es ist nur eine Frage von Ruhe, Fürsorge und Liebe, und das werde ich ihr alles geben.

Die beste Fürsorge auf der Welt, aber ich wünschte, dass…

Ja, was wünsche ich mir eigentlich?, murmelte er vor sich hin, während der süd- oder osteuropäische Fernlaster eine neue Dusche über die Windschutzscheibe kippte und für einen Moment die Sicht auf Null herabsetzte.

Dumme Frage. Er wünschte sich, dass sie die Augen aufschlug, das war doch klar. Ihn anschaute, ihn auf diese etwas verschmitzte Art anlächelte, wie sie es getan hatte, als sie noch in Lograna gewesen waren, vor der Katastrophe. Erklären, dass es ihr viel besser gehe, ihm etwas aus ihrem Leben erzählen, von den Enten der Oma oder von diesem merkwürdigen Onkel Pavel oder was auch immer, und dass…. dass sie Hunger hatte.

Das wäre ein gutes Zeichen. Dass sie Lust auf etwas zu essen hatte. Sie hatte jetzt seit zwei Tagen so gut wie nichts gegessen; er hatte darauf geachtet, dass sie genug Flüssigkeit zu sich nahm, aber das war eigentlich auch schon alles gewesen. Wasser, Saft und ein paar Dosen Coca-Cola, er hatte gehört, dass Letzteres, dieses zweifelhafte Getränk, tatsächlich für so einiges gut sein sollte, Bauchschmerzen und rostige Schrauben, die sich festgedreht hatten, und diverses Anderes, aber sicher war er sich da nicht.

Und wenn nicht … wenn es ihr nicht besser ging?

Ja, dann gab es noch einen Ersatzplan. Den Plan B, den letzten Ausweg.

Der grummelte seit einiger Zeit in seinen Gedanken. Wie eine Qualle, die mit den Wellen angetrieben kam, die er aber nicht an Land ziehen wollte. Die er nicht näher untersuchen wollte, aber sie lag da, ließ sich treiben, durchsichtig und traurig. Genauer gesagt seit dem Morgen, als sie aus dem Bett gefallen war und ihn fast zu Tode erschreckt hatte, er wollte es nur nicht wahrhaben.

Aber sie war da. Wie ein geheimer, unterirdischer Gang.

Er schob sie beiseite, im Augenblick war sie nicht aktuell. Noch lange nicht. Was für eine Qualle?, dachte er. Was für ein Geheimgang? So ein Quatsch.

Nur eine Notlösung, die anzuwenden ist, wenn … wenn sie nicht wieder gesund wird, ganz einfach.

Plan B.

Trotz seiner geringen Geschwindigkeit hätte er fast die Ausfahrt verpasst, aber in letzter Sekunde konnte er noch blinken und nach rechts auf die Raststätte abbiegen. Dort war es voll mit nassen Autos, und er stellte fest, dass es aussah wie auf allen anderen Rastplätzen auf dieser Welt. Zumindest in Europa, von denen auf der übrigen Welt hatte er ehrlich gesagt keinerlei Ahnung.

Er parkte so nahe am Eingang zum Restaurant, wie er konnte, stellte den Motor ab und schaute nach, ob Anna immer noch ruhig auf dem Rücksitz schlief. Zog ihre Decke zurecht, strich ihr vorsichtig über die Wange und verließ den Wagen.

Lief die zwanzig, dreißig Meter bis zum Eingang und wurde richtig nass. Dann stellte er sich in die Kaffeeschlange hinter zwei junge Mädchen, die eifrig miteinander redeten und deren Sprache er nicht erkannte. Sie waren in Annas Alter, vielleicht etwas jünger, ich hoffe, dass sie niemals so aufdringlich klingt, dachte er. Lieber Gott, lass den Damm nicht brechen, während ich hier in der Schlange stehe.

Den Damm?, dachte er dann. Was für einen Damm? Wovon rede ich? So langsam verstehe ich mich selbst nicht mehr.

Während er an einem roten Plastiktisch an der Wand gleich bei den Toiletten saß, überlegte er, ob er den Wagen abgeschlossen hatte oder nicht. Wahrscheinlich hatte er das, das war so eine dieser automatischen Handlungen, eine dieser kleinen Bewegungen, die man so oft ausgeführt hat, dass das Gehirn deshalb nicht anspringen muss. Dazu genügen die Hand und die Autoschlüssel.

Aber es war nicht gut, wenn er tatsächlich abgeschlossen hatte. Wenn Anna anfing, sich auf dem Rücksitz zu bewegen, konnte der Alarm ausgelöst werden, das Auto würde dann hupen und blinken und Aufmerksamkeit erregen. Momentan können wir keine Aufmerksamkeit gebrauchen, dachte Ante Valdemar Roos. Ganz im Gegenteil, wenn die Dinge wirklich schiefgingen, würde das schicksalhaft sein.

Für ein paar Sekunden war er kurz davor, aufzustehen, in den Regen hinauszugehen und die Sache zu überprüfen, doch dann ließ er es lieber sein. Wäre es so viel besser, er hätte sie in einem unverschlossenen Wagen zurückgelassen? Dann konnte jeder Dahergelaufene eine Hintertür öffnen und sie entführen. Sie wäre ein wehrloses Opfer für … wie hieß das? … Trafficking?

Pest oder Cholera also, dachte Ante Valdemar Roos. Verschlossener oder unverschlossener Wagen, beides war gleich schlimm.

Nein, korrigierte er sich. So war es natürlich nicht. Dass Anna entführt werden könnte, war natürlich viel schlimmer, als wenn durch sie nur der Alarm ausgelöst würde.

Es gab jedenfalls keinen Grund, in diesem traurigen, lauten Wirtshaus unnötig lange zu verweilen. Er aß eilig den Rest seines Käse-und-Schinken-Sandwichs, trank den Kaffee und ging auf die Toilette. Am besten, die Gelegenheit zu nutzen, dachte er, hier geht es um eine andere Art von Dammbau. Dann muss man wenigstens nicht im Regen am Straßenrand stehen.

Und während er dastand und in die stinkende Blechrinne pinkelte, kam ihm der Aphorismus des Tages in den Sinn.

Das Schlimmste, was einem Menschen passieren kann: das Gedächtnis auf einer Tankstelle in einem fremden Land zu verlieren.

Vielleicht ein wenig kategorisch, dachte er und änderte die Formulierung:

Es ist nicht schön, das Gedächtnis auf einer Tankstelle in einem fremden Land zu verlieren.

Dann überlief ihn aus irgendeinem Grund ein kalter Schauer, vielleicht lag es an den feuchten Kleidern. Oder es war der Aphorismus. Er beeilte sich, Toilette und Restaurant hinter sich zu lassen und lief hinaus zum Auto.

Es stand nicht mehr da.

Ein oder zwei träge Sekunden lang war er sich sicher, in Ohnmacht zu fallen.

Oder zu sterben.

Der feuchte Asphalt unter seinen Füßen schien sich auflösen zu wollen, vielleicht war er es auch selbst, der sich auflöste, und wenn dieser Prozess beendet war, welcher von beiden auch immer, dann würde er in einen herumwirbelnden schwarzen Mahlstrom gezogen werden und für immer im Inneren der Erde verschwinden. Wie die Pisse in der Pinkelrinne, genau so, Exit Ante Valdemar Roos, betrauert und vermisst von niemandem, verdammte Scheiße, was für ein Ende …

Nach wenigen Sekunden gelang es ihm, einen dünnen Streifen fassbarer Gedanken in seinem Gehirn auszumachen, und er konnte erkennen, was passiert war. Er war in die falsche Richtung gelaufen. So einfach war das, er war schräg nach rechts statt schräg nach links gelaufen, als er die Raststätte verlassen hatte.

Wie blöd kann man eigentlich sein?, fragte Valdemar Roos sich, und in dem Moment, als er das Auto dort erblickte, wo er es abgestellt hatte, stellte er fest, dass dieser Ausspruch von Wilma stammte. *Wie blöd kann man eigentlich sein?* Genau das pflegte sie sieben Mal die Woche über ihn zu sagen, wobei sie die Augen verdrehte und sich zu fragen schien, auf welcher Müllhalde ihre Mutter diesen widerlichen alten Mann gefunden und dann noch den außerordentlich schlechten Geschmack gezeigt hatte, ihn zu heiraten.

Nun ja, kleine Wilma, dachte Valdemar Roos, von diesem unangenehmen Anblick habe ich dich jedenfalls befreit.

Er hatte tatsächlich den Wagen abgeschlossen, aber nach allem zu urteilen hatte Anna sich auf ihrem Lager auf dem Rücksitz nicht gerührt. Auf jeden Fall nicht so sehr, dass ein Alarm ausgelöst worden wäre. Als er seinen Platz hinter dem Lenkrad eingenommen und die Tür zugezogen hatte, streckte er eine Hand aus und legte sie ihr auf die Stirn.

Sie war kalt und feucht. Nun ja, dachte er, das ist wahrscheinlich besser als trocken und heiß. Sie murmelte etwas und drehte sich, wachte aber nicht auf. Er deckte sie wieder gut zu, startete den Wagen und fuhr vorsichtig rückwärts aus der engen Parklücke. Fuhr Richtung Autobahn.

Er war erst hundert Meter weit gekommen, als er merkte, dass etwas nicht stimmte. Das Auto fuhr nicht, wie es sollte. Das lag am rechten Vorderrad, er war gezwungen, das Lenkrad kräftig nach links zu drehen, damit der Wagen geradeaus fuhr, außerdem holperte er ein wenig, und nach kurzer Zeit war ihm klar, woran das lag.

Ein Reifen war platt.

Mein Gott, dachte Ante Valdemar Roos. Bei modernen Autos gibt es doch keine Reifenpanne.

In diesem Regen.

Im fremden Land.

Auf der Flucht.

Er war noch nicht auf der Autobahn, befand sich noch immer auf der leicht geschwungenen Ausfahrt von der Raststätte. Er fuhr an die Seite, schaltete die Warnblickleuchten ein und hielt an.

Er spürte die Flutwelle noch einmal, noch ein zweites Mal gegen den Damm drücken, biss jedoch die Zähne zusammen und versuchte, sich daran zu erinnern, wann er das letzte Mal einen Platten gehabt hatte.

Vor dreißig Jahren, wie er annahm. Oder fünfundzwanzig. Auf jeden Fall lange, bevor er Alice kennengelernt hatte. Lange, bevor er bei Wrigmans Elektriska anfing.

Moderne Autos haben keinen Platten.

Dann fand sich so ein Gedanke ein, wie er ihn häufiger zu denken pflegte, als er zehn Jahre alt gewesen war oder so. Und als sein Vater sich erhängt hatte, ja, er erinnerte sich, ihn damals häufiger gedacht zu haben.

Wenn ich jetzt zurücksetze und wieder in die Raststätte gehe – so begann die Gedankenfolge –, mich an denselben Tisch setze, an den roten hinten an der Wand, und so tue, als ob das hier nicht passiert wäre … dass ich nicht den Tisch verlassen und in die stinkende Pissrinne gepinkelt hätte oder aus der Tür gegangen und in die falsche Richtung gelaufen wäre, als ich zum Auto wollte… dann, ja dann wird der Reifen heil sein, wenn ich losfahre. Keine Reifenpanne, dass so etwas zwei Mal am gleichen Tag passieren könnte, das ist doch einfach nicht möglich.

Eine ganze Weile saß er tatsächlich da und überlegte, ob diese Handlungsalternative möglich wäre, doch schließlich verwarf er sie. A man's gotta do what a man's gotta do, dachte er. Fühlte noch einmal Annas Stirn – sie war immer noch kalt und feucht – und suchte das Bedienungshandbuch im Handschuhfach.

Die Auffahrt zwischen Raststätte und Autobahn war breit genug, dass er halten konnte. Insbesondere, da es sich um das rechte Vorderrad handelte und er im Schutz des Autos arbeiten konnte.

Doch gegen den Regen gab es keinen Schutz. Die ganze verfluchte Arbeit würde sicher eine halbe Stunde dauern: das Reserverad aus dem Kofferraum holen, den Wagenheber und den Felgenschlüssel suchen, die festgerammten Muttern lösen (*Coca-Cola, Coca-Cola* dachte er, während er mit aller Kraft zog), den platten Reifen losbekommen und den neuen aufschrauben, und die ganze Zeit, die ganze Zeit regnete es.

Trotzdem führte er die Arbeit mit einer Art stoischer, mechanischer Ruhe aus. Schritt für Schritt, Handgriff für Handgriff, Mutter für Mutter, einmal meinte er, Anna etwas aus dem Wageninneren rufen zu hören, beschloss aber, dass das nur Einbildung war, so dass er gar nicht erst nachsah. Autos, die die Raststätte verließen, fuhren immer mal wieder an ihm vorbei, einige ließen ihre Scheinwerfer aufblinken, aber die meisten nicht, und erst genau in dem Moment, als er den Wagen wieder auf alle vier Reifen heruntergelassen und den Wagenheber hatte herausziehen können, bemerkte er, dass ein Polizeiwagen direkt hinter ihm angehalten hatte. Er hatte sein Blaulicht eingeschaltet, und ein Polizist in grünlicher Uniform und mit grünlichem Regenschirm näherte sich ihm.

Er richtete sich auf, immer noch mit dem Wagenheber in der Hand, und dachte, dass er noch nie in seinem Leben einen Polizisten mit Regenschirm gesehen hatte.

»Haben Sie ein Problem?«, fragte der Polizist auf Englisch.

Valdemar nahm an, dass er gesehen hatte, dass das Auto schwedisch war, und antwortete ebenfalls auf Englisch, dass er ein Problem gehabt habe, es aber jetzt gelöst sei.

»Könnte ich Ihren Führerschein sehen?«, bat der Polizist. »Es ist verboten, hier zu halten.«

Valdemar erklärte freundlich, aber bestimmt, dass er seinen Führerschein, shit happens, im Auto habe. Der Polizeibeamte bat ihn, diesen zu holen. Er klang unnötig verbiestert, wie Valdemar fand. Verbiestert und sich seiner Macht bewusst. Ein Polizeischwein.

»Fucking weather to get a puncture in«, sagte Valdemar, um die Stimmung etwas aufzulockern.

Der Polizist antwortete nicht. Gab ihm nur durch ein Nicken zu verstehen, dass er den Führerschein holen solle. Valdemar öffnete die Beifahrertür und streckte sich mit seinem Oberkörper hinein. Gleichzeitig ging das Licht im Wageninneren an, der Polizist kam zwei Schritte näher und schaute hinein.

»Was fehlt dem Mädchen?«, fragte er.

»Dem Mädchen fehlt gar nichts«, antwortete Valdemar. »Sie schläft.«

Doch als er einen Blick auf sie warf, sah er, dass sie halb auf den Boden gerutscht war und dass es tatsächlich aussah, als fehlte ihr etwas. Ihr Gesicht war nach oben gedreht, sie sah verschwitzt und leichenblass aus und hatte etwas in den Mundwinkeln, von dem Valdemar nicht ausmachen konnte, was es war. Kleine Bläschen von irgendetwas, vielleicht war es nur Speichel. Außerdem zuckte ein Bein.

»Kommen Sie aus dem Wagen heraus«, sagte der Polizist. »Legen Sie die Hände aufs Dach und keine Bewegung.«

Während er das sagte, holte er ein Funkgerät aus der Brusttasche seiner Jacke und drückte einige Knöpfe. Valdemar kam aus dem Wagen heraus und merkte, dass er immer noch den zusammengeklappten Wagenheber in der Hand hielt.

Er dachte eine halbe Sekunde lang nach, dann schlug er dem Polizisten mit voller Wucht das schwere Metallteil auf den Kopf.

Eine Minute später waren sie wieder auf der Autobahn.

IV

VI

41

Es dauerte eine gute Woche, bis die Identifizierung hundertprozentig sicher war – von dem Moment an, als Barbarotti und Backman das erste Mal auf die Leiche neben dem Erdkeller draußen in Lograna gestarrt hatten, bis Miroslav Rakic mit verkrampfter, tränenerstickter Stimme feststellte, dass es der Körper seines Sohns war, der vor ihm auf dem kalten Metalltisch lag, und dass er persönlich dafür sorgen wollte, diesem beschissenen Schwedenschwein, das ihn ermordet hatte, eine Kugel in den Kopf zu jagen.

Miroslav Rakic war 54 Jahre alt. Er wohnte seit 1989 in Schweden und war aus der Haftanstalt Österåker geholt worden, wo er momentan eine achtjährige Strafe wegen bewaffneten Raubs, Mordversuchs, Misshandlung und diverser anderer Straftaten verbüßte. Stefan Rakics Mutter war seit drei Jahren tot, Geschwister oder andere nahestehende Verwandte existierten nicht.

Abgesehen von dieser Identifizierung, die am Montagmorgen, dem 6. Oktober, stattfand, gab es außerdem einen entsprechenden Zahnbefund, so dass es keinen Zweifel mehr gab, wer dort draußen im Regen mit einem Messerstich im weit aufklaffenden Bauch gelegen hatte.

Der Zweifel, den es noch gab, betraf einzig und allein den Täter. Oder das ungleiche Paar, das die Kate Lograna in Zusammenhang mit dem Mord an Stefan Rakic verlassen hatte – es war natürlich nicht ausgeschlossen, dass der Täter jemand anders gewesen war, eine der Polizei vollkommen unbekannte Person, doch niemand im Ermittlungsteam, das von Kriminalinspektorin Eva Backman geleitet wurde, sprach sich momentan für diese Lösung aus.

Ante Valdemar Roos und Anna Gambowska, um diese beiden Personen ging es. Sie zu finden, darauf kam es an.

Wo zum Teufel trieben sie sich herum?

Wie sollte man sie zu fassen kriegen?

»Gibt es jemanden, der glaubt, dass sie das Fahrzeug gewechselt haben?«, fragte Eva Backman.

Niemand glaubte das.

»Gut«, nickte Eva Backman. »Ich auch nicht. Also fahren sie in einem blauen Volvo S80 mit dem amtlichen Kennzeichen UYJ 067 herum. Sie können sich überall in Europa befinden, und da sie weder eine Kreditkarte noch ein Handy benutzen, können sie sich ziemlich lange verborgen halten, wenn sie wollen.«

»Außerdem haben sie reichlich Bargeld«, bemerkte Polizeianwärter Wennergren-Olofsson.

»Ja, das sollte eine Weile reichen«, bestätigte Eva Backman.

»Verdammt viel Knete«, verdeutlichte Wennergren-Olofsson.

»Aber es wird doch nach ihnen gefahndet«, erinnerte der andere Anwärter, Tillgren. »Da brauchen wir ja eigentlich nur zu warten, bis sie entdeckt werden.«

»Was meinst du, wie viele Autos es in Europa gibt?«, fragte Backman.

»Verflucht viele«, soufflierte Wennergren-Olofsson.

»Wenn sie sich nun beispielsweise in einem Schuppen in Skåne versteckt halten oder den Zug genommen haben«, schlug Barbarotti vor und legte seinen Fuß auf einen Stuhl, »dann kann es recht lange dauern, bis jemand sie findet. Aber es stimmt schon, es gibt nicht viel, was wir tun können. Was meint ihr, wie viele sollen zum Ermittlungsteam gehören, das dasitzt und wartet? Zwei? Fünf? Zehn?«

»Früher oder später geht das Geld zu Ende«, sagte Wennergren-Olofsson.

»Oder sie passen nicht auf und benutzen doch eine Kreditkarte«, bemerkte Tillgren.

»Glaubst du das?«, fragte Barbarotti.

»Wohl eher nicht«, sagte Tillgren.

»Wir halten auf jeden Fall die Fahndung aufrecht«, seufzte Backman. »Und geben den Kollegen auf dem Kontinent zu verstehen, dass es uns damit ernst ist. Die EU ist sicher eine feine Sache, aber deshalb ist Europa rein geographisch gesehen nicht kleiner geworden.«

»Jetzt komme ich nicht mehr ganz mit«, sagte Wennergren-Olofsson.

»Das kann ich dir nachher erklären«, sagte Backman.

»Hm«, murmelte Barbarotti. »Wo ist eigentlich Sorgsen? Ist endlich ...?«

»Noch nicht«, berichtete Backman. »Aber sie sind heute am frühen Morgen ins Krankenhaus, es wird wohl im Laufe des Tages etwas werden.«

»Ein Kind?«, fragte Wennergren-Olofsson.

»Genau«, sagte Eva Backman. »Ein Baby.«

Barbarotti blieb noch in Eva Backmans Büro, nachdem die beiden Polizeianwärter gegangen waren.

»Du hast noch etwas«, sagte er. »Das kann ich dir ansehen.«

»Nun ja«, räumte Eva Backman ein. »Ich weiß nicht so recht.«

»Was weißt du nicht so recht?«

»Wie ich das Ganze einschätzen soll. Ich habe heute Morgen mit diesem Mädchen in Örebro gesprochen. Marja-Liisa Grönwall, die uns den Tipp hinsichtlich Anna Gambowska gegeben hat. Schwerin hat sie natürlich auch befragt, und sie zeichnet ein etwas anderes Bild von dem Mädchen.«

»Ein anderes Bild von Anna Gambowska?«

»Ja. Obwohl sie natürlich in gewisser Weise ihre Freundin ist und damit ein wenig befangen.«

»Und was sagt sie?«

»Sie sagt, dass Anna lieb und sanft und ein wenig unsicher ist, absolut nicht dieser harte Brocken, wie man es uns bislang vermittelt hat.«

»In gewisser Weise ihre Freundin… hast du sie so bezeichnet? Was bedeutet das?«

»Das bedeutet, dass ich nicht glaube, dass die beiden sich besonders nahe stehen. Obwohl ich mich damit natürlich irren kann. Auf jeden Fall war dieses Fräulein Grönwall offenbar auch mit unserem Opfer zusammen. Und über den hatte sie so einiges zu sagen.«

»Lass hören«, sagte Barbarotti.

»Ich warte drauf, dass Schwerin seine Unterlagen schickt, ich habe mit ihr nur zehn Minuten gesprochen…«

»Immerhin. Was hatte sie über Stefan Rakic zu berichten? Du hast doch zumindest einen Eindruck gewonnen?«

Eva Backman schwieg einen Moment lang, mit einem Gesichtsausdruck, der wohl Zweifel ausdrücken sollte. Vielleicht auch nur Müdigkeit. »Dass er ein veritabler Drecksack war«, sagte sie dann. »Wenn man es kurz zusammenfassen will. Sie hat die Worte eklig, gefährlich, Psychopath benutzt… ja, die ganze Palette. Das Problem ist dabei nur, dass… ja, du weißt schon.«

»Dass sie seine ehemalige Freundin ist?«

»Genau. Es ist schwer auszumachen, wie vertrauenswürdig sie ist.«

Inspektor Barbarotti dachte nach.

»Was ändert das an der Sache?«, fragte er. »Wenn wir davon ausgehen, dass sie die Wahrheit sagt.«

Eva Backman sah weiterhin zweifelnd/müde aus.

»Alles und nichts«, erwiderte sie. »Nüchtern betrachtet spielt es natürlich keine große Rolle … ich meine, was die Ermittlungsarbeiten betrifft. Wenn man aber ein gewisses Interesse an Psychologie hat, dann ist es ein riesiger Unterschied. Und ich dachte, diese Problematik wäre dein Steckenpferd.«

»Sicher«, nickte Barbarotti. »Aber die Heimleiterin und dieser Doppeltyp, den sie im Auto niedergeschlagen hat, die waren sich ja ziemlich einig … oder?«

»Zweifellos«, stimmte Eva Backman zu. »Ja, da ist etwas an der Sache, das nicht stimmt, und das Wahrscheinlichste ist wohl, dass Marja-Liisa etwas flunkert.«

Gunnar Barbarotti nickte. »Sag Bescheid, wenn du den Bericht von Schwerin hast. Und übrigens: Es muss doch noch andere geben, die etwas über den Charakter des Mädchens sagen können, oder?«

»Das ist zu hoffen«, sagte Eva Backman.

Es klopfte an der Tür, und Polizeianwärter Tillgren steckte seinen Kopf herein.

»Entschuldigung, aber ich habe ihre Mutter gefunden.«

»Anna Gambowskas Mutter?«, fragte Barbarotti.

»Genau«, sagte Tillgren. »Sie befindet sich in einem Krankenhaus in Warschau. Ihre Mutter … also Annas Großmutter … ist offenbar vor Kurzem gestorben.«

»Mein Gott«, sagte Eva Backman.

Es dauerte eine Viertelstunde, bis sie eine Telefonnummer bekommen hatte, über die sie Krystyna Gambowska erreichen konnte, aber sie blieb noch weitere zehn Minuten an ihrem Schreibtisch sitzen, bevor sie sie eintippte.

Soweit Backman verstanden hatte, hatte niemand Krystyna Gambowska darüber informiert, in welcher Situation sich ihre Tochter befand, und wenn sie gerade ihre Mutter verloren hatte, dann gab es gute Gründe zu überlegen, was man sagte. Äußerst gute Gründe.

Andererseits hatte Annas Mutter natürlich ein Recht, informiert zu werden; ihr die Wahrheit aus irgendwelchen falsch verstandenen humanitären Rücksichten vorzuenthalten, das hieße doch nur, das Problem aufzuschieben. Eva Backman hatte schon früher in ähnlichen Fällen falsche Entscheidungen getroffen und wusste, dass es keine bequemen Lösungen gab.

Außerdem war es natürlich nicht nur die Informationspflicht, die Eva Backman veranlasste, mit dieser polnisch-schwedischen Frau sprechen zu wollen. Es gab ein offensichtliches Ermittlungsinteresse, daran herrschte kein Zweifel.

Andererseits: eine soeben verstorbene Mutter und eine Tochter auf der Flucht in Zusammenhang mit einer Mordgeschichte … ja, die Sache musste man gewiss mit einem gehörigen Schuss Fingerspitzengefühl angehen.

Die Verbindung war schlecht.

»Kristina Gambowska?«

»Ja, das bin ich, Krystyna.«

Backman teilte ihr mit, wer sie war und warum sie anrief.

»Sie sind etwas schlecht zu verstehen«, erklärte Krystyna Gambowska. »Sind Sie wirklich von der Polizei?«

Sie hatte einen leichten, aber unverkennbar slawischen Akzent. Eva Backman räusperte sich.

»Ja, ich bin von der Polizei. Ich weiß, dass Sie gerade Ihre Mutter verloren haben, aber ich muss dennoch mit Ihnen in einer anderen Sache sprechen.«

»Ich verstehe nicht«, sagte Krystyna Gambowska.

»Wir versuchen schon seit einer Weile, Sie zu erreichen. Wie lange sind Sie bereits in Polen?«

»Oh«, sagte Krystyna Gambowska. »Schon ein paar Wochen. Ich habe erfahren, dass es meiner Mutter schlecht ging, dass sie vielleicht nicht mehr lange zu leben hatte, deshalb bin ich hierher gefahren … ja, ich glaube, am 10. September war das. Meine Mutter ist heute Morgen verstorben.«

»Das habe ich gehört«, sagte Eva Backman. »Mein herzliches Beileid.«

»Sie war alt und krank«, erklärte Krystyna Gambowska. »Ich bin nur froh, dass ich in den letzten Tagen bei ihr sein konnte.«

«Ich verstehe«, sagte Eva Backman. »Ich rufe Sie wegen Ihrer Tochter an. Haben Sie in letzter Zeit in irgendeiner Form Kontakt mit ihr gehabt?«

»Anna?« Plötzlich war ihre Stimmer voller Unruhe und Besorgnis.

»Ja, Anna. Wann haben Sie das letzte Mal von ihr gehört?«

Eine ganze Weile blieb es still.

»Ich habe im letzten Monat keine Zeit für meine Tochter gehabt«, erklärte Krystyna Gambowska, und man hörte, dass sie kurz vor dem Weinen war. »Was ist denn passiert?«

»Wir wissen es nicht genau«, berichtete Eva Backman. »Aber wir würden gern mit ihr sprechen. Es ist im Distrikt von Kymlinge ein Todesfall eingetreten, und es sieht so aus, als wäre sie darin verwickelt.«

»Verwickelt?«, keuchte Krystyna Gambowska. »In einen Todesfall? Wie denn? Ich verstehe nicht, was Sie da sagen.«

»Stefan Rakic?«, versuchte Eva Backman es. »Kennen Sie den Namen?«

Erneutes Schweigen. Dann äußerst vorsichtig: »Ich glaube ja.«

»Er ist tot«, sagte Eva Backman. »Er ist vor einer Woche gefunden worden, war aber schon länger tot. Woher kennen Sie den Namen?«

»Tot?«, flüsterte Krystyna Gambowska, und jetzt war ihre Stimme kaum noch zu verstehen. »Haben Sie gesagt, er ist tot?«

»Ja«, bestätigte Eva Backman. »Stefan Rakic ist tot. Das haben Sie also nicht gewusst?«

»Natürlich nicht«, erklärte Krystyna Gambowska mit etwas festerer Stimme. »Woher hätte ich das denn wissen sollen? Wie … wie ist er gestorben?«

Eva Backman entschied sich dafür, nicht auf die näheren Umstände einzugehen. »In welcher Form sind Sie mit Stefan Rakic bekannt?«, fragte sie stattdessen.

Krystyna Gambowska zögerte so lange mit ihrer Antwort, dass Eva Backman schon glaubte, die Verbindung wäre unterbrochen worden.

»Hallo?«, rief sie.

»Ich bin noch da«, sagte Krystyna Gambowska. »Entschuldigen Sie, das erscheint mir so unwirklich, das Ganze. Zuerst meine Mutter, dann … ja, also, er war Annas Freund, dieser Steffo. Ich glaube es zumindest, aber jetzt nicht mehr. Das war, bevor … ja, es ist schon eine Weile Schluss mit den beiden.«

»Wir wissen, dass Anna in ein Heim aufgenommen worden ist«, sagte Eva Backman.

»Ja«, antwortete Krystyna Gambowska. »Das stimmt, sie war in einem Heim …«

»*War?*« fragte Backman nach. »Sie sagen *war?*«

»Ja, sie …. ich glaube, sie ist von dort weggelaufen.«

»Woher wissen Sie das?«

»Sie hat mich angerufen und es mir gesagt.«

»Wann?«, fragte Backman.

»Warum … warum fragen Sie das alles?«, wollte Krystyna Gambowska wissen. »Was ist eigentlich passiert?«

Eva Backman räusperte sich. »Wir wissen nicht genau, was passiert ist. Aber Stefan Rakic ist tot, wie schon gesagt, und in Verbindung mit seinem Tod ist Ihre Tochter verschwunden.«

»Verschwunden?«, fragte Krystyna Gambowska.

»Ja, es sieht so aus«, sagte Backman.

»Ja …?«

Eva Backman wartete, aber es kam nichts mehr. Nur Schweigen und ein leises Knistern in der Leitung. Warum stellt sie keine weiteren Fragen?, dachte Backman. Wäre das nicht natürlich?

»Ich müsste mit Ihnen persönlich sprechen«, erklärte sie schließlich. »Es tut mir schrecklich leid, dass ich Sie ausgerechnet jetzt habe anrufen müssen, aber ich habe erst jetzt Ihre Telefonnummer erfahren. Was ich an erster Stelle herausfinden möchte: Wann hatten Sie das letzte Mal Kontakt mit Ihrer Tochter? Ich meine, das möchte ich gern jetzt sofort erfahren … alles andere können wir auf später verschieben.«

»Ich verstehe«, sagte Krystyna Gambowska nach einer weiteren Pause. »Ja, also, ich habe mit Anna gesprochen, kurz nachdem ich nach Warschau gekommen bin. Das war vor ungefähr drei Wochen … etwas mehr als drei Wochen.«

»Und seitdem haben Sie nichts mehr von ihr gehört?«

»Nein.«

»Sie haben miteinander telefoniert, nicht wahr?«

»Ja, sie hat mich angerufen und mir erzählt …«

»Ja?«

»Sie hat mir erzählt, dass sie nicht mehr in diesem Heim ist.«

»Gut«, sagte Eva Backman. »Hat sie Ihnen auch gesagt, wo sie sich stattdessen befindet?«

Krystyna Gambowska überlegte noch einmal.

»Ich glaube, sie hat mir gesagt, dass sie an einem Ort ist, der irgendwie mit Lo anfing.«

»Lograna?«

»Ja, genau. Lograna hieß er. Aber ich weiß nicht, wo das eigentlich ist.«

»Hat Anna noch mehr erzählt, als sie Sie angerufen hat?«, fragte Backman. »Darüber, bei wem sie wohnt oder so?«

»Sie hat gesagt, dass sie bei einer zufälligen Bekanntschaft wohnt … und dass sie dort eine Weile bleiben kann.«

»Hat sie gesagt, bei wem sie genau wohnt?«

»Nein.«

»Bei einem Mann oder einer Frau?«

»Ich glaube, es war ein Mann. Aber gesagt hat sie das nicht … vielleicht habe ich es auch nur angenommen.«

»Sonst noch etwas?«

»Nein, sonst nichts.«

»Darüber, wie es ihr ging oder so?«

»Sie … sie hat gesagt, dass es ihr gut geht. Dass es ihr in dem Heim nicht gefallen hat und dass …«

»Ja?«

»Sie hat gesagt, dass ich … ich mir keine Sorgen machen soll.«

Hier brach Krystyna Gambowskas Stimme plötzlich, und sie fing an zu weinen. Eva Backman erklärte noch einmal, wie leid es ihr tue, dass sie ausgerechnet jetzt hatte anrufen müssen, sie aber keine andere Wahl gehabt habe.

Es vergingen ein paar Sekunden, dann bat auch Krystyna Gambowska um Entschuldigung, putzte sich die Nase und war wieder in der Lage zu sprechen.

»Kann ich Sie später noch einmal anrufen?«, fragte sie. »Heute Abend oder vielleicht morgen? Ich muss erst ein wenig zu mir kommen.«

Eva Backman erklärte, dass sie jederzeit anrufen könne, hinterließ ihre Handynummer und verabschiedete sich.

Anschließend suchte sie ein Papiertaschentuch aus der untersten Schreibtischschublade heraus und putzte sich auch die Nase. Blieb dann reglos sitzen und starrte zehn Minuten lang nur aus dem Fenster.

Sie konnte zwei gestutzte Linden sehen, es waren die gleichen Linden, die sie immer anschaute, und sie dachte, wenn sie einmal tot sein sollte, dann würde sicher jemand anderes genau auf diesem Stuhl sitzen und sie betrachten.

Oder vielleicht auf einem anderen Stuhl, aber Fenster und Bäume wären immer noch dieselben.

Das waren natürlich keine bemerkenswerten Gedanken, doch sie setzten sich in ihr fest. Die Vergänglichkeit und die Tage, die sich einer an den anderen reihten. Nun war es vermutlich nicht sie, die an der Reihe war, sich vom Leben zu verabschieden, aber ihr Vater hatte wohl nicht mehr lange. Er war einundachtzig, und auch wenn er noch mehrere Jahre leben sollte, so gab es da eine andere Art von Finsternis, die auf ihn wartete. Als sie ihn vor Kurzem besucht hatte, war er ungewöhnlich klar gewesen, als wäre das, was er dort in Lograna gesehen hatte, eine Erinnerung, die er loswerden musste, bevor er sie vergessen konnte. Und das schien tatsächlich so zu sein; als er sie gestern spätabends angerufen hatte, hatte er eifriger als je geklungen, und er konnte sich absolut nicht mehr daran erinnern, dass sie sich erst vor ein paar Tagen gesehen hatten.

Am nächsten Wochenende wollte sie auf jeden Fall zu ihm hinausfahren und mit ihm spazieren gehen, das hatte sie sowohl ihm als auch sich selbst versprochen.

Sie fragte sich, warum sie eigentlich Barbarotti nichts von der Zeugenaussage ihres Vaters gesagt hatte. Das hatte wahrscheinlich etwas mit Grenzen zu tun. Mit Grenzen zwischen dem Privaten und dem Öffentlichen. Sollte sie ihren Vater in die Stadt holen und zulassen, dass jemand anderes eine Befragung mit ihm durchführte? Das wäre für die Ermittlungen vollkommen sinnlos. Er würde sich an nichts erinnern, nur voller Angst und Scham auf seinem Stuhl sitzen, weil er nicht verstand, was die Fragen sollten. Was man von ihm wollte. Das würde bedeuten … ihn zu erniedrigen. Genau das, *erniedrigen* war das richtige Wort.

Aber vielleicht sollte sie dennoch Barbarotti davon erzählen. Aber nur ihm. Ihr Vater war trotz allem Zeuge eines Mordes gewesen oder zumindest einer Tötung, aber momentan genügte es, wenn dieses Wissen im Kopf seiner Tochter blieb. Ob es immer noch in seinem eigenen existierte, das war nicht zu sagen.

Und wie war noch der Gedanke, den sie mit Barbarotti gern diskutieren wollte?

Warum müssen Menschen so viel schneller altern als die Abdrücke, die sie hinterlassen?

Das war vielleicht keine besonders originelle Fragestellung, das wusste sie selbst, aber dennoch würde sie gern mit Barbarotti eine Weile darüber reden. Ob es beispielsweise eine optimistische oder pessimistische Reflexion war?

Dann tauchte unangemeldet eine andere Frage auf: Wie kommt es, dass mir gar nicht in den Sinn kommt, derartige Dinge mit meinem Mann zu diskutieren?

Und die war ernster, sehr viel ernster.

42

Die Bilder kamen und gingen.

Zuerst glaubte sie, es wären viele, aber mit der Zeit begriff sie, dass es eigentlich nur drei waren. Eher Filmsequenzen als Bilder; aber irgendwie fingen sie jedes Mal mit einem Standbild an. Als blättere sie in einem Fotoalbum, ließe ihren Blick an einem Foto verweilen, und dadurch, dass sie es genauer betrachtete, begann es sich zu bewegen und zu leben.

Kommen und gehen.

Zuerst ist es das Meer. Sie blickt über einen unendlich langen Sandstrand, über ein ruhiges, graublaues Meer – und über etwas Kleines, Weißes, das durch die Luft wirbelt, fast wie Schneeflocken sieht es aus, aber es fällt nie zu Boden, anfangs weiß sie nicht, wo sie ist, aber es muss irgendwo an der polnischen Ostseeküste sein. *Nad morzem.* Sie sitzt auf den Schultern ihres Vaters, zunächst kann sie das nicht sehen, ahnt aber, dass es so sein muss, er geht mit ihr am Ufer entlang, sie ist wahrscheinlich vier oder fünf Jahre alt, hat noch nicht in der Schule angefangen, und ihre Eltern sind zu diesem Zeitpunkt immer noch zusammen.

Es ist Sommer oder eher früher Herbst, sie sind mit der Fähre von Nynäshamn nach Danzig gefahren, ja, an die Fähre kann sie sich noch deutlich erinnern, dann weiter mit dem Auto ein Stück westwärts und haben ihre ganzen Sachen in ein schmales, spitzgiebliges Haus zwischen vielen anderen in einem Buchenwald in einer Art Freizeitlager untergebracht. Das taten sie damals immer im Sommer. Einige wenige Sekunden lang sah sie auch das spitzgieblige braune Haus und das Feuer, das sie abends davor entzündeten, und andere Kinder, die lärmend herumliefen und merkwürdige Erfrischungsgetränke in grellen Farben und mit ganz anderem Geschmack, als sie es gewohnt war, tranken, und Eis, *lody, lody, dla uchłody,* doch dann reißt sie ihren Blick von all dem los und richtet ihn wieder auf den Strand. Der ist fast menschenleer und der Sand ganz weiß und fein, ihr Vater singt etwas, und sie hält sich an seinen Ohren fest, um nicht herunterzufallen; sie kommen zu ihrer Mutter, die liegt ein Stück weiter, im Schutz der hohen Uferkante, liegt dort auf einem großen roten Badelaken auf dem Bauch und sonnt sich nackt.

Und ihr Vater hebt sie herunter, und sie legen sich dicht neben die Mutter, jeweils links und rechts von ihr, und sie selbst meckert ein wenig, weil sie lieber in der Mitte liegen will, aber schließlich, nachdem sie ein Bonbon bekommen hat, gibt sie sich zufrieden. Dort liegen sie alle drei auf dem Bauch, und Mama und Papa flüstern miteinander, und es ist schön warm, sie ist geradezu glücklich, und nach einer Weile schläft sie ein.

Doch dann sitzt sie plötzlich aufrecht, mit angezogenen Knien, und schaut übers Meer, von dem mit einem Mal Tausende kleiner weißer Schmetterlinge heranflattern. Tausende und Abertausende, jetzt sieht sie, dass es sich tatsächlich um Schmetterlinge handelt, sie sind so klein und werden vom Wind herangetrieben, und dann weckt sie ihre Eltern, die immer noch dicht beieinander liegen, ganz dicht, und zu schlafen scheinen, aber dann doch wieder nicht, und sie fragt, was das für Schmetterlinge sind und woher sie kommen.

Ihr Vater zieht sich auf die Ellenbogen hoch und schaut sich diese federleichte Invasion vom Meer eine Weile an, dann sagt er: Kümmre dich nicht drum, *Ania kochana,* das sind die Schmetterlinge des Todes, sie kommen von Schweden her übers Meer.

Die Schmetterlinge des Todes aus Schweden, das sagt er tatsächlich, und sie wird es niemals vergessen. Obwohl sie nicht versteht, was es eigentlich bedeutet, wird sie sich immer daran erinnern, das beschließt sie in diesem Moment dort am Strand.

Der zweite Film ist kürzer als der erste. Außerdem ist er gelblich, als wären die Bilder alt und in irgendeiner Art beschädigt. Sie sitzt auf ihrer Schulbank, in der Schule in Varberga, wo sie nur ein Schuljahr, vielleicht anderthalb, gewesen ist. Man sitzt immer zu zweit, aber da ihre Banknachbarin Julia aus Argentinien krank ist, sitzt sie an diesem Tag allein in der Bank. Die Lehrerin heißt Susanne, wird jedoch Snusanne genannt, weil sie Kautabak, Snus, nimmt, jetzt hat sie das Klassenzimmer verlassen, vielleicht ist sie im Lehrerzimmer und schiebt sich ein neues Stück Snus unter die Lippe, das macht sie ab und zu.

Obwohl die Lehrerin nicht da ist, ist es im Klassenraum ziemlich ruhig, alle arbeiten mit irgendwelchen Arbeitsheften. Doch dann dreht sich einer der Jungs aus der Bank vor ihr um, er hat Schweinsaugen und unnatürlich weißes Haar; er grinst sie leicht nervös an und flüstert: Ich weiß, dass deine Fotze quer ist, das ist bei allen so, dort, wo du herkommst, mein Vater fährt dahin, um Weiber zu ficken, also erzähl mir nicht, dass das nicht stimmt!

Er sagt das ganz schnell, in einem einzigen Atemzug, als hätte er es vorher bereits eine ganze Weile eingeübt, und als er fertig ist, dreht er sich genauso schnell wieder nach vorn um. Wahrscheinlich haben nur sie und der Banknachbar des Schweinsäugigen gehört, was er gesagt hat, dennoch nimmt sie einen angespitzten Stift und bohrt ihn ihm so tief in den Rücken, wie sie kann. Drückt und dreht ihn hin und her, er schreit aus vollem Hals, und genau in dem Moment kommt Snusanne zurück in die Klasse.

Jimmy, ja, so heißt er, wirft sich auf den Boden, heult und jammert und schreit: »Die ist ja total bescheuert, verdammte

Scheiße. Die ist ja lebensgefährlich. Sie hat versucht, mich umzubringen. Diese beschissene Polenfotze« und »Oh, Scheiße, ich blute – blute ich?«

Doch in erster Linie heult und jammert er, und die Lehrerin zieht ihm das Hemd aus der Hose und inspiziert die Wunde, und die ganze Zeit, denn es dauert eine ganze Weile, arbeitet sie selbst ruhig weiter in ihrem Übungsheft. Sie hat einen anderen Stift genommen, die Spitze des ersten sitzt im Rücken von Jimmy Schweinsauge.

Und als sie später erklären soll, warum sie das getan hat, was sie getan hat, denn das wollen Snusanne und die Sozialarbeiterin mit den Sandalen und die Schulleiterin und alle möglichen anderen Leute wissen, da sagt sie nichts. Nichts, nicht ein Wort kommt ihr über die Lippen. Nicht einmal ihrer Mutter erzählt sie, was passiert ist, doch während sie jetzt diese gelblichen Bilder ansieht, kann sie nicht wirklich begreifen, dass tatsächlich sie diejenige gewesen ist, die das getan hat. Sie kann nicht älter als zehn Jahre gewesen sein, und sie kann sich nicht daran erinnern, jemals wie der so dreist gewesen zu sein. Weder vorher noch nachher.

Und Jimmy Schweinsauge kommt in den Pausen nicht mehr in ihre Nähe, auch sonst keiner seiner Freunde, und ein paar Wochen nach diesen Ereignissen wechselt sie die Schule, da ihre Mutter wieder einmal etwas Besseres und Billigeres gefunden hat.

Der dritte Film ist der merkwürdigste.

Es ist ihr kleiner Bruder, der mal wieder krank ist, er liegt in einem Bett in einem Zimmer, das sie zunächst nicht wiedererkennt, doch bald begreift sie, dass es in der Kate in Lograna sein muss. Sie hat gerade die Wände fertig gestrichen, irgendwie ist es wichtig, dass sie die Arbeit fertig bekommt, damit Marek wieder gesund wird. Wie er da im Bett liegt, sieht er so klein und erbärmlich aus, und bald stellt sie fest, dass er tatsächlich die Größe verändert. Wenn sie sich dem Bett nähert, schrumpft er, wenn sie sich etwas weiter entfernt aufhält, erscheint er irgendwie ganz normal zu sein.

Trotzdem versucht sie, sich ihrem Bruder zu nähern, sie möchte ihn ja anfassen, doch als sie die Hand nach ihm ausstreckt, ist er plötzlich so klein, dass er gar nicht mehr zu sehen ist, und sie flüstert ihm zu, er brauche keine Angst zu haben, es sei ja nur sie, seine Schwester Anna, die ihn streicheln möchte und ihm helfen, wieder gesund zu werden, und als sie ihn trotz allem nicht sehen kann, bekommt sie eine Riesenangst und eilt davon in eine Ecke des Zimmers, so weit weg vom Bett, wie es nur geht. Und da, wenn auch nicht sofort, wird er wieder sichtbar.

Dieser Film ist auch der ekligste, die ganze Zeit passiert nur genau das, immer und immer wieder: Sie nähert sich ihrem kleinen Bruder, er schrumpft und verschwindet, sie bekommt Panik, läuft erschrocken weg von seinem Bett. Am schlimmsten sind die Sekunden, wenn sie in der Ecke angekommen ist, sich umdreht und nicht genau weiß, ob er wieder zu sehen sein wird. Vielleicht ist es zu spät, vielleicht hätte sie nicht noch einmal versuchen dürfen, ihn zu streicheln.

Manchmal, zwischen den Filmbildern, ist sie auch wach. Oder zumindest fast wach, denn Valdemar ist bei ihr, und er ist keine Erinnerung und kein Traum. Er ist Wirklichkeit, glasklare Wirklichkeit und Symbol für das, was tatsächlich passiert.

Sie sind die ganze Zeit im Auto, er auf dem Fahrersitz vorn, sie auf der Rückbank. Manchmal halten sie, manchmal sind sie unterwegs, manchmal hilft er ihr heraus, damit sie am Straßenrand pinkeln kann, sie friert so entsetzlich, wenn sie sich hinter einen Busch hockt, und anschließend kommen immer die Kopfschmerzen.

Er redet mit ihr, erzählt ihr etwas, aber sie versteht fast

nichts von dem, was er versucht, ihr zu vermitteln. Da ist es einfacher, in den Schlaf zurückzufallen und die Traumfilme anzuschauen, auch wenn sie wünschte, dass ein paar andere Bilder auftauchen würden. Aber die ganze Zeit sind es nur diese drei Sequenzen. Der Strand, Jimmy Schweinsauge, Marek.

Sie hört, dass er das Autoradio eingeschaltet hat. Meistens spielt nur Musik, aber ab und zu scheint es Nachrichten zu geben, sie versteht die Sprache nicht, vielleicht ist es aber trotz allem Schwedisch. Sie versteht ja auch nicht, was Valdemar zu ihr sagt, und er spricht garantiert Schwedisch. Vielleicht werden sie bald zu Hause sein.

Zu Hause. Das ist ein merkwürdiges Wort, es bedeutet für alle Menschen auf der ganzen Welt etwas anderes, dennoch wissen alle, was damit gemeint ist, und auch was sie betrifft… nein, es gibt einen Menschen, der es nicht weiß, und das ist sie selbst.

Das beunruhigt sie eine Zeitlang, doch dann denkt sie, dass Valdemar es schon richten wird. Ja, ganz bestimmt wird er das, und sie will es ihm sagen, dass sie das schätzt, dass sie ihn mag, und sobald sie wieder gesund ist, das beschließt sie, wird sie all das erklären und für ihn Gitarre spielen und singen, damit er wirklich versteht, dass es sich so verhält.

Young girl, dumb girl… nein, nicht diesen Song, das ist übrigens gar kein Song, das ist nur ein dummer Reim. Etwas anderes, das er wiedererkennt und das ihm gefällt, das muss es sein. Valdemar the Penguin, was sie für ihn geschrieben hat, vielleicht.

Aber sollte es so kommen, dass sie stattdessen stirbt, dann wird sie ihn in seinen Träumen besuchen. Wie es auch kommen mag, es kann nur glücklich enden.

Jetzt sieht sie die Schmetterlinge wieder, sonderbar, dass es so viele sind und dass sie so weit fliegen können, ohne zwischendurch zu landen. Sie hält sich an Papas Ohren fest, damit sie nicht die Füße ins Wasser setzen muss, sie auch nicht.

43

Erklär das«, sagte Asunander.

Es war Dienstagvormittag, sie waren zu sechst im Zimmer des Kommissars versammelt. Staatsanwalt Sylvenius saß auf einem Stuhl vorm Fenster und sah aus, als hätte er gerade auf einen Nagel gebissen. Asunander selbst thronte hinter seinem Schreibtisch. Backman, Barbarotti und Polizeianwärter Tillgren zwängten sich auf dem Ledersofa, während Wennergren-Olofsson es vorzog zu stehen. Wahrscheinlich, weil es keinen weiteren Sitzplatz mehr im Zimmer gab.

»Wir wissen nicht, ob es stimmt«, sagte Backman.

»Was wisst ihr eigentlich?«, kam Asunanders rhetorische Frage.

»Es war nur so eine Idee«, sagte Backman.

»Red nicht weiter drumherum«, sagte Asunander.

Inspektorin Backman räusperte sich. »Sie können es sein, es kann aber auch jemand anderes sein. Es ist natürlich ziemlich wahrscheinlich, dass es sich um andere Personen handelt.«

»Wo ist Inspektor Borgsen?«, fragte Asunander, als wäre die ganze Sache glasklar, wenn nur Sorgsen an Ort und Stelle wäre.

»Er ist gestern Abend Vater geworden«, sagte Backman. »Ein kleines Mädchen.«

»Hm«, räusperte Asunander sich. »Ich verstehe. Also?«

Eva Backman seufzte. »Die deutsche Polizei ist auf der Suche nach einem unbekannten Volvo. Wahrscheinlich ein 860er, wahrscheinlich dunkelblau oder dunkelgrün, möglicherweise mit schwedischem Kennzeichen…«

»Wahrscheinlich, wahrscheinlich, möglicherweise?«, wiederholte Sylvenius. »Was hat das zu bedeuten?«

»Das bedeutet genau das, was es sagt«, erklärte Backman. »Es geht darum, dass ein deutscher Polizeibeamter auf einem Rastplatz brutal niedergeschlagen wurde… genauer gesagt, auf der Abfahrt vom Rastplatz. Er wird künstlich beatmet, ist bewusstlos, sie können nicht sagen, ob er es schafft oder nicht.«

»Wie niedergeschlagen?«, fragte Sylvenius.

»Offenbar mit einem stumpfen Gegenstand«, antwortete Backman. »Was so ziemlich alles sein kann. Das Ganze ereignete sich gestern Nachmittag, es wird in ganz Europa nach dem Wagen gefahndet, aber sie haben halt keine bessere Beschreibung als die, die ich eben gegeben habe.«

»Wahrscheinlich, wahrscheinlich, möglicherweise…«, wiederholte Staatsanwalt Sylvenius missmutig und putzte seine Brille mit seiner Krawatte.

»Genau so«, nickte Backman. »Die näheren Umstände werde ich euch ausdrucken, so dass es jeder von euch lesen kann, es ist eine grobe Übersetzung aus dem Deutschen, und es läuft kurz gesagt darauf hinaus, dass…«

»Worauf läuft es hinaus?«, fragte Sylvenius.

»Könnte der Herr Staatsanwalt so freundlich sein und nicht weiter unterbrechen«, sagte Asunander. »Wir haben nicht unbegrenzt Zeit für diese Sache.«

»Danke«, sagte Backman. »Ja, die Gegebenheiten sehen ungefähr so aus: Der betreffende Polizist, der leider allein in seinem Dienstwagen war, da sein Kollege irgendwie akut verhindert war, denn normalerweise sind sie immer zu zweit… er wurde neben seinem Wagen am Straßenrand gefunden, gleich auf der Abfahrt von der Raststätte. Bewusstlos, niedergeschlagen mit einem schweren, stumpfen Gegenstand. Man hat mehrere Zeugenaussagen von Leuten, die berichten, dass sie an dem Polizeiwagen vorbeigefahren sind, als er mit laufendem Blaulicht dort stand, und dass … dass dort noch ein anderes Fahrzeug war. Andere Zeugen erklären, dass sie früher an dem Volvo vorbeigefahren sind … wenn wir nun einmal davon ausgehen, dass es ein Volvo war … bevor der Polizeiwagen ankam … und dass der Fahrer offenbar einen Platten hatte. Zu diesem Zeitpunkt hatte es heftig geregnet, nach allem zu urteilen brauchte er eine ganze Weile, um den Reifen auszuwechseln. Das Auto stand ungünstig, es kann sein, dass der Polizeibeamte deshalb anhielt, um die Situation zu überprüfen. Übrigens heißt er Klaus Meyer.«

»Wo hat sich das zugetragen?«, fragte Asunander.

»In der Nähe von Emden«, antwortete Backman.

»Wo liegt das?«, fragte Sylvenius.

»In Deutschland«, sagte Barbarotti.

»Aber warum … warum sollen ausgerechnet sie es sein?«, fragte Polizeianwärter Tillgren vorsichtig. »Ich meine, es gibt doch sicher Tausende von Autos, die mit dieser Beschreibung übereinstimmen? Vielleicht Zehntausende.«

»Genau das müssen wir ja entscheiden«, brummte Asunander.

»Ob wir ihnen ein Autokennzeichen geben sollen oder nicht«, verdeutlichte Backman.

»Mir gefällt das nicht«, sagte Sylvenius.

»Aber nach Roos und Gambowska wird doch bereits gefahndet«, sagte Wennergren-Olofsson. »Oder?«

»Natürlich«, sagte Backman. »Aber ein Polizistenmord auf der Autobahn wiegt für die Deutschen sicher schwerer als ein aus Schweden geflohenes Paar … wenn du verstehst?«

»Ja, ach so, ja, natürlich«, sagte Wennergren-Olofsson.

»*Glauben* wir, dass sie es sind?«, fragte Barbarotti. »Ich meine, warum um alles auf der Welt soll er einen Polizisten zusammendreschen?«

»Das ist eine gute Frage«, sagte Backman. »Aber ein Moment der Panik genügt dafür.«

»Plus dass man eine gute Waffe zur Hand hat«, sagte Barbarotti. »Ja, das wäre möglich. Wie sieht es aus, könnten noch weitere Zeugen auftauchen… die vielleicht das Autokennzeichen gesehen haben oder so? Oder zumindest, ob das Auto schwedisch war?«

»Schon möglich«, sagte Backman. »Der Fall hat da unten große Aufmerksamkeit erregt. Und wahrscheinlich haben viele den Wagen am Straßenrand gesehen. Die ganze Zeit wird über Rundfunk und Fernsehen nach Zeugen gesucht, aber es ist natürlich schwer, irgendwelche Details mitzubekommen, wenn man im Regen nur so vorbeihuscht. Was machen wir jetzt? Geben wir den Deutschen Valdemar Roos' Autokennzeichen, oder warten wir noch ab?«

»Warum sollten wir abwarten?«, wollte Wennergren-Oloffsson wissen.

»Aus dem einfachen Grund«, sagte Asunander und starrte den Anwärter an, »weil die Deutschen, wenn sie glauben, dass in diesem Auto ein Polizistenmörder sitzt, mit Granatwerfern auf ihn schießen werden, wenn sie ihn finden. Ohne vorher zu fragen. Also warten wir lieber zumindest, bis wir bestätigt bekommen, dass es sich um einen in Schweden registrierten Volvo handelt. Backman, du hältst mich auf dem Laufenden.«

»Natürlich«, sagte Eva Backman.

»Fortlaufend«, sagte Asunander.

»Fortlaufend«, bestätigte Backman.

»Wollen wir wetten?«, fragte Barbarotti.

»Aber gern«, sagte Backman. »Sie sind es, ich weiß nicht, woher ich das weiß, aber ich habe da ein sicheres Gefühl.«

»Es gibt wohl so an die fünfzigtausend dunkle Volvos in Europa.«

»Kann schon sein«, sagte Backman.

»Die Chance ist verdammt gering.«

»Dann halte doch dagegen. Du bist es doch, der wetten will.«

Barbarotti seufzte und hob seinen Fuß auf den Schreibtisch. »Tut mir leid«, sagte er. »Da wird nichts draus. Ich bin ganz deiner Meinung. Obwohl …«

»Obwohl?«

»Ich bin dennoch der Meinung, dass es nur gut ist, wenn wir diese Information noch eine Weile für uns behalten. Frag mich jetzt nicht, warum.«

»Warum?«, fragte Eva Backman.

»Nein, warte mal«, sagte Barbarotti. »Mir fällt da etwas ein. Haben die nicht auf deutschen Tankstellen solche Überwachungskameras? Damit keiner abhauen kann, ohne bezahlt zu haben?«

»Doch, ja«, stimmte Backman zu. »Entlang der Autobahn haben sie die ganz bestimmt.«

»Und wenn dieser Fahrer also getankt hat, bevor er weiterfuhr und einen Platten hatte … ja, dann müsste doch der Wagen auf den Bildern zu sehen sein? Dann braucht man doch nur den Film zu überprüfen, oder?«

»Ich weiß nicht, wie das funktioniert«, sagte Eva Backman. »Es kann sein, dass die Bilder ziemlich schnell gelöscht werden. Auf jeden Fall haben wir keine Listen mit Kennzeichen gekriegt, unter denen wir hätten nachschauen können.«

Barbarotti dachte nach. »Wie läuft das eigentlich?«, fragte er dann. »Die brauchen doch gar nicht erst über die schwedische Polizei zu gehen, wenn sie nach einem schwedischen Auto suchen, oder? Reicht es nicht, wenn sie direkt das Straßenverkehrsamt anrufen, also, unser Verkehrsregister, meine ich?«

»Doch, das denke ich schon«, sagte Backman. »Wenn sie jemanden haben, der Schwedisch spricht. Und … ja, unser

Fluchtvolvo wird ja bereits gesucht, wenn sie ihn also finden und sie haben ein Foto, dann können sie …«

»Gleich mit ihren Granatwerfern losballern, ohne dass wir überhaupt etwas damit zu tun haben«, ergänzte Barbarotti.

»Ganz genau«, sagte Backman. »So kann es kommen. Aber es kann natürlich auch sein, dass sie überhaupt nicht getankt haben. Nur angehalten und einen Kaffee getrunken haben. Oder? Und dann gibt es kein Bild.«

»Da hast du Recht«, sagte Barbarotti. »Und wir dürfen nicht vergessen, dass es sich sowieso um einen von fünfzigtausend handelt.«

Inspektorin Backman nickte und schaute eine Weile finster vor sich hin. Dann sah sie auf ihre Uhr.

»Zeit fürs Mittagessen«, sagte sie. »Was meinst du, schaffst du es, den Fuß bis zum Kungsgrillen zu schleppen?«

»Ich bin bereit, es auf einen Versuch ankommen zu lassen«, sagte Barbarotti.

Nach dem Essen widmete er sich dem Finale der Graffiti-Ermittlungen. Es waren zwei Pappkartons nötig, um alle Ordner unterzubringen. Obwohl ein schwarzer Müllsack sicher besser wäre, dachte Gunnar Barbarotti, aber natürlich muss das archiviert werden. Auch wenn niemand diese Akten jemals wieder öffnen wird. Vielleicht wird man sie in zehn oder fünfzehn oder zwanzig Jahren wegschmeißen, wenn irgendwo Platz in den Regalen gebraucht wird. Für neue Ordner.

Er klebte einen selbsthaftenden gelben Zettel auf einen der Kartons – *zu archivieren* – und stellte beide auf den Flur. Dann rief er in der Zentrale an und fragte, ob die Personen, die er vorgeladen hatte, da waren.

Er bekam die Information, dass sie auf ihn warteten, worauf er Aufnahmegerät, Block und Stift nahm und sein Zimmer verließ.

Wenn es klappt, dann ist alles gut, dachte er.

Und wenn es nicht klappt, dann wird Asunander mich den Wölfen zum Fraß vorwerfen.

Kurz vor fünf Uhr schaute er wieder bei Eva Backman herein.

»Etwas Neues?«

Sie schüttelte den Kopf.

»Du siehst müde aus.«

»Danke.«

»Tut mir leid, ich wollte nicht zynisch sein. Schon eine verzwickte Geschichte.«

»Darum geht es gar nicht«, sagte Eva Backman.

»Nicht? Wie meinst du das?«

Sie zögerte einige Sekunden. »Hast du fünf Minuten Zeit?«

Er trat ganz ein, zog die Tür hinter sich zu und setzte sich. »Was ist los?«, fragte er.

Sie gab keine Antwort. Sah ihn nicht an. Starrte stattdessen aus dem Fenster. Das hatte sie die ganze Zeit getan, seit er den Kopf zur Tür hereingesteckt hatte. Scheiße, dachte er. Es ist etwas passiert. So habe ich sie ja noch nie erlebt.

Er legte den Fuß auf den anderen Besucherstuhl und wartete.

»Es geht um Ville«, sagte sie schließlich, ohne den Kopf zu drehen. »Gunnar, ich halte es einfach nicht mehr aus.«

Er räusperte sich, sagte jedoch nichts.

»Ich… halte… es… nicht… mehr… aus.«

Sie sprach jedes Wort, jeden Buchstaben sorgsam aus, als meißele sie eine Botschaft in einen Runenstein. Was wohl auch der Fall war.

Unwiderruflich. Er dachte, wenn es sich hier um eine Scharade handelte, dann hätte er sofort auf dieses Wort getippt.

»Oh, shit«, sagte er. »Ich meine…«

Schließlich drehte sie den Kopf und betrachtete ihn. »Ich sitze immer noch hier, weil ich nicht nach Hause fahren will«, sagte sie. »Kannst du das verstehen?«

»Ich denke schon. Und was ist es nun, was nicht stimmt?«

»Alles«, sagte sie.

»Alles?«, wiederholte er.

»Ich kann es aufzählen, wenn du willst, aber es geht schneller, das zu benennen, was gut ist.«

»Und was ist gut?«, fragte er.

Sie überlegte. »Keiner von uns ist dem anderen je untreu gewesen«, sagte sie. »Glaube ich zumindest«, fügte sie hinzu. »Und wir lieben beide unsere Kinder. Ja, das ist es wohl.«

»Hm«, sagte Barbarotti. »Nicht viel so als Basis. Außerdem wohl ziemlich viel Sport, oder …?«

»So … verdammt … viel … Sport«, bestätigte Backman und meißelte wieder in ihren Runenstein. »Ich lebe mit vier Fundamentalisten zusammen. Nicht genug damit, dass sie selbst acht Tage in der Woche für ihr beschissenes Unihockey trainieren oder Spiele austragen. Sie müssen auch noch jede Sportsendung im Fernsehen gucken, ob es nun um Fußball, Hockey, Handball, Leichtathletik oder Schwimmen geht, jetzt haben sie auch noch angefangen, sich Golf und Trabrennen anzusehen …und nachts NHL-Hockey. Boxen! Wir haben hundert Kanäle auf dem Fernseher, sechzig von denen zeigen Tag und Nacht Sport. Und jetzt spielen sie auch noch zusammen, ich meine, sie wetten bei ATG … hocken zusammen, tüfteln Systeme aus und diskutieren über Gewinnquoten, Harry Boy und was weiß ich noch alles. Gunnar, ich …. halte … es … nicht … mehr … aus! Nicht eine Sekunde länger!«

»Hast du … hast du mit Ville mal darüber gesprochen?«, fragte Barbarotti vorsichtig.

»Seit fünfzehn Jahren«, erklärte Eva Backman. »Aber jetzt ist fertig geredet.«

»Du meinst, dass du tatsächlich …?«

»…«

»… daran denkst, ihn zu verlassen?«

»Ja.«

»Hast du es ihm gesagt?«

Sie schien einen Moment lang zu zögern. Dann lachte sie.

»Nein«, sagte sie. »Ich dachte, es ist besser, wenn du es zuerst erfährst.«

»Ich … ich weiß dein Vertrauen zu schätzen«, sagte Barbarotti. »Aber …?«

»Ich werde ihn jetzt anrufen und es ihm sagen«, erklärte Eva Backman.

»Jetzt?«

»Ja. Ich bereite mich gerade darauf vor.«

»Solltest du nicht lieber nach Hause fahren und es ihm direkt sagen?«

Sie schüttelte den Kopf. »Nein, nein. Ich will nicht das Risiko eingehen, dass ich ihm eins mit der Bratpfanne verpasse. Ich werde heute Nacht hier schlafen.«

»Hier?«, fragte Gunnar Barbarotti. »Du kannst doch nicht auf der Wache übernachten?«

»Wieso nicht? Das geht ausgezeichnet«, erklärte Eva Backman. »Ich habe schon früher im Ruheraum übernachtet und du doch auch. Mach dir keine Sorgen, ich weiß, was ich tue.«

»Hast du dir das wirklich gut überlegt?«, fragte Barbarotti.

»Zehn Jahre lang, meinst du, das reicht?«

»Okay«, seufzte Barbarotti. »Aber kannst du dann nicht lieber mit mir kommen und bei uns übernachten? Das ist doch kein Problem, das weißt du.«

»Danke«, sagte Eva Backman. »Ein andermal vielleicht. Aber jetzt will ich das hier durchziehen, und dann werden wir sehen. Es ist …«

»Ja?«

»Es ist schön, dass ich mich jetzt dazu entschlossen habe. Und schön, es dir gesagt zu haben … jetzt gibt es kein Zurück mehr.«

»Das ist doch trotz allem möglich. Du kannst immer noch …«

»Aber kapierst du denn nicht? Ich will nicht zurück.«

»Ach so. Ja, ich verstehe.«

»Ich werde vielleicht draußen bei meinem Bruder und meiner Schwägerin wohnen… und bei meinem Vater. Ich habe mit ihnen noch nicht darüber gesprochen, aber ich denke, für eine Zeitlang müsste das gehen.«

»Okay«, sagte Barbarotti. »Aber vergiss nicht, bei uns steht das halbe Haus leer. Und Marianne mag dich, das weißt du.«

»Ja, danke«, sagte Eva Backman. »Es ist lieb von dir, dass du das sagst. Aber jetzt geh bitte, ich habe ein wichtiges Gespräch zu führen.«

»Viel Glück«, sagte Gunnar Barbarotti. »Ich werde dich später am Abend anrufen und sehen, wie die Lage ist.«

»Danke«, sagte Inspektorin Backman. »Und das meine ich wirklich.«

44

Ante Valdemar Roos wachte davon auf, dass er fror.

Er lag auf dem Vordersitz, draußen war es pechrabenschwarz, und ein Ast schlug beharrlich gegen die Windschutzscheibe. Es regnete nicht mehr, aber ein starker Wind, der in Böen auftrat, ließ den Wagen ab und zu schaukeln.

Vielleicht war es auch nur Einbildung. Vielleicht war es eine Bewegung in ihm selbst, die auf die jaulend ansteigenden und wieder abfallenden Töne reagierte, die draußen in der Nacht zu hören waren. Er wusste nicht, wo sie sich befanden, konnte sich nur daran erinnern, dass er auf einen Parkplatz gefahren war, nachdem er fast hinter dem Lenkrad eingeschlafen war. Nach Mitternacht, irgendwann kurz nach zwölf Uhr, musste das gewesen sein. Bevor er dem Schlaf erlaubt hatte, die Herrschaft über ihn einzunehmen, war er draußen gewesen und hatte die Plastiktüte mit dem Wagenheber vergraben. Tief in einem Straßengraben, er hatte nichts gesehen, es war genauso dunkel gewesen wie jetzt, und er hatte mit den bloßen Händen gegraben. Er war voll mit altem Laub und Zweigen, aber er ging davon aus, dass er sicher begraben war. Wer würde schon in einem Graben hinter einem Parkplatz suchen?

Wenn wir noch einmal einen Platten haben, werden wir keinen Wagenheber mehr haben, hatte er noch gedacht, bevor er eingeschlafen war. Jetzt fiel ihm der Gedanke wieder ein, das war etwas merkwürdig, aber vielleicht war er ja mit ihm eingeschlafen.

Andererseits hatten sie auch kein Reserverad mehr, das hatte er auch festgestellt, und er erinnerte sich, dass er darüber gelacht hatte.

Das war ein gutes Zeichen, dass er immer noch lachen konnte.

Anna lag auf der Rückbank und schlief, er streckte die Hand aus und kontrollierte ihren Puls. Der war schwach, aber normal, wie er fand. Weder besonders schnell noch zu langsam. Ihr Handgelenk war so dünn, fast wie das eines kleinen Kindes. Er erschauderte und richtete sich auf. Spürte, wie es ihm unten im Kreuz wehtat. Natürlich tut es weh, dachte er, sechzigjährige Rücken sollten nicht gekrümmt auf den Vordersitzen von Autos liegen.

Er startete den Motor, damit es etwas wärmer wurde. Ließ ihn im Leerlauf drehen, während er hinausging und gegen einen Baum pinkelte. Wie ein Hund, registrierte er. Ich pinkle gegen einen Baum wie ein herrenloser Hund.

Er kroch zurück in den Wagen und suchte die Straßenkarte hervor. Irgendwann im Laufe der Nacht waren sie an ein Autobahnkreuz gekommen, und er war abgebogen, ohne überhaupt zu wissen, in welche Himmelsrichtung ihn der Weg führte. Dann war er noch zwei Stunden lang gefahren, und dann konnte er plötzlich nicht mehr. Ein Schild tauchte in seiner Erinnerung auf; wahrscheinlich hatte er es gesehen, kurz bevor sie auf diesem Parkplatz angehalten hatten:

Aarlach 49

Er hatte noch nie von diesem Ort gehört, fand ihn auch nicht auf der Karte. Nun ja, das bedeutete nichts. Es gab reichlich Plätze hier in Europa, von denen er noch nie etwas gehört hatte.

Er schaute auf die Uhr. Es war halb fünf. Bald kam also der Morgen, konstatierte er und rieb sich die Augen. Zeit, einen neuen Tag in Angriff zu nehmen.

Er registrierte, dass er schlecht roch. Ein eingewachsener

Gestank nach Schweiß und schmutziger Kleidung, er hatte sie jetzt seit fast zwei Tagen nicht gewechselt. Anna auch nicht, wahrscheinlich roch auch sie nicht gerade wie eine Heckenrose, wie sie da in Decken, Handtücher und diverse andere Dinge auf dem Rücksitz eingewickelt lag. Alles, um sie warm zu halten; was ihn betraf, so trug er nur sein Flanellhemd und seine dünne Windjacke, kein Wunder, dass er fror.

Er drehte den Rückspiegel und betrachtete sein Gesicht. Mein Gott, dachte er. Der sieht ja aus wie ein Penner, der da im Spiegel. Das reinste Wrack. Seine Hände waren auch schmutzig, von dem nächtlichen Graben in der Erde. Er schnupperte an ihnen, sie rochen nach Erde und Verwesung.

Er drehte den Spiegel wieder in seine Normalposition, dann brauchte er sich nicht länger selbst anzusehen. Blieb ganz still sitzen, die Hände auf dem Lenkrad, während er spürte, wie die Wärme langsam, aber sicher in den Körper strömte. Nach einer Weile begann er nach einem Kaugummi zu suchen, um diesen muffigen Geschmack im Mund loszuwerden, fand jedoch keinen. Irgendwo musste ein Päckchen liegen, das wusste er, er hatte es am vorigen Abend an der Tankstelle gekauft.

Gleichzeitig hatte er auch eine Zeitung gekauft und über diesen Polizisten gelesen, der an einer anderen Tankstelle niedergeschlagen worden war. Er schwebte offensichtlich zwischen Leben und Tod. Klaus Meyer, Frau und zwei Kinder, es gab auch ein Foto von ihm, aber er konnte ihn nicht wiedererkennen. Nach dem Täter wurde gefahndet, im ganzen Land war die Polizei in Bereitschaft.

Ich?, hatte er sich gefragt, nachdem er das gelesen hatte. Soll ich das sein? Ante Valdemar Roos, der darin verwickelt ist?

Der Täter.

Das musste ein Missverständnis sein. So ist es nicht gewesen, dachte er, ganz und gar nicht, und wenn er nur nicht so verdammt neugierig gewesen wäre, dieser Klaus Meyer, dann wäre das nie passiert. Wenn man Frau und zwei Kinder hatte, dann sollte man ja wohl etwas vorsichtiger sein, da war... da war eine Ungerechtigkeit in all dem, beschloss Valdemar Roos voller Wut, eine Art verdammter Ungerechtigkeit, die er selbst nicht so recht in Worte fassen konnte. Aber dennoch war sie entscheidend. Er hielt Annas Leben und ihr weiteres Schicksal in seinen Händen, so war es, und genau das war der Kern von allem, und dieser Klaus Meyer hatte versucht, ihn daran zu hindern. Er hatte einfach kein Recht gehabt, sich einzumischen... dieser verfluchte Idiot.

Valdemar schüttelte den Kopf und umklammerte das Lenkrad. Weg mit den Bildern, dachte er. Weg mit dieser Unschlüssigkeit und allen unbedeutenden Unannehmlichkeiten, jetzt kam es darauf an... jetzt kam es darauf an, nach vorn zu sehen. Was war das Wichtigste im Augenblick?

Ein Dach über den Kopf zu kriegen, dachte er. Natürlich.

Ein Hotelzimmer zu finden, zu duschen, die Kleidung zu wechseln und in einem richtigen Bett auszuschlafen. Zwar hatten sie keine saubere Kleidung mehr, die sie hätten anziehen können, weder er noch Anna, sie hatten einmal in dieser Pension in Dänemark ihre Wäsche gewaschen, aber das war auch schon wieder lange her. Wie lange genau, konnte er nicht sagen.

Aber wenn er sie nur erst ins Bett gebracht hatte, konnte er eine heiße Dusche nehmen und dann so einiges kaufen, was sie brauchten. Danach... danach würde er sie wecken, sie musste auch duschen... oder ein Bad nehmen, ein Bad wäre besser, er konnte so einen gut duftenden weiblichen Badeschaum kaufen... sie würden ein vernünftiges Frühstück einnehmen... oder Mittagessen oder was auch immer... und anschließend zusammensitzen und einen Kaffee trinken, satt und zufrieden... er mit seiner Pfeife, sie mit einer Zigarette... dann konnten sie beraten, wohin sie ihre Reise fortsetzen wollten. Ja, genau so sollte es sein.

Nach Italien vielleicht. Frankreich?

Zufrieden mit dieser einfachen Planung – und mit diesem einfachen Szenario auf seiner inneren Netzhaut – machte er den Sicherheitsgurt fest und fuhr vom Parkplatz.

Mit dem Morgengrauen kam eine Art Einsicht.

Vielleicht war das der eigentliche Sinn der Morgendämmerung?, dachte er. Genau dazu war sie zu gebrauchen, im Guten wie im Bösen, wobei das Böse in diesem Fall in dem Gedanken bestand, in die nächste Stadt zu fahren, irgendwo zu parken, nach einem Hotel zu suchen, zum Empfangstresen zu gehen und …

In diesem Zustand?, dachte er und trank einen Schluck lauwarmes Wasser aus der Plastikflasche. Wie ich aussehe? Das geht gar nicht, das kann nicht klappen. Wenn Anna gesund und auf den Beinen gewesen wäre, dann vielleicht, aber so … sie durch eine Lobby zu schleppen, zu erklären, dass sie seine Tochter wäre, dass sie ein Zimmer für ein oder zwei Nächte bräuchten, dass ihnen leider die Pässe gestohlen worden wären, dass sie bar bezahlen wollten … und das mit ihrem Geruch, ihrem Schmutz und ihrem … nein, das war ausgeschlossen.

Andererseits mussten sie aus dem Auto kommen. Sie mussten irgendeine Art von Herberge finden – Bett, Dusche und saubere Kleidung waren einfach eine Notwendigkeit. Eine zwingende Notwendigkeit, dachte Ante Valdemar Roos. Konnten Notwendigkeiten überhaupt *zwingend* sein? Oder waren sie nicht immer zwingend?

Das war auch so eine Frage, über die man lange grübeln konnte. Warum konnte er nicht einfach …

»Valdemar?«

Er zuckte zusammen und rutschte mit dem Reifen auf den Seitenstreifen.

»Was ist das für ein Geräusch?«

Es war das Erste, was sie seit zwölf Stunden sagte, seit mindestens zwölf Stunden. Ihre Stimme war spröde wie Reispapier.

»Anna?«, sagte er, lenkte wieder zurück auf die Fahrbahn und ging im Tempo herunter. »Wie geht es dir?«

»Wo sind wir? Sind wir bald da?«

»Ja, sicher«, sagte er. »Bald. Wie geht es dir? Möchtest du etwas trinken?«

Sie atmete schwer und versuchte, sich halb hochzuziehen. »Ich fühle mich so merkwürdig, Valdemar. Ich bin irgendwie wie … wie betäubt.«

Er streckte eine Hand nach hinten und strich ihr über den Arm. »Wir halten bald an«, sagte er. »Wir werden irgendwo absteigen, damit du ein ordentliches Bett kriegst, in dem du dich ausruhen kannst.«

»Ausruhen?«, fragte sie. »Aber ich habe doch …«

»Ja?«

»Valdemar, ich habe doch nichts anderes getan, als mich auszuruhen.«

»Du wirst bald wieder gesund werden«, sagte er. »Außerdem musst du etwas essen. Hast du Hunger?«

Die Antwort ließ auf sich warten, als versuchte sie tatsächlich in sich hineinzuhorchen.

»Nein, Valdemar …«, sagte sie. »Ich habe keinen Hunger … kein bisschen.«

»Wir müssen aber auf dich aufpassen, Anna«, sagte er. »Hast du Schmerzen?«

Wieder überlegte sie.

»Nein, keine Schmerzen … nur irgendwie taub.«

»Taub?«

»Ja.«

»Ich verstehe. Musst du mal pinkeln?«

»Ich glaube nicht. Wie weit haben wir es noch?«

»Nur noch eine Stunde«, sagte er. »Schlaf noch ein bisschen, ich wecke dich, wenn wir da sind.«

»Ist gut«, sagte sie.

Sie legte sich wieder hin, mit dem Rücken zu ihm und der Decke über dem Kopf. Er seufzte und richtete seine Aufmerksamkeit wieder nach vorn. Ein neues Ortsschild tauchte am Straßenrand auf.

Maardam 129

Ausgezeichnet, dachte Ante Valdemar Roos. Wie ich gedacht habe. Plan B.

Die Frau hinter dem Tresen hatte etwas mit dem Auge. Das Lid hing herunter und bedeckte zur Hälfte das Auge, er nahm an, dass sie auf dieser Seite blind war.

Sonst hätte sie richtig gut ausgesehen, dachte er. So um die fünfundvierzig, dunkel, ein bisschen in die vulgäre Richtung, aber mein Gott, wenn er in einem Autobahnmotel hinter dem Tresen stünde, würde er nicht genauso aussehen?

»You speak English?«, fragte er.

Sie bestätigte, dass sie ein wenig verstand. Ihre Stimme erzählte von Whisky und vierzig Zigaretten am Tag. Seit vielen, vielen Jahren.

Gut, dachte er, das ist eine Frau, die keine unnötigen Fragen stellt.

»Wir sind die ganze Nacht durchgefahren«, erklärte er. »Ich wollte eigentlich weiter, aber meiner Tochter ist schlecht geworden beim Autofahren, deshalb …«

»Sie können nicht vor zwei Uhr einchecken«, sagte die Frau.

»Ich kann einen Aufschlag bezahlen«, sagte Valdemar.

»Mal sehen, was sich machen lässt«, sagte die Frau. »Also eine Nacht?«

»Eine Nacht«, bestätigte Valdemar.

Sie blätterte in einem Ordner.

»Sie können Nummer zwölf haben«, sagte sie. »Fünfzig extra für vorzeitiges Einchecken.«

»Das ist in Ordnung«, sagte Valdemar.

»Bezahlung im Voraus. Sie können den Wagen direkt davor parken.«

»Thank you«, sagte Valdemar. »Thank you so much.«

»You're welcome«, sagte die Frau.

Er bezahlte, dann fiel ihm noch etwas ein.

»Wie weit ist es von hier bis nach Maardam?«

»Fünfundvierzig Kilometer«, sagte die Frau.

»Gibt es eine Stadt, die näher ist?«

»Es gibt Kerran«, sagte die Frau.

»Und wie weit ist es bis dorthin?«

»So sechs, sieben Kilometer. Fünfhundert Meter weiter kommt ein Schild.«

Sie zeigte in die Richtung. Er nickte und bedankte sich noch einmal, die Frau erklärte erneut, dass er willkommen sei, dann ging er hinaus zum Auto.

Nachdem er sie ins Bett gebracht hatte, blieb er eine Weile auf der Bettkante sitzen und strich ihr mit dem Handrücken über die Wange. Sie schlief nicht richtig, schien aber auch nicht ganz wach zu sein. Murmelte ab und zu etwas, aber er konnte nicht verstehen, was sie da zu sagen versuchte.

Vielleicht war es auch gar nichts Wichtiges, vielleicht sprach sie nur mit sich selbst. Ihm kam das Bild eines Vogelkükens in den Sinn, dem er einmal das Leben gerettet hatte, als er noch ein Kind gewesen war. Es hatte einen gebrochenen Flügel gehabt und war auch sonst noch verletzt; er hatte einen Schuhkarton mit Watte, Gras und anderem ausgepolstert und ihn mit dem Küken unter sein Bett gestellt. In gewisser Weise erinnerte ihn Anna daran, und er erinnerte sich auch noch an die Zärtlichkeit, die er gespürt hatte, als er es vorsichtig mit einem Finger gestreichelt hatte. Genau wie jetzt.

Aber eines Nachmittags, als er aus der Schule nach Hause gekommen war, da war das Küken tot, also war es doch nicht das Gleiche.

»Ich fahre kurz weg«, sagte er. »Werde einiges für uns einkaufen. In ein paar Stunden bin ich wieder da.«

Sie gab keine Antwort.

»Verstehst du, was ich sage, Anna?«

Sie murmelte etwas, er interpretierte es als ein Ja. Dass sie es in Ordnung fand, wenn er wegging.

»Höchstens drei Stunden. Wasser und was anderes zu trinken stehen hier auf dem Tisch. Du brauchst dir keine Sorgen zu machen.«

Sie seufzte und drehte sich auf die Seite. Ausgezeichnet, dachte er, sie wird noch ein paar Stunden schlafen, dann kann sie eine Dusche nehmen, wenn ich zurück bin.

»Ich werde auch Zigaretten für dich kaufen. Und saubere Unterwäsche. Hast du eine bestimmte Größe? Oder Lieblingsfarbe?«

Sie antwortete nicht. Er stand auf, spürte erneut, wie es ihm im Kreuz zog, und verließ vorsichtig das Zimmer.

45

Kriminalinspektor Barbarotti las in der Bibel.

Jedenfalls lag sie auf seinem Schoß, aber in Erwartung der rechten Eingebung blieb sie erst einmal dort liegen. Es war noch immer Dienstag, der 7. Oktober, und obwohl es zehn Uhr abends war, konnte er draußen auf der Terrasse sitzen. Zwar mit einer Decke über den Beinen, aber immerhin. Marianne saß neben ihm, auch sie mit einer Decke über den Beinen, und sie hatte gerade festgestellt, dass etwas mit dem Wetter nicht stimmte. Mit dieser unnatürlichen Wärme. Apokalyptisch, hatte sie gesagt. Das erscheint mir apokalyptisch, findest du nicht auch? Als wartete die ganze Welt auf eine große Veränderung.

»Eine Katastrophe?«, hatte er gefragt. »Ich finde es nur angenehm warm.«

»Das finde ich auch«, hatte sie erwidert. »Ich versuche nur, ein wenig dramatisch zu klingen. Willst du noch Wein?«

Das wollte er. Wenn denn eine Katastrophe eintreffen sollte, war es zumindest gut, ein wenig Hitze in den Adern zu spüren. Marianne hat am nächsten Tag frei, dachte er. Wenn erst alle Kinder im Bett sind, können wir uns eine Weile lieben.

Vielleicht nicht gerade hier, aber wir können hinunter zum Anleger gehen.

Den ihr Bruder gebaut hatte. Im Oktober draußen lieben, dachte er. Mit Gips auf einem Anleger, die Welt ist tatsächlich aus den Fugen geraten.

Zumindest das Wetter. Auf jeden Fall vielen Dank, Schwager-Roger.

Aber das war natürlich nur so eine Idee, das mit dem Anleger: Momentan schienen noch so einige der Kinder wach zu sein. Sie kamen und gingen, in unregelmäßigen Intervallen tauchten sie bei ihren Eltern auf, die da unter ihren Decken auf der Terrasse saßen, fragten das eine oder andere und wunderten sich, warum sie dort so herumhingen.

Nicht alle Kinder wunderten sich darüber, aber einige. Und die Eltern blieben einfach an ihrem Platz sitzen. Ausnahmsweise.

»Spürt ihr nicht, was für ein verzauberter Abend das ist?«, fragte Marianne eines von ihnen, aber das Kind antwortete nur: »Ja, logo, ein echt verzauberter Abend«, und erklärte, dass es am nächsten Morgen eine Mathearbeit zu schreiben habe.

Die Eltern lächelten, stießen schweigend miteinander an und berührten einander leicht. Nach einer Weile beschloss Gunnar Barbarotti, dass es nun an der Zeit sei, er schob den Zeigefinger in die Bibel, schlug sie auf und las:

Ein jeglicher frißt das Fleisch seines Arms: Manasse den Ephraim, Ephraim den Manasse.

»Manasse und Ephraim?«, rief er verwundert aus. »Wie um alles in der Welt soll ich das denn verstehen? Fleisch aus meinem eigenen Arm?«

»Weißt du«, erwiderte Marianne. »Ich bin gar nicht sicher, dass der Herr deine Art, die Bibel zu lesen, immer schätzt.«

»Nicht?«, sagte Barbarotti verwundert. »Du meinst, dass meine Vorgehensweise etwas … etwas zu unsystematisch sein könnte?«

»Vielleicht manchmal.«

»Es gibt möglicherweise die eine oder andere Zeile, die nicht immer so ganz passend ist, oder?«, schlug Barbarotti vor.

»Die eine oder andere«, bestätigte Marianne.

»Eva Backman will sich scheiden lassen«, berichtete er eine halbe Stunde später, nachdem Ephraim und Manasse zu den Akten gelegt worden waren und vermutlich alle Kinder im Bett waren. Bevor sie sich hinunter zum Anleger begaben. Es war übrigens höchst ungewiss, ob sie überhaupt so weit kommen würden, es war unsinnig, sich zu früh zu viele Gedanken zu machen.

»Sich scheiden lassen?«, fragte Marianne nach. »Ja, das ist wohl höchste Zeit.«

»Was?«, wunderte Gunnar Barbarotti sich. »Was meinst du denn damit?«

»Dass sie darin nur recht tut, natürlich«, antwortete Marianne. »Das meine ich. Wenn sie noch zwei Jahre warten würde, könnte es zu spät sein.«

»Du hast ihren Mann doch nur einmal getroffen, oder?«

»Ja«, bestätigte Marianne. »Manchmal reicht einmal.«

»Ich fand nicht, dass er so große Fehler hat.«

»Auch ein Glas Wasser hat keine Fehler.«

Gunnar Barbarotti dachte nach.

»Sie hat offenbar ziemlich lange damit gewartet«, sagte er.

»Das sage ich doch«, betonte Marianne. »Wie sieht es aus, braucht sie Hilfe?«

»Ich … ich weiß nicht. Natürlich muss sie mit jemandem darüber reden … ich habe ihr gesagt, dass sie herkommen kann, aber sie wollte lieber auf dem Revier übernachten.«

»Heute Nacht?«, fragte Marianne und schaute auf die Uhr.

»Ja.«

»Und wann hat sie es ihm also gesagt?«

»Heute Abend. Am Telefon. Ja, und dann wollte sie auf dem Revier schlafen.«

Marianne richtete sich auf ihrem Stuhl auf. »Gunnar, du hast ihr doch wohl gesagt, dass wir hier jede Menge Platz haben?«

»Ja, natürlich.«

»Und dass ich sie sehr gern mag?«

»Ja, das habe ich alles gesagt, aber sie hat darauf bestanden … ich nehme an, dass sie lieber allein sein möchte. Um zu …«

»Um was?«

»Um zu fühlen, wie das ist und so. Ich habe sie vor ein paar Stunden angerufen, und da hat sie gesagt, dass alles in Ordnung sei.«

»Hm.«

Marianne schwieg eine Weile und drehte ihr Glas. »Ja, das ist vielleicht gar nicht so dumm«, sagte sie dann. »Man soll kein Pflaster draufkleben, bevor es nicht richtig geblutet hat. Weißt du was?«

»Nein«, antwortete Gunnar Barbarotti.

»Ich denke, es ist eine große Gnade, dass wir hier sitzen dürfen, du und ich. Wir werden sicher nie glauben, dass wir das verdient haben. Eine große Gnade, hörst du?«

»Meinst du das Haus, den Garten und den See?«, fragte Barbarotti.

»Nein, du Dummkopf«, sagte Marianne. »Ich meine dich und mich und die Kinder. Natürlich sind Haus, Garten und See auch schön, aber das ist nicht so wichtig.«

»Ich verstehe«, sagte Barbarotti.

»Wirklich?«

»Auf jeden Fall«, bestätigte Barbarotti. »Aber so einen Abend kann man auch nicht erwarten. Es sind mindestens zwanzig Grad, oder was denkst du? Mitten im Oktober. Du hättest … du hättest nicht vielleicht Lust, hinunter zum Anleger zu gehen?«

»Zum Anleger?«, wiederholte Marianne.

»Ja.«

»Hm. Warum eigentlich nicht?«, erwiderte Marianne.

Sobald er aufgewacht war, rief er Eva Backman erneut an.

Sie versicherte ihm, dass immer noch alles unter Kontrolle sei, dass sie zumindest fünf Stunden geschlafen habe und nach der Arbeit ihre Familie treffen wolle, um die Zukunft zu diskutieren. Zwar bedeute das, dass sie ein wichtiges Unihockeytraining versäumten, aber nach einigen Diskussionen waren doch alle Beteiligten einverstanden gewesen.

»Du machst Witze?«, fragte Barbarotti.

»Leider nicht«, antwortete sie. »Und es wundert mich gar nicht. Im Gegenteil, ich bin froh, dass sich alle Zeit nehmen und kommen.«

»Scheiße«, sagte Barbarotti.

»Jetzt reden wir nicht mehr drüber«, entschied Inspektorin Backman. »Ich werde ab heute Abend für ein paar Tage bei meinem Bruder wohnen, und danach sehen wir weiter.«

»Ich habe Marianne gestern Abend erzählt, was los ist«, erklärte er. »Sie findet auch, dass du zu uns kommen solltest.«

»Das weiß ich zu schätzen«, erwiderte Eva Backman. »Vielleicht komme ich noch drauf zurück, aber das brauchen wir jetzt noch nicht zu entscheiden, oder?«

»Natürlich nicht«, versicherte Barbarotti. »Apropos dein Bruder, da fällt mir etwas ein.«

»Ja?«

»Wohnt der nicht ganz in der Nähe von Lograna?«

»Ja… ja, natürlich. Warum fragst du?«

»Nun ja, ich habe mir nur überlegt, ob wir sie vielleicht befragen sollten… vielleicht haben sie ja etwas gesehen. Ich meine natürlich nicht den Mord an sich, aber vielleicht sind sie vorher auf Valdemar oder das Mädchen gestoßen?«

»Das habe ich schon überprüft«, sagte Eva Backman. »Leider, keiner von ihnen hat etwas gesehen.«

»Okay«, sagte Barbarotti. »War nur so eine Idee. Und nichts Neues aus Deutschland?«

»Du, ich bin zwar hier im Haus«, sagte Eva Backman, »aber noch nicht im Dienst.«

»Ich bin in einer Stunde da«, versprach Barbarotti. »Dann erwarte ich jedenfalls, dass du im Dienst bist. Wir werden diesen blöden Valdemar Roos heute schnappen, ich habe da so ein Gefühl.«

»Dann werde ich mich mal auf die männliche Intuition verlassen«, erklärte Eva Backman und legte den Hörer auf.

46

Plötzlich waren es Stimmen, nicht Bilder, die sich ihr aufdrängten. Manchmal konnte sie sie identifizieren, feststellen, wer da sprach, manchmal nicht.

Bleib vollkommen ruhig liegen, wenn du dich bewegst, bist du des Todes!, beispielsweise. Wer sagte das? Es war ein Mann, da gab es keinen Zweifel, das konnte sie hören, eine schroffe Stimme, die weit entfernt zu sein schien, und sie klang nicht so gefährlich, wie es zunächst schien. Es war eher ein Rat, den er ihr geben wollte, dass sie sich nicht bewegen sollte oder so etwas in der Richtung.

Ich bin so müde, Anna, du musst Marek heute in den Kindergarten bringen, ich habe mich die ganze Nacht lang übergeben! Das war natürlich ihre Mutter. *Aber du musst dich beeilen, sie machen heute einen Ausflug, er muss in einer Viertelstunde dort sein!* Und nach einer kleinen Pause, in der sie sich eine Zigarette angezündet hatte: *Ich weiß, dass ich ein bisschen betrunken bin, Anna, aber wir müssen miteinander sprechen. Dein Vater ist kein guter Mensch, es tut mir weh, das sagen zu müssen, aber so ist es nun einmal. Halte dich von ihm fern.*

Ja, es gab viel, was ihre Mutter ihr zu sagen hatte, und die ganze Zeit balancierte sie auf dem schmalen Grat zwischen Appell und Drohung. Nein, nicht direkt Drohung, es war etwas anderes; vielleicht lag es nur daran, dass man nie genau wusste, wer sich eigentlich nun um wen kümmern sollte.

Und dass alles früher oder später sowieso zum Teufel ging, damit musste man rechnen. Es war nur eine Frage der Zeit.

Valdemar kam auch zu Wort. *Mein Mädchen, das hast du aber schön gemacht. Wo hast du nur so schön spielen gelernt? Gott hat die Eile nicht erfunden, jetzt ruhen wir uns erst einmal aus.* Bei Valdemar klang das eher wie ein altes Rundfunkhörspiel. Er spielte den guten Papa oder eher sogar einen Opa, sie selbst spielte… ja ihre eigene Stimme hörte sie nie, vielleicht war sie nur die brave, schweigsame Tochter, oder aber sie machte bei dem Stück gar nicht mit, sondern hörte nur am Radio zu.

Und Steffo. Sie wollte sich die Ohren zuhalten, wenn Steffo etwas sagte, wahrscheinlich tat sie das auch, versuchte, den Kopf ins Kissen zu drücken und sich taub zu stellen, doch das nützte nichts, da die Stimmen aus ihr selbst herauskamen, nicht von außen.

Du gehörst mir, sagte er, Steffo. *Einzig und allein mir. Und jetzt will ich, dass du dich nackt ausziehst und deine Tätowierung zeigst, das ist dein Geburtstagsgeschenk, und ich habe dafür bezahlt.*

Ja, Steffo war ganz deutlich und widerlich wie immer, aber wer war das, der da sagte: *Du hast dein Herz weggegeben, Anna, und derjenige, der sein Herz weggibt, der ist verloren?*

Und: *Wir haben dich hier auf der Waage gewogen, die Nadel hat keinen Ausschlag gezeigt. Wie willst du das erklären?*

Sie wusste es nicht. Aber es waren haargenau die gleichen Stimmen und haargenau die gleichen Worte, die sich die ganze Zeit wiederholten. Immer und immer wieder, aber mit der Zeit wurden sie heftiger, die Stimmen vermischten sich, sie redeten alle durcheinander, drängend und sich streitend. Auch wenn niemand seine Botschaft herausschrie, um welche es sich auch immer handelte, so steigerte sich irgendwie das Tempo, sie redeten immer schneller, alles wurde immer heftiger, als kämpften sie nicht nur um ihre Aufmerksamkeit, sondern als forderten sie von ihr außerdem eine Art von Antwort, sogar Valdemar klang verärgert. Auf jeden Fall schrie zum Schluss jemand: *Ich heiße nicht Hitler, ich heiße nicht Hitler, ich bin ein guter Mensch!,* und höchstwahrscheinlich war es das, wovon sie aufwachte.

Obwohl die Grenze zwischen Traum und Wachsein nur unscharf und unklar war. Sie schlug die Augen auf und starrte auf den Nachttisch mit dem Radiowecker und auf ein Fenster mit heruntergelassenen Jalousien, aber die Stimmen verschwanden dennoch nicht ganz. Sie waren immer noch wie ein leises Surren im Hinterkopf zu hören, und als sie begriff, dass sie tatsächlich wach war und gleichzeitig träumte, bekam sie Angst. Hörte sie Stimmen? Eine eiskalte, Gänsehaut verursachende Furcht überfiel sie, es war ihr klar, dass es der Tod war, der sich in Erinnerung rief, aber dieses Mal war er nicht sanft und freundlich, sondern fordernd und bedrohlich.

Aber wie sollte sie ihn bekämpfen? Denn er musste bekämpft werden, daran herrschte kein Zweifel. Ihr Kopf schmerzte wie üblich, dumpf und pochend, und ihr rechter Arm war taub, auch wie üblich. Eine leichte Übelkeit wuchs in ihr, und plötzlich kam da eine andere Stimme, die überhaupt nicht wie die vorherigen klang; sie hatte ihren Platz irgendwo tief in ihrem Brustkorb, und nach einer Weile begriff sie, dass es ihre eigene war.

Verlasse dieses Zimmer, sagte sie. Du musst ins Krankenhaus. Du stirbst. Und sie verstummte nicht. *Verlasse dieses Zimmer. Du musst ins Krankenhaus. Du…*

Sie beschloss, der Stimme zu gehorchen, fast sofort tat sie das, aber es war nicht so einfach. Allein sich auf die Bettkante zu setzen, dauerte mehrere Minuten. Als sie aufgestanden war, wäre sie fast in Ohnmacht gefallen, und sich die wenigen Meter bis zur Zimmertür zu bewegen, erschien wie der reinste Marathonlauf. Die Müdigkeit war tonnenschwer, sie war ein Rucksack, gestopft voll mit Pflastersteinen, Schrecken, Blei und Angst, und sie war gezwungen, ihren Beinen die Kommandos zuzuschreien, damit sie sich überhaupt bewegten.

Sie hatte gehofft, auf einen Flur oder etwas Ähnliches zu kommen, soweit sie überhaupt etwas hoffte … zumindest in einen Raum, in dem es Menschen gab, aber stattdessen war es ein Parkplatz. Der Wind packte sie, sie geriet ins Schwanken, biss dann die Zähne zusammen und begriff, dass sie noch ein Stück weitergehen musste. *Sie musste.* Blieb zunächst stehen, die Hand um den kalten Türgriff geklammert, als versuchte sie, auf irgendeine absurde Art und Weise Kraft aus ihm zu saugen, so stand sie da und betrachtete die Autos, die mit den Schnauzen zu ihr aufgereiht standen wie hungrige Tiere … ein blaues, ein weißes, ein rotes, noch ein rotes und ein schwarzes Wohnmobil … hinter den Autos eine größere Straße, sie konnte die Geräusche des Verkehrs hören, der vorbeibrauste, etwas weiter entfernt ein grüngelber Streifen Wald und Vögel, die unter einem unruhigen Himmel herumflogen. Wo bin ich?, fragte sie sich. Wie bin ich hierhergekommen? Sind das nur Trugbilder, die herumfliegen, und in welche Richtung muss ich gehen?

Doch dann war die Stimme wieder in ihrem Brustkorb. *Du musst ins Krankenhaus. Du stirbst.*

Also, dachte sie und atmete so viel Luft in die Lunge ein, wie sie nur konnte. Also …

Ließ die Klinke los und begann zu gehen.

Als sie die Tür zu der kleinen Motelrezeption öffnete – ein niedriger kleiner Raum von nur wenigen Quadratmetern, mit einem Tresen, zwei knallroten Plastikstühlen und einem kleinen Regal mit Broschüren –, war sie am Ende ihrer Kräfte. Sie kippte schräg nach vorn, schlug mit dem Kopf gegen das Regal, eine Wunde direkt über der rechten Augenbraue begann sofort zu bluten, und sie landete wie ein angeschossenes Wildbret zwischen den beiden Stühlen.

Die einäugige Frau hinter dem Tresen erhob sich halb, schlug sich die Hand vor den Mund und drückte ihre Zigarette aus.

Dann griff sie zum Telefon und rief nach einem Krankenwagen.

47

Wie geht es dir?«, fragte Barbarotti.

»Wie ich es verdient habe«, antwortete Eva Backman. »Aber ich fürchte, wir haben nicht die Zeit, Privates zu diskutieren.«

»Wieso nicht?«, fragte Barbarotti.

Sie zuckte mit den Schultern und schaute auf die Uhr.

»Wir haben in fünf Minuten ein Date mit Asunander.«

»Mit Asunander? Schon wieder? Ist was passiert?«

»Das kann man wohl sagen«, erklärte Eva Backman. »Der Sohn hat vor einer halben Stunde angerufen.«

»Der Sohn?«, fragte Barbarotti. »Du könntest dich nicht möglicherweise etwas deutlicher ausdrücken?«

»Aber natürlich«, sagte Eva Backman. »Greger Roos hat heute Morgen hier angerufen. Toivonen hat das Gespräch angenommen, ich habe dann nach einer Minute übernommen. Er ist offensichtlich da unten.«

»Warte mal«, sage Barbarotti. »Du sagst also, dass Greger Roos, von dem ich annehme, dass er Valdemar Roos' Sohn ist, hier angerufen hat … wo wohnt der denn?«

»In Maardam«, sagte Backman. »Er wohnt seit fünfzehn Jahren in Maardam, arbeitet in einer Bank oder so.«

»Ich dachte, sie hätten keinen Kontakt«, sagte Barbarotti. »Aber ist ja egal, und was wollte er?«

»Er wollte uns erzählen, dass er Besuch von seinem Vater gehabt hat.«

»Von seinem Vater?«, wiederholte Barbarotti. »Dann … dann haben wir ihn, mit anderen Worten?«

»Nicht so ganz«, widersprach Backman. »Er hat nur einen kurzen Besuch abgestattet und ist dann wieder fort.«

»Scheiße.«

»Kann man wohl sagen.«

»Hatte er das Mädchen bei sich?«, fragte Barbarotti.

»Nein, hatte er nicht. Aber er hat einen Brief hinterlassen.«

»Einen Brief?«

»Ja.«

»Und was steht da drin?«

»Das wissen wir nicht. Der Sohn hat ihn nicht geöffnet. Aber er scheint an uns adressiert zu sein.«

»Was sagst du da?«, rief Barbarotti stöhnend. »Valdemar Roos hat seinen Sohn unten in Maardam besucht, einen Brief für uns hinterlassen und ist dann wieder abgehauen?«

»Das hast du vollkommen korrekt wiedergegeben«, sagte Eva Backman. »Wollen wir jetzt zu Asunander, wir können doch ebenso gut dort weitersprechen, nicht wahr?«

»Gib mir die Krücken«, sagte Barbarotti.

Asunander sah aus wie eine Katze, die den Kanarienvogel zwar noch nicht ganz gefressen, ihm aber bereits die Flügel abgebissen und ihn in eine Ecke gedrängt hatte.

Mit anderen Worten: nicht ganz unzufrieden.

Und wir sind die Kanarienvögel, dachte Barbarotti. Sie setzten sich, Inspektorin Backman schlug ihren Notizblock auf.

»Wie kommt es«, setzte der Kommissar betont langsam an, »wie kommt es, dass wir dieser Spur nicht schon früher nachgegangen sind?«

»Äh, ich denke doch, dass …«, versuchte Gunnar Barbarotti, aber Asunander wehrte mit der Hand ab und schnitt somit die gedachte Fortsetzung ab. Auch gut, dachte Barbarotti. Da ich sowieso keine Fortsetzung hatte.

»Du bist mit den Schmierereien beschäftigt«, sagte Asunander. »Ich würde es vorziehen, wenn Inspektorin Backman berichtet.«

»Natürlich«, sagte Eva Backman und räusperte sich. »Aber da hat der Herr Kommissar etwas nicht mitbekommen. Ich hatte mit Greger Roos bereits einen Tag, nachdem wir die Leiche in Lograna gefunden hatten, Kontakt aufgenommen. Das Gespräch findet sich in meinem Bericht, den ich am selben Tag geschrieben habe. Ich habe ihn hier, wenn du dein Gedächtnis etwas auffrischen möchtest.«

Diese Frau, dachte Barbarotti und biss sich in die Wange, um nicht zu lachen.

»Was?«, sagte Asunander verwirrt. »Ich meine … wirklich? Ja, aber … aber warum haben wir das denn nicht weiter verfolgt?«

»Weil es keinen Grund dafür gab«, erklärte Eva Backman. »Valdemar Roos hat überhaupt keinen Kontakt zu seinem Sohn gehabt. Das letzte Mal haben sie sich vor zehn Jahren bei einer Beerdigung gesehen.«

»Wessen Beerdigung?«, fragte Asunander.

»Die von Valdemars erster Frau. Der Mutter des Jungen. Sie fand in Berlin statt, Vater und Sohn trafen sich bei dieser Gelegenheit vier Stunden lang.«

»Das war nicht viel«, sagte Asunander.

»Äußerst wenig, würde ich mal sagen«, erklärte Backman. »Wie gesagt, es gab keinen Grund, davon auszugehen, dass Greger Roos auf irgendeine Art und Weise ins Spiel kommen würde. Aber er hat versprochen anzurufen, wenn er irgendwie helfen könnte. Und jetzt hat er also angerufen.«

Kommissar Asunander lehnte sich zurück und überlegte fünf Sekunden lang.

»Drei Fragen«, sagte er.

»Heraus damit«, sagte Eva Backman.

»Die erste: Wo befindet sich Valdemar Roos zum jetzigen

Zeitpunkt? Die zweite: Wo befindet sich das Mädchen? Und die dritte: Was steht in diesem Brief?«

»Ich habe genau die gleichen Fragen hier auf dem Block notiert«, stellte Inspektorin Backman fest. »So wie noch eine weitere: Sollen wir anrufen und uns den Brief vorlesen lassen?«

Asunander runzelte die Stirn und dachte erneut nach. »Verdammt«, sagte er. »Natürlich muss das so schnell wie möglich geschehen ... wie sieht es aus, wir haben noch keine Bestätigung, dass sie schuld an dieser Geschichte da bei der Tankstelle waren, oder?«

»Nein«, bestätigte Backman. »Das haben wir nicht. Und über den Zustand des Polizisten gibt es auch nichts Neues. Ich denke, dass die Ärzte ihn im künstlichen Koma halten, das macht man in so einer Lage immer. Hat was mit dem angeschwollenen Gehirn zu tun, wenn ich mich nicht irre.«

»Ja, das weiß ich von ähnlichen Fällen«, stimmte Asunander zu. »Na, wie dem auch sei, wir müssen uns entscheiden, ob wir ...«

Er wurde von dem Klingeln eines der Telefone auf seinem Schreibtisch unterbrochen. Er schaute kurz darauf, hob dann den Hörer ab und antwortete. Nach nur wenigen Sekunden hoben sich beide Augenbrauen auf seiner Stirn, er hielt sich aber mit einem Kommentar zurück. Brummte nur das eine und andere »Ja«, manchmal ein »Nein«, sowie ein »Tatsächlich?«, bis er nach ungefähr einer Minute den Hörer wieder auflegte.

Faltete die Hände vor sich auf dem Tisch und ließ seinen Blick ein paar Mal zwischen Barbarotti und Backman hin und her wandern.

»Wir können Frage Nummer zwei streichen«, erklärte er dann. »Das Mädchen wurde gefunden. Sie liegt im Gemejnte Hospital in Maardam.«

»Was?«, sagte Backman.

»Was?«, sagte Barbarotti.

»Genauso ist es, ja«, knurrte der Kommissar. »Ist gestern

Nachmittag offenbar eingeliefert worden. Befindet sich in einem ziemlich schlechten Zustand.«

»Einem schlechten Zustand?«, fragte Barbarotti nach. »Was bedeutet das?«

»Das habe ich nicht erfahren«, sagte Asunander. »Aber ich habe entschieden, wie wir das herausbekommen.«

»Und wie?«, fragte Backman.

»Ihr beide«, sagte Asunander, wobei er sich über den Schreibtisch vorbeugte, »ihr beide fliegt schnell wie der Blitz runter und klärt die Fragen. Nicht nur, was das Mädchen betrifft. Auch hinsichtlich des Briefs und diesem verfluchten Roos. Ich will seinen Kopf auf einem Silbertablett, kommt ja nicht ohne ihn zurück.«

»Ja, natürlich …«, sagte Barbarotti. »Aber …«

»Ist noch etwas unklar?«, fragte Asunander.

»Nicht die Bohne«, erklärte Inspektorin Backman. »Alles ist klar wie Kloßbrühe.«

Auf dem Weg zum Landvetters-Flughafen im Auto fiel ihr noch eine weitere Frage ein.

»Wie kommt es, dass du mitfliegen darfst?«, fragte sie. »Ich dachte, du leitest das Sonderkommando Graffiti-Ermittlungen? Darüber hat er doch die ganze Zeit geredet.«

Inspektor Barbarotti räusperte sich bescheiden. »Hm, ich glaube, das liegt daran, dass der Fall gelöst ist«, sagte er. »Zumindest ziemlich sicher.«

»Hast du ihn gelöst?«, rief Eva Backman aus. »Weißt du also, wer PIZ und ZIP sind?«

»Ich bin mir nicht ganz sicher«, sagte Barbarotti. »Aber ich habe Asunander eine Lösung auf den Tisch gelegt … sozusagen.«

»Wovon redest du da?«, fragte Backman.

»Vielleicht können wir darüber reden, wenn wir wieder zu Hause sind«, schlug Barbarotti vor. »Ich denke, jetzt sollten wir uns darauf konzentrieren, was da unten in Maardam los ist.«

»In Ordnung«, seufzte Eva Backman. »Ach du Scheiße!«

»Was denn nun?«, fragte Barbarotti.

»Der Familienrat«, stöhnte sie und fummelte nach ihrem Handy. »Ich habe vergessen, den Familienrat abzusagen. Sei mal eben still, ich muss Ville zu fassen kriegen und ihm die Situation erklären. Wenn die das Training verpassen und ich nicht auftauche, dann werde ich das Sorgerecht, das Haus und alles Drum und Dran verlieren.«

»Es ist doch immer wieder spannend, mit dir zu arbeiten«, sagte Barbarotti. »Jedenfalls fast immer.«

»Sei still«, sagte Inspektorin Backman.

48

Man soll mit dem Ende nicht pfuschen.

Das hatte ihm jemand vor langer, langer Zeit gesagt, er konnte sich nicht mehr erinnern, wer es gewesen war. Wahrscheinlich sein Onkel Leopold, und wahrscheinlich hatte er es in Verbindung mit der Beerdigung gesagt, aber Valdemar war sich dessen nicht vollkommen sicher.

Aber an den Ratschlag erinnerte er sich: nicht pfuschen.

Er spürte in sich eine Art Erleichterung, während er in der Innenstadt von Maardam herumwanderte und sich die Dinge besorgte, die er brauchte. Eigentlich waren es nur zwei – ein verdammt scharfes Messer und ein verdammt teurer Whisky –, aber er nahm sich viel Zeit dafür. Außerdem muss man sich nicht beeilen, dachte er. Am Ende.

Er aß in einem Straßenrestaurant zu Mittag. Es lag an einem Kanal. Das Wetter war schön, er gönnte sich zu der Pasta zwei Gläser Rotwein und war großzügig mit dem Trinkgeld. Dann blieb er noch eine Weile sitzen, trank seinen Kaffee, rauchte eine Pfeife und betrachtete das dunkle Wasser, die Bäume, die ihre Zweige fast hineintauchten, und die Boote, die sich auf der Wasseroberfläche wiegten.

Die Menschen, die vorbeiströmten. Alle unterschiedlich.

Niemals besser als jetzt.

Es dauerte ein paar Stunden, bis er einen guten Wald gefunden hatte. Er fuhr Richtung Westen, der Sonne entgegen, und noch immer spürte er keine Eile. Er bog bei einer Abfahrt mit dem Namen Linzhuisen aufs Geratewohl von der Autobahn ab, nahm eine kleinere Straße Richtung Süden, verfolgte sie weiter durch einen kleinen Ort, dessen Namen er nicht aussprechen konnte, der aber irgendwie mit Sz anfing, einen noch kleineren, der Weid hieß, und fuhr schließlich einen bewaldeten Hügel hinunter, der parallel zur Straße und einem kleinen Bach verlief.

Er überquerte auf einer schmalen Metallbrücke den Bach, bog nach links auf einen simplen Kiesweg und fuhr weiter den Hügel hinauf. Der Weg schlängelte sich in weichen Kurven durchs Gelände, es gab auch ein paar Haarnadelkurven, und nach einer Weile gelangte er auf einen Parkplatz, der gleichzeitig Ausgangspunkt für ein Netz von Wanderwegen war.

Hier, dachte er. Bog ein, parkte und stellte den Motor ab. Hier ist es.

Als er aus dem Wagen stieg, war die Luft immer noch warm. Es ging fast kein Wind, weit unten im Tal konnte er einen Hund bellen hören. Andere Autos standen nicht auf dem Parkplatz, nur ein Mülleimer und eine kleine Anschlagtafel, auf der zu lesen war, dass es drei verschiedene Pfade gab, unter denen er wählen konnte: einen roten, einen gelben, einen weißen.

Er entschied sich für den roten. Der sollte 6,2 Kilometer lang sein. Das macht nichts, dachte er, ich will ihn ja sowieso nicht ganz gehen.

Er packte die Dinge, die er brauchte, in eine Plastiktüte und machte sich auf den Weg.

Whisky, Messer, Notizbuch und Stift.

Nach ungefähr zwanzig Minuten Wanderung konnte er plötzlich die Stimme seines Vaters hören. Rau und etwas ungewohnt nach all diesen Jahren, aber trotzdem gut wiederzuerkennen.

Schau dich um, Valdemar, mein Junge.

Er blieb stehen. Wischte sich die Stirn mit dem Jackenärmel ab und dachte, dass er wirklich Recht hatte. Links vom Weg war eine Lichtung zu sehen, nicht groß, ungefähr wie eine Zirkusmanege, mit ein paar Steinen drauf, auf denen man sitzen konnte, mit Blick auf die Landschaft unten. Er war über die Kuppe des Hügels gekommen und befand sich jetzt auf der anderen Seite, im Westen.

Er trat auf die Lichtung und setzte sich auf einen der Steine, die Sonne hatte ihn erwärmt, obwohl es bereits weit im Oktober war. Hier unten auf dem Kontinent ist es etwas anderes, dachte er. Sommer und Herbst dauern sehr viel länger. Vielleicht sollte man lieber hier leben. Wie Greger.

Er öffnete die Whiskyflasche und trank einen Schluck. Es war eine Literflasche, der Whisky hieß Balblair und hatte 229 Euro gekostet.

Er war angenehm mild. Hol's der Henker, dachte Ante Valdemar Roos, das ist der beste Schnaps, den ich je in meinem Leben getrunken habe.

Wird auch höchste Zeit. Er holte Pfeife und Tabak heraus. Rutschte hinunter auf die Erde und setzte sich stattdessen mit dem Rücken gegen den Stein gelehnt hin. Das war besser. Noch besser.

Die Nachmittagssonne im Gesicht. Frische, klare Luft, immer noch angenehm warm. Gelbgrüne Laubbäume, die im leichten Wind um ihn flüsterten.

Er zündete die Pfeife an und trank noch einen Schluck. Holte sein Notizbuch heraus.

Darin gab es so allerlei Verschiedenes.

Während er langsam und zielsicher seinen Whisky trank – während die Sonne ebenso langsam und ebenso zielsicher im Westen unterging und den Schatten auf der Lichtung Spielraum schenkte –, las er alles durch, was er aufgeschrieben hatte, seit er damit vor fünf oder sechs Wochen begonnen hatte oder wie lange das nun schon her war.

Auch damit hatte er keine Eile. Ab und zu hielt er inne, überlegte, reflektierte und fügte eine Korrektur ein. Tauschte ein Wort gegen ein anderes oder suchte nach einem besseren Ausdruck. Während er die Äußerungen, die von Anna oder dem Rumänen stammten, unverändert stehen ließ. Ein Urheber ist und bleibt ein Urheber, dachte er. Es war nicht seine Aufgabe, ihn zu korrigieren.

Die letzte Notiz hatte er am vorhergehenden Tag gemacht, nachdem Anna ihn verlassen hatte und nachdem er seinem Sohn in der Keymerstraat einen Besuch abgestattet hatte. Er hatte lange in diesem Hotelzimmer gesessen – es war die längste Nacht seines Lebens, aber absolut nicht die schlimmste gewesen –, hatte in dem Buch des Rumänen geblättert, bis er es gefunden hatte.

Denn wenn zwei Menschen nebeneinander reisen, dann entsteht die Geschichte einer Liebe zwischen ihnen, eine Geschichte, die die ganze Zeit eine andere ist und die ganze Zeit eine Persönlichkeit hat, die nicht vorhersehbar ist, wie ein Kind, von ihrem Bewusstsein in leidenschaftlicher Umarmung gezeugt, und in gleicher Weise ist der trübselige, holzige Gegenstand Buch nicht allein ein Buch, sondern ein Werkzeug, durch welches das Buch die Chance hat zu entstehen.

Genau so, hatte er gedacht – und dachte er auch jetzt, während er einen weiteren Schluck Whisky trank und den Blick über die weitgestreckte Landschaft schweifen ließ –, genau so hat mein Leben sich nicht gestaltet. Ich habe nicht die Voraussetzungen, das zu verstehen, und trotzdem tue ich es.

Trotzdem tue ich es.

Er spürte, wie der Whisky seine Aufgabe langsam erfüllte. Stopfte sich die Pfeife und zündete sie für einen letzten Zug an, schlug eine neue Seite auf und begann über den Schlusskommentar nachzudenken.

Es sollte etwas Kurzes sein. Gern ein wenig gehaltvoll, aber auch von einem etwas zusammenfassenden Charakter.

Und seine eigenen Worte, keine irgendwo geliehenen.

Aber in seinem Kopf stellte sich nichts ein. Stattdessen tauchten Personen auf, eine ganze Reihe:

Alice.

Signe und Wilma. Wrigman, Red Cow und Tapanen.

Espen Lund. Greger und seine Frau, wie immer sie auch hieß, er hatte sie nur auf einem Foto gesehen.

Sein Vater. Seine Mutter. Jemand, den er nicht näher kannte, der jedoch behauptete, er hieße Nabokov und wolle etwas klarstellen. Er kümmerte sich nicht weiter um ihn.

Schließlich – aber erst, nachdem all die anderen eine ganze Weile in ihm herumgegeistert waren – Anna. Und als sie auftauchte, wichen alle anderen.

Ja, alles andere und alle anderen machten Platz für sie, und er spürte, wie sein ganzes Leben, all diese Stunden, Tage und Jahre sich plötzlich in einem einzigen Punkt sammelten. Genau hier, genau jetzt. Und Anna war auf irgendeine unerklärliche, aber gleichzeitig vollkommen natürliche Art und Weise bei ihm; vielleicht begriff sie es selbst gar nicht, aber sie würde dazu kommen, es zu verstehen, das wusste er. Eines Tages, wenn sie wieder gesund war, würde sie alles begreifen und wissen, dass das Letzte, an das er dachte, sie gewesen war. Sie war es, die er auf seinen Händen trug, als er ins Land der Dämmerung schritt.

Auf irgendeine unerklärliche Art und Weise, wie gesagt.

Mit Anna kamen auch die letzten Worte. Er trank einen letzten Schluck Whisky, während er sie in seinem Kopf abwog, damit es auch wirklich richtig wurde.

Schluckte, setzte mit dem Stift auf dem Papier an und schrieb.

Die Ereignisse, diese so verdammt überschätzten Ereignisse, sind nichts anderes als Klammern um den Zwischenraum. Es ist gut, wenn ihr das im Gedächtnis behaltet, die ihr blind in der Welt herumhetzt und glaubt, ihr wäret auf dem Weg irgendwohin – alles befindet sich in den Pausen. Es kann außerdem bestätigt werden, dass teurer Whisky bedeutend besser ist als billiger. Jetzt bin ich fertig, ich habe nichts mehr hinzuzufügen.

Er las die Sätze zweimal durch, nickte sich selbst bestätigend zu und holte das Messer heraus.

Plötzlich spürte er Zweifel.

49

Barbarotti und Backman landeten auf dem Flughafen Sechshafen außerhalb von Maardam um halb vier Uhr nachmittags, und von dort nahmen sie sofort ein Taxi zum Gemejnte Hospital.

Nach einigen Missverständnissen und falschen Hinweisen gelang es ihnen schließlich, die richtige Abteilung zu finden. Sie wurden von einer Stationsleiterin empfangen, die Schwester Vlaander hieß, und einem Kriminalinspektor, der sich als Rooth vorstellte.

Die Stationsleiterin erklärte, dass die Patientin Anna Gambowska, die am Tag zuvor ins Krankenhaus eingeliefert worden war, spätabends noch operiert worden war, aber sich immer noch in einem Zustand befand, der es ihr nicht erlaubte, auf Fragen zu antworten. Die Operation war jedoch gut verlaufen, Doktor Moewenroede, der sie durchgeführt hatte, würde demnächst in die Abteilung kommen, und wenn die angereisten Polizeibeamten ein kürzeres Gespräch mit ihm führen wollten, dann stand dem nichts im Wege.

Anschließend ließ sie Barbarotti und Backman allein mit Inspektor Rooth im Wartezimmer zurück.

»Und warum warten Sie hier, genauer gesagt?«, fragte Eva Backman, nachdem sie jeder aus den Vorräten des Pflegepersonals eine Tasse Kaffee bekommen hatten.

»Habe den Befehl gekriegt«, erklärte Rooth gutmütig. »Das läuft meistens so hier bei uns. Man bekommt einen Befehl, und dem gehorcht man dann. Ist das bei euch da oben nicht so?«

Backman räumte ein, dass dem auch bei ihnen so war. Zumindest meistens.

»Schließlich steht sie unter Mordverdacht«, fügte Rooth hinzu. »Jedenfalls habe ich den Eindruck. Aber das wisst ihr sicher besser als ich, oder?«

Auch das musste Backman einräumen.

»Weißt du, wie es um sie steht?«, fragte Barbarotti. »Ich meine, mehr als Schwester Vlaander gesagt hat?«

Rooth nickte und schob sich einen Keks in den Mund. »Die gehen wohl davon aus, dass sie wieder gesund wird«, sagte er. »Aber dieses kleine Ding kann ja wohl niemanden ermordet haben, oder?«

»Das ist noch nicht ganz geklärt«, sagte Barbarotti. »Zumindest ist sie darin verwickelt. In welcher Weise auch immer.«

»Welche Befehle habt ihr?«, fragte Rooth.

»Sie so schnell wie möglich zu verhören«, sagte Backman. »Sie mitzunehmen, wenn das möglich ist. Aber wir können höchstens ein paar Tage bleiben.«

»Maardam ist keine schlechte Stadt«, sagte Rooth. »Es gibt ein paar nette Lokale, wenn ihr Zeit habt. Und der Herbst ist sowieso die beste Jahreszeit.«

Barbarotti betrachtete seinen Kollegen und nickte. Er schien in den Fünfzigern zu sein, kräftig gebaut mit vierkantigem Gesicht und schütterem Haar. Er hatte etwas Bekanntes an sich, aber Barbarotti kam nicht darauf, was es war.

»Bleibt ihr hier und wartet auf Doktor Moewenroede?«, fragte er. »Dann könnte ich…«

»Nimm gern ein paar Stunden frei«, sagte Backman. »Wir können ja anrufen, wenn wir weggehen.«

»Super«, sagte Inspektor Rooth. »Ich habe einiges in der Stadt zu erledigen. Ich bin in zwei Stunden zurück.«

Sie tauschten ihre Telefonnummern aus, und dann ließ Rooth sie allein zurück.

»Irgendwie habe ich den Eindruck, als würde ich ihn kennen«, sagte Barbarotti.

»Ich auch«, sagte Backman. »Ja, nun sitzen wir also hier.«

»Da hast du vollkommen Recht«, sagte Barbarotti. »Vielleicht kann ich gleich fragen, ob sie sich nicht auch meinen Fuß angucken wollen. Was meinst du?«

»Ich glaube, wir lassen es lieber etwas ruhiger angehen«, erklärte Backman.

Als Doktor Moewenroede auftauchte, fragte er sie, ob sie eine ausführliche oder eine kurzgefasste Beschreibung von Anna Gambowskas Zustand hören wollten, und Backman erklärte, sie würden sich mit einer kurzgefassten begnügen. Moewenroede erklärte, dass es sich um ein Subduralhämatom handelte, ein ziemlich häufiger Schaden nach Gewalteinwirkung auf den Kopf, dass die Operation etwas kompliziert gewesen war, aber gut verlaufen sei. Die Patientin müsse jetzt gründlich ausschlafen, man könnte wohl mit mindestens einer Woche im Krankenhaus rechnen, aber wenn nichts Unerwartetes einträfe, dann sollte es gut möglich sein, am kommenden Tag ein kürzeres Gespräch mit ihr zu führen.

Barbarotti und Backman bedankten sich bei ihm und überließen die Überwachung Inspektor Rooth, der inzwischen wieder aufgetaucht war.

Sie bestellten sich unten am Empfang ein Taxi und begaben sich in die Keymerstraat, um sich mit dem hoffentlich etwas gesprächigeren Greger Roos zu unterhalten.

Dieser war ein großer, magerer Mann in den Vierzigern. Vielleicht etwas jünger. Barbarotti suchte kurz nach irgendwelchen Zügen, die an seinen Vater erinnern konnten, fand jedoch keine. Der Mann trug eine schwarze Manchesterhose, ein weißes, tief aufgeknöpftes Hemd und machte insgesamt einen leicht überkandidelten Eindruck. Niemand hatte jemals das Wort »sophisticated« benutzt, wenn Ante Valdemar Roos beschrieben werden sollte, und Barbarotti wurde klar, dass die Behauptung, sie hätten nicht viel gemeinsam, wohl mit der Wahrheit übereinstimmte.

Müsste schon irgendein sehr tief liegendes Gen sein.

Eine Ehefrau und zwei Kinder um die acht und zehn Jahre grüßten, zogen sich dann in irgendeine abgelegene Ecke der großen, vornehm und sparsam eingerichteten Wohnung zurück und ließen sie mit drei Bier und einer Schale Nüssen allein im Wohnzimmer sitzen.

»Sie waren überrascht, als er hier aufgetaucht ist?«, leitete Backman das Gespräch ein.

»Überrascht ist kein Ausdruck«, stellte Greger Roos fest. »Er rief aus dem Café um die Ecke an, und zwei Minuten später stand er im Flur. Wir hatten uns seit der Beerdigung meiner Mutter nicht mehr gesehen.«

»Also seit zehn Jahren?«, fragte Barbarotti.

»Genau«, bestätigte Greger Roos. »Es ist traurig, das sagen zu müssen, aber zwischen mir und meinem Vater hat es nie eine engere Beziehung gegeben.«

»Wie alt waren Sie, als Ihre Eltern sich haben scheiden lassen?«

»Fünf. Danach habe ich die ganze Zeit bei meiner Mutter gelebt. Er… mein Vater… ihn gab es irgendwie nicht in meinem Leben.«

»Ist er vollkommen verschwunden?«, wunderte Barbarotti sich. »Ich meine …?«

»Wir haben ein paar Sommer lang einige Wochen zusammen verbracht. Ich glaube, das war für uns beide gleich anstrengend. Leider, aber so war es nun einmal. Irgendwie hat er nie einen Versuch gemacht, die Beziehung zu verbessern.«

»Und Ihre Mutter?«

»Ihn betreffend?«

»Ja.«

»Ich glaube, sie hat gar nicht so schlecht von ihm gedacht. Aber wir haben nie über ihn gesprochen. Sie fand nur .... ja, ich glaube, sie fand nur, dass er ein schrecklicher Langweiler war.«

Wieder, dachte Barbarotti.

»Ich erinnere mich, dass sie ihn einmal mit einem Glas Wasser verglichen hat. Lauwarmes Wasser.«

Barbarotti warf Backman einen schnellen Blick zu und dachte an das, was Marianne gesagt hatte.

»Was hat er gesagt, als er hier war?«, fragte Backman. »Wie war er, und wie lange ist er geblieben?«

Greger Roos lachte. »Das Merkwürdigste war, dass er so gut angezogen war ... nun ja, vielleicht nicht auf die elegante Art. Aber auf jeden Fall trug er neue Kleidung. Anzug, Hemd und Krawatte, es sah aus, als hätte er die ganzen Sachen am gleichen Tag gekauft.«

»Das hat er vielleicht auch«, bemerkte Backman und verzog kurz den Mund. »Schließlich ist er seit mehreren Wochen auf der Flucht.«

»Schon möglich«, sagte Greger Roos. »Auf jeden Fall hat er sich bei mir dafür entschuldigt, dass er sich so aufdrängte, aber es gab da etwas, wegen dem er mich um meine Hilfe bitten wollte. Zwei Dinge, genauer gesagt.«

»Zwei Dinge?«, fragte Barbarotti.

»Ja. Zum einen war da also dieser Brief. Er wollte, dass ich dafür sorge, dass er in Ihre Hände gelangt. Das sei ungemein wichtig, hat er behauptet, das werde alles erklären und sei auf Ehre und Gewissen.«

»Auf Ehre und Gewissen?«

»Ja, so hat er sich ausgedrückt«, sagte Greger Roos. »Genau diese Worte hat er benutzt.«

»Und warum konnte er ihn nicht an uns schicken?«, wollte Backman wissen.

Greger Roos zuckte mit den Schultern. »Das weiß ich nicht. Ich habe auch nicht gefragt, und er hat nichts dazu erklärt. Ich war so überrascht, ihn zu sehen, dass mir gar nicht eingefallen ist, was ich zu ihm sagen sollte.«

»Und was war das Zweite, wobei er Ihre Hilfe haben wollte?«, fragte Barbarotti.

Greger Roos trank einen Schluck Bier und wischte sich den Mund ab, bevor er antwortete. »Er wollte, dass ich ihm verzeihe.«

»Ihm verzeihen?«

»Genau. Ich habe ihm gesagt, dass er für nichts um Verzeihung bitten müsse, aber er bestand darauf und erklärte, dass ich mich irrte. Und dass ich natürlich wisse, wovon er rede.«

»Dass er Sie als Vater im Stich gelassen hat?«, fragte Backman.

»Ich nehme an, dass es sich darum gehandelt hat, ja. Er war sehr beharrlich, und schließlich habe ich gesagt, dass ich es tue. Dass ich ihm verzeihe. Dann ist er nur noch eine halbe Minute geblieben, hat den Brief übergeben und ist dann wieder gegangen. Es war …«

»Ja?«

»Es war fast wie ein Traum. Ich war allein zu Hause, und ich habe wirklich überlegt, ob ich mir das alles nur eingebildet habe. Ich kniff mir in den Arm, aber ich hatte ja den Umschlag in der Hand, und da wurde mir klar, dass es tatsächlich passiert ist.«

»Wie lange war er hier?«

»Höchstens fünf Minuten.«

»Und er hat nichts darüber gesagt, wohin er unterwegs ist?«

»Nein.«

»Nichts über ein junges Mädchen?«

»Nein. Und ich habe es auch gar nicht geschafft, ihn danach

zu fragen. Ich hatte ja noch das Gespräch mit Ihnen im Hinterkopf, aber es ist alles so schnell gegangen.«

Eva Backman seufzte. »Schon klar, ja«, sagte sie. »Es ist ja nicht gerade eine alltägliche Geschichte, nicht wahr. Wo haben Sie diesen Brief?«

Greger Roos stand auf und holte ihn aus einem angrenzenden Zimmer. Kam zurück und legte ihn auf den Tisch. Es war ein großer, dicker Umschlag, Barbarotti hatte sich unbewusst etwas Kleineres vorgestellt, das hier sah eher aus wie eine Sammelmappe.

»In Ordnung«, sagte Eva Backman. »Ich denke, wir nehmen ihn mit. Wir werden ein paar Tage hier in der Stadt bleiben. Sicher werden wir noch einmal mit Ihnen sprechen müssen, wie können wir Sie erreichen?«

»Kein Problem«, versicherte Greger Roos und überreichte seine Visitenkarte. »Sie können mich jederzeit anrufen.«

Sie bedankten sich, schüttelten einander die Hände und verließen die Keymerstraat.

Sie saßen in Inspektorin Backmans Hotelzimmer, als sie den Brief öffneten.

Barbarotti merkte, dass er leichtes Herzklopfen hatte, und er konnte Eva Backman ansehen, dass es ihr genauso erging.

Der große Umschlag, adressiert an: »Polizei in Kymlinge«, enthielt zwei kleinere. Auf dem einen, der dick und zugeklebt war, stand: »Zu Händen Anna Gambowska.« Bei dem anderen, dünneren Umschlag war nur die Lasche eingesteckt, außerdem fehlte der Adressat.

Eva Backman warf Barbarotti einen Blick zu. Er nickte, sie zog die Lasche heraus und holte einen zweimal gefalteten Papierbogen hervor. Der Text war mit der Hand geschrieben und bedeckte fast beide Seiten.

»Lies laut«, sagte Barbarotti.

Eva Backman räusperte sich und tat wie gewünscht:

Ich schreibe in vollem Besitz meiner geistigen Kräfte, damit alles klar zutage kommt und keine Missverständnisse auftreten.

Als Mensch betrachtet, bin ich ziemlich missglückt. Ich glaube, dass mich niemand mehr gemocht hat, seit mein Vater gestorben ist, und damals war ich zwölf Jahre alt. Es hat auch keinen Grund gegeben, mich sonderlich zu mögen, ich war auch nicht besonders begeistert von anderen Menschen, deshalb brauchen darüber nicht viele Worte verloren werden.

Aber ich habe drei Leben auf meinem Gewissen, und das muss erklärt werden. Als Erstes ist da dieser Junge in Lograna. Er hat sich gegenüber Anna wie ein Schwein verhalten, hat sie bedroht und mit einem Eisenrohr auf den Kopf geschlagen, ich weiß nicht, wo er das herhatte. Ich bin in letzter Sekunde dazu gekommen, habe ein Messer in ihn gerammt, weil ich dazu gezwungen war, das bereue ich nicht.

Das zweite Leben ist das des Polizisten auf der Raststätte in der Nähe von Emden. Ich habe in Panik gehandelt, er hat sich uns aufgedrängt und wollte mir das Mädchen wegnehmen. Das war das Werk eines Augenblicks, und mir ist klar, dass ich Unrecht begangen habe. Das war eine unverzeihliche Tat.

Das dritte Leben ist mein eigenes. Ich bin dessen überdrüssig. Ich habe jetzt seit fast sechzig Jahren gelebt, und erst in der allerletzten Zeit habe ich überhaupt einen Sinn darin gefunden. Aber ich muss einsehen, dass diese gute Zeit vorbei ist, und ich ziehe es vor, von eigener Hand zu sterben, wie es so schön heißt. Wenn ich bedenke, was ich im letzten Monat erlebt habe, bin ich froh, dass ich diese Entscheidung so lange aufgeschoben habe.

Und dann habe ich noch ein viertes Leben auf dem Gewissen, aber in einem ganz anderen Sinn. Von meinem Himmel aus, denn ich glaube, dass es für alle Menschen einen

Himmel gibt, werde ich immer eine schützende Hand über Anna Gambowska halten, diese Lichtgestalt. Das Geld in dem anderen Umschlag ist für sie, es ist mein eigenes Geld, das ich beim Fußballtoto gewonnen habe, und ich habe das Recht, damit zu tun, was ich will. In dem Umschlag liegen auch zwei Schlüssel für Gepäckaufbewahrungsfächer am Maardamer Hauptbahnhof, darin liegen ihre Gitarre und ihre anderen Dinge.

Außerdem möchte ich, dass das Mädchen Lograna bekommt; wenn sie will, kann sie es verkaufen, dann hat sie genug Geld, um zu studieren und in ihrem Leben weiterzukommen. Sie ist der einzige Mensch – abgesehen von meinem Vater –, der mir etwas bedeutet hat.

Meine übrigen Besitztümer werden zweifellos Alice und die Mädchen für sich beanspruchen, das soll ihnen vergönnt sein. Vielleicht sollte auch Greger etwas abbekommen, das können sie unter sich ausmachen.

Dieser Brief wurde geschrieben in einem Hotelzimmer in Maardam in der Nacht vom 7. auf den 8. Oktober 2008 und drückt meinen letzten Willen und mein Testament aus.

Hochachtungsvoll
Ante Valdemar Roos

Sie reichte ihm den Brief, und Barbarotti las ihn leise noch einmal für sich. Als er fertig war, stellte er fest, dass sich Backman ans Fenster gestellt hatte und hinausschaute. Es war dunkel geworden, ein schwerer Regen fiel auf die Stadt, Eva Backman stand da, die Hände hinterm Rücken verschränkt, und wippte langsam auf Hacken und Zehen auf und ab.

Er überlegte eine Weile, was er sagen sollte, aber aus welchem Grund auch immer fand er keine Worte.

Sie offensichtlich auch nicht. Ziemlich lange verharrten sie so, sie vor dem Fenster, mit dem Rücken zu ihm, er auf der

Bettkante, mit Ante Valdemar Roos' Brief in den Händen und im Sinn, und er dachte, dass er – aus Gründen, die er selbst nicht recht verstand – diesen Moment immer im Gedächtnis behalten würde. Ein Abdruck oder ein Tableau, das sich langsam und unerbittlich in sein Gedächtnis brannte und das er niemals würde vergessen können.

Schließlich drehte sie sich um. Betrachtete ihn mit ernster Miene und fragte: »Eines der netten Lokale, von denen Inspektor Rooth gesprochen hat, oder was meinst du?«

»Ja«, stimmte Gunnar Barbarotti zu. »Vielleicht sollten wir versuchen, mit dem hier klarzukommen.«

50

Die einäugige Frau mochte keine Polizei.

Das war mit aller wünschenswerten Deutlichkeit klar erkennbar, und er bereute es, sich nicht lieber als Verwandter vorgestellt zu haben.

»So what?«, sagte sie. »Das Mädchen war offensichtlich krank, ich habe einen Krankenwagen gerufen. Was habt ihr damit zu tun?«

»Wir sind eigentlich eher an dem Mann interessiert«, erklärte Barbarotti. »Er hat sich als ihr Vater ausgegeben, als sie eingecheckt haben, oder?«

»Ja, das hat er gesagt«, erklärte die Frau und zündete sich eine Zigarette an.

»Wie hat er sich verhalten, als er zurückkam? Nachdem das Mädchen ins Krankenhaus gebracht worden ist, meine ich?«

»Wie er sich verhalten hat?«

»Ja«, sagte Barbarotti. »Was hat er gesagt, und was hat er getan?«

»Hat er etwas verbrochen? Warum fragen Sie nach ihm?«

Barbarotti überlegte eine Sekunde lang. »Er ist tot«, sagte er dann. »Wir untersuchen die Umstände seines Todes und einiger anderer Todesfälle. Könnten Sie jetzt so gut sein und auf meine Fragen antworten. Das dauert fünf Minuten, wenn wir es hier machen, aber vier Stunden, wenn ich Sie mit aufs Polizeirevier nehmen muss.«

Das wirkte. Zumindest ein wenig. »Ja, dann fragen Sie

doch«, sagte sie und zog verärgert an ihrer Zigarette. Strich die Asche in einer Schale ab, die vor ihr auf dem Tresen stand und wie eine eingetrocknete Gehirnhälfte aussah. Barbarotti hoffte nur, dass es sich um eine Imitation handelte, sicher war er sich dessen nicht.

»Ja, er ist hier hereingestürmt gekommen«, fuhr sie fort. »Er war ziemlich aufgebracht. Hat geschrien: Wo ist das Mädchen? Zum Glück war noch ein anderer Gast hier … ein alter Boxer, er heißt Bausten, der schläft ab und zu hier. Der hat ihn in eine Ecke gedrückt und ihm gesagt, er solle das Maul halten.«

»Aha«, sagte Barbarotti. »Und dann?«

Sie zog erneut an ihrer Zigarette und zuckte mit den Schultern.

»Ja, dann ist er zurück aufs Zimmer gegangen. Ich habe gedacht, dass es wohl das Beste ist, ihn in Ruhe zu lassen. Eine halbe Stunde später habe ich gesehen, dass er weggefahren ist.«

»Und er ist nicht zurückgekommen?«

»Nein. Etwas später habe ich sein Zimmer überprüft. Es war leer, er hatte im Voraus bezahlt, deshalb habe ich mich nicht weiter drum gekümmert.«

»Und Sie haben keine Idee, wohin er gefahren sein könnte?«

»Nicht die geringste.«

Barbarotti dachte erneut nach.

»Und das Mädchen?«, fragte er dann. »Können Sie etwas über sie sagen?«

»Sie war ohnmächtig«, sagte die einäugige Frau. »Vielleicht von ’ner Überdosis, was weiß ich.«

»Das war keine Überdosis«, sagte Barbarotti. »Hat der Mann gefragt, in welches Krankenhaus sie gebracht worden ist?«

»Nein.«

»Hat er etwas gesagt, wohin er fahren wollte?«

»Nein.«

»Haben Sie sonst noch etwas hinzuzufügen?«

»Nicht ein Wort.«

Scheiße, dachte Gunnar Barbarotti. Hoffentlich hat Backman mehr Erfolg.

Eva Backman betrachtete das Mädchen, das gerade die Augen aufgeschlagen hatte. Fand, sie sähe aus wie ein Spatz.

»Du bist das also?«, sagte sie.

»Was?«, fragte das Mädchen.

Ihre Stimme war nur ein Flüstern, und Backman gab ihr etwas zu trinken aus dem Wasserbecher, der auf dem Nachttisch stand.

»Du bist also Anna Gambowska, nicht wahr?«

»Ja … ja, das bin ich. Und wer sind Sie?«

»Ich heiße Eva Backman«, sagte die Inspektorin. »Ich bin Polizeiinspektorin in Kymlinge in Schweden. Weißt du, wo du hier bist?«

»Polizei?«

»Ja. Weißt du, wo du dich befindest?«

Anna Gambowska schaute sich vorsichtig um. »Ich … ich nehme an, ich liege in einem Krankenhaus.«

Backman nickte. »Vollkommen richtig. Weißt du auch wo?«

Das Mädchen schüttelte den Kopf.

»Du liegst in einem Krankenhaus, das Gemejnte Hospital heißt, in einer Stadt, die Maardam heißt.«

»Maardam …«, flüsterte das Mädchen. »Er hat von Maardam gesprochen.«

»Wer?«

Keine Antwort.

»Wer hat von Maardam gesprochen?«

»Valdemar.«

»Valdemar Roos?«

»Ja …« Es zeigte sich ein unruhiger, flackernder Zug in ihrem Blick. »Wo ist er denn?«

Eva Backman legte ihr die Hand auf den Arm. Konnte ihren

Blick einfangen und einige Sekunden festhalten, bevor sie antwortete. Beschloss, nicht drumherumzureden.

»Wir gehen davon aus, dass er tot ist, Anna.«

»Tot? Valdemar ist … tot?«

»Vermutlich ja.«

»Wie … ich meine … wie ist er gestorben?«

»Wenn er tot ist, dann hat er das selbst so entschieden.«

Zuerst schien sie nicht richtig zu verstehen, doch dann nickte sie. Schloss die Augen und biss die Zähne zusammen. Backman saß schweigend da, wartete. Als das Mädchen die Augen wieder öffnete, liefen ihr Tränen über die Wangen, doch sie tat nichts, um sie aufzuhalten. Ließ sie einfach laufen, während sie die Hände auf der Brust gefaltet hielt. Es sah fast so aus, als würde sie beten. Nach einer Weile reichte Eva Backman ihr ein paar Papiertaschentücher, das Mädchen nahm sie, wischte sich die Augen und putzte sich die Nase.

»Ich … ich kann das verstehen«, sagte sie. »Ja, das kann ich wirklich verstehen.«

»Du meinst, du verstehst, dass Valdemar das getan haben kann?«

»Ja.«

»Kannst du mir sagen, warum du hier liegst?«, bat Eva Backman. »Was fehlt dir?«

Das Mädchen überlegte, ließ den Blick über Backmans Gesicht schweifen, als suchte sie nach irgendetwas. Einer Versicherung … einer Bestätigung irgendeiner Art.

»Du kannst mir vertrauen«, sagte Eva Backman. »Ich weiß fast alles, was passiert ist, aber ich möchte es gern aus deinem Mund hören.«

Anna Gambowska nickte erneut und wischte sich noch einmal die Augen.

»Ich habe einen Schlag auf den Kopf bekommen«, sagte sie. »Von Steffo, ich kann mich nicht mehr dran erinnern, aber es muss so gewesen sein. Als ich wieder aufgewacht bin, da war

Steffo tot, es gab nur noch Valdemar und mich, und wir… ja, wir sind geflohen, so kann man das wohl sagen. Wir konnten nicht bleiben… es war unmöglich.«

»Steffo hat dich also mit einem Eisenrohr auf den Kopf geschlagen?«

»Ja… ja, da bin ich mir sicher. Auch wenn ich mich an den Schlag selbst nicht mehr erinnere.«

»Wie ist er gestorben?«, fragte Backman.

Anna Gambowska schien nachzudenken, bevor sie vorsichtig den Kopf schüttelte.

»Ich weiß es nicht. Ich habe mich wirklich immer wieder angestrengt, aber es kommt einfach nicht zurück. Er jagt mich aus dem Haus, mit diesem Rohr in der Hand… ich habe noch das Bild in Erinnerung, dass er den Arm hebt, um mich zu schlagen, aber dann verschwindet alles…«

»Weißt du trotzdem, wie er gestorben ist?«, fragte Backman.

»Durch ein Messer«, erklärte Anna Gambowska. »Valdemar hat gesagt, dass es ein Messerstich in den Bauch war und er daran verblutet ist.«

»Wer hat das Messer in der Hand gehabt?«

»Valdemar sagte, dass er das war.«

»Aber?«

»Aber ich weiß es nicht. Ich habe so das Gefühl, als hätte ich ein Messer in der Hand… vielleicht… das ist alles so unklar, manchmal habe ich das Gefühl, als hätte ich das alles nur geträumt, aber es kann natürlich nicht…«

Eva Backman unterbrach sie und ergriff ihre Hand.

»Anna«, sagte sie. »Du kannst es vergessen. Es war Valdemar, der Steffo getötet hat, genau wie er gesagt hat.«

»Sicher?«, fragte das Mädchen.

»Ganz sicher«, bestätigte Eva Backman. »Bist du müde?«

Anna nickte und versuchte zu lächeln. »Ziemlich.«

» Eine Sache muss ich dich noch fragen. Kannst du dich erinnern, dass ihr eine Reifenpanne hattet, Valdemar und du?«

»Eine Reifenpanne?«

»Ja.«

»Nein, daran kann ich mich nicht erinnern. Aber wir sind so lange gefahren, und ich ... ich habe so viel geschlafen. Das liegt an meinem Kopf, glaube ich ...«

»Du kannst dich nicht erinnern, dass Valdemar mit einem Polizisten gesprochen hat, während er einen Reifen wechseln musste?«

Erneutes vorsichtiges Kopfschütteln. »Nein ... nein, tut mir leid ...«

»Weißt du«, erklärte Eva Backman und ließ die Hand des Mädchens los. »Ich glaube, du brauchst jetzt Ruhe. Wenn ich heute Nachmittag oder morgen noch einmal wiederkomme, um mich ein wenig mit dir zu unterhalten, wäre das in Ordnung?«

»Natürlich ist das in Ordnung«, antwortete Anna Gambowska. »Werde ich ..«

»Ja?«

»Werde ich wieder gesund?«

Eva Backman lächelte sie an. »Der Doktor hat gesagt, dass du wieder ganz gesund werden wirst.«

»Weiß meine Mutter, dass ich hier bin?«

»Wir versuchen, es zu organisieren, dass deine Mutter morgen herkommen kann. Dein kleiner Bruder auch. Dann könnt ihr alle zusammen nach Hause fliegen, wenn du stark genug dafür bist.«

»Danke«, sagte Anna Gambowska und schloss die Augen. »Danke, vielen, vielen Dank. Es tut mir so leid, dass Valdemar ...«

Dann versagten ihr die Worte.

Backman stand auf. Eine eiskalte kleine Junkiebraut?, dachte sie. Ja, leckt mich doch.

51

Auch an diesem Abend fanden sie ein nettes Lokal. Es lag an einem der Kanäle und hieß Grote Flick. Sie bekamen einen ungestörten Tisch unter einem weißgekalkten Gewölbe zugewiesen, und Barbarotti dachte, dass Rooth vollkommen Recht gehabt hatte. Maardam war eine Stadt, in der es sich wohnen ließ.

»Wir haben noch einige Fragen zu beantworten«, sagte er, nachdem sie Essen bestellt und eine Karaffe Rotwein bekommen hatten. »Oder?«

»Ja«, stimmte Backman zu. »Das haben wir wohl. An welche denkst du da?«

»Ob es wirklich Valdemar Roos war, der das Messer Stefan Rakic in den Bauch gerammt hat, ist wohl die erste.«

»Er war es«, sagte Eva Backman.

»Ich begreife nicht, wie du dir da so sicher sein kannst«, sagte Barbarotti.

Eva Backman gab keine Antwort.

»Das Mädchen kann sich nicht erinnern, und er nimmt es auf sich, damit sie nicht weiter unter Verdacht steht«, fuhr er fort. »Es kann ebenso gut sie gewesen sein, die es getan hat. Und wenn, dann würde sie damit schon durchkommen, es muss ja wohl unter Notwehr laufen.«

»Ich denke, du solltest das nicht weiter hinterfragen«, sagte Eva Backman. »Er hat es gestanden, sie erinnert sich nicht. Warum kannst du dich damit nicht zufriedengeben?«

»Ich weiß nicht«, sagte Barbarotti. »Vielleicht übertriebene Wahrheitsliebe?«

»Derartige Luxusprobleme musst du schon mit dir selbst ausmachen«, erklärte Backman und klang plötzlich verärgert. »Es gibt da noch einen anderen Aspekt, aber an den hast du natürlich nicht gedacht.«

»Und welchen?«, fragte Barbarotti.

»Stefan Rakics Vater«, sagte Backman. »Er sitzt zwar momentan im Knast, aber er hat geschworen, denjenigen umzubringen, der seinen Sohn getötet hat. Ich möchte nicht gerade behaupten, dass ich ein gutes Gefühl hatte, als ich ihm begegnet bin.«

Gunnar Barbarotti trank einen Schluck Wein und überlegte eine ganze Weile.

»Ich verstehe«, sagte er dann. »Du hast Recht, ich werde diese Frage nicht wieder aufgreifen.«

»Ausgezeichnet«, nickte Eva Backman. »Gibt es noch weitere Fragen?«

»Warum hat er das Mädchen nicht ins Krankenhaus gebracht?«, bemerkte Barbarotti. »Hat er wirklich nicht kapiert, wie schlimm es um sie stand?«

Backman zögerte. »Ich weiß es nicht«, sagte sie. »Das Mädchen meint, dass er es wohl nicht bemerkt hat, aber wenn sie die ganze Zeit nur geschlafen hat und außerdem eine Art epileptische Anfälle hatte, dann hätte er es ja eigentlich begreifen müssen. Aber man kann natürlich vor dem, was man nicht sehen will, gut die Augen verschließen.«

»Ja«, sagte Barbarotti. »Das konnte er wohl ziemlich gut… oder *kann*?«

»Was meinst du nun damit?«

Barbarotti zuckte mit den Schultern. »Wie sehr bist du eigentlich davon überzeugt, dass er tatsächlich tot ist?«

»Ziemlich überzeugt«, sagte Eva Backman. »Früher oder später werden sie ihn schon finden. Ob nun lebendig oder tot. Aber dieser Brief hörte sich doch echt an, oder findest du nicht?«

»Doch«, bestätigte Barbarotti. »Verdammt echt und verdammt tragisch.«

»Genau«, sagte Backman. »Und Klaus Meyer ist aufgewacht, also hat er jedenfalls dessen Leben nicht auf dem Gewissen. Und wenn Valdemar Roos sich nicht mit seinem Wagen in einen See oder einen Fluss gestürzt hat, dann wird er früher oder später gefunden werden … wie gesagt. Schon merkwürdig, aber ich finde das irgendwie nicht besonders wichtig.«

»Falls er noch lebt, ist es wichtig«, sagte Barbarotti.

Backman schwieg eine Weile.

»Er lebt nicht mehr«, sagte sie. »Können wir uns darauf einigen?«

»Von mir aus gern«, sagte Barbarotti. »Ja, dann habe ich eigentlich nur noch ein Problem.«

»Ja, bitte?«, forderte Eva Backman ihn auf.

»Das Mädchen«, sagte Barbarotti.

»Welches Problem hast du mit ihr?«

»Diese Zeugenaussagen hinsichtlich ihres Charakters«, sagte Barbarotti. »Ich glaube, ich habe noch nie ein sanfteres und demütigeres Mädchen als sie getroffen. Sicher, ich habe sie nur kurz gesehen, aber bist du nicht auch meiner Meinung? Eine eiskalte Junkiebraut, das ist doch der größte Quatsch.«

»Das ist es zweifellos«, sagte Backman. »Hundertprozentig. Ja, um eines werde ich mich auf jeden Fall noch kümmern, bevor wir den Fall zu den Akten legen … oder um zwei Dinge, genauer gesagt.«

»Und was ist das?«, fragte Barbarotti.

»Das Heim und dieser Doppel-Johann. Wenn er das Mädchen überhaupt in seinem Wagen gehabt hat, dann ist das ganz anders abgelaufen, als er es uns erzählt hat … ich werde das später auch noch mit Anna besprechen. Und Sonja Svensson und ihr Elvafors verdient auf jeden Fall, dass da mal genauer hingeguckt wird.«

»Ausgezeichnet«, nickte Barbarotti. »Sag Bescheid, wenn du Hilfe brauchst.«

»Da kannst du dich drauf verlassen«, sagte Eva Backman.

Dann schwiegen sie für eine Weile. Ein Pianist begann weiter hinten im Lokal zu spielen, und das Licht wurde ein wenig gedämpft. Eva Backman fiel noch etwas ein.

»Ach, übrigens«, sagte sie. »Und die Graffitisache ist auch geklärt, oder?«

Gunnar Barbarotti wand sich. »Nun ja, das kann schon sein. Sie liegt jetzt jedenfalls auf Asunanders Tisch.«

»Ja, das hast du gesagt. Bitte schön, jetzt ist es an der Zeit, mich aufzuklären.«

»Hm«, sagte Barbarotti.

»Schieß los«, sagte Backman.

»Okay«, entschloss sich Gunnar Barbarotti schließlich. »Wenn es so ist, wie ich annehme, dann ist es gar nicht so kompliziert. Erinnerst du dich an diesen Graffitibeseitiger, von dem ich dir erzählt habe?«

»Zerberus AB?«

»Genau der. Der Besitzer der Firma heißt Kent Blomgren. Ich glaube, seine beiden Söhne sind PIZ und ZIP.«

»Was?«, Eva Backman hätte sich fast an ihrem Wein verschluckt. »Was sagst du da?«

»Doch, es sieht ganz so aus«, sagte Barbarotti. »Übrigens war es Sara, die darauf gekommen ist, nicht ich… um ehrlich zu sein.«

»Sara?«

»Ja, sie ist mit einem der Brüder in dieselbe Klasse gegangen, und eines Abends haben wir zu Hause drüber geredet. Und da hat sie mir erzählt, dass dieser Jimmy ein ziemlich schwarzes Schaf in der Schule gewesen ist.«

Eva Backman musste laut lachen. »Du meinst also … du meinst, dass die Söhne dafür sorgen, dass Papas Firma brummt? Sie sprayen, und er saniert. Das ist ja genial.«

»Das kann man so sagen«, sagte Gunnar Barbarotti. »Asunander hat dieses Wort nie benutzt, aber ich glaube … obwohl ich mir da natürlich nicht ganz sicher bin.«

»Wessen bist du dir nicht sicher?«, hakte Eva Backman nach.

»Ich hatte den Eindruck, dass sich seine Mundwinkel für einen Moment nach oben verzogen, als ich ihm die Lösung präsentiert habe.«

»Asunander hat die Mundwinkel verzogen?«

»Ich denke schon.«

»Scheiße«, sagte Eva Backman.

»Es gibt da noch eine eigenartige Verbindung«, berichtete Barbarotti weiter.

»Und welche?«

»Nun ja, dieser Kent Blomgren … also, Herr Zerberus … der war Klassenkamerad von Lars-Lennart Brahmin von der Lokaltidningen. Vor fünfunddreißig, vierzig Jahren in Göteborg. Und dessen Hausfassade war ja in der ganzen Stadt am häufigsten betroffen, da brodelt offenbar etwas … Oberschicht gegen Unterschicht und wahrscheinlich noch mehr. Aber das ist so alt wie die Straße, und ich bin der Sache nicht auf den Grund gegangen.«

Eva Backman nickte interessiert.

»Alter Groll«, sagte sie. »Das klingt ein bisschen krank, findest du nicht auch?«

»Ja. Und dann haben wir natürlich noch ein anderes Problem.«

»Und welches?«

»Sie leugnen.«

»Aha?«, sagte Backman. »Alle drei?«

»Alle drei. Und die Beweislage ist mager. Wenn die Söhne

nun die Straftat begangen haben, dann hat der Papa sozusagen ihre Spuren ausgemerzt.«

»Unglaublich«, prustete Eva Backman. Sie hatte gerade versucht, einen Schluck Wein zu trinken, war jedoch gezwungen, das Glas wieder auf den Tisch zu stellen. »Und daran hat die Sturegård fast ein Jahr lang gearbeitet?«

»Ja«, bestätigte Barbarotti. »Aber nichts gegen Sturegård. Schließlich war es Sara, die diese Eingebung hatte, und wie gesagt: Wir haben keine handfesten Beweise.«

»Und wie geht es nun weiter?«, fragte Backman.

Barbarotti wischte sich mit der Serviette ein wenig Staub aus den Augenwinkeln, bevor er antwortete. Backman wartete geduldig.

»Dritte Stufe«, sagte er. »Asunander wird sie alle drei verhören. Wohl mit dem Hintergedanken, eine Art ... Deal abzuschließen.«

»Einen Deal?«

Barbarotti nickte. »Insgeheim, ja. Asunander erschreckt die ganze Familie zu Tode, die Graffitischmierereien hören auf. Kein Täter gefunden, aber das Problem ist aus der Welt.«

»Friede, Freude, Eierkuchen?«

»Friede und Freude«, bestätigte Barbarotti. »Obwohl: Es kann sein, dass Zerberus bankrott geht. Prost.«

»Prost«, sagte Backman.

Sie tranken, und ihr Essen kam auf den Tisch. Eine Weile aßen sie schweigend. Der Pianist war von *Take the A-train* zu *Smoke Gets in Your Eyes* übergegangen. Dann legte Eva Backman ihr Besteck ab.

»Weißt du was?«, sagte sie. »Wenn ich einmal ein bisschen privat werden darf. Es sind jetzt fast genau drei Tage vergangen, seit ich meinem Mann gesagt habe, dass ich nicht mehr mit ihm zusammenleben will. Danach habe ich nur noch einmal mit ihm gesprochen, als ich angerufen habe, um den Familienrat zu verschieben ... findest du das nicht etwas merkwürdig? Er hat nicht ein einziges Mal versucht, mich anzurufen.«

Barbarotti nickte. »Vielleicht ist er vor Trauer verstummt?«

»Das glaube ich nicht«, sagte Eva Backman. »Es ist wohl eher so, dass sie Tag und Nacht trainieren oder Sport gucken, jetzt, wo sie die Möglichkeit haben.«

Einen Moment lang meinte er einen Anflug von Verbitterung in ihrem Gesicht zu sehen. Es wäre auf jeden Fall das erste Mal. Das erste Mal in all den Jahren.

»Was ist nur mit euch Männern los?«, fragte sie. »Valdemar Roos. Mein Mann. Johan Johansson ... und Zerberus. Verstehst du, wovon ich rede?«

»Ich denke schon«, antwortete Gunnar Barbarotti vorsichtig. »Aber ich habe keine gute Antwort. Vielleicht ... nein.«

»Sprich weiter«, bat Eva Backman ihn.

»Es scheint, als wären wir mit einem Loch geboren.«

»Einem Loch? Dabei dachte ich, wir Frauen wären es, die eins haben ...«

»Eine andere Art von Loch«, erklärte Barbarotti.

»Erklär mir das.«

»Nun ja, es ist irgendwie ein Mangel oder ein Leerraum, der ausgefüllt werden muss. Auf jeden Fall haben wir von Anfang an einen Defekt, den ihr Frauen nicht habt. Eine Art Fragezeichen ... einige versuchen, es ganz einfach mit Sport auszugleichen, es gibt nichts Unkomplizierteres als Sport ... nein, ich kann es nicht richtig ausdrücken.«

Er verstummte. Sah, dass Eva Backman ihn mit einem zweideutigen Lächeln auf den Lippen über den Tisch hinweg ansah.

»Das hast du dir schon früher überlegt«, sagte sie.

»Erst nachdem ich dreizehn geworden war«, gab Barbarotti zu. »Auf jeden Fall gibt es eine Art gemeinsamen Geschlechtsschaden, damit hast du vollkommen Recht. Vielen von uns gelingt es, damit umzugehen, aber nicht allen.«

Backman erhob ihr Glas. »Das Wort gefällt mir«, sagte sie. »Geschlechtsschaden. Wir gehen wirklich den Sachen auf den Grund, findest du nicht auch?«

»Auf jeden Fall«, sagte Barbarotti. »Der Grund ist erreicht, zumindest was mich betrifft. Außerdem gibt es mehr Worte als Gedanken, aber das ist ein anderes Problem … obwohl das wohl beide Geschlechter betrifft, wenn ich genauer darüber nachdenke.«

Eva Backman lachte. »Sorry«, sagte sie. »Tut mir leid, dass ich das angesprochen habe. Nur schade, dass du deine Wohnung verkauft hast.«

»Wieso?«, fragte Barbarotti.

»Ich hätte sie kaufen können«, sagte Eva Backman. »Jetzt, wo ich als Single leben werde. Der Balkon hat mir gefallen.«

»Mir auch«, stimmte Barbarotti zu. »Aber ich bin mir ziemlich sicher, dass es noch andere Balkone in der Stadt gibt.«

»Glaubst du?«, fragte Eva Backman.

»Da wette ich drauf«, sagte Gunnar Barbarotti.

Doch bevor der Abend zu Ende war, kamen sie noch einmal auf Ante Valdemar Roos zurück. Als sie nur noch ihren Espresso und jeweils einen kleinen Cognac dazu auf dem Tisch hatten.

Gunnar Barbarotti fühlte sich angenehm beschwipst, und er dachte, dass genauso ein Augenblick eigentlich etwas länger anhalten könnte. Vor Anker gehen und eine Weile im Strom der Zeit vor sich hindümpeln. Er wollte diesen Gedanken gerade formulieren, als Eva Backman sagte:

»Was meinst du, wie sähe der beste Schluss dieser Geschichte aus? Ich meine, die von Valdemar Roos.«

»Ich bin mir nicht sicher, ob ich die Frage richtig verstanden habe«, sagte Barbarotti.

»Wir sind uns ja einig geworden, dass er tot ist«, sagte Eva Backman. »Obwohl dich das ein wenig grämt, oder?«

Gunnar Barbarotti hob sein Glas und schnupperte an dem edlen Getränk.

»Weißt du«, sagte er, »dass Cognac das einzige Getränk ist, das man am besten mit der Nase konsumieren sollte?«

»Jetzt versuchst du, Zeit herauszuschinden«, sagte Eva Backman. »Also, es grämt dich, dass du diesen Langweiler Valdemar nie getroffen hast, das weiß ich. Marianne hat vollkommen Recht, du hast eine Schraube locker.«

»Hm«, sagte Barbarotti. »Kann schon sein. Aber wenn er einen falschen Selbstmordbrief geschrieben hat, ich muss sagen, dann ist er in meiner Achtung gesunken … bist du auch der Meinung?«

»Aber natürlich«, sagte Backman. »Wie sieht also der beste Schluss aus? Das war die Frage.«

Gunnar Barbarotti konsumierte eine kleine Menge Cognac – durch den Mund –, bevor er antwortete.

»Der beste Schluss wäre, wenn wir es nie erfahren«, sagte er dann. »Ganz gleich, ob er sich nun das Leben genommen hat oder nicht, wir bekommen nie eine Antwort. Er liegt am Grunde eines Sees bis zum Jüngsten Gericht oder stirbt in Barcelona in fünfundzwanzig Jahren eines natürlichen Todes … ist auch egal, wichtig ist nur, dass wir es nicht erfahren.«

»Ist das wirklich deine Meinung?«, fragte Eva Backman.

»Ja«, antwortete Gunnar Barbarotti. »Das ist wirklich meine Meinung.«

Backman überlegte eine Weile, dann lächelte sie.

»Du hast Recht, Gunnar«, sagte sie. »Nur schade, dass ich ein bisschen beschwipst bin, denn ich glaube, dass du da etwas ungewöhnlich Kluges gesagt hast. Wäre ich nüchtern, hätte ich es weiter ausführen können.«

Und Gunnar Barbarotti lächelte auch, während er langsam von dem Augenblick erfüllt wurde – dem jazzigen Klavierspiel, dem kleinen Schluck Cognac, der immer noch am Grunde seines Glases lag, Eva Backmans vertrauten Lachfältchen und dem winzigen Muttermal über ihrer rechten Augenbraue, den halb schlummernden, aber immer anwesenden Gedanken an Marianne, an die Kinder, von der Bedürfnislosigkeit und der Harmonie, die sich ohne Vorwarnung in seinem Leben eingefunden hatte, von dem ruhigen, zivilisierten Gemurmel im Kellergewölbe einer fremden Stadt – und gleichzeitig von der eigenartigen inneren Befriedigung, die ein blindes Huhn verspürt, wenn es endlich glaubt, ein Korn gefunden zu haben.